Megan Maxwell

Tampoco pido tanto

W0306608

Esencia/Planeta

El papel utilizado para la impresión de este libro está calificado como **papel ecológico** y procede de bosques gestionados de manera **sostenible**.

Avda. Diagonal, 662-664, 08034 Barcelona (España)
www.esenciaeditorial.com
www.planetadelibros.com

Adaptación de la cubierta: Booket / Área Editorial Grupo Planeta
Fotografía de la cubierta: © Masalskaya / Shutterstock
Primera edición en Colección Booket: noviembre de 2020
Segunda impresión: enero de 2021
Tercera impresión: agosto de 2021
Cuarta impresión: noviembre de 2021
Quinta impresión: julio de 2022
Sexta impresión: septiembre de 2023
Séptima impresión: diciembre de 2023
Octava impresión: marzo de 2023
Novena impresión: octubre de 2024

Depósito legal: B. 14.901-2020
ISBN: 978-84-08-23478-4
Impresión y encuadernación: CPI Black Print
Printed in Spain - Impreso en España

Para todas las Guerreras y los Guerreros que, sin tener vidas perfectas, atesoran en sus corazones momentos maravillosos y saben que en esta vida no son lo que logran, sino lo que superan.

Nunca dejéis de sonreír, porque la sonrisa es la curva más bonita de la vida.

Un beso grande,

MEGAN

Capítulo 1

Noche en Budapest.

Noche caliente y divertida.

Noche de sexo.

Con una copa de cristal de Bohemia llena de un excelente vino en la mano, el comandante Daryl Michael Simmons esperaba disfrutar del espectáculo caliente y morboso que dos hombres y una mujer iban a ofrecer en el reservado de un lujoso local de intercambio de parejas de la ciudad.

Por su trabajo como piloto en una compañía aérea, viajaba por todo el mundo, no sólo conociendo distintos países y mujeres, sino también distintas maneras de gozar del sexo.

Con cara de deseo, la mujer llamada Irina pensaba disfrutar del juego que ella misma había planeado junto a su marido, Peter, e, iniciándolo, besó a Laszlo en la boca, introduciéndole la lengua con lascivia; él se estremeció.

La puerta del reservado se abrió entonces y entró Can Drogo, amigo de Daryl e hijo del dueño de la compañía para la que ambos trabajaban. Can era comandante como él.

Can y Daryl formaban un dúo muy bien avenido que llamaba la atención. Solteros, atractivos, altos, elegantes, caballerosos y encantadores. Irresistibles para las mujeres, sobre todo cuando vestían sus uniformes de comandantes.

Se conocían desde que ambos coincidieron en el Saint Thomas, un colegio propiedad de la familia de Daryl, cuando los padres de Can, él turco y ella suiza, se trasladaron a vivir a Londres.

Con paso seguro y vestido de manera informal, mientras se retiraba el largo y frondoso pelo castaño del rostro, Can se acercó hasta su amigo, se sentó a su lado y observó el juego de los que estaban tendidos sobre la cama.

—La noche se presenta caliente —dijo Can.

Daryl sonrió. Can y él se entendían a la perfección.

—Eso parece —afirmó.

Can asintió divertido. Aquellos juegos calientes y provocadores eran interesantes.

—Te lo dije: que este sitio te iba a gustar —comentó.

De nuevo, ambos sonrieron.

—He quedado con una amiga en el hotel —susurró Can.

—¿Por qué?

Mientras observaba con detenimiento a Irina y a aquellos hombres, Can musitó:

—Se acaba de divorciar y prefiere tener intimidad.

Su amigo asintió.

—¿A qué hora quedamos mañana en recepción para ir al aeropuerto? —preguntó Can.

A Daryl le gustaba el orden, la sensatez y la puntualidad.

—A las cuatro de la tarde —repuso.

El otro afirmó con la cabeza y, levantándose, se retiró de nuevo la melena salvaje de su rostro y se despidió.

—Allí nos vemos. Pásalo bien.

Ambos chocaron las manos y Can salió sonriendo por la puerta, que luego cerró.

Daryl dio un nuevo trago a su copa mientras la escena que se desarrollaba frente a él se calentaba por segundos.

Irina, aún vestida, les comía la boca alternativamente a los dos hombres sobre la cama, mientras ellos, uno a cada lado, la toqueteaban y ella susurraba pletórica:

—Mmm, síííí, síííí, juguemos...

Segundos después, su liviano vestido voló por los aires, quedando sólo con un inquietante sujetador, un tanga de cuero negro y unas impresionantes botas altas de tacón.

Irina sonrió. Se había esmerado en la elección de su vestuario.

Esa noche quería estar sexy, sugestiva, fascinante, y sin duda, al ver cómo la miraban los tres hombres, supo que lo había conseguido.

Complacidos, Peter y Laszlo continuaron comiendo a turnos aquella apetitosa boca, mientras las manos de ella se paseaban por encima de sus pantalones con descaro. Ambos estaban tal y como Irina los deseaba. Duros. Hambrientos de sexo. Irina soltó un gritito de satisfacción al sentir que una mano pasaba por encima de su tanga.

—Ordénaselo —le exigió a su marido.

Peter, que conocía muy bien las preferencias de su mujer, asintió y, tras besar aquellos labios que tanto le gustaban, musitó:

—Laszlo, mastúrbala.

El aludido sonrió.

No era la primera vez que el trío jugaba a aquel caliente juego, y, tras quitarle con brusquedad el tanga de cuero a Irina, le abrió las piernas e introdujo uno de sus dedos de golpe, volviéndola loca.

Peter jadeó y, sacándole el sujetador, le mordisqueó los pechos con ansiedad.

—¡Ahhhhhh! —gritó ella complacida.

Excitado por lo que veía, Daryl no quitaba ojo. Le gustaba el sexo caliente, el sexo consentido por ambas partes. Y, mientras Irina le comía la boca a Laszlo y él la masturbaba con el dedo y las respiraciones de todos se aceleraban Daryl se abrió la cremallera del pantalón sin levantarse de su asiento y, tras agarrar su ya duro miembro, lo apretó con la mano y comenzó a moverla lentamente.

Placer...

Eso le ocasionaba mucho placer.

Las ropas de Peter y de Laszlo volaron como minutos antes había volado la de Irina, y, una vez desnudos, el segundo, arrodillándose en el suelo, sonrió y ella gustosa lo invitó a continuar, separando de nuevo las piernas para él.

El olor dulzón a sexo inundó la habitación, y más cuando Laszlo, una vez que hubo tomado lo que aquélla le ofrecía con deseo, la subió al séptimo cielo con la lengua, al tiempo que su marido la besaba.

Enloquecida por lo que Laszlo hacía, Irina disfrutó del momento mientras le apretaba la cabeza con las manos para que no se apartara. Quería permanecer con la boca de aquél entre los muslos el resto de su vida. El placer que le proporcionaba era extremo.

Daryl dio un nuevo trago a su copa. Ver aquel espectáculo a escasos dos metros y sentir el olor a sexo le resultaba morboso y muy excitante. Entonces Peter indicó mirándolo:

—Estás invitado.

Daryl asintió. Lo sabía.

Todavía no había habido nadie que no hubiera querido que él participara en sus juegos, ni mujer que se le hubiera resistido. Por ello, se levantó, se desnudó con tranquilidad, dejando su ropa perfectamente colocada sobre una silla, y se acercó a Irina.

—No veía el momento de que te unieras —murmuró ella entre jadeos.

Daryl sonrió. Sabía el magnetismo y la inquietud que despertaba en las féminas.

Irina demostraba ser una mujer morbosa, caliente y apetitosa, y, excitado, se subió a la cama mientras Laszlo continuaba con la cabeza entre las piernas de ella y Peter le colocaba unas pinzas en los pezones.

Irina y Daryl se miraron y éste paseó con morbo y lentitud su pene por el rostro de la mujer. Le gustaba dirigir el momento. Eso satisfizo a Irina, hasta que él, al ver que ella abría la boca demandando más, preguntó con una sonrisa:

—¿Es esto lo que quieres?

La mujer asintió mirando su duro miembro. Lo deseaba. Aquel tipo de mirada penetrante la excitaba. Sentirse poseída era una de las cosas que más le gustaban en el mundo, y cuando el pene de Daryl se introdujo en su boca, encantada y ardiendo, lo disfrutó.

Daryl cerró los ojos con placer.

¡Qué cálida era la boca de aquella mujer!

¡Qué maravilla disfrutar del caliente sexo!

Los movimientos de Daryl ante el placer que ella le ocasionaba se acrecentaron, se volvieron secos y certeros, e Irina, con la mirada nublada por el deseo, le pedía que continuara, que no parara.

Ver aquella mirada suplicante aceleró a Daryl. Si estaba allí esa noche era para hacer lo que estaba haciendo. Para jugar, para disfrutar, para follar. Porque, como él siempre decía, follaba, no hacía el amor.

Había dejado de hacer el amor muchos años atrás, cuando Elena, la chica a la que amaba, se enamoró de otro y lo abandonó. A partir de ese instante decidió olvidarse de los sentimientos y disfrutar del sexo, aunque en los últimos tiempos algo en él estaba cambiando. Lo sabía. Lo notaba. Cada vez era más consciente de que necesitaba algo más con una mujer, el problema era que no lo encontraba.

Un buen rato después, y gracias a la pericia de la boca de Irina, el comandante sintió que el clímax se acercaba. Por ello, y por respeto, iba a retirarse, pero ella lo detuvo sujetándolo con fuerza por el trasero; liberando su boca, musitó:

—Me gustaría que acabaras.

A Daryl se le erizó el vello de todo el cuerpo. Lo que aquélla le pedía le gustaba, le gustaba mucho, y sin dudarlo volvió a introducir su duro pene en la boca de Irina y retomó sus movimientos.

Placer...

El placer era inmenso.

El placer era devastador, hasta que todo su cuerpo se tensó y, quedando clavado en la boca de aquélla con los ojos cerrados, el comandante Simmons abrió los ojos, levantó la vista al techo y finalmente, tras un bronco gemido, se corrió.

¡Qué maravilla!

Instantes después, cuando recuperó el resuello e Irina dejó de chupar su miembro como si fuera una piruleta del más maravilloso chocolate, Daryl se retiró y cogió una jarra de agua tibia para lavarse. La limpieza y la seguridad eran primordiales para él, sobre todo cuando se divertía en aquel tipo de locales. Una vez que hubo acabado, y tras secarse con un paño limpio, se colocó una toalla alrededor de la cintura. Luego sacó la carísima botella de champán de la cubeta con hielo, se sirvió una copa y se sentó donde antes había estado.

Irina era ardiente y, mientras la observaba jugar con su marido y el otro hombre, no pudo evitar pensar en cómo se sentiría él si fuera el marido.

¿Sería capaz de disfrutar de aquella manera si ella fuera su mujer?

¿Le gustaría compartir a su mujer con otro?

Eso lo hizo sonreír.

Seguía sonriendo cuando la puerta del reservado se abrió y apareció una mujer rubia de generosos pechos que iba completamente desnuda. Peter le hizo una seña con el dedo y ella, sin dudarlo, se le aproximó para besarlo.

Cuando el ardiente beso de aquella desconocida terminó, Peter miró a Daryl y dijo:

—Se llama Katalin y es la novia de Laszlo.

Daryl asintió con una sonrisa, y la mujer, al ver lo bien que lo pasaba su novio, ordenó sin apartarse de Peter:

—Ponte un preservativo y túmbate sobre la cama.

Sin dudarlo, Peter obedeció y, en cuanto estuvo como ella le pedía, la mujer se subió sobre él e, introduciéndose su duro pene en la vagina, murmuró entre jadeos:

—Mmm..., cómo me gusta.

Peter sonrió. Le encantaban las mujeres como la suya o Katalin, y, agarrándola de las caderas, tiró de ella hacia abajo y, con un golpe seco que lo clavó del todo en su interior, preguntó:

—¿Así?

Katalin se arqueó y, jadeando con la cabeza hacia atrás, exigió:

—Otra vez.

De nuevo, Peter lo hizo. Volvió a clavarse en ella y entonces notó que aquélla describía movimientos circulares sobre él. Mientras le daba unos azotitos en el trasero, con un lenguaje permitido en ese instante musitó:

—Eso es, fóllate tú solita. Eso es..., eso es...

Jadeos y ronroneos placenteros resonaban en la habitación, y Daryl entretanto observaba a aquellas dos parejas que sobre la cama hacían lo que más les gustaba. Sexo.

La puerta volvió a abrirse y se asomó a la habitación una nueva mujer a la que no conocía.

Durante unos instantes ella permaneció observando lo que allí ocurría, hasta que oyó:

—¿Te quedas o te vas?

El que había hablado era Daryl, aquel comandante de pelo claro que las volvía locas a todas.

La mujer lo miró. El tipo era más que agradable de ver y, sin dudarlo, entró y cerró la puerta. Con gesto mecánico, él cogió un preservativo y lo abrió. Sin hablar, se miraron, y cuando él terminó de colocárselo pidió:

—Ven aquí.

La mujer se le acercó encantada y Daryl se la sentó encima. Él mandaba.

Una vez que ella estuvo a horcajadas sobre él, Daryl introdujo en su interior su duro miembro viril al tiempo que ella, aceptándolo, indicaba en un hilo de voz:

—Soy Agnes.

El comandante asintió y, agarrando las caderas de la mujer para hundirse en ella, repuso:

—Daryl.

El cuerpo de Agnes tembló mientras, agitada, clavaba las uñas en los hombros de él. Daryl sonrió al verlo y, moviendo las caderas, preguntó:

—¿Esto te gusta?

Agnes asintió y, cuando Daryl se la clavó aún más, ella resopló.

—Ahhhh... Sí..., sí..., sí...

Sí... Al comandante le encantaba oír aquella mágica palabra.

¡Sí!

En temas de sexo y de mujeres, era un especialista, y deseoso de que aquélla disfrutara y enloqueciera sobre él, la miró a los ojos.

—Te voy a romper... —susurró.

—Sí...

—Y te va a gustar mucho...

—Sí... —jadeó Agnes, sintiendo cómo sus propios fluidos resbalaban por sus muslos.

—¿Quieres más?

—Sí..., sí..., sí...

Uno..., dos..., siete...

Totalmente entregada a aquel hombre, Agnes se dejó manejar,

se dejó romper, se dejó manipular, disfrutando como una loca de aquella total posesión que ella le permitía, mientras sus gestos, sus jadeos, sus chillidos de placer o sus movimientos hablaban por ella.

El placer era extremo. Aquel hombre sabía muy bien lo que hacía, y mientras tanto boqueaba en busca no sólo de aire.

—Más, dame más —suplicó.

Daryl sonrió.

Aquella entrega era lo único que necesitaba para endurecer su juego; se levantó con la mujer clavada totalmente en él, la tumbó sobre la cama, donde las otras dos parejas habían acabado su particular juego para observarlos y, con toda su fuerza y su ímpetu, hizo lo que aquélla le pedía: le dio más.

Enloquecida, Agnes gritó, jadeó, se abrió para él, sintiéndose llena por completo y plena de lujuria, hasta que sus cuerpos no pudieron más y un maravilloso clímax los inundó.

Agotado por el esfuerzo, Daryl quedó sobre ella en la cama.

Joder, cómo le gustaba el sexo. Cuando iba a levantarse, ella lo sujetó, lo miró a los ojos y se sintió deseosa de repetir.

—Cuando quieras, como quieras y donde quieras —murmuró.

Daryl sonrió. Nunca fallaba.

Capítulo 2

El concierto en el Coca-Cola Roxy Theatre de Atlanta había acabado.

Tras dos horas y media de maravilloso espectáculo, los integrantes del cuerpo de baile de la cantante Pink se encaminaban sonrientes hacia el camerino. Fred miró a su amiga y compañera Carolina.

—¿A qué hora sale tu vuelo? —preguntó.

—A las cinco de la madrugada —afirmó ella encantada.

—¿Adónde ibas?

Carol se tocó el tatuaje de una flor que llevaba en el hombro derecho.

—A Montreal. Y de allí a Londres —respondió.

—Chocolatito, no sé cómo lo haces. Si yo fuera tú, estaría extenuado.

—¿Y cómo te crees que estoy yo? —suspiró ella.

Carol era auxiliar de vuelo y bailarina, dos profesiones que no eran fáciles de combinar, pero de momento ella conseguía hacerlo por el amor que sentía por sus dos oficios. Por suerte, el coreógrafo del espectáculo para el que trabajaba ahora la conocía bien. Sabía lo buena que era y, aunque en ocasiones llegaba tarde a los ensayos por su trabajo como TCP, tripulante de cabina de pasajeros, para una compañía aérea, se lo consentía. Carol y su arte merecían la pena.

Sonriendo por lo que habían disfrutado trabajando, se dirigían hacia el camerino. De repente Carol se paró y, dando media vuelta, exclamó con cara de circunstancias:

—¡Mierda!

Fred, que conocía muy bien a su amiga, preguntó:

—A ver, Chocolatito Blanco, ¿qué ocurre?

Con disimulo, Carol volvió a mirar al frente. Y, viendo al fondo a Bill, el hombre con el que había pasado la noche dos días antes, cuchicheó:

—Moreno. Camisa verde. Flores en la mano y pantalón azul.

Fred miró y, al ver al tipo al que ella se refería, canturreó:

—Qué monadaaaaaaaaaa...

Carol sonrió, pero entonces echó un vistazo al técnico de luces e indicó.

—Sí, pero me gusta más ése.

Fred siguió la dirección de su mirada.

—Chocolatito..., de mayor quiero ser como tú —susurró.

Ambos reían por aquello cuando ella, mirando al hombre que llevaba las flores, preguntó:

—¿Qué hago? ¿Cómo me lo quito de encima?

Fred suspiró al oírla.

—Déjame que lo piense, ¿vale?

—A ver, no tenemos tiempo. ¿Ese «vale» significa «estoy pensando a mil por hora», o es un «vale» de «no tengo ni idea», o es...?

—Es un «vale» de «estoy pensando».

—Ah..., entonces ¡vale! —Carol sonrió.

A continuación, se quedaron en silencio y Fred, señalando al de las flores, preguntó:

—¿Mucho para arriba... o mucho para abajo?

Ella respondió divertida:

—Mucho para abajo.

—Oh, qué triste...

Carol asintió y lo miró.

—Vale —añadió—. El que Bill traiga flores es un bonito detalle, pero es aburrido. Mucho... mucho... muchooooooooooo.

—¿Tres... muchooooooo?

—Incluso yo lo subiría a cuatro.

—Nena..., no lo dudes y vuelve a darte un homenaje con el técnico de luces.

Ambos miraron a Charlie de nuevo, el técnico, y Fred cuchicheó:

—Cómo me pone ese hetero.

Carol sonrió. Charlie era sexy, muy sexy. No era la primera vez que estaba con él y, consciente de su potencial, afirmó:

—Pues ni te cuento cómo me pone a mí.

—¡Zorrón!

Ambos reían por aquello cuando Fred preguntó:

—¿Boxeador?

—¡Sí! —afirmó ella divertida.

—¡Pobre!

Los dos soltaron una carcajada y luego ella matizó:

—Vale. El plan es el siguiente. Iré hacia Bill, lo saludaré y tal, y tú no tardes en aparecer, ¿de acuerdo?

—A sus órdenes.

Carol iba a añadir algo más cuando Fred dijo:

—Traer flores es romántico, y el tal Bill físicamente no está mal. En cambio, Charlie, el técnico de luces, que yo sepa nunca te ha regalado flores, y si mal no recuerdo, te gustan los tipos detallistas y románticos... ¿Qué tiene o qué le sobra al de las flores para que prefieras a Charlie?

Carol asintió. Su amigo tenía razón.

—Para lo que yo quiero a Charlie, me vale. Y en cuanto a Bill, es aburrido. Y, no..., no es la clase de hombre que me atrae, por muy romántico que sea. Y ahora..., ya sabes: voy, vienes ¡y luego nos marchamos!

Dicho esto, echó a andar hacia Bill. Por suerte, Fred, su amiga Muskeva y ella se ayudaban en los complicados momentos de quitarse a los moscones de encima, y cuando aquél la vio, ella sonrió con su pelo rosa y blanco.

—Hola, Bill. ¿Qué haces aquí? —lo saludó.

El aludido sonrió encantado al verla y le tendió el ramo de flores que llevaba en la mano.

—Sé que dijiste sólo una noche, pero ¿qué te parece si cenamos otra vez? —propuso él.

Carol cogió el bonito ramo de flores. La noche de sexo que

había compartido con aquél en su habitación no había sido lo que ella esperaba. Físicamente Bill era un hombre que estaba bien. Era atractivo, pero en la cama era soso y aburrido. Muy aburrido.

Con una sonrisa, lo miró. Decirle lo que pensaba lo hundiría en la miseria. No quería ser mala ni cruel con él, por lo que musitó:

—Bill...

Como si una exhalación los envolviera, Fred se plantó entonces frente a ellos y, mirando a Carol, indicó:

—Chocolatito, no lo vas a creer, pero en el camerino está tu guapo marido, el boxeador.

—¿Bastian está aquí? —preguntó la joven abriendo mucho los ojos.

Fred asintió y, continuando con su teatrillo, musitó:

—Sí, cielo. ¡Busca a su nena!

Con el rabillo del ojo, Carol veía cómo el color del rostro de Bill iba cambiando, y, como era de esperar, él le preguntó en un hilo de voz:

—¿Estás casada?

—Sí.

—¿Con un boxeador? —dijo con el rostro ceniciento.

—Con Bastian Dumont, más conocido como *el León Francés* —matizó Fred.

Con verdadera cara de circunstancias, Carol asintió al ver la reacción de aquél. Pobrecito, qué susto se había llevado.

Bill, a quien le temblaban hasta las córneas de los ojos, carraspeó. Eso no lo esperaba. Le quitó el ramo de flores de las manos y dio un paso atrás.

—Creo... creo que es mejor que me vaya —dijo.

Carol asintió con gesto apenado y, cuando él se hubo alejado lo suficiente, cuchicheó:

—¡Criaturita...!

—Será rata el tío..., ¿pues no se lleva las flores?

Ella sonrió, y su amigo insistió:

—¡Menudo cagón!

—¡Lo del boxeador no falla!

Ambos sonrieron de nuevo y Fred la asió del brazo.

—Hay que reconocer que las palabras *marido*, *boxeador* y *León Francés* intimidan —afirmó.

Cogidos del brazo entraron en los camerinos, donde comenzaron a reír cuando uno de sus compañeros le retiró a otro la silla y éste cayó al suelo con gracia.

¿Por qué les gustaba tanto hacer aquella tontería?

* * *

Una hora después, Carolina, o Carol, como la llamaban sus amigos, que llevaba su bolsa de deporte al hombro, encendió su móvil. Enseguida buscó su carpeta de música y, poniéndose unos cascos, comenzó a escucharla. La música la tranquilizaba, pero de inmediato suspiró al comprobar que tenía varias llamadas de su hermana.

Calculó mentalmente la diferencia horaria entre Atlanta e Italia y, tras comprobar que era buena hora, paró la música y la telefoneó.

Un timbrazo...

Dos...

—¡Por fin!

Al oír la voz de su hermana Annalisa, la joven puntualizó:

—Un «¡Hola, Carol! ¿Cómo estás?» no estaría mal.

Sin ganas de bromear como ella, Annalisa se apresuró a decir:

—Mira, ¡ya no puedo más con Constanza!

—Annalisa..., su nombre es Adam.

Pero ella no la escuchó y prosiguió:

—Mira que le di una oportunidad en mi panadería cuando perdió su trabajo en las cocinas del Trastevere. He soportado sus gestos, su locura y... y... ¡la he tenido que despedir!

—¿Cómo? Pero ¿cómo se te ocurre hacer eso? —gruñó Carol.

—¡Porque casi me quema la panadería!

—¡¿Qué?!

—Y luego están la *mamma* y la *nonna*... ¡Dios! ¡Qué familia!

Oír eso a Carol la hizo sonreír. Su familia era un poco particular. Y, mientras caminaba hacia el bus, musitó:

—Annalisa, por favor, ¡no exageres!

—¡¿Que no exagere?! ¿Quieres saber la última?

Subiéndose al autocar que la llevaría al hotel a recoger sus cosas, Carol se sentó en uno de los sitios libres y, tras dejar su bolsa de deporte en el asiento de al lado, masculló:

—Lo quiera o no, me lo vas a contar.

Durante diez minutos, Annalisa habló rápida y atropelladamente, mientras Carol la escuchaba y la imaginaba moviendo las manos como buena italiana. Eso la hizo reír, y enseguida fue reprendida por su hermana.

—¡No sé dónde le ves la gracia!

—¿Acaso no los conoces? —replicó Carol, incapaz de no sonreír.

Annalisa no respondió.

Su *nonna* y su madre siempre habían sido diferentes. Especiales.

—Por el amor de Dios, Carol. Media Venecia cuchichea sobre las plantas de marihuana de la abuela y de las galletas que hace, ¡y yo tengo una panadería y una reputación! La panadería es mi manera de ganarme la vida.

Carol asintió, en eso su hermana tenía razón. Aquélla prosiguió:

—Y, para colofón, el otro día, cuando fui a verlas, la *mamma* y su..., ese novio suyo ¡estaban divirtiéndose en el salón!

—¡No quiero saber nada más!

—¡Carol, pero...!

—Annalisa —la cortó—, la vida sexual de la *mamma* no es de mi incumbencia.

—Pero es una locura, ¡una locura!

—Repito —volvió a cortarla—, la *mamma* es una mujer libre e independiente y puede hacer con su vida sexual lo que quiera, y en cuanto a la *nonna* y sus plantitas, tampoco pienso meterme.

Annalisa suspiró y gruñó. En su casa no la escuchaban, pero a Carol sí. Eso la hacía maldecir.

¿Cómo, siendo ella la mayor, todo el mundo hacía caso de su hermana mediana?

Carol siempre había bailado maravillosamente bien, su arte le había servido para ganarse la vida, aunque su sueño siempre había sido ser TCP, titulación que consiguió sacarse con mucho esfuerzo y dedicación.

Durante años trabajó para distintas compañías aéreas. Le encantaba ese empleo. Y en la actualidad estaba en una compañía bastante nueva llamada High Drogo. Una compañía que hasta el momento, y siempre cambiando destinos con sus compañeros, le permitía alternar su trabajo en los espectáculos con su labor como TCP.

—Tienes que venir, Carol. Tienes que hablar con ellos o juro que los mataré cualquier día de éstos. Por cierto, papá estuvo aquí hace dos días para verme.

—¡Oh, qué honor! —se mofó al oír eso—. El Donante te hizo una visita.

—¡No lo llames así!

Carol suspiró con amargura. Pensar en aquel tipo sin corazón siempre la hacía reaccionar igual, y aclaró:

—Lo llamaré como me dé la gana, ¿entendido?

Annalisa gruñó al oír su tono:

—¿Acaso no me vas a preguntar cómo está?

Carol sabía que su padre padecía una enfermedad incurable. Apenas le quedaban unos meses de vida, y, con la frialdad que ese tipo se merecía, repuso:

—Yo no sufro ni pregunto por quien no lo merece.

Annalisa no replicó, pero continuó:

—Vio a Constanza...

—Adam...

—Y, como imaginarás, la cosa no terminó bien. Y..., bueno, la *mamma* y la *nonna*... ¡pueden conmigo! Tienes que venir. Te exijo que vengas. Por mal que me sepa, ¡sólo te escuchan a ti! ¡A ti! Cuando yo soy la hermana mayor y...

—Annalisa —la cortó agotada—. Prometo ir a Venecia, pero ahora no puedo. Estoy en Atlanta y...

—¡Estupendo! —se quejó aquélla—. Como siempre, tú pasándolo bien y yo aquí, apechugando con los problemas de la familia.

Oír eso molestó a Carol. Ella estaba trabajando. Pero, intentando no enfadarse, respondió:

—Salgo en unas horas para Montreal y dentro de un par de días estaré en Londres. Actuamos allí y luego en Bruselas. Prometo mirar vuelos y ver si puedo escaparme aunque sea una noche para...

—¿Y crees que en una noche lo arreglarás todo?

Carol suspiró. Su hermana nunca contaba con el esfuerzo que le suponían a ella aquellos viajes para intentar poner orden en su familia.

—No, Annalisa —indicó—, no lo creo. Pero estoy trabajando, y mucho será si puedo escaparme para intentar solucionar lo que tú, como siempre, no puedes resolver.

—¡Qué comentario tan feo, Carol...! ¡Qué egoísta eres!

La aludida resopló. ¿Su hermana la llamaba *egoísta*?

Pero, sin ganas de discutir, simplemente dijo:

—Adiós, Annalisa.

Y, sin más, cortó la comunicación. Desde que su hermana se había divorciado, porque así ella lo había querido, su carácter se había agriado.

Angustiada, y dejando el móvil sobre su regazo, abrió su mochila. De ella sacó un pequeño peluche, un viejo conejito naranja que se acercó a la nariz, y, apoyando la cabeza en el respaldo, cerró los ojos y musitó cogiendo aire:

—Me van a volver loca entre todos.

Durante varios minutos permaneció así.

¿Por qué todo era tan complicado con su familia?

Desde hacía años, y por el bienestar de aquéllos, una parte de lo que ganaba lo ingresaba en una cuenta para que a su madre, a su *nonna* y a su hermano no les faltara de nada.

Estaba pensando en ello cuando sintió que alguien retiraba su bolsa de deporte del asiento de al lado. Al abrir los ojos se encontró con la risueña y morena cara de su amiga y compañera Muskeva, que, sentándose a su lado, le mostraba el móvil.

—Mira qué preciosa foto me envían mis padres de Roseanne.

Carol miró con curiosidad.

Roseanne era la hija de Muskeva y también su ahijada, una pequeña de dos años con unos ojos azules preciosos que destacaban en su tez morena como la de su madre.

—Está preciosa nuestra chiquitina —dijo sonriendo.

Muskeva asintió y, tras ver a aquélla guardar el peluche en la mochila, murmuró:

—Me muero por regresar a Londres para verla y comérmela a besos.

Ambas sonrieron. Muskeva era madre soltera y, por suerte, contaba con unos padres que cuidaban de la pequeña mientras ella trabajaba.

Emocionadas, ambas miraban la bonita foto cuando Carol, cogiendo su móvil, comentó:

—Mira mis niños.

Ambas dirigieron la vista al móvil de ella y, con una sonrisa, ella añadió:

—Me las ha mandado Muriel; ¿a que están preciosos?

Muriel era la vecina de Carol que cuidaba de sus perritos cuando ella viajaba.

—Sí. Son un amor —Muskeva sonrió.

Carol asintió. Adoraba a *Baby* y a *Limón*, aquellos animalitos que habían llegado a su casa y a su corazón en diferentes momentos de su vida. Estaba mirándolos cuando la pantalla de su teléfono se iluminó y Muskeva preguntó:

—¿Quién te envía un wasap?

Al mirar y ver que eran unos buenos amigos suyos, Carol sonrió. Y Muskeva, al leer el nombre del grupo donde había recibido el wasap, preguntó de nuevo:

—*¿«Teguestes* y *Extrateguestes»?* ¿Qué es eso?

Carol explicó divertida:

—Mis amigos Enrique y Eduardo viven en Tegueste, un municipio de la provincia de Santa Cruz de Tenerife, que está en la isla de Tenerife. ¿Sabes dónde es?

—Sí. En las islas Canarias. Estuve una vez en La Gomera, ¡qué bonito!

—Lo es —afirmó Carol—. El caso es que, de cachondeo, le pusimos así al grupo, al no ser yo de allí. Para que te enteres, yo soy la *extrategueste*.

Muskeva sonrió y Carol, al leer el mensaje, indicó:

—Les escribí para decirles que quería ir a Tenerife un par de días cuando pille las vacaciones, y ellos me responden que me esperan encantados en su casa.

De nuevo, Carol recibió otro wasap. Rápidamente lo miró. Era de Patrick, su compañero del refugio de animales abandonados para el que colaboraba en Londres.

—Veamos qué manda —comentó.

Muskeva y ella vieron las fotos de unos preciosos perrillos. Eran seis cachorros de poco más de unos días, que, como le explicaba Patrick en un audio, habían encontrado en una bolsa de basura junto a un contenedor. Una vez que el mensaje acabó, Carol musitó:

—Pasen los años que pasen, seguiré sin entender por qué la gente hace estas cosas.

—Y yo.

En silencio miraban aquellas fotos tan tiernas cuando Carol, que se encargaba de las redes sociales del refugio, señaló:

—Voy a subir las fotos de los gorditos. Cuanto antes se vean, antes alguien se enamorará de ellos.

Cinco minutos después, cuando terminó de hacerlo bajo la atenta mirada de su amiga, indicó:

—¡Ya está! Ahora, a esperar y ver si les conseguimos una familia.

—¿Cuántos animales tenéis ya en el refugio? —preguntó Muskeva.

Carol, que se entregaba al cien por cien cuando estaba en Londres en cuidar y encontrarles un hogar a todos los perrillos y los gatos, contestó:

—Con la llegada de estos últimos, ahora tenemos cincuenta y seis perros y quince gatos.

—¡Qué locura!

—Locura es la que tienen quienes los abandonan. ¿Te puedes

creer que, una semana antes de salir de gira, rescaté a una perrita que vi atada a un poste en la autopista?

—¿Qué?

Carol, a quien el tema la encendía, afirmó:

—El caso es que, al pasar, me fijé en una perrilla sentada cerca de la autopista. A mi vuelta, la volví a ver, pero también vi a unas personas cerca y pensé que estaba con ellos. Sin embargo, mi asombro fue brutal cuando, dos días después, al pasar por el mismo sitio, la perrilla seguía allí y mi instinto me dijo que eso no era normal.

—¡Por Dios, cómo es la gente!

—Total, que paré el coche y me acerqué hasta la perrilla, que estaba tremendamente asustada, sedienta y temblando. ¡Pobre! Cuando me gané su confianza, le di agua, después la desaté y la metí en el coche, la arropé con una de las mantas que llevo y, al ver cómo se acurrucaba exhausta, te juro que se me partió el corazón. La llevé al refugio y no tenía chip, por lo que...

—Quizá se perdiera o se escapara...

—Te he dicho que estaba atada a la autopista —la cortó Carol—. Y quien la dejó allí sabía muy bien lo que hacía. Esa perrita es vieja como lo es mi *Baby*. Tras los primeros cuidados veterinarios, vimos que tiene artrosis y artritis, entre otras cosas. Estamos convencidos de que quien la abandonó la dejó por viejecita.

—No sé cómo puedes hacer esto.

Carol suspiró. En su familia, su madre y su abuela llevaban salvando perros toda la vida.

—Porque alguien ha de hacerlo —indicó—. Alguien ha de ocuparse de esos pobres animales que son abandonados por *presuntas personas*. Y, por suerte, no soy la única que piensa así y en el refugio colaboramos personas de buen corazón.

—Lo dicho..., una pena.

Carol asintió, aquélla tenía razón.

—Cuando deje de viajar y me establezca en casa con Roseanne —afirmó Muskeva—, adoptaré un perrito de tu refugio. Antes, imposible. Si les dejo a mis padres un perro además de la niña, creo que no funcionará.

Ambas suspiraron, y Muskeva, al ver a Carol guardarse el móvil, preguntó:

—¿Utilizando de nuevo al marido boxeador?

Las dos rieron. Sin duda Fred ya se lo había contado, y entonces Muskeva añadió:

—Y me ha dicho Fred que estás valorando de nuevo al buenorro de las luces.

—Sí. No estuvo mal.

Su amiga sonrió. Conocía a Carol desde hacía muchos años. Muskeva era una senegalesa que se trasladó a vivir con su familia a Londres, donde se conocieron. Y, para su suerte, en los últimos años habían sido muchas las veces que habían coincidido y formado parte de la misma compañía de baile.

Se miraban con cariño cuando Muskeva cuchicheó:

—¿Te has fijado cómo está el técnico de sonido nuevo?

Carol sonrió y, reparando en aquél, que pasaba por la acera tirando de una enorme caja de cables, afirmó:

—Tengo ojos, y además ya sé que has desayunado con él.

Muskeva sonrió.

—Es un mucho... mucho... ¡hacia arriba! ¡Impresionante!

De nuevo risas cómplices entre las dos, hasta que la senegalesa susurró:

—Me apena mucho que tengas que marcharte ahora, pero también me alegra.

—El deber me llama. Vuelo a Montreal.

Muskeva asintió y, consciente de la realidad, añadió:

—Haces bien. Este trabajo no es para siempre. Las veinteañeras vienen pisando muy fuerte, ¡y lo sabes!

—Muskevaaaaaaaaaaa...

—Di mi nombre las veces que quieras, pero tengo razón. Somos buenas bailando. Somos las mejores, y por eso siempre nos contratan. Pero tenemos treinta y dos años y para determinados trabajos la edad no sólo es un número. Por cierto, cuando regrese a Londres, voy a hacer pruebas en varias academias de baile para trabajar de profesora. Creo que debo pensar en esa segunda opción, como has hecho tú, para cuando esto de las giras se acabe. Eso sí, cuando comience esa nueva vida, intentaré tener tiempo libre; ¿sabes lo que es eso?

Carol sonrió, y ella insistió:

—No puedes continuar así. Te vas a agotar. Cualquier día te va a dar algo. Carol, ¡piénsalo!

Su amiga asintió, sabía que tenía razón.

—Por suerte, o por desgracia, la gira se termina —cuchicheó Muskeva.

—¡Quedan dos conciertos! Londres y Bruselas.

—Ya, pero luego se acabó. Descansaré un par de meses y luego valoraré las ofertas que tenga de las academias. Pero tú..., ¿cuándo vas a descansar tú?

Carol suspiró. El descanso no entraba en su vida, y, al ver que llegaban al hotel, dijo:

—Vamos..., levanta el culo. Tengo prisa.

Muskeva meneó la cabeza. La actividad de su amiga era frenética, demasiado.

—Vale. Me callo —afirmó cogiendo su bolso.

En el hall del hotel, Carol besó a Muskeva y a Fred y luego corrió a su habitación. Tenía prisa. Debía darse una ducha rápida para quitarse los tintes rosa y blancos del pelo y, una vez que hubo acabado, llenó su bolsa y cerró su *trolley*, se miró al espejo con el uniforme de High Drogo y afirmó, viendo que su tatuaje quedaba oculto bajo su blusa:

—Muy bien, señorita Muñoz. Ahora, al aeropuerto.

Tras salir del hotel, rápidamente paró un taxi que la llevó al aeropuerto de Atlanta y, en cuanto se bajó de él, corrió por la terminal. Al cabo de diez minutos tenía que estar con el resto de la tripulación. ¡Y ya iba tarde!

* * *

Hora y media después, mientras el avión circulaba por la pista, con una dulce sonrisa y el micrófono en la mano, Carol saludaba al pasaje:

—Bienvenidos a bordo, señores pasajeros. El comandante y el

resto de la tripulación les damos las gracias por elegir el vuelo de la compañía High Drogo con destino Montreal. Nos complace dar una bienvenida especial a quienes se han unido a nosotros procedentes de otras líneas aéreas y...

Capítulo 3

La familia Simmons celebraba junto a unos cuantos amigos el tercer cumpleaños de Elora, la hija de Lola, en su residencia en Wimbledon Park, en Londres.

Encantada y rodeada de la familia, la madre de la criatura sonreía feliz cuando su amiga Samantha se acercó a ella y musitó:

—Espero que te guste la fiesta que he organizado.

Lola sonrió.

Samantha era organizadora de eventos, y aquella fiesta no era una fiesta para niños, sino más bien para mayores. Pero, consciente de que el encargo se lo había hecho su padre y él buscaba un evento así, respondió:

—Has dado en el clavo en lo que a mi padre se refiere: elegancia, discreción y buen gusto. —Y, bajando la voz, cuchicheó—: Aunque, entre tú y yo, me gustó más la que organizaste ayer para los niños en mi casa.

Ambas sonrieron, sin duda la fiesta no tenía ni punto de comparación.

—Tu padre es uno de mis mejores clientes y le tengo cogido el tranquillo —susurró Samantha—. Con él todo gira en torno a la rectitud, la exquisitez y la pulcritud. Cuando le hablé de traer un castillo hinchable para saltar, ¡casi se desmaya!

Ambas reían por aquello cuando Jack, el marido de Samantha, se acercó a ellas y, tras asir a su mujer de la cintura, preguntó dirigiéndose a Lola:

—¿Va a venir Daryl?

Ella asintió, su hermano tenía que estar a punto de llegar, y Samantha, divertida, quiso saber:

—Cariño, no me digas que os vais a poner a hablar de trabajo...

Jack, un francés de ojos y tez clara, besó a su mujer en los labios.

—Me acaban de llamar del aeropuerto y he de ir —murmuró.

Al oírlo, Samantha iba a protestar, pero él se le adelantó:

—Ya lo sabes. Mi trabajo es así.

Jack, al igual que Daryl, era comandante de vuelo. Ambos pilotaban potentes aviones por todo el mundo, aunque trabajaban en diferentes compañías, y siempre que se veían terminaban hablando de aviación, un tema que los apasionaba.

—¡Mira, ahí lo tienes! —dijo Lola al ver llegar a su hermano.

Jack se volvió y, a continuación, le guiñó el ojo a su mujer.

—¡Hablamos!

Por el bonito jardín de la casa familiar llegaba Daryl Michael Simmons, el único varón de la familia, y todas las féminas ampliaron la sonrisa al verlo. Daryl era todo un conquistador.

Alto. Guapo. Fibroso. Pelo corto, cuidado y claro. Mirada inquietante y sensual. Elegante en el vestir y exquisito en lo que a sus gustos se refería. Daryl no se conformaba con cualquier cosa.

Haciendo gala de su gentileza y elegantemente vestido, saludaba a todos los que encontraba a su paso, hasta que se paró a hablar con su padre y con Rose, la mujer de aquél. Por suerte, hacía tiempo que padre e hijo habían hecho las paces, pues durante años apenas si se hablaron. Su padre siempre había querido que trabajara dando clases de economía, pero Daryl se negó. Su sueño era ser comandante de vuelo y nadie se lo iba a impedir. Y al final lo había conseguido.

Estaba hablando con su padre cuando Jack se despidió de él, y Samantha, al ver a Lola teclear algo en su móvil, preguntó:

—¿Cuándo dijiste que era esa *masterclass* de baile que tenías?

—Dentro de unos días. Estoy esperando confirmación. ¿Vendrás?

—Lo intentaré. ¿Dijiste que Carol participaba también?

—Sí. Y Dennis baila salsa conmigo.

—Wooooo... Dios, ¡no me lo quiero perder!

Al ver que Lola seguía tecleando en su móvil, Samantha preguntó:

—¿Con quién te mensajeas?

Una vez que acabó de escribir, ella se guardó el teléfono en el bolsillo de la camisa y respondió:

—Con Carol. He quedado con ella hace un buen rato.

Samantha, amiga también de Carol, se mofó:

—Ya sabes que la puntualidad no es lo suyo.

—Lo sé..., lo sé...

Ambas rieron por aquello y Samantha, cogiendo una nueva copa de la bandeja de uno de los camareros que pasaban, musitó:

—Si volviera a nacer, tu hermano no se me escapaba.

—¡Samantha! —Lola rio al oírlo.

Ambas se miraron, y entonces Priscilla, la mayor de los hermanos Simmons, llegó hasta ellas e, ignorando su último comentario, las tres comenzaron a charlar. Se conocían de toda la vida y conversación nunca les faltaba.

Un buen rato después, un camarero se acercó a Samantha y, tras comunicarle algo al oído, ésta dijo:

—Luego nos vemos, chicas. Voy a dar la orden de que comiencen a sacar los canapés que ya están preparados. ¡Espero que os gusten!

Cuando Samantha se marchó y quedaron solas las hermanas Simmons, Priscilla cuchicheó:

—Lo de Heather Sanz es de escándalo, ¿no crees?

Con curiosidad, Lola miró a la mujer a la que su hermana se refería y, al verla pestañeando como una tonta a su hermano Daryl, respondió:

—Déjala. Ella es feliz así.

Priscilla sacudió la cabeza e insistió:

—Sinceramente, creo que hace el ridículo. Por muy fina y adinerada que sea, está claro que Daryl pasa de ella.

Los camareros empezaron entonces a sacar bandejas de canapés para ofrecérselos a los invitados, y, cuando Priscilla vio a una de las presentes coger uno y metérselo en la boca a Daryl, gruñó:

—Por el amor de Dios, ¿lo has visto?

Lola asintió. No pensaba pasarse toda la fiesta criticando la actitud de las invitadas con su hermano, por lo que, mirando a Priscilla, sentenció:

—Mira, es la fiesta de Elora y...

—Precisamente por eso —la cortó ella—. La actitud que tienen algunas con nuestro hermano es vergonzosa. Por favor..., ¡¿es que no se dan cuenta?!

Lola asintió.

Las mujeres se volvían tontas con él. Pestañeaban, lo miraban embobadas, y a cualquier cosa que su hermano dijera le daban la razón. Por ello suspiró.

—No. No se dan cuenta... —cuchicheó—. Por cierto, qué bonito es el traje que lleva Daryl.

—Y caro —afirmó Priscilla.

Las dos hermanas lo observaron.

Su hermano siempre iba hecho un pincel. La elegancia, la ropa cara y el buen gusto eran algo innato en él. Y Priscilla, tocando su ropa, preguntó a continuación:

—¿Te gusta el vestido que me compré?

Lola asintió. Su hermana estaba muy guapa también, pero al oír la risa de su guapo marido, Dennis, que jugaba con su hija Elora y su sobrino Gabriel, afirmó con picardía:

—Pero más me gusta él.

—¡Lola!

Ambas rieron por aquello, y la aludida declaró:

—Estás muy guapa con ese vestido.

Echaron a andar divertidas hasta que Priscilla, señalando a su marido, Aiden Gallagher, cuchicheó:

—Vale..., a mí también me gusta más mi él.

De nuevo rieron, y Lola, observando a su padre, preguntó:

—Oye... ¿No ves el pelo de papá más negro?

Priscilla asintió y, sin necesidad de mirarlo, respondió:

—Rose se lo tiñe.

—¿Desde cuándo? —quiso saber Lola sin dar crédito.

—Desde hace casi un mes.

—¿En serio?

Priscilla asintió divertida.

—Sí, amiguita, sí. Papá quiere estar guapo y actual para Rose.

Boquiabierta, Lola parpadeó muerta de la risa, y en ese instante se les unió su abuela Diana, que preguntó:

—¿De qué se ríen mi irlandesa y mi inglesa?

Complacidas, las dos jóvenes miraron con cariño a la mujer.

Su familia era muy particular. Su padre, Colin Gabriel Simmons, tras casarse con Elora Seford, tuvo a Priscilla. Después de nacer la pequeña, Colin se enamoró de una mujer llamada María, hija de Diana, con la que tuvo a Lola, y pocos meses después, de nuevo fruto de Elora y de Colin, nació Daryl Michael Simmons.

La relación entre María y Colin fue desastrosa y breve, pero ocasionó tal brecha en el matrimonio de Elora y Colin que les resultó imposible salvarla, aunque continuaron juntos hasta que la mujer murió por culpa de una terrible enfermedad.

Por suerte para Lola, Elora luchó por ella queriéndola como a una hija y, con la ayuda de Diana, su abuela materna, terminó criándose con sus hermanos como una Simmons más.

Para Priscilla y Daryl, Diana, aquella increíble mujer que se ganaba la vida echando las cartas o leyendo el tarot entre otras cosas, era tan abuela suya como lo era de Lola. Diana siempre los había mimado, cuidado y querido, por lo que Priscilla respondió:

—*Abu*..., mirábamos a papá.

Diana sonrió y, señalando al padre de aquéllas, musitó con mofa:

—¿Qué le ocurre al Pitufo Gruñón?

Lola y Priscilla sonrieron, y la primera cuchicheó:

—¿No le ves el cabello más oscuro?

Diana, que se había percatado igual que los demás, asintió.

—Me he dado cuenta, pero no he querido ser indiscreta. Ya sabes cómo nos llevamos ese viejo cascarrabias y yo.

De nuevo las tres rieron, y Daryl, que había llegado hacía unas horas de Budapest, tras sortear a varios de los invitados se acercó a ellas.

—¿Dónde habéis aparcado las escobas? —preguntó.

Al oírlo, las tres lo miraron. Estaba impresionante con aquel traje oscuro y la camisa gris. Por su imponente físico era imposible que pasara desapercibido, y Diana comentó:

—Pero qué guapo está mi *highlander*.

—Eso..., díselo tú también —susurró Priscilla.

—*Abu*, ¡tú sí que estás guapa! Y tú —dijo él dirigiéndose a su hermana mayor— cada día eres más vieja y gruñona. Pero, tranquila, eres mi hermana y te quiero, por muy bruja que seas.

—¡Tonto! —La aludida sonrió gustosa.

Durante un rato los cuatro hablaron y rieron con tranquilidad, mientras las féminas de la fiesta pestañeaban en dirección a Daryl al pasar por su lado y él les guiñaba un ojo.

—¿Por qué eres tan descarado? —preguntó Priscilla.

Él sonrió al entenderla, y Lola contestó:

—No, cielo, no. Las descaradas son ellas.

—Buena observación, hermanita —afirmó él.

Priscilla asintió al oírlos. Sabía que tenían razón. Eran las mujeres las que acosaban a su hermano con cara de deseo, y preguntó:

—¿No te incomoda que te miren así?

Daryl, divertido, dio un trago a su copa.

—No —respondió.

—¿En serio?

—Totalmente en serio —afirmó sin inmutarse.

—Eres un creído.

—Puede ser —musitó él.

Lola, sonriendo, intercambió una mirada con su abuela, y su hermana insistió:

—A ver, Daryl, la curiosidad me puede... ¿Hay alguien especial en tu vida?

—No.

—¿Por qué?

Como siempre, Priscilla lo interrogaba, y cuando fue a contestar, su abuela se le adelantó:

—Pues porque no se le ha cruzado, ¿verdad, muchacho?

—Exacto, *abu*..., ¡exacto! —afirmó él.

Pero Priscilla, incapaz de callar, insistió:

—¿Y qué pasó con Rebeca? La chica escandinava hija del actor ese... Pensé que te gustaba.

Al recordarla, Daryl respondió:

—Rebeca sólo es una conocida, no exageres.

—¿Y Barbara, la sueca sobrina del filósofo, qué es?

—Otra conocida.

—¿Y Gunilla, la alemana? —se mofó Lola.

—Otra conocida —apostilló Daryl.

—Cuántas conocidas tiene nuestro muchacho, ¡increíble! —se burló Diana.

—Pero, vamos a ver —insistió Priscilla—: ¿qué ha de tener una mujer para que sea algo más que una conocida para ti?

—Pero ¿qué clase de pregunta es ésa? —protestó Lola.

Daryl volvió a sonreír. En su familia todos esperaban que sentara la cabeza de una vez. Según su padre y su hermana mayor, ya comenzaba a tener una edad para hacerlo y, al ver cómo sus hermanas lo miraban, iba a responder cuando su abuela intervino:

—Imagino que querrá una chica que dé color a su vida.

—Mejor, tranquilidad —Daryl rio divertido.

—Sí, claro, y a ser posible, que sea despampanante, con unos pechos generosos y unas piernas kilométricas, ¿no? —preguntó con retintín Priscilla.

—No estaría mal —admitió Daryl.

—A eso añadiremos —prosiguió Priscilla con sorna— de buena familia. Elegancia y sensualidad al hablar, caminar y vestir. Discreta. Que siempre te dé la razón y cuyas medidas sean 90-60-90.

—¡Vas por buen camino! —El comandante sonrió.

Lola apostilló divertida:

—Y si, además de eso, no tiene tatuajes, tiene una buena cuenta en el banco, conduce un Ferrari y es un ángel de Victoria's Secret, mejor todavía, ¿verdad?

—¡Ahí le has dado, hermanita! Justo eso es lo que busco —murmuró Daryl para hacerlas sonreír.

Por su trabajo y sus viajes, conocía a infinidad de mujeres como las que le describían. Mujeres bellas, increíbles, de medidas y rostros perfectos, pero que, tras pasar unas horas con ellas, lo aburrían una barbaridad.

A veces, cuando estaba con sus hermanas y sus cuñados y veía la complicidad existente entre ellos, le encantaba. Le agradaba la idea de tener ese «algo» especial con ese «alguien», debía de ser increíble, y aunque nunca lo expresaba en voz alta, algo en su interior le hacía saber que lo buscaba, pero su exigencia lo frenaba.

Llevaba demasiados años solo, decidiendo su vida, estableciendo sus horarios y organizando su casa. Le gustaba su libertad. Esquivaba los problemas y, si algún día aparecía esa mujer, como poco tendría que ser como él.

Divertido, pero sin mostrar aquella parte receptiva de él, porque si lo hacía sus hermanas lo agobiarían a citas, mirando a Priscilla cuchicheó con picardía:

—Busco ¡la discreción y la perfección!

Eso hizo sonreír a Diana, y Lola afirmó divertida:

—Piloto..., ¡lo llevas claro!

—Comandante..., si no te importa —corrigió él con una sonrisita.

Priscilla y Lola rieron por lo bajo y Diana, sacándose del bolsillo de su falda una baraja de cartas, las mezcló y, enseñándoselas a Daryl, pidió:

—Escoge tres cartas y veamos si esa mujer especial está por llegar.

—*Abu*, por el amor de Dios —cuchicheó Priscilla—. ¡Como te vea papá con la baraja de cartas en la mano la liamos! Ya sabes lo recto que es.

—Paso de ese vejestorio —respondió aquélla.

Lola sonrió, le encantaba aquella faceta pasota de su abuela, e indicó:

—Tranquila, Priscilla, papá no puede vernos.

Daryl las miró divertido.

—*Abu*..., sabes que no creo en estas cosas.

—Lo sé, hijo. Lo sé. Pero dame el gusto. Elige tres cartas y ponlas sobre la mesa en el orden que quieras.

Él claudicó al fin. Era inútil negarse y, tras dejar tres cartas sobre la mesa, dijo:

—Hecho.

Diana observó las cartas en silencio y su colocación, hasta que Lola preguntó:

—Vamos, *abu*, ¿qué ves?

—¡Cuenta! —insistió Priscilla.

Con minuciosidad, la mujer continuó mirando las cartas y sonrió.

Finalmente, posó los ojos en aquel muchacho al que tanto quería.

—¿Puedo decir lo que veo?

—¿Y que se enteren estas brujas? Nooo... —respondió él con mofa.

—¡Serás idiota! —se quejó Priscilla.

—¡Imbécil! —gruñó Lola.

—¡Chicas! —las regañó Diana con una sonrisa.

Daryl sonrió.

Adoraba a sus hermanas. Le encantaba hacerlas rabiar, y, sin importarle ni creer lo que aquellas cartas pudieran dar a entender, declaró:

—*Abu*..., puedes decir lo que quieras delante de ellas.

—¡Bien! —Aquellas dos chocaron las manos.

Encantada, la mujer empezó a decir entonces mirándolo a los ojos:

—A simple vista, la sal se ve como el azúcar, y eso puede confundirte.

Sin entender lo que aquélla decía, Daryl sonrió.

—*Abu*..., ¿y eso qué significa?

Ante el gesto de sus tres nietos, la mujer clavó sus bonitos ojos en él y aclaró:

—Quiere decir que tus ojos sólo miran, pero no observan. Muchacho, en el mundo vive tu personita especial, y cuando la encuentres será fácil de querer y difícil de olvidar.

—Qué bonito lo que has dicho, *abu*..., qué bonito —afirmó Lola, recordando los consejos que en su momento aquélla le había dado para entender qué le ocurría con el que ahora era su marido.

Daryl parpadeó sin dar crédito.

—Hay momentos irrepetibles en la vida que valen oro si son disfrutados con la persona adecuada —prosiguió su abuela—. Mi consejo es que no busques a la mujer más bella del mundo, sino a la que haga bello tu mundo.

—¡Oh, qué romántico! —musitó Priscilla.

—Demasiado para don Mujeriego, de segundo apellido Tiquismiquis —se mofó Lola.

Si alguien era un maniático de todo, ése era su hermano. Vivir solo le había generado un perfeccionismo y unas exigencias en ocasiones agobiantes para Lola. Cada vez que él iba a su casa, tenía que soportar sus comentarios mordaces en cuanto a los pelos que sus perros soltaban.

Daryl soltó una risotada al oír a su hermana.

—Lo único imposible es aquello que no se intenta —reiteró su abuela.

Él resopló, y ésta, agarrándolo con fuerza de la mano, insistió:

—Las cartas nunca mienten, y predicen que un tsunami devastador arrasará tu vida y tu corazón irremediablemente.

Daryl sonrió divertido. No creía en aquellas cosas, pero, al ver cómo aquellas tres lo observaban, se llevó las manos al pecho y declaró con comicidad:

—Oh, mi corazón..., ¡creo que ha llegado ese tsunami!

Las tres mujeres sonreían por aquello cuando de repente se oyó:

—¡Lolorolaaaaaaaaaaaa!

Enseguida se volvieron para mirar.

Al fondo, junto a Dennis, había una chica vestida de manera informal con colores estridentes. Llevaba una camiseta de tirantes rosa que dejaba ver los tatuajes que tenía en los hombros y unas mallas fosforito. Tenía a la pequeña Elora en brazos, y Lola, al reconocerla, exclamó mientras echaba a correr:

—¡Carololaaaaaaaaaaaa!

Priscilla, Daryl y Diana los observaban y él, curioso, preguntó:

—¿Y doña Colorines quién es?

Priscilla, sonriendo, indicó mientras se alejaba al ser requerida por su marido:

—Es Carol. Y, si mal no recuerdo, era azafata.

—¿Azafata, con esas pintas? —se mofó él.

Le sonaba que su hermana se la había presentado, pero con las pintas que llevaba no la había reconocido. Sin prestar más atención a aquella loca que saltaba con su sobrina en brazos, miró a su abuela y sugirió:

—¿Te apetece que tú y yo nos bebamos una buena botella de chardonnay?

—¿Tú y yo?

Daryl sonrió y, agarrando a la mujer del brazo, indicó:

—¿Con quién mejor que con la mujer más increíble de toda la fiesta?

—¡Zalamero! —Diana sonrió, dejándose llevar por su nieto.

* * *

Lola y Carol se acercaron una a la otra saltando como dos chiquillas de quince años y luego se abrazaron.

—Dios, ¡ya tiene tres añitos! ¡Felicidades! —musitó Carol.

Lola asintió y afirmó mirando a su niña, que reía:

—¡Tres! ¡Tres añitos!

Dennis observaba a aquellas dos saltar entre risas y, cuando pararon, soltó cogiendo a su hija:

—¿En serio ahora vais a llorar?

Las dos mujeres lo miraron emocionadas. Claro que iban a llorar, y entonces Carol preguntó, calándose la gorra que llevaba puesta:

—¿Acaso es malo emocionarse?

La emoción los embargaba y, cuando comenzaron a reír a carcajadas, él murmuró sonriendo:

—A vosotras no hay quien os entienda.

De nuevo rieron los tres, y Carol, aprovechando el momento, preguntó:

—¿Os apetece adoptar otro perrito?

Dennis y Lola la miraron.

Hacía un mes había muerto uno de los dos que tenían, y Lola, apenada, susurró con gesto triste:

—Todavía no he superado lo de *Flaky*.

Los tres asintieron. Perder a un animalito era duro, y Carol, mirando a su amiga, indicó al ver que Dennis la besaba con mimo en la cabeza:

—Lo siento..., lo siento..., no lo recordaba.

Lola tomó aire.

Desde que *Flaky* murió, estaba sensible con el tema animales.

—Cuando esté preparada para traer otro a casa te lo diré —dijo sonriendo—. Tenlo por seguro.

Instantes después, cuando Dennis se alejó con su hija en brazos, Lola asió del brazo a su amiga y preguntó:

—Pero ¿de dónde vienes con estas pintas?

—Calla..., calla... —murmuró Carol mirando a su alrededor mientras se colocaba bien la gorra, de la que salía una larga coleta rubia.

—Y, por cierto, te dije que el cumpleaños comenzaba a las cuatro y son las cinco y media...

Carol asintió. Todo el mundo iba elegantemente vestido excepto ella, que llevaba unas mallas fosforito, camiseta de tirantes y zapatillas de deporte. El ensayo se había demorado y no había tenido tiempo de pasar por su apartamento para cambiarse.

—Ya sabes que la puntualidad no es lo mío —comentó con una pícara sonrisa.

—Lo sé..., lo sé...

—Y vengo con estas pintas porque el ensayo se ha alargado más de la cuenta por un problema con uno de los bailarines. ¡Un esguince!

—No... —murmuró Lola.

Carol asintió.

—Había que readaptar ciertos pasos y..., bueno, ya sabes. Total, si iba al apartamento a cambiarme, cuando llegara aquí ya se habría acabado el cumpleaños.

—Has hecho bien.

—Por cierto —murmuró Carol mirando a su alrededor—, no esperaba ver a la gente tan bien vestida en el cumpleaños de una niña, porque, si hubiera sido así, te juro que habría pasado por mi casa aunque hubiera llegado mucho después.

—No pasa nada, cielo. Papá y sus cosas..., ya sabes —susurró Lola.

En ese instante llegó hasta ellas Samantha, que, al ver a Carol, la abrazó emocionada. Lola las había presentado años atrás y entre ellas se había creado una buena amistad.

—¡Estás fantástica! —exclamó Samantha cuando se separaron.

Carol sonrió. No era la típica bailarina delgada y escuchimizada que sólo comía lechuga y tomate. Ella era una mujer alta, de un metro setenta, y curvilínea. Por ello, se tocó las caderas y cuchicheó, mientras cogía una botella de cerveza que uno de los camareros paseaba en las bandejas:

—Gracias, reina... Mis caderas y yo agradecemos tu piropo.

Las tres reían por aquello cuando Colin Simmons se les acercó y, mirando a Carol, iba a decir algo cuando su hija intervino:

—Papá, es mi amiga Carol, ¿la recuerdas?

El hombre ni siquiera se inmutó. Sólo la miró con cierta curiosidad, y Carol dijo:

—Señor Simmons, gracias por la invitación, y disculpe mi atuendo. Vengo directa de un ensayo con la compañía de baile para la que trabajo y no he tenido tiempo de cambiarme.

El puntilloso y recto Colin Simmons volvió a asentir y, acostumbrado a los estilismos de su propia hija Lola cuando daba sus clases de baile, dijo con resignación, a pesar de lo horrorizado que estaba por las pintas de aquélla:

—Pasadlo bien.

Las jóvenes se miraron divertidas y, cuando él se marchó, Carol murmuró contemplando el catering:

—Chicas, me muero de hambre.

Lola miró con guasa las piernas de su amiga y sus zapatillas de deporte.

—Con ese color rosa fosforito de tu camiseta has dejado sin palabras a mi padre —musitó.

—A tu padre y a media fiesta —añadió Samantha al ver cómo muchos la miraban.

Carol se encogió de hombros. Lo que pensaran de ella aquellos desconocidos poco le importaba.

—Como diría mi *nonna* —respondió—, mientras te preocupes por lo que los demás piensan de ti, les perteneces, y yo paso: ¡me pertenezco a mí misma!

Samantha y Lola se miraron sonriendo. Sin duda, Carol era especial.

—Bueno, cuenta, ¿qué tal la gira con Pink?

—¡Genial!

Durante unos minutos Carol les explicó las peripecias que hacía para seguir con la gira, desempeñar su trabajo y atender a su familia, hasta que Samantha, deseosa de saber, preguntó:

—Pero, vamos a ver, Carol, ¿cómo consigues cuadrar tu trabajo en la compañía aérea con las giras y la atención de tu familia? Por más que lo pienso, no lo entiendo.

Ella sonrió. Ni ella misma sabía muchas veces cómo lo conseguía y, mirándola, cuchicheó:

—Cambiando cuadrantes. Creo que soy la TCP que más cuadrantes cambia en High Drogo. Pero aquí me tienes, terminando la gira y ¡feliz! Por cierto, mañana actuamos en el Wembley Stadium y sé cuánto os gusta Pink. Aquí tenéis unas entradas Vip, y al acabar seguro que puedo presentárosla. ¡Es encantadora!

Las dos mujeres se miraron felices y Lola, cogiendo el sobre, afirmó:

—No me lo perdería por nada del mundo.

En cambio, Samantha maldijo y, suspirando, indicó:

—Mierda..., mierda..., mierda... Desgraciadamente, me lo voy a perder. Mañana tengo una boda que cubrir en casa de los Foster y no puedo faltar. ¡Me quiero morir! Por cierto, el vestido que le he conseguido a la hija de los Foster es ¡increíble! —Y, mirando a Carol, musitó—: Si alguna vez te casas, el vestido se lo encargaremos a Kendall.

—¡Qué peso me quitas de encima! —se mofó ella al oírla.

Lola y Carol sonrieron por aquello, y ésta, tras dar un trago a su bebida, preguntó:

—¿Y Jack? ¿Dónde está el piloto?

Lola y Samantha se miraron, y esta última corrigió con sorna:

—Si te refieres al *comandante*, se ha marchado. Seguro que, cuando sepa que has estado aquí, le dará rabia. Ya sabes que te adora.

—¿Va todo bien con él?

Las tres amigas se miraron. Meses atrás, aquéllos habían tenido problemas en su matrimonio, y Samantha respondió:

—Creo que sí.

Carol asintió. En el tiempo que estuvo trabajando para Iberia, muchos habían sido los viajes que había compartido con el marido de aquélla y nunca lo había visto tontear con nadie, por lo que respondió:

—Te quiere. Lo sé. Hazme caso.

Lola, para cambiar de tema, preguntó entonces:

—¿Cómo llevas los ensayos de la *masterclass*?

Al recordar aquello para lo que se habían apuntado, afirmó:

—Bien. Muskeva y yo lo tenemos controlado.

En ese instante le sonó el teléfono. Rápidamente, Carol lo miró y murmuró:

—¡Joder!

—¿Qué pasa? —preguntó Lola al oírla.

—Tengo que ir a Venecia con urgencia —respondió Carol con un suspiro—. Pero se celebra una convención de videojuegos y no hay manera de conseguir un pasaje. Lo he intentado con mis compañeros, pero ellos también van a tope y no pueden meterme de polizona en ningún vuelo.

—Mi hermano Daryl está por aquí —comentó Lola.

—¡¿Y...?!

—¿No te acuerdas de que te dije que él y Can, el hijo del dueño de la empresa, son íntimos?

—Pues no. No lo recuerdo.

—Si quieres se lo puedo comentar y, oye..., si te puede echar una manita, ¡sería genial!

—¡Y tanto! —afirmó Carol. Y, mirando a su alrededor, cuchicheó—: No me mates, sé que me lo presentaste en una ocasión, pero no recuerdo cómo es. Si tuviera que recordar a todos los hombres que me presentan, sería un portento de mujer.

Lola, sorprendida porque su amiga no recordara al guaperas de Daryl, iba a hablar cuando Samantha preguntó:

—¿En serio no sabes quién es?

Carol la miró y, con sinceridad, respondió:

—Pues no. No sé quién es. Que trabajemos en la misma compañía no quiere decir que nos tengamos que conocer. Pues anda que no hay gente en High Drogo. Aunque, bueno, ahora que lo dices, la verdad es que he oído hablar de un comandante de apellido Simmons que las tiene locas a todas...

—¡Ése es! —afirmó Samantha.

Carol suspiró divertida.

—Lamento deciros que no lo recuerdo. Sólo lo he visto una vez.

Lola y Samantha se miraron sorprendidas.

La norma general era que ninguna fémina olvidaba al hermano de aquélla, y cuando la primera iba a hablar, pasó un camarero con una bandeja repleta de canapés de salmón y Carol, levantándose, lo paró.

—Si me la dejaras aquí enterita, te lo agradecería —le pidió—. Hoy sólo he comido media barrita energética y estoy que me muero de hambre.

El camarero la miró sorprendido, y Samantha indicó divertida:

—Por favor, Carlton, deja la bandeja aquí.

Después de que él le dijera algo al oído a esta última y se retirara, Carol miró los canapés y murmuró:

—Dios..., ¡creo que me va a dar un infarto!

Samantha sonrió con guasa y señaló, dirigiéndose a sus amigas:

—Os dejo. Me requieren en la cocina. ¡Luego nos vemos!

Y, dicho esto, se marchó. Carol cogió entonces uno de los canapés y, metiéndoselo en la boca, masculló:

—Mmmmm..., menudo orgasmooooo.

—¡Carololaaaaaaa! —la regañó su amiga, divertida al oírla.

La aludida sonrió y Lola, dispuesta a ayudarla, dijo:

—Mientras disfrutas de los orgasmos, voy a buscar a Daryl, ¿te parece?

—¡Perfecto!

Con una sonrisa en los labios, Lola fue en su busca y, al verlo hablando al fondo del jardín con dos mujeres, se le acercó.

—¿Podemos hablar un minuto?

Con galantería y saber estar, Daryl se excusó con aquéllas y, cuando quedó a solas con su hermana, murmuró sacándose un papel del bolsillo:

—La hija del concejal Joseph Burn me acaba de dar su teléfono. ¿Será ella el tsunami que la *abu* ha visto en las cartas?

Lola miró el papel y, al ver que la aludida los observaba, cuchicheó:

—Por favor..., ¡Dios no lo quiera!

Ambos rieron y, a continuación, Lola musitó:

—Daryl..., si papá se entera de que esa mujer y tú...

—Tranquila —la cortó él—. No me interesa.

Ella asintió y, olvidándose del tema, preguntó señalando a la derecha:

—¿Recuerdas a mi amiga Carol?

—Sé que me la presentaste una vez, pero no la recuerdo mucho.

Lola suspiró e insistió, apuntando con el dedo.

—Trabaja en High Drogo de TCP.

—Por Dios..., ¿tu amiga nunca ha comido?

Lola miró hacia el lugar adonde su hermano miraba y, al ver a Carol comer con ganas mientras gesticulaba con placer, replicó:

—Viene de un ensayo y está muerta de hambre.

—¿Ensayo? ¿Qué ensayo?

Caminando hacia Carol, Lola aclaró:

—Es bailarina como yo.

—Pero ¿no es TCP?

—Sí. Trabaja como azafata y a la vez como bailarina. Bueno..., es complicado. Y, la verdad, no sé cómo puede llevar el ritmo frenético que lleva. Si tuviera que hacerlo yo, creo que ya me habríais enterrado.

—Al grano, hermanita...

—Es verdad. Bueno, el caso es que necesita un favor y quizá tú puedas ayudarla.

Daryl se incomodó. Estaba harto de solucionar los problemas aéreos de los demás, pero, cuando iba a protestar, Lola insistió:

—Carol es especial para mí. Si no fuera importante, no te lo pediría.

Dándose por vencido al ver la mirada sincera de su hermana, él asintió.

—De acuerdo.

Acto seguido, ambos se acercaron a Carol, y ésta, tras tragar lo que tenía en la boca, soltó mirándolos:

—Madre mía, ¡qué ricos están! —y, al ver a otro camarero pasar con otra bandeja, preguntó—: ¿Son croquetitas?

Daryl, sorprendido de que le prestara más atención a la comida que a él, llamó al camarero y, cuando éste se aproximó, Carol murmuró, mirando la bandeja de croquetas:

—Juro que te como a besos si me dejas unas cuantas aquí.

Lola, al ver cómo el camarero los miraba, cogió varias de ellas y animó a su hermano:

—Vamos. Coge un par para Carol.

En cuanto aquél lo hizo y el camarero se retiró, Carol, encantada, cogió una croqueta y, tras metérsela en la boca, murmuró en italiano cerrando los ojos:

—*Mamma mia... Che delizioso!*

Lola y Daryl intercambiaron una mirada, y Carol, después de tragar, miró al guapo hombre que la observaba junto a su amiga y lo saludó.

—¿Tú eres Daryl? —Él asintió y ella prosiguió—: Al parecer, Lola nos presentó hace unos años, pero, la verdad, si te soy sincera, si me cruzo contigo ¡no te reconozco!

Daryl, que sabía que, gracias al gimnasio y a sus cuidados, su cuerpo había mejorado, se irguió y preguntó:

—¿Tanto he cambiado?

Carol, tras tragar otra deliciosa croquetita, respondió:

—Pues no lo sé. Simplemente no me acordaba de ti.

Boquiabierto por su contestación, la miró mientras Lola sonreía; entonces Carol, al ver el gesto serio y ofuscado de aquél, añadió sin cortarse:

—Oye, no te sientas obligado a ayudarme.

—Depende de qué tipo de ayuda necesites —replicó Daryl contemplando el tatuaje de su hombro.

Carol se limpió la boca con una servilleta, después dio un trago a su botella de cerveza y, cuando iba a hablar, él indicó:

—¿No crees que sería mejor que la bebieras en un vaso?

Al oír eso, Lola puso los ojos en blanco; su hermano y sus manías... Pero Carol respondió sin ningún pudor:

—Pues no. A mí me gusta beber la cerveza a morro.

Daryl la miró sorprendido. Todas las mujeres acataban lo que él proponía. Sin embargo, cuando iba a replicar, sonó el teléfono de Carol, que, haciéndole un gesto con la mano, dijo:

—Un segundo. —A continuación, saludó a su interlocutor, escuchó lo que le decía y respondió—: Sí, he hablado con ella esta mañana cuando he pasado por el refugio. Cuando me he ido, Conrad y el veterinario le estaban poniendo el chip al gordito. Sí... Sí, he dejado los papeles preparados sobre la mesa del despacho para cuando fuera... Sí, tranquilo, le he explicado lo de la castración y tal y le ha parecido bien. —De nuevo escuchó y añadió con una sonrisa—: Dale un beso de mi parte al gordo, espero que sea muy feliz con su nueva familia.

En cuanto colgó, al ver cómo la miraban su amiga y su hermano, afirmó emocionada:

—Hemos encontrado una familia para *Black*, y estoy tannnnnnnn feliz...

—Carol colabora con un refugio de animales abandonados —aclaró Lola dirigiéndose a su hermano—, y *Black* es uno de los perretes que tienen allí.

Daryl asintió sin emoción, los animales no eran lo suyo, y Carol, mirándolo, preguntó:

—¿Tienes perro?

—No.
—¿Por qué?
Sorprendido, él respondió:
—Viajo mucho y no tengo tiempo. Y si a eso le sumas que odio los pelos, las babas y las pulgas, creo que ya te lo he dicho todo.
—¡Qué extremista eres, por favor! —se quejó Lola.
—Extremista, no: ¡realista! —replicó él, y, quitándole unos pelos a su hermana del vestido que llevaba, se los enseñó y preguntó—: ¿Esto qué es?
Lola miró los pelos blancos de su perra que llevaba en la ropa y, tras resoplar, siseó:
—Ya lo sabes, don Tiquismiquis.
Carol, sorprendida, miró al hermano de su amiga y preguntó:
—¿Nunca has tenido un animalito en casa?
—No.
Lola y ella intercambiaron una mirada. Ambas pensaban lo mismo al respecto, pero Carol, que no deseaba iniciar un debate con aquel tipo, cogió otra croqueta y, antes de metérsela en la boca, cuchicheó con gracia:
—Pues tú te lo pierdes.
Daryl no respondió y, cuando Lola iba a decir algo, el teléfono de Carol comenzó a sonar de nuevo y ella, poniendo los ojos en blanco, musitó:
—*Mamma mia!* Annalisa.
Contestó la llamada y comenzó a hablar en italiano a una velocidad que a Daryl lo sorprendió. Lola, al ver cómo su hermano la miraba, aclaró:
—Habla italiano.
Pasmado, la observó gesticular, mover las manos y hablar en italiano con tanta fluidez que lo hizo sonreír. ¿Cómo una muchacha que segundos antes le hablaba con un acento totalmente londinense podía ahora parecer una italiana de pura cepa? Hasta que de pronto, la sonrisa de la joven se apagó e, inquieto, le preguntó a su hermana:
—¿Qué ocurre?
Lola, que, como él, la observaba, respondió:

—No lo sé, hermanito. No entiendo lo que dice, pero, sin duda, nada bueno.

Una vez que la conversación acabó, ignorando a quienes la miraban, Carol cerró los ojos y aspiró aire para después expulsarlo despacio.

—¿Qué hace? —preguntó Daryl boquiabierto.

—Ejercicios de relajación —repuso Lola con tranquilidad.

—¡¿Ahora?! —insistió él.

Carol, que los había oído, siseó con los ojos cerrados:

—O hago esto para tranquilizarme, ¡o reviento!

Los hermanos se miraron divertidos mientras aquélla continuaba a lo suyo. Y cuando, instantes después, abrió los ojos, preguntó mirándolos:

—¿Tenéis poderes de teletransportación?

Ninguno respondió, y Daryl, mientras la veía coger otra croqueta, preguntó:

—¿Qué pasa?

Carol tragó la comida de la boca y contestó muy seria:

—Mejor pregunta «¿qué no pasa?».

Sin entender nada, él no replicó y ella, resoplando, añadió:

—Como se suele decir, los amigos se eligen, pero la familia es la que te toca, y ésa es la que me ha tocado a mí.

—Carol necesita ir a Venecia. Ése es el favor que tenía que pedirte —aclaró Lola mirándolo.

Su amiga asintió y añadió dirigiéndose a él:

—Tengo que ir a Venecia porque tengo una familia que ni en Google la encuentras. Pero, ¡joder!, hay una convención de videojuegos allí y no hay manera de encontrar un maldito pasaje. Aunque, claro, ¡explícale eso a mi hermana Annalisa!, a la que su mente egoísta sólo le da para creer que no quiero ir.

A continuación, los tres permanecieron en silencio hasta que Daryl, desconcertado por todo lo que aquélla había soltado en un momento por la boca, comentó:

—Si mal no recuerdo, pasado mañana tengo un vuelo en el que hago escala en Venecia. Puedo intentar incluirte de extra en cabina.

Oír eso fue música celestial para Carol, que susurró:

—¿Harías eso por mí?

Sin dudarlo, Daryl asintió. Se sacó el móvil del bolsillo del pantalón y se alejó de ellas para hacer una llamada.

Carol, al ver su buena predisposición, murmuró entonces:

—¡Qué majo tu hermano, a pesar de que no le gusten los animalitos! Y, oye, por qué no decirlo, ¡qué bueno está! ¡Qué mono! ¿En serio me lo presentaste y yo no me acuerdo de él?

—Calla —musitó Lola divertida—, que ya se lo tiene bastante creído. Las mujeres de la fiesta babean por él, y sin duda para esta noche tiene dónde elegir.

—Normal, pero ¿tú has visto cómo está?

Lola asintió y advirtió divertida:

—Sí, hija, sí. Llevo media vida oyendo eso de «cómo está mi hermano». —Ambas rieron, y Lola añadió—: Y luego está su faceta de tiquismiquis perfeccionista. Se parece a papá más de lo que cree, e intuyo que en su vejez será un cascarrabias como el Pitufo Gruñón.

—Pobrecito —se mofó Carol.

Ambas volvieron a reír, y Lola preguntó:

—¿Qué le ha ocurrido a Adam?

—Lo de siempre, Lola —susurró su amiga, molesta—. Al parecer, estaba tomando algo, lo insultaron y, como tiene la mecha muy corta, se defendió. El resultado es un ojo morado y el labio roto. ¿Y con quién paga su frustración Annalisa? Pues, como siempre..., conmigo.

—¡Joder con tu hermana! ¿Está mejor después del divorcio?

Carol resopló.

Su hermana nunca había sido la alegría de la huerta, porque siempre se había parecido al Donante, pero respondió suspirando:

—Vive eternamente enfadada.

—Tranquila.

—Lo sé..., lo sé..., pero no te preocupes. Tengo asumido el concepto que ella y el Donante tienen de mí. Pero me da igual. Hace tiempo que les dije a ambos que lo que dijeran me entraba por un oído y me salía por el otro.

Las amigas se miraban cuando Daryl se les acercó y anunció:

—Solucionado. Vuelo a Venecia pasado mañana a las tres de la tarde desde el aeropuerto de Gatwick, para luego continuar hasta la India. Te he incluido conmigo en cabina.

Carol sonrió. Que hiciera eso por ella era increíble y, tirándose a sus brazos, exclamó abrazándolo con efusividad:

—Gracias..., gracias..., gracias... Te debo una muyyyy gorda.

Ahora fue Daryl el que sonrió. Aspiró el agradable perfume que emanaba de ella y respondió:

—Tomo nota.

Pero, cuando Carol se apartó, se vio una pequeña mancha y refunfuñó:

—Creo que me acabas de manchar el traje.

Sin dar crédito, ella miró la minúscula mancha que tenía en la solapa y replicó:

—¿Yo? ¿Y por qué yo?

Daryl, fastidiado por aquello, le miró la mano y gruñó:

—Porque tienes las manos sucias de aceite de *¡las croquetitas!*

Boquiabierta, Carol iba a contestarle justo en el momento en que su teléfono volvió a sonar.

—¡El que faltaba! —exclamó al ver de quién se trataba.

—¿Quién te llama ahora? —preguntó Lola.

—¡Pues sí que estás solicitada! —dijo Daryl mientras seguía examinando su mancha.

—¡El Donante de Esperma! —contestó Carol mirando a su amiga.

Y, sin más, tras descolgar, comenzó a hablar en español. Bueno, más que a hablar, a discutir. Daryl, al oírla, miró de nuevo sorprendido a su hermana, que aclaró:

—Es su padre.

—Pero ha dicho «el Donan...».

—Sé lo que ha dicho —lo cortó—. Y sus razones tiene.

Daryl asintió sorprendido, y estaba mirándose la minúscula mancha de su solapa cuando Lola cuchicheó sin hacerle caso:

—Por cierto, es español, por eso Carol habla ese idioma y..., ah..., también habla alemán.

Daryl asintió. Él sólo hablaba perfectamente dos idiomas, inglés y francés, aunque chapurreaba bastante bien el español, y afirmó encantado:

—¡Qué máquina, tu amiga!

Tras hablar con aquél unos segundos, Carol colgó de mal humor. Odiaba hablar con él, y, consciente de que reconducir su estado de ánimo tras la última llamada era complicado, dijo mirando a su amiga:

—Le acabo de decir mi frase lapidaria.

Lola sonrió, y Daryl preguntó curioso:

—¿Que es...?

—«¡Vete a la mierda!» También te la puedo decir en italiano, que suena más rotunda: «*Vaffanculo!*».

Al oír eso, Daryl parpadeó dos veces desconcertado, y Carol aclaró mirándolo:

—Tú no. El Donante —y, al ver que no reaccionaba, insistió—: Me has preguntado cuál es mi frase lapidaria y yo te la he dicho. ¿Te la repito?

—No. No..., ya lo he entendido —afirmó él.

Carol suspiró y, tras dar un trago a su botella de cerveza, dijo dirigiéndose a su amiga:

—Lolorola, he dejado el regalo para Elora con el resto. El mío es el que va en una caja verde pistacho con un lazo rojo gigante. Y ahora, ¿te importa si me voy para mi casa? Estoy muy cansada y mañana tengo concierto.

Lola, consciente de la carga que Carol llevaba a sus espaldas, le dio un beso y musitó sonriendo:

—Pues claro que no me importa. Vete. Pero ¿estás bien?

—Sí, tranquila..., sí —y, cogiendo la última croqueta, se la comió e, intentando sonreír, soltó—: Al menos, ¡ya me voy cenada!

Eso le hizo gracia a Daryl, y Carol preguntó a su amiga:

—Entonces ¿mañana nos vemos?

Lola se sacó el sobre con las entradas del bolsillo y afirmó:

—Por supuesto, Carolola. Allí estaré sin falta para aplaudirte y ver a Pink.

—¡Genial! Despídeme de Samantha. Y dile que, cuando termine la gira y vuelva a estar en Londres, los llamo para quedar para cenar.

—Se lo diré —afirmó Lola.

Y, tras besar a su amiga, Carol se acercó a Daryl y preguntó antes de tocarlo:

—¿Puedo despedirme de ti o también te voy a manchar?

Sin saber por qué, el comandante sonrió y, cuando ella le dio un casto beso en la mejilla sin atosigarlo ni pestañearle como estaba acostumbrado, la joven añadió:

—Ven mañana al concierto. Si te gusta Pink, te encantará.

Instantes después, cogió la bolsa de deporte que tenía a sus pies, se la cargó a la espalda y, calándose la gorra, se marchó. Estaba muy cansada.

Una vez que hubo desaparecido, Daryl, sorprendido por su sensual y agradable olor, miró a su hermana y preguntó:

—¿Se nota mucho la mancha?

Lola miró su solapa. La manchita era casi imperceptible, e indicó:

—Absolutamente nada.

Daryl suspiró. Sabía que no era cierto, pero, pensando en la que se había marchado, preguntó:

—¿Pink? ¿Ésa es la cantante que tanto te gusta?

Lola asintió y, abriendo el sobre, vio que había varias entradas Vip.

—Carol forma parte del cuerpo de baile.

—¿Está casada la tal Carol?

—No —y, al ver que él asentía, añadió—: Y ni se te ocurra acercarte. Es mi amiga y tú no eres lo que ella necesita.

—Lola... —la cortó.

Ambos hermanos se miraron.

Podían decirse muchas cosas sin necesidad de pronunciar palabra, pero Daryl indicó:

—Punto número uno, como has dicho, es tu amiga. Punto número dos, estoy siendo amable con alguien a quien tú quieres. Y punto número tres, ¿acaso ella es el tipo de mujer con la que sueles verme?

Lola lo pensó. La verdad era que no. Carol y las mujeres con las que solía salir Daryl no se parecían en nada y, sonriendo, preguntó:

—¿Te vienes mañana al concierto?

Él lo pensó unos instantes y finalmente, viendo que no tenía nada que hacer, afirmó:

—Vale.

Capítulo 4

Como siempre, el concierto fue estupendo.

Eran muchos los meses que llevaban de gira. Muchos ensayos, muchos países, y Carol disfrutaba a tope de cada nuevo espectáculo. Le encantaba bailar.

Cuando acabaron, estaba con sus compañeros riendo por lo bien que había salido todo, abrió su bolsa de deporte y sacó su teléfono móvil. Tenía varias llamadas perdidas de su hermana y un wasap de Lola. Lo de su hermana era lo de siempre: presión.

Tras resoplar, leyó el mensaje de Lola y, sin dudarlo, le escribió que al cabo de media hora se dirigiera hacia la puerta veintiséis. Ella la recogería allí.

Una vez que se hubo cambiado de ropa, pero sin desmaquillarse ni quitarse los moñetes que sujetaban su pelo pintado para la ocasión en rosa y blanco, Carol se encaminó a toda prisa hacia la puerta veintiséis y, al llegar, dijo mirando a uno de los miembros de seguridad:

—He de recoger a unos amigos que esperan fuera.

El segurata abrió sonriendo y Carol, al ver a su amiga, le hizo una seña con la mano.

Rápidamente entraron Lola, su marido Dennis y Daryl.

Lola, que estaba emocionada por el concierto, exclamó abrazando a su amiga:

—¡Ha sido increíble, Carol! IN-CRE-Í-BLE.

Ella sonrió. Sabía que Pink era buena, muy buena, y entonces oyó decir a Dennis:

—¡Qué espectáculo tan alucinante!

—¿Y ese peinado? —se mofó Lola.

Carol se tocó la cabeza divertida y afirmó:

—¡Moñitos de color!

Daryl, que observaba a las mujeres que como ella llevaban el pelo rosa y blanco y que debían de formar parte del cuerpo de baile, declaró mirándola:

—Bailas muy bien, *Moñitos*. Me has sorprendido.

Eso hizo que Carol sonriera y, sin darle mayor importancia, los animó:

—Vamos, seguidme. He hablado con Pink y nos está esperando.

Los cuatro se dirigieron hacia un camerino pasando junto a guardias de seguridad y bailarines, y al llegar Carol indicó:

—Esperad aquí.

Dicho esto, la joven entró e, instantes después, sacando la cabeza por la puerta, indicó:

—Vamos, pasad.

Durante unos minutos la cantante Pink, encantadora como siempre, habló con los amigos de Carol y se hizo fotos con ellos. Lola, Daryl y Dennis se lo agradecieron felices y, cuando instantes después salieron del camerino, Lola exclamó:

—Por favor, es maravillosa. ¡Qué guapa! ¡Qué simpática! ¡Qué todoooooooo!

—¡Te lo dije! Es una tía ¡genial! —Carol sonrió gustosa.

Poco a poco, el estadio lleno de gente comenzó a vaciarse. Pink regresó al hotel entre los aplausos de su equipo, y los bailarines empezaron a recoger sus cosas y a desaparecer.

Daryl lo observaba todo sorprendido. Nunca había estado en las tripas de lo que era un concierto tan multitudinario como aquél, y, tras sonreír a varias bailarinas que al pasar por su lado le pestañearon, prestó atención a un chico y a una chica que se acercaron a Carol.

—Hay que recoger las cosas del camerino —oyó que le comentaron.

Ella sonrió y dijo entonces dirigiéndose a sus amigos:

—Os presento a Muskeva y a Fred. Son bailarines como yo y

unos excelentes amigos. Chicos, ella es Lola o, mejor dicho, Lolorola, su marido Dennis y su hermano Daryl.

Aquéllos sonrieron con gusto, habían oído hablar muchas veces de Lolorola y su marido, y Fred preguntó:

—Vosotros sois bailarines también, ¿verdad?

Dennis sonrió y musitó encogiéndose de hombros:

—Se hace lo que se puede, amigo.

Todos rieron por aquello y Lola, complacida porque aquéllos la incluyeran en algo que tanto amaba, afirmó:

—No somos tan buenos como vosotros.

—¡Anda ya! —Carol rio tocándose un moñito rosa—. Si sois buenísimos. Y tú, Muskeva, podrás comprobarlo el día de la *masterclass* en el gimnasio de Guillermo.

Todos sonrieron, y Muskeva, mirando a Daryl, preguntó:

—¿Tú bailas también?

—¡¿Daryl?! —se mofó Lola—. Mi hermano tiene dos pies izquierdos.

Divertido por aquello, y consciente de que lo suyo no era el baile, él indicó:

—Lo mío es otra cosa.

—¿Qué cosa? —insistió Fred encantado.

Carol, al ver a su amigo tan complacido con aquél, soltó una carcajada y aclaró:

—Es piloto de aviones.

Al oír eso, Lola soltó una carcajada y Daryl matizó cambiando el gesto:

—Comandante me gusta más.

—Woooooooooo, ¡comandanteeeeeeeeee! —se mofó Carol con guasa, haciéndolo sonreír.

Minutos después, cuando Daryl y Dennis comentaban con Fred y Muskeva el concierto, Lola cuchicheó dirigiéndose a su amiga:

—Eres muy bicha.

—¿Por qué?

Divertida, Lola insistió:

—¿Por qué te empeñas en picarlos?

Consciente de por qué su amiga le decía aquello, ella respondió con disimulo:

—¡Porque me encanta ver sus caras al oír la palabra *piloto*!

Ambas rieron.

Durante un rato, el grupo estuvo charlando sobre el concierto. Lola estaba como loca, y así se lo hacía saber a Carol y a sus compañeros. Dennis y Daryl los observaban, hasta que este último sugirió:

—Sé que es tarde, pero ¿os apetece que vayamos al Cero a comer algo? Estoy famélico.

Dennis suspiró.

—Creo que va a ser que no. Mañana tenemos clases en el colegio a las ocho de la mañana, y mira qué hora es.

Daryl no dijo más.

Cinco minutos después, cuando Fred y Muskeva se marcharon, Lola comentó mirando a su amiga:

—Cielo, nos vamos ya. Es tardísimo y mañana tenemos clase. —Carol asintió, y Lola añadió—: Cuando termines la gira y estés de nuevo por Londres, llámame y nos vemos, ¿vale?

—Por supuesto.

Tras besarse, Carol miró a Daryl, que observaba a una de las bailarinas, y, dándole un golpe en el brazo para llamar su atención, preguntó:

—A ver, casanova, ¿a qué hora quieres que esté mañana en el aeropuerto?

Molesto por aquella llamada de atención, el nombrecito de *casanova* y la sonrisita de su hermana y de su cuñado, él respondió pasándose una mano por el pelo:

—El vuelo sale a las tres. A la una y media intenta estar en las oficinas de High Drogo, pregunta por Magdalena y...

—¡Sé quién es! —lo cortó ella y, bajando la voz, añadió—: Por cierto, le encanta el chorizo, y siempre que viajo a España me pide que le compre de Pamplona. Según ella, es el mejor chorizo que ha probado en su vida y a su hijo lo vuelve loco.

Daryl asintió sin mucho interés y prosiguió:

—Magdalena te dirá cómo encontrarme.

—¡Perfecto!

Y, dicho esto, los acompañó hasta la puerta veintiséis. En su camino, Daryl, mirando a la joven de los moñitos rosa y blanco, se percató de que saludaba con una sonrisa a todo el mundo.

—¿Los conoces a todos?

—No.

—¿Y por qué los saludas?

Carol, sin perder la sonrisa, indicó:

—Porque me gusta hacerlo. ¿A ti no?

Él parpadeó. Lo último que le apetecía a él era ir saludando a quien no conocía y, sin contestarle, volvió a preguntar:

—¿A ti te gusta que te llamen *azafata* o *TCP*?

Eso hizo sonreír a Carol, que, mirándolo, respondió:

—¿En serio eres de ésos cuyo orgullo de machito se resiente cuando lo llaman *piloto*?

Daryl maldijo. Odiaba que aquello pudiera parecer cierto e, intentando explicarse, siseó:

—No se trata de eso.

—Entonces ¿de qué se trata? —preguntó ella curiosa. Y, al ver que no respondía, antes de llegar a la puerta por donde tenían que salir, agregó—: Mira, a mí me da igual si me llaman *azafata*, *auxiliar de vuelo* o *TCP*. Yo soy Carolina. Sé perfectamente quién soy y lo que hago. Y con poder trabajar en lo que me gusta y cobrar a final de mes para poder vivir me vale.

Sin poder evitarlo, Daryl sonrió y no replicó. Estaba claro que aquella listilla tenía respuesta para todo.

Capítulo 5

Antes de que Carol entrara en el camerino para recoger sus cosas, oyó decir a su amiga Muskeva:

—Guarda eso antes de que venga Carol.

Fred se disponía a esconder el periódico que tenía en la mano cuando Carol entró.

—¿Qué se supone que no he de ver?

Muskeva y él se miraron, y Carol insistió extendiendo la mano:

—Vamos..., quiero verlo.

Muskeva resopló y Fred indicó, tendiéndole el periódico:

—Página 22.

Sin entender de qué podía tratarse, la buscó y, al encontrarla, se sentó y leyó. En el artículo hablaban del boxeador Bastian Dumont. Había sido padre de un niño y se lo veía muy feliz.

A Carol le gustó ver su sonrisa y, aunque algo se revolvió en su interior, dijo devolviéndole el periódico a Fred:

—Me alegro mucho por él.

Muskeva y él se miraron, y la primera preguntó:

—¿Estás bien?

Carol sonrió. Ya no sentía nada por Bastian que no fuera cariño como amigo. Habían sido pareja hacía años y una desgracia los separó, pero, sobreponiéndose a aquello, afirmó segura de sí misma:

—Por supuesto, cielo. ¡Claro que estoy bien!

Estuvieron unos segundos en silencio, y finalmente Muskeva dijo para desviar el tema:

—¡Pero qué tiarrón! El hermano de tu amiga.

—Chocolatito Blanco, ése es un mucho... mucho... muchoooo —señaló Fred.

—Vete tú a saber —se mofó Carol mirando sus tersos moñitos de colores sobre su cabeza—. No te fíes de las apariencias, que en ocasiones engañan.

—¡Mujer de poca feeeeeeeee! —Fred rio—. Ese tipo es un mucho tirando para arriba, ¡te lo digo yo sin haberlo catado!

—Y yo —apostilló Muskeva.

Carol suspiró y no contestó.

No conocía al hermano de Lola, pero simplemente con lo que había visto ya, lo clasificaba dentro de la categoría de los de una noche y nada más.

Parecía frío e impersonal. El típico comandante guaperas y bien vestido al que le sobraban las mujeres y se creía un dios por ello. Y, encima, ¡no le gustaban los animales!

Aquellos dos continuaron hablando de Daryl mientras ella guardaba sus cosas en su pequeña mochila, hasta que Muskeva musitó:

—Ese piloto es un guaperas.

—Comandante —rectificó Carol con mofa.

Fred y Muskeva sonrieron y el primero preguntó:

—¿Desde cuándo lo conoces?

Carol se encogió de hombros.

—Desde ayer. Aunque, según dijo Lola, me lo presentó hace tiempo, y lo más curioso es que los dos habíamos trabajado en Iberia y en la actualidad estamos en la misma compañía y nunca nos hemos visto.

—¿Qué?

Carol suspiró.

—Y, conociéndolo, ¿cómo lo has podido olvidar?

Segura de su contestación, Carol indicó:

—¿Quizá porque cuando me lo presentó me sobraban los pilotos guaperas?

—Uis, nena..., ¡qué zorrón!..., en el mejor sentido de la palabra —dijo Fred, haciéndola reír.

—Catalógame como quieras —repuso Carol entre risas—. Sola y soltera, ¡yo elijo!

—Y bien que haces —afirmó Muskeva.

Durante un rato hablaron de todo un poco, y Fred, que estaba consultando algo por internet, preguntó enseñándole una foto:

—Entonces ¿los identifico según sus galones?

Carol, al ver que estaba mirando imágenes de pilotos de avión, afirmó:

—Sí.

—Uis, Chocolatitos, con la de aviones que cogemos por trabajo, ¿y os podéis creer que nunca me he fijado en esos galones? ¿Será porque verlos con ese uniforme me ciega?

—¡Será! —afirmó Carol.

Muskeva, que había vivido junto a ella su etapa de TCP en la compañía anterior para la que había trabajado, dijo mirando a Fred:

—Recuerda, cielo, cuando veas a un piloto, fíjate en los puños de su americana. Si lleva tres barras, es copiloto. Cuatro, comandante. Y cuatro y una estrella, comandante e instructor.

—¿Aún lo recuerdas? —preguntó Carol sorprendida.

Muskeva asintió.

—¿Cuántas barras lleva el guaperas? —preguntó, intentando no perder la sonrisa.

Carol lo pensó y, recordando lo que él había dicho, indicó:

—Imagino que cuatro. Dijo que era comandante.

—Woooo, Chocolatito, cómo me gusta ese comandante —se mofó Fred—. Me lo imagino con su uniforme planchadito lleno de galones y su gorra de piloto... ¡Woooo, malito me pongo!

Carol se sentó para atarse bien las zapatillas de deporte y comentó quitándole importancia:

—No exageres. ¡Tampoco es para tanto!

Muskeva y Fred se miraron sorprendidos. El tipo del que hablaban era para tanto y más, y Muskeva cuchicheó:

—A ésta se le ha averiado el radar.

Los tres rieron por aquello y entonces Carol, mirándolos, repuso:

—Los pilotos a los que les gusta ser llamados *comandantes*, si encima son guaperas, suelen ser soberbios, creídos, se creen los dioses del Olimpo, y, la verdad, he conocido a varios para saber de lo que hablo. Pero bueno —prosiguió—, reconozco que el hermano de mi amiga está muy bien y que para un ratito puede ser divertido. Eso no os lo voy a negar.

—Yo lo querría para algo más que para un ratito —susurró Muskeva.

—Queridas —añadió Fred—, lo que yo daría porque un tipo con esa mirada caliente, esa boca tentadora y esas piernas de acero pusiera sus cuidadas manitas de comandante sobre mi motor... ¡Me revolucionaría!

Las risas de los tres no se hicieron esperar; a continuación él, levantándose, exclamó:

—Me voy, ¡que me pierdo! He quedado con Calvin y Harris para tomar algo, ¿os apuntáis?

Muskeva se puso en pie rápidamente e indicó:

—Imposible, ¡he quedado con mi niña!

Al oír eso, sus amigos la miraron y ella, guiñándoles el ojo, cuchicheó:

—¡Noche de supermamá!

Carol sonrió.

—Yo también me desmarco. Mañana, como os he dicho, salgo para Venecia y quiero estar con mis perretes un ratito esta noche, antes de que Muriel se los lleve a su casa.

—Espero que todo vaya bien con tu familia.

—Seguro que sí —afirmó Carol. Y, mirándolos, pidió—: Recordad, cuando lleguéis a Bruselas mandadme un wasap e indicadme el hotel donde nos alojamos, ¿vale?

Sus amigos asintieron y, tras darse besos de despedida, se marcharon.

En silencio, Carol observó su imagen en el espejo. Seguía maquillada. Debía quitarse aquella tonelada de pintura y el tinte rosa y blanco del pelo, pero, cansada, se levantó de la silla y murmuró:

—Cuando llegue al apartamento, me ducharé y solucionado.

Una vez que se puso una sudadera negra y rosa de la gira, se colgó su pequeña mochila y cogió su bolsa de deporte, caminó hacia la salida. Al meter una mano en el bolsillo delantero de la sudadera, tocó algo. Al sacarlo, sonrió. Era media barrita energética de las que solía tomar durante los ensayos y, abriéndola, murmuró:

—¡A cenar!

Capítulo 6

Mientras comía, salió por la puerta trasera del Wembley Stadium. A diferencia de muchos de los integrantes de la gira, ella vivía en Londres y sabía moverse perfectamente por la ciudad. Desde hacía años tenía alquilado un pequeño apartamento de cuarenta metros en la zona más alternativa de Londres, Camden Town. Un apartamento que, a pesar de sus continuos viajes, y gracias a la buena amistad con la dueña, había podido conservar y que se había convertido en su hogar.

Camden Town era un barrio conocido por su famoso mercado, sus curiosas tiendas y la gente alternativa y punk. Durante el día, aquella zona estaba llena de viandantes y turistas que acudían a su mercadillo, mientras que por la noche el barrio cobraba vida gracias a sus clubes de música en directo y sus tradicionales pubs. Para Carol, era el lugar ideal en el que vivir.

Iba caminando hacia una de las paradas del autobús nocturno cuando notó que un coche se detenía a su lado. Recelosa, suspiró. «¡Problemas!»

Era un coche caro, deportivo, y con gesto ofuscado lo miró. Pero su expresión cambió cuando, al bajarse la ventanilla, se encontró con Daryl, el hermano de su amiga.

—Pero ¿qué haces por aquí? —le preguntó.

—He llevado a mi hermana y a Dennis a su casa y ahora, al regresar, he visto esos moñitos rosa y blanco y he pensado que podías ser tú.

—¡Pues has acertado! —se mofó Carol, e indicó—: ¡Bonito coche!

Daryl asintió. Adoraba su elegante Jaguar F-Type rojo.

—Gracias.

Divertido por lo graciosa que estaba peinada todavía así, él preguntó a continuación:

—¿Qué haces caminando sola por la calle a estas horas?

—De momento no tengo propulsores ni alas para volar.

Eso hizo sonreír a Daryl, que, al ver pasar a un grupo de chavales que por su aspecto debían de haber estado en el concierto, murmuró:

—¡Vaya pintas!

Carol miró a los chicos. Eran un grupo de chavales de unos veinticinco, vestidos con los colores de la gira, y preguntó:

—¿Y eso a qué viene?

Al oírla, Daryl la miró y, señalándolos, respondió:

—A como van vestidos.

Ella, divertida por su comentario, replicó a continuación:

—¿Y cómo voy vestida yo? Porque te recuerdo que llevo el pelo de dos colores, un kilo de maquillaje y mi atuendo es muy parecido al que llevan esos muchachos.

Daryl la examinó de arriba abajo. Ella tenía razón. Y, cuando iba a responder, Carol prosiguió:

—Que tú seas un clásico vistiendo no quiere decir que el resto lo tengamos que ser —y, sin pelos en la lengua, añadió—: Esa camisa color caca que llevas, por muy cara y de marca que sea, me parece horrorosa, pero no por eso te miro y digo «¡qué pintas!». Simplemente te respeto. A ti te gusta, ¡pues mira qué bien! A ellos les gusta ir así vestidos, ¡pues mira qué bien! ¿Quién eres tú para juzgar cómo vestimos los demás?

Boquiabierto por sus palabras, Daryl parpadeó dos veces. La camisa beige de Armani que llevaba le encantaba, pero, sin querer discutir con ella, preguntó:

—¿Adónde vas?

Carol señaló la marquesina del bus.

—A casa. Mis perretes me esperan y voy a coger el bus nocturno.

—¿Vives en Londres?

—Sí.

—¿Dónde?

—En Camden.

Daryl asintió. Camden era un barrio demasiado ruidoso para él.

Iba a comer algo y no le pillaba de paso, pero, viendo que no había nadie esperando el bus nocturno, dijo:

—Sube. Te llevaré.

Carol no se movió y preguntó:

—¿Hacia dónde te diriges tú?

—Notting Hill.

—¿Vives en Notting Hill?

—Sí.

Asintió, aquel glamuroso y bonito barrio le pegaba. Pero, consciente de que no le pillaba de paso, negó con la cabeza.

—No..., déjalo. Iré en el bus.

Daryl insistió:

—Vamos, sube. No me cuesta nada.

—No digas tonterías. No te viene bien.

—Carol, no son horas para que una mujer sola ande por la calle.

Al oír eso, la joven sonrió. Llevaba años acostumbrada a caminar sola por medio mundo, y replicó:

—Tranquilo. Sé defenderme.

Daryl suspiró.

—No lo dudo, pero sube.

La joven seguía sin moverse e, incapaz de dejarla sola, él pidió:

—Como caballero inglés que me considero, insisto en llevarte.

Oír eso a la joven la hizo sonreír y, encogiéndose de hombros, dijo mientras se encaminaba hacia el vehículo:

—Pues mira, *caballero inglés*, tú lo has querido. Llévame a casa.

Una vez que se sentó en el vehículo y dejó su bolsa de deporte en el suelo, se ajustó el cinturón, apoyó la cabeza y murmuró:

—La verdad, te lo agradezco. Estoy molida.

Y, al ver cómo él miraba detrás de ella con gesto incómodo, se volvió y, al ver que el tinte del pelo rosa y blanco manchaba el glamuroso reposacabezas de cuero negro del coche, indicó:

—Tranquilo, no te agobies. Cuando me baje te lo limpio con una toallita húmeda que llevo en la mochila. Te aseguro que se quita muy bien.

—¿Llevas toallitas húmedas en la mochila?

—Pues claro —repuso ella.

Daryl sonrió y, sin preguntar más, arrancó el vehículo.

«¡Qué mujer tan curiosa!»

Permanecieron unos instantes escuchando la música que sonaba, hasta que Carol, incapaz de callar, preguntó:

—¿A estas horas esta música no te duerme?

—Tchaikovski es muy bueno.

—No te quito la razón, ¡pero a estas horas...!

Daryl se encogió de hombros.

—¿A estas horas tú qué sueles escuchar?

Carol suspiró y, moviéndose con gracia, dijo:

—Pues depende. Si quiero estar activa, me pongo hip-hop, o funky, y si quiero estar relajada, algo suavecito. Pero, vamos, a estas horas y para conducir nunca me pondría esto.

Daryl sonrió y, con cierta soberbia, preguntó:

—¿Conoces a Tchaikovski?

Carol lo miró. Sin lugar a dudas, pensaba que era una inculta, y respondió:

—No tuve el placer de cenar con él porque murió hace mucho, perooooooo... sé que se llamaba Piotr Ilich Tchaikovski. Fue un compositor ruso del Romanticismo y creó maravillosas piezas musicales como *El lago de los cisnes*, *El cascanueces* y *La bella durmiente*, aunque mi preferida, gracias a tu hermana Lola, es *Romeo y Julieta*.

Él la miró boquiabierto. Que supiera aquello lo sorprendió, entonces vio que ella se llevaba algo a la boca y, curioso, preguntó:

—¿Ya estás comiendo?

—Es que tengo hambre.

Odiaba que comieran dentro de su coche, pero, conteniéndose, insistió:

—¿Qué comes?

Carol se lo enseñó.

—La cena. ¿Quieres?

Daryl parpadeó sin dar crédito. ¿En serio aquello era su cena?

Y, quitándoselo de la mano, se lo guardó en el bolsillo de la camisa y ella protestó.

—Eh..., te he dicho si querías, ¡no que me lo quitaras!

Daryl, tras parar en un semáforo, quitar a Tchaikovski y poner la radio, preguntó consciente de adónde iba él:

—¿Te apetece un buen bistec con una exquisita guarnición?

Carol parpadeó. Aquello sonaba delicioso. Como un sueño. Pero, mirando la hora que era en el reloj del salpicadero, respondió:

—¿A estas horas?

—A estas horas —afirmó él.

Y, aunque hambrienta y segura de que aquélla era una buena oferta, Carol repuso:

—Mis perretes me esperan.

Oír eso a Daryl le hizo gracia.

—Seguro que tus perretes se alegrarán de que su dueña cene en condiciones, ¿no crees? —musitó.

Ahora la que sonrió fue ella.

—De acuerdo. Pero ese bistec, mejor con patatas fritas.

Daryl asintió convencido.

—Perfecto.

Divertida, Carol se dejó llevar, y mientras por la radio sonaba una preciosa canción, comentó:

—Todo lo que tiene de bonita la canción lo tiene de bicha quien la canta. —Daryl la miró y ella añadió—: Trabajé para ella en la grabación de su videoclip y, cuando acabé, me prometí a mí misma que, aunque tuviera que comer piedras de la calle, nunca volvería a colaborar con ella. ¡Menuda diva!

—¿En serio? —preguntó él curioso al reconocer a la cantante.

Carol asintió.

—Es antipática, egocéntrica y narcisista. También es petulante, malhumorada y una tacaña de mucho cuidado.

—Vaya..., sin duda te cayó muy mal.

—Mucho. Ni te imaginas las ganas con las que me quedé de decirle de todo menos bonita —afirmó convencida.

Tras callejear por un caro barrio de Londres, Daryl paró el vehículo. Una vez que hubo aparcado, ambos se bajaron de él y Carol, mirando a su alrededor, preguntó colgándose su pequeña mochila:

—¿En serio hay algo abierto por aquí?

Daryl asintió y, sin tocarla, indicó:

—Ven. Te lo mostraré.

Llegaron hasta una lujosa casa londinense que hacía esquina. Él abrió la verja y, señalando la escalera, dijo con galantería:

—Las señoritas primero.

Sin moverse, Carol lo miró y, consciente de lo que había hablado hacía un rato con él, agarró su mochila y cuchicheó:

—Oye..., me muero por ese rico bistec con patatas, pero mis pintas, como dices tú, no son las más apropiadas para entrar en este lugar.

Daryl asintió.

Aquellos moñitos rosa y blanco, el kilo de maquillaje, su vestimenta deportiva y las zapatillas de deporte con suelas fluorescentes no eran lo que solía verse en aquel local, pero lo ignoró porque sólo habían ido allí a comer.

—No te preocupes, vamos —indicó.

Sonriendo, Carol subió los peldaños que había y, cuando llegaron ante una puerta negra, Daryl llamó. Instantes después, ésta se abrió. Un hombre canoso, de unos setenta años y elegantemente vestido, saludó:

—Señor Simmons, qué alegría verlo por aquí de nuevo. Su mesa ya está preparada —y, al mirar a Carol, añadió boquiabierto—: Me he permitido poner una silla más por si venía acompañado.

—Gracias, Corwin —Daryl sonrió.

Ella, al observar cómo aquel hombre la miraba, y consciente de lo que podía pensar de sus pintas, lo saludó con una sonrisa:

—Hola, Corwin, soy Carol.

—Un placer, señorita.

En ese instante, una pareja salió y el hombre se despidió de ellos. Carol, al oírlo, preguntó curiosa:

—¿Hablas español?

—Sólo un poco —respondió él—. Durante años, mi mujer y yo fuimos de vacaciones a España.

—No me digas... ¿Adónde?

—Hemos estado en diferentes ciudades, ¡es un excelente país!

Carol asintió. A pesar del recuerdo que tenía de su padre, España era maravillosa, e indicó:

—Yo viví con mi familia en Málaga varios años, y allí siguen una de mis hermanas y mi abuelo.

Daryl observó que evitaba mencionar a su padre, y Corwin señaló a continuación:

—Me gusta Málaga. Su excelente vino dulce y sus riquísimas aceitunas *alobecas*.

Al oír eso, Carol soltó una risotada contagiosa, y lo corrigió:

—Su nombre correcto es *aceituna aloreña*..., ¡buenísima!

—Oh, sí, ¡exquisitas! —afirmó él.

A continuación, se hizo un extraño silencio, hasta que Carol agregó:

—Corwin, soy consciente de que no vengo vestida para la ocasión y que mis moñitos de colores son, como poco, chirriantes en un lugar tan fino y delicado como éste. Pero acabo de salir de trabajar, tengo tanta hambre que soy capaz de comerme una ballena, y Daryl, que es el hermano de mi mejor amiga, se ha empeñado en traerme aquí. Y..., bueno, ¡aquí estamos!

El hombre esbozó una tímida sonrisa. Las mujeres que solían acompañar al señor Simmons o a cualquier otro cliente no tenían la naturalidad de aquélla, e indicó:

—Pues si tiene hambre, señorita, el señor Simmons la ha traído al mejor sitio para saciarla.

Encantada de oír eso, Carol musitó:

—Corwin, ¿podría pedirte que, una vez acabada la cena, me

pongas las sobras para llevar? Tengo dos perretes a los que les encantará.

—Por supuesto —afirmó él, cada vez más sorprendido.

—¡Ay, qué mono eres!

El aludido y Daryl se miraron. Y entonces Corwin, que nunca sonreía abiertamente, lo hizo, y el comandante se sorprendió.

En cuanto el hombre cerró la puerta de entrada, Carol oyó voces y carcajadas de otras personas procedentes del interior, aunque no los veía. Del techo colgaban telas de raso color champán que debía de ser lo que separaba las distintas estancias. Allí no había paredes ni puertas. ¿Qué clase de lugar era aquél?

En silencio, Daryl y Carol siguieron a Corwin hasta llegar a una preciosa estancia rodeada de raso con una mesa en el centro en la que había un ramo de rosas rojas y dos sillas.

—Pero qué pasote de sitio —musitó ella asombrada.

Corwin, que la había oído, preguntó:

—¿Le gusta, señorita?

—Es una pasada. Pura sofisticación y glamur —se mofó.

—¿Qué desean beber los señores?

—Una botella de chardonnay francés —repuso Daryl.

—Yo quiero una cerveza —terció Carol y, sonriendo, matizó—: En botella.

Daryl parpadeó, y Corwin preguntó:

—¿Alguna marca en especial?

—La que quieras. Sin problema.

En menos de treinta segundos, el vino y la cerveza ya estaban sobre la mesa, y Carol dijo dirigiéndose al hombre:

—El vaso no lo necesito. Me gusta beber a morro, así la cerveza me sabe mejor.

Daryl sonrió. Sin duda aquella mujer lo estaba provocando, pero calló, no entró en su juego; entonces la oyó decir:

—Y, por favor, Corwin, ya que yo te tuteo a ti, me encantaría que tú me tutearas a mí. Me llamo Carol. Si este tiquismiquis te hace llamarlo *señor*... es su problema. Pero yo soy Carol, ¿entendido?

Sorprendentemente, el hombre sonrió de nuevo y, al ver que Daryl asentía, afirmó:
—De acuerdo, Carol.
Encantada ella aplaudió, y Corwin preguntó tras rellenar la fina copa de aquél de vino:
—¿Es de su agrado la estancia, señor Simmons?
Daryl asintió con la cabeza.
—Gracias, Corwin. Todo perfecto, como siempre.
Una vez que se marchó, el comandante cuchicheó mirando a Carol:
—Oye..., ¿no crees que te has pasado con eso de llamarme *tiquismiquis*?
—¿Acaso no lo eres? —replicó ella.
Desconcertado, Daryl no supo qué responder, y ella preguntó:
—Pero ¿dónde estamos?
Con galantería, Daryl retiró una silla para que ella se sentara, y Carol, boquiabierta, murmuró:
—*Mamma mia...* Estoy acostumbrada a que entre los compañeros de trabajo nos quitemos la silla para despanzurrarnos en el suelo, así que me impresiona tu detalle de sujetármela.
Atónito al oír aquella barbaridad, Daryl musitó:
—¿Lo dices en serio?
Carol asintió. Aquel tipo de bromas eran muy comunes entre los de la compañía, y, subiéndose la manga de la sudadera para enseñarle un cardenal que tenía en el codo, afirmó:
—Aquí tienes mi última herida de guerra. Sujeté a Muskeva cuando caía porque Daiton le había quitado la silla y terminamos las dos en el suelo. ¡Lo que nos reímos!
Oír eso era sorprendente para Daryl. En su mundo nadie bromeaba con algo tan humillante.
—Un hombre nunca debe perder la galantería y las formas ante una mujer —indicó con solemnidad.
—Por favor..., qué seriedad —se mofó Carol.
Sin saber cómo tomarse su comentario, él se sentó entonces frente a ella.
—En cuanto a tu pregunta inicial, este lugar es un restaurante

privado y exclusivo sufragado por los socios de cierto local que no está muy lejos de aquí.

—¿En serio?

—Totalmente en serio.

Carol miró a su alrededor. Sin duda, los socios de aquel establecimiento tenían que estar forrados de dinero. Allí nada parecía barato ni de oferta y, curiosa, preguntó:

—¿Qué local sufraga los gastos de este sitio?

Daryl, que dudaba que ella conociera el negocio del que le hablaba, soltó mirando la carta:

—El Club Chandler.

Al oír eso, y sin pelos en la lengua, la joven bajó la voz y preguntó:

—No me digas que a ti también te va lo que a Lola y a Dennis...

Daryl la miró por encima de la carta.

—¿Y qué es lo que les va a Lola y a Dennis?

Carol respondió guiñándole un ojo con complicidad:

—Ya lo sabes. El mundo *swinger*.

Cuando él asintió, ella añadió con una sonrisita:

—Lola y yo no tenemos secretos. Sé lo que hace con Dennis cuando van al Chandler y, oye, me parece muy bien. Si a ellos les gusta y los excita como pareja, ¿quién soy yo para decir ni mu? Lo que no imaginé era que tú también lo frecuentaras.

Sorprendido porque su hermana y aquélla tuvieran ese tipo de confianza, Daryl bajó la carta y aclaró:

—Lola y yo nos avisamos para no coincidir. A ambos nos gusta disfrutar de nuestra privacidad en cuanto al sexo se refiere.

—Hacéis bien. No me imagino yo viendo a Annalisa y a mi excuñado Pascuale en faena —y, señalándose el brazo, cuchicheó—: Uf, mira, ¡se me ponen los pelos como escarpias con sólo nombrarlo!

Incapaz de no hacerlo, Daryl sonrió.

—Y, en cuanto a tu pregunta de si me gusta lo mismo que a ellos, la respuesta es: me gusta el morbo y el sexo, estoy solo, soltero, y lo disfruto como me viene en gana y me apetece. ¿Acaso tú no?

Carol se acaloró al sentir su mirada, e, intentando que no notara su incomodidad, contestó:

—Claro que lo disfruto, pero, en mi caso, prefiero que sólo sea cosa de dos.

—Eso es porque no has probado otras cosas.

—Ahí te equivocas. Probé el *dogging*, tuvo su gracia. E hice un trío hace años y no me apasionó.

Sorprendido e interesado por aquellas revelaciones que no esperaba, él preguntó entonces:

—¿Por qué no te apasionó?

Sonriendo al recordar la experiencia, Carol cuchicheó:

—No sé..., quizá porque sentí que sobraba en ciertos momentos.

Cada vez más interesado en lo que ella decía, él insistió:

—¿Con quién lo hiciste y por qué sentiste que sobrabas?

Carol, a la que el calor comenzaba a subirle por el estómago a causa de la intensa mirada de él y del tema que estaban abordando, respondió como pudo:

—Lo hice con un compañero de un musical y su novia. Nos tomamos unas copas de más, comenzamos a tontear en el apartamento de él, una cosa llevó a otra, y..., bueno, como te digo, sentí que en ciertos momentos sobraba.

Daryl asintió. Comprendía la situación. En ocasiones, el tercero incluido en el juego se podía sentir así, y, seguro de sus palabras, susurró:

—Conmigo nunca sobrarías. Serías mi centro de atención.

—Vaya... —murmuró ella intentando sonreír.

Ardiendo por su mirada, su voz, y lo que había oído, asintió, y entonces él añadió:

—Muy bien, Moñitos, ya sabes lo que me gusta a mí en el sexo... ¿Qué te gusta a ti?

—¿A qué viene esa pregunta tan indiscreta? —replicó ella boquiabierta.

Daryl tomó un sorbo de su exquisito vino.

—Somos adultos —musitó—. Soy curioso, ¿tú no eres curiosa en el sexo?

Al ver su mirada segura, Carol se la sostuvo y respondió:

—Por supuesto que sí. Soy la dueña de mi vida y me encanta experimentar.

Daryl asintió. Le gustaba aquello y, cuando iba a preguntar, ella se le adelantó.

—¿Alguna vez casi has llegado al orgasmo con tan sólo una mirada?

Sin dar crédito, Daryl levantó una ceja. En la vida había hecho algo así.

—Yo soy más de tocar.

Carol meneó la cabeza y cuchicheó:

—No sabes lo que te pierdes.

Ambos sonrieron por aquello, y él continuó:

—¿Puedo ser sincero contigo?

—Claro.

A continuación se inclinó hacia ella y explicó:

—Hacer el amor es algo muy íntimo y no lo practico. Yo más bien follo.

Al oírlo, Carol dio un trago a su cerveza y afirmó con mofa:

—Dios..., ¡los tíos sois tan básicos!

—¿Básicos?

Ella asintió y, mirándolo, susurró:

—Hablando mal y pronto, follar... ¡follamos todos! Pero, en ocasiones, el poder de una canción, unido a una seductora y sensual mirada, puede llevarte a ciertos rincones placenteros de tu imaginación que es una pena que no conozcas. Créeme cuando te digo que puede ser un preliminar de alto voltaje.

—Curioso lo que cuentas. Cuando quieras..., sedúceme.

Divertida al oír aquello, Carol soltó una risotada.

Lo que él le decía era apetitoso, pero, consciente de con quién estaba cenando, cuchicheó:

—Difícil lo veo.

—¿Por qué?

—Porque eres el hermano de Lola y tú y yo somos el yin y el yang. Vamos, lo opuesto.

Daryl enarcó las cejas y acto seguido indicó, recordando algo:

—Vaya..., pensaba que lo decías porque te sobraban pilotos.

De nuevo, la carcajada de Carol resonó y, mirándolo, murmuró:

—Oye..., me estás sorprendiendo. Además de estirado y elitista, ¡eres gracioso!

Cada vez más asombrado por el desparpajo de aquélla y por su sinceridad, Daryl iba a hablar cuando ella preguntó redirigiendo la conversación:

—¿Tú no sabes que los tonos graves en las canciones pueden producir efectos afrodisíacos en nuestros cuerpos?

—Primera noticia —se mofó él.

Carol bebió de su cerveza.

Estaba visto que muchos tíos sólo le daban importancia al momento pim-pam-pum, y, señalándolo con el dedo, le aconsejó:

—Deberías ampliar tus horizontes en lo que a tu cuerpo se refiere.

—Moñitos..., creo que mis horizontes son bastante amplios —se mofó él.

Ambos sonrieron por aquello, y él preguntó:

—¿Te gusta fantasear?

—A ti no te lo voy a contar —soltó ella con gracia.

El comandante dibujó una sonrisa en sus labios, y Carol cuchicheó:

—¿Por qué fantasear si algo puede ser real?

Eso hizo reír abiertamente a Daryl, que afirmó:

—Tienes razón. Lo real es muchísimo más placentero. Pero, dime, ¿nunca has fantaseado en soledad imaginando una situación deseada?

Carol asintió. ¡Claro que había fantaseado a solas! ¡Muchas veces! Y, mirándolo, aseguró:

—Por supuesto. ¿Acaso no lo hace media humanidad?

Él se encogió de hombros y, viendo su gesto, preguntó curioso, ignorando aquello de las miradas y la música:

—¿Dices que has probado el *dogging*?

—Sí. ¿Sabes lo que es?

Él sonrió. El *dogging* era una mezcla de sexo al aire libre, voyerismo, exhibicionismo e intercambio de parejas. Nada nuevo para él, y asintiendo constató:

—Me puedo hacer una idea.

Carol levantó una ceja y lo miró.

—¿Se puede saber de qué te ríes? —dijo.

—No te imagino practicando *dogging* —explicó él poniéndose serio.

—¿Por qué?

Daryl se encogió de hombros.

—A pesar de tu apariencia moderna, te veo muy inocente.

Boquiabierta, ella parpadeó y, segura de sí misma, respondió guiñándole un ojo:

—La verdad, me importa bien poco lo que tú pienses...

Divertido por la conversación y la chulería de aquélla, pero con necesidad de saber, Daryl insistió:

—¿Y qué tal fue esa experiencia?

Acalorada, Carol se tocó uno de los moñitos.

—Bien. Reconozco que fue morboso y picante —respondió.

—Morboso y picante..., curiosa definición...

Y, queriendo cortar aquella caliente y turbadora conversación que no los iba a llevar a ninguna parte, la joven miró la carta, que seguía en sus manos, y preguntó:

—Oye..., ¿por qué no pone el precio de las cosas?

Divertido por el giro que aquélla acababa de dar a su diálogo, él cogió de nuevo la carta.

—Porque no es necesario —señaló.

Y, dicho eso, los dos permanecieron en silencio, sumidos en sus propios pensamientos, hasta que ella, nerviosa, se quitó la sudadera y quedó frente a él con una camiseta de tirantes blanca. Daryl la miró y, al ver su tatuaje, musitó:

—Me horrorizan.

Carol lo observó sin comprender, y él explicó:

—No me gustan los tatuajes.

Ella sonrió y repuso encogiéndose de hombros:

—Es respetable. No tienen por qué gustarte.

Estuvieron unos instantes en silencio hasta que él, mirando el tatuaje de su hombro derecho, preguntó:

—¿Puedo preguntarte cuántos tienes?

—Tres. Y en el futuro espero hacerme alguno más.

—¡Qué horror! —Ella sonrió divertida, y él insistió—: ¿Y tienen algún significado para ti?

—Sí —contestó simplemente Carol.

En ese instante entró un camarero que le rellenó la copa a Daryl y, cuando se marchó, él cerró la carta para dejarla sobre la mesa y comentó:

—Como has dicho que tienes un hambre atroz, ¿te apetece de entrada un carpaccio de salmón?

—Mmm..., ¡qué rico!

Imaginarla desnuda junto a él de pronto se le antojó algo curioso, y preguntó:

—¿Y tras el carpaccio seguirás queriendo el bistec que te he prometido?

Dejando también la carta sobre la mesa, Carol la cerró y afirmó sonriendo:

—Con toda mi alma.

Corwin entró entonces para tomarles nota.

—Carpaccio de salmón para los dos y de segundo bistec —indicó Daryl.

—Señorita..., digo, Carol, ¿sigues queriendo el bistec? —quiso saber el hombre.

Las mujeres que iban a aquel local comían como pajaritos, pero ella afirmó:

—Por supuesto. Y, de postre, una tartaleta de crema y manzana con helado de vainilla. Ah, y otra cervecita, que ésta ya me la he acabado.

Corwin y Daryl se miraron divertidos, y ella aclaró:

—Vale, lo reconozco. Soy de buen comer. Pero a mi favor diré que hago mucho ejercicio cada día y me lo puedo permitir.

De nuevo, todos sonrieron, y Corwin preguntó:

—Señor Simmons, su bistec lo quiere al punto, ¿verdad?

Daryl asintió y, cuando el hombre miró a Carol, ésta indicó:

—El mío muy pero que muy hecho, que no se vea sangre. ¡Por Dios, qué asquito me da! Vamos, como diría mi abuelo, no sé comer carne porque me suele gustar como la suela de un zapato. Ah, y con patatas fritas.

—Tomo nota —afirmó aquél divertido.

Daryl sonrió encantado cuando ella dijo:

—Corwin, ¿tenéis kétchup?

El aludido parpadeó. Allí nadie pedía aquello.

—Me temo que no.

Carol asintió, y, después de que el hombre hubo salido de la estancia, cogiendo su pequeña mochila, que había colgado en un lateral de la silla, la abrió y anunció con una sonrisa tras rebuscar en ella:

—¡Mira lo que tengo!

Daryl se quedó boquiabierto al ver lo que le mostraba.

—¿Por qué llevas eso?

Carol, feliz por el hallazgo de sus bolsitas de kétchup, indicó:

—Cuando voy al búrguer, me da pena tirar los sobrecitos que me sobran y me los guardo. Ni te imaginas lo bien que vienen a veces en casa o donde me pille.

Asombrado, él asintió. En la vida había estado con una mujer que llevara bolsitas de kétchup encima, y, sonriendo, preguntó:

—¿En tu mochila hay de todo?

—Es mi compañera inseparable —afirmó ella— y, como mujer previsora que soy, intento llevar cosas que puedo necesitar.

—¡Increíble! —afirmó él sorprendido.

Durante la cena hablaron de infinidad de cosas, excepto de sexo. Daryl reparó en la risa contagiosa de Carol. No paraba de reír y eso lo hacía reír a él.

Recordó la cantidad de idiomas que ella sabía hablar y, curioso, le preguntó al respecto.

Con tranquilidad y sin entrar en detalles, ella explicó que hablaba italiano por su madre, alemán por su abuelo y español por el que decía ser su padre.

Sorprendido por todo ello, Daryl terció:

—Yo chapurreo español. Si no hablan muy deprisa, lo entiendo y soy capaz de mantener una conversación.

—¿En serio?

—Sí.

Divertida al oírlo, Carol comentó rápidamente en español:

—Míralo, y parecía medio tonto...

Daryl la miró. No había entendido nada, y ella le explicó despacio:

—Decía-que-es-bueno-que-comprendas-el-español.

Esta vez sí la entendió y respondió en el mismo idioma pero con su deje inglés:

—Sí. Me gusta comprender.

Ambos rieron y entonces él, de nuevo en inglés, preguntó:

—¿Y cómo acabaste en Londres?

Carol sonrió y empezó a resumir su vida.

—En Venecia trabajé en una academia de baile. Durante una de mis clases de funky, un ojeador apareció por allí, se fijó en mí y pronto comencé a trabajar, además de en la academia, también en espectáculos musicales. A los veintidós años me ofrecieron un contrato en Londres para formar parte de la compañía de un gran musical. Lo pensé, lo valoré y, para horror de mi hermana, ¡acepté!

—¿Horror de tu hermana? —y, pensando en las suyas propias y en sus propias experiencias, añadió—: Creo que una de las mejores cosas de la vida es poder dedicarte a lo que te guste. De hecho, mi padre, por ejemplo, siempre quiso que yo fuera profesor de economía.

—¿En serio?

—Totalmente en serio —afirmó Daryl—. Pero yo me negué. Si algo me aburre en esta vida es la economía, y aunque a mi padre le costó entender mi decisión durante años, por fin lo hizo. Y hoy por hoy puedo decir que está feliz por él y por mí.

Sin abandonar su sonrisa, Carol cuchicheó:

—No sabes cuánto me alegro por ello.

—Y yo. —Daryl sonrió abiertamente.

—El problema de mi hermana Annalisa es que nunca se ha permitido soñar ni luchar por sus sueños. Y que ella no se haya dado esa opción hace que no entienda que los demás sí queramos buscar, vivir y disfrutar de otras cosas.

Daryl comprendía muy bien lo que le contaba. Él lo había sufrido en sus propias carnes con su padre hasta que todo cambió.

—Intuyo que la relación con tu padre no es buena —comentó con curiosidad.

Pensar en su progenitor a Carol ya no le provocaba ni frío ni calor y, encogiéndose de hombros, respondió:

—Mi relación con el Donante de Esperma no se puede catalogar siquiera.

—¿Puedo preguntarte por qué lo llamas así?

—Porque, a excepción de donar su esperma para que yo naciera, poco más ha hecho por mí. Además, me parezco a mi madre en demasiadas cosas, y eso él no lo lleva bien.

Daryl asintió. Sin duda hablar de aquello incomodaba a la joven.

—¿Tu hermana es mayor o menor que tú?

—Annalisa tiene treinta y siete años —y, tocándose la ceja, cuchicheó—: Si se entera de que te he dicho su edad, ¡me mata!

—Prometo guardarte el secreto —se mofó Daryl.

Encantada, Carol prosiguió:

—Después voy yo, con treinta y dos; Adam, con veinticuatro, y Vera, que es hermana sólo por parte de padre, con treinta años. Y, sí..., el Donante de Esperma ya estaba enrollado con la madre de Vera estando con mi madre...

—¿Sabías que Lola es unos meses mayor que yo y sólo es hermana por parte de padre? —preguntó él entonces. Carol asintió. Lola se lo había contado años atrás—. Pero eso no ha evitado que nos queramos.

Ella sonrió. Sabía que era cierto y, pensando en su hermana, afirmó:

—Vera y yo también nos queremos mucho, aunque vivimos a mucha distancia. Ella es maravillosa y se casará en breve, y, a pesar de los pesares, iré a su boda.

—¿Ocurre algo?

Carol suspiró y, sin querer dramatizar, indicó:

—Bah..., nada. Sólo los nervios de la boda.

Daryl sonrió y retomó la conversación divertido.

—Treinta y dos años, Moñitos..., pareces más joven.

Complacida por aquello, la joven se tocó con gracia el moño rosa y exclamó:

—¡Hombre, muchas graciasssssssssss!

Ambos rieron y ella prosiguió:

—Según Annalisa, soy una descerebrada y una perdida que vive acompañada por una bolsa de deporte, bailando por el mundo y sin ningún vínculo importante en el corazón. Ella y el Donante son de los que piensan que una mujer nace para casarse, tener hijos y poco más.

—¿Y tú no piensas como tu hermana?

—No.

—¿Por qué?

—Pues porque creo que la mujer nace para ser feliz, disfrutar de la vida, realizarse como persona, divertirse, conocer gente interesante, viajar y un sinfín de cosas más. El hecho de ser madre es una decisión que con el tiempo y si le apetece podrá tomar.

—Te doy toda la razón.

Al oír eso, la joven indicó boquiabierta:

—Vaya..., eso me sorprende de ti.

—¿Por qué?

—Eres muy inglés.

—¿Y...?

Carol sonrió.

—Porque, por tu manera de ver el mundo y rechazar las pintas de otros, pensé que serías más conservador, de esos que piensan que la mujer básicamente vino al mundo para procrear.

—Pues te equivocas —repuso Daryl—. Puedo ser inglés, maniático y conservador en ciertas cosas, pero si algo tengo claro es que hay que respetar la libertad de las personas. Mi libertad comienza donde termina la tuya.

Ella sonrió y, recordando a alguien muy especial, añadió:

—¿Sabes? La noche antes de marcharme de casa para trabajar en Londres, mi *nonna* me dio un consejo que sin duda siempre ha sido muy importante para mí.

—¿Y se puede saber cuál es? —preguntó él curioso.

La joven asintió y, mirándolo a los ojos, indicó:

—Me dijo que las mujeres valemos para infinidad de cosas, no sólo para traer hijos al mundo, y que fuera lista y espabilada, porque la vida y mis experiencias me iban a enseñar a aprovechar el tiempo, y el tiempo me enseñaría a valorar la vida.

—Muy inteligente, tu *nonna* —declaró él complacido.

—¡Ni te lo imaginas! —Carol sonrió con dulzura al pensar en ella.

Daryl la observó gustoso. Aquella muchacha, su conversación, sus vivencias, su sonrisa y su manera de gesticular le gustaban cada vez más.

—Imagino que tu hermana mayor tiene hijos y trabaja, ¿verdad? —dijo.

—Pues no. Estuvo casada once años, pero nunca tuvieron hijos. Ella y Pascuale, mi *santo* excuñado, tienen una panadería que siguen regentando a pesar de su divorcio. Annalisa es muy estricta con todos, tanto que en ocasiones mi madre dice que la cambiaron de cuna al nacer. —Ambos rieron por aquello—. Pero yo la quiero. Da igual lo que diga o haga. Ella es mi hermana y la quiero con todo mi corazón.

Daryl asintió. Él adoraba a sus dos hermanas, y, deseoso de saber más de ella, preguntó:

—¿Sabías hablar inglés cuando llegaste a Londres?

—Sí y no —respondió Carol divertida—. Lo estudié en el colegio. Siempre se me dio bien, pero digamos que donde realmente lo aprendí fue aquí, hablando con la gente de la calle. Ésa es la mejor escuela.

—Te doy la razón —afirmó convencido.

—Durante dos años trabajé en el musical, y me gustó tanto mi libertad y vivir aquí que decidí quedarme y no regresar a Venecia. Entonces fue cuando conocí a tu hermana Lola en una academia de salsa a la que me apunté. Ella era unos años mayor que yo, y en su momento me ayudó en algo que... que, bueno..., nunca olvidaré —y, sonriendo, añadió—: Lola y yo hemos vivido cosas increíbles, y ni te cuento lo bien que lo pasábamos cuando nos íbamos de viaje. Luego apareció Samantha. Madre mía..., ¡la de locuras que hicimos!

Daryl asintió. Conocía a su hermana Lola y a Samantha. Siempre habían sido unas locas, y mirando a Carol y sus moñitos de colores musitó:

—Sin duda, os juntasteis el hambre con las ganas de comer.

Ella rio a carcajadas y cogió la copa de vino de él.

—¡No lo sabes tú bien! —afirmó.

Una vez que dio un trago y dejó la copa, continuó:

—Me apunté a un curso de TCP que convalidaba con los estudios que yo tenía. Lo terminé y encontré trabajo en una buena compañía aérea. De ésa pasé a otra, luego a otra y, bueno, desde entonces bailo y vuelo. ¡Ésa es mi vida!

—¿Ésa es tu vida?

Carol sonrió.

—Ensayos. Giras. Vuelos. Familia. ¡Ésa es mi vida!

—¿Y dónde queda el tiempo para ti?

De pronto, su expresión cambió. Daryl se percató de ello, y entonces la oyó responder:

—No lo necesito.

Algo le había ocurrido, él lo sabía, pero no quería ser indiscreto y, al ver que ella miraba al techo, preguntó:

—¿La vida te ha enseñado a aprovechar el tiempo?

Al oír eso, la joven pestañeó. Aquella pregunta sólo se la hacía su *nonna*, y suspirando.

—Tanto como el tiempo me ha enseñado a valorar la vida —respondió.

Ambos sonrieron por aquello y, al mirarse, un extraño calor los atravesó. Entonces ella cogió su móvil.

—Las tres y media de la madrugada. Deberíamos irnos, ¿no crees? —indicó.

Daryl asintió. El tiempo con ella había volado y, levantándose, afirmó:

—Lo creo. Vamos.

Antes de salir del local, Carol buscó a Corwin y, tras recoger en una bolsa las sobras de comida que ella le había pedido para sus perretes, le plantó dos besos en la mejilla para regocijo de aquél. Encantado y sorprendido, el hombre miró a Daryl, que se encogió de hombros, y cuando iba a decir algo de pronto oyó:

—Daryl, *querido*..., ¡qué bueno verte por aquí!

Al mirar se encontraron con un grupo de mujeres y hombres que salían de otro reservado y Daryl se acercó a ellos sonriendo.

Carol, que seguía junto a Corwin, miró a aquellas mujeres con curiosidad. Iban elegantemente vestidas. Todas estaban perfectas, bellísimas, nada que ver con ella; una de aquéllas, acercándose a ellos, pidió sin apenas mirarla:

—Muchacha..., tráeme mi chal.

Al oír eso, Carol sonrió, y Corwin se apresuró a decir:

—Ahora mismo se lo traigo, señora Henderson.

La mujer lo observó marcharse y luego, mirando a la chica tatuada que llevaba una bolsa blanca en las manos, exclamó con apremio:

—¿Qué haces ahí parada? ¡Ve! ¡Saca la basura! Vamos..., vamos...

Sin dejar de sonreír, Carol no se movió de donde estaba.

Aquella clase de mujer que se creía más que nadie por su dinero o por llevar ropa de marca siempre le había parecido curiosa a la par que detestable, y al notar que ella esperaba replicó:

—Ya he trabajado bastante por hoy —y, a continuación, añadió en español—: ¡Serás gilipollas!

Sin entender su respuesta, la mujer iba a decir algo cuando Daryl se les acercó y se interpuso entre ambas.

—Emilia, te presento a Carolina, una amiga.

Boquiabierta, la tal Emilia parpadeó. ¿Desde cuándo el guapo y elegante Daryl se juntaba con ese tipo de mujer? Y, sin intentar disimular su incomodidad, se retiró su cuidado y sedoso pelo del rostro y dijo sin acercarse a ella:

—Un placer, Carol.

—Carolina. Señorita Carolina —corrigió ella con voz seria.

Sólo la llamaba Carol quien ella decidía.

La mujer la miró con intensidad y finalmente rectificó:

—Perdón. *Señorita* Carolina.

Entonces Emilia se acercó a Daryl y, juntos, se alejaron un par de pasos de Carol.

—¿No crees que su atuendo no es en absoluto apropiado para estar aquí? —le preguntó.

Molesto por sus palabras, y seguro de sí mismo, Daryl repuso:

—¿No crees que tu pregunta es muy impertinente?

—Wooooo..., menudo corte le ha dado el piloto —cuchicheó Carol con disimulo mirando a Corwin, que se situó a su lado con el chal de la mujer.

Emilia, molesta por aquella contestación, volvió a mirar a Carol, y ésta, deseosa de decir algo, acercándose a ellos, comentó:

—Buenísimo el salmón, el bistec y las tartaletas de crema, ¿verdad?

La mujer no respondió y, fabricando una sonrisa, cogió el chal que Corwin le ofrecía y luego preguntó mirando a Daryl:

—Querido..., ¿vienes al club?

—Hoy no. Otro día.

Cuando aquélla se hubo marchado con el resto del grupo, Daryl y Carol, tras despedirse de nuevo de Corwin, se dirigieron hacia la puerta y, abriéndola, él musitó con mofa:

—*Señorita...*

—Muchas gracias..., *querido* —replicó ella divertida.

Eso hizo sonreír a Daryl, que añadió:

—Lo de llamarla *gilipollas* sobraba.

Sorprendida al oírlo, Carol repuso:

—¿Has entendido eso?

—¡Perfectamente! —afirmó él en español.

Ambos rieron y ella prosiguió:

—Que conste que, si hubiera tenido la oportunidad, le habría retirado la silla a esa tiparraca con cara de papagayo estreñido para que terminara con su glamuroso culo en el suelo.

—¿Lo dices en serio?

Carol lo miró con gracia y aseguró:

—¡Y tanto!

Esta vez Daryl soltó una carcajada pero no dijo nada. Era mejor que no.

Capítulo 7

Caminaron sin rozarse por la calle hasta llegar al bonito coche de él y Carol comentó mirando a su acompañante:

—Oye, Daryl, en serio, puedo coger un taxi para volver a casa.

—No.

—No tienes por qué llevarme. Ya estás en tu barrio y..., bueno, si ese club está por aquí cerca...

—¿Quieres ir?

Al oír eso, Carol parpadeó y él, mirándola, agregó:

—Quizá, si me acompañas al club, yo haga que lo pases mejor de como lo pasaste las veces anteriores...

Un tremendo calor se apoderó de la joven. Lo que aquel tipo tan interesante, sexy y apetecible le proponía era como poco tentador. Pero era el hermano de Lola, su mejor amiga, y, consciente de que no era buena idea, como pudo respondió:

—No soy una mojigata y el sexo es algo de lo que suelo disfrutar, pero hoy no es el día.

Al oírla, Daryl preguntó con interés:

—¿Quizá en otra ocasión?

—Lo dudo...

El comandante asintió. Aceptó su negativa y, señalando el coche, insistió:

—Entonces, vamos. Conmigo has venido y conmigo regresarás a tu casa.

—Pero, vamos a ver...

—*Señorita Moñitos* —la cortó—, sube y calla si no quieres que te suba yo.

Al oír eso, ella rio divertida y, sin más, le hizo caso.

En silencio, Daryl se subió al vehículo y, cuando ella lo hizo, miró la bolsa de comida que llevaba en las manos e indicó:

—Ponla detrás y procura que no se vuelque o se derrame. Lo último que quiero es que el coche huela a comida.

Carol asintió. Aquel coche no estaba limpio, ¡estaba reluciente!, vamos, nada que ver con el suyo, donde podías encontrar cualquier cosa tirada en él, y replicó haciendo lo que Daryl le pedía:

—Tranquilo, *Don Limpio*, tendré cuidado.

Cuando él se disponía a arrancar, vio los auriculares que sobresalían de su mochila y preguntó:

—Aun trabajando en el mundo de la música, ¿tienes tiempo para escucharla?

Carol se apresuró a asentir con la cabeza.

—La música es mi vida, sin ella no podría vivir —y, curiosa, preguntó—: Oye, además de Tchaikovski, ¿qué clase de música te gusta a ti?

—Mis gustos musicales supongo que no tienen nada que ver con los tuyos —repuso Daryl.

—¿Nada que ver con los míos?...

Carol sonrió por su apreciación y, sin ganas de polemizar, afirmó:

—Seguro que coincidimos en Bruno Mars. Le gusta a todo el mundo.

Él la miró. Le sonaba el nombre y, con gesto de despiste, dijo:

—¿Qué tipo de música hace?

Ella abrió la boca sin dar crédito. ¿Cómo no podía conocer al increíble Bruno? Y replicó:

—¿No sabes de quién te hablo?

—¿Es obligatorio saberlo? —replicó Daryl.

—Pero ¿en qué siglo vives?

—En el mismo que tú —dijo él.

Carol finalmente, sin querer hacer leña del árbol caído, ignoró su comentario y preguntó:

—¿Llevas música en el coche, además de la de Tchaikovski?

Él asintió y, recordando su conversación en el restaurante, propuso:

—¿Quieres que escuchemos tonos graves?

Carol soltó una risotada divertida y entonces él señaló la guantera e indicó:

—Ahí tienes varios CD. Pero algo me dice que esa música ni te va ni te viene.

Carol abrió la elegante guantera. En ella, además de música clásica, había blues, swing y jazz, todos ellos estilos que ella adoraba.

—¿Por qué crees que esta música no me va? —dijo mirándolo.

Él sonrió.

—Sólo hay que ver tus pintas para saber qué es lo que te gusta.

La joven asintió.

Aquel listillo inglés sin duda era de los que juzgaban a los demás por su manera de vestir y, volviendo a meter de nuevo los CD en la guantera, preguntó:

—¿Te importa si pongo el de Seal? ¡Lo tengo desde hace años y me encanta!

Sorprendido, él contestó:

—Ponlo si te gusta.

La joven sacó entonces el disco de su caja, lo introdujo en el equipo y dejó la caja del mismo cerca del cambio de marchas. La maravillosa voz de Seal comenzó a sonar, y él dijo:

—Si no te importa, guarda la caja del CD donde estaba.

—¿Por qué?

—No soporto ver nada fuera de lugar.

—Uissss, ¡qué tiquismiquis eres tú! —se mofó ella.

Daryl la miró. Por su trabajo, o quizá por el estilo de vida que llevaba, el orden y la limpieza eran vitales en su vida.

—No se trata de ser tiquismiquis. Se trata de ser ordenado.

—Si tú lo dices... —musitó ella sin mucho convencimiento.

Escucharon varias canciones en silencio, hasta que comenzó una y Carol comentó:

—Oohhhh..., ésta me encantaaaaaa.

—Y a mí.

Satisfechos, escucharon a Seal interpretar *It's a Man's, Man's, Man's World*, hasta que él preguntó con picardía:

—¿Seal tiene la voz grave?

Carol sonrió. Sabía por qué decía aquello y, mirándolo, indicó:

—Tranquilo. No pienso seducirte con mi impresionante mirada. Es más, permaneceré con los ojos cerrados para que no te sientas acobardado.

Daryl soltó una carcajada, y ella quiso saber:

—¿Te importa si subo el volumen para respirar la canción?

—¿Respirar la canción?

Al ver su expresión, la joven indicó:

—Cuando escucho una canción especial, si puedo, cierro los ojos, respiro la canción, y te aseguro que me lleno de energía el alma, la vida, el karma y todo mi ser.

Daryl, sorprendido por todos los matices que aquélla podía darle a la música, sin preguntar más, subió el volumen y Carol, cerrando los ojos, *respiró* encantada la canción. Era maravillosa.

Al parar en un semáforo, él la observó con curiosidad mientras ella sonreía con los ojos cerrados y movía el cuello al compás de la música sin percatarse de lo sensual, atrayente y morbosa que le estaba resultando en aquel momento sin proponérselo.

Aquella joven excéntrica de pelo rosa y blanco, amiga de su hermana, le estaba resultando más atractiva de lo que nunca habría imaginado, y sin saber por qué, sonrió.

Cuando, varios minutos después, el tema acabó, Carol abrió los ojos y, mirándolo, murmuró en un tono de voz que se le antojó tremendamente sensual:

—Mmmm... Deberías hacerlo cuando te guste una canción.

Daryl, aturdido por lo que pensaba, intentando comportarse como un auténtico caballero, respondió mirando al frente mientras seguía conduciendo:

—Es sólo una canción.

Aquella respuesta se le antojó fría a Carol, que sentía la música y la adoraba.

—¿No te gusta la música? —preguntó mirándolo.

—Sí. Claro que me gusta.

—¿Y cuál es tu canción favorita?

—No sé.

Carol fijó los ojos en él e insistió:

—Tienes una canción favorita, ¿verdad?

—No.

Boquiabierta, ella parpadeó.

—¿Lo dices en serio?

—Sí.

—Todo el mundo tiene una canción favorita.

—Todo el mundo, no —repuso Daryl.

Incapaz de creerlo, la joven insistió:

—¿En serio que no hay una canción especial en tu vida?

—En serio —y, al ver su gesto, añadió—: ¿Tú sí la tienes?

—Sí. Claro que sí.

Durante unos segundos, él esperó a que ella dijera de cuál se trataba, pero, al ver que miraba al frente y no estaba dispuesta a decir nada más, no preguntó. ¿Para qué?

No obstante, pasados unos segundos, e incapaz de callar, terminó diciendo:

—Seguro que tu canción favorita es una de esas que dan dolor de cabeza, ¿a que sí?

Divertida por aquello, la joven lo miró y musitó:

—Ni en mil años lo acertarías.

Daryl la miró sorprendido.

—Pues dímela entonces.

—Pues va a ser que no.

Al oír aquella contestación tan tajante, decidió no insistir. No le interesaba.

Mientras sonaban por los altavoces otras canciones del álbum de Seal, a cuál más increíble, Daryl condujo hasta Camden, el barrio de Carol. Y, tras seguir sus indicaciones y llegar frente a una hilera de casas de colores chillones, comentó:

—Señorita..., está claro que te van los colorines.

Carol sonrió y, al ver que asomaba por el bolsillo de la camisa de aquél el plástico de la barrita energética que le había quitado, respondió:

—Me gustan los colores. Creo que forman parte de la sal de la vida, junto con la música y alguna cosilla más.

De pronto se quedaron en silencio.

La cena, junto con la animada charla y las confidencias, había sido increíble y, llegado el momento, de pronto la despedida se hizo rara.

Ambos eran adultos.

Eran personas libres que disfrutaban del sexo con quienes deseaban.

Eran conscientes de la atracción.

La química era difícil de ignorar y, en ocasiones, de controlar, pero Carol, que no estaba dispuesta a complicarse la vida con el hermano de su amiga, simplemente dijo:

—Muchas gracias por la cena y por el transporte.

—De nada.

De nuevo silencio...

De nuevo se miraron a los ojos...

De nuevo la química y la atracción...

Cuando, de pronto, ella, atraída como un imán, se acercó a él. Sus bocas quedaron demasiado cerca, mientras la voz de Seal sonaba en el interior del coche cantando *If You Don't Know Me by Now*, y Daryl, sorprendido, preguntó sin moverse:

—¿Qué haces?

Carol se estremeció. Su voz ronca y su sensual mirada la estaban volviendo loca. No podía olvidar aquello que le había dicho de «Conmigo nunca sobrarías. Serías mi centro de atención».

Y, sin moverse, pensó qué hacer. ¿Debía besarlo, invitarlo a subir a su casa?

Al final, consciente de que sería una gran cagada, alargó la mano y, sacando del bolsillo de su camisa lo que quedaba de su barrita energética, dijo para disimular:

—Esto es mío y conmigo se viene.

Confundido por su maravilloso perfume y por lo que había leído en su mirada, Daryl parpadeó.

Estaba claro que se había imaginado lo que no era y, desconcertado, musitó:

—Todo tuyo. Llévatelo.

Aturdida por lo que sentía, deseaba y había estado a punto de hacer, Carol asintió. Y, tras coger su pequeña mochila, la abrió y sacó un paquete de toallitas húmedas.

—Voy a limpiar lo que se ha manchado por el pelo.

Atontado por su embriagador aroma y sorprendido porque recordara ese detalle, Daryl susurró:

—No hace falta.

—Sí. Sí hace falta. Pues no eres tú *especialito* —replicó ella frotando el reposacabezas.

Un minuto después, una vez que hubo comprobado que estaba limpio, cogió la bolsa de deporte, que estaba a sus pies, y dijo abriendo la puerta del vehículo:

—¡Solucionado! Y ahora me voy.

—Sí..., mejor —admitió Daryl pasándose una mano por el pelo.

En cuanto ella bajó del vehículo y cerró la puerta, respiró hondo. El aire de la calle la golpeó en el rostro, pero tenía calor..., ¡mucho calor!

Daryl, todavía confundido por algo que no entendía, esperó a que ella rodeara el coche y, bajando la ventanilla, dijo:

—Recuerda que mañana te espero a la una y media en el aeropuerto de Gatwick. Pregunta por Magdalena en las oficinas de High Drogo y ella te dirá cómo encontrarme.

—¡Vale! —afirmó Carol acalorada.

Pero ¿qué le pasaba?

E, intentando controlar sus gestos y su sonrisa, exclamó sin perder su alegría:

—De acuerdo. ¡Hasta mañana!

—¡Hasta mañana!

Dicho esto, ella dio media vuelta y, cuando caminaba hacia la puerta de la casa naranja, pensando en lo que había estado a punto de hacer, oyó:

—¡Carol!

Se detuvo y se volvió.

Desde el interior del vehículo, y tan confundido como ella, Daryl miró a su alrededor. En otras circunstancias, la habría acompañado hasta la puerta y ella lo habría invitado a subir a su casa, donde habrían acabado desnudos y revueltos entre las sábanas, pero, sin moverse del vehículo, dijo cogiendo algo:

—Te dejas las sobras para los perros.

Ella asintió. Estaba tan nerviosa que lo había olvidado y, al acercarse a recogerlas, él sugirió:

—Creo que sería buena idea que nos intercambiáramos los teléfonos por si ocurriera algo y tuviéramos que avisarnos, ¿no te parece?

Tan pronto como cogió la bolsa que él le tendía, Carol asintió y pidió:

—Dame tu móvil.

Daryl se lo entregó. La joven, sin mirarlo, tecleó su número y, cuando el que ella llevaba en el bolsillo comenzó a sonar, se lo devolvió e indicó:

—He hecho una llamada perdida a mi teléfono. Ya estamos conectados.

El comandante asintió y, alargando la despedida, musitó:

—¡Ha sido un placer cenar contigo!

—Lo mismo digo.

—Espero que lo que hay en la bolsa les guste a tus animales.

—Seguro que sí.

—Le he dicho a Corwin que metiera también mis sobras.

—¡Estupendo! —Ella sonrió encantada.

De nuevo las miradas...

De nuevo la química...

De nuevo el deseo...

Y finalmente Daryl, para romper aquel raro momento, arrancó el vehículo y se marchó, y en ese instante Carol respiró y, retomando su camino, murmuró:

—Carol..., no, no, no. Es el hermano de Lolorola.

Capítulo 8

Cuando Carol llegó acelerada a las dos menos cinco al aeropuerto de Gatwick y se dirigió a las oficinas de High Drogo, rápidamente localizó a Magdalena. Tras decirle a quién buscaba, aquélla le explicó con una sonrisa:

—Toma el pasillo de la derecha, cruza cuatro salas y en la quinta esperas. Avisaré al comandante Simmons de que ya estás aquí.

Carol asintió y, asiendo su inseparable bolsa de deporte, se encaminó a toda prisa hacia donde la mujer le había indicado.

Cruzó la sala uno, la dos, después la tres y, al llegar a la cuarta, dobló la esquina y se topó de frente con Daryl.

Boquiabierto, él parpadeó al verla. La primera vez que recordaba haberla visto ella llevaba una gorra puesta. La segunda tenía el pelo de dos colores y un kilo de maquillaje, por lo que, al verla con su pelo claro suelto y vestida con unos simples vaqueros deshilachados y una camisa blanca, no supo qué decir. ¡Estaba preciosa!

Carol, por su parte, se sentía impresionada. Con su traje oscuro de piloto y sus galones, aquel tipo estaba, impresionante no..., ¡lo siguiente! Y, de nuevo, le entró calor. Mucho calor.

Como tontos, durante unos segundos se miraron sin moverse, hasta que Daryl, incapaz de confesarle que la noche anterior al llegar a su casa, en la soledad de su habitación, había fantaseado con ella, dijo intentando hacer a un lado sus pensamientos:

—Te dije a la una y media.

Carol asintió. Ella y su impuntualidad; con gesto apurado afirmó sonriendo:

—Lo siento. Pero entre que *Baby* no meaba y luego me ha pillado un atascazo enorme, ¡creí que no llegaba!

Esa sonrisa... Esa bonita sonrisa que no lo había dejado descansar en toda la noche... Daryl asintió e indicó, notando cómo el aroma de su perfume llegaba hasta él:

—Vamos. Tengo cosas que hacer.

En silencio, ambos caminaron hacia la quinta sala. Una vez allí, mientras él organizaba el plan de vuelo con parte de la tripulación, ella se sentó en un lateral y, tras dejar su bolsa de deporte en el suelo, observó en silencio.

Estaba claro que las horas compartidas con el hermano de Lola y las confidencias de la noche anterior la habían hecho cambiar su opinión sobre él. Daryl no sólo era un hombre atractivo; también era un hombre encantador e interesante. Por ello, y acalorada, dio media vuelta para mirar por la ventana y ver los aviones despegar.

Cuando la reunión acabó, la sala quedó vacía y Daryl, acercándose a ella, se sentó a su lado mientras Carol hablaba por teléfono.

Hablaba de trabajo. De Bruselas. De un hotel. Y apuntaba en su agenda a toda prisa algo que le indicaban. Finalmente, cuando colgó, tenía una expresión de agobio considerable; lo miró y dijo, mientras se retiraba su largo cabello de la cara:

—Tengo que estar en Bruselas mañana a las cinco de la tarde. El segundo ensayo del concierto comienza a esa hora, y el jefazo ha dicho que a ése no se me ocurra faltar.

Daryl asintió al ver su gesto preocupado.

—Tranquila. Seguro que encontramos un vuelo para que llegues.

Carol suspiró y no dijo más. Ya era demasiado que él le hubiera solucionado el vuelo a Venecia. Cuando llegara a su destino se ocuparía de buscar ella misma el vuelo a Bruselas.

Tras decidir que evitaría mirarla o terminaría abrazándola, Daryl comentó:

—¿Esos pelos son de tus perros?

Carol echó un vistazo y afirmó quitándoselos:

—Pues sí. Con animales en casa, ¡siempre hay pelos!

Él agrió el gesto y cuchicheó, negando con la cabeza:

—Ésa es otra de las cosas por las que no tengo perro. No soporto los pelos.

Divertida por aquello, ella asintió y, con seguridad, afirmó:

—¡Pues tú te lo pierdes! Porque, te digo una cosa, nadie, pero nadie, nadie, nadie te va a dar las bienvenidas a casa que te daría un perrete ni te querrá incondicionalmente como él.

—Yo no lo veo así.

—Porque no tienes uno. Si lo tuvieras, ¡lo entenderías!

Sin querer seguir con aquel tema, Daryl preguntó:

—¿Les gustó a tus perros lo que les llevaste?

—Les encantó —Carol sonrió.

Interesado en ella y en todo lo que la rodeaba, él preguntó a continuación:

—¿De qué razas son?

Eso hizo que la joven meneara la cabeza y respondiera con gracia:

—De mil razas.

—¿De mil razas?

—Lo único que te puedo decir es que algún antepasado de *Baby* fue chihuahua, y de *Limón*, beagle. El resto... son suposiciones.

—Entonces ¿son pequeñitos?

—Sí —y, suspirando, indicó—: La más grande que tuve se llamaba *Niza*. Era un cruce de pastor alemán con vete tú a saber qué... Era preciosa, inteligente y buenísima. Pero cuando cumplió cinco años tuve que sacrificarla por un maldito cáncer.

—¡Qué triste!

—Mucho —dijo ella con convencimiento—. Con el tiempo apareció *Baby*. En cuanto llegó al refugio y la vi, me enamoró su triste mirada.

—¿Refugio? ¿Qué refugio?

Carol se retiró el pelo del rostro e indicó:

—Colaboro en un refugio de animales situado a las afueras de Londres.

—Ah, sí..., ahora que lo dices, recuerdo que lo comentasteis el otro día mi hermana y tú —afirmó él y, sorprendido, preguntó—:

Además de lo que haces, ¿también tienes tiempo para colaborar en eso?

—Ya te digo. Soy una mujer que tiene tiempo para todo. —Daryl sonrió, y ella añadió—: Somos doce personas que altruistamente nos dedicamos a rescatar, cuidar y buscar un hogar a animalitos abandonados. En ocasiones es duro, pero ahí seguimos, luchando por ellos.

—¿De ahí salieron tus perros?

—Exacto.

De nuevo las miradas...

De nuevo aquel silencio...

Y Daryl, confundido porque le pasara eso a él, comentó tocándose el cuello de la camisa:

—Las previsiones del viaje son buenas, por lo que sobre las cinco de la tarde más o menos aterrizaremos en Venecia.

—¡Genial!

Y a continuación se miraron sin decir nada.

De nuevo, aquel silencio incómodo los rodeó, hasta que Carol dijo para romper el hielo:

—Estás impresionante con tu traje de comandante.

Daryl sonrió. Lo sabía.

—Y tú estás muy guapa sin tanto maquillaje..., *Moñitos* —indicó.

—Gracias, *querido* —se mofó ella, haciéndolo sonreír.

De nuevo el silencio se instaló entre ambos y, cuando el perfume de ella volvió a inundar sus fosas nasales, Daryl dijo mirándola:

—No pareces la misma de anoche, aunque me gusta que lo seas.

Eso le hizo gracia a Carol, que cuchicheó:

—Hombre..., pues me alegra saberlo.

Daryl asintió y, cuando iba a hablar, la puerta de la sala se abrió y entró su amigo Can.

—Al final vuelo a Tokio, ¿y tú? —preguntó.

—Venecia. Hago escala allí y sigo para la India —señaló Daryl, levantándose de sopetón de su silla.

Su movimiento fue tan brusco que sorprendió a Can, y, dando un paso al lado, vio a una muchacha sentada y la saludó:

—Hola...

Carol se puso en pie y le devolvió el saludo con espontaneidad.

—¡Ay! Hola.

Can sonrió al ver a aquella muchacha. Era evidente que su amigo pretendía ocultarla, pero ¿por qué? Y, complacido, se acercó a ella.

—Soy Can Drogo —dijo—. ¿Con quién tengo el gusto de hablar?

—Carolina Muñoz.

Con delicadeza, él cogió entonces su mano para besársela.

—Un placer, Carolina Muñoz.

Divertida por aquella galantería, muy típica de Daryl, indicó:

—El placer es mío, Can. Y, por favor, llámame Carol.

Daryl levantó una ceja al oírla, y su amigo afirmó:

—¡Carol! Precioso nombre para una preciosa mujer.

Incapaz de no hacerlo, ella soltó una carcajada ante el gesto de incomodidad de Daryl, que se sentía ignorado, y más cuando Can, sin soltar su mano, sugirió:

—¿Qué tal si actualizamos nuestro saludo a dos besos?

—¡Pues mejor! —lo animó Carol.

Encantado, Can se acercó a la joven para darle dos besos en las mejillas y, apoyando una mano sobre el hombro de ésta, musitó:

—Qué bien hueles.

—¡Gracias! —repuso la joven y, fijándose en la coleta que él llevaba perfectamente peinada hacia atrás, añadió—: A mí me encanta tu peinado.

Ambos rieron por aquello, y luego Can cuchicheó pasándose una mano por el pelo:

—Lo prefiero suelto, pero en la compañía lo ven demasiado salvaje.

—¡Qué arcaicos!

—Un poco —afirmó él divertido.

De nuevo rieron como dos tontos mientras seguían bromeando, y Daryl, que era testigo mudo de la situación, se inquietó. Conocía demasiado bien a Can como para no saber lo que estaba pensando y haciendo, y, sin dudarlo, le retiró a su amigo la mano del hombro de aquélla y, metiéndose en medio, indicó:

—Carol es amiga de mi hermana Lola.

Al oír eso, Can asintió y, recordando algo que le había comentado unos días antes, preguntó mirándolo:

—¿Ella es la nueva TCP de High Drogo que necesitaba ir a Venecia?

Daryl asintió ante la sonrisa de sorpresa de aquél.

—Perdona..., ¿has dicho Drogo? —intervino entonces Carol con gesto enigmático—. ¿Can Drogo?

El aludido asintió, y ella, sin dar crédito, murmuró:

—Ay, Dios..., no me digas que eres el dueño de la empresa...

Can sonrió al ver su expresión de apuro. No solía ir diciéndolo por ahí. Le gustaba que la gente lo conociera por Can, no por el famoso apellido de la compañía de su padre.

—Bueno, el dueño es mi padre, pero, sí, algo tengo que ver.

Carol asintió sorprendida y, llevándose las manos a la boca, susurró con gracia:

—Retiro lo de *arcaicos*.

Can soltó una carcajada.

—No lo retires. Tienes razón —convino; y, acercándose de nuevo a ella, reiteró—: Un placer conocerte, Carol. Espero que pronto coincidamos en algún vuelo.

—Ojalá...

Daryl, a quien de pronto le sudaban las manos, se dirigió hacia la puerta y, abriéndola, pidió mirando a su amigo:

—Can, ¿puedes venir un momento?

El aludido le guiñó un ojo a la joven.

—¡Nos vemos, Carol!

Una vez que hubo salido de la sala con él, Daryl preguntó mirándolo:

—¿Se puede saber qué estás haciendo?

Él, divertido, pues no se le habían escapado los gestos de su amigo, respondió:

—No lo sé. Dímelo tú.

Daryl resopló.

—A ver, Carol es amiga de mi hermana, por lo que para mí es como si fuera de la familia. Por tanto, mucho cuidadito con lo que haces.

Can parpadeó sin dar crédito. Desde que se conocían, era la primera vez que Daryl le ponía veto sobre una mujer, por muy amiga de la familia que fuera, y con guasa preguntó:

—¿Y qué pretendo hacer?

—¿A qué ha venido eso de que huele muy bien? —dijo Daryl bajando la voz.

—Es que huele muy bien.

Daryl maldijo. Él también se había dado cuenta de aquello.

Durante unos segundos ambos se quedaron callados, hasta que por fin los dos se echaron a reír, y Can musitó:

—Vale. Mensaje recibido.

Al oírlo, su amigo se sintió fatal y meneó la cabeza.

—Olvida lo que te he dicho —indicó—. Ya somos todos mayorcitos para saber lo que queremos hacer o no.

Ambos rieron por aquello, y acto seguido Daryl preguntó al recordar algo:

—Oye, ¿tú tienes una canción favorita?

Sorprendido por su pregunta, Can cuchicheó:

—¿Y eso a qué viene?

Daryl suspiró, pero, como necesitaba saber, insistió:

—¿La tienes o no?

—Sí —contestó Can sin entender realmente su pregunta.

Él estaba sorprendido, e iba a preguntar a continuación qué canción era cuando Can, al ver pasar a la sala tres a la tripulación técnica de su vuelo, dijo:

—Tengo que marcharme. Te llamo a mi regreso, ¡buen vuelo, colega!

—¡Buen vuelo, amigo!

Una vez que Can desapareció en el interior de la sala tres, Daryl resopló.

¿Por qué no tenía él una canción favorita?

Pero, sin querer pensar más en ello, abrió la puerta y, mirando a Carol, que esperaba junto a la ventana, dijo con la mejor de sus sonrisas:

—Debemos ir al avión.

En cuanto subió al aparato junto a Carol, ella se quedó en un segundo plano. Daryl tenía que organizar varios asuntos con sus compañeros. Tras presentarse los tripulantes de la cabina y la tripulación técnica, comenzaron a hacer el *briefing*. Tras terminar con él, prosiguieron por el *scan flow*. A aquellas comprobaciones les siguieron otras exteriores y, cuando por fin verificaron que todo estaba en orden, dieron la orden para que el pasaje empezara a subir a bordo.

Carol, que estaba sentada en uno de los asientos libres del aparato, ya había hecho migas con Jessica, una de las auxiliares. Encantada de estar en ese avión, consultaba desde su móvil los horarios de los vuelos que salían desde Venecia hacia Bruselas al día siguiente, cuando Jessica dijo:

—El jefe dice que vayas al *cockpit*.

Al oír eso, sonrió. En un avión, el jefe supremo era el comandante, en este caso Daryl, y el *cockpit*, la cabina desde la que pilotaba. Sin duda, aquél quería compañía. Pero, deseosa de poner distancia entre ellos porque estaba clara la tensión sexual que existía, repuso sacando unos cascos de su mochila:

—Dile al jefe que se lo agradezco, pero que prefiero viajar aquí, así echo una cabezadita.

Jessica asintió y se marchó. Al instante sonó el WhatsApp de Carol. Era su hermano Adam, desde Venecia:

Tengo ganas de verte.

Sonriendo, se apresuró a responder:

Y yo a ti. Estoy en camino. Nos vemos dentro de unas horas. Te quiero.

Luego esperó y leyó:

Yo también te quiero a ti.

Tras su breve conversación, Carol continuó mirando los horarios de los vuelos. Debía encontrar alguno que la llevara a Bruselas.

Daryl, que junto a su copiloto esperaba la aparición de Carol en cabina, asintió al oír lo que Jessica le indicaba y, sin dejar entrever su decepción por no poder estar con ella, echó un vistazo a una carpeta que le entregaban y se centró en su trabajo.

Con tranquilidad, dirigió el avión hasta la pista, esperó y, en cuanto le llegó el turno de despegue, puso rumbo a Venecia.

Capítulo 9

Como bien había pronosticado Daryl, el vuelo a Venecia fue una balsa de aceite y, a las cinco, el pasaje comenzaba a desembarcar en el aeropuerto Marco Polo.

Una vez que el avión quedó vacío, Carol, que escuchaba música con sus auriculares puestos, recogió su bolsa de deporte y, al ver salir al copiloto de la cabina, se acercó hasta ella y vio a Daryl, que rellenaba unos formularios. Durante unos segundos lo observó concentrado y sonrió al darse cuenta de lo mucho que su gesto le recordaba a su amiga Lola.

Estaba sonriendo por ello cuando él se volvió y murmuró:

—Señorita Moñitos..., ¿feliz de estar en tu tierra?

Carol, que no lo oía a través de los auriculares, se los quitó y preguntó:

—¿Qué has dicho?

Daryl dejó los formularios que rellenaba, se levantó y repitió:

—¿Feliz de estar en tu tierra?

Ella asintió. Regresar a Venecia siempre era estupendo, y, mirándolo, contestó:

—La verdad es que sí.

Durante unos segundos ambos se observaron en silencio.

Mirarse se había convertido en algo especial para ellos; entonces Daryl, para romper aquel instante, cogió uno de los auriculares que colgaban sobre el hombro de aquélla y, antes de ponérselo en el oído, preguntó:

—¿Qué es?

Durante unos segundos escuchó aquella música que le resultaba del todo desconocida y luego la miró.

—¿Te gusta esto? —quiso saber.

—Sí.

—¿Y esto se llama...?

Carol sonrió.

—*Esto*, como tú lo llamas, se llama *hip-hop* —y al ver su cara de desconcierto indicó—: DJ Khaled me gusta mucho.

Daryl asintió. No entendía aquel tipo de música. Es más, solía darle dolor de cabeza, y, curioso, dijo:

—No me digas que tu canción favorita es de hip-hop... —Ella no contestó, y él añadió—: Con razón decías que ni en mil años lo acertaría.

Incapaz de aguantarse, ella se rio.

¡Qué básico era aquel hombre!

De pronto, *el básico* cogió una carpetilla.

—Aquí tienes un billete para Bruselas —explicó—. Es para mañana a la una de la tarde y te llevará hasta el aeropuerto de Zaventem. —Al ver su gesto de sorpresa y cómo dejaba con celeridad su bolsa de deporte en el suelo, añadió—: A las cinco estarás en ese segundo ensayo, ¡no faltarás! Te lo iba a dar antes, pero Jessica me ha dicho que preferías quedarte en tu asiento.

Al ver aquello y sentir el bonito detalle de que se hubiera acordado de solucionarle la continuación de su viaje, Carol sonrió con dulzura y, olvidándose de todo lo que había pensado con anterioridad, se lanzó a sus brazos y murmuró:

—Gracias... Gracias... Gracias. ¡Eres un amor! Un auténtico amor.

Con ella pegada a su cuerpo y entre sus brazos, Daryl hundió la nariz en su cuello y, aspirando aquel perfume que tan confundido lo tenía, indicó con una sonrisa:

—No exageres o me lo creeré.

Eso hizo que ella riera y, separándose ligeramente de él, cuchicheó:

—No sé qué voy a hacer para devolverte todo lo que estás haciendo por mí.

Encantado por la cercanía y aquella bonita sonrisa, él decidió entonces cobrarse el favor.

—Tengo cuatro horas de escala: si me invitas a una buena pizza, la deuda quedará saldada.

De nuevo, Carol sonrió.

—Conozco una pizzería cerca del teatro Fenice que es una maravilla, pero también he de decir que la mejor pizza la hago yo misma —y, bajando la voz, dijo con gracia—: ¡Receta de mi *nonna*!

Daryl soltó una carcajada, y a continuación ella añadió:

—Pero tengo el tiempo justo para solucionar unos problemas aquí, y bueno...

Él asintió y, sin saber por qué, le puso un dedo en la boca para acallarla. Sabía perfectamente por lo que había ido a Venecia.

—Queda pendiente esa pizza entonces —indicó.

Carol, a quien el dedo de él le quemaba en los labios, consciente de que o se alejaba de Daryl o al final pasaría lo que le llevaba rondando desde la noche anterior, replicó:

—Vale, siempre y cuando no te pongas la horrorosa camisa color caquita que llevabas anoche...

Él soltó una risotada y ella lo siguió.

De nuevo se tentaron...

Se miraron de aquella manera especial que a los dos les ponía el vello del cuerpo de punta, hasta que Carol, separándose de los brazos de él y recogiendo su bolsa de deporte, comentó:

—Me voy. Gracias por todo y que tengas un buen vuelo.

—Espero que todo vaya bien con tu familia.

—¡Seguro que sí! —asintió convencida.

Una vez que ella se marchó para despedirse de Jessica, Daryl miró aquellos mandos que durante el vuelo tanto le gustaba manejar y, sin poder evitarlo, maldijo en silencio.

Pero ¿qué le ocurría?

¿Por qué le molestaba tanto que aquella muchacha se quedara en Venecia?

Estaba pensando en ello y en lo ridículo de la situación cuando oyó a su espalda:

—Oye, Daryl...

Al volverse, de nuevo se encontró a Carol allí, y ésta, entrando en la cabina en busca de intimidad, dejó la bolsa de deporte en el suelo, cerró la puerta y dijo mirándolo:

—A ver. Voy a ser clara porque no me gusta andarme con rodeos. Eres un tipo cañón que está acostumbrado a que las mujeres babeen a su paso, pero yo ya estoy inmunizada contra eso.

—Vaya... —se mofó Daryl divertido.

—Aun así, reconozco que me atraes y, si mi radar no está escacharrado, creo que en cierto modo yo también te atraigo a ti.

—Correcto —afirmó él.

Durante unos segundos se miraron. Las cartas acababan de ponerse sobre la mesa, y ella, tragando saliva, musitó:

—Lo que pensamos no puede ser.

—¿Por...?

—Eres el hermano de Lola y...

No pudo decir más.

Arrinconándola contra la puerta de la cabina, sin esperar un segundo más, Daryl la besó. Deseaba esos labios, esa boca. Anhelaba saborearla, olerla. Lo deseaba todo.

Carol, completamente cautivada, se dejó llevar olvidándose de todo.

Su deseo por aquel tipo era loco y cegador, y mientras disfrutaba de aquel ardiente y morboso beso a escondidas y sentía el calor del cuerpo de aquél sobre el de ella, voló.

Un beso, dos...

Una mirada, dos...

Todo lo que hacían era cautivador, caliente y deseado y, cuando al final Daryl, dando un paso atrás, se separó de ella, Carol murmuró con los labios aún calientes por los besos de aquél:

—Justo esto era lo que no debía pasar.

—Pero ha pasado —afirmó él sin alejarse.

Del todo cegada por el deseo, Carol se mordió los labios. El beso y su cercanía habían superado sus expectativas y, sin contener sus palabras, dijo:

—Bueno, ya que hemos traspasado la barrera, ¿qué tal un último beso y se acabó?

Deseoso, Daryl aceptó su boca.

La besó con delicia y disfrute mientras sentía cómo ese animal sexual que cohabitaba en su interior gritaba y pataleaba por intentar salir.

Deseaba desnudarla...

Ansiaba tocarla...

Se moría por hacerle el amor...

Pero no. Él era muy responsable en su trabajo y no era el momento ni el lugar. Y, cuando sus bocas se separaron, dando un paso atrás para separar su cuerpo del de ella, dijo antes de perder totalmente la cordura:

—Éste no es lugar.

Acalorada, Carol asintió.

—Te doy toda la razón.

Debían ser profesionales y separar el trabajo del sexo, y, ardiendo por el momento y por cómo se sentían, la joven se retiró con gracia su larga melena del rostro e indicó:

—Olvidemos lo ocurrido.

Daryl no contestó.

Necesitaba poner en orden sus pensamientos, pero, cuando iba a decir algo, ella posó un dedo sobre su sinuosa y caliente boca.

—Admitamos que, aunque tendríamos buen sexo, sería un error. Además, ambos queremos a Lola. Ella es importante para los dos, y estoy convencida de que ninguno desea que lo pase mal por nuestra culpa, ¿verdad?

—¿Y por qué tendría que pasarlo mal mi hermana?

Carol lo miró y respondió con un suspiro:

—Porque podría hacerse ilusiones, y tú y yo, a excepción de sexo ocasional, poco más tendremos. Yo estoy muy liada, tengo mil cosas que hacer, y tú... ¡eres tú!

—¿Yo soy yo?

La joven asintió y luego aclaró con gracia:

—Llevo tatuajes y los odias.

Daryl no contestó, y ella añadió:

—Así pues, controlemos nuestras apetencias y, por el bien de todos, seamos tan sólo colegas de trabajo.

Tras unos segundos en los que ambos tomaron de nuevo conciencia de dónde estaban, Carol recogió su bolsa de deporte del suelo con una sonrisa, abrió la puerta de la cabina y, confiando en que ambos eran lo suficientemente sensatos para saber parar algo inapropiado, dijo:

—Una vez aclarado el tema, ahora sí que me voy.

Daryl no se movió. Si lo hacía, volvería a cerrar la puerta de la cabina para besarla de nuevo; desconcertado, la oyó decir:

—*Ciao*, comandante.

Y, esta vez, la joven se marchó sin mirar atrás, con los labios quemándole de deseo, mientras él se sentaba en su sillón y, cerrando los ojos, murmuraba al recordar algo:

—*Abu*..., ¡no me jorobes!

Capítulo 10

Cuando Carol salió del aeropuerto aún estaba consternada.

¿Qué había hecho?

¿Cómo le había dicho aquello a Daryl y lo había besado?

¡Se había vuelto loca!

Mientras pensaba en ello llegó hasta la parada de taxis e, intentando olvidar todo aquello, le pidió al taxista que la llevara a la vía Morosina, a la casa familiar en la que vivían su madre, su hermano Adam y su *nonna*.

En el coche, sacó su teléfono y marcó el número de su hermana Annalisa. Y, tras dos timbrazos, la oyó decir:

—Si me dices que no vienes, no te lo voy a perdonar...

Carol suspiró y luego musitó:

—Un «hola, hermanita» no estaría nada mal.

Annalisa, que estaba en su panadería, miró a su exmarido.

—*Pascuale, per favore!* —gruñó—. Deja de mirar las musarañas y atiende a la señora Concetta.

El aludido asintió, y Carol, al imaginarse al bueno de su excuñado, murmuró:

—Ese hombre se merece el cielo.

Annalisa resopló. Su exmarido era el despiste personificado, pero, sin entrar en ello, preguntó:

—¿Dónde estás?

Carol miró por la ventanilla del taxi.

—Saliendo del aeropuerto Marco Polo. Por cierto, quería comentarte algo al respecto de un regalo que estoy pensando hacerle a Vera.

—Bueno..., quería hablarte de eso precisamente...

—No me jorobes, Annalisa..., ¿no vas a asistir?

La aludida resopló.

—La llamé y lo hablé con ella. No puedo cerrar la panadería.

—Pero ¿qué dices?

—Demasiado gasto. ¡Imposible!

Carol gruñó. Aquello le haría daño a Vera.

—Por el amor de Dios, Annalisa. ¡Es la boda de tu hermana! ¿Cómo no vas a ir? —insistió.

Annalisa maldijo. Sabía que Carol se lo tomaría así.

—Mira —respondió—. Las vecinas de papá, al verme sola, comenzarán a preguntar por Pascuale. Y no. Me niego a que cuchicheen sobre mí.

—¿Cuándo dejarás de preocuparte por lo que piensen los demás y vivirás tu vida? —le reprochó Carol.

Annalisa no contestó, y ella continuó:

—Vera sería feliz si te tuviera a su lado en un día tan especial. ¿Por qué no piensas en eso?

Su hermana resopló y, sin ganas de seguir con aquello, dijo:

—Luego lo hablamos. ¿Vienes aquí o vas a casa de la *mamma*?

—Voy a casa de la *mamma* —contestó ella simplemente.

Annalisa asintió y, enfurruñándose porque ella no fuera la primera a quien visitara, musitó:

—Cuando cierre la panadería, iré para allá.

Dicho esto, colgó el teléfono y Carol parpadeó.

¡Qué fría era su hermana!

Cuando el taxi salió de la vía Triestina y cogió la vía Orlanda, Carol sonrió.

En su camino pasó por la gasolinera donde había trabajado su madre, la base militar a la que infinidad de veces ella misma había acompañado a su hermana o a su cuñado a llevar el pan, y, tras girar a la derecha para coger la vía Gobbi, su sonrisa se amplió. La siguiente era la vía Morosina.

Dos minutos después, tras pagar al conductor, Carol bajó del taxi con su bolsa de deporte y miró a su alrededor.

Todo estaba igual. El tiempo parecía haberse detenido en aquel bonito rincón de Venecia, y sonrió al ver a los mastines de la familia ladrando junto a unos cachorrillos que correteaban y que no conocía.

Cuando el taxista se marchó, Carol se acercó a la verja de la finca.

—*Choco. Coca* ¿No me conocéis?

Tan pronto como dijo eso, los dos mastines dejaron de ladrar y, moviendo el rabo con descontrol, subieron sus patorras a la verja y comenzaron a lloriquear.

¡Claro que la conocían!

Divertida, les hizo mimitos a través de la verja, hasta que oyó:

—¡Mi sol!

Al mirar hacia la puerta vio a su madre, que estaba tan guapa como siempre.

Prisca, la madre de Carol, era una mujer alta, delgada, con un increíble pelo rubio largo y una figura excepcional. Ella lo achacaba a que era vegetariana, hacía yoga y meditación y, sobre todo, hacía el amor siempre que se le antojaba.

Aquellas palabras dichas por ella siempre la hacían reír, aunque a su hermana Annalisa, que a pesar de que no vivía con ella estaba cerca, la sacaban de sus casillas.

—*Mamma* —la saludó encantada.

Prisca se apresuró a abrir la puerta de entrada a la parcela y, emocionada, abrazó a su hija mientras le murmuraba al oído:

—Mi alegría del día eres tú.

Encantada, la joven disfrutaba de su cariñoso abrazo cuando su madre la separó de ella. Carol era, de sus tres hijos, la que más se parecía a ella, no sólo físicamente, sino también con respecto a sus inquietudes y vivencias; la miró a los ojos, y dijo, al intuir por qué estaba allí:

—Tu hermano está bien.

—¿Seguro, *mamma*?

Prisca asintió.

—Tranquila. No te preocupes, tú misma podrás comprobarlo.

Oír eso la hizo saber que todo estaba bien, y Prisca añadió:

—Eso sí. La que sigue insoportable es Annalisa. Cada día estoy más convencida de que, al nacer, la cambiaron de cuna y se vino con la familia equivocada.

—*Mamma* —se mofó Carol.

—Por cierto, veo en ti una preciosa aura naranja..., no como la de tu hermana, que la tiene gris...

—*Mammaaaaaaaaaaa...*

A Prisca le gustó verla sonreír. Carol era una buena hija, aunque no lo había pasado bien en la vida, y, emocionada, declaró mirándola a los ojos:

—La paz comienza con una sonrisa como la tuya.

Complacida por aquellas frases tan propias de su madre, Carol la abrazó, y ella, que seguía mirándola, dijo:

—Esta tarde tengo una sesión con los Morricone, pero, tranquila, no me extenderé mucho y así podré estar contigo.

Ambas rieron, y a continuación Prisca preguntó:

—¿Cómo está nuestra preciosa Vera?

Carol sonrió. Su madre nunca se olvidaba de su hermana, aunque no fuera hija suya. Habían sido muchas las veces en las que Vera había ido con ellos allí de vacaciones, hasta hacía tres años, cuando de pronto le entró pánico a volar en avión.

—Nerviosa —contestó—. Se acerca la boda y está nerviosa.

—Le envié un regalito por correo, ¡espero que le guste!

—Seguro que sí.

Ambas se abrazaron, y Carol dijo:

—Veré al abuelo cuando vaya a la boda. Vera lo ha invitado.

Prisca asintió y, sonriendo, cuchicheó pensando en su padre:

—Hablé ayer con el Playboy. Le sigue doliendo la boca, pero ya sabes lo cabezón que es para ir al dentista. No va aunque se esté muriendo. Me preguntó por ti, y me dijo que a ver cuándo ibas a verlo.

Tras caminar unos pasos, Prisca señaló a los perrillos que correteaban con los mastines y dijo mientras la música heavy metal sonaba de fondo procedente de la casa:

—Te presento a *Gus*, *Loki* y *Pía*.

—¡Qué preciosossssssss!

—Son una maravilla y, por suerte para *Gus*, este fin de semana su nueva familia vendrá a recogerlo.

—¡Estupendo!

Estaba mirando a los perros cuando su madre le cogió la mano y explicó, señalando a los cachorrillos:

—Unos desalmados los tiraron a la basura para que se murieran. Eran siete. Pero, por suerte, me topé con ellos, los traje a casa y, tras alimentarlos con biberón, la *nonna*, Adam y yo hemos conseguido sacarlos adelante y encontrar hogar de momento para cinco. Sólo quedan dos sin familia, pero seguro que pronto serán adoptados.

Emocionada por el cariño que su madre sentía por los animales, Carol sonrió. Desde que tenía uso de razón, por su casa habían pasado infinidad de animalitos, heridos, sanos, daba igual cómo llegaran. Su madre y su *nonna* se desvivían por ellos, por darles protección y buscarles un hogar, algo que Carol había continuado haciendo allá adonde iba.

Estaba complacida disfrutando de las monerías de aquellos perritos cuando su madre gritó:

—*Mamma, mamma! Vieni qui veloce!*

Carol, con una sonrisa, miró hacia la puerta y, cuando apareció una mujer de pelo verde, vaqueros y una decolorada camiseta negra, exclamó:

—*Nonnaaaaaaaaaaaaa!*

La mujer, al ver a aquella nieta que tanto amor les hacía sentir cada vez que iba a visitarlos, se llevó las manos a la boca y voceó:

—*Santa Maria della Salute..., Carol! La mia bambina!*

Sin tiempo que perder, Carol fue hasta su abuela y, tras abrazarse y ésta llenarle la cara de dulces besos mientras no paraba de mencionar a todos los santos del mundo, comentó mirándola:

—Estás muy delgada.

—*Nonna!*

—¡Eres todo huesos!

—*Mamma, per favoreeeeeeee!* —se quejó Prisca.

Carol no era delgada. Era una chica fuerte y con curvas, y, divertida por aquello, que se repetía cada vez que iba a verlos a Venecia, cogió las manos de su abuela Mitra e indicó:

—*Nonna*, estoy bien y lo sabes. Pero la que no está bien eres tú... ¿Qué te ocurre?

La mujer se sacó un pañuelo de la pechera.

—Un constipado sin importancia —explicó—. Salí de ruta con los chicos y creo que, cuando nos bañamos desnudos en el río, cogí algo de frío.

—*Nonnaaaa...*

Mitra sonrió al oírla, y prosiguió:

—Esta noche, para cenar, te prepararé unos espaguetis con berenjena y salvia con los que te chuparás los dedos, y mañana para comer, para ti y Adam, haré una estupenda lasaña de carne. ¿Qué te parece?

Carol sonrió. A pesar de que su madre y su abuela eran vegetarianas, no ignoraban los gustos de ella y sus hermanos, y, paladeando la sabrosa cocina de su *nonna*, murmuró:

—Pues me parece estupendo, pero mañana he de regresar, por lo que me quedaré sin probar la lasaña...

—Noooo —murmuraron al unísono Prisca y su madre.

Al ver su expresión, y sin comentarles nada acerca de las incesantes llamadas de su hermana, Carol aclaró:

—Mañana a las cinco tengo que estar en Bruselas, actuamos allí por la noche y no puedo faltar. Pero quería veros, ¡y aquí estoy!

Las dos mujeres se miraron con tristeza, y Prisca, buscando como siempre el lado positivo de las cosas, indicó:

—Entonces disfrutemos del tiempo que vamos a estar juntas.

—¡Ésa es la actitud! —exclamó Carol y sonrió, ganándose las sonrisas de ambas.

Después de dar su ración de carantoñas a los perros, siguió a su madre y a su abuela al interior de la casa, donde, al entrar, oyó que sonaba a todo meter el *Paranoid* de Black Sabbath.

—*Mamma, per favoreeeeeeeee* —exclamó Prisca.

Mitra se apresuró entonces a bajar el volumen del equipo de música y comentó:

—Al *playboy* de tu abuelo también le gusta mucho esta banda. Escucharla me recuerda a él.

Carol sonrió. La relación de sus abuelos era especial, nada convencional, y asintió. Eso ella ya lo sabía.

Instantes después, miró a su alrededor. Allí, todo seguía como siempre y, como si un imán la atrajera, caminó hacia la chimenea. Sobre la repisa de la misma había muchas fotografías, y Carol, fijando la mirada en una en especial, sonrió con tristeza.

Aquel bebé de preciosos ojos verdes que ella sostenía en los brazos mientras sonreía junto a Bastian había sido su niña, su ángel. Un bebé que inesperadamente llegó a su vida, y que, tal como llegó, seis meses después desapareció.

Estaba mirando la foto cuando Prisca se le acercó, la agarró por la cintura y murmuró:

—Dentro de poco, nuestra Jane habría cumplido ocho años.

Carol asintió y, tocándose la flor que tenía tatuada en el hombro derecho y que se había hecho por su hija, musitó:

—Lo sé.

Años atrás, cuando trabajaba en un musical, una noche que salió a tomar algo conoció a un francés llamado Bastian Dumont, un joven boxeador que comenzaba a despuntar por su agilidad y su destreza. Durante meses, siempre que podían se veían, era divertido, hasta que Carol se enteró de que estaba embarazada.

Aquel embarazo fue una sorpresa para ella y para Bastian. No se habían planteado tener un bebé tan jóvenes, pero la semillita estaba creciendo, y Carol y Bastian lo amaron y ansiaron el momento de verlo.

Para el parto, ella se trasladó a Venecia, pues deseaba estar junto a su madre, y, llegado el día, y rodeada de su familia y de Bastian, nació una preciosa niña a la que decidieron llamar Jane.

La niña estaba sana, era muy bonita, regordeta. Crecía a un ritmo estupendo y no paraba de sonreír, hasta que, una tarde, cuando Carol fue a sacarla de la cuna para darle el biberón, se encontró con lo que un padre jamás querría ver. La pequeña había muerto a causa del síndrome de muerte súbita del lactante.

Eso destrozó a Carol, la hundió. No entendía cómo aquella niña a la que ella tanto quería y cuidaba, aquella niña tan inocente, tierna y maravillosa, de pronto ya no estaba en su vida. Creyó volverse loca, y fue entonces cuando Lola, su amiga, se implicó en ayudarla. Carol necesitaba ayuda.

Tres meses después, su relación con Bastian acabó. Jane se había llevado consigo el amor que ambos se tenían, y, tras despedirse con cariño, prometieron quererse siempre e intentar mantener el contacto.

A partir de ese instante, Carol se olvidó por completo de su propio tiempo, no lo quería. Y, tras sacarse la titulación para ser TCP y conseguir un trabajo, decidió entregarse a su familia, al baile y a los vuelos. Aquello la mantendría totalmente ocupada y sin tiempo para pensar en nada más.

Estaba mirando aquella foto que sólo se permitía ver cuando iba a casa de su madre cuando susurró:

—Bastian ha sido padre de un niño con Carmela.

Prisca asintió y musitó cogiendo su mano:

—Ése es un gran motivo de felicidad, ¿no crees, cariño?

Carol asintió. Quería todo lo bueno para Bastian y, sonriendo, afirmó:

—Claro que sí, *mamma.*

Con cariño, Prisca acarició el largo cabello de su hija.

—Algún día encontrarás a ese alguien especial y...

—Lo dudo, *mamma*..., lo dudo.

Apenada por oír eso, la mujer miró a su hija a los ojos.

—Recuerda, mi sol, nunca permitas que tus miedos ocupen el lugar de tus sueños —indicó.

En ese instante, la *nonna*, sacando unos dulces típicos de Venecia, dijo:

—Mira lo que tengo para ti, *bambina.*

Carol asintió.

Con el paso de los años se había hecho fuerte, pero nunca la había abandonado un extraño miedo a volver a sufrir. Y, dando media vuelta, miró los dulces que su abuela había dispuesto sobre la mesa, cogió uno, se lo metió en la boca y, como necesitaba que su madre y ella supieran que estaba bien, exclamó:

—¡Viva la *nonna* y sus *miottini*!

Las tres soltaron una carcajada y ése fue el pistoletazo de salida para que comenzaran a charlar. Tenían mucho que contarse.

Cuando llevaban un rato hablando, oyeron a los perretes ladrar de nuevo, y Mitra, mirando por la ventana, musitó cada vez más congestionada:

—¡Adam!

Instantes después, la puerta se abrió y apareció ante ellas un joven con cara aniñada de pelo oscuro, con unos pantalones rojos y una camisa de cuadros. Constanza, ahora Adam, había comenzado un año atrás su tratamiento hormonal guiado por médicos especializados para conseguir su propósito: ser el hombre que siempre se había sentido.

Carol sonrió y, tras ver su labio partido y su ojo a la virulé, murmuró:

—Hola, hermanito.

La expresión de él cambió radicalmente al verla y dio paso a una amplia sonrisa.

—Carol..., ¡qué ganas tenía de verte! —exclamó mientras corría a abrazarla.

—Pues aprovéchala hoy, que mañana se nos va otra vez —comentó la abuela.

Su hermano la miró, y Carol indicó:

—Tengo que trabajar. Sigo con la gira de Pink y mañana he de estar en Bruselas, donde acabamos.

—¡Carol! —protestó él.

—Lo sé, lo sé —suspiró su hermana—. Éste simplemente ha sido un viaje relámpago para veros. Estaba en Londres y pensé: «¿Qué tal si voy a ver a mi familia?». ¡Y aquí estoy!

Adam, su madre y la abuela sonrieron, y él soltó:

—Mientes muy mal, hermanita. Estoy seguro de que la réplica del Donante te llamó y exigió que vinieras a poner orden, ¿me equivoco?

Carol se tocó el cabello y musitó:

—No la llames así...

Él sonrió de nuevo y luego, mirando a su abuela, dijo entregándole una bolsita:

—Toma. Esto es lo que me encargaste de la farmacia. ¿Cómo estás?

La mujer, sin soltar el pañuelo que tenía en las manos, cogió la bolsa que él le entregaba.

—Mocosa, hijo... —se quejó—, mocosa perdida.

Durante un rato, los cuatro hablaron de todo lo que se les ocurrió, hasta que Carol preguntó mirando a su hermano:

—¿Salimos a dar un paseo a *Coca* y a *Choco*?

La *nonna* y Prisca se miraron con complicidad, eso significaba que tenían que hablar, y Adam asintió.

Una vez que les pusieron las correas a los perros, Adam y Carol salieron de la parcela y comenzaron a caminar por aquel bonito campo charlando con tranquilidad. Los dos hermanos reían con las cosas que se contaban cuando Adam, sentándose a una mesa de madera que encontraron en el camino, sacó varios objetos del bolsillo de su pantalón y comenzó a hacerse un porro.

—¿Y tú cómo estás? —le preguntó a continuación.

Carol, que le costaba hablar de sí misma, se encogió de hombros y respondió:

—Bien. Pero si estoy aquí es por ti, no por mí.

—Hablé con Vera y me disculpé por no ir a la boda. Si voy, la vamos a tener con el Donante. Imagínate la que se puede liar si se me ocurre aparecer por Málaga.

Ella suspiró.

El Donante nunca había aceptado la transexualidad de su hermano, como tampoco la aceptaba Annalisa. Para ellos, Adam no existía. Seguían viendo a Constanza, y Carol, entendiendo el proceder de su hermano, afirmó:

—Seguro que Vera lo entendió.

—Y tanto... ¿Tú vas a ir?

Ella asintió, el Donante no le impediría ir a la boda de su hermana.

—Sí. Le pese a quien le pese.

—Ojalá fuera Vera quien viviera aquí y no Annalisa —suspiró él.

—Adam... —lo regañó ella al oírlo.

Con paciencia y sin querer hablar más de aquello, ambos se miraron, y a continuación él le entregó lo necesario para liar un porro.

—¿Me lo haces tú? —le preguntó.

Carol sonrió, y él insistió:

—Nunca entenderé que no fumes y que hagas los porros mejor que nadie.

Divertida, ella cogió lo que su hermano le tendía.

—No tienes tú morro..., amiguito.

Con destreza y agilidad, Carol lo lio y, cuando se lo entregó, Adam declaró:

—Rápido y perfecto. ¡Increíble!

Ambos sonrieron y ella, echando a andar de nuevo, comentó:

—Sigo pensando qué comprarle a la *nonna* por su cumpleaños.

Estaban organizando una fiesta para su abuela, y Adam señaló:

—Yo creo que lo que más ilusión le haría serían unas entradas para ver a los Scorpions, pero no tienen conciertos a la vista.

—No, no tienen. Ya lo miré yo —afirmó Carol.

—Así que —prosiguió él—, después de ver lo vieja y recosida que tiene su cazadora de cuero negra, estaría bien comprarle una nueva con el nombre impreso del club de moteros al que pertenece. Podríamos comprársela entre Annalisa, la *mamma*, tú y yo, y aunque sea un solo regalo, ¡será un regalazo!

Carol asintió, sin duda era un buen regalo para su abuela.

—OK —indicó—. Lo hablaré con Annalisa y con la *mamma* y ya te diré algo.

—¡Perfecto!

A continuación permanecieron unos instantes en silencio, hasta que Carol dijo:

—Y ahora cuéntame qué ocurre.

—No empieces tú también —protestó él tras encenderse el porro.

Pero ella, dispuesta a hablar con su hermano, insistió:

—Adam, ¡estoy aquí! Ni te imaginas lo difícil que es para mí cuadrar mi trabajo con estos viajes para solucionar problemas. Así que haz el favor de decirme qué ocurre o...

—¿O qué? ¿Acaso ahora eres la nueva Annalisa?

Oír esa provocación por parte de su hermano la hizo entender que por ese camino no conseguiría nada.

—Yo soy yo, y Annalisa es Annalisa —afirmó—. Si estoy aquí es porque me preocupo por ti y porque te quiero.

Adam suspiró. Sabía que su hermana decía la verdad, pero no contestó.

—¿Por qué te despidieron del Trastevere? —preguntó entonces Carol.

—Porque así lo quiso el encargado.

—Pero ¿por qué?

—Porque me vio con su sobrino Giancarlo, que, todo sea dicho, tiene más pluma que un pavo real, pero, según él, no soy una buena compañía.

Carol suspiró y, evitando preguntar más, pasó al siguiente tema.

—Annalisa me dijo que estuviste a punto de incendiar su panadería...

—Annalisa es una exagerada —la cortó él—. Simplemente se me quemaron unos panes que estaba horneando... Pero, claro, ¡es más impresionante decir que estuve a punto de incendiar su maldita panadería!

Ella asintió, sabía cómo podía llegar a ser su hermana, y continuó:

—También me ha dicho que tu relación con ella es nefasta.

Adam maldijo. Lo que le pasaba con su hermana mayor no era fácil de gestionar, y tras darle una calada a su porro murmuró:

—Mejor no quieras saberlo.

—Quiero saberlo.

Él lo pensó e, ignorando una información que había llegado a sus oídos, repuso para que ella dejara de preguntar:

—Me echó en cara su ayuda para pagar el tratamiento hormonal y le dije que podía metérsela por donde le cupiera.

—Adam...

—Reparto propaganda todos los días en la plaza de San Marcos a los turistas. Con lo que saco, puedo pagarme el tratamiento y poco más, pero no quiero su dinero. Estoy harto de que me diga todo lo que se le pasa por su homófoba mente cada vez que le viene en gana.

Carol maldijo, pero, intentando controlarse, terció:

—Mira, sé que las cosas no son nada fáciles para ti, pero...

—No me hables de mi condición porque ya sé lo que hay. Pero me joroba vivir en el siglo XXI y ver que todavía existen prejuicios, sobre todo entre los integrantes de mi propia familia. Oye, ¿vamos a ver?, ¿por qué alguna gente es incapaz de entender que yo he nacido en un cuerpo equivocado y lucho por mis derechos como cualquiera? —Carol iba a hablar cuando él añadió—: Y, en cuanto a la pelea del bar, yo no empecé. Un tipo comenzó a meterse conmigo e hice lo que cualquier persona haría, ¡defenderse! Pero no..., Annalisa prefiere creer lo que ese tipo dice y no lo que digo yo. Siempre es así.

Carol le puso una mano en el brazo y no lo dejó terminar. Entendía perfectamente lo que su hermano decía, e indicó:

—Te creo. Te conozco. Y, aunque sé que tienes la mecha muy corta, también sé que nunca iniciarías una pelea.

Adam asintió y, mirando a su hermana, musitó:

—Tengo que salir de Venecia o me volveré loco, Carol. Los gastos de mi tratamiento hormonal nos comen. Agobian a la *mamma* y a la *nonna*, y, si las cosas fueran de otra manera, sé que él es el único que podría ayudarme. Si él quisiera, podría...

Carol lo entendió. Sin duda se refería al Donante, a su padre, un tipo al que la vida le iba bien y que sólo prestaba ayuda económica a Annalisa. Carol, Vera y Adam no existían para él. Uno, por su condición de transexual; otra, porque se avergonzaba de ella, y la otra por ser una bailarina contestona y de mala vida.

De nuevo, el silencio se instaló entre ambos.

Entonces, clavando la mirada en su hermano, Carol preguntó de pronto:

—No habrás vuelto a prostituirte...

—No.

—Adam, te juro que si me entero de que vuelves a las andadas te...

—¡He dicho que no! Acabo de decirte que estoy repartiendo propaganda todos los días en la plaza de San Marcos.

Ambos se miraron.

—¿No habrás vuelto a prostituirte, no?

Antes de su trabajo en el Trastevere, para intentar sufragar los gastos que su proceso requería, Adam se prostituía sin que nadie lo imaginara, pero lo abandonó en el momento en que Carol, su madre y su *nonna* se enteraron.

—Carol, no es no, ¿entendido? —insistió él.

Incapaz de no creerlo, la joven afirmó con la cabeza. Estaba desesperada por ayudar a su hermano, y preguntó:

—Viste al Donante cuando vino, ¿verdad?

Él asintió y ella, aun sabiendo la respuesta de antemano, dijo:

—¿Tan mal fue?

Adam miró a su hermana y murmuró con una triste sonrisa:

—Coincidimos en la panadería de Annalisa, y ya te puedes imaginar las cosas que me dijo cuando me vio. Me miró el pecho. En ese momento supe que Annalisa le había hablado de mi operación para extirpármelo, y se explayó. Me odia por ser como soy.

—Adam...

—Es la verdad, Carol. Odia tener una hija bollera, como él dice, que se cree un tío. No entiende cómo él, un tipo tan machote, tan hetero, puede ser el padre de alguien como yo. Da igual que me gusten los coches, que cocine de maravilla o que sea un entendido en fútbol. Simplemente me odia. Lo avergüenzo, y yo ya estoy harto. Así que le dije lo que pensaba de él, y no quiero volver a verlo en toda mi vida. Yo no tengo padre, como él no tiene hija.

Carol asintió, entendía muy bien lo que le contaba. Y, sin insistir más en el tema, preguntó en cambio:

—¿Quieres venirte conmigo a Londres?

—¡¿Qué?!

Su hermana le estaba ofreciendo su sueño, y continuó:

—Podríamos compartir apartamento. Ya sabes que no es muy grande, pero creo que de momento valdría para los dos.

—¿Lo dices en serio? —preguntó Adam emocionado.

Carol asintió de nuevo. Quizá no fuera la mejor solución, pero necesitaba que su hermano encontrara el camino hacia su libertad.

—Totalmente en serio —aseguró—. En Londres tengo amigos que regentan restaurantes y tal vez podrían contratarte. Hablas inglés a la perfección y saldrías de este entorno. ¿Qué te parece?

Oír eso hizo que Adam parpadeara. Siempre lo había deseado. Siempre había querido salir de Venecia como había hecho Carol.

Entonces, de pronto, su móvil sonó y él, al ver quién llamaba, se apresuró a responder.

Durante unos segundos, Carol escuchó a su hermano hablar por teléfono. Su gesto y su voz habían cambiado. Sonreía.

—¿Quién era? —preguntó cuando él colgó.

—Patrizia —repuso él sin perder la sonrisa.

—¿Y Patrizia es...?

La sonrisa de él le dio la respuesta, y Carol, sorprendida, quiso saber:

—¿Tienes novia?

—No. Pero es alguien muy especial para mí. Y, por favor, no comentes nada a nadie o me volverán loco.

Encantada con ese descubrimiento, Carol asintió, guardaría su secreto, y, asiéndose del brazo sano de su hermano, preguntó:

—¿La conozco?

Adam negó con la cabeza.

Se quedaron unos segundos en silencio y luego ella volvió al tema.

—¿Te parece buena idea lo de venirte a Londres? Siempre lo has deseado, ¿no?

Su hermano asintió, pero su sonrisa ya no era tan amplia como antes, y dijo:

—Tienes razón. Siempre lo quise, pero ahora está Patrizia, y yo... yo... Lo pensaré.

Sorprendida por su contestación, cuando creía haber leído minutos antes en su mirada que sí, Carol no supo qué decir.

—Regresemos a casa —terció Adam—. Me duele la cabeza y quiero tomarme un calmante.

—Un momento.

Él la miró y entonces ella sentenció:

—Sabes que nuestra regla número uno es siempre «Prohibido prohibir», pero, llegados a este punto, te doy dos meses para pensar si te vienes conmigo a Londres a comenzar desde cero o encuentras otro trabajo aquí, en Venecia, y te centras en Patrizia, ¿entendido?

Él asintió, y Carol indicó:

—Adam, te quiero y lo sabes, pero si no cumples con lo prometido, juro que regresaré y tú y yo tendremos un grave problema. Sabes que yo no soy Annalisa. Yo no grito ni dramatizo; yo actúo.

Su hermano volvió a asentir. Conocía muy bien a Carol.

—De acuerdo.

Cuando regresaron a la casa, su abuela ya estaba liada haciendo la masa para la pizza que iba a preparar para esa noche. Carol la abrazó feliz, y su madre, mirando a Adam, que estaba sentado con ella, preguntó:

—¿Se te pasa el dolor, cariño?

Adam asintió con una sonrisa, y en ese momento los perros comenzaron a ladrar. Rápidamente la *nonna* se asomó por la ventana y luego anunció:

—¡Se acabó la paz! Viene la del aura gris.

En cuanto dijo eso, todos intuyeron de quién se trataba, y él informó levantándose:

—Me voy a mi cuarto.

—¡Adam! —protestó Carol.

Pero él, sin mirar atrás, subió la escalera y desapareció. Su hermana Annalisa y él no eran compatibles.

Prisca, al ver aquello, miró con candor a Carol y musitó al oír a su hija mayor gruñirles a los perros:

—Creo que tu hermana practica poco sexo. Últimamente está histérica.

—*Mamma!*

Prisca asintió y, mirando a Carol, insistió:

—Estoy segura de que, si hiciera más el amor, haría menos la guerra.

Incapaz de aguantarse, Carol soltó una carcajada justo en el momento en que Annalisa entraba en la casa y, al verla sonreír, comentó:

—Mejor no saber de qué tontería te estás riendo.

—*Santa Madonna!* Annalisa, por favor —gruñó la *nonna* al oírla, poniendo los ojos en blanco.

—¡Hola, hermanita! —saludó Carol intentando no perder la sonrisa.

Prisca, al ver a su hija mayor, se levantó, fue hacia ella, y, tras darle un cariñoso beso en la mejilla, iba a decir algo cuando aquélla indicó:

—Espero que hayas roto de una santa vez con Luigi Sorrentino o me voy a enfadar.

—Pues te vas a enfadar —se mofó la *nonna* sonándose la nariz.

—*Mamma, per favoreeeeeeeee!...* —Prisca rio.

—*Nonna*, tómate una de tus galletitas de marihuana y ¡cállate!

—¡Annalisa! —la regañó Carol.

Lo de su hermana era de traca. Cada vez se comportaba peor con todo el mundo, pero cuando iba a hablar, aquélla añadió:

—Vergüenza debería daros a las dos con la edad que tenéis ser el motivo de los chismes que se cuentan por Venecia.

—Despreocúpate de lo que piensen o chismorreen los demás y vive, hija..., serás más feliz —objetó Prisca.

La *nonna* suspiró. Los chismes nunca le habían importado, y, cuando iba a hablar, su nieta mayor exclamó dirigiéndose a su madre:

—No voy a parar hasta que dejes de salir con Luigi Sorrentino. Lo de ese chico y tú ¡no puede ser!

Carol parpadeó.

El chico del que hablaban tenía su misma edad y, mirando a su madre, la oyó decir:

—Cariño, la edad es sólo un número... Pero ¿qué te pasa, Annalisa?

La aludida resopló.

—*Mamma*, tienes cincuenta y siete años y él sólo treinta y dos... Pero... pero ¿qué locura es ésa?

Prisca sonrió. Adoraba a su hija, la amaba, y, con tranquilidad y siguiendo su filosofía de vida, respondió:

—Cariño, recuerda: ¡haz el amor y no la guerra!

—*Mamma, per favoreeeeeeeeeeee!* —exclamó Annalisa agitando las manos en el aire.

—Y, antes de que la cabeza comience a darte vueltas —prosiguió Prisca—, te recuerdo que la dueña de mi vida, de mi tiempo y mi energía soy yo, y, como tal, vivo mi vida, gasto mi tiempo y empleo mi energía en lo que yo y sólo yo quiero; ¿entendido, Annalisa?

—Y en cuanto a las galletitas de marihuana —apostilló su abuela—, me salen buenísimas y, desde que las tomo, mis dolores de artritis han disminuido y duermo mejor.

—*Nonna* —murmuró Carol divertida.

Annalisa maldijo al oírla y, mirando a su hermana, gritó:

—¡¿Y tú qué?! ¿No vas a decir nada? ¿Acaso te parece normal la familia que tienes?

Cuando Carol fue a responder, como si un vendaval entrara en el salón, apareció Adam, que, mirando a su hermana mayor, gritó en italiano:

—*Vaffanculo, Annalisa!*

Todas lo miraron, y la *nonna* cuchicheó:

—Ha dicho la frase lapidaria.

Prisca sonrió al oír a su madre, y su hijo insistió:

—¿Qué tal si dejas de cuestionar tanto a esta familia y te cuestionas tú un poquito?

Eso los dejó sorprendidos a todos; entonces Annalisa, plantándose ante él, gruñó mirándolo:

—¿Y esa camiseta que llevas?

Adam sonrió. Se había cambiado de camiseta precisamente para jorobar a su hermana, y, señalando el arcoíris de colores que llevaba en el pecho, replicó:

—¿Algo que objetar?

Annalisa maldijo. Aquello era una provocación, y voceó:

—¡Vergüenza me daría a mí tener la edad que tú tienes y llevar tus pintas! Deja de hacer el imbécil creyéndote un machito y sé de una santa vez una mujer.

—¡Annalisa! —gruñó la abuela.

—¡Cállate, *nonna*! —gritó la recién llegada.

—Eres insoportable. ¡Eres como él! —siseó furioso Adam.

Prisca, al ver cómo Annalisa le levantaba la voz a su madre, vociferó:

—¡A la *nonna* la respetas!

—A la *nonna* y a todos —insistió Adam, y, sin apartar su mirada de aquélla, gruñó—: Y que te quede claro de una vez por todas que soy un hombre. Un hombre que tuvo la mala suerte de nacer en un cuerpo equivocado y que piensa luchar por sus derechos, te guste a ti o no.

Annalisa sonrió con acidez.

—Ninguno de vosotros merecéis mi respeto —replicó—, ¡ninguno!

—Annalisa, te estás pasando —refunfuñó Carol.

—Siento decir esto, hija mía, pero eres digna hija del Donante. Qué triste verlo y sentirlo —gruñó Prisca.

—*Mamma, per favoreeeeeeee...* —musitó Carol.

—Mejor parecerme a él que a ti —replicó aquélla furiosa.

—¡Annalisa! —gritó Adam.

Carol cada vez entendía menos. Su hermana era una auténtica tirana. Y, cuando iba a decir algo, su madre se plantó frente a aquélla y preguntó:

—¿Acaso te dije algo cuando decidiste divorciarte del bueno de Pascuale? No, hija, no. Tu vida es tuya y tú decides cómo la gestionas. Me limité a mantenerme a tu lado para que supieras que siempre estaré ahí cuando me necesites.

Annalisa miró a su madre y, meneando la cabeza, musitó:

—Tengo una madre que se preocupa por el karma, por sus locos pacientes en sus terapias sexuales, por fumar marihuana, salvar perros abandonados y poco más. ¿Eres feliz? Tienes tres hijas, una desviada, otra que se acuesta con todo el que quiere y una tercera, que soy yo, y que indiscutiblemente es la única decente y normal de esta familia.

—*Vaffanculo, Annalisa!* —gritó Adam.

Oír eso hizo que Carol se levantara a sujetar a su hermano, que siseó:

—¡Eso que dices no es así!

Carol lo miró. Si no lo sujetaba, le pegaría. Y cuando lo detuvo, asiendo con toda su mala leche a Annalisa del brazo, ordenó:

—Vamos.

—¿Adónde?

—¡Vamos! —insistió.

Sin oponer resistencia, Annalisa salió con ella de la casa, y, una vez fuera, Carol preguntó:

—¿Se puede saber qué te pasa?

Annalisa miró las dos plantas de marihuana que su abuela cuidaba con amor y gruñó:

—¡Estoy enfadada! ¡Furiosa!

—¿Y porque tú estés así tienes que hablar de ese modo de Adam y...?

—¡¿Adam?!... Por Dios, Carol, ¡es Constanza! ¡Constanza! Pero... pero ¿cuándo os vais a dar cuenta de vuestro error y...?

—¡Disculpa! —la cortó—. Aquí la única que está equivocada eres tú. Constanza ya no existe, y no existe porque Adam le echó un par de huevos y reclamó su propia vida.

—¡Qué estupidez!

—Estupidez la tuya, hermana —siseó Carol—. Parece mentira que vivas en el siglo XXI. ¡¿Y si algún día tienes hijos?! ¿Quién te dice que el día de mañana algo así no les ocurrirá a ellos?

—¡¿A mis hijos?!

—Sí, a tus hijos —y tomando aire insistió—: ¿Acaso crees que para Adam está siendo fácil todo esto? ¿Cómo te habrías sentido si, en vez de él, eso te hubiera ocurrido a ti? ¿Alguna vez te has puesto en su lugar? ¿Alguna vez has dejado de ser la puñetera egoísta que tiene todo lo que quiere para pensar en los problemas de otros que no tienen la misma suerte que tú?

Annalisa no respondió, y Carol, molesta, añadió:

—Hablas igual que el Donante. Lo que tú o él digáis de mí, sinceramente, hermana, me entra por un oído y me sale por el otro, pero no te voy a permitir que hables mal de cualquier otra persona que yo quiera. Ni ahora ni nunca.

Annalisa la miró, y Carol insistió:

—¿Cómo le dices eso a la *mamma*? ¿Cómo la cuestionas de esa forma?

Con ganas de llorar, Annalisa se retiró su claro pelo del rostro y repuso:

—Es la verdad. Sólo digo la verdad.

Carol miró a su hermana. Apenas la reconocía.

De todos era sabido que su madre y su abuela eran diferentes, pero nunca les habían faltado cuidados, respeto, comprensión, cariño y amor. Por ello, enfadada, y consciente de que parte de culpa la tenían su padre y los chismorreos, indicó:

—Por ahí no vayas, Annalisa, o la vamos a tener.

Ambas se miraron, y Carol añadió:

—Si alguien ha tenido una madre increíble hemos sido tú, Adam y yo. Lo que has dicho es hiriente, sobre todo porque no es cierto. Sé..., bueno, todos sabemos que no somos la familia que tú habrías querido tener. Sé que te gustaría tener unos padres felizmente casados, unos abuelos que hicieran calceta y jugaran a la quiniela, y unas hermanas que se hubieran casado y tenido hijos para, más adelante, ir todos juntos los domingos a la iglesia. Pero no, Annalisa. Ésa no es la realidad. La realidad es que tus padres se separaron porque ése al que veneras y llamas *papá* es un puñetero delincuente y un estafador que no sólo le dio mala vida a la *mamma*, sino que además conoció a una inglesa en España llamada Martha y creó otra familia a la que tampoco cuida, como no cuidó ésta. Tienes una maravillosa hermana en España llamada Vera a la que con toda seguridad acabas de dar un disgusto al excluirte de su boda. Un hermano que nació en un cuerpo equivocado y que lucha por conseguir su lugar en el mundo. Tus abuelos y tu madre son tres personas libres e independientes, y ni tú ni nadie puede decirles lo que han de fumar, comer o con quién tienen que acostarse o levantarse. Y luego estoy yo, que supuestamente soy la bailarina cabra loca y devorahombres a la que le gusta viajar y vivir la vida. Ésa es la realidad, Annalisa, y ¡ésa es tu familia!

La aludida se llevó las manos a la cara. Las crudas palabras de su hermana siempre la desarmaban, y aquélla insistió:

—Y, a pesar de que cada dos por tres nos recuerdes que nosotros no somos la familia de tus sueños, te queremos y estuvimos a tu lado cuando decidiste separarte de Pascuale. Y sé que Adam daría su vida por ti como la daríamos cualquiera de nosotros, excepto el Donante. Así que deja de despreciarnos, de infravalorarnos, de humillarnos por no ser lo que tú quieres que seamos, porque, si continúas, puede que algún día desaparezcamos. Y quizá cuando no estemos te des cuenta de que esa familia de la que siempre renegaste y te avergonzaste fue lo mejor y lo más verdadero que tuviste en tu puñetera vida.

Annalisa no contestó, y Carol sentenció:

—Y ahora, si quieres volver a entrar en casa, ya puedes pedirles disculpas a la *mamma*, a la *nonna* y a Adam. A mí en realidad me da igual. No las necesito. Pero ellos no se merecen que tú les hables así. Y haz el favor de ser más consciente de lo que dices y haces, porque duele y duele mucho, ¿entendido?

Dicho eso, y tremendamente enfadada, Carol dio media vuelta y entró en casa, dejando a su hermana sola y descolocada en el exterior.

Cuando los ojos de su madre y de su abuela se posaron en ella, Carol resopló y, meneando la cabeza, pidió al ver que Prisca quería salir:

—No, *mamma*. No salgas.

—Pero ella...

—*Mamma*, no. Annalisa tiene que recapacitar —insistió.

Prisca asintió. Su hija mediana, cuando se ponía seria, demostraba que tenía más fortaleza y fuerza que todos juntos. Adam, enfadado, iba a decir algo cuando la puerta de entrada se abrió y entró Annalisa.

En silencio, los cinco se miraron. La situación no era fácil para ninguno de ellos, y Carol, mirándolos, declaró:

—Sabéis que os quiero. Que por vosotros doy mi vida, pero esto no puede continuar así. Vivo en Londres. Mi trabajo me hace viajar a todas horas y, cada vez que hay un problema entre vosotros, no puedo coger un avión y venir aquí para que habléis. ¿De verdad es tan difícil sentaros a dialogar y solucionar lo que os pasa?

Ninguno habló. Ninguno se manifestó, hasta que Adam señaló:

—Al parecer, Annalisa necesita que tú estés aquí para poder hablar con nosotros.

Todos miraron a la hermana mayor, que tenía los ojos cargados de lágrimas.

—Lo siento. Siento ser como soy. Siento si he dicho algo que... —empezó.

—Dices demasiadas cosas hirientes..., demasiadas —la cortó Adam.

Carol miró a su hermano con reproche. Era momento de hablar y comunicarse, no de continuar discutiendo, y terció:

—Ahora, por favor, ¿nos podemos sentar para intentar dialogar como personas civilizadas?

Los cinco se sentaron.

La incomodidad flotaba en el ambiente, y Carol, mirando a aquéllos a los que tanto quería, y por los que estaba allí, observó:

—Esto no puede continuar así. Y, ya que todos esperáis que, como siempre, sea yo quien aporte soluciones a vuestros problemas, visto lo visto, sólo puedo decir eso. En cuanto al tema de Adam —añadió mirándolo—, le he propuesto que se venga conmigo a Londres. Allí puede trabajar, aprender el idioma y comenzar de nuevo, o bien buscar un trabajo aquí, en Venecia, e intentar proseguir con su vida, le pese a quien le pese.

Las cuatro mujeres lo miraron, y él sin cambiar el gesto, respondió:

—Lo pensaré.

Al oír eso, todas se sorprendieron. Él siempre había querido marcharse a Londres.

—¿Lo pensarás? —repuso Annalisa—. ¿Cómo que lo pensarás?

Carol dio entonces un manotazo sobre la mesa, miró a su hermana y, cuando sus ojos se encontraron, sentenció:

—Ha dicho que pensará lo de venirse conmigo a Londres y no hay más que hablar.

Ninguno replicó, ninguno dijo nada, y Carol continuó:

—A partir del mes que viene, y hasta que Adam encuentre un trabajo mejor del que tiene, me comprometo a pasarle mensualmente una cantidad de dinero para que tú, Annalisa, no te sientas en la obligación de tener que ayudarlo en su tratamiento hormonal.

—¡Ni hablar! —protestó él.

—Me parece bien —afirmó Annalisa.

Adam, que sabía cuánto ayudaba Carol a su familia todos los meses, iba a hablar de nuevo cuando ella sentenció dirigiéndose a él:

—¡Tú te callas!

—Pero, Carol...

—He dicho que te calles y pienses en lo que hemos hablado.

—Pero, *bambina*, debes pensar en tu futuro —susurró la abuela.

Prisca negó con la cabeza. No iba a permitir que su hija se esforzara más, e indicó:

—Pienso lo mismo que ellos, hija. Ya nos ayudas todos los meses enviándonos dinero, ¿cómo le vas a dar también a Adam para su tratamiento?

Carol sonrió con dulzura. Su madre y su abuela, a diferencia de su padre, siempre se habían desvivido porque a ella y a sus hermanos nunca les faltara de nada, y si ellas y Adam necesitaban ahora su ayuda, ahí estaría. Su familia subsistía a base de vender las verduras y la fruta ecológica que cultivaban en la huerta que tenían en casa. Eso les permitía vivir sin mucha holgura, y más ocupándose de los animales abandonados que se encontraban, por lo que Carol replicó:

—En breve termino la gira con Pink y podré centrarme más en mi trabajo como TCP. Así viajaré más a menudo y tendré un sueldo mejor. No os preocupéis.

—Pues me preocupo —insistió Prisca.

Todos asintieron, y Carol, que necesitaba solucionar más temas, dijo sin apartar la mirada de su hermana:

—En cuanto a Adam, hará su vida. Es libre de decidir qué ropa se pone, con quién se acuesta o a quién ha de amar, así que lo que digan al respecto a ti ha de entrarte por un oído y salirte por el otro.

—Pero la gente habla..., dice...

—Annalisa —la cortó la *nonna*—. Una persona feliz no habla de los demás. No jode al prójimo. Ni envidia, ni critica ni busca pelea. Sólo los infelices, los que no están a gusto con sus vidas, hacen todo eso.

—¡Qué bueno, *nonna*! —exclamó Adam.

La mujer sonrió.

—La gente sabe poco, pero habla mucho, *bambino*.

—Exacto, *nonna*..., ¡exacto! —afirmó Carol y, dirigiéndose a Annalisa, indicó—: Pido colaboración por tu parte. Adam es tu hermano. Sangre de tu sangre. Sólo te digo eso.

Annalisa no replicó, y Carol prosiguió mirando a su madre:

—*Mamma*, sabes que nunca me he metido en tu vida personal y menos en tu sexualidad, porque, si fuera al revés, odiaría que te metieras en la mía. Como tú, defiendo eso de «Prohibido prohibir» y...

—Tiene que dejar a Luigi Sorrentino —la interrumpió Annalisa—. No le conviene.

Prisca miró a su hija mayor.

—¿Por qué no me conviene?

Aquélla no supo qué responder, y Adam sonrió. Él sabía perfectamente por qué su hermana decía aquello, pero decidió callar y esperar. Tarde o temprano, todo saldría a la luz.

Tras un silencio significativo, Carol continuó, dirigiéndose a su abuela:

—*Nonna*, dos cosas. La primera, me parece perfecto que sigas saliendo los domingos a hacer rutas en moto con tus amigos moteros.

—Pandilla de macarras degenerados... —siseó Annalisa.

—... dijo la decente —se mofó Adam.

La *nonna* sonrió. Su nieta nunca había entendido su estilo de vida.

—Pues me lo paso bomba —indicó—. Es más, el otro día un barbudo siciliano llamado Tomaso me dejó llevar su Harley y reconozco que me quedé extasiadita. ¡No veas cómo se agarraba a mis caderas!

Todos sonrieron al oírla menos Annalisa, y Carol añadió:

—Me parece perfecto, *nonna*. Sin embargo, en lo referente a tus galletas de marihuana, si a ti te calman los dolores y te hacen dormir mejor, ¡adelante!, pero no lo pregones a los cuatro vientos porque Annalisa tiene una panadería y ha de pensar en su negocio.

—De acuerdo, *bambina*.

A partir de ese instante, todos comenzaron a comunicarse con tiento, y Carol respiró por fin aliviada al ver a su familia hablar con tranquilidad. Sin duda el viaje había merecido la pena.

Capítulo 11

Esa noche, cuando la conversación acabó, Carol entró en su habitación cansada y destemplada. Tenía frío.

Lidiar con su familia e intentar poner paz entre ellos resultaba agotador, aunque por suerte siempre lo conseguía.

Sonrió al ver unas fotos que su vecina Muriel le enviaba de *Baby* y *Limón* sentados en el sofá. Sus perros eran preciosos. Eran su paz y tranquilidad.

Se desnudó y pensó en ducharse. Seguro que eso la haría entrar en calor. Y, una vez que hubo sacado de su bolsa de deporte una camiseta para dormir y algo de ropa interior, cogió su teléfono móvil, entró en el baño y, tras buscar en su carpeta de música a Cardi B y Bruno Mars, comenzó a bailotear la canción *Please Me* mientras se duchaba.

Cuando salió del baño con el pelo empapado, ya se encontraba mucho mejor. Como no solía utilizar pijama para dormir, se puso una camiseta y unas bragas y se sentó en la cama.

Cerrando los ojos, intentó relajarse, hasta que, sin esperarlo, el recuerdo del hermano de Lola preguntándole si sabía fantasear ocupó su mente y, tras abrir los ojos, sonrió sin saber por qué.

Pero ¿qué estaba pensando?

Recordar los dulces a la par que calientes besos que se había dado con él a escondidas en la cabina del avión al llegar a Venecia la hizo vibrar, y sus manos fueron directas a sus pechos. Sin duda el comandante sabía besar y lo hacía maravillosamente bien.

Al pensar eso y ver dónde estaban sus manos, maldijo. ¿Cómo

podía acalorarse sólo de pensar en él? Apenas habían compartido unos ardientes besos. No había habido tocamientos. No había habido nada más, pero ahí estaba ella, caliente como una estufa sólo al recordarlo.

Incapaz de dejar de pensar en ello, y dispuesta a darle un gusto al cuerpo fantaseando con aquél, decidió dejar volar su mente.

¡Pues claro que sabía fantasear!

Además, estaba sola, caliente y, tras el duro día, se merecía un poco de relax.

Por ello, se levantó de la cama, cerró con cuidado el pestillo de la puerta y, abriendo de nuevo su bolsa de deporte, sacó una cajita en la que tenía guardado su pequeño vibrador.

—Hoy te vas a llamar Daryl y yo voy a ser tu *señorita* —susurró con mofa.

Acto seguido, se quedó de pie junto a la cama y volvió a pensar en aquél. En sus ojos. En sus manos. En su rostro. En cómo torcía la boca cuando sonreía, y, cogiendo su teléfono, buscó en su *playlist* la música que le apetecía escuchar para ese momento y la puso.

Comenzó a sonar la grave y sensual voz de Barry White cantando *Just the Way You Are* y Carol sonrió. Si Daryl supiera que fantaseaba con él, con el elegante e intocable comandante Daryl Simmons, pensaría que estaba loca. Pero, dispuesta a dejarse llevar por el poder de la imaginación, empezó a desnudarse muy lentamente para él.

Una vez que se hubo quitado con sensualidad la camiseta y ésta cayó al suelo, sonrió e introdujo los pulgares por dentro de sus braguitas, jugueteó con ellas y, tras imaginárselo sonriendo por aquella tentación, por último se las sacó mientras ondulaba con sensualidad las caderas al compás de la música.

En cuanto quedó totalmente desnuda, miró hacia la cama.

Pensar en aquél, tumbado en ella, desnudo y observándola, le estaba poniendo a mil, y, caliente y con su vibrador en la mano, murmuró:

—¿Ves cómo sé fantasear...?

Sonriendo dio media vuelta y caminó hasta el sillón que había a la derecha de la cama, frente a un espejo de pie.

Con la mirada vidriosa por el deseo mientras observaba su reflejo, Carol imaginó que Daryl le pedía que abriera las piernas sólo para él.

Aquella voz...

Aquella mirada...

Aquella petición... la hizo vibrar y, sin dudarlo, lo hizo. Abrió las piernas para él. Sólo para él.

Apoyándolas con sensualidad en los brazos del sillón, sonrió mientras la música continuaba. Aquella exposición tan íntima la quemó por dentro y, mirándose en el espejo, preguntó:

—¿Así te gusta?

En su imaginación, Daryl le respondió afirmativamente y luego le pidió que encendiera su vibrador y se lo pasara por sus duros y excitados pezones.

Miles de sensaciones comenzaron a recorrer su cuerpo al sentir cómo vibraba su buen amigo, sobre todo cuando imaginó que Daryl se levantaba de la cama, se acercaba a ella y la besaba.

¡Qué maravilla!

Cegada por la fantasía que había sido capaz de crear, disfrutó de aquel caliente momento. Besó aquella boca tan sinuosa y atrayente como si no hubiera un mañana, hasta que lo oyó decir: «Eres mi centro de atención».

Ser capaz de oír su voz en un momento así la volvió loca y, llena de placer, su cuerpo se arqueó.

Su mano, junto con el vibrador, bajó poco a poco por su caliente cuerpo, dejando a su paso pequeñas y deliciosas oleadas de placer, mientras, deseosa de continuar aquel morboso juego, abrió las piernas todo lo que pudo; se llevó el vibrador a la boca, lo chupó y lo colocó allí donde deseaba.

—Uhhhh —murmuró al primer contacto.

Masajeándose el clítoris con suavidad, la fantasía de Carol se reforzó, y más cuando su Daryl imaginario se arrodilló frente a ella y, tras colocar las manos en sus muslos abiertos, hundió la boca en aquella apetitosa humedad para darse un buen festín con ella.

No era su propia mano la que la tocaba..., era la boca de él.

No era el vibrador el que jugueteaba..., era su lengua.

No era una fantasía más..., era la mejor fantasía.

Extasiada por el momento, Carol disfrutó de aquella sensación tan increíblemente placentera.

Subía o bajaba la intensidad del vibrador dependiendo del momento, y cuando sus propios fluidos comenzaron a empaparle las manos, supo que necesitaba más y entonces, cambiando su juego, buscó profundidad.

El vibrador entraba y salía de su vagina guiado por los contundentes movimientos de sus manos.

Dentro..., fuera... Dentro..., fuera...

Carol jadeó, se retorció, vibró y disfrutó mientras la voz grave de Barry White la excitaba más y más.

Con la cara desencajada por el placer, abrió los ojos y no se sorprendió al encontrarse con la mirada de Daryl, que esperaba a que se corriera. Tragó saliva a pesar de lo seca que tenía la boca mientras sentía cómo el placer se acrecentaba por segundos, dispuesto a devorarla. Enloquecida, comenzó a mover la pelvis, mientras el aparatito entraba y salía deprisa de ella, hasta que al final el clímax la devoró y tuvo que taparse la boca para no gritar.

Cuando el juego y la canción acabaron y fue consciente de que en esta ocasión su fantasía había superado todas sus expectativas, Carol sonrió. Era la primera vez que se masturbaba pensando en Daryl. Estaba claro que el comandante la había impresionado.

Unos minutos después, una vez que recuperó el resuello, se levantó del sillón, fue al baño, donde se lavó y limpió su juguetito, y luego lo guardó. A continuación se puso la camiseta y las bragas, se metió en la cama, se hizo un ovillo y, apretando su conejito de peluche naranja entre las manos, se durmió.

Capítulo 12

Como era de esperar, el concierto de Pink en Bruselas fue todo un éxito.

Siendo el último de la gira, todos lo tomaron como un evento especial y, al acabar, se fueron todos juntos a celebrarlo a un local que la organización había alquilado.

A las tres de la madrugada, Carol estaba tomándose una botellita de agua con Muskeva y Fred cuando este último dijo:

—Os echaré mucho de menos.

—Y nosotras a ti —afirmó Muskeva.

Lloroso, él las miró, y Carol preguntó:

—¿Cuándo comienzas los ensayos para la gira de Beyoncé?

—Dentro de dos meses tengo que estar en Nueva York —contestó él.

Los tres asintieron, y luego Fred preguntó:

—¿En serio no te apuntas a esa gira?

Carol suspiró. Estaba agotada.

—No, cielo. Ya te lo dije. Ahora voy a viajar durante una temporada única y exclusivamente. He de ocuparme de Adam. Quiero que esté bien. Así que sólo tengo la *masterclass* esa de la que te hablamos y poco más. El año que viene ¡ya se verá!

—¿Qué te vas a poner al final para la boda de Vera? —preguntó Muskeva.

Carol suspiró. No había pensado mucho en ello, e indicó:

—El vestido rosa que me compré para la boda de Julia y Hayley. ¿Lo recuerdas?

Muskeva asintió.

—Estarás guapísima.

—*Divinísima* —matizó Fred.

Ambos rieron por aquello, y entonces él dijo mirándose el reloj:

—Estoy agotadito. Me voy a meter en la cama en cuanto llegue al hotel.

—Y yo —afirmó Carol.

Al oír eso, Muskeva miró a sus amigos.

—Eh..., pero si la fiesta durará horas todavía.

Carol, que estaba congestionada, suspiró:

—Lo sé, pero cada vez me encuentro peor. Creo que mi *nonna* me ha pegado el constipado.

—La verdad es que menuda voz de pato se te está poniendo..., amiga —afirmó Muskeva.

Al oír eso, Fred dio un salto y gritó mirando a Carol mientras colocaba los dedos a modo de cruz:

—¡Aléjate de mí, Satán!

Ella lo miró divertida mientras se pasaba un pañuelo por la nariz. Su amigo era un exagerado.

—No habrás bebido agua de mi botella, ¿verdad? —preguntó entonces éste.

Carol miró las tres botellas que había frente a sí y se encogió de hombros.

—Pues no lo sé, Fred.

Él cogió una botella nueva con rapidez, la abrió e indicó:

—Ésta es la mía. No se te ocurra cogerla.

Carol asintió y Muskeva, poniéndole la mano en la frente, comentó:

—Creo que tienes un poco de fiebre. Vamos, vete para el hotel con Fred.

Al decir eso, él las miró con cara de circunstancias y Carol canturreó divertida:

—Creo que alguien nos ha dicho una mentirijilla...

Muskeva y Carol miraron directamente a Fred, y él, meneando la cabeza, por último dijo:

—Que sepáis que sois dos zorrones de primera categoría.

—Si hay que serlo, mejor de primera que de tercera —se mofó Carol.

—¿Nos estabas mintiendo? —preguntó Muskeva parpadeando.

—Vale, lo admito. ¡Tengo plan!

Al oír eso, las dos chicas sonrieron, y Muskeva preguntó:

—¿Y por qué nos querías hacer creer que...?

—¡No me jorobes, Fred! —la cortó de pronto Carol.

El aludido se retiró con glamur el flequillo rosa del rostro. Sin duda, Carol ya había caído en la cuenta de con quién había podido quedar y, cuando iba a hablar, Muskeva cuchicheó:

—No será alguien que nos acompañó en la gira de Justin Timberlake ¡y te rompió el corazón!...

Fred al final asintió, y Muskeva exclamó:

—Pero ¿tú estás tonto?

Él, que imaginaba que si ellas se enteraban de con quién era su cita le dirían de todo menos *bonito*, sin necesidad ya de mentir, musitó mientras todos bailaban a su alrededor y lo pasaban bien:

—De acuerdo. Soy tonto, bobo y todo lo que queráis. Pero Brian vive en Bruselas. Se ha enterado de que estoy aquí, me ha llamado y...

—Y tú, como el tonto que eres, ¡has quedado con él! —finalizó Carol indignada—. Pero, vamos a ver, cielo, ¿tenemos que recordarte que ese sinvergüenza te dejó por un productor de cine sin importarle vuestros cuatro años de relación y tu corazón roto? Vamos, por Dios, si me llama a mí, le corto el pescuezo y luego lo mando a hacer ¡puñetas!

Fred asintió.

—Chocolatito..., para no encontrarte bien, ¡hay que ver las malas pulgas que tienes!

Carol resopló. Lo cierto era que su estado de ánimo no era el mejor, y, levantándose, replicó:

—Mira, te diré una cosa. Haz lo que te salga del mismísimo, pero luego no me vengas con lloros, dramas y lamentaciones, ¿te has enterado?

—Fred —musitó Muskeva—, ahora estás bien. Te costó mucho remontar la ausencia de...

—Soy un hombre nuevo —la cortó— que difícilmente se dejará eclipsar otra vez.

—Fred, ¡eres tonto! —insistió Muskeva.

Carol agarró su bolsa de deporte y sentenció:

—Me voy. No quiero matar a nadie.

—Pero, Chocolatito...

—Fred, la vas a cagar. ¡Adióssssssss!

Mientras se alejaba, Carol oía a su amigo y a Muskeva discutir. Sin duda, la ocasión lo merecía.

Una vez que se despidió de varios de sus compañeros conforme salía de la fiesta y se subió a uno de los coches contratados por la organización, se puso los auriculares, encendió su teléfono móvil, buscó su carpeta de música preferida y la escuchó.

Al llegar al hotel, las tripas le rugieron.

—Ni enferma se me quita el hambre. —Sonrió.

Congestionada, se encaminó hacia la recepción. Allí, preguntó si le podían subir algo de comer. Le apetecía alguna cosa calentita, pero le indicaron que el hotel no tenía servicio de veinticuatro horas y la animaron a consumir de las máquinas de los pasillos.

Molesta por no conseguir nada caliente, Carol se detuvo frente a una de aquellas máquinas y, tras mirar los sándwiches fríos que allí había, optó por uno de pollo. Eso le saciaría el hambre.

Instantes después, cuando llegó a la habitación, dejó la bolsa de deporte en el suelo. Lanzó el sándwich sobre la cama y, sintiéndose mal, murmuró:

—Estoy hecha una mierda.

Dicho eso, se desnudó y, tras dejar la ropa tirada por cualquier sitio, se encaminó hacia la ducha para deshacerse del maquillaje y el tinte rosa y blanco del pelo. Sin duda le vendría bien.

A continuación, se puso unas mallas y una camiseta de manga larga por el frío que tenía. Después sacó varios paquetes de clínex de su mochila y unas aspirinas y, tras tirarlo todo sobre la cama, se dejó caer en ella.

Estaba pensando en comerse el frío sándwich cuando sonó su WhatsApp y, extendiendo la mano, cogió su móvil y leyó:

¿Qué tal ha ido el concierto?

Al ver que se trataba de Daryl, se sorprendió. No esperaba volver a saber nada de él tras lo ocurrido, y respondió:

Perfecto. Como siempre.

Vio entonces que estaba en línea y, cuando comprobó que estaba escribiendo, se sentó en la cama a esperar, hasta que leyó:

¿Tu próximo viaje con High Drogo?

Sonriendo, rápidamente tecleó:

Dentro de dos días salgo para
Grecia desde Londres.

Con ganas de saber si seguía celebrando el fin de gira con sus compañeros, Daryl preguntó a continuación:

¿Dónde estás?

Carol sonrió.

En el hotel.

Él, que llevaba todo el día deseando escribirle, se contuvo. Pero ¿qué le ocurría con aquella mujer?

Ella tenía que viajar de Venecia a Bruselas y después ensayar con la compañía, y no quería molestarla. Sin embargo, después de ver en Google que el concierto de Pink había terminado exitosamente, de buscarla en Instagram y encontrarla y, tras cotillear su cuenta y ver por unas fotos que ella había subido que estaba de fiesta, dejó pasar unas horas y, deseando saber, insistió:

¿Qué hotel?

Carol, que no recordaba el nombre, miró hacia la mesilla y, al ver publicidad del mismo, escribió:

Hotel Blue Bird.

Daryl, que tenía el portátil abierto frente a él, a toda prisa lo buscó en Google y, sonriendo, continuó preguntando:

¿Número de habitación?

Al leer eso, Carol enarcó las cejas.

No sé lo que estás pensando, pero olvídalo.
¿Ya no recuerdas lo que hablamos?

La risotada de Daryl no se hizo esperar y, enviándole su ubicación, añadió:

Como ves, sigo en la India. Difícil
llegar en diez minutos.

Ahora la que soltó la risotada fue ella, que contestó:

Ah..., vale. Entonces te lo
diré: habitación 328.

Daryl, que estaba sentado en una cómoda butaca de su habitación, se apresuró a responder:

¿Es bonito y cómodo el hotel
donde estás?

Carol resopló.

Bueno...

Daryl, que estaba viendo fotos en la pantalla de su portátil, rápidamente tecleó:

¿Tan malo es?

La joven miró a su alrededor. Habían estado alojados en hoteles mejores, y con sinceridad respondió:

Tiene mucho que mejorar. Cocina cerrada.
Tengo hambre y me muero por un caldo
calentito y carneeeeeeeee...

Divertido, él volvió a sonreír, y escribió:

¿Con patatas fritas y kétchup?

Al leerlo, Carol contestó:

¡¡¡Hombreeeeeeeee, por favorrrrrrr!!!

Incapaz de dejar de sonreír como un tonto, Daryl se levantó de la butaca. Abrió el minibar y, tras prepararse un whisky con hielo, tecleó:

Ya has terminado la gira, ¿verdad?

La joven asintió.

Sí. Y, aunque me apena, ahora podré
encauzar un poco mi vida.

En silencio, los dos se quedaron mirando el móvil, y luego él escribió:

Dentro de cinco horas, vuelo
a Hanói, en Vietnam.

Leer eso le gustó. Lo que daría ella por conocer Hanói, y contestó:

Dicen que es bonito.

Daryl, que ya había estado allí en varias ocasiones, escribió:

Es una ciudad caótica con las aceras
llenas de motos, pero con increíbles
sitios que conocer.

Leer eso a Carol la hizo sonreír.

Recomiéndame uno.

Daryl, encantado, respondió:

Dos. Las grutas de Trang An y el
mirador de Hang Múa. El primero fue
declarado patrimonio de la humanidad
por la Unesco. En el segundo tendrás
que subir 486 escalones.

Carol soltó una carcajada divertida.

486 escalones..., ¿estás loco?

Él asintió. Fue una locura el día que los subió, pero escribió:

Merece la pena. Créeme.

Estaba leyendo el mensaje boquiabierta cuando recibió otro:

¿Puedo llamarte por teléfono?

Al leer eso, Carol se inquietó. ¿Para qué? Todo estaba claro.

Daryl, que sabía que había salido de fiesta, sin mencionarlo y sin poder evitarlo, preguntó:

¿Estás acompañada?

Sin entender su pregunta, ella contestó:

No.

Pero, al darle a «Enviar», maldijo. ¿Por qué había contestado a eso?

Y, antes de lo que esperaba, su teléfono comenzó a sonar y en su pantalla leyó «Daryl Hermano Lola».

Sonó una vez. Dos. Tres, y, a la cuarta, aceptando la llamada, se lo llevó a la oreja y respondió:

—¿Se puede saber por qué me llamas?

Daryl, que bebía whisky sentado en el cómodo butacón de su bonito hotel, preguntó al oírla:

—Pero ¿qué te pasa en la voz?

Carol cogió los pañuelos que tenía sobre la cama y replicó:

—¿Tanto se nota?

Daryl asintió con la cabeza, y ella añadió:

—Mi *nonna* estaba constipada, e imagino que me lo pegó.

—Vaya..., lo siento.

—¡Más lo siento yo! Y más aún porque tengo que reponerme en dos días. He de trabajar.

Oírla decir eso se le antojó encantador, y preguntó mientras tecleaba en el portátil:

—¿Qué tal con tu familia? ¿Resolviste algo?

Carol pensó en ellos y sonrió.

—La respuesta a tu pregunta podré dártela dentro de unos días. De momento, los he dejado más calmados. Lo que no sé es cuánto les durará. Conociéndolos, dentro de una semana ya me estará llamando de nuevo mi hermana.

Daryl sonrió y, evitando continuar con el tema, preguntó:

—Entonces ¿quieres conocer las grutas de Trang An y el mirador de Hang Múa?

Carol acomodó la espalda en el cabecero de la cama y respondió:

—Sí. Pero con tantos escalones no sé yo, ¿eh? —Ambos rieron por aquello, y ella añadió—: Mi ilusión es conocer el archipiélago de Hawái, aprender a hacer surf y tomarme una copa relajante viendo un precioso atardecer.

—Yo puedo enseñarte todo eso. Viví en Oahu.

—¿En serio?

—Sí. En serio.

Ambos rieron, y ella continuó:

—También me gustaría ir a Alaska y visitar el glaciar Mendenhall. ¿Lo conoces?

Sorprendido porque era la primera vez que lo oía, Daryl tecleó en su portátil y, mintiendo, dijo mientras leía:

—Sí, he oído hablar de él. Según tengo entendido, para llegar hasta allí hay que hacer travesía en kayak, escalar el hielo, caminar y luego adentrarse en él.

Encantada porque Daryl supiera de qué hablaba, Carol señaló con pasión:

—Tiene que ser muy emocionante visitar ese gigante de hielo de quince kilómetros. Por lo general, la gente lo ve desde lejos, pero lo ideal es poder conocerlo desde el interior y entrar en sus tripas. Al parecer, el aumento de la temperatura provocó un retroceso del glaciar, por lo que está hueco, y desde el interior se ven preciosas cuevas internas de color turquesa.

Daryl, que estaba viendo las imágenes en internet, asintió.

—¿No crees que es muy arriesgado entrar en él? —indicó—. Podría desplomarse en cualquier momento.

Carol rio y puso los ojos en blanco.

—No me digas que el comandante se hace caquita en los pantalones —musitó.

Sorprendido por eso, él parpadeó y se apresuró a replicar:

—No. Simplemente me gusta más el calor que el frío.

Ambos rieron, y de pronto él añadió:

—¿Sabes una cosa?

—Dime...

—El otro día, cuando me preguntaste si tenía una canción favorita, me hiciste pensar; y, sí..., tengo una canción favorita.

Sonriendo por esa revelación, ella enseguida preguntó:

—¿Y cuál es?

Daryl meneó la cabeza divertido.

—Siempre quise pilotar aviones, y recuerdo cuando, siendo un niño, vi la película *Top Gun*... ¡Quise ser militar y pilotar un caza!

—Ay, Dios..., ¡y lo guapo que está Tom Cruise en esa película!

—Discrepo. Está más guapa Kelly McGillis.

—Por cierto, el otro día vi una noticia de que van a sacar la segunda parte.

—¿De *Top Gun*? —preguntó Daryl. Ella afirmó y él musitó—: Pues habrá que verla.

De nuevo ambos rieron, y él añadió:

—Siempre me ha gustado mucho la canción *Take My Breath Away*, que forma parte de la banda sonora de la película. Y, pensando en ello, me he dado cuenta de que es mi canción favorita.

Sorprendida por saber aquello, Carol preguntó:

—¿Y por qué ésa y no otra?

—Porque es la única canción que busco para escuchar infinidad de veces y nunca me canso de ella. Incluso recuerdo que tengo el disco, que me compré siendo un adolescente.

—«Déjame sin aliento», dice el estribillo, ¿verdad? —comentó entonces ella. Daryl asintió, y Carol añadió—: Es una canción muy romántica.

—Sí.

—¿Eres romántico?

—No lo sé.

—¿Cómo no lo vas a saber?

El comandante, desconcertado por la pregunta, respondió entonces:

—La verdad, nunca he sentido la necesidad de serlo. Quizá eso signifique que no lo soy.

—Quizá...

Daryl se encogió de hombros y preguntó a su vez:

—Ahora que sabes mi canción favorita, ¿puedo saber yo la tuya?

Carol lo pensó y, segura de ello, respondió:

—No.

—¿Por qué? —dijo él intrigado.

Ella se sonó la nariz y finalmente musitó:

—Quizá te lo diga otro día que no tenga la voz de pato.

Durante un buen rato charlaron de lugares que habían visitado y de otros que tenían pendiente visitar. Daryl le habló de Hawái, de sus maravillosas playas y sus increíbles gentes, pues durante un par de años había vivido en Oahu.

En ese instante sonaron unos golpes en la puerta de la joven.

—Llaman a la puerta —informó ésta.

—¿Esperas a alguien?

Sorprendida por aquello, Carol cuchicheó levantándose:

—Pues no. Pero, por Dios, que no sean ni Channing Tatum ni Ian Somerhalder, que hoy no tengo yo el cuerpo para fiestas. ¿Esperas un segundo?

—Claro que sí —respondió él divertido por sus ocurrencias.

Y, dejando el teléfono sobre la cama, Carol caminó hacia la puerta.

Mientras Daryl esperaba, llamaron también a su puerta. Al abrir se encontró con una azafata de otra compañía que conocía y la saludó con una sonrisa:

—Hola, Marcela.

La mujer, una guapa argentina de cabellos claros y piel sedosa, repuso con una encantadora sonrisa:

—Al llegar al hotel me han dicho que estabas aquí y he pensado en pasar a saludarte.

Daryl sonrió. Marcela era una preciosidad ardiente con la que, cuando solía coincidir en algún hotel, lo pasaba muy bien, pero señaló el teléfono y mintió.

—Lo siento, cielo, pero estoy al teléfono por un tema familiar.

Ella asintió, pero, sin querer tirar la toalla con un hombre como él, insistió:

—Habitación 793. Por si, cuando termines, te apetece.

Daryl sonrió y, tras cerrar la puerta, pensó sorprendido: «¿Qué estoy haciendo, que no voy corriendo?».

Por su parte, Carol, ajena a aquello, parpadeó sorprendida al abrir la puerta. Frente a ella había un camarero con una enorme bandeja de un restaurante muy conocido en Bruselas, que, mirándola, preguntó con acento francés:

—*¿Señorita Moñitos?*

Al oír eso, soltó una risotada. Sólo había una persona que la llamara así, y repuso sin dar crédito:

—¿Esa bandeja es para mí!?

El camarero miró la nota que llevaba sobre la misma e indicó:

—Si es usted la señorita Moñitos del hotel Blue Bird, habitación 328, ¡sí!

Sorprendida, Carol se hizo a un lado y dijo:

—Por favor, déjela sobre la cama.

El camarero entró, depositó la bandeja sobre la cama y, después de que ella le diera una propina, se marchó. Carol se apresuró entonces a coger de nuevo el teléfono.

—Te voy a matar... ¿Cómo que *señorita Moñitos*? Ay..., pero si viene una rosa roja en la bandeja y todoooooooooo. ¡Y una botellita de cerveza! ¡Pero qué detalleeeeeeeeeeee tan increíble!

Daryl sonrió abiertamente. Siempre le había gustado ser detallista.

No la veía, pero se la imaginaba gesticulando con cada palabra. Su pedido había llegado a su destino. Y entonces la oyó gritar:

—Ay, Dios... ¡Sopa, filete con patatas fritas y flannnnnnnn! ¡Te como! ¡Yo te como!

Él sonrió. En la vida una mujer se había vuelto tan loca por recibir algo como aquello, y, encantado de que le hubiera gustado, comentó:

—Para mi pesar, eso no va a ser posible.

Emocionada con la cena que tenía ante ella, e ignorando su comentario, se sentó en la cama y, aspirando el rico olor de la sopa, murmuró:

—Dios..., me acabas de alegrar la noche. ¡Qué digo la noche...! ¡La vida!

Daryl suspiró. A él, su vivacidad también lo alegraba.

—Vamos. Cómetelo antes de que se enfríe —indicó.

Gustosa, Carol asintió sin saber por dónde empezar. Nunca nadie había hecho algo así por ella; entonces lo oyó decir:

—Te dejaré para que cenes tranquila.

Aquello, de pronto, a ella no le gustó y, esperanzada, preguntó:

—¿Si pongo el manos libres continuamos hablando? Venga, di que sí. No me apetece cenar sola.

Encantado por esa proposición que no esperaba, Daryl afirmó:

—Será un placer.

Y dicho y hecho.

Carol puso el manos libres y él, olvidándose de la proposición que la azafata de la habitación 793 le había hecho, charló entre risas con Carol. Aquella muchacha era pura vitalidad y alegría, a pesar de no encontrarse bien.

Un buen rato después, tras comentarle que, una vez que regresara a Londres, él tenía un permiso de varios días, la voz de la joven comenzó a apagarse. Sin duda la rica cena le estaba sentando bien.

—¿A qué hora te tienes que ir al aeropuerto? —preguntó entonces.

Daryl miró su reloj y, boquiabierto, se dio cuenta de cómo había pasado el tiempo.

—No tardando mucho.

Con la cabeza apoyada en la almohada, Carol murmuró con voz gangosa, al ver su desordenada habitación:

—Tendrás que recoger tus cosas antes, ¿no?

Daryl sonrió.

Era ordenado, metódico, y, mirando su maleta ya preparada, indicó:

—Todo controlado.

A continuación, se hizo el silencio en la línea telefónica. Estaba claro que Carol necesitaba descansar, por lo que él dijo:

—Y ahora, señorita, te vas a arropar y vas a dormir, ¿entendido?

Ella, a quien el constipado le estaba pudiendo, aseguró:

—Te lo prometo..., estoy fatal.

Él asintió y, en cierto modo molesto por no estar a su lado en un momento así, se despidió.

—Duerme. Mejórate y ya hablaremos.

A Carol se le cerraban los ojos.

—Vale. Buen vuelo —murmuró.

Cuando la comunicación se cortó, Daryl dejó el teléfono sobre la mesilla y miró a su alrededor. Había estado hablando por teléfono con ella durante más de dos horas y podría haber continuado veinte horas más.

Era la primera vez que le pasaba eso con una mujer y, como poco, era ¡inaudito! Carol no lo aburría, al revés, lo fascinaba.

Estaba pensando en ello cuando sonó el teléfono de su habitación y se apresuró a cogerlo. Era René, su copiloto. Y, tras quedar con él en recepción, se puso su impoluta americana de comandante, la gorra, cogió su maleta y se marchó. Debía volar a Hanói.

Capítulo 13

El viaje de Carol a Grecia fue bien.

Para su suerte, el constipado remitió y pudo desempeñar su trabajo con fuerzas.

Como siempre, la noche que permanecieron en el país, ella y sus compañeros salieron a cenar y, cómo no, a tomar unas copas. Estaba disfrutando de ello cuando oyó a una de sus compañeras decir:

—El comandante Simmons es un caramelito.

Eso llamó su atención y preguntó:

—¿Habláis del comandante Daryl Michael Simmons?

La joven asintió y quiso saber:

—¿Lo conoces?

Carol sonrió.

Desde su conversación en Bruselas, no paraban de enviarse wasaps siempre que podían. Mensajes tontos que les demostraban la tensión sexual que existía entre ellos, e indicó sin omitir la verdad:

—Soy amiga de su hermana Lola, y..., bueno, a él lo he visto en un par de ocasiones.

—Qué suerte. He oído hablar tanto de él que no veo el momento de conocerlo. Dicen que tuvo un romance con la hija del ministro sueco y, posteriormente, otro con la sobrina de cierto magnate coreano —murmuró Tina, una compañera nueva.

—Y también con la nieta de Simon Gunter, el dueño de la multinacional AJT —apostilló Rebeca.

—Vaya..., qué machote —se mofó Carol.

Todas comenzaron a reír al oír aquello, y una de ellas cuchicheó:

—Le gustan el glamur, los hoteles caros y las mujeres guapas y de buena familia.

—Increíble —exclamó Carol sin dar crédito.

—En Montevideo, coincidí con él en el vuelo —susurró Gemma—. Fue encantador, pensé que pasaría la noche conmigo, pero al llegar al hotel desapareció. Luego me enteré de que había estado con dos modelazos.

—¿Con dos? —se burló Carol.

Aquélla asintió y, bajando la voz, dijo:

—Al parecer, le gustan de dos en dos y nunca de la compañía para la que trabaja.

—Oh..., qué pena —musitó Tina.

—Vaya..., qué interesante —afirmó Carol divertida.

De nuevo, las mujeres sonrieron y otra de ellas apuntó:

—También le gustan de una en una.

Al decir eso, todas la miraron y ella añadió:

—Cuando yo trabajaba en Bear Aviation, recuerdo un viaje en el que coincidimos en Yemen. Su tripulación y la mía se encontraron en un bonito restaurante, después en un local para tomar unas copas y..., bueno, sólo diré que fue... ¡colosal!

Todas rieron y otra de ellas apostilló:

—Eso no tiene mérito. Tu padre es...

—Cierra esa boquita y no me menosprecies —la cortó aquélla.

De nuevo todas rieron, incluida Carol, a la que un extraño escozor le entró por el cuerpo, pero afirmó sonriendo:

—Vaya..., sin duda el comandante Simmons, es todo un casanova...

Las mujeres se miraron y asintieron. Estaba claro que sí.

* * *

Dos días después, Carol estaba de regreso en Londres. No había vuelto a ver a Daryl y tampoco le había comentado lo que había oído de él, a pesar de que continuaban enviándose mensajitos tontos todos los días.

Los wasaps se habían convertido para ambos en algo especial. Algo que, sin saber por qué, continuaban haciendo y que ninguno quería cortar.

En ese tiempo, Carol habló con Guillermo, un amigo empresario que tenía varios locales de copas, restaurantes y gimnasios. Trabajaba para él a menudo dando clases de funky y, aprovechando su amistad, le comentó la posibilidad de encontrarle trabajo a su hermano. Sin dudarlo, Guillermo aceptó. Si Adam finalmente decidía vivir en Londres, él lo contrataría.

Después de pasar la mañana con Muskeva ensayando la *masterclass* que tenían al día siguiente, Carol y ella fueron a recoger a Roseanne para dar un paseo por Oxford Street, ver escaparates y comerse un helado.

Iban hablando sobre el tema cuando Carol afirmó:

—Lola dará una *masterclass* de salsa con su marido Dennis. Son buenísimos, ¡ya verás!

Las amigas sonrieron, y Carol preguntó:

—¿Sabemos algo de Fred?

Muskeva resopló.

—Nada. Sigue en Bruselas con el imbécil de su ex.

—Ya sabes lo que nos va a tocar, ¿verdad?

La senegalesa asintió.

—Lo sé..., lo sé... Será un mar de lágrimas.

Iban charlando sobre aquello cuando Daryl salió de una tienda de ropa de hombre y las vio.

Hacía un par de horas que había regresado de su último vuelo y tenía tres días libres. Y, aunque estaba agotado, antes de ir a su casa, había optado por pasar por aquella tienda a recoger unas camisas.

A pocos pasos de él estaba la mujer que no había podido quitarse de la cabeza en las últimas semanas, comiéndose con ganas un helado. Eso lo hizo sonreír. Estaba claro que a aquella chica le encantaba comer.

La contempló gustoso. Estaba preciosa con aquella falda y

aquella camiseta roja. Como diría su hermana Priscilla, menos es más y, sin duda, sin maquillaje ni joyas, Carol era una preciosidad.

Durante varios minutos las siguió a distancia, y rio como un tonto cuando ellas llegaron junto a un grupo de música callejero y Carol se lanzó a bailar ante los aplausos de quienes paseaban por allí.

¡Era impresionante cómo bailaba!

Mientras la observaba bailar, un extraño calor se apoderó de su cuerpo y, al sentir cómo el corazón le latía con fuerza, musitó pensando en su abuela:

—No me lo puedo creer...

Cuando Carol y su amiga, con el cochecito de la pequeña, se alejaron de los músicos callejeros, continuaban charlando, y Daryl, sin querer interrumpir la charla que se llevaban, cogió su teléfono y la llamó. Deseaba verla. Quedar con ella.

Cuando el móvil de Carol comenzó a sonar, él, desde donde estaba, vio cómo ella lo sacaba del bolsillo de su falda azul y, tras echar un vistazo a la pantalla, se lo volvía a guardar.

¿En serio no se lo iba a coger?

¿En serio iba a pasar de él?

—¿Quién te llama? —le preguntó Muskeva con curiosidad a su amiga.

Carol suspiró y, dando un lametazo a su helado, respondió sin mentir:

—Daryl, el hermano de mi amiga Lola.

—¿El comandante guaperas?

—El mismo.

—¿Y no lo vas a coger?

—No.

—¿Por qué?

—Porque no.

El teléfono dejó de sonar y Carol, sonriendo, indicó:

—¡Ya no suena! Continuemos nuestro camino.

Molesto, Daryl quiso ir hasta ella y reprenderla, pero, en lugar de ello, volvió a marcar su número.

Al oír de nuevo la melodía, Carol lo volvió a sacar de su bolsillo y, al ver que era otra vez él, murmuró:

—Por Dios..., ¿por qué no me dejará en paz?

E, incómoda, lo volvió a guardar ante la incredulidad de Daryl.

¿Otra vez iba a pasar de él?

Muskeva, al ver aquello de nuevo, preguntó:

—¿No crees que deberías cogerlo?

—No.

—Carol —insistió aquélla—, ese tipo te gusta. Te lo noto. Me hablas de sus mensajitos con una sonrisa tonta en la boca y, chica, creo que por el detallazo que tuvo en Bruselas contigo consiguiéndote esa maravillosa cena se merece que le cojas el teléfono.

La aludida se tocó la frente. Sabía que tenía razón. No debía ser tan antipática, pero se retiró el pelo de la cara y siguió comiendo el helado con celeridad.

—A ver, Muskeva —dijo—. Ese tipo está cañón, de acuerdo. ¡Me gusta! Le atraigo. Pero es el hermano de mi mejor amiga. Y, no, no pienso poner en peligro mi amistad con Lola por un par de sesiones de sexo, por muy buenas que éstas sean. Y eso sin contar con que, encima, trabajamos en la misma compañía y que no pegamos ni con cola.

Desde la distancia, Daryl la observaba gesticular.

¿Qué estaría diciendo?

Y, cuando se cansó, cortó la llamada y, enfadado y harto, dio media vuelta y se marchó. Estaba todo dicho.

Cuando el sonido del teléfono cesó, Carol sonrió.

—Ea..., ya podemos continuar con nuestras compras. Y ahora, por favor, centrémonos en nosotras y en Roseanne. Es nuestro día de compras de chicas y nadie nos lo va a jorobar.

Muskeva asintió.

—A ti no hay quien te entienda.

—Lo sé..., soy así de rara.

Poco después pararon frente a una enorme tienda de niños y Carol, mirando a aquella pequeña a la que adoraba, indicó:

—Entremos aquí. Quiero comprarle unas cositas a Roseanne y al bebé de Bastian.

Al oír eso, Muskeva la miró.
—¿Estás segura?
Carol sonrió. Ella adoraba a Bastian, y afirmó:
—En mi cuadrante tengo un viaje a Las Vegas y lo llamaré. Quiero conocer a su hijo y saludar a Carmela. Es encantadora.
A continuación, felices, las dos entraron en el local, donde se desvivieron al ver los preciosos vestiditos que allí tenían para la pequeña.

* * *

Cuando esa tarde Carol se despidió de su amiga cogió el autobús, y de camino a su casa recibió un wasap de Adam:

¿Cómo está mi hermana favorita?

Contenta, rápidamente contestó:

Bien. ¿Qué me cuentas?

Carol vio que él estaba escribiendo y, tras unos instantes, leyó:

He decidido irme a Londres contigo.
¿Te parece bien?

Carol sonrió y se apresuró a preguntar:

¿Qué ha pasado con Patrizia?

En silencio, esperó la contestación y pronto vio:

Soy demasiado complicado para ella
y me ha pedido tiempo.

La joven suspiró, pero, sin querer preguntar más, tecleó:

Me parece estupendo que te vengas. Es más, ya tengo trabajo para ti. ¿Lo hablaste con la *mamma* y la *nonna*? ¿Cuándo quieres venir?

Tras unos segundos de espera, leyó:

¡Bien en cuanto a lo del trabajo! Te quiero y te quiero. La *mamma* y la *nonna* están de acuerdo. Y cuanto antes me marche mejor, o al final Annalisa y yo la volveremos a tener.

Oír eso a Carol la hizo resoplar. Estaba claro que su hermana nunca cambiaría, y escribió:

Dentro de cuatro días salgo para Las Vegas. A mi regreso hablamos y te busco vuelo, ¿te parece?

De nuevo esperó unos segundos y leyó:

Perfecto. Gracias, hermanita.
Te quiero. Besos.

Una vez que terminó la conversación, Carol se guardó el teléfono y, levantándose, bajó del autobús. Estaba pensando en la próxima visita de su hermano cuando, al pasar frente a un supermercado, decidió entrar. Necesitaba leche y alguna cosa más.

Estaba mirando las leches cuando oyó a su espalda:

—Señorita Carolina...

Al oír eso, se volvió y, al encontrarse con el hombre canoso que había conocido la noche que Daryl la llevó a cenar a aquel restaurante extraño, exclamó con una sonrisa:

—¡¿Corwin?!

—El mismo, señorita.

—Carol —corrigió ella.

Sorprendida por encontrarse con aquel tipo al que sólo había visto una vez, preguntó:

—¿Qué haces aquí?

—La compra..., como tú.

La joven asintió y, al ver las frutas y verduras que él llevaba en su carro, cuchicheó guiñándole el ojo:

—Compras muy bien. Tu mujer debe de estar encantada.

El hombre asintió y, encogiéndose de hombros, indicó:

—Mi mujer murió hace cuatro años. Y, en cuanto a la comida, intento comer sano.

—Ay, Dios, Corwin, lo siento..., siento ser tan bocazas.

Él sonrió con amabilidad, y ella añadió:

—De verdad. Hablo de más cuando no he de hacerlo. Pero, como me dijiste que viajabas con tu mujer a España, yo...

—Carol —la cortó—. No pasa nada. No te preocupes.

La joven asintió e, intentando sonreír, preguntó a continuación:

—¿Vives en Camden?

—Sí.

—¡Yo también!

Corwin sonrió sorprendido y afirmó:

—Llevo viviendo aquí toda la vida. Me gusta mi barrio.

Rápidamente se intercambiaron sus direcciones y sus teléfonos. Vivían más cerca de lo que nunca habrían imaginado y, tras hablar de quedar otro día para tomar algo, se despidieron y ambos continuaron sus caminos.

Veinte minutos después, cuando la joven llegó a su casa, llamó a su madre. Quería comentarle lo de Adam, y se tranquilizó al ver que ella y su abuela estaban del todo de acuerdo. Su hermano debía salir de Venecia.

Cuando terminó la conversación, agotada, se tiró en el sillón para ver una película junto a sus perretes. Le encantaba disfrutar de esos pequeños placeres de la vida. Pero en ese mismo instante sonó su teléfono. Al mirar, vio que en la pantalla ponía «Daryl Hermano Lola» y el corazón se le aceleró.

¿Otra vez?

Lo dejó sonar y no lo cogió. Era lo mejor. Sus perros la observaban y ella, mirándolos, cuchicheó:

—Ni una palabra. No es no.

Veinte minutos después, su móvil volvió a sonar. De nuevo era Daryl. *Baby*, la perrita, la miró de nuevo y Carol insistió:

—He dicho que no.

Cuando la película acabó eran las siete y media de la tarde; se levantó y fue hasta el frigorífico. Al abrirlo miró lo que había comprado aquella tarde y sacó dos huevos y unas setas.

—Esto estará bien —murmuró.

Tras coger un bol de cristal, cascó un huevo y, cuando iba a hacer lo mismo con el segundo, se detuvo. Instintivamente cogió el móvil y, sin dudarlo, llamó al número de teléfono al que antes ella no había contestado.

Un timbrazo, dos, tres...

—Dime, Carolina.

Oír aquel saludo tan frío la descolocó, pero, disimulando, repuso:

—Uisss, ¡¿Carolina?! ¡Qué seriedad!

—¿No te llamas así?

Percibir su voz tensa la inquietó, pero, sin querer entrar en ello, se interesó por él.

—Me has llamado, ¿verdad?

Daryl, que salía en ese instante del gimnasio de desfogarse, afirmó:

—Sí.

Un raro silencio se hizo entre los dos, y él preguntó a continuación:

—¿Querías algo?

Carol enarcó una ceja y, mientras observaba a su perro *Limón* comer de su cacharro, indicó:

—A ver, si te he llamado es porque tengo cuatro perdidas tuyas y..., bueno..., ¿no te parece que eras tú el que quería algo?

Daryl maldijo.

Sin duda, tenía razón.

Por lo general, eran ellas quienes lo llamaban siempre a él, no al revés, y, molesto por su indiferencia, preguntó sin poder evitarlo:

—¿Puedo ser sincero?
Sin entender lo que quería decir con eso, la joven afirmó:
—Por supuesto.
Daryl se acercó hasta su coche, soltó su bolsa de deporte y, molesto, siseó:
—Esta mañana te he visto paseando por Oxford Street con tu amiga. Te he llamado por teléfono ¡dos veces! para invitarte a cenar esta noche. Pensaba que sería bonito poder charlar cara a cara, y más después de los mensajes que nos hemos enviado últimamente... Pero, ¡sorpresa!, he sido testigo de cómo pasabas de mis llamadas.
Carol no esperaba oír eso y no supo qué decir.
¡Qué bochorno!
Entonces él, tan desconcertado como ella, añadió:
—Y si te he llamado dos veces esta tarde ha sido para reprochártelo. Y ahora, una vez informada, ya no tengo más que decirte. Salgo del gimnasio y estoy cansado. ¿Quieres algo tú?
Horrorizada por aquello, que no había estado bien, Carol se sintió fatal y, suspirando, cogió a su perra *Baby* en brazos.
—Me siento fatal, de verdad —murmuró—. Acepta mis disculpas, por favor...
Daryl, que no estaba acostumbrado a ese tipo de conversaciones con ninguna mujer, aun escociéndole la indiferencia de ella, afirmó:
—Vale.
Su seria respuesta no le gustó a Carol.
—Pero ¿«vale» para que me calle o «vale» porque me perdonas? —preguntó.
Todo ese rebuscamiento era algo nuevo para Daryl. Sus conversaciones con las mujeres solían ser claras y concisas. Nunca había que repetir ni aclarar, y respondió:
—Simplemente es «vale».
De nuevo, silencio.
—¿Sigues enfadado? —dijo ella a continuación.
Daryl replicó:
—Mira, estoy agotado. Llevo sin dormir veinticuatro horas y me voy a casa.

—No me has respondido: ¿sigues enfadado?

—Mejor dejémoslo aquí.

—¿Lo ves? Ha sido un «vale» para que me calle.

—Pero...

—Ah, no..., a mí con ésas, no. Ya somos mayorcitos y, si estás enfadado conmigo, creo que podrías ser sincero y decírmelo. No me sirve un «vale» para que cierre el pico y punto. Es mejor que me digas: «Pues mira, Carol, te has comportado como una idiota». O: «Carol, lo que has hecho me ha jodido mucho». O: «Carol, creo que...».

—¿No te sirve un simple «vale»?

—No. ¿A ti sí?

Daryl parpadeó. Pero ¿aquella mujer quería volverlo loco?

Se quedaron unos segundos en silencio. Ella se sentía mal, fatal. Daryl no se merecía aquello después de lo bien que se había portado con ella, y quiso saber:

—¿Qué puedo hacer para que no sigas enfadado conmigo?

Él no respondió. Tenía ganas de colgarle el teléfono, pero, al mismo tiempo, había algo que no se lo permitía; entonces ella preguntó:

—¿Y si te invito a cenar?

—No.

Esa negativa le dolió y, sacando su carácter, soltó:

—¿En serio?

—Te he dicho que estoy cansado.

—Venga, hombre, ya descansarás, no seas tan cabezón y déjate invitar a cenar.

—La verdad, no tengo hambre.

—Qué suerte la tuya. Yo siempre tengo hambre —se mofó ella con *Baby* en brazos.

Oír eso hizo que él sonriera e, intentando rebajar su enfado, indicó:

—No hace falta, Carol.

—¡Carol, no Carolina! *Oh... my... God...!* Vamos por buen camino.

De nuevo eso hizo sonreír a Daryl, que preguntó:

—¿Vas a empezar otra vez con lo del «vale»?

—Pues no sé. Porque, la verdad, el de antes no me ha quedado nada claro.

Daryl suspiró. Y por último, ignorando el cansancio que sentía, dijo:

—¿A qué viene ahora esa invitación?

Carol, sentándose en su sillón, rodeada de sus dos perretes, musitó:

—Voy a ser sincera. Me siento fatal por lo mal que me he portado contigo, cuando tú siempre eres encantador conmigo y, por favor..., por favor..., necesito que me perdones. Necesito un «vale» de corazón. Pero de corazón... corazón...

A Daryl le gustó aquella sinceridad sin dobleces, y finalmente claudicó:

—De acuerdo, invítame a cenar.

—¡Biennnnnn! —gritó ella.

—¿Dónde estás?

—En casa.

—¿Me invitas a esa pizza que me prometiste hecha por ti?

Ella lo pensó. No era buena idea. Si él subía a su casa, sin duda terminarían en la cama y, tras mirar a sus perretes, indicó:

—¿Qué tal si cenamos fuera?

Al oír eso, él sonrió y preguntó curioso:

—¿Fuera? ¿Por qué?

—¿Puedo volver a ser sincera? —dijo ella al percibir una sonrisa en su voz.

—Claro.

Y, sin miedo, soltó:

—Aún me siento atraída por ti y no... no pienso permitir que te metas en mi cama, ¿lo has entendido?

Sin sorprenderse mucho, él repuso:

—¡Vale!

Estuvieron unos segundos en silencio hasta que Daryl, dispuesto a rebajar la tensión entre ambos, añadió:

—Ese «vale» ha sido de corazón.

Ella soltó una risotada y, al oírla, él señaló:

—Mira..., te recuerdo que ¡tú me has llamado a mí! ¡Y tú me has invitado a cenar! Pero, tranquila, cenaremos fuera y ni yo me meteré en tu cama ni tú en la mía.

—¡Vale!

Divertido al oír eso, él soltó, dejándose llevar:

—¿Ese «vale» es porque te parece bien o quizá es...?

—Mira que eres tonto —lo cortó juguetona al oírlo. Y, sin querer continuar con aquello, dijo—: Por cierto, como dices que sales del gimnasio, cenita informal, ¿verdad?

Daryl asintió e indicó:

—Siempre y cuando podamos sentarnos a una mesa con mantel y cubiertos, cenaremos donde tú quieras.

—¡Qué clásico eres!

—Me gusta ser clásico.

De nuevo risas entre los dos, y él dijo:

—Dentro de quince minutos te recojo en la puerta de tu casa.

Una vez que colgó el teléfono, Carol miró a sus perros, que la observaban, y musitó:

—Vale..., no digo más.

No obstante, cuando pensó en Daryl se horrorizó.

Pero ¿qué había hecho?

Él le había puesto en bandeja no volver a tener trato y ella lo había rechazado.

¿Estaba volviéndose loca?

Sin embargo, consciente de que al final había hecho lo que le había salido del corazón, se cambió la falda azul por unas mallas negras, se puso unas zapatillas de deporte y, tras recogerse el pelo en una coleta alta, se asomó a la ventana y, al ver el coche aparcado de Daryl, cogió su mochila y las llaves, miró a sus perretes e indicó:

—Ahora, a dormir... La mami se va de cena.

Y, dicho esto, salió de casa y fue a su encuentro.

Capítulo 14

Cuando Carol salió a la calle se le cortó la respiración al encontrar a Daryl esperándola apoyado en su bonito coche.

Aquel hombre cada día estaba más increíble, y, al ver su impecable y elegante indumentaria, preguntó:

—Pero ¿no decías que acababas de salir del gimnasio?

Sin entender a qué se refería, él se miró: camisa blanca y pantalones oscuros. Entonces ella, acercándose, señaló sus impolutos zapatos negros y preguntó:

—¿Tú no te pones zapatillas para ir al gimnasio?

—Van en la bolsa de deporte.

Y, mirando su inmaculada camisa y su pantalón, iba a añadir algo cuando él, adelantándose, indicó:

—La ropa del gimnasio también va en la bolsa.

Carol sonrió y, examinando su propio atuendo, repuso:

—Lo siento. Pensé que vendrías más de sport.

Divertido por aquello, él también sonrió y, acompañándola hasta la puerta del pasajero, la abrió y repuso con galantería:

—No sientas nada. Vas preciosa.

Encantada, la joven sonrió, y cuando, instantes después, él se sentó tras el volante, la miró y preguntó:

—¡Tú dirás adónde vamos!

—Arranca y te digo.

Durante el trayecto, ambos fueron charlando. Como siempre, no les faltaba tema de conversación. Daryl se sorprendió al saber que había visto a Corwin en el supermercado, e iban hablando de ello cuando Carol le indicó que había que buscar aparcamiento.

—¿No crees que mi coche corre peligro aquí? —preguntó Daryl mirando a su alrededor.

Eso la hizo sonreír. La verdad era que aquel coche corría peligro en cualquier lado y, suspirando, cuchicheó:

—¿Pretendes que nos lo llevemos con nosotros a cenar?

Incapaz de contestar a aquella absurda pregunta, cuando Daryl vio un hueco, metió el vehículo e indicó:

—Espero que cuando regresemos siga teniendo las cuatro ruedas.

—¡Por favor! —musitó Carol al oírlo.

Una vez que salieron del coche, sin rozarse, caminaron juntos por la calle mientras bromeaban. Se cruzaron con unas chicas que iban fumando, y Daryl murmuró con desagrado:

—No soporto el olor de la marihuana.

Carol asintió sin inmutarse, y, pensando en su madre y en su abuela, sonrió. Por suerte para él, nunca las conocería.

Instantes después se cruzaron con una mujer que llevaba un bebé en un cochecito. Carol lo miró y, tras hacerle un gracioso gesto, el pequeño sonrió.

Al ver aquello, Daryl comentó:

—Intuyo que te gustan los niños, ¿verdad?

—Sí.

Esperó a que dijera algo más, pero, al no ser así, él insistió:

—Entonces ¿querrás ser madre algún día?

El gesto de Carol se ensombreció unos instantes, pero, volviendo a sonreír, respondió:

—No.

Sorprendido por sus escuetas respuestas, Daryl iba a preguntar cuando ella, para cortar la conversación, se detuvo y, señalando, dijo:

—Restaurante Tambacounda.

—¡¿Ahí?!

—Sí.

—¿Comida senegalesa?

Ella asintió y, sonriendo, musitó:

—Este restaurante me lo enseñó Muskeva, ¿la recuerdas?

—Sí.

—Es de Senegal y, según ella, aquí hacen el mejor pollo a la barbacoa con cebolla y salsa de limón de todo Londres. Ya lo verás, ¡te chuparás los dedos!

Encantado, él sonrió y, cuando fueron a cruzar la calle, Carol, al ver que la puerta del restaurante se abría, se detuvo. Por ella salían dos personas que tanto Daryl como ella conocían y, con brusquedad, lo agarró de la mano y tiró de él.

Perdiendo el equilibrio, Daryl cayó contra un coche que estaba aparcado para acabar sentado en el suelo con la espalda apoyada en la rueda con Carol encima. Sorprendido y dolorido por el golpe en el trasero, preguntó mirándola:

—Pero ¿qué pasa?

Ella, aturdida por la cercanía de su boca y por lo ocurrido, murmuró:

—Dios..., te he tirado al suelo.

Daryl asintió y miró sus pantalones.

—Y me he puesto perdido —gruñó.

Carol bajó la vista y replicó:

—No seas exagerado, por favor.

Él resopló y entonces se preocupó por ella.

—¿Tú estás bien? —quiso saber.

Extasiada por su maravilloso aroma, la joven murmuró:

—No. Digo..., sí..., sí..., claro que sí.

Se miraron unos segundos en silencio. Aquello era surrealista. Estaban tirados tras un coche en medio de la calle, y, cuando él fue a levantarse, ella no se lo permitió.

—No.

—¿No? ¿Qué?

—Que no te levantes —susurró Carol.

Sin poder creerse lo ridículo de la situación, él replicó:

—¿Puedes explicarme qué hacemos en el suelo?

—Chisss, ¡cállate!

—Pero ¿me puedes decir qué...?

—Que cierres el pico —insistió con comicidad, tapándole la boca con las manos.

Daryl sonrió sin saber por qué cuando ella las retiró. En la vida se había encontrado con una mujer como aquélla, ni en una situación más inverosímil. Por ello, olvidándose de todo, excepto del maravilloso perfume de ella, cerró los brazos alrededor de su cintura y, dispuesto a sacar provecho del momento, musitó en voz baja:

—Muy bien..., si no puedo hablar, al menos te podré besar.

Carol parpadeó sin dar crédito.

—Ni se te ocurra.

Gustoso de tenerla entre sus brazos, él insistió:

—Tú no me dices qué hacemos en el suelo, pues yo no te suelto y te beso.

—¡¿No lo dirás en serio?!

—Totalmente en serio —aseguró él—. Sólo te soltaré si me das un beso.

Al oírlo, Carol gruñó:

—Trabajamos en la misma compañía.

—¡¿Y...?!

Buscando un modo de evitarlo, ella insistió:

—Dicen que nunca tienes nada con las de tu misma compañía.

Sorprendido al oír eso, Daryl rio y, curioso, preguntó:

—¿Has preguntado por mí a tus compañeras?

—Pero ¿qué dices? —cuchicheó ella molesta—. ¡Serás creído! Ellas hablaron de ti y...

—¿Y qué dijeron?

Al oír eso, Carol sonrió.

—No pienso alimentar tu ego. Tan sólo dijeron que te gustan de familia adinerada y que con las mujeres de tu misma compañía nunca tenías nada.

—Tú podrías ser la excepción.

—¿Me tengo que sentir honrada por ello? —se mofó.

Daryl sonrió. Los gestos y la frescura de aquella chica eran una delicia y, cuando iba a responder, ella añadió:

—Si no nos hemos quedado en mi casa ha sido precisamente para evitar este tipo de situaciones y...

—Esta situación la has creado tú, no yo.

—¡Vale!

Ver su cara de circunstancias a Daryl se le antojó gracioso y, dispuesto a jugar con ella, preguntó:

—¿Ese «vale»... significa «tienes razón» o bien...?

—¡Daryl! —lo cortó Carol en voz baja para acallarlo.

La cercanía, la mirada y la voz de aquél estaban pudiendo con su voluntad; entonces el aludido, sin tirar la toalla, insistió:

—Con un beso chiquitito me conformo. Lo prometo.

—Pero ¿tú no decías que llevabas sin dormir más de veinticuatro horas y estabas cansado? —le recordó ella.

—Para un beso nunca estoy cansado —puntualizó él.

La joven resopló. La tentación era excesivamente atractiva y, tras darle un rápido beso en los labios, cuando se separó, preguntó:

—¿Ése te vale?

Daryl negó con la cabeza. Con todo el tiempo que llevaba esperando, le había sabido a poco.

Y, subiendo una mano a la cabeza de ella, la atrajo hacia su boca y, cuando sus labios se rozaron y Carol los separó, sin dudarlo, él introdujo la lengua y la besó con auténtico fervor.

Llevaba días anhelando aquel beso, aquel contacto, aquella sensación. No sabía por qué, pero aquella mujer que lo desconcertaba continuamente lo atraía de una manera que no llegaba a entender y, olvidándose de sus preguntas, disfrutó aquel apasionado beso.

Cuando, instantes después, éste acabó, Carol parpadeó agitada. Aquello se le estaba empezando a escapar de las manos, y más cuando él, mirándola, musitó:

—Éste, de momento, sí me vale.

Le entró mucho calor. Y, en cuanto Daryl retiró las manos de su cintura, se incorporó sin dudarlo y, haciéndole una seña para que callara y esperara, miró de nuevo hacia el restaurante y, agachándose, pidió:

—¡Asómate!

Él iba a hacerlo, pero Carol, dándole un nuevo tirón del brazo, insistió entre susurros:

—¡Con cuidado!

Cada vez más desconcertado, él miró a través de los cristales del vehículo aparcado hacia la puerta del local, y al ver a la pareja que estaba allí hablando, dijo:

—Son Samantha y Jack. ¿Qué pasa?

Obligándolo de nuevo a agacharse y a bajar la voz, ella cuchicheó:

—Si nos ven, se lo dirán a Lola, a la que, por cierto, mañana tengo que ver.

—¿Y qué pasa porque se entere mi hermana? —protestó él—. ¿Acaso tenemos que pedirle permiso para ir a cenar?

Carol maldijo. Sin duda aquél o era tonto o no quería entender.

—Si Lola se entera de que hemos cenado juntos —insistió—, me hará miles de preguntas.

—¿Y qué?

Sin poder creérselo, se llevó las manos a la cabeza y murmuró:

—Pues que me sacará que nos hemos besado y se va a liar.

—¿Y por qué se va a liar?

—Porque luego te preguntará a ti y... ¡No, no es buena idea! Tú y yo cenamos, pero sin que se entere nadie, ¿entendido?

Boquiabierto por verse escondido tras un coche y por las cosas que ella decía, Daryl asintió.

—¿Por qué tienes que ver mañana a Lola? —preguntó.

—Porque daremos distintas *masterclass* de baile en el gimnasio de un amigo en común.

Daryl volvió a asentir.

Pero ¿acaso tenían quince años para esconderse?

¿Acaso ambos no eran libres para cenar cuando y como quisieran?

Y, cuando estaba pensando protestar al respecto, al ver que aquéllos se alejaban, Carol se levantó del suelo y dijo sacudiéndose las mallas:

—Ahora sí. Ahora podemos entrar en el restaurante.

Con paciencia, él se levantó del suelo. Su pantalón estaba hecho un desastre y, mirándose, preguntó:

—¿Pretendes que entre así?

Carol lo miró y, disimulando por cómo llevaba de grasa la parte trasera de la que ya no era su impoluta camisa blanca, se mofó:

—¿Qué tal si te lo sacudes un poquito?

—¿Que me lo sacuda?

—Sí.

—Pero ¿tú has visto cómo voy?

Carol sonrió. Si aquél se veía la camisa sucia de la rueda del coche, le iba a dar algo.

—Por favorrr... —murmuró—, mira que eres tiquismiquis...

Daryl, a quien le gustaba ir siempre perfectamente vestido, para no discutir con ella, al final hizo lo que le pedía. Con sus propias manos se sacudió el polvo de los pantalones, hasta que Carol, cansada al ver que rebuscaba hasta la más mínima mota, lo asió de la mano e indicó:

—Vale ya. No tenemos toda la noche.

Una vez que entraron en el local, a toda prisa se dirigieron hacia una mesa y él dijo mirándola:

—Si no te importa, me gustaría ir al baño a lavarme las manos. ¿Dónde está?

—Al fondo a la derecha, como en casi todos los sitios.

Cuando él se marchó, el camarero lo miró con curiosidad.

Estaba claro que la mancha de grasa que llevaba en la espalda no iba a pasar desapercibida. Y, dos minutos después, cuando Daryl regresó, gruñó mirándola:

—Pero ¿tú has visto cómo llevo la camisa de Armani?

Carol asintió y, sonriendo, afirmó:

—Tranquilo. Prometo no contárselo a Armani.

—Pero esto es vergonzoso —insistió él.

La joven resopló. No estaba dispuesta a que aquel inglés tiquismiquis la sacara de sus casillas; se levantó y dijo, intentando buscarle un remedio:

—Te cambio el sitio. Ponte contra la pared y nadie lo verá.

—Pero yo lo sé —replicó Daryl.

Divertida por su incomodidad, ella indicó entonces:

—Pues hay dos opciones: o te quedas o te vas, ¡tú eliges! —y, antes de que él pudiera responder, añadió—: Pero es una pena que no pruebes la comida de aquí, porque todo está riquísimo y yo me muero de hambre.

Tras pensar en lo que ella había dicho, Daryl decidió cambiarse de sitio. Era vergonzoso cómo llevaba la parte de atrás de la camisa. Pero, sin querer marcharse, se sentó dejando la espalda contra la pared y, al ver la cara de guasa de aquélla, musitó:

—Si no dejas de reír, te juro que me las vas a pagar.

Carol trató de ponerse seria y, con gracia, afirmó:

—De acuerdo. A partir de ahora lloraré —y, mirando al camarero, dijo—: Dos cervecitas bien fresquitas, por favor.

—¡Marchando dos cervezas! —gritó el hombre.

Al oír eso, Daryl preguntó:

—¿No le dices la marca de cerveza que quieres?

Carol se encogió de hombros.

—Pues no. Me gusta que me sorprendan. Si siempre bebo la misma marca, ¿no crees que nunca conoceré otras?

Él sonrió, y en ese momento el camarero dejó dos botellas sobre la mesa.

Al ver aquello, Daryl iba a hablar, pero ella, leyéndole la mente, dijo:

—Ah, no..., ni lo pienses. Aquí y conmigo la bebes a morro.

—Ni hablar.

Rápidamente Carol cogió una botella, pasó la servilleta por la boca de la misma y, entregándosela, insistió:

—Vamos, bebe y no me cabrees.

Sintiéndose como un niño pequeño al que regaña su madre, él obedeció y, con un resoplido, le dio un trago a la botella.

Capítulo 15

Una hora y media después, tras una excelente cena, mientras esperaban a que el camarero les llevara las sobras que Carol le había pedido, ésta preguntó al ver bostezar a Daryl:

—¿Estás cansado?

—Estoy muerto —respondió él con una sonrisa.

Carol asintió. Sabía lo agotador que podía llegar a ser su trabajo y, mirándolo, cuchicheó:

—Entonces vayámonos. Tienes que descansar.

—Excelente idea. ¿Vienes a mi casa?

—No.

—Tengo un jacuzzi fantástico.

—Mejor para ti —se mofó ella.

Boquiabierto por su rechazo, cuando todas las demás querían ir a su casa, Daryl insistió:

—¿Por qué no quieres venir?

Ella lo miró e indicó:

—Porque no y punto.

Él asintió sin decir nada más y, una vez que los dos se levantaron, la joven preguntó:

—¿Te ha gustado la cena?

—¡Exquisita!

Y, sonriendo, ella señaló:

—Te has bebido tres cervezas a morro.

—Que no se entere nadie —señaló él riendo.

—¿No te han sabido más ricas?

Sonrió divertido y, suspirando al ver cómo los comensales se volvían para mirar la espalda sucia de su camisa, insistió:

—Venga, salgamos de aquí. Me estoy poniendo enfermo de ver cómo miran las pintas que llevo.

—Siempre podemos decir que es arte abstracto.

—Vamos —apremió él.

—¡Tiquismiquis! —se mofó ella.

Una vez en la calle, comenzaron a caminar y, como necesitaba contacto, Daryl le cogió la mano y Carol lo dejó.

Pero ¿qué hacían?

¿Acaso no se trataba de evitarlo?

En cuanto llegaron al coche, Daryl lo miró: estaba intacto.

Carol sonrió al ver cómo lo examinaba y, cuando montó, dijo para no tener que oírlo:

—Tranquilo. Pondré las sobras atrás, así no se volcarán y no te mancharé el coche.

—Eso espero, señorita —replicó él sonriendo.

Instantes después, Daryl se sentó tras el volante. Tan pronto como Carol dejó las sobras en el asiento de atrás, comenzó a pelearse con el cinturón de seguridad. No conseguía sacarlo para ponérselo y, acercándose a ella, él hizo que lo soltara y, con sus rostros a escasos centímetros, murmuró:

—Es cuestión de maña, no de fuerza. Si tiras de él con suavidad, lo harás mejor.

Se miraron...

Se tentaron...

Y, como estaba más que claro..., se besaron.

Un beso llevó a otro...

Una caricia a otra...

Y, cuando el calentón que llevaban les gritaba que aquello no podía quedar así, pero que aquel sitio no era el más propicio para continuar, Carol indicó mirándolo:

—Arranca. Tira por la primera calle a la derecha y te digo dónde parar.

Sin dudarlo, él obedeció y, tras llegar a una especie de descampado que reconoció, detuvo el vehículo. Vio otros coches aparcados no muy lejos del suyo, y murmuró después de un nuevo beso:

—¿Sabes dónde estamos?

Carol asintió. Claro que lo sabía. En aquel lugar la gente solía practicar *dogging*, y, excitada, repuso:

—Vine aquí un par de veces con un amigo.

Al oír eso, Daryl asintió.

Y, quitándole la camiseta e instantes después el sujetador, la admiró extasiado, hasta que ella, agarrando la camisa de él, reventó de un tirón todos los botones, que saltaron por los aires. Sorprendido, él iba a decir algo cuando Carol murmuró, subiéndose a horcajadas sobre él:

—Es para despertarte. Por eso de que estás muy cansado.

Encantado con aquello, Daryl se dejó mordisquear el cuello mientras sus manos paseaban con deseo por la espalda y los pechos desnudos de ella.

De nuevo sus bocas se encontraron...

De nuevo sus ojos se miraron...

De nuevo ambos sonrieron por lo que estaba ocurriendo, y él preguntó curioso:

—¿Tu amigo era *dogger*?

—Sí.

Caliente por lo que hablaban y dispuesto a todo por ella, accionó la palanca del asiento, lo echó hacia atrás y, mientras ella se quitaba las mallas y él se desabrochaba los pantalones, insistió:

—¿Y qué fue lo que hiciste con ese amigo?

Acalorada por el momento y por la pregunta, una vez que quedó totalmente desnuda, Carol respondió mientras por la ventanilla veía a unas personas caminar por el descampado:

—Sexo... dejándonos ver.

Daryl asintió y, libre ya de pantalones y calzoncillos, insistió mientras se colocaba un preservativo:

—¿Nunca dejasteis participar a nadie?

Hechizada por lo que aquél hacía, sin poder dejar de mirar aquella increíble erección que iba a ser sólo para ella, Carol negó con la cabeza.

Y, al ver cómo lo observaba, él preguntó seguro de sí mismo:

—¿Te gusta lo que ves?

Ella lo miró. Aquel tipo debía de estar muy acostumbrado a que lo piropearan y, no dispuesta a ser una más, indicó mientras sonaba la música de la radio:

—Juguemos, divirtámonos y, cuando acabemos, te lo diré.

Esa contestación hizo que él se sorprendiera. Por lo general, las mujeres le gritaban «¡sí!», a todas les gustaba lo que podía ofrecerles.

En cuanto terminó de ponerse el preservativo, a oscuras en el interior del coche, Carol se sentó sobre él. Lo deseaba. Lo deseaba mucho.

Daryl, tan deseoso como ella, se agarró la erección con la mano y, mirándola a los ojos a pesar de la oscuridad, la guio hasta aquella más que húmeda vagina y, rozándola para que lo deseara más y más, preguntó:

—¿Conoces las reglas del *dogging*?

Carol lo besó... y no contestó.

A ese primer beso lo siguieron otros cuantos más, a cuál más caliente, mientras ella se dejaba caer con gusto y delirio sobre él y Daryl sentía cómo el interior de aquella mujer se abría para recibirlo.

Entregados al disfrute, se miraron a los ojos y ella jadeó excitada por el momento:

—Luces apagadas y puertas y ventanas cerradas, queremos intimidad. Luz interna encendida, queremos ser vistos. Ventana entreabierta, se puede mirar y tocar. Puerta del coche abierta, se puede participar.

Oír eso mientras lo miraba con sensualidad a Daryl lo excitó más aún.

El sexo siempre había sido una parte importante de su vida, y, sonriendo, preguntó:

—¿Y qué quieres tú esta noche?

Aquella morbosa pregunta hizo que Carol lo volviera a besar.

Aquel hombre, el hermano de su mejor amiga, la estaba volviendo loca, y, cuando el beso acabó, sin apartar la mirada de la suya, y dispuesta a disfrutar del momento a tope, murmuró:

—Seguramente lo mismo que tú.

Esa respuesta tan ambigua hizo que Daryl sonriera, pero no se movió. Por primera vez en su vida, no tomó la iniciativa de decidir lo que iba a ocurrir, pero entonces ella levantó la mano hacia la luz del techo y la encendió.

El vehículo se iluminó por dentro y Daryl, complacido con su decisión, murmuró mientras se hundía en ella:

—¿Quieres que nos vean follar?

Acalorada, Carol asintió. El morbo que le estaba ocasionando lo que hacían, las palabras y la mirada de Daryl la estaban volviendo loca.

—Sí. Lo quiero —afirmó.

Encantado porque ella hubiera tomado esa primera decisión, Daryl se mordió el labio inferior y la apretó contra sí, hundiéndola más en él.

¡El placer fue tremendo!

No tardaron en tener varios espectadores en el exterior del vehículo. Eran tres hombres y una mujer.

Totalmente desinhibidos, disfrutaban del placer que aquello les ofrecía, cuando Daryl, tras chuparle el cuello, preguntó en su oído:

—¿Te excita que nos miren?

Dirigiendo la mirada hacia aquellos que disfrutaban de lo que ellos hacían en el interior del vehículo, Carol asintió. Estaba caliente, muy caliente, y afirmó:

—Sí.

Satisfecho con su respuesta, él la agarró entonces de la cintura y, tras una serie de embestidas que a los dos los hicieron gritar de placer, paró y, mirándola, susurró:

—Tomémonoslo con calma. No hay prisa.

Carol asintió sin resuello y, cuando iba a bajar las ventanillas, Daryl la detuvo.

—¿Estás segura?

—¡Me muero de calor!

Él sonrió y musitó:

—Ventana abierta; ¿recuerdas su significado?

Carol afirmó y, pensando en lo que él decía, murmuró:

—¿Y si ponemos el aire acondicionado?

Daryl asintió, eso le gustaba más. Y, tras ponerlo, Carol, consciente de sus espectadores, exigió:

—Y ahora, ¡fóllame y hazme gritar de placer!

Su mirada...

Sus palabras...

Y el momento...

Fueron el detonante para que Daryl anclara de nuevo las manos en su cintura y, sin dudarlo, hiciera lo que le exigía. Aceleró sus movimientos mientras observaba cómo los extraños los miraban desde el exterior y lo disfrutaban.

Ver aquello, unido a las miradas y los jadeos de ella, era como poco morboso e inquietante. Si algo tenía claro era que no le apetecía que aquella gente le pusiera las manos encima a Carol. No, no quería. Y lo mejor era que ella tampoco lo deseaba.

Excitados por el momento, se hicieron con ganas el amor el uno al otro, y cuando Daryl le dio un azote en el trasero y ella, enloquecida, se corrió, él la siguió instantes después.

Cuando los movimientos y los temblores de ambos cesaron, Carol, encantada, se dejó caer sobre el cuerpo de aquél. Lo ocurrido había sido morboso. Fantástico. Pero, al regresar la cordura a ella, murmuró:

—Madre mía..., madre mía...

Oír eso y ver cómo escondía el rostro en su hombro desnudo hicieron que Daryl sonriera y, después de apagar la luz interior y que la gente se alejara, la besó en la cabeza y preguntó:

—Madre mía..., ¿qué?

Carol, sorprendida por lo que había hecho y por estar totalmente desnuda sobre él en aquel descampado, lo miró y repuso:

—¿Qué hemos hecho?

El desconcierto que vio en sus ojos le demostró lo confundida que estaba. E, intentando entenderla, respondió:

—Además de reventarme la camisa de Armani, hemos hecho lo que ambos hemos querido. Sexo.

Carol asintió; sin lugar a dudas había sido así.

—¿Te has sentido obligada por mí en algún momento? —preguntó él entonces.

—No. Claro que no.

Daryl asintió complacido y, consciente de que no quería que la noche acabara, musitó:

—Recuerdo lo que hemos hablado. Sé por qué no hemos cenado en tu casa. Sé que no esperábamos terminar en este descampado, pero también sé que, por muy cansado que esté, quiero disfrutar de una estupenda noche de sexo contigo en un lugar más cómodo para los dos. ¿Qué me dices?

Carol lo miró.

Aquello que le proponía era una auténtica locura, pero, deseosa como él, afirmó:

—Vistámonos y vayamos a mi casa.

Un beso..., dos..., y cuando la temperatura comenzó a subir, Daryl advirtió sonriendo:

—O paramos o...

—Sí —lo cortó ella—. Continuaremos en mi casa.

Y, con una sonrisa en los labios, ambos se vistieron a toda prisa. Cuando terminaron y salían ya de aquel descampado donde otros coches continuaban disfrutando de ese algo morboso y prohibido, Daryl comentó:

—No dejas de sorprenderme.

—¿Por qué?

La mirada que él le dirigió hizo que Carol se carcajeara.

—No soy tan recatada como crees.

—Desde luego. Mira lo que has hecho con mi camisa de Armani.

—Pobrecita, ¡qué pena me da! —se mofó ella.

—Pues debería darte pena —replicó Daryl.

Divertida, ella asintió al ver los botones totalmente reventados y, cuando iba a hablar, él añadió:

—Espero que no nos pare la policía o tendré que explicarles que llevo la camisa así por tu culpa.

Esta vez no hizo falta que ella le indicara el camino. Él sabía muy bien hacia dónde tenía que dirigirse. Al detenerse en un semáforo, Carol se fijó en unas manchas de sangre que había en el suelo y que desaparecían bajo uno de los coches aparcados.

—¡Para donde puedas! —exclamó de pronto.

—¿Qué ocurre?

—No lo sé —replicó ella—. Pero para.

Sin entender qué era lo que había podido ver, Daryl acercó el vehículo a la izquierda y, cuando paró, ella se quitó el cinturón, abrió la puerta y bajó con rapidez.

Cuando Daryl salió del vehículo intentando sujetarse la camisa, se quedó sorprendido al no verla.

Pero ¿dónde estaba?

Capítulo 16

Daryl se apresuró a rodear el coche y, al verla tirada en el suelo, con medio cuerpo bajo uno de los coches aparcados, preguntó alarmado:

—Pero ¿qué haces?

—Un segundo.

—¡Sal ahora mismo de ahí!

Carol reptó entonces hacia atrás y, sentándose en el suelo, dijo sacándose el móvil del bolsillo del pantalón:

—Hay un perro malherido.

—¡¿Qué?!

—No sé si le han dado un golpe con un coche o qué. Háblale un segundo con cariño y un tono de voz conciliador mientras llamo al refugio para avisar de que lo llevo.

Al observar que ella se levantaba y comenzaba a hablar por teléfono, con curiosidad, él se agachó para echar un vistazo y lo primero que vio fueron unos dientes largos y afilados que lo desafiaban. Rápidamente se levantó de un salto y, al mirar a Carol, vio que ella apoyaba la mano sobre el coche, donde dejó un rastro de sangre.

Alarmado, Daryl la miró y ella, al darse cuenta, indicó dirigiéndose a él:

—Lo siento. Luego te lo limpio, hombre..., es sangre del animalito.

Daryl maldijo al ver la carrocería de su impoluto coche manchada de sangre, pero entonces Carol insistió:

—Háblale con dulzura.

—Pero...

—Sólo tienes que hablarle con mimo para que se fíe de ti..., nada más...

No muy convencido, Daryl volvió a agacharse. Miró al perro, que lo observaba enseñándole los dientes. Tenía muy mal aspecto. Su hocico estaba lleno de sangre, y también el cuerpo.

—Tranquilo..., sólo queremos ayudarte —murmuró dispuesto a echar una mano.

Desconfiado, el animalito soltó de pronto un lamento, debían de dolerle las heridas, y, mientras Daryl decía lo primero que se le ocurría, su cuerpo tembló al sentir la mirada de aquel perro.

Era de tamaño mediano, tenía unos impactantes ojos marrones, y Daryl, convencido de que tendría que levantarse a toda prisa en cualquier momento porque querría morderle, insistió:

—Hola, amigo. Mi nombre es Daryl y no sé qué decirte, excepto que tus dientes afilados me asustan y no estoy aquí para hacerte daño...

Tuvo que parar. El perro comenzó a ladrar con énfasis y, contrariado, se levantó del suelo y se alejó sujetándose la reventada camisa.

Carol, que en ese instante colgaba su móvil, se acercó a él con una sonrisa y dijo mientras abría su mochila:

—Tranquilo. Te aseguro que él está más asustado que tú.

Daryl la miró e insistió:

—Ese perro es un peligro.

Sin mirarlo, ella seguía rebuscando en su mochila cuando algo cayó al suelo. Era un peluche naranja, y Daryl lo recogió.

—¿Y esto?

Al ver lo que tenía en las manos, Carol rápidamente se lo arrebató. El gesto no le pasó desapercibido al piloto, que preguntó:

—¿Por qué llevas un peluche en la mochila?

Ella se lo guardó. Si lo perdía, se moriría, e, ignorando su pregunta, respondió:

—Tranquilo, el perro no te morderá.

Al oír eso, él intentó ser discreto y no insistir.

En silencio, la vio rebuscar en su mochila. Finalmente sacó de ella unos guantes y una botellita de agua y, cada vez más sorprendido, Daryl preguntó:

—¿En serio también llevas eso?

—Por supuesto —dijo Carol, que sonrió por su gesto de sorpresa—. Y ahora, por favor, saca las sobras de comida del restaurante, las vamos a necesitar.

—¡¿«Vamos»?!

—Sí. Tú y yo. Voy a necesitar tu ayuda.

Daryl resopló. La cita que había imaginado con Carol no era ni mucho menos así y, dándose por vencido, sacó las sobras de la parte de atrás del coche y preguntó:

—¿Qué vas a hacer con esto?

Carol se sentó entonces en el suelo.

—Ganarme su confianza e intentar sacarlo de debajo del vehículo para ver cómo está.

—Pero ¿te has vuelto loca? ¿Has visto qué dientes tiene ese perro?

Ella asintió, claro que lo había visto. E, intentando tranquilizar a Daryl, que parecía más nervioso incluso que el animalillo, indicó:

—Primero: tranquilidad. Segundo: confianza. Tercero: ella nos necesita.

—¿«Ella»?

—Es una perrita —señaló Carol, y a continuación se centró en el animal y comenzó a hablar con él.

En un principio, Daryl la escuchaba desde donde estaba. Carol hablaba con su dulce voz y, aunque primero la perra ladraba con fuerza, con el paso del rato empezó a calmarse. Por ello, Carol fue dejando trocitos de pollo delante de ella para atraerla, y, hambrienta, ésta fue arrastrándose hasta la comida.

Una vez que la perra se asomó por debajo del coche, Daryl se asustó: estaba muy malherida. Sin duda necesitaba su ayuda y, olvidándose de la prudencia, se sentó junto a Carol.

Con paciencia y suaves palabras, consiguieron sacarla casi por completo de debajo del vehículo. Y Carol, viendo las heridas cubiertas de sangre en el cuerpo del animalillo, murmuró:

—Por Dios, ¿qué bestia ha podido hacerle esto?

Daryl asintió lleno de incredulidad e, incapaz de no tocar a la perra, que acercaba el hocico a él, murmuró mientras le daba pollo:

—Hola, bombón. Esto es para ti. Todo para ti.

Sin dudarlo, el animal se lo comió, y Carol musitó divertida:

—Le gustas. Sólo hay que ver que se ha acercado a ti.

Sorprendido, Daryl asintió. La perra cada vez estaba más cerca de él, y preguntó:

—Mientras no me muerda..., no vamos mal.

Se veía claramente que la habían golpeado con algún objeto punzante; entonces Carol le miró una de las patas delanteras.

—Creo que la tiene rota —señaló.

—¡Joder! —murmuró Daryl, a quien el corazón se le aceleraba por segundos, sobre todo al ver que la perra lo miraba con ojos tristes.

Tras unos segundos, Carol preguntó:

—¿Llevas una manta o algo en el coche?

Él se apresuró a asentir. Se levantó del suelo y, al hacerlo, la perrilla lloriqueó. Al oír ese gemido, Daryl la miró y Carol susurró:

—No quiere que te vayas.

Conmovido, él se agachó y, tocándole la cabeza al animalillo, afirmó:

—Tranquila, bombón. Vuelvo dentro de un segundo.

Y, abriendo la puerta trasera de su coche, sacó de una bolsa cerrada una preciosa manta de viaje de cachemira y preguntó:

—¿Vale esto?

Carol asintió. Pero entonces, al ver la carísima marca de aquélla, repuso:

—Sí, pero se va a manchar de sangre y de pelos.

—Eso da igual —afirmó él.

—Al final, vas a ser humano y todo —replicó Carol mirándolo.

Ambos sonrieron, y ella indicó:

—Tenemos que llevarla al refugio.

Daryl estuvo de acuerdo, pero cuando fue consciente de su comentario, preguntó:

—¿En mi coche?

El gesto de la joven cambió y él, al darse cuenta de lo que había dicho, se apresuró a añadir:

—Olvida lo que he dicho. Por supuesto que la vamos a llevar en mi coche.

Carol sonrió. Él iba a decir algo más cuando el teléfono de ésta comenzó a sonar. La joven se levantó del suelo al ver que llamaban del refugio y se alejó unos pasos para hablar.

Daryl, al ver a la perra con la lengua fuera tumbada de lado, cogió la botella de agua que Carol había sacado de su mochila y, mojándose las manos, se la acercó al hocico con tranquilidad y murmuró al verla temblar:

—Tranquila, bombón..., esto es agua. Sólo quiero mojarte el hocico..., ¿puedo?

La perra lo miró con sus tristes ojos marrones. Las fuerzas le fallaban por segundos, y Daryl, consciente de ello, le acercó la mano al hocico y se lo mojó.

Enseguida la perrilla se lo chupó y Daryl afirmó sonriendo:

—Muy bien, bombón..., muy bien.

Luego repitió la operación un par de veces más, hasta que al final, olvidando sus reticencias, se sentó de nuevo en el suelo, cerca del animal y, echándose agua en las manos, se las acercó al hocico y, sorprendentemente, la perra bebió, mientras él, con voz tranquila, como le había dicho Carol, le hablaba y aquélla comenzaba a mover el rabo.

La distancia entre Daryl y la perra cada vez era menor y cuando, minutos después, Carol regresó junto a ellos, se quedó boquiabierta al ver al animal con la cabeza encima de las piernas de Daryl, moviendo la colita con timidez. Eso la hizo sonreír y, al observar el gesto de satisfacción de aquél, comentó:

—No cabe duda de que la has seducido.

Complacido, pero sin saber en realidad qué hacer, Daryl asintió e indicó, viendo el penoso estado de sus pantalones y su camisa:

—Eso parece.

Carol sonrió, aquél no estaba acostumbrado a cosas así, y dijo:

—Olvida tus pintas. Estás ayudando a esta perrita. Quédate con eso.

Daryl suspiró. Camisa reventada, llena de sangre y de grasa. A eso se le sumaban los pantalones babeados, polvorientos y ensangrentados. Su pinta tenía que ser desastrosa no, ¡lo siguiente!, pero, ignorando todo aquello y con una bonita sonrisa, acarició con mimo la cabeza sucia de la perrilla y dijo:

—Sinceramente, mis pintas en este instante son lo de menos —y, mirando al animal, que estaba temblando pegado a su cuerpo, preguntó—: ¿Cómo puede tener la mirada tan triste?

Carol, que ya estaba acostumbrada, tocó con cariño la cabeza al animal y respondió, mirando las marcas de su cuello:

—Es la mirada del abandono.

—¡Joder!

—No hay mirada más triste que la de un perro abandonado.

Daryl asintió. Por su estilo de vida siempre perfecto, nunca se había fijado en aquello, y murmuró conmovido:

—A mí me está partiendo el corazón.

Carol asintió y, comprendiendo sus sentimientos, susurró:

—Lo sé... Te entiendo muy bien...

Se quedaron unos segundos en silencio, hasta que ella indicó:

—Habría que levantarse y meter a la perra en el coche. Si quieres, lo hago yo.

Daryl negó con la cabeza.

—Yo lo haré.

—¿Seguro?

El comandante la miró y afirmó:

—Del todo seguro.

Pero, cuando iba a levantarse, la perra se movió. No quería que él dejara de tocarle la cabeza y, con confianza, Daryl señaló:

—Tranquila, bombón. Aquí no te vas a quedar.

Con cuidado, se puso en cuclillas, extendió la manta en el suelo y, pasando los brazos por debajo del cuerpo herido de la perra, se dispuso a moverla, pero ésta se inquietó. Daryl volvió a hablarle, a tocarle la cabeza, y al segundo intento lo consiguió.

Rápidamente la tapó con la manta y, como si llevara un bebé en brazos, se metió en el coche y se sentó. Si él iba detrás con la perra, sin duda estaría más tranquila, por lo que dijo mirando a Carol:

—Creo que te toca conducir a ti.

Ella abrió mucho los ojos asombrada y preguntó:

—¿En serio voy a conducir tu Jaguar?

—En serio —constató él.

—Ay, Dios..., qué emoción.

—Vamos, monta y arranca.

Sin dudarlo, Carol se puso al volante, y sin tiempo que perder, condujo hasta el refugio, mientras Daryl, detrás con la perra, seguía tranquilizándola y ganándose su confianza.

Al llegar a Peckham, Carol, inquieta por el silencio que reinaba en el coche, miró por el espejo retrovisor y preguntó:

—¿Está bien?

Él asintió. Y, sin poder dejar de observar a la perra, que lo miraba temblando, afirmó:

—Te juro que mataría ahora mismo al animal que le ha hecho esto.

Carol no respondió. Comprendía perfectamente cómo se sentía.

—Dentro de cinco minutos llegamos —lo informó.

Capítulo 17

Minutos después, Daryl vio que entraban en una parcela en la que había un cartel que decía: REFUGIO RESCATE Y AMOR. Carol detuvo el vehículo y, tras apearse, abrió la puerta trasera y anunció:

—Ya hemos llegado.

Con cuidado, él bajó de su coche con la perra en brazos, y en ese momento aparecieron dos personas y le indicaron:

—Por aquí. Síguenos.

Sin tiempo que perder, Daryl, Carol y los otros dos pasaron a lo que ellos llamaban «sala de curas» y, tras dejar a la perra sobre una mesa, ésta lo miró y Daryl, incapaz de despegarse de aquellos ojos, susurró:

—Tranquila, bombón. Tranquila.

Warren y Melissa, los veterinarios del refugio, rápidamente se pusieron manos a la obra y, tras valorar a la perra, tuvieron que sedarla. Debían hacerle una radiografía. En ese momento, Carol asió la mano de Daryl y dijo para distraerlo:

—Ven. Ya que estás aquí, te enseñaré el lugar.

Él la siguió y Carol le mostró el espacio que tenían alquilado en aquella finca donde se dedicaban a recuperar a animales de la calle, a sanarlos y a buscarles un hogar.

Sorprendido por todo lo que ella le contaba, Daryl recorrió en su compañía las distintas estancias. Allí había perros grandes, medianos, pequeños, también gatos, y estaba mirándolos cuando ella señaló a un perro negro con la cara llena de canas blancas que se acercaba a ellos.

—Daryl, te presento a *Golet* —dijo—. Fue el primer gordo en llegar al refugio y nunca se ha marchado, por lo que es un poco de todos nosotros. Lo encontramos moribundo en la basura, y..., bueno, ¡aquí está, recibiendo nuestro amor!

Después de aquel animal comenzaron a llegar otros más. De pronto se vieron rodeados de perrillos, y Carol, tras saludarlos, le fue hablando de ellos. De sus historias. De sus nombres. Por ello, preguntó lleno de curiosidad mientras observaba las babas que llevaba en los pantalones:

—¿Cómo recuerdas todo eso?

Sonriendo por el cariño que aquellos animales siempre le habían proporcionado, la joven respondió:

—Porque son mis gordos y los quiero.

Se sintió sobrecogido por lo que ella le contaba, y por las terribles historias que había detrás de muchos de los animalillos que estaban por allí; un buen rato después, cuando regresaron a la sala de curas, Carol comentó, viendo que aquél se sacudía los pelos:

—En definitiva, somos un grupo de amantes de los animales que, en la medida de lo posible, nos dedicamos a cuidar y a mimar a los que son abandonados. Siempre andamos en busca de ayuda, de colaboradores, de patrocinadores. Por lo que, si te animas, tu ayuda personal o económica siempre será bien recibida.

—Cuenta con ello —afirmó Daryl.

—¡Genial! —repuso Carol, y añadió—: Por suerte, hoy en día la gente cada vez está más concienciada de adoptar a través de éste u otros refugios, y ni te imaginas lo felices que nos sentimos cuando alguno de nuestros gordos encuentra un hogar. Es una alegría que nos llena el corazón.

Daryl asintió. Nunca había pensado en la problemática del abandono de animales, y preguntó con curiosidad:

—Dijiste que tus perros salieron de aquí, ¿verdad?

Carol asintió.

—*Baby* llegó a mi vida en un momento particular. La encontramos desnutrida, moribunda y con el cuerpo lleno de sarna en un contenedor de basura. Había sido maltratada y abandonada y, cuando me miró, sentí una conexión especial. Yo acababa de perder a mi perra *Niza* y..., bueno, *Baby* se vino conmigo a casa. Ambas nos necesitábamos. Después llegó *Limón*. Lo encontraron unos compañeros en una cuneta asustado, desnutrido y malherido. Recuerdo que esa tarde yo estaba aquí y, cuando llegaron con él, aun sin fuerzas, se tiró a mis brazos en busca de refugio. Resultado: se vino también a casa. —Ambos rieron.

—Pues dicen que no hay dos sin tres, ¿no?

Carol sonrió y, suspirando, repuso:

—Por el momento, no. Aunque son de tamaño pequeño, no puedo ignorar que vivo en un apartamento bastante reducido y que viajo mucho por trabajo.

—Eso te iba a preguntar: ¿con quién los dejas cuando viajas?

—Con Muriel, una vecina que trabaja cuidando animalitos, aunque los míos se empeña en cuidarlos gratis. Es una mujer viuda que se muere de amor por mis gordos. De hecho, siempre está deseando que se los deje y, cada vez que me voy de viaje, la felicidad en su mirada me llega al corazón. Es más, hay veces que creo que la quieren a ella más que a mí. Ni te imaginas cómo los mima.

De nuevo sonrieron por aquello, y Carol, al ver las terribles pintas de él, indicó:

—Dame un segundo.

Daryl la siguió con la mirada, y ella, entrando detrás de un pequeño mostrador, cogió algo y luego salió de nuevo de él.

—Toma. Ve al baño, quítate esa ropa y ponte esto.

Sin dudarlo, él cogió lo que ella le tendía y Carol añadió:

—No es Armani ni Versace, pero creo que te quedará bien.

Divertido por su comentario, Daryl se encaminó al baño. Allí, se desnudó y, tras ponerse la camiseta y los pantalones de chándal que ella le había dado, se miró en el espejo y murmuró:

—Joder..., qué pintas.

Instantes después, cuando salió del baño, Carol dijo sonriendo:

—Chico..., pero si pareces hasta moderno vestido así.

Ambos rieron, y entonces ella, cogiendo una gorra, dijo mientras se la colocaba al revés:

—¡Falta esto!

Cuando Daryl vio cómo ella lo miraba, musitó:

—No quiero ni mirarme.

Pero Carol afirmó encantada:

—¡Estás monísimo! No pareces ni inglés. Hagámonos un selfi.

Y, antes de que él pudiera negarse, sacó su teléfono e hizo varias fotos.

—¡Qué chulas! —Rio al mirarlas.

Daryl se apresuró a echar un vistazo y, poniendo los ojos en blanco por verse con aquella gorra al revés, replicó quitándosela:

—Chulísimas.

—¡Te las paso! —indicó Carol enviándoselas por WhatsApp—. Eso sí, los zapatos te quedan horrorosos y no sé si sobrevivirán a esta noche.

—No quiero ni mirarlos —susurró Daryl, viéndolos sucios y llenos de arañazos de las pezuñas de los perros.

Ambos volvieron a reír y entonces ella, señalando la ropa, contó:

—La vendemos aquí. Es otra manera de sacar algo de dinero para nuestros gordos. Y creo que, por tu ayuda de esta noche, tanto ellos como yo te lo agradecemos y te la regalamos.

Daryl asintió conmovido y, al ver la cara sonriente de un perro en la camiseta con la frase SONRÍO GRACIAS A TI, repuso:

—Muchas gracias, de verdad.

A continuación se quedaron en silencio, hasta que Carol musitó:

—Siento que la noche haya acabado así.

Daryl negó con la cabeza.

—Yo lo siento por la perrilla. Lo nuestro puede retomarse en otro momento, ¿no crees?

Oír eso a Carol le gustó, pero no respondió. Y, viendo lo tarde que era, indicó:

—Deberías irte. Estabas agotado y tienes que descansar. Yo me quedaré aquí por si me necesitan para algo y regresaré cuando Melissa o Warren vuelvan a Londres.

Él asintió, pero, mirándola, repuso:

—Yo también me quedaré. Regresaremos juntos.

—Pero...

—Quiero saber qué le pasa a esa perrilla —la cortó.

Los dos se sentaron a esperar en silencio, y cuando, una hora después, Melissa apareció y se acomodó junto a ellos, comentó:

—No lleva chip, por lo que no se puede localizar a los dueños. Creemos que tendrá unos dos años y que ha sido madre varias veces. Por su nivel de desnutrición, apenas debían de darle de comer, y los cortes que tiene en el cuerpo y en el hocico parecen provocados por latigazos. La herida del cuello indica que llevaba un collar que la asfixiaba durante mucho tiempo, e imaginamos que el collar debió de romperse y pudo escapar.

—Joder... —murmuró Daryl sobrecogido.

—En cuanto a la radiografía, nos ha mostrado que tiene la pata delantera derecha rota y que no es reciente.

—Me estoy poniendo malo —musitó Daryl.

—En definitiva, ahora está sedada y tranquila para que no sienta dolor. Y hemos decidido que mañana, cuando venga Robert, que es especialista en ese tipo de operaciones, la valore y la opere.

—De acuerdo —dijo Carol.

—Idos a casa a descansar.

Carol asintió. Se fiaba al cien por cien de sus compañeros y, viendo la cara pálida y descompuesta de Daryl, afirmó intuyendo lo que pensaba:

—De acuerdo, Melissa. Nos vamos.

Una vez que aquélla se marchó, Daryl miró a Carol y ésta le preguntó:

—¿Qué pasa?

Él, conmovido por todo lo que había oído, dijo:

—¿Nos vamos ya? ¿Sin más?

Carol, que estaba acostumbrada a todo aquello, musitó comprendiéndolo:

—Ella está bien. Atendida. Y tú y yo no podemos hacer nada.

Daryl cabeceó. Estaba confundido. La mirada de aquella perrilla le había calado hondo y, pasándose una mano por el pelo, miró hacia el techo; entonces Carol preguntó:

—¿Quieres verla antes de que nos marchemos?

—La verdad, me gustaría.

Carol asintió, y lo oyó decir:

—Si cojo a quien le ha hecho eso, te juro que lo mato.

Ella suspiró.

—Sé cómo te sientes —dijo intentando tranquilizarlo—. Llevo desde niña, junto a mi familia, ayudando, cuidando y buscando un hogar a estos animalitos. Sé que ahora estás rabioso y furioso por pensar que hay personas tan crueles en el mundo, y te entiendo, porque si no te sintieras así, no tendrías ni sentimientos ni corazón. Pero si algo he aprendido con los años es que lo único que sirve de algo es echar una mano, no enfadarse ni encolerizarse. Está claro que lo que le ha ocurrido a esa perrilla es injusto. Es triste pensar que ha crecido sin amor, sin cariño, o que lo ha tenido y, después, unas personas egoístas la han olvidado sin tener en cuenta sus sentimientos. Pues bien, ahí es donde aparecemos nosotros. Los refugios como éste estamos para ayudarlos y enseñarles de nuevo a estos gordos que el amor que dan lo pueden volver a recibir multiplicado por mil.

—¿Y cómo lo sabes? ¿Cómo sabes que los van a cuidar y a querer como se merecen? ¿Cómo sabes que no los van a volver a maltratar? ¿Cómo...?

Carol, cogiendo de nuevo su mano, lo acompañó a una habitación y, encendiendo una luz, señaló una pared.

—Estas fotos son de algunas de las familias adoptantes —dijo—. Personas que vinieron aquí en busca de ese perro o ese gato especial para que formara parte de su familia.

Daryl miró las imágenes, y Carol prosiguió:

—Los adoptantes, y me incluyo entre ellos, buscamos a quién dar amor. Necesitamos querer y ser queridos, sobre todo cuando sabemos que nos lo van a devolver multiplicado por mil, a pesar de que nos llenen la casa de pelos... —Ambos rieron—. Hay quien se enamora de la mirada de un cachorro y otros de la mirada de un perro adulto. Cuando ocurre, ese momento ¡es mágico! Uf..., me emociono al pensarlo. —Sonrió conmovida—. Es reconfortante ver cómo un gordito se va a su casa y saber que, a través de nosotros, ha encontrado una familia y un hogar.

La cara de Daryl cambió mientras observaba aquellas fotos. En ellas, todo el mundo sonreía. Fotos de Navidades, de veranos en la playa, de momentos en el sofá. Aquellos gordos, como los llamaba Carol, de todos los tamaños y colores, parecían sonreír en las imágenes. Sin duda, habían encontrado en aquellas familias el cariño que tanto ansiaban, y, emocionado, comentó:

—Parecen felices.

—Y lo son —aseguró ella—. Tanto como nosotros cuando vemos estas fotos.

Consciente de la infinidad de cosas que en ese instante pasaban por la cabeza de Daryl, y de sus ojos húmedos, Carol indicó:

—Y ahora, mi querido comandante guaperas, te voy a dar un abrazo porque sé que lo necesitas. Me lo dice tu mirada.

Sin dudarlo, aquel hombretón grande se dejó abrazar. No era fácil enfrentarse a aquello a lo que él se estaba enfrentando aquella noche, y, divertida al recordar algo que Lola le había comentado, musitó:

—Prometo no decir nada..., *llorica*.

Al oír eso, Daryl la miró sonriendo. Sus hermanas solían decirle aquello, y, cuando iba a preguntar, ella afirmó:

—Ya te dije que Lola y yo nos lo contamos todo.

Él asintió y, volviendo a abrazarla, murmuró:

—Gracias por el abrazo. Lo necesitaba.

—De nada..., llorica.

—No te pases —pidió él riendo.

Consciente de la emoción que él sentía por lo que habían vivido aquella noche, Carol alargó unos minutos el abrazo. Y, cuando él por fin se separó de ella, su rostro, sus ojos y su sonrisa ya eran diferentes, y, sonriendo, lo animó:

—Venga, vayamos a ver a la gordita.

Daryl afirmó con la cabeza. No quería marcharse de allí sin ver que la perrilla estaba bien.

De la mano, cruzaron un pasillo mal iluminado hasta llegar a una sala donde había varias jaulas. En el interior de ellas, los animales estaban sedados y medicados.

—Aquí es donde tenemos a los que necesitan cuidados especiales —comentó Carol.

Daryl asintió y, al ver en una de ellas a la perra que ellos habían llevado esa noche, sedada, con un suero en una de las patas y tapada con una manta, se le acercó. Carol se apresuró a abrir la jaula y Daryl, tocándole con cariño la cabeza al animal, murmuró:

—Hola, bombón.

Al oír eso que había oído ya varias veces esa noche, Carol sonrió y, cogiendo un papel y un boli, escribió algo en él. Luego lo colgó en la jaula y dijo dirigiéndose a Daryl:

—*Bombón*, ¡precioso nombre!

Daryl miró el papel.

—¿La vais a llamar así?

Carol asintió.

—Por supuesto. Tú lo has elegido.

Conmovido por los sentimientos que le estaba despertando todo aquello, tras pasar unos minutos con la perra, finalmente decidieron marcharse.

Salieron del refugio en silencio y, al llegar al coche, Carol reparó en el desorden del interior y en lo sucio que estaba todo.

—Mañana lo llevaré a limpiar —se apresuró a decir Daryl—. Lo importante es que ella se mejore. El coche es algo material.

La joven sonrió y, mirándolo, sacó su móvil.

—Por favor..., ¿podrías volver a repetirlo? —susurró—. Esto merece que lo grabe y lo suba a la red.

Ambos rieron y luego montaron en el coche. Eran las cinco y veinte de la madrugada y tenían que regresar a Londres.

Capítulo 18

En el camino de vuelta, como siempre, charlaron de infinidad de cosas. La comunicación entre ellos siempre era fluida, distendida, y cuando llegaron ante la puerta de la joven, ésta sonrió mirándolo. Estaba claro que esa noche había sucedido algo especial entre ellos, y, tras retirarse el pelo del rostro, iba a hablar cuando él se le adelantó:

—Menudas buenas vacaciones que te has preparado: Málaga, Tenerife y Venecia.

Carol sonrió. Visto desde fuera, parecía idílico, y afirmó:

—Pues sí. De eso se trata, de tener unas buenas vacaciones.

Ambos rieron por aquello y se miraron.

—Sabes que pienso que no deberíamos continuar con esto, ¿verdad? —añadió ella.

—¿Por mi hermana? —preguntó él.

—Por tu hermana, por el trabajo, por ti, por mí... —repuso Carol—, por tantas cosas...

Daryl asintió. Ella tenía su parte de razón. Pero, incapaz de ignorar algo que bullía en su interior, replicó mirándola:

—Mira, Carol, yo no soy de los que hacen promesas...

—Uiss..., ni yo.

—Nunca me he casado, ni creo que lo haga...

—Qué interesante, ¡ya somos dos!

—Tampoco he tenido perro y...

—Yo sí..., mira, ¡en eso te gano!

Sentir el buen humor constante de ella lo hizo sonreír y, mirándola, pidió:

—¿Podrías callarte para que yo pueda hablar?

Con gracia, ella hizo un movimiento con la mano como si se cosiera la boca, y él continuó:

—Por último, he de decirte que habitualmente una mujer deja de interesarme después de la segunda cita, pero... —y, tapándole la boca con un dedo porque ella iba a hablar de nuevo, finalizó—, pero tú me atraes. Reconozco que eres increíble.

Oír eso a Carol la hizo sonreír y, cuando se vio liberada de su dedo, indicó cuchicheando con un gesto gracioso:

—Vale. Lo admito, ser increíble forma parte de mi superpoder...

Divertido al oírla, Daryl soltó una carcajada y finalmente, paseando los dedos por el rostro de aquélla, afirmó:

—Pues que sepas que me encanta tu superpoder, y cada instante que paso contigo me gusta más y más, porque, como dice esta camiseta, «sonrío gracias a ti».

A Carol le gustó oír eso. A ella le ocurría lo mismo, y exclamó:

—¡Viva mi superpoder!

Sus miradas conectaron...

Sus corazones se aceleraron...

Y entonces ella, sin apartarse, cuchicheó:

—No te voy a adoptar. Con dos gordos ya tengo bastante.

Aquello le hizo gracia. Aquella mujer tenía salidas para todo, y respondió:

—¿Ni siquiera un ratito?

Divertida, Carol lo besó en los labios e indicó:

—Mi sexto sentido de mujer me dice que a ti no te faltan adoptantes.

—A ti seguro que tampoco.

Saber que no se creía más que ella a pesar de ser un tipo imponente le hizo gracia, y señaló:

—A eso no te voy a contestar.

Un beso...

Dos...

Una caricia...

Dos...

Instantes después, un coche a pocos metros de ellos se iba y, al ver el sitio libre, Carol preguntó:

—¿Quieres aparcar y subir?

Sin dudarlo, Daryl asintió.

¿Por qué no?

Entre risas y besos llegaron hasta el apartamento de Carol, donde, al entrar, sus dos perros acudieron a la puerta a recibirlos y ella, divertida al ver cómo atosigaban a Daryl, señaló:

—Ellos son *Baby* y *Limón*.

Él los miró. Ninguno era lo que podía decirse un perro bonito, y, sintiéndose ridículo, saludó:

—Hola.

Los animales, encantados por el regreso de su ama, no paraban de dar saltos, y, algo desconcertada por ver a Daryl en su casa, Carol dijo de pronto:

—Gordos..., vamos.

Entonces él, al comprobar que ella cogía dos correas de detrás de la puerta, preguntó:

—¿Adónde vas?

Sin tiempo que perder, la joven le guiñó un ojo e indicó:

—Voy a sacarlos un instante a la calle.

—¡¿Ahora?!

Carol asintió.

—Estoy convencida de que necesitan salir. Tú espéranos aquí. Ahí tienes la cocina. Si quieres comer o beber algo, ¡barra libre! ¡No tardaremos!

Instantes después, desapareció de la casa y Daryl miró a su alrededor desconcertado.

Era un piso curioso y, cómo no, ¡lleno de color, vida y desorden!

Era pequeño, demasiado para él, y con curiosidad miró las fotos familiares que colgaban de una pared.

Estaba claro que la señora que aparecía en una de ellas era la madre de Carol. No podían parecerse más. En otras fotos vio a más personas, que imaginó que eran su familia, y sonrió al verla junto a cantantes famosos. Sin duda eran fotos de sus giras, y en todas ellas Carol salía sonriendo.

¡Qué bonita sonrisa tenía!

Se fijó en los libros, las películas y los CD que había dispuestos sobre una librería. La mitad de los nombres de los CD no los conocía, y dejó de mirarlos.

Sediento, buscó la cocina, que estaba en el lateral izquierdo del apartamento, y, cogiendo un vaso que había sobre la pequeña encimera, lo llenó de agua y bebió. Los ojos le picaban. Su nivel de agotamiento le estaba gritando que debía descansar y, al ver una cama grande al fondo, tras dejar el vaso, se encaminó hacia ella.

Con gusto, se sentó sobre el colchón. Era cómodo, y decidió esperarla sentado allí. Pero Carol no regresaba y, pasados unos minutos, se tumbó.

Acto seguido, se sacó el móvil del bolsillo del pantalón y lo miró. Eran las seis y doce de la mañana y, para no dormirse, miró su WhatsApp. Tenía algunos mensajes de su amigo Can. Tras leerlos, cerró los ojos un segundo. Sólo serían unos instantes hasta que llegara Carol.

* * *

Por su parte, ella, mientras sus perros hacían sus cositas en la calle, estaba atacada.

Pero ¿cómo le había pedido que subiera a su apartamento?

¿A qué estaba jugando con el hermano de Lola?

Miró hacia su casa. Por la ventana se veía la luz encendida, y maldijo.

Pero ¿cómo era tan tonta?

Dio un par de vueltas más por el parque de enfrente de su casa y, cuando le pareció que estaba tardando en regresar más de lo que en un principio había pensado, decidió volver. Daryl la estaba esperando.

Por ello, una vez que recogió con ayuda de unas bolsas las caquitas de sus perros y las tiró a una papelera, se dirigió hacia su casa.

Al entrar y sentir una extraña quietud, Carol soltó a sus perros.

¿Daryl se había marchado?

A toda prisa se asomó a la ventana y comprobó que su coche seguía aparcado allí, por lo que, al ver a sus perros sentados mirando hacia la cama, se acercó y no pudo evitar sonreír.

Sobre ella estaba Daryl, el *comandante*, profundamente dormido con el móvil sobre el estómago. Sin duda, y como decía él, estaba agotado.

Divertida, se acercó a él. Había tardado más de lo que su agotamiento le había permitido aguantar y, suspirando, murmuró mientras cogía su móvil para dejarlo sobre la mesilla:

—Estaba claro que entre tú y yo no tenía que pasar nada más esta noche.

De nuevo sonrió y, dando media vuelta, se dirigió hacia el baño. Allí, tras cambiarse de ropa y ponerse una camiseta de tirantes y un pantalón corto, se recogió el pelo en una coleta alta y, regresando a la cama, se tumbó en el lado contrario al que estaba Daryl y, mirándolo, susurró:

—Qué desperdicio tan grande...

Y, sin más, cerró los ojos y se durmió antes de lo que imaginaba.

Capítulo 19

El sonido de pisadas rápidas y fuertes, junto al olor de café recién hecho, lo despertó.

Daryl abrió los ojos y, durante una fracción de segundo, se preguntó: «¿Dónde estoy?».

Sin embargo, una vez que se incorporó, al ver a los dos perros durmiendo con él sobre la cama, se apresuró a echarlos y, retirando algunos pelos que habían dejado sobre las sábanas, maldijo.

¿En serio se había quedado dormido con aquellos perros?

Rápidamente cogió su iPhone y miró la hora: las 11.35. Asombrado por haberse quedado dormido, se retiró el pelo del rostro y entonces oyó:

—Buenos días, Bello Durmiente.

Él no respondió.

Al otro lado de la habitación, vestida con una camiseta blanca, unas mallas negras y una coleta a modo de fuente en el centro de la cabeza, Carol parecía hacer deporte con unos cascos en las orejas. Sin duda escuchaba música, y, quitándoselos, indicó:

—Tienes tres opciones: ducharte, desayunar o marcharte. Si eliges la primera, en el baño que está a tu derecha tienes la ducha, toallas limpias y un cepillo de dientes sin usar, todito para ti. Si eliges la segunda, en la cocina hay café recién hecho, galletas o magdalenas. Y si eliges la tercera, ¡adiós!

Boquiabierto por aquella parrafada, cuando él recién levantado era incapaz de decir una sola frase, Daryl la miró. Las mujeres con las que solía despertar eran un cúmulo de finura y belleza. Cuando abría los ojos, estaban perfectamente peinadas y con sugerente ropa sexy, no como aquélla. Se levantó y pronunció un escueto:

—Buenos días.

Ver su rostro adormilado y su gesto serio a Carol la hizo sonreír.

Quienes la conocían sabían que ella se levantaba llena de energía, y, tirando del cable, desenchufó los cascos del equipo y la música comenzó a atronar por los altavoces.

Daryl arrugó el entrecejo.

—¡Joder! —exclamó contrariado.

Ella, divertida, lo increpó:

—¡Qué buen despertar tienes..., amigo!

Daryl la miró. Los despertares no eran lo suyo, era cierto, y, mirándola, preguntó:

—¿Qué narices suena?

—Música —y, al ver su gesto ceñudo, añadió—: Se llama *Con altura*.

—¡¿Qué?! —soltó él con gesto hosco.

—¿No conoces a Rosalía y a J. Balvin?

Él la miró como el que mira a un camello en bikini, y la joven indicó:

—Pues, ¿sabes?, curiosamente, en el videoclip él hace de *piloto*... Y está rodado como si se desarrollara en el interior de un avión. Te lo tengo que enseñar. Luego lo busco en YouTube, ¡es curioso!

—¡Qué ilusión! —gruñó Daryl.

Oírlo la hizo resoplar y, mofándose, cuchicheó:

—Tiquismiquis hasta para levantarse... ¡Joder con el *piloto*!

Daryl se disponía a protestar, pero, al ver que ella sonreía, decidió callarse.

Si algo apreciaba era su rato de soledad y tranquilidad recién levantado, y al final dijo:

—Iré a ducharme.

—Primera puerta a la derecha. Hay toallas, gel, champú, acondicionador para el pelo, cremitas... ¡Todo lo que necesites! Ah, y en cuanto al grifo de la ducha, dale tiempo, el agua caliente tarda un poquito en salir.

Daryl asintió y, dando media vuelta, se dirigió al baño. Al ir a cerrar la puerta, miró en dirección a Carol y, al verla bailar como si no hubiera un mañana, preguntó:

—¿Qué haces?

Ella lo miró.

—Preparando la *masterclass* de esta tarde.

Daryl asintió al recordarlo.

—Ahí es donde verás a mi hermana Lola, ¿no?

—Sí. Y a tu cuñado Dennis —matizó.

Cuando se disponía a cerrar la puerta del baño, recordó algo y preguntó:

—¿Sabes algo de la perra?

—¿De *Bombón*? —Él afirmó y Carol explicó con una sonrisa—: La van a operar durante la mañana, pero, tranquilo, ha pasado bien la noche y está en buenas manos.

Daryl asintió y no preguntó más.

Al cerrar la puerta vio que el lugar era minúsculo y, sorprendido, murmuró:

—¡¿Esto es un baño?!

Una vez que se hubo quitado el pantalón de chándal y la camiseta que ella le había dado del refugio de animales, maldijo. No tenía ropa limpia para ponerse, pero, decidido a lavarse, se metió en la estrecha ducha.

Como bien le había dicho ella, el agua caliente tardó en salir. Eso le dio tiempo a mirar los botecitos que Carol tenía desperdigados a un lado de la ducha. Sin duda eran los botecitos que encontrabas en los hoteles cuando viajabas. Vaya..., ella era de las que se los llevaban.

Tras dejar que el agua resbalara por su piel, se destensó. La ducha mañanera siempre le venía bien, y cuando, instantes después, salió del baño y miró a su alrededor, tuvo que reír al ver las toallas rosa.

Tras coger una de aquéllas y comenzar a secarse, echó un vistazo a su ropa. En otras circunstancias, jamás se habría puesto aquello. Así pues, enrollándose la toalla rosa alrededor de la cintura, se lavó los dientes con el cepillo que ella había dejado para él y, en cuanto acabó, abrió la puerta del baño y preguntó levantando la voz para ser oído a pesar de la música:

—¿No tendrás algo de ropa para dejarme?

Carol dejó entonces de bailar y, mirándolo, se atragantó. Aquel tipo era un bonito paseo hacia la perdición y, suspirando, respondió:

—Todo depende de lo que quieras que te deje.

Daryl no respondió y ella, sonriendo, cogió una botellita de agua y, tras darle un trago, comentó:

—Pero qué bien te queda el rosa...

Ver su pícara sonrisa finalmente lo hizo sonreír.

—Creo que me voy a desmayar... —exclamó Carol—, ¡estás sonriendo!

Consciente de sus palabras y de su gesto, él caminó hacia ella y, pasando una mano alrededor de su cintura, sugirió:

—¿Qué tal si te das una ducha?

Carol estaba sudada.

Cuando se levantaba, después de tomarse su café, siempre hacía deporte y, dejándose llevar por el momento, puso las manos alrededor del cuello de él y preguntó:

—¿Es eso una indirecta? ¿Acaso huelo mal?

Daryl volvió a sonreír, y ella, tan deseosa como él de esa ducha, añadió:

—Vale..., pero antes dame un beso de buenos días. Me lo merezco por dejarme colgada anoche y haber tenido que aguantar tus ronquidos.

—Yo no ronco...

Carol sonrió y, con picardía, cuchicheó:

—Te he grabado..., ¿quieres oírte?

Sin dar crédito, él iba a soltarla cuando ella matizó divertida:

—Es broma, hombre..., es broma.

Complacido y hechizado por su buen humor, él sonrió.

Acercó sus labios a aquellos que tan tentadores le parecían y, cuando ella separó los suyos, la besó sin dudarlo. Introdujo su lengua en aquella cálida y sugerente boca y, tras recorrer cada milímetro de ella, cuando acabó, musitó sin soltarla:

—Si me pides otro beso, te llevaré a la cama.

Carol suspiró. ¡Qué buen plan!

Pero, deseosa de quitarse el sudor de encima, dijo separándose de él:

—Dame cinco minutos. Tómate un café, ¿vale?

—¿Qué tal si te acompaño a la ducha?

Al oírlo, ella soltó una carcajada.

—¿Tú has visto lo pequeño que es mi cuarto de baño?

Daryl asintió. Ella tenía razón. Aquel baño nada tenía que ver con el suyo, y dijo:

—No tardes.

A toda mecha, Carol se metió en el baño.

Se quitó la camiseta y las mallas que llevaba y se duchó a toda prisa mientras el corazón le latía con fuerza a la espera de lo que iba a ocurrir.

Excitado por aquella mujer, Daryl se acercó al equipo de música y, tras bajar el volumen, se acercó a la cama. Cuando iba a sentarse, sonó el timbre de la puerta y oyó a Carol gritar desde el baño:

—¡Abre tú, por favor! Será Muriel.

Sin dudarlo, se encaminó hacia la puerta sin pensar que sólo llevaba una toalla rosa alrededor de las caderas. Al abrir, se encontró con una señora de unos setenta años que, mirándolo, susurró:

—Madre mía..., siempre he pensado que este apartamento tenía mejores vistas que el mío...

Ese comentario los hizo reír a ambos, y la mujer, retirándose con coquetería el pelo del rostro, preguntó:

—¿Está Carol visible?

Acto seguido, los perretes salieron a recibir a Muriel y se volvieron locos de alegría, por lo que Daryl, intuyendo que era la mujer que los cuidaba cuando Carol estaba de viaje, indicó:

—Está en la ducha.

Ella sonrió y, con picardía, se presentó tendiéndole la mano.

—Soy Muriel, la vecina de Carol. Venía a llevarme a los gorditos como todas las mañanas.

Sin saber qué responder, él cogió su mano.

—Encantado, Muriel, soy Daryl. Daryl Simmons.

La mujer asintió y, mirando a los perros, que estaban sentados junto a ella, preguntó:

—¿Nos vamos a dar nuestro paseíto?

Los animales comenzaron a saltar y a ladrar, y Daryl, al ver aquello, comentó:

—Creo que les apetece mucho.

Ambos sonrieron por aquello, y la mujer indicó:

—Si me das las correas que están colgadas detrás de la puerta, me los llevaré. Pasadlo bien, y dile a Carol que, cuando regrese esta tarde, pase por casa a recogerlos porque he preparado salmón en salsa y le gusta mucho, ¿de acuerdo?

Daryl asintió. Al coger las correas vio que la mochila de aquélla estaba abierta en el perchero y pudo distinguir en su interior el peluche naranja que había visto la noche anterior. Sin embargo, ignorándolo, ayudó a la mujer a enganchar a los perros, y, cuando aquélla se marchó, se acercó a la puerta del baño, que continuaba cerrada, y dijo levantando la voz:

—Era tu vecina. Se ha llevado a los perros.

—¡Estupendo! —respondió Carol al oírlo.

Después de oírla decir eso, sin saber por qué, Daryl se dirigió de nuevo al recibidor. Allí, miró la mochila abierta y, sacando el peluche, lo observó. Era un conejito pequeño de color naranja. Se veía viejo, usado, y entonces vio que en él estaba escrito el nombre de Jane.

¿Quién era Jane?

Molesto por su curiosidad, rápidamente dejó el peluche donde estaba. Él no era nadie para andar cotilleando.

En el interior del pequeño baño, Carol observaba la ropa de Daryl. Si pensaba lo que estaba haciendo sabía que la iba a cagar, por lo que, haciendo caso omiso, se enrolló con otra toalla rosa y abrió la puerta del baño.

Ambos se miraron mientras la música seguía sonando, eso sí, más baja ahora, y Daryl comentó:

—Tu vecina tiene razón. Qué buenas vistas tiene tu apartamento...

Capítulo 20

Con el pulso acelerado, Carol salió del baño y, nerviosa por la mirada que Daryl le dirigía, soltó:

—Oye..., tu ropa la recoges tú. Yo no soy la criada de nadie.

Él la miró boquiabierto. Y, abochornado por haber dejado su ropa en el baño cuando él era el hombre más pulcro y ordenado del mundo, sin dudarlo entró, la recogió y, tras dejarla bien puesta sobre una silla, respondió:

—Solucionado.

La joven asintió y, cambiando el tono de voz, preguntó:

—¿Has desayunado algo?

Él negó con la cabeza, y ella comentó:

—Tú no sé, pero yo necesito un café.

Sin dejarlo responder, la joven, vestida sólo con la toalla rosa, se acercó a su pequeña cocina americana y, tras preparar dos cafés, dijo antes de echar la leche:

—¿Fría o caliente?

—Caliente.

Ella asintió y, tras calentar un poquito en el microondas, se lo echó a él y luego indicó mirándolo:

—Ven y tómatelo. Lo agradecerás.

Sonriendo, Daryl se acercó y, tras echarse dos cucharaditas de azúcar en su café con leche, al ver que ella daba un trago mientras lo miraba, le preguntó:

—¿Estás nerviosa?

Sin dudarlo, la joven asintió y, cuando dejó de beber, contestó:

—Sí. Y no sé por qué. No eres el primer hombre con el que me acuesto, ni serás él último.

Eso hizo sonreír a Daryl, y ella añadió:

—Voy a ser sincera, ¿vale?

—Vale.

—A ver, sé que esto es lo que es. Un polvete loco y desenfrenado. Pero me inquieta pensar que quizá lo que podamos hacer te aburra o te resulte soso, cuando yo no me considero ni sosa ni aburrida.

Sorprendido por su franqueza, él parpadeó. La manera que tenía aquella joven de comunicarse con él era increíble, y, dejando la taza sobre la mesa, se acercó a ella y murmuró:

—Tú no eres sosa ni aburrida, y menos aún un polvete loco y desenfrenado.

—Bueno. Pero...

—Ahora voy a ser sincero yo —la cortó—. El sexo es un juego, un juego divertido al que se puede jugar de muchas y muy variadas maneras. Por tanto, no digas que esto puede ser aburrido, porque hasta el momento, y sólo con tu compañía, yo lo estoy pasando muy bien.

Encantada al oír eso, la joven murmuró:

—Vale...

Un beso...

Dos...

El calentón entre ellos aumentaba por segundos, y Daryl preguntó mirándola:

—¿Ese «vale» significa...?

Divertida al oírlo, Carol no lo dejó terminar y, besándolo de nuevo hasta ponerlo duro como una piedra, una vez que despegó sus labios de los de él, dijo:

—¿Has practicado sexo tántrico?

Él sonrió.

—No —y soltó—: Una vez conocí a una chilena, Claudia, y después a una francesa, Clarice, que lo comentaron, pero no, yo nunca lo he hecho.

Ambos rieron, y él preguntó a continuación:

—¿Y tú?

Carol negó con la cabeza y, recordando algo, indicó:

—Yamir, un chico hindú que conocí, me lo propuso y acepté. Pero, nada, imposible. Me falta técnica, porque en ese tipo de sexo tienes que estar relajado y con la mente abierta para coordinar las respiraciones y un sinfín de cosas más. Resultado: de todo menos sexo tántrico.

—Vaya..., cuánto lo siento —susurró él paseando la boca por su cuello.

Complacida, Carol dejó que él se lo besara, se lo chupara, y murmuró:

—Pero inventamos otra cosa, otro juego, del que luego he disfrutado más veces...

—¿Y qué cosa o juego inventasteis ese Yamir y tú?

Divertida porque se lo preguntara, Carol soltó:

—El *sextanmu*.

—¿Y eso qué es?

Riendo por el modo en que él la miraba, aclaró:

—Sexo tántrico musical.

Sorprendido por aquello que no había oído en la vida, dijo:

—¿Y puedo saber en qué consiste?

—Digamos que es el autocontrol para acabar en puro descontrol.

Sin entenderla, Daryl asintió, y entonces ella propuso:

—¿Quieres que juguemos?

—Depende...

—¿Depende de qué?

—Primero quiero saber de qué va —insistió Daryl.

Divertida por aquello, ella negó con la cabeza y preguntó:

—¿No te fías de mí?

Sonriendo, él asintió e indicó:

—Me fío. Claro que me fío. Pero...

—Pero nada —lo cortó y, segura de lo que iba a decir, agregó—: Te aseguro que, si sigues mis instrucciones, sin tocarnos, lo vas a disfrutar.

—¿Sin tocarnos?

De buen humor, ella asintió y bajó la voz para decir:

—Fíate de mí.

Finalmente, aunque no muy convencido, Daryl accedió, y a continuación ella anunció:

—Primero voy a poner música sensual. ¿Alguna sugerencia?

Él negó con la cabeza.

—La especialista en música eres tú.

Carol, tras quitar entonces la música que sonaba, buscó entre su música mientras explicaba:

—Para lo que vamos a hacer, ha de ser una música especial. Con Charles lo hice con una canción de Roxette y..., uf..., reconozco que fue genial. Con Patrick utilicé a Barry White, su música y su sinuosa voz también son buenas para este juego. Ah..., y, ahora que recuerdo, con otra canción que lo pasé genial fue con ésta. Escúchala. Quizá te suene.

Instantes después, comenzó a sonar la voz de Michael Bublé cantando *Me and Mrs. Jones*, y Carol, cerrando los ojos, murmuró:

—Jean-Pierre... Uf, qué recuerdos...

Daryl la miró. Oír los nombres de los tíos con los que había tenido sexo de pronto lo incomodó, e, incapaz de seguir escuchando, dijo:

—¿Puedo pedirte algo?

Ella abrió los ojos, lo miró, y él, sin saber muy bien por qué, soltó:

—Pon música que nunca hayas escuchado con nadie y que sea especial para ti.

Su petición sorprendió a Carol, que preguntó:

—¿Por qué?

—Porque, independientemente de lo que pase entre tú y yo —dijo él con sinceridad—, este momento y este juego quiero que sean sólo nuestros y de nadie más.

Carol asintió acalorada.

—De acuerdo.

Con mano temblorosa, la joven seleccionó varias canciones que le gustaban en una *playlist* de su móvil y luego indicó:

—Ahora debemos ir a la cama.

—¡Estupendo! —exclamó él riendo.

—Cada uno por un lado.

Complacido, Daryl hizo lo que ella le pedía, y, una vez que estuvieron uno frente al otro a ambos lados de la cama, ella dijo abriendo un cajón de la mesilla:

—Esto lo dejaré aquí porque lo vamos a necesitar.

Al levantar la vista, él vio varios preservativos y Carol, al ver cómo los miraba, añadió divertida:

—Me los dieron en una firma de libros a la que fui.

—Pero ¿qué clase de libros lees tú? —quiso saber él sonriendo.

Ambos rieron por aquello, y ella dijo:

—Ahora debemos quitarnos las toallas y sentarnos en la cama.

—Hay pelos de perro —protestó él.

Carol repuso con guasa:

—¡No! ¿En serio?

—Tus perros no deberían subirse a la cama.

—Pues díselo a ellos, no a mí —se mofó ella.

Sin entenderla, Daryl la miró y ella, divertida, insistió:

—Vale. No deberían, pero se suben y a mí no me importa. Es más, me encanta ver la tele cenando con ellos al lado.

—¿Cenas en la cama?

—Pues sí. Te acabo de decir que me encanta.

Horrorizado por ello, Daryl resopló. Aquella mujer se permitía cosas que él, por su estilo de vida, nunca se había planteado; entonces la oyó decir:

—Venga..., desnudémonos y prosigamos.

Cuando las dos toallas rosa quedaron a sus pies, ella, animándolo, indicó:

—Ahora siéntate en la cama con las piernas estiradas y, por favor, ¡olvídate de los pelos!

Una vez que él se colocó como le pedía, ella se sentó sobre sus piernas. Entonces él vio un tatuaje que tenía en las costillas y leyó con curiosidad.

—¿«Prohibido prohibir»? ¿Y esto?

Carol sonrió. Aquellas palabras siempre llamaban la atención, y, mirándolo, replicó:

—Fácil..., ¡prohibido prohibir! Es un lema que mi madre nos ha inculcado desde siempre.

Daryl sonrió.

—Creo que me gusta tu madre.

Entonces él, llevando su boca hasta el tatuaje, lo besó y ella rio. Después la desplazó hasta el tatuaje del hombro, lo besó también y Carol volvió a reír.

—Ahora quiero besar el tercero.

Encantada con aquello, la joven se retiró el pelo de la nuca y, enseñándole aquel tribal que llevaba tatuado al inicio de la espalda, susurró:

—Todo tuyo.

Sin dudarlo, Daryl lo besó también. Nunca le habían gustado los tatuajes, al contrario, más bien lo horripilaban. Pero, sin saber por qué, los de ella los encontraba bonitos y encantadores y, tras besarlo, musitó:

—Me vuelves loco.

Complacida y excitada, tras soltarse su larga melena, Carol se acomodó sobre él. Sentir el calor de su cuerpo y su increíble erección la hicieron tragar el nudo de deseo que sentía y, mirándolo a escasos treinta centímetros, le quitó la mano de su cintura.

—Ahora no me puedes tocar —dijo.

—¿Por qué?

—Porque el juego es así.

—Creo que no me gusta este juego.

Carol soltó una carcajada y, divertida por su gesto, añadió:

—¿Te fías de mí o no?

Daryl la miró y afirmó consciente de que así tenía que ser:

—Claro.

—Entonces no me toques.

—Pero quiero tocarte.

—Pues está prohibido.

—Eh..., ¡prohibido prohibir!

Divertida al oírlo, ella volvió a apartarle las manos.

—Te voy a explicar cómo va esto, ¿vale? —indicó.

—Vale.

—Fase uno: sonará una canción. Nada de besos. Nada de roces. Nada de hablar. Sólo está permitido hablarnos con la mirada. Caliéntame. Sedúceme. Vuélveme loca, y juro que yo haré lo mismo por ti.

—Esto promete —afirmó Daryl curioso.

—Si nos tocamos, hablamos o nos besamos, hay que parar la canción y volver a empezar.

—No me jorobes...

—La cuestión es aguantar la canción entera tan sólo mirándonos con deseo —dijo retirando de nuevo las manos de aquél de su cuerpo—. Fase dos: cuando la canción acabe, comenzará otra. Está permitido besar. Acoplaremos nuestros cuerpos y nuestras miradas, pero no podremos movernos. Contención total.

—Esto cada vez me gusta menos —replicó él.

—Sólo nos sentiremos —prosiguió Carol—, nos besaremos. Después viene la fase tres.

—Pero ¿cuántas fases hay? —preguntó impaciente.

—Cuando la locura nos abrase —cuchicheó sonriendo—, en la fase tres y con una nueva canción, daremos rienda suelta a nuestros deseos. Y entonces, y sólo entonces, verás cómo todo lo anterior habrá merecido la pena.

Daryl suspiró. Tenerla desnuda por completo por primera vez ante él era una terrible tentación.

—¿Y si empezamos directamente por la fase tres? —preguntó.

—Daryl...

—Quiero tocarte, lamerte, explorar tu cuerpo y...

—Hazme saber todo eso con la mirada..., sedúceme —musitó excitada.

Dándose por vencido, él asintió y afirmó sin mucho convencimiento:

—De acuerdo...

A continuación, Carol puso la *playlist* de su móvil e, instantes después, comenzó a sonar la canción *Señorita*.

—*Señorita*... —musitó Daryl sorprendido al reconocerla—. Perplejo me dejas.

Carol cogió el móvil y paró la música.
—Has hablado. Eso no vale.
—Preciosa canción. No sé quién la canta, pero cuando la escucho me acuerdo de ti, por aquello que le dijiste a Emilia aquella noche de que debía llamarte *señorita* Carolina.
La joven resopló.
—A ver..., ahora no tienes que hablar y...
—¿Es tu canción favorita?
—No. Pero me gusta.
Daryl sonrió.
—¿Algún día podré saber cuál es esa canción que nunca me dices?
Ahora quien sonrió fue ella, y repuso:
—Lo dudo.
Ambos sonrieron. El jazz, el swing y el rythm and blues eran los géneros preferidos de Carol, cosa que Daryl ni imaginaba.
—Dime al menos quién canta esto de... *Señorita* —preguntó él interesado.
—Shawn Mendes y Camila Cabello.
Complacido, él le acarició la mejilla. Carol conseguía sacar de él cosas que nunca había imaginado que podía haber en su interior y, mirándola, preguntó:
—¿Eres romántica?
Al oír eso, ella desvió la mirada.
—Quiero la verdad —insistió él.
Carol adoraba el romanticismo, siempre le había gustado. Pero, consciente de que la vida no era como en las películas, contestó:
—No. No soy una mujer romántica. Digamos que soy ¡práctica!
A él le gustó su respuesta, y afirmó:
—Estupendo.
—Genial —dijo ella besándolo. Y, tras el suave beso en los labios, añadió—: ¿Alguna pregunta más?
Daryl negó con la cabeza y ella entonces indicó:
—Pondré otra canción.
—No.
—¿Por qué?

—Porque quiero esa canción para jugar y seducirte —replicó él—. No me vale otra.

—De acuerdo —susurró Carol acalorada.

Cuando, instantes después, comenzó de nuevo la canción, Daryl la miró sin tocarla y ambos sonrieron. Estaba claro que aquello que estaban haciendo los estaba descolocando a los dos. Ambos eran jugadores expertos en el sexo, pero aquello estaba resultando muy diferente de lo que inicialmente habían imaginado. Por ello, cuando Daryl vio que ella tomaba aire por la boca y clavaba los ojos en él, decidió imitarla.

Sin embargo, aquella mirada, la manera en que ella estaba entrando en él, lo turbaba, lo alteraba, lo desconcentraba. Nunca una mujer había conseguido aquella reacción en su cuerpo con una sola mirada.

Sin apenas pestañear, y a través de la melodía de aquella preciosa canción, Daryl sintió cómo el corazón de pronto se le aceleraba. ¿Qué le ocurría?

Desconcertado, tragó saliva.

No le estaba resultando fácil no mover las manos para tocarla.

No le estaba resultando fácil mirarla y no besarla.

No le estaba resultando fácil retener sus propios impulsos.

Pero, dispuesto a cumplir las fases que ella había propuesto, se centró en seducirla mientras sentía cómo el vello de todo su cuerpo se erizaba de una manera especial, mientras un tsunami de emociones y sentimientos lo arrasaba.

Por su parte, Carol, nerviosa a pesar de que lo disimulaba muy bien, lo observaba y se dejaba observar. Sostenerle la mirada a aquel tipo al que apenas conocía pero que tanto le gustaba no estaba siendo fácil, y menos al son de aquella mágica y dulce canción. No obstante, ahí estaba, frente a él, seduciéndolo con la mirada, al tiempo que percibía cómo cada poro de su piel se abría para recibirlo.

Sus respiraciones se aceleraban mientras el vértigo por lo que sentían los hacía desear tocarse, besarse, comerse o amarse. Lo deseaban todo. Absolutamente todo.

Cuando la canción dejó de sonar, ambos seguían mirándose aún con las respiraciones aceleradas.

Aquella canción, aquel momento, aquel juego, aun sin tocarse, sin rozarse siquiera, sin besarse, los tenía del todo descolocados.

¿Cómo era posible que algo así hubiera podido ocurrir?

Estaban pensando en ello cuando comenzó la segunda canción seleccionada y Daryl, al oírla, sonrió volviendo en sí. Era su canción favorita, *Take my Breath Away*, y murmuró:

—Aun a riesgo de comenzar de nuevo, me encanta que la hayas puesto.

Carol asintió y, deseosa de él, cogió un preservativo y, tendiéndoselo, exigió:

—Continuemos.

Él lo cogió deprisa, rasgó el envoltorio con los dientes y, una vez que se lo puso, cuando la miró, ella sin dudarlo se colocó sobre él. E, introduciéndose el duro miembro en ella, se dejó caer despacio y jadeó cerrando los ojos.

El placer era extremo.

Daryl tembló. Lo que estaba ocurriendo con Carol era muy especial. Él, un hombre al que el sexo le gustaba, estaba disfrutando de una clase de sexo que nunca había imaginado, y todo su cuerpo se erizó cuando, a la altura de su cuello, sintió el aliento de ella y la oyó decir:

—No te muevas. Sólo siénteme y déjame sentirte a ti.

Él se mordió el labio inferior para contener los locos impulsos que su cuerpo le gritaba que pusiera en práctica. Deseaba moverse. Deseaba hundirse en ella una y otra vez en busca de placer y desahogo, pero no lo hizo. Le hizo caso. El goce que estaba sintiendo en ese instante era como poco provocador, turbulento, maravilloso, y, quedándose quieto, disfrutó de aquellas nuevas sensaciones tan increíbles.

Mirándose a los ojos, ambos sonrieron para después unir sus bocas al besarse y, a continuación, excitado y enloquecido, Daryl pidió, repitiendo el estribillo de la canción:

—Déjame sin aliento...

Y Carol obedeció.

Paseó su boca por la de él con mimo, dulzura y goce, no sólo dejándolo sin aliento, y él tembló entregado a aquel increíble momento.

Un beso..., dos..., cinco. Carol comenzaba a perder el control cuando él, sujetándola, musitó en un hilo de voz:

—No, aún no te muevas. Sintámonos un poco más.

Los dos sonrieron, y ella murmuró extasiada:

—No sabes lo... lo...

No pudo acabar la frase. Una corriente de placer cruzó su cuerpo al mismo tiempo que el de Daryl y, cuando él dejó de jadear, susurró antes de tomar su boca:

—Lo sé..., claro que lo sé.

Con pasión, sus bocas se fundieron en un apasionado beso. Sus lenguas se enredaron en busca de todo aquello que se les antojara y, cuando sus cuerpos no pudieron más, Daryl, agarrándola con fuerza por la cintura, la tumbó en la cama, se colocó sobre ella y cuchicheó clavándose con deseo:

—Lo siento, cielo, pero necesitamos pasar ya a la fase tres.

Aquella primera y anhelada embestida los hizo chillar sobrecogidos.

Una y otra y otra vez, comenzaron a acoplar sus cuerpos a un ritmo frenético mientras buscaban con locura el desahogo que necesitaban tras lo mucho que se habían contenido.

Durante unos instantes se olvidaron de respirar.

Sólo querían fundirse el uno en el otro.

Sólo querían disfrutar de aquel momento, hasta que un maravilloso clímax los arrasó y, a continuación, Daryl, echándose hacia un lado para no aplastarla, dijo apenas sin aliento:

—Increíble...

—Fascinante —convino ella.

Sorprendido, acalorado y tremendamente satisfecho, el comandante susurró mirándola:

—Nunca imaginé que podría disfrutar así del sexo, a pesar de los pelos de los perros.

Ambos rieron antes de besarse.

Aquello que acababan de hacer había superado todas sus expectativas. En las otras ocasiones que Carol lo había hecho había estado bien, pero esa vez con Daryl sin duda había sido colosal.

Acalorados y sudorosos por la canción, él la acercó a su cuerpo y, aún extasiado por lo vivido, murmuró aquello de «Déjame sin aliento» antes de besarla y hacerle de nuevo el amor con pasión desenfrenada.

Capítulo 21

A las tres y media de la tarde, tras una mañana de sexo increíble durante el cual la joven recibió en varias ocasiones mensajes, que contestó rápidamente ante la incredulidad de Daryl, cuando salían de su apartamento él miró la minifalda vaquera que Carol llevaba.

—¿Quieres que te lleve en coche hasta...? —preguntó.

—No. Iré en el metro —lo cortó ella.

En ese instante le sonó el teléfono, y Daryl comentó:

—Lo tuyo con el móvil es increíble.

Carol no respondió y, al ver quién era, se apresuró a cogerlo. Era su madre.

Daryl la oyó hablar en italiano durante unos minutos y vio su gesto crispado. Algo no iba bien. Por ello, cuando terminó la conversación, dijo:

—¿Le ocurre algo a tu madre?

Carol suspiró. Su madre la había llamado para contarle que sus hermanos Adam y Annalisa habían vuelto a discutir, pero, sin querer hablar de ellos, se limitó a contestar:

—No.

Daryl no insistió. Él mismo sabía que los temas familiares eran muy personales y, cuando iba a hablar, ella señaló con mofa:

—Creo que deberías ir a tu casa. Pero ¿tú has visto las pintas de rapero malote que llevas, con lo caballero inglés que eres tú?

Divertido por el comentario, él se miró; aquella ropa que llevaba era un desastre.

—Por suerte, en este barrio no conozco a nadie —afirmó.

De nuevo sonó el teléfono de Carol y, tras atenderlo, explicó mirando a Daryl:

—Era Melissa, del refugio, para decirme que ya han operado a *Bombón* y que todo ha ido muy bien.

A él le alegró saber aquello, y la joven añadió:

—Pronto estará bien. Esperemos no tardar mucho en encontrarle un hogar donde la quieran.

—Esperemos que sea así —afirmó él feliz por el animal.

Sonriendo por aquella buena noticia, llegaron al coche. Sin embargo, cuando se pararon sabían que debían despedirse y ella, sin querer alargar el momento y con una sonrisa, dijo:

—Bueno..., me lo he pasado muy bien contigo.

Daryl, en cambio, se apoyó en el capó y la atrajo hacia sí.

Un beso...

Dos...

No besarla era inviable y, cuando el tercer beso acabó, él preguntó:

—¿Cenamos esta noche?

Al oírlo, Carol se tensó.

—No.

Daryl sonrió. Sabía cuál sería su respuesta antes de preguntarle y, encogiéndose de hombros, la soltó y se sacó las llaves del bolsillo del pantalón.

—De acuerdo —convino.

La conocía poco, pero lo que sí sabía era que insistir no servía de nada con ella. Así pues, abrió la puerta del coche y, una vez se sentó en él, dijo:

—¿Cuándo has dicho que vuelas de nuevo?

—Dentro de unos días —respondió ella sin concretar.

—¿Y adónde ibas?

—A Las Vegas.

Él asintió, puso el coche en marcha, cerró la puerta y, aun deseoso de besarla, no lo hizo.

—Lo he pasado muy bien —dijo tan sólo.

Ambos sonrieron y Carol, guiñándole un ojo, repuso mientras echaba ya a andar:

—Y ahora me voy... ¡Adiós!

Tan pronto como se alejó, Daryl se quedó mirándola por el espejo retrovisor. Si pensaba librarse de él tan fácilmente, lo llevaba claro. En ese instante sonó su teléfono. Era su amigo Can, y, tras hablar con él, buscó otro nombre en la agenda y se apresuró a llamar.

—Hola, Lola. ¿Qué planes tienes hoy?

Capítulo 22

Carol llegó al gimnasio de Guillermo de muy buen humor.

El sexo que había tenido con Daryl había sido increíble. Nunca habría imaginado que disfrutaría tanto, y no sólo del sexo, con un hombre. Y suspiró. Qué tipo tan encantador.

—¿Y esa sonrisa de oreja a oreja? —le preguntó Muskeva al verla entrar.

Carol le guiñó el ojo.

—Me he levantado de buen humor.

Su amiga asintió. Se conocían muy bien y, curiosa, insistió:

—¿Es un mucho para arriba o para abajo?

Aquel juego de palabras entre ellas era divertido y, recordando lo bien que lo había pasado con Daryl, Carol declaró con un suspiro:

—Un mucho... mucho ¡para arriba!

—¡Enhorabuenaaa! —Su amiga rio.

Divertidas por aquello, a continuación entraron en el vestuario de chicas. Allí, tras cambiarse de ropa y ponerse un mono ajustado azul eléctrico y recogerse sus largos cabellos en dos coletas altas, se miraron y sonrieron. Y, acostumbradas a maquillarse para sus actuaciones, tras tintarse las coletas con un color rojo chillón, Muskeva comentó:

—Quedan originales.

Carol se miró al espejo y sonrió.

—Originales no sé, pero son llamativas por un tubo.

Una vez que salieron de los vestuarios, comenzaron a encontrarse con amigos. Todos los que estaban allí tenían que ver con el baile y, contentas, se unieron a ellos, hasta que de pronto la joven oyó:

—¡Carol!

La aludida, al volverse, se encontró con Samantha y con Jack. Sorprendida de verlos juntos allí, se lanzó a besuquearlos y luego preguntó:

—¿Qué hacéis aquí?

—Hemos venido a veros —indicó Jack, que, sonriendo, añadió—: Qué pelo tan largo tienes. Pero ¿cuánto tiempo llevaba sin verte?

La joven se tocó el cabello con una sonrisa y repuso:

—Demasiados meses sin vernos. Creo que como unos diez.

Samantha iba a intervenir cuando Carol llamó:

—¡Muskeva!

Ésta se acercó a ellos y Carol los presentó:

—Son Samantha y Jack. Chicos, ella es mi amiga Muskeva, bailarina como yo.

Ellos la saludaron encantados, y en ese instante oyeron:

—Eeeehhhhhhhh.

Al volverse se encontraron con Lola y Dennis. En cuanto se juntaron, se besuquearon, charlaron y, después, se hicieron fotos que Carol subió a las redes sociales junto con otros vídeos de amigos bailando.

Una vez que Jack y Samantha se alejaron de los participantes, éstos comenzaron a calentar, y Lola, al ver a Carol sonreír de una manera especial, le preguntó:

—¿Qué te tiene de tan buen humor?

Incapaz de confesarle la verdad, la joven cuchicheó:

—He tenido un buen despertar.

Al oír eso, Lola rápidamente bajó la voz e insistió:

—¿Tras una noche loca y salvaje?

Carol la miró. ¿Qué diría si supiera que hablaban de su hermano?

La noche anterior, que había empezado bien, luego se complicó con el rescate de la perrilla; gesticulando, afirmó:

—Digamos que la noche fue movidita, pero el despertar ¡increíble!

Ambas rieron por aquello, y Lola añadió:

—Oye..., ¿te vienes luego a tomar algo con nosotros? Me han hablado de un local nuevo de comida y copas donde se puede bailar hasta hartarte. Dennis y yo hemos pensado aprovechar hoy, que hemos salido, para ir a conocerlo. Venga, di que sí. Jack y Samantha también vienen.

Carol se tocó la coleta roja sin decir nada y Lola insistió:

—Es un sitio informal. Se lo he dicho también a Jonas, a Brooke, a Ed y a algunos más. ¡Será divertido ir a bailar allí! Venga, ¡anímate!

Aquello que su amiga le proponía pintaba bien y, gustosa, Carol afirmó:

—De acuerdo. ¡Me apunto!

Al decir eso, Guillermo, el dueño del gimnasio, se acercó hasta ellas e indicó:

—Carol, Muskeva, preparaos. ¡Sois las siguientes!

Carol asintió y, recordando la conversación que había mantenido en su día con aquél, preguntó:

—Guillermo, ¿sigue en pie la oferta de empleo de la que hablamos para mi hermano?

—Por supuesto, cielo —asintió él—. ¿Es trabajador, limpio, agradable y sabe cocinar?

—Sí.

—Pues sigue en pie. Y cuando llames acuérdate de preguntar por Isolda. Ya le hablé de vosotros, y recordadle lo de los días que necesitáis libres para lo de tu abuela.

—Gracias. Gracias..., gracias —dijo Carol abrazándolo.

El hombre sonrió y, una vez que ella lo soltó, él indicó seguro de lo que decía:

—La diversidad y el respeto enriquecen la vida y el ambiente laboral, por mucho que algunos trogloditas se empeñen en creer lo contrario. Si tu hermano quiere trabajar en mi restaurante, será un placer que forme parte de nuestra plantilla.

Encantados, todos asintieron, y cuando aquél se marchó, Lola musitó mirando a su amiga:

—Ojalá hubiera más empresarios como Guillermo, que miran a la persona y no su condición sexual.

Las chicas asintieron, y Lola, mirando a la senegalesa, dijo:

—Y tú, vente luego con nosotros a bailar.

—Vale —afirmó Muskeva encantada.

Instantes después, Carol le entregó su móvil a Lola.

—Grábame la actuación para subirla luego a Instagram —le pidió.

Su amiga asintió. Buscó un buen sitio y, minutos más tarde, cuando Carol y Muskeva subieron a la plataforma y la música comenzó, empezó a grabar.

Sonaba el tema *Con altura*, de Rosalía y J. Balvin. Muskeva y Carol, perfectamente sincronizadas, empezaron a mover el cuerpo al compás de la música con sensualidad y precisión, para deleite de todos los asistentes, que, animados, intentaban repetir sus movimientos.

Carol disfrutaba de lo que hacía mientras miraba cómo su amiga Muskeva también disfrutaba. Bailar era parte de sus vidas y eso se notaba en el modo en que se entregaban. De pronto, la música cambió, se hizo más rápida, más intensa. Bruno Mars sonaba y las chicas, acelerando los movimientos, levantaron a la gente mientras parecían bailar en el aire.

Dennis, encantado con lo que veía, miró a su mujer, que grababa, y dijo:

—¿A quién me recuerda bailando?

Divertida, Lola respondió:

—A su ídolo, ¡Bruno Mars! Esto es *new style*, un baile cien por cien neoyorquino, y lo cierto es que ¡lo bordan!

La gente enloqueció con la música. Bailaban, gritaban, aplaudían, y cuando minutos después la canción acabó, todo el mundo las ovacionó con entusiasmo. Lo que acababan de hacer aquellas dos chicas era, como poco, para felicitarlas, y ambas sonrieron encantadas desde el escenario.

Con el subidón por todo lo alto por la *masterclass*, que había durado unos diez minutos, cuando Carol y Muskeva bajaron del escenario fueron saludadas y felicitadas por todo el mundo, mientras ellas animaban a los que subían. Ahora les tocaba a otros disfrutar de su arte.

—¡Me ha entusiasmado! —afirmó Lola acercándose a ellas.

—Increíble —dijo Jack.

—¡Sois buenísimas! —aplaudió Samantha.

Ellas se abrazaron y Carol respondió:

—Nos gusta mucho saberlo.

Dennis, que había ido en busca de unas botellas de agua fría, se las pasó y comentó:

—Chicas, ¡lo vuestro es de escándalo! Qué manera de bailar.

—¡Graciasssssss! —Muskeva sonrió después de dar un trago.

Una vez que hubo recuperado su móvil, Carol, tras ver lo que su amiga había grabado, seleccionó la parte que más le gustaba y la subió a las redes sociales. Por su trabajo de bailarina, le venía muy bien que la gente viera lo que hacía y, en cuanto lo hizo, afirmó mirando a Muskeva:

—Te acabo de etiquetar.

—¡Estupendo!

Acaloradas por el baile, saludaban a todos los que se les acercaban a felicitarlas hasta que Guillermo, acercándose de nuevo a ellas, comentó:

—Olé vuestro arte, chicas. Por cierto, eso del *new style* está gustando mucho, y tengo un par de propuestas para vosotras de unas academias.

—¡Genial! —exclamó Muskeva.

Guillermo sonrió y a continuación, mirando a Lola, cuchicheó:

—Preparaos. Os toca a vosotros.

Dennis, que estaba deseoso de bailar con su mujer, la cogió de la mano y, tras besarla, indicó:

—Vamos, mi reina.

Sonriendo, Lola lo siguió y, cuando se marcharon, Muskeva se quedó mirándolos.

—¿Por qué no encontraré yo un hombre así? —dijo.

—Porque esos hombres ya están cogidos —replicó Carol, consciente de la realidad.

Divertidas y encantadas, se situaron en un buen lugar para ver la actuación de sus amigos, y, cuando la música comenzó y Dennis y Lola empezaron a mover el cuerpo primero al ritmo de una bossa nova y, después, del *Valió la pena* en versión salsa del maravilloso Marc Anthony, Muskeva exclamó:

—Madre mía, ¡qué buenos son!

—¡Te lo dije! —afirmó Carol encantada.

Ver a Dennis y a Lola bailar y sentir su compenetración era increíble. Carol conocía a mucha gente que bailaba salsa de forma excelente, pero como Lola y Dennis, ninguno.

Con la boca abierta, observaba cómo se movían sobre el escenario mientras se miraban a los ojos y sonreían. Sin duda destilaban amor, y Carol sonrió abiertamente cuando la música acabó, la pareja se besó y, después, leyó en los labios de Dennis aquella palabra que era tan especial para ellos: «*Delícia!*».

Capítulo 23

Daryl había pasado por su casa y se había cambiado de ropa, y ahora estaba en una lujosa cafetería tomándose algo con su amigo Can. Como siempre que estaban juntos, todas las mujeres que se cruzaban con ellos los miraban, y Can, consciente de ello, musitó:

—¿Qué te parecen?

El comandante, que en ese instante miraba su teléfono, no supo qué decir, y entonces Can preguntó:

—Pero ¿qué te pasa hoy con el móvil? ¿Esperas una llamada?

Daryl, que no quería contarle la verdad, lo apagó y, mirando a las mujeres que habían pasado frente a ellos, cuchicheó:

—Pero ¿no habías quedado aquí con tus hermanas?

Can resopló. Sus hermanas, Amina y Raissa, lo habían llamado esa mañana para verlo con urgencia y se habían citado en aquella cafetería.

—Sí —repuso—. No sé qué querrán, pero cuando se vayan...

Daryl lo miró. Lo que su amigo planeaba no iba a ser posible, puesto que él tenía otros planes, y, cuando iba a hablar, Can dijo:

—Ahora mismo vuelvo.

Daryl sonrió, y más cuando vio a su amigo dirigirse hacia aquellas mujeres para hablar con ellas. Estaba observándolos cuando su teléfono sonó, y se apresuró a mirar la pantalla.

Se había hecho seguidor de la cuenta de Instagram de Carol y, cada vez que ésta subía un vídeo, el móvil se lo notificaba. Boquiabierto, vio el último que había subido. En esta ocasión, la joven bailaba la canción que esa mañana le había visto practicar en el salón de su casa, y Daryl sonrió. Carol era pura sensualidad y fuerza bailando.

Cuando el vídeo acabó, volvió a ponerlo. No se cansaba de verlo. Estaba preciosa con aquel mono azul y las coletas rojas. Y, mientras lo veía por quinta vez, estaba tan abstraído que ni siquiera se percató de que Can volvía a la mesa.

—Ahora entiendo por qué no paras de mirar el móvil —comentó este último.

Daryl lo miró y él, deseoso de verlo entero, pidió:

—¿Puedo verlo?

Su amigo asintió y, poniéndolo de nuevo desde el principio, ambos lo disfrutaron, hasta que, una vez que terminó, Can preguntó mirándolo:

—Oye, ¿la chica de la derecha no es...?

—Sí —lo cortó Daryl.

Can asintió. Conocía desde hacía tiempo a su amigo y era la primera vez que veía esa reacción en él por una mujer, y sonrió.

—Madre mía, ¡cómo baila! —murmuró.

Orgulloso y encantado, Daryl asintió. Aquel vídeo lo estaba dejando sin palabras.

De nuevo lo volvieron a visionar, y Can insistió:

—Se llamaba Carol, ¿verdad?

—Carolina —matizó él.

Evitando reír a causa de su expresión, Can repuso:

—De acuerdo, ¡Carolina!

Al oírlo, Daryl se sintió ridículo.

—Bueno..., Carol —convino.

Can asintió. Miró a su amigo con intriga y, dispuesto a saber la verdad, preguntó:

—Estaba soltera, ¿no?

—Sí.

—¿Y puedo pedirte su teléfono?

—¡No!

Al decir eso, volvió a sentirse ridículo.

Pero ¿qué le ocurría?

Y, al ver a Can reír por aquello, sintió que tenía que darle una explicación, y, tras dar un trago a su bebida, musitó:

—Vale, lo admito. Me gusta.

—Más que gustarte, yo diría que te tiene tonto perdido... Pero ¿tú te has visto?

Incapaz de no reír, Daryl negó con la cabeza, y a continuación aquél cuchicheó bajando la voz:

—El otro día casi me pegas por hablar con ella, y hoy...

Daryl lo cortó con la mirada y se pasó una mano por el pelo:

—Apenas la conozco —señaló.

—¡¿Qué?!

—Que apenas la conozco, pero me tiene totalmente seducido. ¡Joder! Me siento entre avergonzado y aturdido.

—¿Por qué?

—Porque no sé qué me pasa. Carol me atrae y, cada vez que estoy con ella, el tiempo pasa demasiado rápido.

—Qué interesante —se mofó él retirándose su melena suelta del rostro.

—Yo no soy así, y lo sabes.

—Lo sé. Te conozco. Eres muy inglés.

—Ella no es como las mujeres de esa mesa —insistió Daryl—, que, sólo con verlas, sé que de lo único de lo que se preocupan es de sus cuerpos, sus maquillajes, sus ropas o sus tacones. Carol no es así. Apenas sé nada de ella, pero me atrae, a pesar de que lleva tatuajes.

Can sonrió y, bajando la voz, afirmó:

—Pues sí, amigo..., sí que te gusta.

Ambos rieron por aquello, y Daryl afirmó:

—Incluso me ha hecho recordar que tengo una canción favorita.

Oír eso hizo que Can soltara una carcajada.

—¿Por eso me preguntaste que si yo tenía una?

—Sí. Y lo más gracioso de todo es que mi abuela me lo dijo.

—¿Tu abuela?

—Sí. Ya sabes cómo es..., ella y sus cosas raras. Ella me previno, pero yo no la creí. Me dijo que un tsunami de sentimientos estaba llegando a mi vida y... y..., ¡joder!

Can asintió. Sabía quién era la abuela de su amigo y a qué se dedicaba, y, a diferencia de Daryl, él sí creía en aquellas cosas, por lo que, bajando la voz, repuso:

—Definitivamente, tu abuela tenía razón.

Daryl maldijo, lo que le estaba ocurriendo era inaudito.

—¿Y qué piensas hacer? —preguntó Can.

—¿A qué te refieres?

—Es fácil: ¿piensas ignorar el tsunami o enfrentarte a él?

Daryl lo pensó.

Hasta el momento, nunca se había visto en algo así, o quizá nunca se lo había permitido. Pero Carol le gustaba mucho y, convencido de ello, afirmó mirando a su amigo:

—Creo que debería conocerla y ver qué pasa.

—¿Estás seguro?

—Del todo —dijo con una convicción que incluso a él le sorprendió.

Can asintió, y, cuando iba a hablar, Daryl añadió:

—De hecho, tienes que acompañarme dentro de un rato. He quedado con mi hermana Lola y Dennis en un sitio y no quiero ir solo. Sobre todo porque tengo que hacerme el encontradizo con Carol y estoy convencido de que no se lo va a tomar bien.

Can lo miró y él, con total confianza, le contó las veces que se había visto con aquélla. En cuanto acabó, su amigo preguntó sorprendido:

—¿Que te reventó la camisa, has metido sobras de comida en tu coche, además de un perro malherido, y te has puesto ropa que no es de marca?

—Sí.

Boquiabierto por aquello, Can asintió, Daryl era tremendamente exquisito en esos temas, y se mofó dándole un puñetazo que lo sacudió:

—¿Quién eres tú y dónde está el exigente Daryl Michael Simmons?

Ambos rieron por aquello; luego el aludido continuó:

—Es impredecible. Es... es... una mujer que... que...

—Te ha dejado sin palabras.

—¡Exacto! Y cuando hoy nos hemos despedido y me ha dicho que no quería cenar conmigo, aunque he disimulado, me ha dado rabia. No estoy acostumbrado a que me rechacen. Por eso he llamado a mi hermana Lola y, sin mencionar a Carol o me la liará, le he hablado del bar del primo de Conrad.

Al recordar el sitio al que se refería, Can replicó:

—Pero si ese tipo de locales con la música tan alta no te gustan.

—Y siguen sin gustarme. Pero sé que a Carol le encantará. Por eso le he hablado de él a Lola, porque, conociéndola, ya estará deseando ir allí con Dennis y sus amigos bailarines.

Can sonrió. Oír hablar a su amigo de aquella manera era nuevo para él y, divertido, cuchicheó:

—Y yo tengo que ir contigo para hacernos los encontradizos, ¿verdad?

—Exacto —y, señalando a las mujeres del fondo, añadió—: Y si ésas se vienen con nosotros, mejor. Pero que te quede claro que mi intención no es terminar la noche con ninguna de ellas, sino con Carol.

—O sea..., que tendré que acabar yo la noche con las dos.

—Eso es.

Can abrió mucho los ojos y, mirando a las mujeres del fondo, repuso:

—De acuerdo. Haré el esfuerzo por ti.

De nuevo rieron por aquello, y luego Can preguntó:

—¿No crees que llevar a una mujer del brazo cuando quieres conquistar a otra puede ser contraproducente?

Daryl asintió. Sabía que su amigo llevaba razón, pero como necesitaba que nadie sospechara, dijo:

—Si vamos solos, mi hermana sospechará, y eso es lo último que quiero. A Carol le preocupa que Lola se entere. Por eso, si voy con otra mujer...

—¿Y qué va a pensar Carol?

—Se lo explicaré, y espero que lo entienda.

Can asintió. No sabía si aquélla era una buena idea, pero, cuando iba a hablar, su amigo indicó poniéndole una mano en el hombro:

—Necesito que vengas conmigo para cubrirme. Los amigos están para eso, ¿no?

—Por supuesto, Daryl, para eso estamos.

Estaban hablando sobre aquello cuando dos mujeres entraron juntas en la cafetería. Eran las hermanas de Can, y éste, al verlas, comentó:

—Ahí están. Veamos qué quieren, que corría tanta prisa.

Amina y Raissa se les acercaron con una sonrisa, y la segunda señaló:

—Mis dos comandantes preferidos juntos, ¡qué maravilla!

Rápidamente se dieron besos y abrazos y, a continuación, Can preguntó mirándolas:

—A ver, ¿qué ocurre?

Amina y Raissa se miraron, y la primera dijo:

—Gary me ha pedido que me case con él y le he dicho que sí.

—¡Felicidades! —musitó Daryl no muy convencido.

Al oír eso, Can parpadeó. Su hermana llevaba saliendo con aquel tipo no más de tres meses, pero, cuando iba a replicar, Raissa cuchicheó:

—La segunda parte es que se casa dentro de un mes y, aunque mamá ya lo sabe, papá todavía no.

Can cerró los ojos y cuando los abrió observó a su hermana con tranquilidad y preguntó:

—¿Te has vuelto loca?

Ella negó con la cabeza.

—Por el amor de Dios, Amina. Te acabas de divorciar de Harrison..., ¿cuánto hace?

—Seis meses —apostilló Raissa.

Can maldijo y, sin apartar la vista de aquélla, añadió:

—Y antes lo hiciste de Ibrahim; pero ¿es que tú no aprendes? ¿Es que siempre tienes que casarte?

Amina sonrió sin inmutarse y replicó:

—Me encantan las bodas, ¡ya deberías saberlo!

Can miró a Raissa. Buscó ayuda en ella y, al no encontrarla, preguntó dirigiéndose a su amigo Daryl:

—Pero ¿tú la has oído?

Él asintió burlón, y Amina intervino:

—Venga..., no seas dramitas.

—¡¿Dramitas?! —gruñó Can—. Por favor, piensa con la cabeza. Por mucho que te gusten las bodas, no puedes pasarte la vida casándote y divorciándote. Te vas a cargar a papá de un disgusto.

Raissa asintió y, contemplándose las uñas, comentó:

—Eso mismo le he dicho yo.

Amina miró entonces a su hermana y replicó:

—¡Cierra el pico porque a lo mejor te lo cargas tú antes!

Al oír eso, Can miró a Raissa, que al final soltó:

—Amélie y yo hace dos semanas que vivimos juntas y puede que nos casemos.

Él se llevó una mano a la cabeza. Que su hermana fuera lesbiana era un secreto. Sus padres no sabían nada, y murmuró:

—Pero ¿te has vuelto loca?

—¿Lo ves? —se mofó Amina—. Te dije que nos llamaría *locas* a las dos.

Raissa se encogió de hombros y soltó:

—Mira, Can, Amélie y yo llevamos juntas varios años. Yo tengo treinta y dos, edad suficiente, creo, como para tomar mis propias decisiones, ¿no te parece?

—Pero papá y mamá no saben que...

—Pues ya es hora de que lo sepan, ¿no? —lo cortó su hermana.

Can se retiró el frondoso pelo del rostro. Llevaba media vida velando por sus hermanas. Por su seguridad. Por sacarlas de sus problemas y sus embrollos, y, consciente de que lo que se le venía encima con sus padres iba a ser de traca, preguntó:

—¿Cuándo pretendes contárselo a papá y a mamá?

—No lo sé, la verdad. Pero, con la boda de Amina, quizá sería buena idea decírselo ya. Así, Amélie podría venir tranquilamente conmigo a la ceremonia sin tener que hacerse pasar por tu última conquista.

Daryl miró a su amigo. Entendía su desesperación y, cuando iba a hablar, Amina, metiéndose por medio, dijo:

—Pero eso lo podemos discutir otro día, porque ahora necesito que vengas con nosotras a la prueba del vestido de novia. Y, bueno, ya que está Daryl, que tiene un excelente gusto como tú, ¿qué tal si venís los dos?

Los dos amigos se miraron boquiabiertos, y Raissa señaló poniéndose en pie:

—Por supuesto que vendrán los dos. Además, está aquí al lado, y la prima Cristal se alegrará mucho de verlos.

—¿La prima Cristal sabe lo de la boda antes que papá?

—Claro. Tenía que confeccionarme el vestido —afirmó Amina.

Daryl sonrió. Sus hermanas Priscilla y Lola eran dos angelitos comparadas con las hermanas de Can, y murmuró divertido:

—Respira, amigo..., respira.

Su amigo se disponía a protestar cuando Amina cuchicheó con un pestañeo:

—Vamos, Can. Soy tu hermana mayor y me quieres. Me adoras, no puedes decirme que no.

—Y yo soy tu hermana pequeña y también me adoras y me quieres —afirmó Raissa—, tanto como yo te quiero a ti.

Consciente de la que se armaría con su padre en cuanto éste se enterara del próximo enlace de su hermana mayor y de la homosexualidad de su otra hermana, acabó sonriendo y las miró.

—Amina, ¿por qué simplemente no te vas a vivir con Gary? —dijo—. ¿Y tú por qué no te callas lo de Amélie y así nos evitamos problemas?

—Porque quiero ser la señora Peterson —replicó Amina.

—Y yo quiero poder besar, abrazar o piropear a mi novia donde me dé la gana, sin tener que preocuparme de si se enteran papá o mamá —indicó Raissa—. Can, ¡que estamos en el siglo XXI, por favorrrrrr!

—A ver, chicas...

—Hermanito —lo cortó Raissa—, tú tampoco eres ejemplo de nadie. Vas de mujer en mujer sin preocuparte del dolor que mamá siente porque no encuentras a tu media naranja. Sabes que se muere porque le des un nieto, ¡lo sabes!

—Raissa, no es lo mismo.

—Can —lo volvió a cortar—, limítate a respetarnos y no nos juzgues, como nosotras te respetamos y no te juzgamos a ti. ¿Tan difícil es?

Él suspiró. No pensaba entrar en la típica bronca de siempre y, dándose por vencido, miró a Daryl, que los observaba en silencio, y dijo dirigiéndose a él:

—Siento comunicarte que te vienes a la prueba del vestido.

Daryl levantó las cejas y Can le echó un brazo por los hombros.

—Para eso están los amigos, ¿no? —cuchicheó.

Divertido y entendiendo por qué se lo decía, él asintió y por último respondió:

—Justo me he levantado hoy deseando hacer algo así.

Instantes después, los cuatro salieron de la cafetería sin más dilación. Tenían una cosa que hacer.

Capítulo 24

Después de la *masterclass*, los asistentes se tomaron un refresco en el gimnasio de Guillermo. El evento había sido todo un éxito.

Tras la copa, Lola y Dennis, junto a Carol y Muskeva, Jack y Samantha y unas diez personas más, se dirigieron hacia el local del que habían hablado antes. Al entrar y ver la mitad techado y la mitad al aire libre, Dennis exclamó:

—Mmmm..., ¡qué olorcito de hamburguesa tan rico!

Encantado, el grupo se acercó a donde preparaban las deliciosas hamburguesas y, tan pronto como se hicieron cada uno con una, las dejaron sobre una mesa y Lola señaló:

—Unos taburetes para sentarse y unos cubiertos no habrían estado mal.

A Carol le hizo gracia su comentario, y soltó:

—Sin duda lo lleváis en el ADN.

Sin entender lo que había dicho, Lola miró a su amiga.

—¿Qué dices del ADN?

Carol, consciente de que había metido la pata, maldijo e, inventándose algo para salir del paso, soltó:

—Decía que la palabra *hamburguesa* está en mi ADN.

Sonriendo, Lola asintió y, sin darle mayor importancia, comenzó a comer. Muskeva, que, por el contrario, sí había oído lo que su amiga había dicho, musitó:

—Uisss..., Chocolatito Blanco..., ¡¿qué ocultarás?!

—¡Calla!

—No me digas que al final...

Sin querer hablar de aquello, Carol le dio un mordisco a su hamburguesa y, mirando a su amiga, indicó:

—Buenísima... ¡Come!

Una vez que el grupo terminó de comer, pasaron a la siguiente sala. Allí, la gente bebía y bailaba al son del funky y el hip-hop, y Carol, divertida, afirmó lanzándose a bailar:

—Esto es lo mío.

El grupo comenzó a mover el esqueleto con ganas. Todos juntos eran puro espectáculo bailando, y pronto se hicieron los dueños de la pista. Lola, encantada de haber propuesto aquel lugar, dejó de bailar para acercarse hasta su marido, que hablaba con otros junto a la barra, y, abrazándolo con cariño, dijo:

—Pídeme un ron con Coca-Cola.

—Será el segundo. —Dennis sonrió.

Lola, al ver aquella preciosa sonrisa que tan enamorada la tenía, cuchicheó con mimo:

—Pues imagínate cuando llegue al tercero.

Divertido, Dennis se lo pidió, y entonces oyó a su mujer decir:

—¡Pero ¿qué hacéis vosotros por aquí?!

Al levantar la vista, Dennis vio a escasos pasos a su cuñado Daryl y a su amigo Can, que llegaban con dos guapas mujeres, y terció:

—Rápido. Estoy pidiendo; ¿qué queréis?

A continuación, Lola, encantada, preguntó mirando a su hermano:

—¿Por qué no me dijiste que ibas a venir?

—Porque no lo sabía —contestó él ante la risa de Can.

Lola, feliz de coincidir allí con su hermano, repuso:

—El sitio está genial. Nos hemos comido unas hamburguesas increíbles y lo estamos pasando de vicio... ¡Qué buena música ponen!

Daryl asintió. Sabía que a su hermana le iba a gustar aquello.

—¿Con quién has venido? —quiso saber.

—Con varios amigos —contestó ella mirando a su alrededor—, aunque creo que los que conoces son Jack, Samantha, Carol y Muskeva.

Haciéndose el sorprendido, él levantó las cejas y preguntó:

—¿Carol está aquí?

Lola asintió y señaló hacia la pista.

—Allí, a la derecha, ¿la ves?

Los ojos de Daryl rápidamente la encontraron. Era difícil no verla con aquellas coletas rojo chillón y su minifalda vaquera. Boquiabierto, la observó bailar con alguno de sus amigos la canción *Electricity*, hasta que su hermana comentó:

—Lo de esa chica es de escándalo... ¿Has visto cómo baila?

Daryl asintió. Verla bailando del todo desinhibida era como poco un espectáculo, pero se dio la vuelta para que su hermana no sospechara.

—Yo he venido con Can y dos amigas —señaló.

Lola sonrió y, mirando a aquellas mujeres que hablaban con Can y, cómo no, eran monísimas, preguntó:

—¿Pasaréis luego por el Chandler? —Daryl levantó una ceja y ella añadió—: Te lo digo porque, después de que salgamos de aquí, seguro que Dennis y yo sí.

Él asintió, no hacía falta decir más, y mirando a su amigo y a aquellas dos, respondió:

—Nosotros iremos a tomar algo a Santo Fredo.

Lola asintió. Santo Fredo y el bar donde estaban no tenían nada que ver. Santo Fredo era todo glamur, y el local donde estaban, todo diversión. Y, con ganas de pasarlo bien, miró a su marido e indicó:

—Me voy a bailar.

Dennis asintió y murmuró divertido al ver a su mujer correr hacia la pista como una chiquilla:

—Qué feliz me hace verla así de contenta.

Cuando Lola llegó a la pista, comenzó a bailar con Ed, mientras Daryl y Can charlaban con Dennis. De reojo, Daryl observaba a Carol, que aún no se había dado cuenta de que estaba allí. De pronto vio a su hermana bailando con un tipo con sensualidad.

—¿No te pone celoso ver que baila así? —le preguntó a su cuñado.

Dennis miró hacia la pista. Lola no estaba haciendo nada que él no hiciera.

—Está bailando —replicó—. Nada más.

Daryl volvió a mirar y, al ver a Carol bailar con otro tipo de la misma manera que su hermana, sintió cómo las tripas se le encogían. No le gustó nada ver cómo aquél acercaba su cuerpo al de ella.

—Bailar enriquece la vida. Sólo los que bailamos entendemos que es un arte —musitó su cuñado.

Daryl dejó de mirar hacia la pista y no dijo más. No quería delatarse.

Un buen rato después, con el rabillo del ojo vio que Carol dejaba de bailar y, entre risas, se acercaba con su hermana. Todavía no lo había visto. Ambas llegaron a la barra, donde estaba Dennis, y después de que Carol pidiera algo de beber, Lola dijo mirándola:

—¿Has visto? Mi hermano está aquí.

Al oír eso, la joven se tensó y, volviéndose, se encontró con la mirada de aquél, que, sonriendo, la saludó.

—Qué bueno verte, Carol, ¿todo bien?

Con esa rápida mirada que sólo las mujeres tenían, ella hizo una valoración de la situación. Rubia a su izquierda, morena a su derecha, Can al fondo, pero sin duda era la rubia la acompañante de Daryl. Por ello, y sin perder la sonrisa, se acercó a él y saludó:

—Hombre, ¡no esperaba verte por aquí!

—Fue Daryl quien me recomendó este sitio —terció Lola al oírlos—. Me dijo: «Lola, tienes que ir, ¡te va a encantar!». Y acertó. ¡Me encanta!

Carol sonrió, justo en el momento en que la rubia agarró a Daryl del brazo y le propuso:

—Vamos a bailar.

Rápidamente él se deshizo de su mano.

—Yo no bailo.

—Puedes creerlo: el ritmo no es lo suyo —apostilló Lola, haciéndolos reír.

Una vez que aquélla se alejó, la vieron llegar a la pista y, cuando se puso a bailar, Lola murmuró divertida:

—Madre mía...

Boquiabiertos, observaron a la rubia contonearse como si tuviera una vara metida en el trasero, y Carol, incapaz de callar, musitó:

—Como tenga ese ritmo para todo..., ¡lo llevas claro!

Lola y Daryl rieron por aquello, y, después de que Lola chocara la mano con su amiga, se fue a bailar de nuevo mientras comenzaba a sonar la canción *Señorita*. De inmediato, Carol y Daryl se miraron, y él musitó:

—Hola, *señorita*.

Su voz...

Su manera de mirarla y todo él hicieron que Carol sonriera. Pero, sin querer caer en su influjo, preguntó mientras seguía sonando la canción:

—¿En serio le recomendaste venir aquí a Lola?

—Sí —contestó Daryl y, acercándose a ella para que lo oyera, añadió—: Sabía que te traería aquí y así podríamos coincidir.

Sorprendida, Carol asintió.

—Por si tus neuronas no se han conectado todavía, te recuerdo que vienes acompañado, y además por alguien que parece de buena familia.

Daryl rio.

—Mis neuronas están perfectamente conectadas. Y, sí, ella es de buena familia. Pero sólo vengo acompañado porque tú así lo quieres.

—¡¿Yo?!

—Tú..., ¡sí, tú! ¿Sigues con la tontería de que Lola no se entere de lo nuestro?

—¿Lo nuestro?

Daryl maldijo. Era la primera vez que admitía algo así delante de una mujer, e insistió:

—Sí. Lo que tenemos.

Al oír eso, Carol miró en dirección a sus amigos para comprobar que no los veían y, asiendo a Daryl de la mano, caminó hacia el fondo de la sala. Una vez allí, vio el aseo de caballeros vacío y entró en él.

—A ver, ¿qué parte de «esto no puede ser» no has entendido?

Daryl sonrió. Cada vez le gustaba más esa mujer. Y, acercándose a ella, afirmó:

—¿Te he dicho lo bonita que estás hoy?

Ella dio entonces un paso atrás y gruñó:

—Eh..., piloto..., no te pases. Que yo no soy una de tus conquistas.

Él asintió, pero replicó:

—*Comandante.*

Acalorada por lo que sentía y oía, Carol maldijo. Una parte de ella quería salir corriendo de allí, pero otra deseaba cerrar la puerta con llave y cometer una locura. Estaba pensando en ello cuando su espalda tocó los azulejos del baño y, al sentir a Daryl aproximarse, cuchicheó:

—Oye..., mira...

Encantado por ver el influjo que tenía sobre ella, él paseó su boca con mimo por la de ella. Quería tentarla. Deseaba excitarla tanto como lo estaba él.

—No estamos en el mejor sitio... —murmuró.

Carol lo sabía. Estaban en los baños de un local abarrotado de gente.

—¿Para? —preguntó.

Otro beso..., otro más... Y, tras un tercero, el comandante susurró:

—Para seducirte y hacerte el amor.

Sobrecogida por aquello que le estaba haciendo perder los estribos, Carol lo miró y él añadió:

—Sí. Has oído bien. A ti me gusta hacerte el amor.

Tentación...

Aquel hombre y lo que decía eran pura tentación. Y, viendo hasta dónde podía llegar su deseo por ella, la joven cerró la puerta del baño con pestillo y, mirándolo, cuchicheó:

—Muy bien. Aun a riesgo de equivocarnos..., hagámoslo.

—¿Aquí? —preguntó él con recelo.

Ella asintió.

Él miró a su alrededor.

Había practicado sexo en muchos lugares, todos ellos sitios bonitos y con gusto, pero nunca en un sitio como aquél. Él era Daryl Michael Simmons, un tipo con clase, con saber estar, y, cuando iba a hablar, ella se le adelantó:

—¿Aquí también hay pelos de perro?

Daryl la miró. Se estaba cachondeando de él.

—A ver, comandante, ¿qué ocurre? —insistió.

Incómodo con la situación, él se apresuró a responder:

—Este sitio no me gusta.

—¿Por qué? —se mofó ella.

—¿Qué tal si nos vamos a mi casa o a la tuya? No creo que este lugar cumpla las condiciones necesarias...

—Uisss..., ya apareció don Tiquismiquis —dijo ella riendo.

Molesto al ver su sonrisita, iba a protestar cuando Carol insistió:

—Si tanto me deseas, ¡demuéstramelo!

Daryl la miró. Lo tentaba. Ahora era ella quien jugaba con él.

—Disculpa —señaló—, pero soy una persona con principios, y hacer esto en este baño me...

—Vale. Entonces, por tu comentario he de entender que yo no tengo clase alguna ni tampoco principios. ¡Muy bonito, sí, señor...! —lo cortó ella.

—Yo no he dicho eso —se defendió él.

Divertida por su gesto, Carol añadió:

—Pues entonces déjate llevar por el momento, las ganas, la pasión...

Y, dicho esto, lo besó. Aquel beso cargado de pura tentación y deseo volvió a calentar a Daryl en décimas de segundo.

Besos...

Caricias...

Toqueteos...

Cuando Carol comenzó a sentir su dura erección, la locura la embargó e, inclinando la cabeza hacia atrás para darle acceso, sonrió.

—¿De qué te ríes? —preguntó él entre beso y beso.

Ella no contestó.

Arrebatada por el momento y por todo lo que aquel tipo la hacía sentir, buscó sus labios y, en cuanto los tuvo a su merced, se los mordió. La reacción de Daryl no se hizo esperar. Estaban en los baños de un sitio público.

¡Adiós clase y principios!

Fuera estaba su hermana, su cuñado y su amigo Can, y, dispuesto a acabar lo que estaban comenzando, se interrumpió y dijo:

—Voy a hacer algo que nunca imaginé que haría.

—Qué atrevido —se mofó ella.

Acalorado y muy caliente, sonrió y, cuando despegó sus manos de ella para desabrocharse el cinturón y bajarse los pantalones, Carol murmuró:

—Ponte un preservativo.

Daryl asintió, pero, al darse cuenta de que tenía la cartera en el bolsillo de su chaqueta, que estaba fuera, iba a hablar cuando ella, consciente de la situación, exclamó:

—Mierda.

—Eso digo yo..., ¡mierda! —replicó él.

Sin tocarse, sin rozarse, se miraron con las respiraciones entrecortadas.

Los dos eran adultos. Los dos se protegían de enfermedades de transmisión sexual. Pero, al mismo tiempo, los dos tenían claro que de allí no saldrían sin cumplir su deseo.

—Tú decides —dijo Daryl—. Yo, por mí, sí.

Acalorada, Carol jadeó. Miró su erecto miembro y se acaloró más todavía.

Ya sabía de su poder, ya conocía lo que se sentía al jugar con él. Y, arrebatada por el deseo, murmuró:

—Ya que tú has dejado a un lado tu clase y tus principios y yo tomo la píldora, no seré yo quien diga que no. ¡Sigamos!

Y, dicho eso, sus cuerpos se unieron como si de dos imanes se tratase.

Abandonado al deseo, Daryl cerró los ojos mientras disfrutaba de cómo aquélla lo besaba y, en cierto modo, lo controlaba. Estaba claro que ella era quien llevaba la batuta en ese instante y, dejándose, disfrutó de un modo increíble.

Con cada beso, con cada roce, con cada respiración de ella,

Daryl se estremecía mientras apretaba a Carol contra la pared y, con deseo y fuerza, le estrujaba las nalgas.

Instantes después, la camisa que ella llevaba se abrió y él, subiéndole el sujetador, le liberó los pechos para lamérselos mientras las manos de Carol jugaban con su dura erección, haciendo que su temperatura ascendiera más y más.

Aquello era una auténtica locura.

Y, cuando no pudo más, Daryl le levantó la minifalda, la cogió entre sus brazos y, en cuanto ella rodeó su cintura con las piernas, él guio la punta de su pene hasta aquella humedad que tanto deseaba volver a encontrar, y preguntó mirándola a los ojos:

—¿Segura?

Acalorada y altamente excitada, Carol asintió y él, sin dudarlo, se hundió en ella, y en ese momento los dos se estremecieron. Sentir piel contra piel era increíble. Maravilloso. Ambos jadearon mientras el pene de Daryl se abría paso en el interior del cuerpo de Carol...

Pero de pronto sonaron unos golpes en la puerta.

—¡Deprisa, colega! Tengo que entrar.

Había alguien fuera. Saber eso hizo que ambos aceleraran, y Daryl, mirándola, susurró:

—Las prisas nunca fueron buenas, pero no nos queda otra.

Carol asintió.

Con cada embestida de él, sentía cómo todo su cuerpo temblaba. Gusto..., placer..., euforia. Todo aquello, unido a lo prohibido del momento, estaba resultando un cóctel de locura; entonces ella se rindió y se dejó manejar por Daryl, convirtiéndose así en un juguete entre sus brazos.

El placer era increíble...

El placer era devastador...

Carol siempre había tomado cartas en su sexualidad. Llevaba años buscando únicamente su propio placer. Pero allí y en aquel momento, abandonándose en manos de Daryl, el placer se redobló como nunca habría imaginado, hasta que su cuerpo se rebeló junto al de él y, tras una retahíla de gemidos incapaces de ahogar, el clímax los asoló, dejándolos exhaustos por completo.

Contra la pared, totalmente pegados, sus respiraciones aceleradas comenzaron a pausarse y, cuando Daryl la soltó, ella dijo mirándolo:

—Sin duda lo nuestro tiene un nombre: *sexo*.

Daryl le devolvió la mirada y, molesto, respondió:

—Te equivocas, señorita.

Pero Carol, sin querer escucharlo, afirmó tras bajarse la minifalda:

—Y así debe seguir llamándose.

Oír eso a Daryl le borró la sonrisa y, antes de que pudiera decir nada, ella lo apremió:

—Vamos, acaba de limpiarte y de vestirte o echarán la puerta abajo.

Instantes después, cuando Daryl abrió, el tipo de fuera iba a protestar, pero al ver a Carol su gesto cambió y afirmó:

—Vale..., ahora lo entiendo todo.

Una vez que los dos salieron del baño, se miraron y Daryl dijo:

—¿Qué te parece si nos vemos en tu casa dentro de dos horas?

Carol lo pensó. No era conveniente seguir, pero lo cierto era que le apetecía, y mucho.

Y, segura de que se estaba equivocando, afirmó:

—¡Vale! Pero trae helado de chocolate belga.

—¿Helado de chocolate belga?

Ella lo miró divertida y, guiñándole un ojo, cuchicheó:

—Te gustará...

Desconcertado al oír eso, él iba a agarrarla del brazo, pero ella fue más rápida y, sonriendo, se alejó.

Capítulo 25

A la mañana siguiente, Carol pudo comprobar de nuevo que los despertares no eran lo suyo. Daryl se levantaba siempre serio y ceñudo, todo lo contrario que ella, que solía hacerlo de buen humor.

Después de ducharse, tomarse un par de cafetitos y hacerse apasionadamente el amor, ella le indicó que tenía que ir al refugio. Le tocaba pasar allí el día, y él decidió acompañarla.

Nada más llegar, fueron directos a ver a la perrilla. *Bombón* estaba mejor y, al verlos entrar, los reconoció de inmediato y comenzó a ladrar.

—¡Pero qué bien está! —exclamó Daryl sorprendido—. ¡Y qué limpia!

Carol asintió. Antes de operarla, sus compañeros le habían dado un baño, y afirmó mientras le pasaba un mono de color azul:

—Es que está cuidada como una reina.

—Como ella se merece.

—Exacto. —Carol rio—. Como ella se merece.

—¿Y esto? —preguntó Daryl entonces mirando el mono.

—Póntelo.

—¿Que me lo ponga?

—Sí.

—Pero está usado —protestó.

La joven suspiró.

—Usado pero limpio. A ver, don Tiquismiquis, tienes dos opciones: o trabajas con tu ropa, o te pones ese mono para que tu carísima ropa, cuando acabes, siga limpita y reluciente. ¡Tú decides!

Daryl volvió a mirar el mono y ella afirmó divertida:

—No es un Armani, ni un Versace, pero te aseguro que cumple su función.

Finalmente, él accedió. No le quedaba otra.

Una vez que salieron de los aseos con los monos puestos, ella, al verlo, se le acercó y lo abrazó.

—Mmmmm..., si pareces un rudo granjero.

Daryl asintió con un suspiro.

—Mejor no me lo recuerdes.

De nuevo pasaron por donde estaban los perros e, inevitablemente, volvieron a saludar a *Bombón*. Conmovido por el modo en que la perra reclamaba su atención, Daryl se acercó a la jaula y, tras abrir la portezuela, el animal se lanzó a sus brazos para llenarlo de nerviosos lametazos.

En un principio, él se retiró. Era la primera vez que un perro lo chupaba, pero, al darse cuenta de que era su manera de dar cariño, se lo permitió y al final sonrió.

Carol los observaba divertida. Estaba claro que el animalito ya había elegido, por lo que, mirando a Daryl, le preguntó:

—Comandante, ¿sigues sin querer tener perro?

Él la miró a su vez. Intuía por qué se lo preguntaba, y, seguro de su respuesta, indicó:

—Imposible, Carol.

—Pero...

—Carol —la cortó—, en mi vida no cabe un animal.

La joven asintió y no dijo más. Respetaba su decisión.

Durante el tiempo que permanecieron allí, Daryl ayudó a dar de comer a los animales, se horrorizó cuando ella le dijo que tenían que limpiar los excrementos, e incluso lo animó a bañar a alguno de los gordos. Todo aquello era nuevo para él. Y, tan pronto como acabó, mientras guardaba las esponjas y los champús en un armarito, musitó:

—¡Apesto!

Carol soltó una carcajada. El olor del pelo mojado de un perro era muy fuerte, y, dándole un cariñoso beso en los labios, repuso:

—Tranquilo. Aquí todos olemos igual.

A medida que transcurría el tiempo, Daryl iba disfrutando más de todo aquello, cosa que nunca habría imaginado, y, cuando Carol le indicó que tenían que marcharse, hasta se apenó.

Después de quitarse los monos y ponerse su ropa, cuando los estaban metiendo en la lavadora, sonó el móvil de Carol, que contestó.

—Chocolatito..., soy el hombre más feliz de la Tierra.

Al reconocer a Fred, ella preguntó apoyándose en la lavadora:

—A ver, ilumíname. ¿Cuál es el motivo de tu felicidad?

Su amigo, que estaba en el aeropuerto, se apresuró a responder:

—Acabo de soltarle tu frase lapidaria a cierto tipo de Bruselas llamado Brian.

—¡Nooooooo!

—¡Sí! En inglés e italiano —añadió Fred—. Y, oye..., qué a gusto me he quedado. Creo que es lo mejor que he hecho en mucho tiempo y me siento total y completamente realizado.

Sorprendida porque Fred estuviera contando aquello tan feliz, cuando, meses antes, lloraba por las esquinas por Brian, ella iba a hablar cuando él prosiguió:

—Acabo de llamar a Muskeva para contárselo. Ni que decir tiene que se ha alegrado un montón. Por fin he cerrado ese capítulo de mi vida, ¡y sin lágrimas! Y, como recompensa, me voy a Nueva York con unos amigos para después unirme a la nueva gira de Beyoncé, donde pienso zorronear todo lo que pueda mientras os echo mucho de menos a las dos.

Carol sonrió. Fred era increíble.

—No sabes cuánto me alegro, cielo. Me alegro un montón. Y, sí, zorronea mucho, mucho... mucho y ¡sé feliz!

Durante unos minutos continuaron hablando bajo la atenta mirada de Daryl, que la veía gesticular y reír, y, una vez que se despidieron, quedando en verse cuando pudieran, él le preguntó:

—¿Algo importante?

Eso hizo sonreír a Carol, que afirmó poniendo la lavadora en marcha:

—Mi amigo Fred, el que estaba con Muskeva y conmigo en la gira de Pink, ha cerrado por fin un capítulo de su vida y ahora está feliz.

—Estupendo.

—Tremendamente estupendo —repuso ella contenta.

Antes de marcharse pasaron de nuevo a ver a la perrita. *Bombón* se alegró al verlos otra vez y, después de que les llenara las caras de lametones y se tranquilizara, decidieron irse. Tenían planes.

* * *

A su regreso, pasaron por casa de Daryl y él, complacido, se la enseñó. Era una preciosidad. Tenía cuatro habitaciones, tres baños, un salón comedor enorme y una buena cocina, además de un estupendo patio trasero.

—Lo que disfrutarían aquí mis gordos... —comentó Carol al verlo.

Daryl asintió. Su casa no tenía nada que ver con la de ella, y afirmó:

—Estoy convencido.

—Ya te digo.

Entraron de nuevo en el salón, y Carol, al verlo todo escrupulosamente ordenado, levantó un cojín, lo tiró con descuido sobre el sofá y sugirió:

—¿No crees que queda mejor así?

Daryl sonrió. Ya lo estaba provocando otra vez.

Carol se acercó entonces al equipo de música y se quedó mirando los CD que él tenía.

—¿Te gusta esta música? —le preguntó.

Daryl se le acercó.

—Sí. El blues, el soul y el jazz me gustan bastante.

—Vaya...

—Sin duda, dista mucho de lo que te gusta a ti, ¿verdad?

Ella sonrió y, callando lo que en realidad pensaba, cogió un CD y comentó:

—Éste lo conozco. Lo tiene mi madre.

—Vaya..., tu madre —se mofó él—. Eso quiere decir que soy un anticuado.

—Es posible —afirmó ella.

Carol encendió el equipo.

—¿Puedo ponerlo?

Daryl asintió y cuando, instantes después, comenzaron los primeros acordes de la canción *Acércate más* de Natalie Cole, sonrió.

La joven, que se la sabía al dedillo, empezó a acercarse a él lenta y sensualmente, provocándolo, mientras gesticulaba y cantaba la letra. Él sonrió. Nunca una mujer le había hecho aquello.

Cuando llegó hasta él, tras besarlo como decía la canción, lo cogió de la mano y pidió:

—Baila conmigo y déjame llevarte.

Hechizado por completo, Daryl la siguió sin rechistar. Bailar con ella era un auténtico placer. Carol sabía moverse entre sus brazos con una sensualidad que lo estaba derritiendo.

Ella, encantada al ver lo que aquella música y su baile estaban consiguiendo en él, cuchicheó mirándolo:

—Bonita canción para bailar, ¿no crees?

Daryl asintió. Aquella mujer, que lo seducía con cosas simples, era fascinante.

—¿No es un poquito antigua para ti? —respondió.

Ella sonrió. Estaba visto que él seguía prejuzgándola y, tras besarlo con delirio, replicó:

—Cielo, voy a decir algo antes de hacerte el amor.

—Tú dirás...

Paseando entonces la nariz por la mejilla de él, antes de que la canción acabara, musitó mirándolo:

—En compañía de la persona adecuada, la música nunca pasa de moda.

* * *

Una hora después, tras haberse hecho el amor con dulzura y posesión y haber acabado juntos en la ducha, después de vestirse, fueron a casa de Carol para que pudiera cambiarse de ropa.

Cuando salió del baño con un bonito vestido gris y negro, Daryl soltó un silbido. Al oírlo, Carol lo miró.

—Estás preciosa.

Complacida por oír eso, la joven se colocó unos pendientes y, en cuanto acabó, indicó:

—Que habitualmente lleve vaqueros y ropa deportiva no quiere decir que no me guste ponerme un bonito vestido y comportarme como una señorita fina si la ocasión lo merece.

Daryl asintió y, bajando a uno de los perros del sofá, afirmó:

—Me encanta saberlo.

Diez minutos después, salieron del apartamento, y él, cogiéndola de la mano, comentó antes de llegar a su coche:

—Te voy a llevar a cenar a un sitio estupendo.

—¡Y carísimo! —afirmó ella.

El restaurante, como había dicho Daryl, era increíble. Elegante, lujoso, deslumbrante, y, después de que el camarero les indicara que esperasen unos instantes en el bar antes de pasarlos a su mesa, él preguntó a la joven:

—¿Qué te parece?

—Muy bonito —contestó ella sonriendo.

Estaban hablando cuando se les acercó un hombre.

—Daryl Michael Simmons...

Él levantó la vista y vio que se trataba de un antiguo amigo.

—Ronnie Parsons... —lo saludó—. ¡Cuánto tiempo!

Aquéllos se abrazaron con ganas, y luego Ronnie miró a Carol y Daryl dijo:

—Ronnie, ella es Carolina. Carol, mi amigo Ronnie.

Ambos se saludaron con dos besos, y Daryl y aquél comenzaron a hablar. En varios minutos se pusieron al tanto de sus vidas, hasta que Ronnie, mirando a Carol, preguntó:

—Entonces ¿no es tu mujer?

Ella y Daryl se miraron y éste respondió:

—Oh, no. Ella es una amiga.

—Sólo amigos —afirmó Carol sonriendo.

—No estoy casado ni tengo pareja —insistió Daryl.

Ronnie sonrió y, mirando a la joven, dijo al tiempo que le tendía una tarjeta:

—Pues entonces, sabiendo que no sois nada, no quiero desperdiciar la oportunidad de poder invitarte a cenar otro día, Carolina. ¿Qué te parece?

Oír eso de pronto incomodó a Daryl. Y Carol, tan descolocada como él, sin saber qué hacer, la cogió y tan sólo repuso:

—Vale.

—Llámame —insistió Ronnie antes de alejarse.

Cuando se quedaron de nuevo solos, ambos se miraron, pero en ese instante apareció el camarero.

—Señor Simmons, síganme.

Una vez junto a su mesa, se sentaron y Daryl, al ver que ella se guardaba la tarjeta en el bolso, preguntó:

—¿Lo llamarás?

Desconcertada por la pregunta, pero segura de su respuesta, Carol se encogió de hombros y musitó sin darle importancia:

—Pues no lo sé.

Aquello a Daryl le escoció, pero no dijo nada.

Durante la cena hablaron de infinidad de cosas, pero, cada vez que él sacaba el tema de la familia o intentaba saber más sobre su vida, se daba cuenta de que ella todo el tiempo tiraba balones fuera. ¿Qué ocurría?

Necesitaba saber, así que siguió intentándolo, pero a la tercera desistió. Si ella así lo quería, así sería.

Tras la cena, Carol le propuso ir a su casa y, nada más entrar en ella y quitarse a los perretes de encima, con deseo de él, le hizo el amor mientras ignoraba las protestas de Daryl por los pelos.

* * *

Dos días después, tras no haberse separado más de seis horas en total, el comandante Simmons entraba perfectamente uniformado en la sala del aeropuerto reservada para los empleados de High Drogo. Debía volar al cabo de unas horas, y estaba charlando con uno de sus compañeros cuando oyó que alguien decía:

—Buenos días, comandante.

Al levantar la vista, se encontró con una muchacha pelirroja a la que nunca había visto, pero, sin ganas de confraternizar, tan sólo respondió:

—Buenos días.

Más tarde buscó con curiosidad entre la gente que estaba tomando un café a Carol. Sabía que debía volar a Las Vegas. Pero nada. Allí no estaba.

Conforme llegaba el horario de los vuelos, las distintas tripulaciones iban saliendo de la sala, cuando, de pronto, la puerta se abrió y entró Carol acelerada.

Se dirigió con ganas hacia Tina, Karen y Efren, sus compañeros de vuelo, y estaba sonriendo cuando oyó:

—La puntualidad es cortesía, educación y respeto.

Y, sin pensar, ella se apresuró a replicar:

—La puntualidad es la virtud de los aburridos.

Y, al dar media vuelta y encontrarse con Daryl, su cuerpo se calentó.

¿Qué hacía él allí?

De pronto, él la sorprendió reprochándole delante de todos los presentes:

—Regla número uno para ser parte de mi tripulación: la puntualidad es esencial. Por favor, señorita Muñoz, intente no volver a retrasarse.

Boquiabierta, no supo qué contestar.

¿Cómo que «su tripulación»?

Todos los miraban, todos los observaban, y él añadió:

—Por su expresión intuyo que no sabe de lo que hablo, cosa que, si hubiera llegado a su hora, entendería, porque es parte de mi tripulación.

Carol calló. No era momento de decir nada inadecuado y, entendiendo su papel, con toda la educación que pudo, afirmó sabedora de que, le gustara o no, él llevaba la razón:

—Lo siento, comandante. No volverá a ocurrir.

Una vez que él se alejó, molesta por el modo en que todos la miraban, se dirigió hacia la máquina de café. Estaba sirviéndose una taza cuando, con el rabillo del ojo, vio a Daryl acercarse a ella.

—Si eres más tonto, no naces —le soltó.

Boquiabierto al oír eso, él la miró, y ella insistió con disimulo:

—¿Te sientes bien creyéndote todopoderoso?

Él sonrió y, con profesionalidad, repuso:

—En el trabajo me gusta que se cumplan las normas.

—¿Era necesario echarme la bronca delante de todos?

—¿Decirte que eres impuntual es echarte la bronca?

Carol lo miró. Prefirió no contestar con palabras, mejor lo hacía con la mirada, y él, al entenderla, indicó:

—Señorita..., contén ese lenguaje soez.

La joven sonrió. Le agradaba que hubiera leído su mirada.

—Las reglas no las he escrito yo —insistió él—. Así que, si llegas tarde y eres parte de mi tripulación, he de amonestarte. Estamos trabajando y en el trabajo no se juega.

Sin ganas de decirle todo lo que se le pasaba por la cabeza, ella simplemente la meneó de un lado a otro.

—No me gusta nada lo que estás pensando —cuchicheó él.

—¿Y cómo sabes lo que pienso? ¿Acaso ahora también tienes poderes?

Daryl sonrió, le encantaba aquella mujer, y, bajando la voz, musitó:

—Nos vamos conociendo, *Moñitos*. Y cuando frunces el ceño de esa manera no me cabe duda de que no estás pensando nada bueno.

Molesta, la joven se alejó de él. La estaba sacando de sus casillas.

Minutos después, miró la hoja que le habían dado. En ella decía que el comandante del vuelo a Las Vegas era Herman Daichman y no Daryl. Enseguida se acercó a sus compañeros para preguntárselo y, al ver las caras sonrientes de las féminas, insistió:

—¿Él y no Daichman?

Todas asintieron encantadas.

Entonces Tina, la pelirroja nueva, preguntó recordando algo:

—¿No dijiste que era el hermano de una amiga tuya?

—Sí.

—¿Y por qué no te tutea?

—Porque estamos en el trabajo —respondió Carol molesta.

Tina sonrió. Cuando estaba en otra compañía, había oído hablar de aquel tipo, y, mirándola, insistió:

—¿Me lo puedes presentar?

Carol la miró. Eso la incomodó, pero, en cambio, repuso:

—Por supuesto.

Daryl, que se terminaba su café, se encontró con Carol al volverse y le preguntó:

—¿Deseaba algo, señorita Muñoz?

Ella frunció el cejo. ¿En serio iba a ser así? Y, respirando hondo, dijo:

—Comandante Simmons, Tina es nueva en la compañía y quería conocerlo.

Encantado, él sonrió a la joven pelirroja, que lo miraba con cara de deseo, y la saludó con amabilidad.

—Un placer conocerte, Tina.

Satisfecha porque los preciosos ojos del piloto estuvieran fijos en ella y fuera ella el motivo de aquella sonrisa, la chica respondió:

—El placer es mío, comandante.

Daryl asintió y, con caballerosidad, le guiñó un ojo y declaró:

—Después del vuelo nos tomaremos algo en destino.

—¡Estupendo! —asintió aquélla encantada.

Después, mirando a Carol, Daryl añadió:

—Carolina, ¿podríamos hablar un segundo?

Una vez que se alejaron unos pasos de la emocionada Tina, Carol preguntó:

—¿Carolina? ¿Señorita Muñoz? ¿En qué quedamos?

Daryl sonrió. Le encantaba desconcertarla, y, conteniendo las ganas que sentía de besarla, aclaró:

—Suelo utilizar el apellido si algo me molesta y el nombre cuando hay cordialidad, y...

—¿Desde cuándo sabías que íbamos a viajar juntos a Las Vegas?

Él sonrió. Le había costado cambiar su cuadrante de forma tan precipitada y, bajando la voz, musitó:

—¡Sorpresa!

Carol resopló. Habían estado básicamente juntos los últimos tres días. Se habían separado hacía apenas cinco horas y él no le había dicho nada, pero ahora allí estaba, a punto de poner rumbo a Las Vegas con ella.

Sin saber qué decir, lo miró y él, guiñándole el ojo con disimulo, pidió:

—No pienses más y vayamos a trabajar.

Y, dicho esto, Daryl dio media vuelta y salió de la sala con su galantería inglesa.

Capítulo 26

Una hora después, tras todas las comprobaciones previas a un vuelo y una vez que el pasaje estuvo acomodado en el avión, se oyó la voz de Carol a través de los altavoces del aparato dando la bienvenida a los pasajeros en varios idiomas.

—... Ahora, por favor, abróchense el cinturón de seguridad, mantengan el respaldo de su asiento en posición vertical y la mesita plegada. Les recordamos que no está permitido fumar en el avión. Gracias por su atención y feliz vuelo.

En cuanto soltó el micrófono, Tina se acercó a ella emocionada.

—¿Crees que el comandante tomará algo con nosotras en destino? —cuchicheó.

La joven la miró y, sonriendo, afirmó mientras le entregaba una bandeja de bebidas para repartir entre los pasajeros de clase *business*:

—En ocasiones nos tomamos algo juntos, pero no es lo habitual.

Tina asintió y, tras ofrecer unas copitas de cava, agua o vino al pasaje, al regresar a la cocina comentó dejando la bandeja:

—Me encanta ese comandante... Deseaba conocerlo con todas mis fuerzas.

Eso llamó la atención de Carol, pero, antes de que pudiera decir nada, Tina continuó:

—Mi amiga Gunilla, la hija del entrenador del Manchester, lo conoce y me dijo que es ¡increíble!

—¿Increíble?

—En la cama —susurró la pelirroja con gesto gracioso.

Sorprendida por lo fuerte que iba aquélla, Carol sonrió y Kelly, que la había oído, intervino:

—Te daré un consejo: separa el trabajo del ocio, te irá mejor. Y, si acaso decides no hacerlo, ¡sé más discreta!

Carol sonrió al oírla y, mirando a una desconcertada Tina, afirmó:

—Cielo, Kelly tiene razón.

La otra asintió y no dijo más.

* * *

En varias ocasiones, durante el vuelo, Carol entró en la cabina para atender a lo que el comandante y el copiloto demandaban, y en ningún momento Daryl la miró ni le sonrió. Esa frialdad la mataba, pero lo asumió como algo que ella misma se había buscado.

* * *

Diez horas y cincuenta minutos después del despegue en Londres, cuando tomaron tierra en Las Vegas, Carol cogió de nuevo el micrófono y dijo en varios idiomas:

—Señores pasajeros, bienvenidos al Aeropuerto Internacional McCarran de Las Vegas. Por favor, permanezcan sentados y con el cinturón de seguridad abrochado hasta que la señal luminosa se apague...

Diez minutos más tarde, cuando hubo salido el último pasajero del aparato, Tina murmuró cansada:

—No veo el momento de llegar al hotel.

—Ni yo —afirmó Carol.

La puerta de la cabina se abrió entonces y el copiloto salió. Mientras rellenaba unos papeles, Carol se fijó en que Daryl continuaba aún en su asiento y lo observó con disimulo. Verlo vestido de comandante era como poco provocador. Pero, realmente, ¿cuándo no estaba él provocador?

Estaba pensando en ello cuando encendió su móvil y enseguida le saltaron varios mensajes. Uno de voz y dos wasaps. Suspirando, los miró. Eran de sus hermanos. ¡De los tres!

Con paciencia, resopló y se apresuró a escuchar el de Adam:

«Hola, hermana, ¿cómo vas? Sólo llamaba para decirte que la *mamma* le ha pedido a Luigi Sorrentino que, una vez que yo me vaya, se venga a vivir con ella y la *nonna*. A mí me parece bien, sólo te lo digo para que estés preparada para el mensajito que Annalisa te enviará. Un besito y te quiero. ¡Qué ganas de vivir contigo!».

En cuanto dejó de oírse la voz de su hermano, Carol cuchicheó:

—*Mamma mia*... Miedo me da.

Acto seguido leyó el mensaje de Vera:

Hoy he ido a hacer la prueba de mi
vestido de novia. Estoy horrorosa.

Imaginar a su hermana Vera escribiéndole aquello le puso el vello de punta. ¡Pobrecilla!

Y, sin importarle que en Las Vegas fueran las seis de la tarde y en España las tres de la madrugada, escribió:

Seguro que estás preciosa, tontorrona.
Prometo estar contigo para la última prueba.

Después de darle a «Enviar», resopló. ¿Por qué nadie, a excepción del novio, estaba pendiente de Vera?

Visto el segundo mensaje, procedió a leer el de Annalisa, que decía:

Esto es una locura. La *mamma* y Luigi
Sorrentino se van a vivir juntos, ¡qué
vergüenza! Esto no puede ser.
No digo más.

Leer aquello la hizo maldecir, pero entonces Kelly se acercó a ella y comentó:

—Esa Tina no me gusta nada. Es demasiado descarada.

Carol rápidamente guardó su teléfono. Kelly tenía razón, y, suspirando, repuso:

—Es joven y tiene que aprender.

Kelly asintió y, sonriendo, cuchicheó:

—Me parece a mí que ésa ha visto muchas películas en las que el comandante buenorro se enamoraba de la simple azafata, y se va a llevar varios disgustos.

Ambas reían por aquello cuando Kelly preguntó:

—¿Tienes ya tus vacaciones aprobadas?

Encantada, Carol asintió.

—El mes que viene tengo unos días que aprovecharé para ir a España, a la boda de mi hermana Vera en Málaga, luego me pasaré por Tenerife unos días para relajarme, y de allí a Venecia para estar con mi familia y celebrar el cumpleaños de mi *nonna*.

—¡No vas a parar!

—Ése es el plan —afirmó Carol.

Instantes después, Daryl salió de la cabina y, mirándolas, preguntó:

—¿Todo bien por aquí?

Kelly y Carol asintieron y él, colocándose su gorra, dijo:

—Vamos. Vayamos a entregar la hoja y después al hotel.

Tras cumplir con sus obligaciones, la tripulación al completo montó en una furgoneta que los llevaría al Aria Resort & Casino, un magnífico hotel de Las Vegas.

En el camino, todos charlaban de forma amigable, incluso Daryl. Se notaba que la tensión y la concentración del comandante durante el viaje ya habían desaparecido, y a Carol le gustó verlo sonreír. Sin duda tenía una sonrisa muy bonita.

Sentada en su asiento, tras enviarle un mensaje a su hermano para decirle que le parecía bien lo de Luigi, abrió su mochila y se relajó tras acariciar aquel peluche naranja que tan importante era para ella. Tocar el muñeco la calmaba.

De pronto, al ver un cartelón enorme donde se anunciaba la

pelea de Bastian Dumont contra Danilo Rodríguez, la joven suspiró.

Inquieta, dejó el peluche y cerró la mochila, sin percatarse de que Daryl, desde su asiento, la estaba observando a través del retrovisor.

Capítulo 27

Cuando la furgoneta los dejó en la entrada del hotel, la tripulación al completo se dirigió hacia la recepción. Allí, cada uno recogió la llave de su cuarto, y Daryl, antes de que todos se dispersaran, indicó:

—Quien quiera comer algo, quedamos dentro de una hora en recepción.

Sin mirar atrás, se alejó hacia el ascensor, y entonces oyó:

—Eh, Daryl.

Volvió la cabeza y sonrió. Era su amigo Mark, comandante de la compañía DJP, y rápidamente se saludaron.

Por su parte, Tina, emocionada, asió su maleta tras recoger la llave en recepción y preguntó:

—¿Qué me pongo para la cena?

Kelly y Carol se miraron, y la primera se mofó:

—Sin lugar a dudas, vestido largo, moño italiano y perlas.

Tina la miró al oírla, y Carol indicó divertida:

—Cualquier cosa, mujer.

Una vez que esta última entró en su habitación, dejó la mochila sobre la cama y el *trolley* a un lado y se tumbó sobre ella.

¿Debía ir con los demás a cenar o no?

Recordó el cartel que había visto durante el trayecto y sonrió. Y, tras desbloquear el móvil, buscó un nombre y lo marcó.

Un timbrazo...

Dos...

—Hola, *itañola* —contestó Bastian de pronto al otro lado.

Oír su voz siempre era agradable.

—Hola, Bastian —saludó—. ¿Cómo va todo?

El aludido sonrió y enseguida preguntó:

—Ahora que oigo tu voz, mucho mejor. ¿Estás en Las Vegas?

—Sí. Acabamos de aterrizar y hago noche aquí.

Él sonrió y, deseoso de ver a la mujer más importante de su pasado, preguntó:

—¿En qué hotel estás?

—Aria Resort & Casino.

—Dentro de cuarenta minutos estoy allí.

Carol suspiró. No era buena idea, y repuso:

—Mejor dime dónde estás e iré yo. Para mí será más fácil.

Sin dudarlo, Bastian le dio la dirección y, tras despedirse, la joven sonrió.

De pronto sonaron unos golpes en la puerta. A toda prisa se dirigió hacia allí y, al abrir, Daryl se apresuró a entrar, cerró a su espalda y la besó atrayéndola hacia sí.

Cuando el apasionado beso acabó y sus bocas se separaron, él susurró mirándola:

—Dios, estás preciosa con el uniforme. ¡Te sienta muy bien! Dime que tienes helado de chocolate belga en la habitación...

Sorprendida, ella sonrió, y, tras un delicioso y maravilloso beso, Daryl añadió:

—He mantenido las distancias delante de los compañeros porque intuyo que tú lo quieres así. Pero, aquí y ahora, estando tú y yo solos, no pienso hacerlo.

Ella parpadeó boquiabierta.

—A... a ver, Daryl. Creo que...

No pudo continuar. Aquel tipo, que tanto le gustaba pero que a la vez la desconcertaba, la cogió entonces entre sus brazos, la llevó hasta la cama y la dejó sobre ella.

—Te deseo —afirmó Daryl—, como sé que tú me deseas a mí. ¿O me equivoco?

Hechizada como siempre que él estaba cerca, Carol sonrió. Sin lugar a dudas, a ambos les ocurría lo mismo, y murmuró con una sonrisa en los labios:

—No. No te equivocas.

Un beso...

Dos...

Y entonces el teléfono de Carol comenzó a sonar. Al oírlo, ella se apresuró a cogerlo y, al ver quién era, indicó:

—Es mi madre. Un segundo.

Él la soltó y ella enseguida empezó a hablar en italiano.

Sin quitarle ojo, Daryl la siguió por la habitación, y cuando ella colgó, preguntó mirándola:

—¿Ocurre algo?

Sin querer pensar en la bronca que su madre le había contado que había tenido con Annalisa, Carol respondió, tirando el teléfono sobre la cama:

—Nada. Y ahora, bésame.

Encantado, se acercó a ella y lo hizo.

De nuevo besos..., caricias..., sonrisas, hasta que el teléfono volvió a sonar.

Desde donde estaba, Carol miró la pantalla y, al ver quién era, indicó:

—Tengo que cogerlo.

Esta vez, Daryl gruñó:

—¿En serio vas a contestar?

Sin dudarlo, ella asintió. Y, tras deshacerse de sus brazos, respondió agarrando el móvil:

—¿Qué pasa, Vera?

Su hermana, que había recibido su mensaje, enseguida cuchicheó:

—Estoy horrorosa con el vestido de novia. Tengo un gusto pésimo y voy a hacer el ridículo el día de la boda.

Carol le pidió un segundo a Daryl con un gesto de la mano y replicó:

—No digas eso. Seguro que estás preciosa.

Vera suspiró.

—Papá dice que pareceré un sapo gordo.

Carol se puso furiosa al oír eso, y siseó:

—No escuches a quien no merece ser escuchado. Tú no eres un

sapo ni lo serás nunca. Simplemente estarás preciosa el día de tu boda y punto.

Luego, tras un significativo silencio, su hermana preguntó:

—¿Dónde estás?

—En Las Vegas.

Vera asintió y, entendiendo que su hermana estaba trabajando, dijo:

—Es tarde. Hablamos en otro momento.

—Cuando quieras, cielo.

Una vez que Carol colgó el teléfono, miró a Daryl, que la observaba apoyado en la ventana.

—Era mi hermana Vera —aclaró.

Él asintió y, aproximándose a ella, le quitó el móvil de las manos, lo tiró otra vez sobre la cama y se acercó a su boca.

—¿Podemos continuar? —preguntó.

La respiración de Carol estaba tan acelerada como la de él. Lo deseaba con todo su ser y, dispuesta a aprovechar aquel momento, pidió mientras se estremecía:

—No despegues tu boca de la mía.

Aquella orden, acompañada de aquella mirada, a Daryl lo embruteció.

El tipo de sexo que estaba descubriendo con Carol, aun siendo cosa de dos, era de lo mejor que había probado nunca. Carol utilizaba la seducción para volverlo loco, pero, cuando iba a hablar, unos golpes en la puerta los sobresaltaron.

—Carol, soy Kelly. Tengo tu maleta y tú tienes la mía.

Daryl y ella se miraron y el primero gruñó:

—¡Joder!

—Pues sí..., ¡joder!

»¡Ahora, Kelly!

Carol suspiró y, encogiéndose de hombros, cuchicheó dirigiéndose a él:

—¿Y yo qué quieres que te diga?

Se separaron rápidamente y la joven indicó mirándolo:

—Métete en el armario.

—¡¿Qué?!

—Que te metas en el armario —insistió ella.
—Ni hablar. En mi vida he tenido que meterme en un armario.
—¿Acaso va contra tu clase y tus principios?
Daryl la miró ceñudo. No le hizo ninguna gracia ese comentario, y ella, mofándose, insistió:
—Venga, hombre, alguna vez tenía que ser la primera.
Daryl maldijo. Ni en sus años de adolescencia había tenido que ocultarse de aquella manera; entonces la voz de Kelly dijo:
—Carol, ¿me oyes?
La aludida maldijo y, desnudándose a toda prisa, contestó:
—Un segundo, Kelly. Estoy desnuda. —Después, mirando a Daryl, susurró—: La haré pasar y, cuando esté enseñándole el baño, ¡te vas!
—Pero...
—¡Te vas! Kelly se quedará un rato aquí. La conozco —sentenció.
—Pero ¿no la puedes echar?
—No.
Daryl maldijo de nuevo y, tomando aire, afirmó:
—¿En serio me voy a tener que meter en el armario?
Eso le hizo gracia a Carol, que asintió, y, guiñándole el ojo con picardía, cuchicheó:
—¡Ya nunca podrás decir que no has salido de uno!
Él no sonrió y, molesto, soltó:
—Nos vemos después.
Ella asintió y Daryl, dándose finalmente por vencido, a pesar de lo excitado que seguía, abrió el enorme armario y se escondió en su interior.
Acalorada, Carol se retiró el pelo del rostro y gritó mientras se ponía un albornoz:
—Voy, Kelly..., ¡voy!
Instantes después, abrió la puerta y su amiga, entrando, indicó:
—Otra vez he cogido tu maleta.
Carol la miró. Eran iguales. Idénticas. Y, buscando algo que no encontró, murmuró:
—Vaya..., he perdido mi identificador.

Ambas sonrieron, y Kelly preguntó a continuación:

—¿Cómo es tu baño?

Y, sin darle tiempo a responder, se dirigió hacia allí y Carol, tras dar un golpe en el armario para que él saliera, la siguió. Una vez en el baño, cerró la puerta, y Kelly dijo:

—El mío es un poquito más grande.

—Con éste me vale —afirmó Carolina.

—Según tengo entendido —cuchicheó entonces Kelly—, la habitación del comandante es una suite con un baño increíble.

Carol se encogió de hombros y, sin darle importancia, repuso:

—Pues espero que la disfrute tanto como yo voy a disfrutar ésta.

En cuanto salieron del baño, como era de esperar, Kelly se sentó sobre la cama y ambas comenzaron a charlar, mientras Carol miraba el armario y esperaba que Daryl hubiera salido de allí.

Veinte minutos después, cuando Kelly se marchó, fue directa al armario y suspiró entre aliviada y confundida al ver que ya no estaba.

Sentándose en la cama, se tocó la frente.

¿Qué estaba haciendo?

¿A qué estaba jugando?

Pero, sin querer pensar en nada más, rápidamente se metió en la ducha, después se vistió y, tras pasar por la habitación de Kelly y decirle que tenía una cita, salió del hotel y cogió un taxi.

* * *

Un rato después, la tripulación se reunió en recepción, y Daryl, mirando a su alrededor, preguntó con disimulo:

—¿Estamos todos?

Kelly, que en ese instante hablaba con Tina, respondió:

—Sí. Carol se ha marchado. Tenía una cita.

Al oír eso, Daryl se quedó planchado.

¿Cómo que Carol tenía una cita? ¿Con quién?

Pero, sin querer hacer leña del árbol caído, asintió con toda su paciencia; y para evitar abandonar el establecimiento y así poder comprobar con quién regresaba Carol, propuso:

—¿Cenamos en la cafetería del hotel?

Una parte de la tripulación se quejó, Tina entre ellas. Querían juerga. Pero al final claudicaron. Estaban cansados y no era mala idea cenar allí.

Capítulo 28

Cuando Carol llegó a Mountain Grove y se bajó del taxi, se quedó mirando aquella casa.

La última vez que había visitado a Bastian en Las Vegas no vivía allí y, asintiendo, sonrió. Sin duda él buscaba el confort para su familia.

Llamó al timbre y la puerta no tardó en abrirse; al ver a una chica que le sonrió al verla, la saludó:

—Hola, Carmela.

La morena, una mexicana encantadora, rápidamente la abrazó.

—Qué alegría verte, Carol. Cuando Bastian me ha dicho que estabas aquí y venías, ¡no me lo podía creer!

Carmela era la actual mujer de su ex. No estaban casados, como no lo estuvieron ella y Bastian, pero para el francés era su esposa, del mismo modo que decía que ella siempre lo sería.

Riendo y hablando, las dos llegaron hasta el patio trasero de la casa. Al fondo, sentado en una tumbona, estaba Bastian, que al verla se levantó y exclamó:

—¡Mi *itañola* favorita..., bienvenida!

Sonriendo, ella se le acercó y, tras fundirse en un cariñoso abrazo, él comentó:

—Cada día estás más guapa.

—Y tú más feo.

Bastian sonrió y Carmela, mirándolo, afirmó:

—Te lo dije. Te estás afeando.

Divertida, Carol soltó una risotada, y entonces la otra la miró y preguntó:

—¿Qué quieres beber?

—Una Coca-Cola fresquita estaría bien.

Enseguida aquélla se marchó dejándolos solos y, mirándola, Bastian señaló:

—Dos años desde la última vez.

Carol asintió.

—He andado a tope. Ya sabes: las giras, los vuelos, la familia...

—Hablando de familia, ¿cómo están todos?

Carol resopló y, sin pelos en la lengua, comenzó a relatarle la situación. Bastian conocía muy bien a la familia de aquélla y, cuando la joven calló, dijo:

—Veo que no ha cambiado nada. Todos siguen tirando de ti como siempre.

—Básicamente —afirmó ella.

Bastian guardó silencio. Si le decía lo que pensaba al respecto, con seguridad discutirían; Carol era muy cabezota en lo que a su familia se refería.

—La casa es preciosa —señaló ella.

A continuación, ambos se sentaron y el boxeador comentó mirando a su alrededor:

—Deseaba un hogar y, en vista de que Las Vegas es el mío, Carmela y yo vinimos a verla, nos enamoramos de ella y la compramos.

—Con piscina y todo, ¡qué lujazo! —cuchicheó Carol.

Ambos rieron por aquello, y él dijo:

—El boxeo es lo que tiene. Si todo va bien, te puedes permitir lujos de ese tipo. Verás cuando te enseñe el cochazo que me he comprado..., ¡alucinarás!

De nuevo rieron por aquello, y luego se hizo el silencio entre ambos.

—Dentro de unos días cumpliría ocho años —dijo él entonces.

—Sí —afirmó Carol.

Hablar de Jane aún dolía.

Aquella experiencia que los unió y posteriormente los separó los había marcado; Bastian, buscando las palabras más apropiadas, musitó:

—Carol..., tengo que decirte algo que...

La aludida, al ver cómo él la miraba, lo interrumpió:

—Lo sé. Has sido papá, y quiero que sepas que estoy muy feliz por ti.

Bastian se emocionó al oírla; llevaba meses pensando cómo darle él mismo la noticia.

—¿Por qué no me llamaste y me lo dijiste? —protestó ella.

Apurado, el boxeador desvió la mirada. Después se tocó el ojo derecho, luego el izquierdo, y al final respondió:

—Porque no sabía cómo decírtelo.

—Serás tonto.

Bastian asintió.

—Sin duda lo soy. Además de feo, ahora soy muy tonto.

Ambos soltaron una carcajada y Carol, para quitarle dramatismo al momento, dijo sacando un paquete de su mochila:

—Este regalito es para tu bebé.

Al ver aquel papel de elefantitos amarillos, al implacable boxeador temido por media humanidad le tembló la barbilla y, cogiéndolo, murmuró:

—Gracias.

Conmovida por lo que él sentía, e intentando no llorar también, Carol murmuró:

—No me jorobes, Bastian... ¿Estás llorando?

Él asintió y, algo avergonzado, gruñó mirándola:

—A ver si te crees que los boxeadores no lloramos.

—¡Llorica! —se mofó ella.

Una vez que él se repuso, miró a aquella mujer a la que tanto quería y contó:

—Se llama Lorenzo. Es un niño precioso. Tan guapo como Carmela. Tiene ocho meses y no para de sonreír.

Carol se levantó de su tumbona, se sentó junto a él y, abrazándolo, musitó:

—Eso es fantástico. Estoy deseando conocerlo.

La emoción los embargó a los dos. Lo que les había ocurrido

con Jane les había dejado un duelo eterno y, cuando él volvió a mirarla con los ojos llorosos, para quitarle hierro al momento, Carol se mofó:

—¿En serio vas a lloriquear otra vez?

—No quisiera —susurró él limpiándose los ojos.

Carol tragó el nudo de emociones que pugnaba por salir de su garganta y, levantándose, cogió la mano de Bastian y le pidió, haciendo de tripas corazón:

—Vamos. Quiero conocer a Lorenzo.

Agarrados de la mano, entraron en el salón.

—Carmela..., cielo... —llamó él.

Instantes después, la joven salió de la cocina y, mirándola, Bastian preguntó:

—¿Te importa si subimos a ver a Lorenzo?

Carmela sonrió. Sabía por lo que aquéllos habían pasado, y, guiñándoles el ojo, repuso:

—¡Ándale! Id a verlo ¡pero ya!

En silencio, Carol acompañó a Bastian hasta la primera planta de la casa, donde estaba la habitación del bebé. Al entrar, el dulce olor de un pequeño inundó sus fosas nasales y, mirando las paredes decoradas con muñequitos, musitó recordando la que decoraron en su día para su hija:

—Me gusta mucho. Es muy bonita.

Bastian sonrió y, cuando llegaron frente a la cuna, Carol se llevó las manos a la boca.

Aquel bebé de pelo oscuro y tez morena nada tenía que ver con su hija, pero era un milagro, un milagro increíble, y emocionada murmuró:

—Es precioso. Tenías razón.

Ambos lo miraron e, incapaz de callar, el boxeador comentó:

—A veces, cuando sonríe, me recuerda a ella.

Carol no contestó, no podía; entonces él, inconscientemente, puso la mano sobre el cuerpecito del niño para sentirlo. La joven supo de inmediato por qué lo hacía y, apoyando una mano sobre el hombro de él, susurró:

—Duerme. Todo está bien.

Bastian sonrió. Lo sabía, sabía que todo estaba bien, y, mirando a la que para él fue su mujer, su primer amor, preguntó:

—¿Tú estás bien?

—Sí. Tranquilo.

—¿Seguro?

Ella se encogió de hombros y él insistió:

—¿Sales con alguien?

Retirándose el pelo del rostro, la joven contestó:

—No, aunque..., bueno, últimamente estoy tonteando más de la cuenta con alguien.

Eso llamó la atención del boxeador, que, saliendo de la habitación del bebé, tras entornar la puerta, pidió:

—Interesante. Cuéntame.

—Se llama Daryl Michael Simmons y es inglés.

—¿Inglés?

—Sí.

—¿Tú, con tu carácter, y un inglés, con su frialdad y su sosería?

—No todos son así.

—Permíteme que lo dude —se mofó Bastian.

—Daryl es un tipo algo tiquismiquis en muchos temas. Tiene una sonrisa fantástica..., pero tienes razón, es muy diferente de mí. Con decirte que cuando sale del gimnasio parece recién salido de una recepción en el palacio de Buckingham...

—¿En serio?

Carol asintió y, besándose los dedos a la italiana, afirmó:

—Te lo juro por mi *nonna.*

—Ah..., mi motera macarra preferida —se mofó Bastian.

Ambos rieron por aquello, y ella continuó:

—Somos diferentes, pero reconozco que me divierto con él, aunque me gusta desconcertarlo. Deberías ver su cara cuando eso ocurre. Parpadea dos veces muy seguidas. —Ambos rieron—. El problema es que trabajamos en la misma compañía. Es piloto, un mujeriego, y lo peor es que es el hermano de mi mejor amiga, Lola; ¿la recuerdas?

—Lolorola...

—Sí —afirmó ella—. Nos separan muchas, demasiadas cosas.

—¿Qué cosas?

Carol suspiró.

—Daryl no es como yo ni como tú. Y, aunque es un tipo fantástico, también es estricto y exigente. Con decirte que nunca se había bebido una cerveza a morro...

—Noooooooo...

—Y algo me dice que si conociera a mi familia...

—Buenooo —se burló Bastian—, sin duda lo dejaría sin palabras.

—Exacto. Él tan inglés y mi familia tan... —Ambos rieron, y Carol indicó—: Pero, por suerte, nunca los conocerá. No me imagino a la *nonna* sentada a su lado fumándose un porrito de marihuana.

De nuevo rieron por aquello, y ella añadió:

—Aunque también tengo que decirte que cuando estamos juntos siento que nos parecemos y nos complementamos, a pesar de lo distintos que somos, porque los dos vivimos el presente sin pensar en nada más.

Bastian no dijo nada; entonces ella cuchicheó, dejando de soñar:

—Pero la realidad es que tengo miedo de que, por culpa de lo que podamos tener, si acaba mal, mi amistad con Lola salga perjudicada y mi trabajo se vaya a la mierda.

Él asintió y, a continuación, preguntó:

—¿En serio estás conociendo a alguien que te gusta mientras piensas cómo acabará?

—Suena fatal, ¿verdad?

—Terriblemente mal —convino él. Y, mirándola, insistió—: En cuanto al otro tema..., la familia te viene dada, no la eliges. Y si ese hombre se enamora de ti, terminará enamorado de tu familia, por muy estricto y exigente que sea.

—No sé —murmuró ella meneando la cabeza.

—En cuanto al hecho de que sea el hermano de tu amiga Lola, no te ha de condicionar. Y te lo digo por experiencia, porque no sé si sabes que Carmela es la prima de mi entrenador. Al principio fueron miraditas. Luego besos furtivos. Después nos veíamos a escondidas por miedo a lo mismo que tú dices. Pero, ¿sabes?, el día que durante una fiesta vi cómo otro hombre le sonreía delante de mí, comprendí que o daba el paso u otro terminaría llevándose eso tan bonito que yo tenía en mis manos. Y aquí estamos, cuatro años después, dueños de una casa y con un precioso bebé durmiendo en su cuna.

De nuevo sonrieron, y Bastian matizó:

—Y en cuanto al tema trabajo, creo que los dos sois lo bastante adultos como para proseguir con vuestras vidas si lo que tenéis se acaba. Tú, al menos, sé que eres así, y espero que el tipo en cuestión también lo sea. Así que atrévete a conocerlo.

—La verdad, Bastian, entre las giras, los vuelos y la familia, tampoco tengo mucho tiempo para eso.

—*Itañola*..., que nos conocemos.

—Lo digo en serio.

Bastian meneó la cabeza. Sabía muy bien de lo que hablaba. Conocía a la particular familia de Carol y, cogiéndole las manos, susurró:

—Escucha, cariño. Trabajar en lo que a uno le gusta es maravilloso, y cuidar de tu familia es colosal, pero ¿quién te cuida a ti?

Ella no respondió, y él insistió:

—¿Quién te abraza por las noches tras un duro día de trabajo? ¿O quién se despierta contigo para alegrarte el día?

—Mis gordos *Baby* y *Limón* —se mofó ella.

Bastian sacudió la cabeza. Aquello no podía ser.

—Carol, eres una persona cariñosa, cercana, te entregas al cien por cien y lo das todo sin esperar recibir nada, pero creo que deberías comenzar a pensar más en ti. Tu familia siempre te tendrá, pero ellos han de entender que tienes que vivir tu vida, no pasarla pendiente de sus necesidades o sus problemas. Tienes que encontrar el amor. Siempre fuiste una personita muy romántica, ¿o eso ha cambiado?

Ella sonrió y él añadió:

—Te gustaba recibir flores. Te encantaba cenar a la luz de las velas y te volvía loca bailar hasta el amanecer mirándonos a los ojos. ¿En serio ya no te gusta todo eso?

Ella suspiró. Todo aquello estaba olvidado.

—No tengo tiempo para eso, Bastian... —cuchicheó.

—Deja de huir, Carol.

—Pero ¿qué dices?

—Atrévete a vivir y déjate amar.

—... dijo el romántico francés —se mofó ella.

—El pasado pasado está y ha de quedarse dentro de ti y de tus vivencias. Ahora toca mirar hacia el futuro. Vive, Carol. Piensa en ti y que los demás comiencen a solucionar los problemas por sí solos. Y te digo una cosa: si no lo haces, si no consigues remontar y mirar hacia delante, nuestra hija Jane no te lo va a perdonar.

Se miraron. Ambos habían pasado por lo mismo.

—Cariño —insistió Bastian—, si te gusta ese Daryl, date la oportunidad de conocerlo aunque pienses que sois dos polos opuestos. Porque, ¿sabes?, en ocasiones los polos opuestos están destinados a encontrarse. Deja de pensar en lo que puede ocurrir y disfruta del momento sin creer que todo va a terminar fatal. Y quizá algún día...

—No —lo cortó antes de que acabara—. Podré conocer a alguien y hacer locuras, pero nunca volveré a tener otro hijo.

—Eso no se sabe, cielo.

—Yo lo sé —afirmó ella con convicción.

Bastian asintió. También sabía lo cabezota que era y, sin insistir, indicó:

—Mi consejo es que seas feliz, y lo que tenga que ser ¡será! Y si algún día ocurriera algo especial, sólo espero que seas más valiente que yo y me hagas esa llamada para que pueda alegrarme por ti, como sé que tú te alegras ahora por mí.

Una vez que salieron de la casa y entraron en el patio en silencio, Carmela, que los esperaba, indicó señalando una mesa con comida:

—Me he tomado la libertad de preparar algo en un momento.

Sobre la mesa había una gran ensalada, tortillitas para hacer tacos, carne picada, pollo, salsa agria y patatas fritas.

Al ver toda aquella comida mexicana, a Carol le rugió el estómago y, hambrienta, preguntó:

—¿Y esto lo has preparado en un momento?

Bastian sonrió y afirmó agarrando a Carmela por la cintura:

—Mi mujer... es increíble.

—¡Y tanto! —convino Carol.

Luego, al ver cómo la joven comía con gusto una patata frita, Bastian comentó:

—Si algo no ha cambiado es tu amor por la comida.

—Como dice la *nonna*, comer es vivir —afirmó ella, haciéndolos sonreír.

Cuando los tres se sentaron alrededor de la mesa, Carmela preguntó:

—¿Qué te ha parecido nuestro Lorenzo?

—Es precioso —susurró Carol—. Maravilloso. Y, oye, te digo una cosa: menos mal que se parece a ti, porque si hubiera salido al padre, no podría decirte lo mismo.

Eso los hizo reír a los tres.

Disfrutaron de una excelente comida y de la charla, y, cada vez que Carol reía con ganas, le hacía saber a Bastian que con ella todo estaba bien.

* * *

Tres horas después, cuando Carol dijo que tenía que marcharse, él se empeñó en acompañarla.

El bonito coche del boxeador fue sorteando el tráfico de la ciudad hasta que, al llegar al hotel, él aparcó y dijo:

—Vamos. Te acompañaré.

Encantada, y cogida de su brazo, Carol entró con Bastian en el hotel, sin ser consciente de que Daryl, que estaba charlando con su amigo Mark, los observaba desde la cafetería.

—Y entonces Vania y yo invitamos al tipo que a ella la atraía y lo pasamos muy bien...

Tras decir eso, Daryl dejó de mirar a Carol y comentó:

—Me alegra saberlo. Vania y tú hacéis una bonita pareja.

Mark bajó entonces la voz y cuchicheó:

—Vania y yo somos un buen equipo.

Ambos sonrieron y Mark preguntó mirándose el reloj:

—¿Te animas a ir a Budys?

Daryl lo pensó.

Budys era el típico local de intercambio de parejas que visitaba cuando volaba a Las Vegas, pero, mirando a Carol, respondió:

—No lo sé, amigo... No lo sé.

—Si vamos, sólo miraré. Nada más.

Daryl asintió.

Sabía que aquello era lo que le gustaba a su amigo; éste, curioso, siguió la dirección de su mirada y, al fijar la vista en la espalda de Carol, musitó:

—¿La conoces?

—Sí.

Mark sonrió y, tras pasear la mirada por aquélla, indicó:

—Verla jadear tiene que ser todo un espectáculo.

Al oír eso, lejos de molestarse, Daryl asintió.

A Mark no había nada que le gustara más que mirar cómo otros practicaban sexo, y, tras rascarse la cabeza, dijo:

—Paso de ir a Budys. Me voy a dormir.

Mark asintió y, levantándose, repuso:

—Pues no se hable más. Si tú no vas, yo tampoco iré.

Ambos se dieron la mano e, instantes después, Mark se marchó.

Sin moverse de su sitio, Daryl continuaba observando a aquellos dos. Los vio hablar, reír, abrazarse. No sabía quién era aquel tipo que la hacía sonreír de ese modo, pero, dispuesto a averiguarlo, se acercó a ellos y, enfadado, le soltó:

—Podrías haber avisado. Te he estado esperando para cenar.

Al oír eso, Bastian y Carol levantaron la mirada y ella se apresuró a responder:

—Ay, lo siento...

A continuación, se quedaron los tres en silencio, y Daryl y Bastian se retaron con la mirada. Cada uno miraba al otro como si de un contrincante se tratara, pero entonces el primero, para romper el incómodo momento, saludó tendiéndole la mano:

—Soy Daryl Simmons, ¿y tú eres...?

Bastian, al entender de pronto que aquél era el hombre del que

Carol le había hablado, sonrió y, recordando lo que le había dicho de él, respondió en inglés:

—Bastian Dumont.

—¿El boxeador? —preguntó él curioso.

Bastian asintió divertido y añadió:

—Sí. Y el marido de Carol.

Capítulo 29

Cuando oyó eso, Carol lo miró boquiabierta.

Pero ¿qué acababa de decir Bastian?

Rápidamente miró a Daryl. Estaba petrificado. No respiraba.

Y la joven, dirigiéndose al francés, siseó dándole un manotazo en el hombro:

—Bastian, ¡pero ¿tú de qué vas?!

Al oír eso y ver cómo lo miraba, el boxeador comenzó a reír y rápidamente aclaró:

—Era para desconcertarlo. Y es cierto: ¡parpadea dos veces muy seguidas!

—¡Bastian! —gruñó ella horrorizada.

Pero él, sonriendo, insistió:

—¿Has visto cómo se ha quedado?

Sin entender nada, Daryl los miraba con gesto agrio, y aquel extraño añadió:

—Es broma, hombre. Sólo soy un amigo de Carol —pero, haciendo un movimiento con las manos, continuó—: Eso sí, soy el boxeador. El León Francés. Y, aunque no sé qué hay entre vosotros, desde ya te digo que estoy felizmente enamorado de mi mujer Carmela y mi hijo.

La losa que en un segundo le había caído sobre el corazón a Daryl desapareció de pronto. Por un momento, y por primera vez en su vida, había sentido cómo el mundo se detenía y, al ver a aquél sonreír y aclararle aquello, le estrechó la mano y afirmó:

—Muy gracioso eres tú.

—¡Graciosísimo! —se mofó Carol.

Al final los tres sonrieron por el comentario.

—Te vi boxear hace dos años justo aquí, en Las Vegas, en el MGM Grand Arena. Si mal no recuerdo, peleaste contra Thomas Silverton y ganaste —dijo Daryl.

Bastian asintió y, moviéndose como un boxeador, dio un salto y afirmó:

—En el cuarto asalto lo dejé K.O. El León Francés triunfó.

—Exacto —corroboró Daryl.

En ese instante, unos hombres se acercaron a ellos para pedirle a Bastian una foto. El francés aceptó enseguida y, cuando acabó, Carol indicó mirándolo:

—Vete. Carmela y el niño te esperan.

Él asintió y, tras darle de nuevo la mano a Daryl, abrazó a Carol ante la atenta mirada de aquél, besándola en la frente y después en el hombro, sobre la flor, y murmuró:

—Recuerda, en ocasiones los polos opuestos están destinados a encontrarse.

Carol sonrió, y Bastian añadió:

—Cuídate, *itañola*. Llámame cuando vuelvas y nos vemos, ¿vale?

—Vale —asintió ella.

Acto seguido, él le guiñó un ojo y se alejó pero, antes de salir a la calle, se volvió y dijo dirigiéndose a Daryl:

—Eh..., amigo. Es muy romántica, aunque vaya de tía dura. Le gustan las flores blancas. Bailar bajo la luz de la luna. El helado de chocolate belga. Ver series en el sofá. Los cafés con la leche fría y los baños con sales de rosas del Himalaya.

—¡Bastian! —protestó Carol.

—Yo la dejé escapar —continuó él—. Tú, si eres más listo que yo, no lo harás.

Carol abrió la boca y, cuando iba a protestar, el boxeador dio media vuelta y se marchó, momento en el que Daryl preguntó mirándola:

—*¡¿Itañola?!*

—Sí —repuso ella sin más.

—¿En serio te gusta todo eso? —dijo él a continuación.

Carol resopló. Aquella información era confidencial, demasiado. Y contestó:

—No.

Daryl sonrió.

—¿Y qué es eso de que parpadeo dos veces muy seguidas?

Carol no quería dar explicaciones. Aquello era bochornoso, pero él insistió:

—¿Saliste con Bastian Dumont?

—Sí.

Sorprendido, él afirmó:

—Nunca lo habría imaginado.

La joven, al oír aquello, se molestó y preguntó con voz de enfado:

—¿Acaso te crees que sólo tú sales o has salido con gente guapa e importante? Pero ¿en serio crees que eres tan... tan especial?

—Yo no he dicho eso —matizó él.

Ofendida, comenzó a caminar hacia el ascensor. Una vez que llegó a él, se paró, le dio al botón y, al mirar con el rabillo del ojo esperando que el otro estuviera detrás, se sorprendió al ver que estaba sola.

¿En serio no la había seguido?

Volviéndose, sus ojos lo buscaron y, al divisarlo al fondo, apoyado en la barra del bar, soltó un suspiro sintiéndose fatal.

¿Por qué le había hablado así?

¿Acaso Daryl se lo merecía?

El ascensor llegó y las puertas se abrieron. Acto seguido, Carol subió, pero, cuando las puertas ya empezaban a cerrarse, sin poder evitarlo, volvió a salir a toda prisa. No podía dejarlo allí.

Una vez fuera, se encaminó decidida hacia el bar y, acercándose a aquél, que miraba su móvil, comenzó a decir:

—Vale..., no te he hablado bien, perdona. Me llama *itañola* por ser mitad italiana, mitad española.

Daryl la miró sorprendido al verla a su lado y afirmó:

—No sé qué te pasa, pero estos últimos días estás muy irascible.

Carol no contestó. Ella sabía lo que le pasaba. Se acercaba una fecha dura e importante para ella y, antes de que pudiera responder, él insistió con gesto de enfado:

—Efectivamente, no me has hablado bien. Pero, tranquila, no pasa nada, puedes regresar a tu habitación, no te molestaré. Ya me estoy cansando de molestarte.

Y, dicho esto, devolvió la mirada a su móvil.

A ella no le gustaron sus palabras, pero, consciente de que deseaba estar con él, no se movió.

—No me molestas —dijo—, al revés, me gusta tu compañía. Y en cuanto a lo de regresar a mi habitación..., no quiero estar sola y..., bueno, yo... he pensado que, si tú quieres y me perdonas por ser tan bocazas, podríamos ir a la tuya para terminar lo que hemos comenzado hace unas horas.

Daryl la miró. Que Carol estuviera demandando su compañía era algo inaudito y, tan deseoso como ella, afirmó:

—No perdamos el tiempo.

Sin rozarse, se dirigieron hacia el ascensor y, una vez que entraron en él y las puertas se cerraron, de inmediato afloró el magnetismo que existía en ellos y Carol se lanzó a sus brazos.

Se besaban, se tocaban. El ansia les podía y, cuando llegaron a la planta donde Daryl tenía su habitación, salieron a toda prisa y, entre risas, corrieron hacia ella. Nadie podía verlos.

En cuanto entraron y cerraron la puerta, Carol murmuró encantada:

—Prosigamos donde lo hemos dejado hace unas horas.

—Como desee la señorita.

Excitados, se besaron, se saborearon, y el piloto, excitado, murmuró:

—Estoy tan deseoso de ti y de tu cuerpo que creo que voy a explotar.

Carol rio y, bajándole la cremallera del pantalón con celeridad, sacó su dura erección y repuso mientras comenzaba a acariciarlo:

—Si vas a explotar, te exijo que lo hagas dentro de mí.

Encantado por aquella invitación, Daryl sonrió.

Un instante después, la tumbó sobre la cama y, colocándose sobre ella, susurró:

—Te voy a comer entera aun sin chocolate belga, pero antes me voy a desnudar.

Oír eso a Carol la volvió loca y, cuando él se incorporó y empezó a desabrocharse la camisa, sin esperar un segundo ella hizo lo propio.

Acalorado y sediento de ella, Daryl la observaba desnuda frente a él con la respiración acelerada. Estaba preciosa. Enigmática. Deseable. Se inclinó para acariciarle las piernas, se las flexionó y, mirándola a los ojos, exigió:

—Abre lentamente los muslos.

Ella jadeó al oírlo. Que le pidiera eso en aquel instante era como poco caliente y provocador y, deseosa de jugar con él, separó muy despacio los muslos hasta quedar expuesta por completo para él.

Ver cómo le brillaban los ojos mientras la contemplaba excitó a la joven, que murmuró dispuesta a volverlo loco:

—Aún recuerdo cómo nos miraba aquel hombre mientras practicábamos sexo en el coche en aquel descampado.

—¿Te excita recordarlo?

Carol se acarició con las manos la cara interna de los muslos mientras afirmaba:

—Sí.

Daryl tragó saliva. Saber aquello lo ponía aún más duro, y preguntó:

—¿Lo repetirías?

Ella afirmó con la cabeza.

Daryl se subió entonces a la cama y, tras inclinarse sobre ella para besarle la frente, los ojos, la nariz y los labios, susurró en un hilo de voz:

—Cuando me propusiste aquel juego de seducción sin tocarnos al que le pusiste un nombre que no recuerdo...

—*Sextanmu*...

Él asintió divertido y prosiguió:

—Reconozco que tu juego me sorprendió. Nunca imaginé que algo así me pudiera excitar, poner a mil. Pero ahora, si me lo permites, me gustaría mostrarte cómo es mi propio juego, uno cargado de morbo, susurros, palabras, miradas, acciones y peticiones.

Tú me enseñaste a disfrutar del poder de la mirada y yo quiero enseñarte a disfrutar del poder del morbo.

Acalorada por lo que él decía, Carol tragó saliva.

—No sería nada que tú no quisieras —aclaró Daryl—. Tú misma has dicho que sentirnos observados te excitó y que lo repetirías, ¿verdad?

Ella asintió y él prosiguió:

—Conozco a alguien a quien le gusta mirar. Es educado, limpio y, si no es invitado, ni se acerca ni participa en el juego.

Tragando el nudo que a la joven se le había formado en la garganta, preguntó en un hilo de voz:

—¿Quieres compartirme con otro?

Daryl se apresuró a negar con la cabeza, besó con delicia a la joven y luego murmuró:

—No, a no ser que tú quieras.

Ella se dio aire con la mano, y él añadió:

—Me calienta saber que te excita que te muestre o que te muestres.

Enardecida por el momento, el lugar y la conversación, ahora fue Carol quien lo besó. Aquella boca y aquel cuerpo le estaban haciendo perder la razón y, tras morderle los labios con pasión, preguntó dispuesta a disfrutar del morbo del momento:

—¿Qué significa eso de que me muestre o me muestres?

Aquella curiosidad por parte de ella era buena. Daryl era jugador. Ella no. Y, dispuesto a que lo disfrutara tanto como él, explicó:

—Significa que habrá dos vertientes. Una en la que tú tomarás el mando de la situación y le harás ver a un tercero que yo soy tu juguete. Y otra en la que el mando lo tendré yo y el juguete serás tú.

Ardiendo, Carol asintió. En la vida se había imaginado haciendo algo así. Pero, incapaz de recular, porque le apetecía probar aquello que a él tanto le gustaba, afirmó:

—Comencemos tu juego.

Daryl sonrió.

—¿Segura?

La joven contestó con la mirada vidriosa por el deseo:

—Enséñame el poder del morbo.

Y, dicho eso, él cogió su teléfono, tecleó algo y, tras dejarlo sobre la cama, musitó:

—No querría que...

Carol le tapó la boca con la mano. Sabía lo que iba a decir. Y, acalorada, indicó:

—Nadie me obliga, como tampoco nadie te obliga a ti. Me gusta el sexo. El morbo. Y quiero disfrutar de algo diferente contigo. Sólo contigo.

Un beso...

Dos...

El momento los hizo olvidarse del mundo, hasta que de pronto oyeron unos golpes en la puerta. A Carol se le aceleró el corazón. Daryl la miró, y ella, consciente de que la decisión era suya, indicó bajando la intensidad de la luz:

—Hazlo pasar.

Levantándose desnudo de la cama, él caminó entonces hacia la puerta. Al abrirla, su mirada y la de Mark conectaron y se entendieron sin necesidad de decir nada.

Con el corazón acelerado y totalmente desnuda sentada sobre la cama, Carol vio a los dos hombres entrar en la habitación. Era la primera vez en su vida en la que se encontraba en una situación así y, por raro que pudiera parecer, le gustó, pues se sintió deseada y poderosa.

—Carol, él es Mark. Mark, ella es Carol.

Aquél sonrió. Ella también. Y cuando el extraño, sin hablar, se sentó en el butacón del fondo, Daryl se acercó a ella, se agachó para besarla en los labios y preguntó:

—¿Seguimos?

Hechizada, ella asintió, y Daryl susurró:

—Túmbate. Flexiona las piernas y separa los muslos.

Aquella orden de pronto la acaloró de una forma increíble. Era una locura, una auténtica locura, pero, sin dudarlo, hizo todo lo que él pedía, y cuando sus muslos abiertos le temblaron, Daryl murmuró:

—Siéntete contemplada y deseada, cielo. Te estamos observando. Estamos disfrutando de verte vibrar, de ver cómo la excitación recorre tu cuerpo ante lo que oyes.

Encendida por el hormigueo que sentía por todo el cuerpo, Carol asintió y Daryl, inclinándose sobre su boca, la besó de nuevo. Metió su caliente y húmeda lengua y, cuando la joven movió las piernas, él se separó de ella y exigió:

—Abre los muslos y muéstrate a Mark sin pudor. Primero, porque tú así lo quieres y, segundo, porque te lo pido yo. Permítele que te vea, que te saboree, que te folle con el calor de su mirada, y deja que el morbo que sientes por ello te acalore hasta el punto de que no quieras parar ni cerrar las piernas.

Sin dudarlo, Carol obedeció de nuevo, y Daryl, posando un dedo sobre el ombligo de aquélla, lenta y pausadamente lo arrastró hasta llegar a su precioso y depilado monte de Venus. Lo besó. Luego el dedo bajó hasta su vagina. Estaba húmeda, muy húmeda, y aquél, al ser consciente de ello, le abrió los pliegues de su sexo, introdujo un dedo y, moviéndolo, preguntó:

—¿Te gusta esto?

Carol jadeó. Sus ojos volaron a Mark, que los observaba desde donde estaba. Vio el disfrute en sus ojos y asintió.

Desnuda ante dos hombres y abierta de piernas para ellos, Carol disfrutó de aquel morboso momento mientras Daryl la masturbaba y, mirándola a los ojos, exigía:

—Eso es..., no cierres las piernas. Ábrelas... Así..., así... ¿Te gusta que te miren?

De nuevo, sus ojos se encontraron con los de Mark, que, de pie, se desabrochaba los pantalones, y con la boca seca afirmó:

—Sí...

Complacido, Daryl le introdujo entonces dos dedos. Carol jadeó y él, sin parar de asolar aquello que tanto deseaba, besó su sinuosa boca y se tragó sus gemidos.

—Eres preciosa —murmuró—, mi centro de atención, y ni te imaginas cómo me pone verte tan excitada. Tan mojada. Tan entregada...

El cuerpo de Carol se estremeció de pies a cabeza.

Entonces, un movimiento a su derecha la hizo mirar hacia allí. Era Mark. Se había desnudado por completo y los observaba junto a la cama. Enloquecida, Carol se revolvió entre las sábanas sin pudor. No quería que Daryl parase. No deseaba que Mark dejara de mirar. Aquel juego caliente y morboso le estaba gustando, y exigió:

—Más...

Daryl sonrió al oírla.

El especialista en aquel juego era él, y, dispuesto a que Carol sintiera su total posesión, dejó de masturbarla.

Ella, acalorada, lo miró, y entonces él acercó la cabeza a su sexo, le abrió con los dedos los pliegues de su deseo y, tras chuparle el clítoris con vehemencia, pidió:

—Tócate. Tócate para nosotros.

Agitada y sintiéndose observada por cuatro ojos, Carol llevó la mano hasta aquella parte de su cuerpo que parecía tener vida propia por el modo en que latía y comenzó a tocarse.

De pronto se sintió una musa, una diosa todopoderosa del sexo, mientras se acariciaba y se masturbaba para aquellos dos hombres que la observaban con ojos ávidos.

Jadeante, se retorció en la cama al sentir una increíble oleada de placer, y en ese momento Daryl, asiéndola de las caderas, la arrastró hasta el borde de la cama y, una vez que la tuvo donde quiso, se arrodilló en el suelo y pidió:

—Muéstrate a mí.

Acalorada por lo que le pedía, ella obedeció. Entonces él le agarró los muslos con firmeza y le hizo apoyar las piernas sobre sus hombros para después acercar la boca a su vagina y soplar. Carol vibró.

Daryl llevó la lengua con suavidad hasta su clítoris para jugar con él. Electrificada por aquel contacto, ella iba a cerrar los muslos en un gesto involuntario cuando Daryl pidió:

—No cierres las piernas.

Arrebatada, Carol volvió a separarlas mientras se abandonaba al placer.

Sentir la boca de Daryl entre sus muslos y ver la mirada de aquel extraño, que la comía con deseo, estaba siendo algo increíblemente morboso, por lo que, posando una mano sobre la cabeza de Daryl para que no se apartara, exigió con voz ronca mientras miraba a Mark:

—No pares... No pares...

Al oír eso, Daryl se enardeció. Notaba cómo el cuerpo de ella se estremecía de placer mientras sus apetecibles jugos resbalaban por su boca.

El comandante redobló la intensidad. Estaba claro que Carol había entrado de lleno en el juego y ahora era ella quien se mostraba, quien exigía y se revolvía. Daryl le daba todo lo que le pedía, mientras Mark, desde su posición, se masturbaba y disfrutaba del espectáculo.

Cuando, minutos después, Daryl abandonó su vagina, Carol acercó desesperada la boca a la de él y, con urgencia, exigió:

—Bésame... Bésame...

Besos...

Mordisquitos tentadores...

Pellizcos en los pezones...

Llegados a ese punto de locura y frenesí, todo parecía estar permitido, y Daryl, sentándose en la cama, se puso un preservativo con rapidez, la sentó a horcajadas sobre él y, tras guiar su duro pene hasta aquella humedad que tanto le gustaba, se hundió en ella y ambos dejaron escapar un gemido.

Ardiente e inflamada por aquella sensación de total plenitud mientras notaba las manos de Daryl en su trasero, Carol se dejó manejar. Con maestría y rapidez, el piloto la movía sobre él, buscando el goce y el deleite de ambos, algo que no tardó en conseguir. Carol se estremeció. No podía hablar. Apenas si podía respirar. Lo que estaba haciendo allí, en aquella habitación y con esos hombres, siempre había sido algo impensable para ella; entonces Daryl, atrapando su mirada, dijo:

—Mi centro de atención. Ésa eres tú.

Las acometidas duras y certeras de Daryl comenzaron a acelerarse.

Una..., otra..., otra..., otra...

Cada vez que él se hundía en su interior, Carol jadeaba de locura. Aquella sensación de posesión tan increíble estaba siendo para ella algo colosal, y cuando el éxtasis estaba a punto de apoderarse de sus cuerpos, Daryl, asiéndola de la cintura, se levantó de la cama, la llevó contra la pared y, apoyándola en ella, se dejó ir. Se hundió en ella como un animal mientras los gritos y los gemidos de ambos se acompasaban y el placer los transportaba a otro mundo.

* * *

Un par de horas después, tras jugar varias veces en la ducha, sobre la butaca o contra la pared de una manera que Carol nunca imaginó, cuando Mark se marchó y ambos quedaron tumbados sobre la cama, la joven lo miró y murmuró, al tiempo que levantaba las manos hacia el techo:

—Madre mía..., madre mía..., y sin chocolate belga.

Al oírla y verla gesticular, Daryl sonrió. Carol era graciosa, divertida, ocurrente. Y, mirándola, preguntó:

—¿Lo has pasado bien?

Ella asintió. Lo que acababa de suceder le hacía entender por qué a su amiga Lola y a su marido o al propio Daryl les gustaba aquel tipo de sexo.

—Increíble —respondió—. Es más, incluso deseaba que Mark participara.

Sorprendido por aquello, él la miró y ella, consciente de lo que había dicho, añadió:

—El poder de la palabra y del morbo es apabullante. Quizá otro día te pida ampliar mis horizontes y jugar a otra cosa.

Daryl asintió. Sabía perfectamente de lo que hablaba.

—Tú dominas el poder de la seducción con la mirada y yo lo domino de otra forma —indicó—; ¿no crees que formamos un excelente equipo?

Divertida al oír aquello, Carol sonrió y entonces, recordando algo, preguntó:

—¿Qué tal tu salida del armario?

—De eso mejor no hablamos —se mofó él.

Y, complacido por verla tan relajada y feliz a su lado, la abrazó y musitó, mientras la acurrucaba contra su torso desnudo:

—¿Qué te parece si ahora dormimos un ratito?

Carol asintió. Era una excelente idea.

Media hora después, cuando la joven percibió que la respiración de Daryl se relajaba, consciente de que tenía que regresar a su habitación antes de que nadie la echara en falta, se levantó de la cama con cuidado de no despertarlo y, tras vestirse, lo miró y, sonriendo, se marchó. Era lo mejor.

Capítulo 30

Tres días después, tras regresar de Las Vegas y conseguirle un billete de avión a su hermano para que pudiera viajar a Londres, una tarde Carol estaba comiendo en un restaurante con sus amigas Lola y Samantha cuando recibió un wasap de Daryl:

¿Cenamos?

Al leer eso, su gesto se dulcificó. Nunca imaginó que un tipo como aquél pudiera hacerla sentir tan bien.

Cuando habían llegado de Las Vegas, él la acompañó a su casa, donde de nuevo pasaron la noche juntos y, como siempre, fue increíble. Estando el uno con el otro el tiempo se les pasaba volando, y Carol comenzó a preocuparse.

Tras levantarse juntos, decidieron salir a dar un paseo a los perros. Fueron hasta un parque y allí se encontraron con Fidel, Natasha y Albert, unos amigos de Carol que trabajaban en la noche. La joven se acercó a ellos con rapidez y les presentó a Daryl.

Durante unos instantes hablaron y ella se percató de que Daryl estaba muy serio y silencioso. Obviamente, sus alternativos y escandalosos amigos no eran de su agrado, y sonrió.

Un buen rato después, al regresar hacia la casa, ella preguntó:

—¿Por qué estás tan serio?

Daryl la miró.

—¿Esa gente son la clase de amigos que tienes?

Sorprendida por aquello, ella sonrió y, mofándose, indicó:

—Ésos son angelitos para los amigos que yo puedo tener.

Incómodo, Daryl torció el cuello. Desde siempre había odiado todo lo relacionado con las drogas. Había perdido varios amigos en su juventud por culpa de ello, y preguntó:

—¿No te incomoda que fumen marihuana delante de ti?

Enseguida Carol negó con la cabeza. La marihuana siempre había estado presente en su vida, y respondió:

—Pues no. Mientras sepan comportarse y fumen con cabeza, ¿dónde ves el problema?

Daryl no respondió, y ella divertida preguntó:

—¿Fumar marihuana te parece malo?

—Horrible.

—¿En serio? —insistió sorprendida.

Él asintió y, con una seriedad que la dejó anonadada, afirmó:

—No quiero tener nada que ver con gente de mala vida y mucho menos si toman drogas. Eso no va conmigo.

Y Carol, que no deseaba ahondar más en aquello, cambió de tema. Era lo mejor.

Por el camino Muskeva la llamó por teléfono y la joven la atendió. Antes de colgar quedaron en verse esa noche. Iría a casa de su amiga para así poder ver a la niña.

—¿Acabas de quedar con Muskeva esta noche? —preguntó Daryl una vez que ella terminó de hablar.

—Sí —dijo Carol con tranquilidad. Y, al ver cómo la miraba, añadió—: Oye, no te molestes por lo que te voy a decir, pero haz el favor de hacer tus propios planes, del mismo modo que yo voy a seguir haciendo los míos.

Sintiéndose ridículo, Daryl asintió. Ella tenía razón.

Pero ¿qué hacía buscando exclusividad?

Cuando horas más tarde Daryl llegó a su casa, llamó a su amigo Can. Con aquél siempre había buenos planes.

* * *

Lola, al percatarse de cómo su amiga miraba su teléfono abstraída en sus pensamientos, preguntó:

—¿Qué ocurre?

Guardándose a toda velocidad el móvil para que no viera quién le había escrito, Carol miró a su amiga y mintió:

—Es Vera. Está nerviosa por la boda.

Al oír eso, Samantha afirmó:

—Todas las novias se ponen histéricas.

Las tres se quedaron en silencio y luego Lola insistió, dirigiéndose a Carol:

—¿Estás bien?

Ella la miró. Sabía por qué decía aquello, y, suspirando, afirmó:

—Sí. Tranquilas. Hoy habría sido el octavo cumpleaños de Jane, pero lo llevo bien.

Las tres amigas asintieron, y Samantha de pronto sollozó:

—Me siento mal. Fatal.

Lola y Carol se miraron, y la primera preguntó:

—¿Por qué? ¿Qué ocurre?

Samantha, que era quien había convocado aquella comida de urgencia sin recordar el día que era, explicó:

—Porque estoy tan metida en mis cosas que... que... ¡Oh, Dios!

Carol y Lola, sin entender qué le ocurría, centraron toda la atención en ella, y Samantha añadió:

—Hoy no es el día más indicado para hablar sobre lo que yo quería.

Lola maldijo y cuchicheó:

—No me digas que sigues con lo de que Jack te la está pegando...

—Noooooooooo —replicó Samantha con rotundidad.

Carol y Lola respiraron aliviadas. Un tiempo atrás, Samantha no lo había pasado bien por ese tema, que, por otra parte, nunca pudo demostrar, y Carol, que necesitaba saber, preguntó:

—A ver..., tú has convocado esta comida de urgencia. ¿Qué ocurre?

—No es el día, Carol —repitió Samantha.

Pero ella insistió:

—Mira, no me jorobes. Sea el día que sea, debemos proseguir con nuestras vidas con normalidad, y yo la primera. Así que suelta lo que has venido a contarnos o te juro que no te lo voy a perdonar.

Samantha suspiró y, secándose las lágrimas, dijo entonces:

—Dentro de un mes, Jack y yo nos vamos a Moscú. Nos han llamado.

Lola y Carol rápidamente la entendieron.

Todos sabían las ganas que tenían aquéllos de ser padres, pero, por un problema de ella, les era imposible. Y, consciente de lo que aquella frase significaba, Lola se disponía a decir algo cuando Samantha, emocionada, murmuró desbloqueando su teléfono móvil para enseñarles una foto:

—Se trata de una niña.

Sus amigas miraron la imagen que aquélla les mostraba, y Samantha susurró:

—Tiene siete meses y se llama Ekaterina...

—Es preciosa —murmuró Lola encantada.

Y Carol, cerrando la puerta de su problema personal, al ver aquella foto, dulcificó su expresión y murmuró:

—Ay, por favor..., ¡que me la como!

Samantha les enseñaba la foto de una bebita chiquitita. En la imagen, la pequeña, muy seria, miraba a cámara con su chupete en la boca.

—No recordaba que hoy era el cumpleaños de Jane —añadió ella—. Lo siento, Carol, yo...

—Samantha —la cortó la aludida—. Ekaterina es la mejor noticia que podías darme en un día como hoy. Felicidades, cariño. ¡Felicidades, mamá! Al fin lo has conseguido.

Emocionada, la futura madre sonrió y, tras recibir el abrazo de sus amigas, dijo:

—Es preciosa. Preciosa. Jack y yo hemos pensado dejarle ese nombre, Ekaterina. Al fin y al cabo, es la forma rusa de Katherine.

—Bonito nombre —afirmó Carol.

Contenta e ilusionada por todo, Samantha respondió a todas las preguntas que sus amigas le hacían, e indicó:

—Al parecer, la madre la dejó en un orfanato. Han intentado que la mujer cambiara de opinión, pero, según nos han contado, lo tiene claro. No la quiere, y nosotros éramos los primeros en la lista.

Emocionadas, volvieron a abrazar a su amiga y, cuando se separaron, Samantha añadió:

—Serán varios viajes antes de que esté con nosotros, pero ¡al fin vamos a ser padres!

Las tres sonrieron complacidas. Aquélla era una excelente noticia, algo que su amiga deseaba desde hacía mucho, y Carol, levantando la copa, declaró:

—Esto se merece un brindis. Por nuestra preciosa princesa Ekaterina y sus papás.

Estaban riendo por aquello cuando a Carol le volvió a sonar el teléfono. Todas lo miraron y ella, sacándoselo del bolsillo del pantalón, saludó en alemán cuando lo cogió:

—Hola, abuelo.

Konrad Werner, un alemán afincado en el Rincón de la Victoria, en una comunidad germana situada a unos veinte kilómetros de Málaga, respondió al oír la voz de Carol:

—¿Cómo está mi nieta favorita?

—Biennn.

Él rio al oírlo y rápidamente cuchicheó:

—Y esto, como siempre, que quede entre tú y yo. Si se entera la pelusona de Annalisa, ¡para qué queremos más! Con lo gruñona que es...

De nuevo, Carol soltó otra carcajada, y él insistió:

—¿Estás bien?

Carol, que sabía por qué la llamaba, afirmó:

—Sí, abuelo. No te preocupes. Estoy bien.

Konrad asintió. Hablar sobre aquello era doloroso para su nieta y, cambiando de tema, preguntó:

—¿Cómo está el descerebrado de... de...? ¿Cómo era?

—Adam, abuelo..., Adam —indicó Carol.

Él, a diferencia de su padre y de su hermana Annalisa, había aceptado a Adam tal como era.

—Eso..., ¡Adam! —exclamó el hombre y, tras un silencio, gruñó—: Tu madre ya me contó lo ocurrido y que estuviste en Venecia. Por el amor de Dios..., pero ¿adónde vamos a ir a parar? Si cojo yo al imbécil que le puso el ojo verde, le doy dos pescozones que lo dejo sin cabeza. ¡Malditos homófobos! Pero ¿qué le pasa a esta sociedad, que parece que camina hacia atrás?

Carol se retiró su larga melena de los ojos e, intentando que se calmara, respondió:

—Tranquilo, abuelo... Tranquilo.

Él soltó entonces una palabra malsonante en alemán y ella rio.

—Abuelo...

El hombre asintió mirando por la ventana de su casa y preguntó cambiando de tema:

—¿Cuándo piensas venir a visitarme? He de arreglar unos papeles que me llegaron el otro día desde Alemania y otros de la casa y sólo puedes ayudarme tú.

Carol, levantándose de la mesa para hablar con más tranquilidad, cuchicheó:

—Abuelo...

—Ni abuelo ni nada. Cualquier día me muero solo en casa y os enteráis cuando los vecinos os llamen porque mi cuerpo ha empezado a descomponerse.

La joven sonrió divertida. Su abuelo era un exagerado.

—Eso no va a pasar —murmuró—. Pero, si pasara, el culpable serías tú.

—¡¿Yo?!

—Sí, tú. ¿Cuántas veces te han dicho la *mamma* o la *nonna* que te vayas a Venecia a vivir con ellas y tú no quieres?

El hombre suspiró. A pesar de lo mucho que quería a su mujer y a su hija y del buen rollo que había entre ellos, cuando estaban más de cinco días juntos lo sacaban de sus casillas; antes de que aquélla prosiguiera, indicó:

—Ni loco, ¡menudas dos! Tantos perros y gatos pululando por la casa... No..., no..., que no. Voy a verlas cada tres meses y ¡listos! Además, tu abuela y yo vivimos mucho mejor así. Ya sabes que lo nuestro funciona de este modo.

De nuevo, Carol sonrió al oírlo protestar, y él preguntó cambiando de nuevo de tema:

—¿Dónde estás ahora?

—En Londres. Ya acabé la gira.

—¿Y qué haces, que no has venido a verme? —insistió.

Carol suspiró y, viendo a sus amigas mirar de nuevo la foto del bebé de Samantha, dijo:

—Iré cuando esté de vacaciones, ya lo sabes. Además, dentro de dos días, Adam se viene a vivir conmigo a Londres y...

—Hija, ¿estás segura de lo que vas a hacer?

La joven sonrió.

—Totalmente. Adam necesita empezar de nuevo, es mi hermano, y ¡mi casa es la suya! En cuanto a vernos, tranquilo. Cuando vaya para la boda de Vera...

—¿Cuándo era?

—El sábado 27. Por cierto, ¿has ido ya al dentista?

Konrad maldijo. Su nieta era tan pesada como su hija.

—No lo necesito —cuchicheó.

—Lo necesitas, abuelo, ¡claro que sí! Por tanto, ya puedes pedir cita ahora mismo, porque pienso llevarte cuando yo esté allí, lo quieras o no, ¿entendido?

El hombre asintió. Sabía que su nieta llevaba razón.

—De acuerdo —repuso—. Pero, cuando vengas a la boda, te quedarás conmigo en casa. Prepararé la habitación y...

—Abuelo —lo cortó—. Quizá sea mejor que...

—¡No sé lo que vas a decir, pero ni hablar! Si vienes a Málaga, te quedas en mi casa, que es la tuya. No pienso permitir que te alojes en un hotel como la última vez, ¿entendido, Carolina?

La joven sonrió. Cuando su abuelo la llamaba por su nombre completo era porque comenzaba a enfadarse y, divertida por aquello, afirmó:

—De acuerdo, abuelo, no te enfades. Pero, recuerda, si la última vez me alojé en un hotel fue porque tú y tu ligue erais tan escandalosos que...

—Calla..., calla..., menuda era Teresiña —dijo él riendo.

Un par de minutos después, tras colgar el teléfono, Carol se acercó hasta sus amigas, y Lola preguntó:

—Sorpréndenos; ¿quién de tu familia te necesita?

Carol sonrió.

—El abuelo. He de ayudarlo a solucionar no sé qué papeles, llevarlo al dentista y...

—¿No te agota todo esto? —preguntó Samantha.

Consciente de por qué se lo decía, Carol suspiró.

—Llevo siendo la pieza que toda mi familia necesita para seguir adelante desde hace tanto tiempo que ya me he acostumbrado.

—Pero debe de ser agotador, Carol. No tienes tiempo para ti y deberías establecer unos límites. ¿Cuándo llega Adam?

—Pasado mañana. Menos mal que tengo el sofá cama para que duerma, si no lo llego a tener me habría tocado comprar uno de segunda mano, y con urgencia.

—Deberías ser un poquito más egoísta —indicó Lola—. Cuando no estás solucionando los problemas de uno, estás solucionando los de otro y...

—Y es lo que me ha tocado vivir —sentenció Carol.

Lola calló y no dijo nada más. Sabía que tenía la batalla perdida con aquel tema.

Durante un buen rato, las tres amigas disfrutaron de sus conversaciones y, cuando terminaron de comer, Lola propuso:

—Veníos a mi casa —y, mirando a Samantha, añadió—: Tengo un montón de cositas de Elora guardadas en el garaje que a Ekaterina le vendrán genial.

—¡Vale! —dijo su amiga encantada.

Carol, haciendo a un lado el recuerdo de su hija, fue con ellas. Se dirigieron a la casa de Lola, donde, al llegar, *Swin*, el perro, las saludó feliz, y Samantha dijo entonces pensando en el suyo:

—*Russell* se volverá loco con Ekaterina.

—¡Seguro que sí! —convino Carol.

Tras entrar en la casa y saludar a Dennis, que en ese instante se llevaba a la pequeña Elora a clase de ballet, las tres amigas comenzaron a sacar cajas del garaje que llevaron al salón, donde se dispusieron a abrirlas. Samantha disfrutó de todo lo que su amiga le mostraba de la pequeña, hasta que oyeron un coche que llegaba y Lola comentó:

—Debe de ser Dennis.

Estaban sentadas en el suelo del salón cuando la puerta de la calle se abrió y, al percibir varias voces, Lola indicó:

—Dennis y Daryl.

De inmediato, Carol intentó disimular, nadie debía notar lo que había entre ellos; entonces aquellos dos entraron en el salón. Encantada, Lola se puso en pie, besó a su marido y después abrazó a su hermano.

Rápidamente, Samantha se incorporó para saludar a Daryl y Carol, al verlo, también se levantó. Una vez que Samantha lo besó, ella hizo lo propio y él, mirándola, preguntó como si no supiera nada:

—¿Qué tal tu gira con Pink?

Carol dio un paso atrás y respondió alejándose de él:

—Bien. Pero ya la terminé.

Daryl asintió con disimulo, y Dennis preguntó dirigiéndose a él:

—¿Qué tal anoche? Me han dicho que Can y tú estabais muy bien acompañados.

Al oír eso, Daryl lo miró y, sacudiéndose los pelos del perro de su hermana del pantalón, repuso evitando mirar a Carol:

—¿Qué te han dicho?

Dennis le dio un codazo sonriendo y cuchicheó:

—Pues que os vieron cenando y después tomando algo en Babylon con las hijas de cierto magnate de las telecomunicaciones.

—¡Qué raro! —se mofó Lola.

Samantha sonrió. Carol también. Y Daryl, consciente de que era cierto, afirmó mirando a Dennis:

—Cuñado..., no seas indiscreto.

—Daryl y su ejército de mujeres... —apostilló Samantha.

De nuevo, todos rieron, y Daryl, viendo a Carol desviar la mirada, preguntó:

—¿Por qué presuponéis lo que no es?

—¡Porque te conocemos, hermano! Y sabemos lo mucho que te gustan las mujeres con clase.

Aquella contestación le molestó.

Él sólo se había tomado algo con Can y las dos mujeres con las que aquél había quedado. No había pasado nada, absolutamente nada, y entonces Dennis preguntó.

—¿Te apetece algo de beber?

—Un poco de vino.

—Chicas, ¿queréis algo? —dijo Dennis mirándolas.

—Sí. Pero no sé el qué —murmuró Samantha.

—Una cerveza fría —pidió Carol.

Lola asintió y, mirando a su marido, asió del brazo a su amiga Samantha.

—Vamos —pidió—. Acompañaremos a Dennis a la cocina y así eliges lo que quieres.

En cuanto aquéllos salieron del salón, Daryl miró a Carol, que se había sentado de nuevo en el suelo, y saludó bajando la voz:

—Hola, *itañola*.

Al oír eso, ella lo miró y siseó con gesto serio:

—No me llames así.

La seriedad de sus palabras lo hizo fruncir el ceño y, sin entrar en el comentario, añadió:

—Qué sorpresa encontrarte aquí.

—¡Daryl y su ejército de mujeres con clase...! —se mofó ella con tirantez.

Molesto, el comandante empezó a decir:

—En cuanto a eso...

—Me importa un bledo... eso.

A Daryl no le gustó ver cómo lo miraba. ¿Qué le ocurría? Y añadió:

—Tú quedaste con Muskeva, yo con Can y...

—Y no me cuentes nada más. Somos libres de hacer lo que queramos —lo cortó.

Carol estaba molesta. Mucho.

De pronto, sintió como si Daryl fuera algo suyo y, enfadada consigo misma, preguntó:

—¿Qué haces aquí?

Sorprendido por su irritación, que no entendía, y por su pregunta, él replicó:

—Es la casa de mi hermana. ¿Algún problema, *señorita*?

Carol negó con la cabeza y, suspirando, susurró:

—No. Claro que no.

Se quedaron en silencio hasta que a ella le llegó un mensaje al móvil y Daryl exclamó con mofa:

—¡Qué raro!

Sin hacerle caso, vio que se trataba de un mensaje de su hermana Vera y, tras contestar, se guardó el teléfono en el bolsillo del pantalón.

—¿Te ha llegado mi wasap? —preguntó Daryl.

—Sí.

—¿Y por qué no me has contestado?

—Porque la respuesta ya la sabes. No vamos a cenar y no vamos a volver a quedar. Mira, Daryl, esto se nos está yendo de las manos y creo que tenemos que cortarlo ya.

Oír eso a Daryl lo enfadó; habían pasado unos días maravillosos juntos. Cuando fue a reprochárselo, Samantha y Lola entraron en el salón mientras la segunda decía:

—Toma, tu cerveza fría y en botella.

Sonriendo, Carol la cogió y dio un trago en el mismo instante en que Dennis entraba también con una copa de vino para Daryl.

—Acompáñame al garaje —pidió dirigiéndose a su cuñado—. Mi moto hace un ruidito que no identifico.

Una vez que él cogió la copa, se marchó con Dennis sin decir nada, y en ese momento Samantha cuchicheó mirando a Lola:

—De verdad, lo de tu hermano es de escándalo. ¡Qué guapo! Y ¡qué estilazo tiene con esa camisa blanca!

Lola sonrió y afirmó mientras oía sonar el teléfono de la casa:

—Es el guaperas de la familia. Y, aunque soy su hermana, reconozco que tiene ese algo especial que a las mujeres nos suele gustar. Sólo espero que algún día decida centrarse. Creo que Daryl ya tiene una edad como para formar su propia familia y dejar de ser un picaflor. ¡Hay que ver lo que le gustan las mujeres a este hombre! No le dura una más de dos citas.

Carol se rascó el cuello.

Odiaba la sensación que aquellas palabras le estaban provocando, y entonces Samantha añadió bajando la voz:

—Según me contó Alisa, la sobrecargo que trabaja con Jack en su compañía, Daryl y su compañero Can levantan pasiones allá adonde van y...

La puerta del salón volvió a abrirse entonces y Dennis indicó mirando a su mujer:

—Cariño, tu padre al teléfono. Él y Rose quieren recoger a la niña del ballet y llevársela a su casa a dormir.

—¿Y qué te parece?

Dennis asintió y afirmó con picardía:

—A mí me parece bien.

Rápidamente Lola se levantó y, tan pronto como quedaron Carol y Samantha a solas en el salón, para evitar seguir hablando de lo mismo, Carol cogió un vestidito rosa y comentó:

—Ekaterina estará preciosa con este vestido.

Samantha asintió y, emocionada, murmuró cogiéndolo:

—No veo el momento de ponérselo.

El resto de la tarde, las chicas lo pasaron entre risas, tiradas en el salón, y aunque Carol no podía ignorar que a pocos metros estaba el motivo de su enfado y su deseo, intentó centrarse. Cuando llegó la noche, Lola se empeñó en que todos se quedaran a cenar.

Encargaron algo de cena en un restaurante cercano y, mientras se la llevaban, Carol buscó desde su móvil un billete de avión para viajar a Málaga. Al cabo de unos días, una vez que su hermano Adam se instalara en su casa, tenía que ir a España para la boda de Vera. Estaba cerrando la compra cuando miró a Dennis y pidió emocionada y feliz:

—¿Podría imprimirlo desde tu impresora?

Él asintió y, mirando a Daryl, indicó:

—Ve tú. Yo estoy pendiente de que traigan la cena.

Daryl y Carol, en silencio, se dirigieron hacia el despacho de Dennis, y cuando ella seleccionó la impresora en su móvil y le dio a imprimir, Daryl preguntó:

—¿Qué te ocurre?

—Nada.

El gesto de aquélla le hacía saber que algo pasaba, e insistió:

—Vamos a ver, Carol. Quise cenar contigo, estar contigo, pero tú tenías tus planes con Muskeva. Yo quedé con Can y él apareció con esas dos amigas y...

—No quiero seguir escuchándote —lo cortó sin contarle lo que en realidad le ocurría—. Somos adultos. No hay nada entre nosotros que no sea sexo y debemos continuar haciendo nuestras vidas.

Él asintió. Ésa era la idea. Pero, consciente de que aquella complicada mujer no era una más, cambiando de táctica, preguntó:

—¿Cuando me ves no sientes la necesidad de besarme?

Sorprendida por su pregunta, ella lo miró. En su gesto pudo ver que a él sí le ocurría aquello, y, suspirando, cuchicheó:

—Vale. Reconozco que la tentación está ahí, pero...

No hizo falta decir más. Los labios de él rápidamente asaltaron la boca de la joven, y cuando el apasionado beso se acabó, declaró:

—Salí con Can. Tomé algo, pero no ocurrió nada con ninguna de esas mujeres. ¿Por qué no confías en mí como yo confío en ti?

—¿Tú confías en mí?

Él la miró sorprendido. ¿Por qué había dicho eso? Pero, convencido, afirmó:

—Por supuesto que sí —y, deseoso de que ella se tranquilizara, indicó—: Vamos a ver, Carol, eres una persona sensata y razonable a pesar de esa locura divertida que corre por tus venas y que por las mañanas, cuando me despierto, me desespera. Pero eres amiga de mi hermana, eres buena gente, tienes una familia como la mía y me gustas. ¿Por qué no voy a confiar en ti?

Al oír eso, ella rio. Sin duda su familia y la de aquél poco tenían que ver. Cada segundo tenía más claro que no sólo los separaba Lola. Si Daryl se enterara de la vida de su abuela y de su madre, se horrorizaría, y, cuando iba a contestar, él continuó:

—¿No sería más fácil que...?

—No.

Él maldijo. Carol era una cabezota.

—Pero ¿por qué? —insistió.

—Porque no. Quiero a Lola, y no.

A cada momento más enfadado, gruñó y, sin poder evitarlo, preguntó:

—¿En serio lo de mi hermana es insalvable?

—Por supuesto —afirmó Carol—. Nadie puede saber que..., bueno..., que eso.

—Pero tú y yo lo sabemos y...

—Pues olvídalo, porque no se va a volver a repetir —lo cortó ella.

Molesto por su respuesta y su frialdad tras los maravillosos días que habían pasado juntos, Daryl calló, pero, al ver su mochila abierta, quiso saber:

—¿Por qué ese peluche naranja va siempre contigo?

Carol se apresuró entonces a cerrarla, y él insistió:

—¿Por qué cuando me intereso por ti o por tu familia lo único que oigo son mis preguntas sin respuestas?

Tenía razón. En ciertos aspectos de su vida, era muy hermética. Pero ¿cómo no serlo con un hombre tan exigente y complicado como Daryl? ¿Qué pensaría él si realmente supiera de su familia?

—Oye, pero ¿qué te ocurre? Creía que tú y yo habíamos conectado. ¿Por qué estás siendo tan borde?

La joven lo miró y, molesta consigo misma por el maremágnum de sentimientos que la estaban ahogando, replicó:

—Mira..., mejor dejémoslo.

Y, antes de que pudiera preguntar nada más, ella cogió el papel de la impresora y, sin mirarlo, salió del despacho de Dennis.

Pero ¿qué le ocurría a esa mujer?

Un buen rato después, cuando llegó la cena y todos se juntaron en el salón, de nuevo reinó el buen humor. Carol, Samantha y Lola, a petición de los chicos, comenzaron a contar sus batallitas. Daryl observaba y escuchaba con atención. Ver sonreír a Carol, saber de sus vivencias y sentir la positividad que irradiaba era increíble, y, divertido, afirmó ante una chanza contra los de su género:

—Y luego decís de los hombres.

Al oír eso, las tres mujeres lo miraron y éste levantando las manos cuchicheó:

—Tampoco es para que me fusiléis con la mirada...

Las tres se miraron divertidas y Carol, incapaz de callar, preguntó:

—¿Acaso eres de los que aún piensan que si una mujer se acuesta con un hombre es una guarra y si un hombre se acuesta con una mujer es un machote?

Dennis y Daryl se miraron, ellos no eran así. Y, convencido, éste respondió:

—Por supuesto que no. Creo en la libertad de las personas y en el poder de elegir con quién nos acostamos o no, independientemente de que sea hombre o mujer.

Carol asintió y Lola, mirando a su hermano, afirmó:

—Y así es. No lo dudes, Carolola..., créelo, que dice la verdad.

Un par de horas después, cuando dieron por finalizada la velada, el grupo se dirigió hacia la puerta, y Daryl, mirando a Samantha y a Carol, preguntó:

—¿Hacia dónde vais?

—A casa —respondieron ellas al unísono.

Daryl asintió, sabía dónde vivían ambas y, moviendo la cabeza, indicó:

—Vamos. Os llevo.

Samantha sonrió encantada, pero Carol repuso:

—Ah, no te preocupes. Cogeré el metro y...

—Carol... —indicó Lola—. No seas cabezota. Si mi hermano dice que te lleva, es que te lleva —y, mirándolo, explicó—: Vive en Camden.

Al oír eso, Daryl no dijo nada. Sabía muy bien dónde vivía, y, caminando hacia su coche, indicó:

—Vamos, chicas.

Una vez junto al vehículo, Samantha comentó:

—Como a mí me dejaréis antes, me siento detrás.

Carol asintió y, acomodándose en el asiento delantero junto a Daryl, tiró del cinturón de seguridad; al ver que éste no funcionaba, lo soltó justo en el momento en que él se le aproximaba y, cogiendo el cinturón, muy cerca de su boca indicó:

—Se engancha últimamente. Tengo que revisarlo.

Carol sonrió y, sin más, Daryl arrancó el coche.

Una vez que Samantha se hubo despedido de ellos y se bajó, en el mismo momento en que se cerró la puerta, él la miró y sonrió.

—Prueba superada, ¿no crees?

Carol suspiró. No había sido fácil para ella, y, ofuscada, respondió:

—Si tú lo dices...

Daryl condujo unos metros en silencio hasta que mirándola preguntó:

—¿Qué te ocurre? ¿Por qué estás enfadada?

Carol no respondió y él, deteniendo el coche a un lado, echó el freno de mano e insistió:

—Carol, por el amor de Dios, ¡¿quieres responderme?! Si es por lo que ha dicho antes Dennis, ya te he explicado que no ocurrió nada entre esas mujeres y yo. Sólo cenamos y tomamos algo. ¡Nada más!

La joven resopló y, agobiada por todo lo que le pasaba por la cabeza, finalmente respondió:

—Mira, siento de veras tener que oír unas explicaciones que yo no te he pedido. Tú tienes tu vida y... y... yo la mía. Y creo que deberíamos seguir teniéndola sin necesidad de rendir cuentas a nadie. Y luego está lo de Lola. Odio ocultarle cosas a mi mejor amiga. ¡Me siento fatal!

—En cuanto a lo primero, tú no has preguntado nada, pero, como me interesas, soy yo quien te lo explica. Y, en lo referente a lo segundo, es porque tú así lo quieres. Lola es adulta y nada ha de decir de lo que tengamos tú y yo.

Acto seguido, la boca de Daryl tomó la suya sin previo aviso y, en vez de rechazarla, Carol la aceptó.

Deseaba aquel contacto.

Deseaba besarlo desde el primer instante en que lo había visto. Lo deseaba a él. Y, cuando el beso acabó, Daryl apoyó la frente en la de ella y murmuró:

—No veía el momento de hacerlo.

Otro beso...

Otro...

Y otro...

La temperatura entre los dos subía por momentos en el interior del vehículo mientras sus cuerpos demandaban más y más, hasta que Daryl, separándose de ella, musitó:

—Ese superpoder tuyo de ser increíble no me permite que deje de pensar en ti.

Boquiabierta, Carol parpadeó.

¿Por qué le tenía que decir cosas tan bonitas? ¿Por qué?

Clavó la mirada en él. A ella le encantaba. Le gustaba mucho. Pero sabía que entre ellos había infinidad de cosas insalvables, y supo que aquello no podía continuar.

—Eres preciosa —insistió Daryl.

Cerrando los ojos, la joven negó con la cabeza. Si continuaba, finalmente no sólo sufriría su amiga Lola, y, dispuesta a que aquello se acabara antes de que se liara más, soltó:

—No hace falta que te esfuerces ni que mientas...

—¡¿Qué?!

—¡Venga ya, Daryl! Que no soy una niña y tampoco tengo nada que ver con las mujeres con las que sueles salir. Y, por si no lo sabes, te aclaro que no pertenezco a ninguna familia pudiente.

—¡¿Y...?!

—Y nada —respondió Carol desconcertada.

Inquieto por verla así, iba a hablar cuando ésta saltó:

—Pero ¿no te das cuenta de que esto es complicado?

—Complicado lo haces tú.

—Pero ¿qué quieres?

Intentando mantener esa tranquilidad inglesa que en muchos momentos de su vida lo había ayudado, Daryl replicó:

—¿Me preguntas qué quiero?...

—Sí.

—Quiero conocerte, cenar contigo, pasarlo bien, y lo que tenga que ser será. Seamos amigos. Quizá algún día podamos ser pareja y...

—¿Tú y yo? ¿Te has vuelto loco?

—Al parecer, sí —afirmó molesto por cómo lo miraba.

Conocía mejor que nadie su fama de mujeriego y, cuando iba a hablar, ella musitó con mofa:

—Mira, casanova, no me vengas con tonterías.

—¿Por qué me llamas *casanova*? —preguntó molesto.

—¿Acaso no lo eres?

Daryl no supo qué responder. Aquélla tenía su parte de razón, pero replicó:

—Que yo sepa, tú tampoco eres una monja.

Carol asintió.

—¡Exacto! Monja no soy. Mira, Daryl..., ya tengo un rodaje y sé lo que es eso de... me gustas..., me atraes..., eres especial... Por tanto, ¿qué te parece si dejas de mentir y lo paramos aquí?

Él maldijo. Era un hombre adulto. Soltero. Ella era una mujer adulta. Soltera. ¿Qué mal había?

—Escucha, Carol...

—No, escúchame tú a mí —lo cortó—. Te lo dije. Fui sincera y clara contigo al decirte que me atraías. Vale, nos hemos acostado. Lo hemos pasado bien juntos, pero... pero... tú y yo no pegamos ¡ni con pegamento! Míranos. Tú eres el paradigma de la elegancia, la ropa cara, los sitios exclusivos, el trabajo ideal, el orden y la familia perfecta. Y yo... yo odio vestir de marca, me gustan los sitios alternativos, mis amigos te desagradan, mis trabajos me tienen ocupada, soy desordenada, tengo perros que sueltan mucho pelo y mi familia dista mucho de la gente que tú sueles frecuentar. Por todo ello, creo que, llegados a este punto, ni tú eres lo que yo necesito, ni yo soy lo que tú necesitas.

—¿Y cómo lo sabes?

Carol, al ver cómo la miraba, respondió:

—Lo sé y punto.

Él resopló desesperado, era dura de pelar; pero ella, mirándolo sentenció:

—Valoro demasiado la amistad que tengo con tu hermana como para echarla a perder por cuatro polvos contigo, por muy buenos que sean.

—¿Me estás llamando «polvo»? —preguntó él sin dar crédito.

Carol, que, como decía su madre, solía tener la mecha muy corta, asintió sin pensar en las consecuencias.

—Por supuesto.

Molesto por su frialdad, él entonces no supo qué decir. Era la primera vez que le abría su corazón a una mujer. La primera vez que le decía a alguien que quería conocerla, y ella, en vez de sonreírle, simplemente le estaba dando calabazas. ¿A él?

Sin poder creer lo que le estaba ocurriendo, el comandante iba a hablar cuando Carol, consciente de que debía parar todo aquello antes de que le explotara en la cara, añadió:

—A partir de ahora quiero distancia entre tú y yo. Se acabaron los besos, los abrazos, el revolver sábanas juntos. ¡Se acabó todo! Necesito volver a ser Carolina para ti y que tú seas Daryl Simmons para mí. El hermano de mi amiga. No vuelvas a llamarme ni a mandarme mensajes, porque yo tampoco lo haré, ¿entendido?

Él asintió boquiabierto. Pero, evitando forzar algo que ella no aceptaba, finalmente puso en marcha otra vez el coche y contestó:

—De acuerdo.

El silencio se hizo de nuevo en el vehículo, sólo interrumpido por sus propias respiraciones y por el ruido del motor, hasta que, al llegar frente a la casa de Carol, ella dijo mirándolo:

—Gracias por traerme.

—De nada, *Carolina* —respondió él poniendo énfasis en su nombre.

Una vez que ella se bajó del vehículo, Daryl arrancó y la joven murmuró mientras observaba cómo se alejaba:

—Lo creas o no, Daryl Simmons, esto es lo mejor.

Capítulo 31

Finalmente Adam, el hermano de Carol, llegó a Londres. La joven fue a recogerlo al aeropuerto y, tras meter sus dos maletas en el coche, se dirigieron encantados a su casa.

Una vez allí, *Limón* y *Baby*, que ya conocían a Adam, se volvieron locos de alegría, y su vecina Muriel pasó a saludarlo.

Más tarde, los tres, en buena sintonía, fueron al supermercado a comprar y cuando estaban pagando, Carol saludó a alguien que conocía:

—Hola, Corwin.

El hombre sonrió y, acercándose a ella, comentó:

—Esto es increíble.

Ambos rieron, y luego Carol los presentó:

—Él es mi hermano, Adam, y ella mi vecina Muriel. Él es Corwin.

Se saludaron y, mientras Muriel y Adam metían la compra en bolsas, Carol comentó al ver cómo el hombre miraba a su hermano:

—Está en su período de transición y...

—Carol —la cortó él—, no tienes que explicarme nada. Es tu hermano y punto.

A la joven le gustó oír eso, y, una vez que todos salieron del supermercado, propuso:

—¿Os apetece que nos sentemos a tomar algo?

Los demás asintieron y, tras instalarse en la terracita de un bar y pedirse unas bebidas, Muriel preguntó:

—¿Tú vives por aquí, Corwin?
Él asintió y, señalando más allá, contestó:
—Llevo viviendo en esta calle más de cuarenta años.
Los tres sonrieron, y Muriel indicó:
—Yo llevo cuarenta y tres años viviendo aquí también.
—¿En serio? —dijo él.
Muriel asintió.
—Ya ves —comentó Carol—. Vecinos de toda la vida.
Los tres hablaban entre risas hasta que Adam preguntó curioso:
—¿Y vosotros dos cómo os conocisteis?
Carol y Corwin se miraron, y enseguida él dijo:
—Trabajo en un restaurante. Carolina fue allí acompañada del señor Daryl Simmons y conectamos.
—¿Daryl Simmons? —preguntó entonces Muriel.
Corwin asintió y la mujer dijo mirando a Carol:
—¿Ése no es el muchacho tan guapo, correcto y agradable que últimamente veo por tu casa?
Al oír eso, todos la miraron, y ella, para intentar quitarle hierro al asunto, tan sólo dijo:
—Sí. Es un amigo.
Corwin sonrió y Muriel cuchicheó dirigiéndose a él:
—Curiosas amistades.
—Muy curiosas —se mofó Corwin sorprendido.
Carol los oyó, pero no quiso contestarles; entonces le sonó el teléfono y, levantándose, atendió a la llamada. Cuando la conversación acabó, regresó a la mesa e indicó:
—Adam, tenemos que irnos. Ya he concertado tu entrevista de trabajo.
—¡Estupendo! —Él sonrió.
En cuanto se levantó, Carol miró a su vecina, que continuaba sentada, y, cuando iba a decir algo, ella se le adelantó:
—Me quedaré un ratito más charlando con Corwin, si a él le apetece.
—¡Por supuesto, estaré encantado!
Carol sonrió. ¡Vaya, vaya, con Muriel y Corwin!
De buen humor, los dos hermanos se marcharon y, tras pasar

por una tienda del barrio en la que recogieron la cazadora de cuero negra que Carol había encargado para su abuela, Adam exclamó al verla:

—¡Le va a encantar!

Carol la miró. Le habían estampado el logo con la calavera que había pedido en la espalda.

—Ha quedado roquera y macarra —comentó—. Como ella.

Adam asintió y, riendo, cuchicheó:

—Verás cuando la vea Annalisa...

Carol resopló. Su hermana no había querido participar en aquel regalo.

—Le horrorizará, pero con eso ya contamos, ¿no?

Divertidos, regresaron a casa y, tras saludar a los perretes y guardar la compra en la nevera, Carol indicó señalando el sofá cama:

—Tú dormirás ahí, pero cuando yo esté de viaje puedes apropiarte de la cama.

Adam asintió encantado y, quitando un pantalón y una camiseta del sofá, afirmó:

—¡De acuerdo!

Carol cogió la ropa que su hermano le entregaba.

—Procuraré ser más ordenada —prometió.

Tras preparar algo de comer y charlar de mil cosas, les pusieron las correas a los perros y los sacaron a la calle a dar un paseo.

—¿Lolorola no se apellidaba Simmons? —preguntó de pronto Adam.

Su gesto debió de ser tan elocuente que él se apresuró a cuchichear:

—¿Estás liada con el hermano de Lola?

Rápidamente Carol miró a su hermano a los ojos y exclamó:

—No, ¡pero ¿qué dices?!

No obstante, él sonrió y, bajando la voz, se mofó:

—Carol tiene chico... Carol tiene chico...

Sonriendo, ella negó con la cabeza y, sin querer engañar a su hermano, replicó:

—No tengo chico. Y, sí, Daryl es el hermano de Lola. Pero lo que había entre él y yo se acabó. No puede ser.

—¿Y por qué no puede ser?

Consciente de que necesitaba hablar de aquello con alguien, explicó:

—Porque es demasiado tiquismiquis. No le gustan los perros porque sueltan pelos. Odia escuchar la música alta. Es un maniático del orden y la limpieza. Se levanta de mal humor. Es un clasista en temas familiares. No concibe el tema marihuana. Por Dios... —Y, al oír la música que sonaba al pasar frente a una tienda, preguntó—: ¿Sabes de quién es esta canción?

Adam la escuchó. Era *Hotline Bling*, y de inmediato contestó:

—Drake.

Carol asintió.

—¡Exacto! Pues él no lo sabría. Por no saber, no sabe ni quién es Bruno Mars, Jay-Z o Cardi B.

—¡¿No?! —se mofó su hermano.

Ella afirmó con gracia con la cabeza y, al ver la burla en la mirada de su hermano, añadió:

—Vale, a lo mejor la tiquismiquis con la música soy yo, porque es mi vida. Pero si Lola se entera de que su hermano y yo hemos estado liados, ¡no sé lo que podría pensar! Así pues, ¡tema finiquitado! Y ahora guárdame el secreto porque nadie lo sabe excepto tú.

Boquiabierto por aquello, Adam preguntó retirándose el pelo del rostro:

—¿Lo estás diciendo en serio?

—Sí —contestó ella.

Durante unos segundos se quedaron callados.

—¿En serio has roto con él porque no sabe quién es Bruno Mars?

Carol suspiró.

—No, Adam. He roto con él por Lola, por mí, por tantas cosas que en un futuro cercano nos traerían problemas que..., bueno..., es mejor así.

—Pero...

—Adam —lo cortó—. Preferiría no seguir hablando de ello.

Su hermano asintió, ya habría otro momento para retomar aquella conversación; entonces Carol preguntó entrando en el portal de su casa:

—¿Cómo se quedaron la *mamma* y la *nonna*?

—Tristes —suspiró—. Según ellas, su último pollito se marchaba de casa y el nido se les quedaba vacío, pero estoy convencido de que la llegada de Luigi Sorrentino las alegrará.

Ambos rieron, y luego él añadió:

—La que está que trina es Annalisa.

—¡Qué raro! —se mofó Carol.

Una vez en casa, soltaron a los perros y éstos corrieron a su cazo a beber agua.

—La *mamma* y Luigi están muy enamorados —continuó Adam—. No sé lo que durará, pero ¡la *mamma* está feliz! Luigi está pendiente de ella y eso me deja tranquilo, aunque sepa que Annalisa estará con la tensión por las nubes porque no parará de pensar en el qué dirán.

Ambos reían por aquello cuando Adam dijo:

—¿A qué hora has dicho que tengo la entrevista de trabajo?

—A las cuatro —y, mirándolo, indicó—: Es un restaurante increíble. ¡Ni te imaginas lo bien que se come allí!

Él asintió y, como necesitaba saber, a continuación preguntó:

—¿Y ellos saben...?

Comprendiéndolo, Carol no lo dejó terminar.

—Buscan un cocinero responsable que sepa trabajar, y tú cumples de sobra los requisitos. De todos modos, la respuesta es sí. Lo saben y no hay ningún inconveniente.

Adam asintió, su condición de transexual solía ocasionarle problemas, y Carol lo animó:

—Vamos, te llevo.

Al oír eso, Adam la miró.

—Puedo ir solo. Sé moverme por Londres.

—Lo sé —ella sonrió—, pero quiero acompañarte.

* * *

Dos horas después, mientras salían del restaurante, Adam estaba feliz. La entrevista de trabajo había ido muy bien. Las cocinas eran increíbles y el trato exquisito, y, mirando a su hermana, comentó:

—No soy el único transexual que trabaja aquí.

—No, cielo. No lo eres. Guillermo cree en la diversidad y en el respeto como creemos tú, yo y muchas más personas, aunque haya otras que aún no lo entiendan.

Satisfecho y encantado por haberse sentido tratado como una persona y no como un bicho raro, el joven musitó:

—Creo que me va a ir muy bien.

—Yo también lo creo.

—Y lo mejor —afirmó Adam—, sin empezar a trabajar, ya tengo los días libres para asistir al cumpleaños de la *nonna*. ¡Increíble!

Carol sonrió, Guillermo era un buen amigo. Cuando iba a contestar, su teléfono sonó. Era Lola, que quería invitarla a cenar a su casa. Deseaba ver a Adam.

* * *

Tras una tarde de compras por Oxford Street, Carol y él se dirigieron hacia la casa de su amiga, donde, al llegar, la joven no se sorprendió al ver a Samantha y a Jack. Éstos rápidamente los saludaron con cariño y, cuando más tarde apareció Daryl, a Carol se le paró el corazón. Sólo habían bastado unos días sin hablar con él para darse cuenta de lo mucho que lo añoraba.

Sorprendido, él se presentó a Adam y lo observó con curiosidad. Carol no le había contado nada de él, pero, tras saludarlo y ver que era encantador, lo trató como a uno más. Con cordialidad y respeto.

Tras acostar a la pequeña Elora, Lola y Dennis pasaron a sus invitados al comedor, donde se sentaron a cenar. Durante la cena, Adam y Carol dieron rienda suelta a su chispeante personalidad. Estaba claro que aquellos hermanos juntos eran muy divertidos, y en un par de ocasiones Carol miró a Daryl en busca de una sonrisa, pero él la ignoró. No quería ni mirarla.

Consciente de aquello, Lola se preocupó por su hermano. Estaba demasiado serio. Y, cuando le preguntó, él la convenció achacándolo al trabajo y al agotamiento que tenía.

Después de cenar, Daryl se apresuró a excusarse indicando que tenía planes. No le resultaba nada fácil estar en la misma habitación que Carol y decidió marcharse.

Cuando salió con Lola del salón, Adam cuchicheó dirigiéndose a su hermana:

—Daryl me ha parecido muy simpático.

—Lo es.

—Y muy guaperas.

—También lo es.

Divertido, Adam miró a su hermana. Sólo había que ver su gesto para saber cuánto le gustaba aquél, e insistió:

—Está claro que le gusta la ropa de marca.

—Mucho —afirmó Carol.

—Y sus modales de inglés son... ¡exquisitos!

—Ya lo has visto.

Adam sonrió y finalmente indicó:

—Eso sí, que no sepa quién es Drake, Jay-Z o Bruno Mars ¡es imperdonable! No me extraña que no quieras saber nada de él.

Al oírlo, Carol lo miró.

—Cambia ese gesto de italiana cabreada o Lolorola se dará cuenta —dijo él.

Ella hizo lo que su hermano le pedía; entonces Lola regresó y comentó:

—¿No habéis visto demasiado serio a Daryl?

Carol no contestó, y Dennis cogió a su mujer de la cintura y respondió:

—No habrá tenido un buen día. Pero, hasta donde yo sé, ha quedado con alguien que seguro que se lo va a alegrar.

Saber eso a Carol le revolvió las tripas, pero, sin cambiar la expresión, aguantó el resto de la noche como una jabata. Ella lo había querido así y así debía ser.

Capítulo 32

Los siguientes días, Daryl y Carol sólo se veían cuando se cruzaban por los pasillos del aeropuerto o en la sala de High Drogo.

Cuanto menos querían coincidir, más coincidían, aunque, por suerte, no hicieron ningún vuelo juntos.

No se miraban, apenas si se saludaban. Ambos eran muy extremistas y tenían muy claro que cuanto más lejos..., mejor.

Por suerte para Adam, en su trabajo en el restaurante rápidamente se sintió uno más del equipo. Guillermo conseguía que sus empleados se encontraran a gusto, y Carol se lo agradeció.

De este modo, fueron pasando los días, durante los cuales la joven echaba de menos el cariño de Daryl y Daryl añoraba la locura y la vivacidad de Carol.

De pronto y sin saber por qué, ambos se habían convertido en alguien indispensable en la vida del otro y luchaban contra sus propios sentimientos.

Las vacaciones de Carol llegaron.

El martes, tras despedirse de su hermano y quedar con él en Venecia al cabo de una semana para celebrar el cumpleaños de su abuela, besuqueó a sus perretes, y al pasar a despedirse de Muriel y encontrarse con Corwin allí, sonrió mirando a su vecina.

—Es encantador y nos estamos conociendo —aclaró ésta.

En cuanto también se hubo despedido de ellos, se dirigió al aeropuerto para coger un vuelo a España. Se iba a la boda de su hermana.

Mientras esperaba en la sala de embarque, envió un mensaje a los compañeros del refugio de animales, indicándoles que estaría unos días fuera de cobertura, por lo que no podrían contar con ella para subir fotos a las redes sociales. Quería centrarse al mil por mil en su hermana, en su abuelo, en su descanso y su familia, y tras darle a «Enviar», se levantó y embarcó en el avión que la llevaría a España.

Al legar a Madrid, cogió otro vuelo que la trasladó hasta Málaga, y una vez allí, al salir por la puerta, rápidamente vio a su hermana Vera. Acelerando el paso, llegó hasta ella y la abrazó con una sonrisa.

—¿Cómo está mi preciosa hermana?

—Bien —ella rio besándola—, y lo de *preciosa* no hacía falta.

A Carol no le gustó oír eso y, mirándola, cuchicheó:

—Claro que hacía falta. Cuando una está preciosa, se lo tienen que decir, ¿o no?

Vera, que solía sentirse siempre de todo menos preciosa, murmuró:

—Vale.

Fueron de la mano hasta el parking del aeropuerto y, una vez que ella abrió las puertas de su vehículo y Carol dejó su bolsa, esta última comentó:

—Adam te envía un millón de besos. Ya sabes por qué no viene, ¿verdad? —La joven asintió apenada y Carol, intentando que sonriera, añadió—: Quiere que le enviemos muchas fotos de la boda.

—Las tendrá.

Con una sonrisa, las hermanas se abrazaron y Carol indicó:

—Me quedaré en el Rincón de la Victoria con el abuelo.

—Podrías haberte quedado con Raúl y conmigo en nuestra casa.

Carol sonrió. Que su hermana se marchara de casa de sus padres después de la boda era lo mejor que le podía pasar, y, sonriendo, cuchicheó:

—Sí, claro. Recién casados y yo ahí sujetando la vela, ¿no?

Vera se puso colorada como un tomate. Lo que Carol le daba a entender la avergonzaba, y ésta divertida añadió:

—Si no me quedo con el abuelo, ¡me deshereda! Así que no se

hable más. Y ahora, vayamos a su casa, así lo saludamos, dejamos mi equipaje allí y, después, nos vamos a la prueba definitiva del vestido de novia. ¿Te parece?

—Vale.

Una vez que montaron en el coche, Carol miró a su hermana con disimulo. Como de costumbre, la encontraba desanimada. La existencia de Vera siempre había sido gris, triste. Su entorno no se lo ponía fácil, a excepción de Raúl, el chico con el que iba a casarse.

—¿Vendrá tu madre a la prueba del vestido? —quiso saber.

—No.

—¿Por qué?

La joven suspiró.

—Papá no le permite ausentarse del bar.

Carol asintió. Aquél era un impresentable, pero, sin querer meter más el dedito en la llaga, preguntó a continuación:

—¿Y tu suegra?

—Dice que prefiere que sea una sorpresa.

Asombrada, Carol iba a hablar de nuevo cuando aquélla indicó:

—Sólo estaremos tú y yo.

Molesta por la falta de tacto que todos tenían con su hermana, Carol asintió e, intentando que no se le notara el enfado, repuso:

—Mejor. Así estaremos más tranquilas.

Veinte minutos después, tras llegar a donde su abuelo, que las besuqueó a las dos encantado, éste las invitó a un refresco en su terraza.

—¿Y adónde van ahora estas dos preciosas jovencitas? —preguntó.

—A la prueba del vestido de novia de Vera.

Él sonrió, y Carol preguntó:

—Abuelo, ¿te quieres venir con nosotras?

Boquiabierto, Konrad miró a su nieta.

¿Qué pintaba él allí? Pero, al leer en sus ojos que aquello era una orden más que una propuesta, contestó:

—Será un placer —y, al ver el gesto de la novia, agregó—: Siempre y cuando a Vera no le importe.

Sorprendida tanto como él por la propuesta de su hermana, Vera musitó roja como un tomate:

—Será genial que vengas, Konrad.

* * *

Una hora más tarde, cuando Vera estacionó el coche en un parking, fue a dejar las llaves y Konrad, mirando a su nieta, se colocó bien el cinturón del vaquero y preguntó:

—¿Y qué hago yo en una prueba de vestido de novia?

Carol sonrió.

—No viene ni su madre ni su suegra ni nadie. Sólo estaremos tú y yo. Necesitaba que vinieras para animarla y decirle lo preciosa que está.

Konrad entendió entonces el motivo y, cuando Vera regresó junto a ellos, la cogió del brazo y comentó:

—Pues venga, vayamos a ver a nuestra bonita novia.

Una vez frente a la tienda, Vera parecía contenta. Eso le gustó a Carol, que, entrando con su hermana, miró a su alrededor y murmuró:

—Mira que me gustan los vestidos de novia, aunque yo no me vea con ninguno.

Gasas, organdí, crepé, encaje. Estaban rodeados del precioso y delicado universo de las novias, y Konrad, al ver que era el único hombre del establecimiento, comentó tocándose el tupé:

—¿No hace un poco de calor aquí?

Carol sonrió. Su abuelo ya quería marcharse, y, tras ver a su hermana abstraída observándolo todo, miró a Konrad y, señalando una glamurosa salita que había al fondo, donde otras novias se probaban los vestidos, indicó:

—Tranquilo. Allí seguro que hace más fresquito.

—Al menos hay mujeres guapas —afirmó él.

Al ver su mirada, Carol resopló.

—Abuelo..., por favor...

Konrad sonrió; aquélla siempre lo hacía sonreír.

—¿Y cuándo te veré yo a ti con uno así? —preguntó.

Al oír eso, Vera comenzó a reír, y Carol suspirando contestó:

—Pues no lo sé, abuelo. ¡Quizá nunca!

Konrad sacudió la cabeza y, levantando un dedo, gruñó:

—Carolina..., no digas eso. Me niego a pensar que no hay un hombre en el mundo que sea capaz de ver lo mucho que vales, hija mía, y...

—Abuelo —lo cortó—, siento decirte que no se trata de los hombres, sino de mí.

—¿Te gustan las mujeres?

Divertida por oír eso, Carolina negó con la cabeza.

—No, abuelo. Me encantan los hombres. Me gustan tantos que me es imposible elegir uno.

—¡Serás sinvergüenza! —se mofó él ante la sonrisa de Vera.

Estaban riendo por aquello cuando una mujer con un traje negro se acercó a ellos y, mirándolos con gesto altivo, preguntó:

—¿Qué desean?

Vera dejó de sonreír de pronto, se puso roja como un tomate y finalmente dijo:

—Venía a la última prueba de mi vestido de novia.

La mujer asintió. El gesto que hizo a Carol no le gustó, aquélla insistió:

—¿A qué hora era?

—A las siete —informó Vera.

La mujer consultó el libro de citas y mirando a una dependienta que salía por una puerta dijo:

—Lorena, lleva a los señores abajo y después sube a por el vestido.

Al oír eso, Carol soltó:

—¿Abajo?

—Sí. No te preocupes —repuso Vera, que ya era la tercera vez que iba a la tienda.

Carol, que estaba mirando con su abuelo los preciosos vestidos que allí había, al ver a su hermana y a la dependienta entrar por una puerta los siguió, y, cuando comenzaron a bajar una escalera poco iluminada, preguntó:

—¿Adónde vamos?

Acalorada, Vera miró a su hermana y al abuelo de ésta y contestó:

—A la sala de abajo.

Konrad y Carol se miraron pero no dijeron más, hasta que, al llegar a un sitio que se notaba que era parte del almacén, la dependienta, algo apurada, dijo mirándolos:

—Esperen aquí. Voy a por el vestido.

Una vez que ella se marchó, Konrad preguntó tan sorprendido como su nieta:

—¿Aquí te vas a probar el vestido?

Vera asintió roja como un tomate y luego musitó:

—Sí. Aquí lo elegí e hice la primera prueba.

La tensión a Carol le subía por segundos cuando, mirando a su alrededor, señaló:

—Pero esto es parte del almacén, Vera.

—Lo sé...

—¿Y por qué lo permitiste?

La joven no supo qué decir y, con una lágrima resbalándole por la mejilla, murmuró:

—Porque necesito un vestido de novia y... y... soy así.

Boquiabierto, Konrad maldijo en alemán, mientras Vera comenzaba a llorar. Ver la angustia de su hermana le partió el corazón a Carol, pero, intentando respirar hondo para no explotar ante la injusticia que llevaba sufriendo su hermana toda la vida, musitó:

—Escucha, cariño. Te lo he dicho mil veces y te lo vuelvo a repetir: tú eres preciosa por dentro y por fuera, y nunca permitas que nadie te haga creer lo contrario, ¿entendido?

—Yo tengo la culpa.

—De eso nada, Vera —gruñó Konrad—. Esa bruja vestida de negro es quien la tiene. Ella no debería permitir que tú te probaras el vestido aquí. Si me lo llegas a decir a mí, vengo yo contigo y le digo cuatro cositas a esa tonta del culo.

Ver la angustia en los ojos de su hermana enfureció a Carol.

—Tú no tienes la culpa de nada, Vera, ¿me has oído?

Ella sollozó. Carol siempre le daba fuerzas.

—Subamos —dijo esta última a continuación—. Te probarás el vestido donde se lo prueban el resto de las novias.

—Pero, Carol...

—Vera —la cortó—. Vamos a subir te pongas como te pongas.

—Por supuesto que vamos a subir —insistió Konrad.

Conforme se dirigían hacia la escalera, se encontraron con la dependienta de antes, que llevaba el vestido, y al verlos preguntó:

—¿Qué ocurre?

El abuelo miró a la mujer y, cuando iba a responder, Carol se le adelantó:

—Ocurre que esto es un sucio almacén. Ocurre que mi hermana ha venido a probarse su vestido de novia, y ocurre que...

—No importa, Carol —la interrumpió Vera—. De verdad que aquí estamos bien.

—No, hija, no. De eso nada —replicó Konrad.

Carol negó con la cabeza. Sabía perfectamente por qué la dueña de la tienda había enviado a su hermana allí. Pero ¿qué le ocurría a la sociedad? ¿Por qué había tantos prejuicios con respecto a todo?

—Éste no es sitio para probarse un vestido de novia.

—Pero la jefa ha dicho que...

—¡Tu jefa es tonta! —exclamó de pronto Konrad.

—Me importa bien poco lo que tu jefa haya dicho —la cortó Carol—. Mi hermana va a pagar su vestido de novia como cualquier otra chica que venga a comprar a esta tienda y tiene todo el derecho del mundo a hacerlo en un lugar bonito, y no en un sucio y oscuro sótano. Así que sube ese vestido arriba antes de que suelte mi frase lapidaria y saque la víbora sanguinaria y malhablada que vive en mi interior, porque mi hermana no se lo va a probar aquí.

Konrad sonrió al oírla y afirmó gustoso:

—Ésta es mi nieta y su carácter, ¡sí, señor!

La dependienta asintió asustada. Entendía muy bien lo que aquélla le decía, y aseguró:

—Lo creas o no, estoy completamente de acuerdo contigo. ¡Vamos!

Una vez que los cuatro llegaron de nuevo a la planta principal, la jefa se acercó a ellos.

—¿Algún problema?

—Uno no, ¡muchos!, vieja cacatúa —exclamó Conrad.

—¿Qué me ha llamado? —preguntó aquélla.

—Vieja y cacatúa, ¡¿te lo repito?! —insistió el hombre.

Vera, roja como un tomate, no podía hablar, y Carolina se acercó a aquélla y afirmó:

—He venido con mi hermana a probarse su vestido de novia —y, señalando al fondo, exigió— y quiero que se lo pruebe allí.

La trajeada suspiró y, mirándola, indicó:

—Tengo los probadores llenos y es imposible.

Carol meneó la cabeza e, intentando contenerse y mantenerse firme por su hermana, insistió:

—Pues esperaremos.

La dependienta, que sostenía el vestido de novia, no sabía qué hacer. Se la veía apurada; entonces la supuesta gobernanta vestida de negro indicó:

—Lorena, lleva el vestido al almacén. Cuando les toque el turno, lo volveremos a sacar.

Carol asintió y, mirando a su abuelo y a su hermana, dijo al ver a unas mujeres en la puerta mientras tiraba su mochila sobre una silla:

—Vayamos a tomar un café para hacer tiempo a la cafetería de enfrente.

Mientras salían, Carol oyó decir a las mujeres que entraban que tenían cita a las siete y media. Se habían adelantado. Con picardía, miró hacia atrás y vio cómo la jefa las acompañaba hasta uno de los probadores cerrados..., ¡que resultó estar vacío! Eso la encolerizó y, una vez en la calle, señaló:

—He olvidado mi mochila dentro. Id a la cafetería, enseguida voy.

Carol cogió aire y entró de nuevo en la tienda. Estaba harta, muy harta de que a sus hermanos, por diferentes motivos, no se los tratara como se merecían, y, mientras caminaba hacia la mujer que tan mal los había tratado, empezó a decir frente al resto de las novias que se probaban sus trajes en compañía de sus familias:

—Disculpe, señora. ¡¿Me puede explicar cómo mi hermana, teniendo cita a las siete de la tarde, ha de esperar a que quede un probador libre, y estas señoras, que tienen cita a las siete y media, ya tienen uno listo?!

Al oír eso, todos la miraron, y la mujer replicó:

—¡Joven, ¿sería tan amable de no chillar?!

Pero Carol, que ya estaba cansada de aquello, negó con la cabeza y dijo para que todos la oyeran:

—No. No soy tan amable de no chillar. Si chillo es porque usted ha ofendido a mi hermana. La ha hecho sentirse como una mierda por llevar una talla que, por lo que veo, no es del agrado de usted.

—Señorita...

—Mi hermana Vera es una joven preciosa, buena y encantadora. Y personas como usted la hunden todos los días con sus miradas malintencionadas. Con sus comentarios desafortunados. Con sus críticas silenciosas. Personas que como usted se creen perfectas por llevar la talla treinta y ocho son incapaces de entender que personas como ella, que lleva la cincuenta y cuatro, sufren por no ser aceptadas por esta puta sociedad. No le voy a contar por qué mi hermana tiene sobrepeso porque a usted no le importa, pero sí le voy a decir que es injusto juzgar sin saber, y que el hecho de que usted la haya enviado al sótano para que nadie la viera con su vestido de novia me hace sacar la víbora que llevo dentro y soltarle mi frase lapidaria, que es: ¡váyase a la mierda!

—¡Oh, por favor...! —musitó la mujer con desagrado.

Pero Carol prosiguió muy enfadada:

—Quiero hablar con su superior, porque voy a meterle tal denuncia por lo mal que ha tratado a mi hermana que, con ello, la que no va a tener compasión voy a ser yo.

—La jefa aquí soy yo.

—¿Es usted la dueña de la tienda? —Aquélla asintió con la cabeza, y Carol añadió—: Pues que sepa que me voy a ocupar personalmente de que todo Málaga se entere de cómo trata usted a algunas mujeres para que nadie compre su vestido de novia aquí.

Todas las allí presentes escuchaban boquiabiertas a Carolina.

—Me parece increíble y vergonzoso que, por el hecho de llevar una talla superior a la suya, mi hermana tenga que bajar a un maldito y sucio sótano a probarse su vestido —insistió ella—. ¿Por qué? ¿Por qué no puede probárselo aquí? ¿Acaso mi hermana tiene que avergonzarse de algo? ¿En serio ella es menos que cualquier otra novia por tener una talla cincuenta y cuatro?

—A ver, señorita..., creo que...

—¿Qué cree usted? —la cortó ofuscada—. Porque si lo que hace es lo que cree, no me interesa saberlo.

La mujer, al ver cómo todas la miraban, no respondió, y Carol siseó:

—En su día no pude venir con Vera a elegir su vestido de novia porque vivo fuera de España, pero me acabo de enterar de que tuvo que elegirlo en el puto sótano. Y que su primera prueba la hizo en el puto sótano... Para ser alguien que trabaja de cara al público, no tiene usted ni idea de lo que es la humanidad, el trato cordial ni la empatía.

Nadie decía nada. Nadie se movía, hasta que una chica que estaba allí y se estaba probando uno de los vestidos dijo:

—Es vergonzoso lo que cuentas y es indignante que tu hermana haya sido tratada de ese modo —y, quitándose el velo, añadió—: Me niego a comprarme un vestido de novia aquí, y ahora mismo pienso denunciarlo en las redes sociales.

—¡Estupendo! —afirmó Carol.

Tras esa primera novia, otra hizo lo mismo y luego la tercera se unió también.

Que aquellas mujeres le ofrecieran su apoyo la emocionó, pues la hizo sentir que ni ella ni su hermana estaban solas en aquella lucha. Por ello, musitó mirándolas conmovida:

—Gracias. Muchas gracias.

Las mujeres que estaban en la tienda se revolucionaron. Aquello era una barbaridad, una falta de respeto total, y cuando la dueña intentaba bregar con todas ellas, Carol añadió decidida a acabar con ella:

—Exijo el libro de reclamaciones. Tengo algo que escribir.

Horrorizada, la mujer no sabía qué hacer, pero Lorena, la dependienta, apareció con el libro y afirmó tendiéndoselo a Carol:

—Corroboraré todo lo que pongas, aunque me despidan por ello.

Sin dilación, y explayándose, Carol escribió su queja en el libro y, en cuanto terminó, miró a la mujer de negro, que temblaba nerviosa, y dijo:

—Y ahora me va a devolver la paga y señal que mi hermana dio para el vestido. No lo queremos.

—Pero...

—O me lo da o llamo a las televisiones y, además, la denuncio públicamente —dijo enseñándole el teléfono.

Angustiada mientras la gente salía de la tienda y horrorizada por lo ocurrido, aquélla buscó la ficha de Vera y, tras comprobar la cantidad que había entregado a cuenta, se la devolvió.

—Ojalá las redes sociales y el boca a boca funcionen y nadie compre aquí su vestido de novia —indicó Carol cogiendo el dinero.

Y, dicho esto, salió de la tienda y, tras dirigirse hacia la cafetería donde estaban su hermana y su abuelo, pidió mirando al camarero:

—Tres tilas.

Sorprendido, Konrad miró a su nieta, y Vera preguntó levantándose.

—¿Voy ya a probarme el vestido?

Al oír a su hermana, Carol negó con la cabeza y, tendiéndole el dinero que aquella desagradable mujer le había reembolsado, explicó:

—No, cielo. Lo he devuelto. Tenemos que buscar otro.

Pálida, Vera la miró, y Konrad indicó dirigiéndose al camarero:

—Las tilas que sean dobles.

Horrorizada, Vera volvió a sentarse.

—Pero... pero..., Carol..., quedan cuatro días para la boda. Yo... necesito un vestido de novia, y ahora será imposible conseguirlo.

—Nada es imposible —repuso ella nerviosa—. Lo buscaremos y punto. Tengo amigos que pueden ayudarnos, los llamaré.

Konrad suspiró. Si Carol decía que lo arreglaría, así sería.

—Espero que le dijeras a esa bruja de negro tu frase lapidaria —cuchicheó mirándola.

La frase a la que él se refería se la había soltado al Donante siendo una niña, y afirmó:

—Te lo aseguro, abuelo. La he mandado a la mierda con todas mis ganas.

—Muy bien, muchacha. No esperaba menos de ti.

Carol, consciente de que podría haber estropeado la boda de su hermana por haberse dejado llevar por sus impulsos, mientras aquélla se tomaba la tila llamó por teléfono a Samantha y rápidamente le explicó lo ocurrido.

—¿Cuatro días para conseguir un vestido de novia?

—Sí —y, pasándose la mano por el rostro, susurró—: Ay, Dios, Samantha... La he cagado, lo sé. Le he jorobado a mi hermana su boda por mi impulsividad. Soy un monstruo. Una loca...

Su amiga se paró a pensar un instante y, tras abrir su agenda, pidió:

—Dame unos minutos. Voy a ver qué puedo hacer. Ahora te llamo.

Después de colgar el teléfono, se acercó a donde estaban su abuelo y su hermana y, mirando a esta última, comentó esperanzada:

—Tranquila, cielo. Ya verás cómo Samantha nos da una solución.

Vera rompió de nuevo a llorar, y Carol se sintió fatal.

¿Por qué se había dejado llevar por su genio?

¿Por qué no había pensado las cosas antes de hacerlas?

Media hora después, su teléfono sonó. Era Samantha, y, alejándose de una llorosa Vera, que ya llevaba cuatro tilas, lo cogió y oyó:

—A ver, tengo una noticia buena y una mala. ¿Por cuál quieres que comience?

—Por la buena.

—Lo del vestido puede ser. ¿Sabes quién es Kendall Vistell?

—No.

—Es un diseñador de vestidos de novia muy reputado. Le he contado lo ocurrido y está dispuesto a prestarnos su ayuda encantado.

—¡Sí! —exclamó Carol victoriosa.

Aquélla era la mejor noticia que le podían dar, y a continuación pidió:

—Ahora dime la mala.

Samantha suspiró.

—Mañana por la mañana tenéis que estar aquí, en Londres.

Al oír eso, a la joven se le revolvió el estómago. Su hermana no montaba en un avión desde hacía años.

—¿Realmente crees que puedo encontrar dos billetes para estar allí mañana y regresar antes del sábado en plena época de vacaciones veraniegas? —murmuró.

—Carol, cariño, lo siento. He hablado con todos mis colegas en España, pero ha sido imposible. Es temporada de bodas y...

—Lo sé..., lo sé...

—A ver, Carol. Llamaría a Jack para pedirle ayuda con los billetes, pero ahora está volando. Regresa de México y es imposible localizarlo.

—Dios..., le he jorobado la boda a mi hermana. Soy terrible.

—¿Por qué no llamas a Daryl? Quizá él pueda ayudarte.

Oír eso la dejó sin respiración. No se hablaban, ni siquiera se miraban, y lo último que le había pedido a él era que no la llamara.

—No. No quiero molestarlo —mintió.

Pero, Samantha, ajena a todo lo ocurrido, insistió:

—No seas cabezota, Carol. Es íntimo amigo del hijo del dueño de la empresa y me consta que tiene excelentes contactos. Seguro que él conoce a alguien que puede meteros en algún vuelo.

—No...

—¿Por qué? Es un tipo encantador.

Carol lo sabía. Sabía cómo era.

—Si de verdad quieres un vestido de novia para tu hermana de aquí al sábado, tenéis que estar mañana por la mañana en Londres —indicó Samantha—. Habla con Daryl, creo que es la única opción.

Carol resopló y, antes de colgar, dijo:

—Gracias, Samantha. Veré lo que hago y te llamo.

En cuanto colgó, maldijo. ¿Por qué? ¿Por qué era todo tan difícil?

Rápidamente, desde su teléfono móvil comenzó a buscar vuelos para Londres. Pero estaba todo lleno. Ni pagando un dineral encontraría alguna plaza libre, y se desesperó.

¿En serio no iba a poder solucionarlo?

Miró a Vera, a su preciosa hermana, que seguía llorando junto a su abuelo mientras se tomaba la tila. Por su culpa, se había jorobado su bonito e importante día, y, consciente de que tenía que arreglarlo fuera como fuese, buscó el número de Daryl en la agenda de su móvil y, tras encontrarlo, se lo quedó mirando pensativa.

Capítulo 33

Daryl estaba tirado en el sofá de su casa leyendo un libro mientras escuchaba música relajante.

Sin que Carol lo supiera, se había cogido unos días de vacaciones para pasarlos con ella, pero tras los acontecimientos la sorpresa se había ido a la mierda, por lo que calló y se lo guardó para sí.

Por suerte para él, le gustaba leer. Siempre era un placer disfrutar de ese instante de paz; pero de pronto su teléfono sonó. Esperaba una llamada. Pero, al mirar y ver el nombre de Carol en la pantalla, se sorprendió.

¿Qué hacía llamándolo después de lo que le había dicho?

Por ello, y molesto, cogió un cojín y lo tiró sobre el teléfono. No pensaba responder.

Instantes después, el aparato enmudeció y Daryl volvió a concentrarse en su lectura, pero fue inútil, pues empezó a sonar de nuevo.

Con el pie, apartó el cojín de encima del móvil y, al ver que se trataba otra vez de Carol, murmuró:

—No pienso cogerlo, señorita...

De nuevo colocó el cojín encima y trató de ignorarlo, pero le resultó imposible. El teléfono sonaba y sonaba y, molesto, dejó el libro sobre su pulcra mesita, se levantó y se encaminó hacia la cocina.

Una vez allí, fue a la nevera, sacó una cerveza, cogió un vaso y, con él en la mano, se acercó a la ventana para mirar su bonito jardín.

Había comprado aquella casa en Notting Hill gracias a un amigo de su padre. Estaba vieja y abandonada cuando la adquirió, pero, tras una increíble reforma que duró meses, en la que él mismo se implicó cuando no volaba, ahora se veía esplendorosa y moderna. Contemplar su bonito jardín con aquel césped artificial era relajante. Cuando anochecía, le encantaba salir al exterior y tumbarse sobre él para mirar el firmamento. Era uno de sus lujos privados.

Intentando olvidar quién lo había llamado por teléfono, regresó al salón y, tras dejar su cerveza sobre la mesita baja, cogió de nuevo el libro y musitó:

—Muy bien, prosigamos.

Pero ya no se concentraba.

Saber que Carol lo había llamado lo había sacado de la burbuja de la lectura, y, cuando su móvil sonó con la llegada de un wasap, soltó el libro, lo cogió y leyó:

Necesito hablar contigo. Es urgente.
Por favor..., por favor...

Leer eso lo hizo resoplar. Aquella mujer se merecía que borrara su mensaje, que la ignorara. ¡Lo había llamado «polvo»! Eso lo había ofendido. Estaba pensando en ello cuando el teléfono volvió a sonar. Al mirar y ver que era Can, se apresuró a cogerlo.

—¡¿Qué?!

—Wooo... —replicó su amigo al oírlo—, ¡sin duda necesitas esas vacaciones!

Daryl suspiró. Estaba claro que lo que le ocurría con aquella mujer perjudicaba su estado de ánimo, y afirmó:

—No es mi mejor día.

—Hoy, ayer, anteayer... Demasiados malos días. Pero ¿qué te ocurre?

—Nada.

—Vamos, amigo. Llevas un buen tiempo de mal humor. ¿Acaso te crees que no me he dado cuenta? Además, tú, que eres de irte lejos de vacaciones, ¡aquí estás! ¿Qué pasa? ¿Qué te ocurre? Vamos, cuenta.

Daryl lo pensó. No solía andarse con tonterías con las mujeres, pero como necesitaba hablar con su mejor amigo, respondió:

—Por fin hay una mujer que me interesa. Llama mi atención, pero... pero... no sólo pasa de mí, sino que incluso me llama ¡«polvo»! ¡Y..., joder, estoy muy cabreado!

Can soltó una carcajada al oír eso.

—No sé dónde le ves la gracia —gruñó él.

Su amigo intentó controlarse, aunque le costaba mucho.

—Vale. Disculpa —y, aun consciente de cuál sería su respuesta, preguntó para no equivocarse—: ¿Conozco yo a esa mujer que te tiene así y que ha osado a llamarte «polvo»?

Daryl se puso en pie. Se acercó a su equipo de música y, mientras miraba los CD de música clásica, contestó:

—Carol.

Can asintió, lo imaginaba. Y, para pincharlo, cuchicheó:

—La verdad, amigo, esa chica pega más conmigo que contigo. Yo soy más su rollito. Tipo guaperas, resultón, moderno, bailón, divertido...

Al oír eso, Daryl levantó la vista al techo. Pero ¿qué le ocurría?

Can, al ver que no le respondía, musitó entonces divertido:

—Eso te lo he dicho para cabrearte.

Sin poder evitarlo, Daryl le contó lo sucedido con Carol y, después de acabar, añadió:

—Y ahora, de pronto, recibo un mensaje suyo diciéndome que necesita hablar urgentemente conmigo. Pero ¿esa mujer está loca?

Can, que lo había escuchado en silencio, respondió:

—Si fuera tú, yo la llamaría.

—No.

—Jodido inglés. —Can rio.

—No me cabrees más.

—Pero ¿no dices que te atrae?

—Sí. Pero me tiene muy cabreado.

—Daryl, podría tratarse de algo importante. Piénsalo. Si no lo haces y luego descubres que podrías haberla ayudado en un problema, te vas a sentir muy mal.

Él asintió. Su amigo tenía razón, y, suspirando, accedió.

—De acuerdo, la llamaré. —A continuación, se sentó de nuevo en el sofá y preguntó—: ¿Y tú qué querías?

—Saber si querías quedar para cenar mañana. Francesca y Luana me han llamado. Llegan mañana a Londres y..., ya sabes.

Francesca y Luana eran también comandantes como ellos, pero de otra compañía aérea. Siempre que coincidían en algún sitio solían quedar para pasarlo bien sin compromiso, pero Daryl respondió tras pensarlo un momento:

—Mañana lo hablamos. ¿Por dónde andas?

—En Suiza. Dentro de una hora vuelo para Marsella, donde haré una escala, y de allí ¡a casa!

Daryl asintió y, antes de colgar, añadió:

—Buen vuelo, mañana hablamos.

Una vez que cortó la llamada, miró el teléfono.

¿De verdad que Carol se merecía que la ayudara?

Y, pensando en lo que Can le había dicho, finalmente marcó su número.

Capítulo 34

Un timbrazo, dos, y al oír la voz de aquélla, Daryl preguntó en tono cortante:

—¿Qué querías, Carolina?

La aludida tragó saliva. Que la llamara por su nombre completo la hacía ver lo distante que estaba con ella. Se alejó de su hermana y de su abuelo, y rápidamente dijo:

—Lo siento..., siento llamarte después de las cosas que te dije, pero esto es más o menos una cuestión de vida o muerte y, de verdad, si no fuera tan importante, no te llamaría, pero lo es..., para mí y también...

—¿Qué quieres? —insistió él al ver que se enrollaba.

Carol cerró los ojos. Era injusto estar de nuevo allí, pidiéndole un favor.

—Acabo de cagarla con mi hermana en España —explicó—. La tipa que le vendía el vestido de novia la estaba tratando fatal sólo por tener sobrepeso, y yo... yo me he enfadado. La he liado, y ahora se ha quedado sin vestido.

Sin entender en qué podía él ayudar, Daryl preguntó:

—¿Y...?

—Y entonces he llamado a Samantha y ella me puede conseguir un vestido de novia, ¡pero Vera y yo tenemos que ir a Londres! Y..., bueno..., dejando de lado que mi hermana odia volar, el problema es que no encuentro ningún vuelo para esta misma noche o como muy tarde mañana. No nos podemos demorar más. La boda es el sábado y necesito encontrarle un vestido de novia sea como sea.

Por eso te llamo a ti. Sé que es egoísta por mi parte llamarte sólo para pedirte favores, sobre todo después de lo que te dije. Me llevaste a Venecia y después me conseguiste el billete a Bruselas, pero, por favor..., por favor..., si pudieras ayudarme a llegar a Londres desde Málaga esta noche o mañana y luego regresar como mucho dentro de un par de días, yo... yo te lo agradecería el resto de mi vida, porque me habrías ayudado a no defraudar a mi hermana. Por favor, Daryl..., por favor...

Oír la desesperación en su voz hizo que él, ignorando el problema que había entre ellos, indicara:

—Voy a ver qué puedo hacer. Te llamo luego.

—Gracias..., gracias, de verdad —murmuró Carol aliviada.

Una vez que cortó la comunicación, Daryl maldijo.

Que sólo quisiera saber de él para aquellas cosas le daba rabia, pero, pensando en lo que le había contado y en que él por sus hermanas también removería cielo y tierra, sin dudarlo intentó solucionarlo.

Enseguida llamó a Blanca, que era quien controlaba todos los billetes de High Drogo, y, tras un buen rato buscando una solución, cuando colgó envió un mensaje a su amigo Can, que sin dudarlo se involucró en el problema y lo ayudó.

Cuando estuvo arreglado, Daryl suspiró y, tras llamar a Carol, dijo directamente, sin saludar:

—Carolina, la situación es la siguiente. Ve al aeropuerto de Málaga y pregunta en Información por Cesar Wellington. Él os llevará en su helicóptero hasta Madrid. Una vez allí, dirígete al mostrador de High Drogo, identifícate y pregunta por Almudena Ortiz. Ella te estará esperando y te dará unos pasajes que he conseguido para Marsella.

—¡¿Marsella?!

—Sí.

—Pero ¿para qué quiero ir yo a Marsella?

—¡¿Te vas a callar?! —replicó él enfadado.

—Pero...

—¡Que te calles!

—Vale, hombre..., vale —dijo ella con el corazón en un puño.

—Hay un vuelo a las once de la noche para Marsella. En cuanto lleguéis allí, podréis coger otro que sale para Londres y que pilota mi amigo Can..., ¿te acuerdas de él?

—Sí. El guaperas del pelazo.

Oír aquella descripción de su amigo lo puso celoso, pero, mordiéndose la lengua, prosiguió:

—Bien. Una vez desembarque el pasaje, Karen, la TCP del vuelo a Marsella, te acompañará a la puerta donde está el avión que Can ha de pilotar. Mi amigo ya os ha conseguido dos plazas en él. Llegaréis a Londres sobre las siete de la mañana. En cuanto a la vuelta, no hay problema para regresar pasado mañana a España. Todo solucionado.

Cuando acabó de hablar, Carol cerró los ojos y suspiró. De nuevo Daryl la había salvado de un gran desastre, y murmuró:

—Gracias..., de verdad, muchas gracias.

Al oír su tono de voz suave y relajado, él asintió, y entonces la oyó decir:

—No sé cómo agradecértelo.

Sus palabras en ese momento lo devolvieron a la realidad, e indicó mientras oía que un coche aparcaba frente a su casa:

—No quiero que me lo agradezcas, Carolina. Si hago esto es por tu hermana, no por ti.

A continuación se hizo un silencio incómodo en la línea, hasta que él preguntó con prisa:

—¿Necesitas algo más?

Carol, sintiéndose fatal por todo, a pesar de lo agradecida que estaba, murmuró:

—No. Muchas gracias, Daryl.

Luego él asintió y simplemente repuso con pesar:

—Adiós —y, sin más, cortó la comunicación.

En ese mismo instante sonó el timbre de la puerta de entrada y, cuando abrió y comprobó de quién se trataba, el comandante sonrió.

Capítulo 35

Dolida por la frialdad que le había demostrado Daryl, que, por otra parte, sabía que se había ganado a pulso, Carol maldijo.

Él no se merecía todo lo que ella le había dicho. Sin embargo, volviendo a la realidad, llamó a Samantha, le pidió la dirección de la tienda de novias a la que tenían que dirigirse y le indicó la hora a la que llegarían. Después, tras tomar aire, se guardó el teléfono en el bolsillo del pantalón y, acercándose a su hermana y a su abuelo, dijo sin rodeos:

—Tenemos vestido, pero hemos de ir a Londres.

El gesto de horror de Vera fue evidente, y Carol continuó imperturbable:

—Llama a Raúl y a tu jefa para contarles lo que pasa y, después, iremos al aeropuerto de Málaga. Y antes de que digas que no, piénsalo. Te casas el sábado. Necesitas un vestido de novia y ésta es la única opción.

Vera se estremeció; no le gustaban los aviones.

—Ya sé lo que estás pensando —indicó Carol mirándola—. Pero iremos juntas. Yo vuelo continuamente y aquí estoy. Antes no te daba miedo volar. Es más, te gustaba. Pero de pronto dejaste de viajar a Venecia y a Londres por tus temores.

—No puedo —musitó aquélla.

—Vera, cariño, creo que ha llegado ya el momento a enfrentarte a ese miedo y superarlo, ¿no te parece?

Vera miró a Konrad, que enseguida dijo:

—Muchacha, creo que sería una excelente idea que te lo plantearas.

Carol miró entonces a su abuelo, que estaba ligoteando con una mujer del fondo, y, sonriendo, repuso:

—Vete a casa, abuelo.

—Ah, no..., a casa ahora no. Tengo plan.

—Abuelooooooo...

Konrad sonrió. Se mesó el cabello rubio que aún le quedaba y cuchicheó:

—No me digas que no es mona la del fondo.

Carol asintió; sus abuelos eran muy particulares.

—Vale —replicó—. Haz lo que quieras, pero cuando dejes de ligar, haz el favor de llamar al dentista para que podamos ir cuando regrese, ¿entendido?

—Maldita muchacha... —Él sonrió.

Y, tras darle un beso a Vera y otro a su nieta, indicó:

—Traed un precioso vestido de novia de vuelta, ¿vale?

—¡Eso está hecho! —aseguró Carol.

Una vez que él se dirigió a hablar con la mujer del fondo, las dos hermanas salieron del bar para ir a ver al novio de Vera.

—Llevo mucho sin subirme a un avión —comentó esta última.

—Pues hoy es el día de volver a hacerlo.

Acalorada, Vera se dio aire con la mano e insistió:

—No... no sé si podré.

Carol suspiró. Aquello no iba a ser fácil, pero afirmó:

—Sí, cielo, claro que podrás. Lo que no entiendo es de qué tienes miedo. Te lo he preguntado infinidad de veces, pero nunca me respondes. ¿Por qué de pronto te entró ese miedo cuando nunca lo habías tenido?

Vera parpadeó, se miró los pies y, finalmente, y al verse acorralada por su hermana, susurró:

—No me da miedo volar.

Boquiabierta, Carol preguntó:

—¿Cómo que no te da miedo volar?

Vera negó con la cabeza y ella insistió:

—Entonces ¿por qué dejaste de viajar a Venecia y a Londres para visitarme? Que yo sepa, hace tres años, tras volver de Venecia, dijiste que te aterrorizaba volar y...

—Era mentira.

Sin entender nada, Carol miró a su hermana, y ésta explicó:

—En aquel vuelo, unos tipos se metieron conmigo: me preguntaron si había pagado dos asientos para que cupiera mi enorme culo, y yo... yo...

Al oír eso, Carol cogió la mano de su hermana.

—Vera...

La aludida resopló y, mirándola, insistió:

—Carol. Es frustrante ver cómo te mira la gente cuando subes a un avión. En sus caras puedo leer: «¡Noooo..., la gorda conmigo que no se siente!».

Apenada, Carol le apretó la mano y musitó:

—¿Por qué mentiste? ¿Por qué no me dijiste la verdad?

La joven, soltando su mano, se retiró el pelo del rostro y respondió:

—Porque me daba vergüenza y pensé que, si decía lo del miedo a volar, nadie, empezando por ti, me obligaría a hacerlo.

—Vera...

—Carol, yo no soy valiente. No soy perfecta como tú.

La aludida suspiró y, consciente del problema de su hermana, replicó:

—Por suerte para ti, no eres yo.

—Pues me gustaría ser tú. Eres guapa. Delgada. Viajas por todo el mundo. Vas continuamente a fiestas. Dios..., ¡eres bailarina y TCP! Y, por las fotos que publicas en las redes sociales, te rodeas de cantantes increíbles, hombres guapos y tienes infinidad de amigos.

Carol sonrió. Lo de las redes sociales era un simple escaparate que ella utilizaba para promocionar su trabajo como bailarina; segura de sí misma, indicó:

—Vera, tal como lo pintas, mi vida parece idílica, pero no lo es. Soy la tía más imperfecta del mundo. Meto la pata todo el tiempo y cometo errores cada dos por tres. Mira la que he liado con lo de tu vestido de novia por no saber controlar mis impulsos...

Ella sonrió con cariño. A sus ojos, su hermana Carol era perfecta, increíble. Y, cuando iba a hablar, aquélla añadió:

—Escucha, la perfección no es el físico, ni asistir a fiestas, ni conocer a actores o a cantantes increíbles, por mucho que tú lo creas así. La perfección es otra cosa.

Sin decir más, ambas se miraron y luego Vera musitó señalando hacia arriba:

—¿Subes conmigo?

Carol levantó la mirada. Subir a la que había sido su casa durante su niñez la inquietaba.

Los recuerdos de sus hermanos corriendo, de sus abuelos riendo o de sus padres discutiendo enseguida llenaron su mente, pero, como siempre, se apresuró a desecharlos. No era momento de pensar en ello, y, enfrentándose a sus fantasmas, afirmó:

—Sí. Subo contigo.

En el camino se encontraron con varias vecinas que, al ver a Carolina, la abrazaron y la besuquearon con amor mientras le preguntaban por su madre y por su *nonna*.

Una vez que se despidieron de aquéllas, entraron en la casa y metieron en una bolsa cuatro cosas que Vera podía necesitar.

—Ahora, vayamos a ver a Raúl y luego al aeropuerto —dijo Carol cuando salieron.

* * *

Veinte minutos más tarde llegaron al restaurante donde trabajaba el novio de Vera. Él, al verlas, las saludó con cariño, y a Carol no le pasó por alto cómo aquél le decía a su hermana que estaba muy guapa. Eso le gustó. Vera necesitaba cosas así.

Raúl era un chico encantador. Conoció a Vera cuando comenzó a trabajar de camarero en el bar de Manuel, el padre de las muchachas. Fue verla y enamorarse de ella, porque la chica era todo dulzura y bondad, algo que él valoraba, y sin duda algo que lo había llevado a querer casarse con ella.

El padre de Vera solía burlarse de él. No entendía cómo un muchacho joven y con buena planta podía haberse enamorado de la gorda de su hija. Esas palabras, que repitió varias veces, hicieron que finalmente Raúl se enfrentara a él y Manuel lo despidiera. El chico no lo soportaba. Y menos aún soportaba cómo trataba a su hija.

—A ver, cielo..., si tienes que ir a Londres, ¡ve! —la animó él.

—Pero sólo quedan cuatro días para la boda, tengo que trabajar en la peluquería y...

—Vera —insistió Raúl—, llama a Adela y habla con ella. Estoy seguro de que lo entenderá. Nunca faltas. Nunca pides días libres. Esto es una urgencia y lo tiene que entender.

Carol sonrió. Sin duda, Raúl era todo lo que su hermana necesitaba.

—Vamos, llámala —indicó—. Si es necesario iremos juntas a explicárselo.

Vera, apurada, lo hizo. Llamó a su jefa a la peluquería y, tras explicarle a trompicones lo que ocurría, después de colgar, musitó sonriendo:

—Me ha dicho que no hay ningún problema. Que vaya a por el vestido.

—¡¿Lo ves?! —aplaudió Raúl feliz. Los tres sonreían cuando él, mirando a su futura mujer, añadió—: Podrás practicar inglés. Lo necesitaremos si alguna vez hacemos ese viaje a Escocia que tanto deseas.

Horrorizada, Vera se tapó los ojos. Siempre había hablado bien el idioma gracias a que su madre era inglesa, pero murmuró:

—Con lo vergonzosa que soy, dudo que abra la boca.

—Pues en Londres tendrás que abrirla. ¡Debes elegir un vestido!

Vera asintió y él, mirando a Carol, añadió:

—En cuanto a su miedo a volar..., creo que lo mejor...

Carol levantó entonces la mano mientras sonreía y repuso:

—Tú tranquilo, que eso ya está controlado. Y en lo referente a Escocia, ya podéis comenzar a mirar viaje de novios, porque ése os lo pago yo como regalo de bodas.

Ambos reían por aquello cuando un compañero lo llamó y Raúl dijo:

—Chicas, tengo que regresar a la barra. —Rápidamente besó a

Vera en los labios y añadió—: Ve a Londres y vuelve con ese vestido. El sábado nos casamos y quiero chulear de novia.

Una vez que hubo desaparecido, Carol miró a su hermana y musitó:

—Si no te casas con él tú, lo haré yo.

Vera sonrió.

Acto seguido, se dirigieron caminando hacia la parada de taxis. Pero, antes de llegar, Vera dijo que quería avisar a sus padres de su marcha: aún vivía con ellos y se merecían saber que no dormiría allí. Carol maldijo. Lo último que le apetecía era ver a Manuel, pero por ella accedió.

—Hombre... Pero ¿qué ven mis ojos? —Carol se tensó al oír la voz del Donante nada más entrar en el bar.

Nunca habían tenido una buena relación, pero, tras mirarlo y ver lo demacrado que estaba a causa de la enfermedad que padecía, poniendo en práctica la educación que su madre le había enseñado, saludó mientras se sentaba a una mesa.

—Hola.

Manuel la escaneó con la mirada. Aquélla cada vez se parecía más a su madre y, con cierta dejadez, musitó sentándose también a la mesa:

—La trotamundos devorahombres en mi bar...

Vera cogió la mano de su hermana.

Sabía mejor que nadie cómo se llevaban aquellos dos y lo que pensaban el uno del otro; entonces Martha, su madre, se acercó a saludarlas y, para calmar las aguas, preguntó:

—¿Qué queréis beber?

—Una caña —dijo Manuel.

—Naranja —indicó Vera.

—Nada —contestó Carol. Pero, al mirar a su hermana, lo pensó mejor y agregó—: Una Coca-Cola.

Martha se apresuró hacia la barra mientras ellos guardaban silencio. Y, cuando volvió con las bebidas y las dejó sobre la mesa, Manuel dijo mirándola:

—La Coca-Cola se la cobras a *ésa*...

—¡Manuel! —protestó Martha.

—¡Papá! —gruñó Vera.

Carol, consciente de que se refería a ella, abrió su mochila sonriendo, sacó su monedero y, tras dejar dos euros sobre la mesa, indicó:

—Sí, Martha, ¡cóbramela! No quiero deberle nada a nadie.

La mujer asintió apurada.

¿Cómo podía comportarse aquél así con su hija?

Y, tras coger los dos euros para evitarse problemas posteriores, se alejó, tenía que atender en la barra, y Vera la siguió, pues quería contarle a su madre adónde iba y por qué.

—¿Cómo está Constanza? —le preguntó Manuel a Carol.

—Si te refieres a Adam, está bien.

Él cabeceó.

—Si ahora vive contigo —replicó—, esa machorra se convertirá en algo peor.

Carol se mordió el labio y no dijo nada. No pensaba entrar en su juego de provocaciones; pero entonces aquél soltó:

—Está visto que mi única hija es Annalisa. Ella es la única que me hace sentir orgullo de padre y será quien herede todo lo que tengo.

De nuevo, Carol miró hacia otro lado. Ella no quería nada de él.

Instantes después, Vera volvió y se sentó con ellos, pero Manuel se levantó para ir a hablar con su mujer.

Al poco, regresó a la mesa y soltó con agresividad:

—¿Es cierto lo que me cuenta tu madre?

—¿Qué cuenta mamá? —preguntó Vera.

Manuel dio un trago a su caña y, tras saludar con la mano a unos amigos que entraban en el bar, contestó:

—Que por culpa de *ésta* no tienes vestido de novia y te vas a Londres a por uno. ¿Tú? Pero ¿cómo va a ir una gorda como tú a Londres?

Procurando callar en beneficio de su hermana, Carol se rascó la pierna. Odiaba cómo aquél la trataba.

—No ha sido culpa de Carol —contestó Vera—. Ella ha dado la cara por mí cuando la mujer de la tienda me ha ofendido.

—¿Que te ha ofendido? —Manuel rio—. ¡Y ¿qué te ha dicho?! ¡¿«Fea»?! ¡¿«Gorda»?! ¿Acaso no lo eres?

Carol se removió incómoda y Vera, ignorando sus maliciosos comentarios, repitió:

—Me voy a Londres. Regresaré dentro de un par de días.

—¿Y para qué vas a ir? Estarás horrorosa te pongas lo que te pongas. Con ese cuerpo..., ¿qué quieres?

A Carol se le revolucionó la sangre y, mirando con fiereza a su padre, gruñó:

—Eres un sinvergüenza. Una malísima persona. Un despojo humano. ¿Cómo puedes hablarle así a tu propia hija?

—Da igual, Carol —musitó la aludida.

Pero Carolina ya no lo soportaba más, y replicó:

—No, Vera, ¡no da igual! No debería tratarte así y, por muy padre tuyo que sea, tú no deberías permitir que lo hiciera.

Manuel sonrió. Nada lo divertía más que sacar de quicio a aquélla, e indicó:

—Tú no vas a ningún lado, Vera. Te prohíbo que...

—¡Prohibido prohibir! —soltó Carol.

El hombre maldijo al oírla. Sabía de quién provenía aquello y, con gesto desagradable, murmuró:

—... dijo el clon de su madre.

—Y a mucha honra —afirmó Carol orgullosa.

Manuel y ella se miraron a los ojos.

Eran rivales. Siempre lo habían sido.

La unión padre e hija nunca había existido entre ellos. Aquella mocosa jamás había sido como Annalisa ni como Vera. Desde su más tierna infancia le había plantado cara, nunca la había asustado el temible estafador que había pasado por la cárcel, y entonces, dispuesto a jorobarla de la única forma que podía, siseó dirigiéndose a Vera:

—¡Vete para casa ya!

Carol se puso en pie de inmediato. Se colocó delante de su hermana y terció:

—Vera se viene conmigo y ni tú ni nadie lo va a impedir.

Aquél maldijo y, con ganas de hacerle daño, con malicia soltó:

—Ya habló la especialista en cuidar hijos...

—Papá, pero ¿qué dices? —exclamó Vera sin dar crédito.

Al oír eso, a Carol se le paró el corazón.

La maldad de aquel hombre no tenía límites. Lo que había dicho era cruel, monstruoso, pero, tomando aire para no explotar, lo miró y declaró:

—¿Sabes? A veces me das un poco de pena. Pero luego, cuando recuerdo lo malísima persona que eres, se me pasa —y, sin más, pero con el corazón encogido, cogió la mano de su hermana y dijo tirando de ella—: Vámonos.

Manuel se levantó de su silla. Aquella niñata no iba a poder con él, y, cuando iba a agarrarla, Carol lo miró con fiereza y siseó:

—Si nos pones un dedo encima a mí o a Vera, lo lamentarás. No me das miedo y nunca me lo has dado. Así que ni se te ocurra tocarnos.

Manuel se detuvo. Conocía muy bien a Carol. Ya en otras ocasiones la policía había aparecido tras su llamada y, sonriendo, replicó:

—Espero que el sábado no se te ocurra aparecer por la boda...

—¡Papá! —protestó Vera.

Carol, con la misma sonrisa fría, respondió:

—Es la boda de mi hermana. Ella y Raúl me han invitado y nada ni *nadie* —recalcó— impedirá que yo asista.

—No quiero verte —insistió él.

Carol asintió con chulería. Tenía superado lo que aquel tipo pudiera decir o hacer.

—Pues ponte una venda en los ojos, porque te aseguro que allí estaré —sentenció.

Y, dicho esto, salió del bar tirando de su hermana.

—Lo siento —dijo dirigiéndose a ella, una vez en la calle—, pero lo odio con todo mi ser.

Cuando Vera fue a hablar, Carol cerró los ojos y le pidió un segundo. Inspiró aire por la nariz y lo expulsó por la boca. Necesitaba hacer esos ejercicios de relajación y, tras repetirlos varias veces y sentir que los latidos de su corazón se normalizaban, abrió los ojos de nuevo y pidió:

—Dame un abrazo y vayámonos de aquí.

Vera no dijo nada y, tras abrazar a su hermana, sonrió.

Una vez que llegaron al aeropuerto de Málaga, Carol buscó a Cesar Wellington. Él las acompañó enseguida a un hangar y, al ver un helicóptero, Vera murmuró:

—Ay, Dios. Ay, Dios...

Sin esperar un segundo, Carol abrió su mochila y, pasándole una pastillita y una botella de agua, indicó:

—Tómatela.

—¿Qué es?

—Te relajará.

Sin dudarlo, Vera obedeció. Su hermana no le daría nada malo.

En cuanto se guardó la botella de agua de nuevo en la mochila, juntas se montaron en el helicóptero y, cuando el aparato se elevó, Vera apoyó la cabeza en el hombro de Carol y se durmió. Ella la miró con una sonrisa. Al saber que a su hermana no le daba miedo volar se le había quitado un gran peso de encima, y, para despejarse la cabeza, decidió mirar por la ventanilla.

Una vez en Madrid, y siguiendo las indicaciones que Daryl le había dado, llegaron hasta el avión que los llevaría a Marsella y que salía a las once. Vera continuó durmiendo en él, y a la una de la madrugada ya estaban en la ciudad francesa. Allí las informaron de que el avión que esperaban llegaba con retraso por culpa de la niebla. Por ello, y con paciencia, se fueron a una de las cafeterías del aeropuerto para tomarse algo, y Vera de nuevo se durmió. Sin duda, la pastillita le estaba haciendo un buen efecto.

El vuelo de Can llegó una hora después y, tras aguardar a que anunciaran que iba con destino Londres, Carol esperó a que todo el mundo embarcara. No había prisa.

Una vez que hubo despertado a su hermana, entraron y Carol, deteniéndose junto a la cabina, saludó:

—¡Hola, Can!

El aludido se volvió y, al reconocerla, indicó levantándose:

—Hola. Siento el retraso. Pero, ya sabes, hay determinadas inclemencias del tiempo contra las que no se puede luchar.

—No te preocupes.

Ambos se miraron sonriendo, y él preguntó:

—¿Todo bien?

La joven asintió y entonces él, mirando a la chica que la acompañaba, añadió:

—Tú debes de ser Vera, la novia, ¿verdad?

Roja como un tomate por sentirse observada por aquel tipo tan atractivo, ella afirmó con la cabeza. Sabía hablar inglés, pero era tan vergonzosa que era incapaz de contestar. Y Can preguntó dirigiéndose a Carol:

—¿Entiende lo que digo?

Entonces Vera se apresuró a responder en inglés:

—Sí, te entiendo. Mi madre es inglesa.

Complacido, él la miró con una bonita sonrisa e indicó:

—Estarás preciosa con tu vestido de novia, ¡ya lo verás!

Agradecida por su deferencia, que tan bien le venía a su hermana, Carol sonrió y, cuando la auxiliar de vuelo se llevó a Vera para acomodarla, comentó mirándolo:

—Gracias por tu ayuda. Es muy importante para nosotras estar mañana en Londres.

Can asintió.

—Más que a mí, dáselas a Daryl. Él ha sido quien ha movido todos los hilos para que tu hermana y tú podáis viajar. La mala noticia es que sólo quedaban libres los asientos de la última fila.

—Por favor..., no te preocupes por eso —repuso Carol.

A continuación sonrió, y Can, acercándose a ella, cuchicheó:

—Daryl es un buen tío. Dale una oportunidad.

Al oír eso, su gesto cambió.

¿Por qué le decía aquello?

Y, sin ganas de preguntar qué sabía él, miró a su hermana Vera, que los observaba desde el fondo del avión:

—Voy a sentarme —indicó.

—Muy bien —respondió él.

Y, a las cuatro y veinte de la madrugada, Can hacía despegar el avión con destino a Londres.

Capítulo 36

Cuando aterrizaron a las seis de la mañana, Carol se despertó. Había dormido apenas veinte minutos. Lo que Manuel le había dicho aún le dolía.

¿Cómo podía ser tan cruel?

¿Cómo podía culparla de la muerte de su pequeña?

Viajar en un mismo día de Londres a Málaga, de Málaga a Madrid, de Madrid a Marsella y de Marsella a Londres estaba siendo como poco agotador, pero miró a su hermana y sonrió.

Por increíble que pareciera, Vera estaba de pie hablando con la TCP mientras todo el pasaje abandonaba ordenadamente el avión y, cuando vio acercarse a Carol, cuchicheó en su oreja:

—Estoy hablando en inglés.

Ella sonrió.

—Que yo recuerde, lo hablabas muy bien.

Encantada, Vera asintió. Por su empleo en la peluquería en la que trabajaba, pocas veces lo utilizaba.

—¿Estás bien? —preguntó a continuación su hermana.

Vera afirmó con la cabeza y, mirándola, murmuró al ver sus ojeras:

—Creo que estoy mejor que tú.

Carol rio, sin duda tenía razón. Ella estaba hecha un desastre.

De nuevo Vera se acercó a la auxiliar de vuelo y Carol se dirigió a la puerta de la cabina y, al descubrir que Can estaba solo, le preguntó:

—¿Todo bien?

Al verla, él se levantó de su asiento y respondió:

—Todo ha ido como tenía que ir. ¿Habéis tenido un buen vuelo?

—Sí, pero estoy agotada. Necesito comer y dormir.

Ambos sonrieron y Can, bajando la voz, musitó:

—Haces bien no permitiendo que otros se burlen de tu hermana.

Carol lo miró y él añadió:

—Daryl me contó por qué estáis aquí. Espero que no te importe.

Ella negó con la cabeza, no le molestaba en absoluto que se lo hubiera contado.

—Tengo dos hermanas que me vuelven loco —prosiguió Can—, pero todos los días, cuando me levanto, doy las gracias porque sigan a mi lado. Antes tenía otra hermana, pero, por desgracia, ya no está. Se llamaba Alina y era la mayor. Era preciosa. Su belleza era tal que, allá adonde fuéramos, era el centro de atención, y eso a mis padres los llenaba de orgullo. Yo por aquel entonces era un muchacho de veinte años, pero aún recuerdo el día que Alina dejó de sonreír... Tenía cáncer.

—Ay, Dios... Can..., lo siento mucho.

Él asintió y, con el dolor todavía instalado en la mirada, añadió:

—Desgraciadamente, y por loco que parezca, el cáncer no fue el verdadero problema de mi hermana. Alina se puso en manos de los médicos, su tratamiento funcionaba, pero no aceptó los cambios que la medicación provocó en su cuerpo. Ya nadie la agasajaba; al contrario, en su trabajo se reían de ella por su sobrepeso, y yo, furioso al enterarme, fui allí a defenderla. ¿Ves la marca que tengo en la frente? —Carol la miró y él indicó—: Alina la llamaba la «marca del superhéroe». Me la hizo un tipo cuando le partí la cara por burlarse de ella por su sobrepeso. Mi familia y yo lo intentamos todo. Incluso mis padres la llevaron al psicólogo para que entendiera que lo que le estaba ocurriendo podría subsanarlo con el tiempo, pero el problema pudo con Alina y se suicidó. Por eso sé cómo te sientes. Por eso sé que eres una excelente hermana, y por eso quiero que sepas que, para todo lo que yo pueda ayudaros, aquí me tenéis.

Consternada por lo que él le contaba, Carol lo abrazó; por suerte, su hermana no había llegado a ese extremo de desesperación.

—Lo siento, Can. Lo siento muchísimo —reiteró sin soltarlo.

Aquél asintió.

—A Alina ya no puedo ayudarla, pero tu hermana, si lo necesita, aquí me tiene. Y ahora —rio—, suéltame, porque tu hermana y las TCP nos están mirando y creo que están sacando conclusiones erróneas.

Carol se apresuró a soltarlo y, dirigiéndose a aquéllas, aclaró:

—Sólo le estaba dando las gracias por traernos. Simplemente ¡somos amigos!

Ellas asintieron y, cuando se dispersaron y Vera se aproximó a ellos, Can dijo:

—Si os esperáis, puedo llevaros a donde vayáis.

Carol iba a contestar cuando de pronto oyó:

—No hace falta, Can... Puedo acercarlas yo.

Sorprendidos, los tres miraron hacia la puerta del aparato.

Allí estaba Daryl, impecablemente vestido, y Can, al verlo, sonrió. Después dio unos pasos hacia él para alejarse de las mujeres, le guiñó un ojo y, al imaginar lo que estaba pensando su amigo, cuchicheó:

—Estaba siendo caballeroso. Nada más.

Daryl asintió con gesto serio, miró a la joven que estaba junto a Carolina y preguntó:

—¿Hablas inglés? —Ella afirmó con la cabeza de inmediato y él sonrió—. Vera, ¿verdad?

Y, cómo no, la aludida se puso roja como un tomate. Los amigos de su hermana se parecían a esos protagonistas que ella veía en las telenovelas de la televisión, y respondió con un hilo de voz en inglés:

—Sí.

Con galantería, Daryl le cogió la mano y, tras acercarse a ella y plantarle dos besos en las mejillas, se presentó:

—Soy Daryl Simmons. Señorita, su coche está listo para llevarla a por su vestido.

Vera sonrió, y en ese momento Can terció con sorna:

—Yo os he traído hasta aquí. Ahora espero que Daryl os lleve a vuestro destino. Si no fuera así, se aceptan reclamaciones.

Vera soltó una carcajada divertida. Aquella gente la hacía sentirse bien, y Can, al ver que miraba dentro de la cabina, preguntó:

—¿Nunca has entrado en una?

Ella negó rápidamente con la cabeza y él indicó:

—Pues de aquí no te puedes ir sin haber entrado.

Una vez que Vera entró con Can, Carol, que aún seguía boquiabierta por ver a Daryl allí, preguntó:

—¿Qué haces aquí?

Manteniendo el tipo, él no se movió. Llegar y encontrárselos abrazados no había sido el mejor de los recibimientos, pero respondió mirándola:

—Necesitabais un transporte y he decidido venir yo.

Asombrada, Carol asintió y, cambiando el gesto, musitó:

—Eres un encanto.

—Además de un *polvo*... —le recordó él con sequedad.

Cuando dijo eso, Carol se sintió fatal y, agitando las manos en el aire, matizó:

—Oh, por favor... Deja de martirizarme con eso. Lo siento. Me pasé. Soy una bocazas.

Daryl asintió y luego preguntó con curiosidad:

—¿Puedo saber por qué os estabais abrazando Can y tú?

—Me ha contado lo de su hermana Alina.

Daryl afirmó. Su amigo apenas lo mencionaba. Pero, entendiendo que la hermana de Carol pudiera recordarle a la suya, repuso:

—Fue muy triste. Can lo pasó fatal y ahora es sobreprotector con todo aquél a quien quiere.

Ambos se miraban cuando Vera, con una sonrisa, salió de la cabina y Daryl preguntó:

—¿Tenéis hambre?

—Me muero de hambre —dijo Carol.

Él la miró divertido. ¿Cuándo no tenía ella hambre?

Y, sonriendo, propuso:

—Venga. Vayamos a desayunar y luego os llevaré a donde me digáis.

—¿Me puedo apuntar al desayuno? —preguntó Can.

Daryl accedió mirando a su amigo y, cuando los cuatro comenzaron a caminar hacia la zona reservada a la tripulación de High Drogo, Can se dirigió a él bajando la voz:

—¿Qué haces aquí?

Daryl lo miró, pero no contestó. Su silencio fue muy elocuente, y Can cuchicheó:

—Lo sé, ella es terreno prohibido. Tranquilo, amigo. Ya lo sé.

Finalmente, Daryl sonrió y continuó andando.

* * *

Media hora después, tras desayunar entre risas y buen humor, Can se marchó a su casa a descansar y las chicas y Daryl se dirigieron hacia el coche de él. Al llegar, Vera lo contempló boquiabierta y murmuró:

—Si Raúl lo viera, diría: «¡Uauuuuuu!».

Carol sonrió al oírla.

—Siéntate delante y disfrútalo.

Y, encantada, Vera así lo hizo.

Durante el trayecto, en varias ocasiones los ojos de Daryl y de Carol se encontraron en el espejo retrovisor. Estaba claro que lo que había entre ellos seguía ahí, y cuando llegaron a la dirección indicada él anunció:

—¡Hemos llegado!

Al bajar del coche, Carol y Vera se quedaron impactadas al ver el enorme y glamuroso escaparate que tenía aquella tienda de novias.

—Son las siete y media de la mañana —señaló Daryl tras echar un vistazo a su reloj.

Carol suspiró y, riéndose de sí misma, cuchicheó:

—En la vida me imaginé en una tienda de novias a estas horas.

Daryl rio. Estaba cansada, se veía en su rostro, y, conteniendo las ganas que sentía de abrazarla, comentó:

—Me marcho. Tengo cosas que hacer —y, clavando los ojos en ella, indicó—: Lola sabe que estáis aquí, Samantha la llamó y se lo dijo y quiere que comamos todos juntos. Samantha me llamará para que venga a recogeros cuando acabéis.

Eso hizo que Carol pusiera los ojos en blanco. Deseaba ir a su casa a dormir, pero afirmó:

—De acuerdo.

Una vez que Daryl volvió a meterse en el coche y se marchó, Vera preguntó dirigiéndose a su hermana:

—¿Todos tus amigos son como él y como Can?

Divertida por aquello, Carol negó con la cabeza.

—No, cielo. Esos dos son los de muestra. ¡El resto son normales!

Y, encantadas y de buen humor, se dispusieron a entrar en la tienda.

Capítulo 37

Una vez en el interior, encontraron allí a Samantha. Complacida, la joven besuqueó a Vera, que volvía a estar roja como un tomate, y, mirándola, dijo:

—Bienvenida a Londres y a Divine —y, señalando con un gesto de la mano la preciosa tienda llena de estupendos trajes de novia, prosiguió—: Aquí hay vestidos para todo tipo de mujer. Y, lo mejor, Kendall ha diseñado una colección para novias *curvy* y te puedo asegurar que tiene verdaderas maravillas.

Vera miró a su hermana con una sonrisa y Carol exclamó:

—¡Genial!

—Y ahora, vamos. Tomemos asiento y veamos qué es lo que te gusta.

Como si de una princesa se tratara, así atendieron a Vera. Kendall, el amigo diseñador de Samantha, salió a saludarlas y, aunque a Vera al principio le daba vergüenza, finalmente se lanzó. Sabía hablar inglés a la perfección.

Encantada al ver sonreír a su hermana y comunicarse con aquél, Carol se dirigió a Samantha:

—No sabes lo feliz que la estáis haciendo.

Ella sonrió y, bajando la voz, dijo:

—Porque no estaba yo en esa tienda de novias a la que fuisteis, porque, si hubiera estado, te digo yo que a esa bruja ¡le cierro el chiringuito!

Minutos después, Vera y el diseñador se acercaron a ellas con un potro lleno de vestidos de novia y, parándose delante de ellas, él explicó:

—Éstos son los vestidos que le han gustado a Vera, un par de ellos son de la nueva colección.

—¿La nueva colección? —preguntó Samantha sorprendida.

Kendall asintió. Sabía lo que le había ocurrido a aquélla y, complacido de poder ayudarla, indicó:

—Sin problema. ¡Quiero que mi novia esté despampanante!

—¿Te he dicho cuánto te quiero hoy? —aplaudió Samantha.

El diseñador soltó una risotada y, llamando a una de sus empleadas, pidió:

—Lorelay, acompáñanos al probador.

Una vez que aquéllos desaparecieron, Samantha miró a su amiga y preguntó:

—¿Qué te ocurre?

—Estoy cansada —respondió simplemente Carol.

Pero Samantha la conocía muy bien. Ella era una chica sonriente, y aquella triste mirada sólo se instalaba en ella por un tema en concreto, por lo que, cogiéndole la mano, murmuró:

—Vienes de España y allí hay un ser odioso que siempre te hace polvo... ¡Pasa de él, Carol!

—Si ya paso —repuso ella—, pero, aun así, lo odio.

Su amiga asintió y, cambiando de tema, agarró su bolso y comentó:

—Jack me ha regalado esto.

Al mirar, Carol vio dos pares de pendientes iguales, y Samantha musitó:

—Son para Ekaterina y para mí.

—Son muy bonitos y es un detalle precioso.

Ella asintió y dijo emocionada:

—Hace todo lo que puede para conseguir que vuelva a confiar en él después de lo que pasó. Sabemos que las segundas oportunidades a veces funcionan, otras no, y... y...

—Samantha, lo quieres y él te quiere. ¿Por qué no intentarlo?

Su amiga sonrió.

—En ello estamos.

Ambas se miraron, y en ese instante Kendall se les acercó y cuchicheó:

—Tu hermana es como yo: ¡le gusta lo caro!

Al oír eso, Carol apretó la mano de su amiga y se apresuró a decir:

—A ver..., yo... os agradezco todo lo que estáis haciendo por nosotras, pero nuestro presupuesto para el vestido...

—Querida —la cortó Kendall—, ya he hablado de ello con tu hermana y hemos llegado a un acuerdo.

Sorprendida, Carol parpadeó, y él continuó:

—Le he pedido a Vera que, a cambio de llevarse el vestido que le guste, ella ha de regresar dentro de dos semanas para hacerse unas fotos para mi nuevo catálogo. La maquillarán y la peinarán y estará impresionante.

Boquiabierta, ella no supo qué decir. Su hermana Vera era tremendamente tímida, pero, cuando iba a hablar, Kendall añadió mientras se alejaba de nuevo:

—Y ha aceptado. Así que no hay más que hablar.

Samantha aplaudió. Aquélla era una excelente idea, y, sentándose junto a Carol, que seguía descolocada, susurró:

—Lo que Kendall no consiga ¡no lo consigue nadie!

Vestidos de gasa, de tul, brocados, organza... Las horas pasaban y Vera se probaba todo lo que le apetecía; de pronto salió con un precioso vestido de encaje y Carol supo que ése era el suyo. Sólo había que ver cómo sonreía.

Aquel vestido era todo lo que ella siempre había querido y se le ajustaba al cuerpo a la perfección. Sólo había que cogerle el bajo. Y, mirándose en el espejo, Vera murmuró:

—Parece que tengo hasta cintura.

—Es que tienes cintura —replicó Kendall.

—Estás increíble —cuchicheó Samantha.

Todos sonreían, y entonces el diseñador indicó:

—Es de la nueva colección. Iba a llamarlo modelo Capri, pero acabo de decidir que se llamará Vera en tu honor.

Emocionada, la aludida se llevó una mano a la boca. Nunca habría imaginado que algo así le pudiera ocurrir y, con lágrimas en los ojos, afirmó:

—Me encanta tu modelo Vera.

Kendall asintió y, guiñándole el ojo, musitó:

—Y a mí me gustas tú.

Con mimo, Vera se tocaba el encaje de su vestido mientras no paraba de mirarse en el espejo. Aquella chica era ella. Y, conectando con los ojos de su hermana en el espejo, le preguntó:

—¿Qué te parece?

—¡Estás preciosa! —afirmó Samantha.

Emocionada, Carol asintió. Vera estaba resplandeciente, y aseguró:

—Cuando te vea Raúl, sin duda dirá «¡Uauuuuuu!». —Ambas rieron, y a continuación Carol indicó—: Más radiante no puedes estar; a tu madre también le encantará.

Vera volvió a mirarse en el espejo. Aquel vestido era espectacular, la hacía sentirse guapa y bien, y con orgullo afirmó:

—Decidido. Éste es mi vestido.

Carol, Samantha, Kendall y la dependienta aplaudieron encantados, haciendo que la joven se sintiera una novia muy especial.

Capítulo 38

Después de haber elegido el vestido, Samantha llamó a Daryl por teléfono. Eran las once y media de la mañana y, cuando salieron de la tienda, él ya estaba esperándolas en la puerta.

Durante el trayecto a casa de Lola, Samantha y Vera hablaban sobre el vestido, estaban emocionadas, y Carol se apoyó en el reposacabezas y cerró los ojos. Estaba agotada.

Una vez que llegaron a casa de su amiga, todos entraron en ella, y la anfitriona, al ver a Vera, saludó:

—¡Pero mira quién está aquí!

Vera, que la conocía de las veces que había ido a Londres a visitar a su hermana, sonrió y, tras darle dos besos, preguntó:

—¿Y Elora?

Encantada, Lola respondió mientras la cogía del brazo:

—Está en la guardería. Luego la verás.

—¡Estupendo!

Cuando todos se hubieron saludado, pasaron al salón y de pronto oyeron un grito. Lola había llamado a Adam y éste, al ver a su hermana, exclamó:

—¡Sorpresa!

Vera, al ver allí a aquél al que tanto quería, corrió a abrazarlo. Adam y ella lloraron emocionados por el reencuentro, y Carol, al verlos, miró a su amiga y murmuró en un hilo de voz ante el gesto desconcertado de Daryl:

—Ay, Dios..., que lloro...

Lola la abrazó divertida y, viendo sus ojos vidriosos, comentó:

—Pues sí que sois lloricas también en tu familia.

Tras los besos, los lloros y los abrazos, todos se instalaron en el salón, donde comenzaron a hablar. Vera se sentía tan excitada por lo del vestido que estaba hasta acelerada, mientras que Carol apenas podía mantener la cabeza erguida.

Daryl, que la observaba con disimulo, estaba sufriendo. Veía que necesitaba dormir, y, cuando no pudo más, sugirió dirigiéndose a su hermana:

—Quizá Carol y Vera quieran descansar.

Vera rápidamente negó con la cabeza, ella estaba bien, y respondió sin soltar la mano de su hermano Adam:

—Yo he dormido en los aviones, pero creo que Carol sí debería echarse un poco.

Ella asintió, estaba muerta, y Samantha preguntó entonces:

—¿A qué hora hay que recoger a Elora?

Mirando el reloj que había sobre la chimenea, Lola se levantó y dijo:

—Ya. Tenemos que irnos ya.

Oír eso a Carol la hizo resoplar, y repuso:

—Si no os importa, yo os espero aquí.

Al ver su rostro cansado todos comprendieron que necesitaba cerrar los ojos, y Adam afirmó con mimo:

—Cielo, duerme. Lo necesitas.

Lola asintió.

—Sube a mi habitación y échate.

—No, aquí estoy bien. No voy a dormir. Sólo necesito cerrar un poco los ojos —indicó, haciéndose un ovillo sobre el sofá.

—Me quedaré con ella —indicó Samantha.

La aludida abrió los ojos.

—No. Ve. Ve con ellos.

Al ver aquello, Daryl decidió tomar el mando de la situación y dijo asiendo a Samantha del brazo:

—Vamos. Iremos en mi coche a recoger a Elora y dejaremos descansar un rato a Carol.

Al oír eso, ella sonrió y le dio las gracias con la mirada.

Media hora después, cuando los demás regresaron con la niña, encontraron a Carol profundamente dormida en el sofá.

—Ay, mi niña..., está dormida —afirmó Adam.

Lola sonrió al oírlo y, dirigiéndose a su hermano, pidió:

—Daryl, por favor, súbela a la habitación azul y déjala en la cama.

Sin demora, él se acercó a la joven y, cogiendo a Carol con cuidado entre sus brazos y su inseparable mochila ante la atenta mirada de todos, iba a salir del salón cuando ella, despertándose, preguntó:

—¿Qué haces?

Daryl la miró.

—Te llevo a la cama.

Ella parpadeó sin dar crédito.

Pero ¿aquél podía tener menos vergüenza?

Y, cuando iba a replicar, él aclaró con una sonrisa:

—Me lo ha pedido Lola.

Desorientada porque acababa de despertarse, la joven frunció el ceño y gruñó en español:

—Y una mierda.

—¡Eso lo he entendido! —afirmó Daryl divertido y desconcertado a partes iguales.

Adam, al que aquello le estaba divirtiendo, terció:

—Hermanita..., ¿por qué no dejas que te lleve?

Carol miró a su hermano. Él era el único que sabía que había tenido algo con Daryl, y cuando iba a hablar, Lola, que observaba junto a Samantha y Vera, intervino:

—Carolola..., tranquila. Daryl sólo hace lo que yo le he pedido.

La joven maldijo, y a continuación él musitó:

—¿Lo ves? Yo nunca miento.

Horrorizada, ella cuchicheó entonces:

—Puedo ir caminando.

—Estás muerta de sueño —señaló Daryl.

—Suéltame —insistió ella.

—No. Mi caballerosidad inglesa no me lo permite.

E, ignorando las miradas de los demás, que los observaban divertidos, el comandante salió del salón e indicó con su galantería habitual:

—Enseguida vuelvo.

* * *

—Pero ¿tú eres tonto? —gruñó Carol una vez que estuvieron a solas.

—No. Pero al parecer sí soy un *polvo*... —replicó él de camino a la habitación.

Ella puso los ojos en blanco. Sin duda aquello le había molestado, e insistió:

—¿Quieres hacer el favor de soltarme?

—No.

Daryl siguió andando con ella en brazos. Tenerla cerca y sentir cómo su perfume lo envolvía le impedía soltarla, y respondió:

—Te guste o no, voy a cumplir con lo que Lola me ha pedido.

Carol maldijo. ¿Por qué todo era tan complicado?

En silencio, llegaron hasta la habitación azul, y, en cuanto Daryl cerró la puerta con el pie y dejó la mochila sobre una butaca, se acercó a la cama y, depositando a Carol sobre ella, indicó:

—Y ahora duerme, lo necesitas.

La comodidad de la cama hizo que la joven sonriera y afirmara, olvidándose de todo:

—Media hora. No me dejéis más...

Daryl se dispuso a cerrar las cortinas, pues entraba luz por la ventana, y, al volverse, vio que aquélla ya había vuelto a hacerse un ovillo y a dormirse. Cogió una pequeña colcha que había a los pies de la cama y se la echó por encima. No hacía frío, pero sin duda así estaría mejor.

Viendo que Carol estaba profundamente dormida, con mimo le retiró el pelo del rostro. Tenía unas facciones preciosas, delicadas, y, sin querer remediarlo, paseó un dedo con cuidado por encima de ellas.

Su piel era suave, sedosa, y, conteniendo las ganas de besarla que sentía, murmuró al separarse de ella:

—Ahora sí que lo tengo completamente claro: el tsunami que predijo la *abu* eres tú...

Y, dicho esto, y tomando aire por la nariz, salió de la habitación. Debía regresar con su hermana y compañía antes de que pensaran cosas raras.

Capítulo 39

Cuando Carol se despertó, se asustó. ¿Dónde estaba?

Pero al reconocer la habitación y recordar quién la había llevado allí, se sentó en la cama. Se había quedado frita, y murmuró al ver que eran las cinco de la tarde:

—Joder..., esta noche no duermo.

Tras coger su mochila, que encontró sobre una butaca, se dirigió al baño. Allí se lavó los dientes y, después de desenredarse el pelo y recogérselo en una coleta alta, fue hacia el salón, donde se oían voces.

—¡Carol! —saludó Vera al verla.

Ella entró y mirando a las demás, preguntó:

—¿Y Adam?

—Se ha ido a trabajar —musitó Vera apenada.

Carol asintió. Omitió preguntar por Daryl y, en cambio, dijo:

—¿Por qué me habéis dejado dormir tanto?

—Estabas cansada.

—Pues que sepáis que esta noche no duermo —indicó con una media sonrisa.

—Mejor. —Lola rio.

Esa respuesta hizo que Carol la mirara. Conocía muy bien a su amiga.

—A ver, ¿qué me he perdido? —repuso.

Samantha sonrió, Lola también, y Vera finalmente empezó a decir:

—Como no he tenido despedida de soltera...

—¡Noooooooooo! —Carol rio.

—¡Síííííííí! —gritaron sus amigas.

Carol soltó una carcajada. Al parecer, ya le habían preparado la despedida de soltera a su hermana, y Lola explicó:

—Iremos a cenar a Smooth y luego tomaremos algo en Backs.

Carol se sorprendió. Eran sitios caros y exclusivos, y su hermana Vera no había llevado ropa para ir allí, pero cuando iba a decir algo, Samantha aclaró:

—Hemos llamado a Kendall y hace un par de horas nos ha enviado varios vestidos para elegir. Vera se los ha probado y ha escogido uno. ¡Está fantástica, y será nuestro regalo de bodas, junto con la despedida de soltera! Por cierto, estamos esperando a que nos llame para ir a recogerlo: había que meterle el bajo.

Boquiabierta, Carol miró a su hermana, que sonreía y la oyó decir:

—Es color aguacate, ¡te encantará!

Ella asintió. Sin duda el tiempo les había cundido mientras ella dormía, y, de nuevo, cuando iba a decir algo, Lola prosiguió:

—Será una despedida de soltera divertida. Cuando salga de trabajar, Adam se nos unirá, así como Dennis y Jack. Daryl y Can también se han apuntado. Ellos habían quedado con unas chicas, y simplemente las traerán y así seremos más. ¿A que es genial?

Todas la miraban encantadas, y Carol, forzando una sonrisa, declaró disimulando lo horrorizada que se sentía:

—¡Un plan genial!

Lola y Samantha hablaban emocionadas y Carol preguntó a su hermana:

—¿No estás cansada?

Vera negó con la cabeza. Desde que había llegado a Londres, todo era fantástico, y dijo:

—No.

Carol asintió y entonces Samantha se puso en pie.

—Chicas —anunció—, acabo de recibir un mensaje de Kendall. ¡Ya podemos ir a recoger el vestido para esta noche!

Encantadas, todas aplaudieron, y Vera, mirando a su hermana, exclamó:

—¡Qué contenta estoy! Hoy es uno de los mejores días de mi vida.

Eso hizo sonreír a Carol. Lo último que le apetecía era volver a la tienda de novias y la fiestecita posterior, pero, callando por la felicidad de su hermana, afirmó:

—Pues venga. Sigamos disfrutando de este bonito día.

* * *

Tras pasar por la tienda y que Vera se probase el vestido para ver que el arreglo del bajo era perfecto, cuando salían de la misma, sonó el teléfono de Carol. Era Muskeva y, cogiéndolo, saludó:

—Hola, cielo.

—¿Qué tal por España? —preguntó su amiga—. ¿Te has comido una paellita a mi salud?

Divertida por su comentario, Carol miró a su alrededor y repuso:

—¿Y si te digo que estoy en Oxford Street?

—¡¿Qué?!

Rápidamente le explicó lo ocurrido y, cuando acabó, susurró:

—Estoy muerta. Y ahora quieren que nos vayamos a cenar y de copas...

—¿Y adónde iréis?

Sin muchas ganas de fiesta, Carol respondió:

—Cenaremos en Smooth y después tomaremos una copa en plan despedida de soltera en Backs. Y, claro, veo a Vera tan emocionada que soy incapaz de decir que no.

—¡Ánimo, que tú puedes!

—¿Por qué no te vienes?

—Imposible.

—Venga, anímate y vente.

—No puedo. Mi madre está pachucha y he de cuidar de la pequeñita.

Carol asintió. Entendía la situación, y, al ver que sus amigas y su hermana se dirigían con el vestido hacia el taxi que las había llevado, dijo:

—Te dejo. Ya hablaremos en otro momento.

Una vez que se hubo guardado el teléfono en el bolsillo del pantalón, Lola indicó mirándola:

—Venga. Vayamos a tu casa y así os cambiáis de ropa.

Carol asintió y, suspirando, exclamó:

—¡Vamos para allá!

Tras saludar a Muriel, que tenía consigo a *Baby* y a *Limón*, las cuatro chicas entraron en casa de Carol y enseguida Vera se metió en el baño para ducharse.

Lola, Samantha y Carol, sentadas en el sofá, hablaban de Jack cuando Samantha indicó:

—Todo está aclarado entre nosotros, y sin duda la llegada de Ekaterina será nuestra segunda oportunidad. Sólo espero que volvamos a ser lo que fuimos y hagamos a nuestra hija feliz.

Lola y Carol sonrieron al ver la felicidad en el rostro de su amiga, y la primera, dejando un libro sobre la mesa, comentó:

—Siempre me ha gustado tu casa. Es chiquitita, desordenada pero acogedora. Qué bien aprovechado tienes el espacio.

—Gracias, aunque ahora, con Adam aquí, creo que se me va a quedar pequeña —afirmó Carol.

Estaban hablando de aquello cuando la puerta del baño se abrió y Vera, apareciendo ante ellas roja como un tomate, preguntó con el pelo mojado:

—¿Debería maquillarme?

Rápidamente Samantha se levantó y pidió:

—Siéntate aquí. Yo te maquillaré y te peinaré.

Sin tiempo que perder, ésta se puso manos a la obra y Carol se metió en el baño. Había llegado su turno de ducharse.

Una vez que cerró la puerta y se quedó a solas, buscó en su móvil alguna de sus listas de música y la puso. Comenzó a desnudarse y, al oír una determinada canción, se apresuró a pasarla y murmuró:

—Ahora no.

Cuarenta minutos después, tras secarse el pelo, salió finalmente del baño.

—Vera... —murmuró al ver a su hermana—, ¡estás increíble!

Aquélla se miraba al espejo. Nunca se había maquillado como lo había hecho Samantha y, cogiendo su móvil, pidió:

—Hazme una foto. Quiero enviársela a Raúl.

Sin dudarlo, Carol obedeció y, tras enviarla, Vera sonrió al recibir un mensaje en el que ponía:

¿De verdad puedes ser más bonita?

Cuando las demás lo leyeron, se deshicieron en halagos hacia el novio de aquélla, y Carolina declaró mirando a su hermana:

—Ese chico es ideal.

Samantha sonrió al oír eso, y Lola afirmó dirigiéndose a su amiga:

—Serás organizadora de eventos, pero lo tuyo es el maquillaje. ¡Haces magia!

—Me encanta maquillar —dijo Samantha, y, viendo que Carol seguía mirando a su hermana, indicó—: Te cuento lo que he hecho para que el día de la boda se lo hagas tú, ¿vale?

Carol sonrió. Si pensaba que ella podría hacer eso, ya estaba borracha, y repuso, consciente de que sería una maquilladora profesional y no ella quien lo hiciera:

—Vale.

Encantada, Samantha comenzó a explicar:

—Primero ponle cremita hidratante por todo el rostro. Después corrige las imperfecciones con este magnífico corrector tuyo..., y, por cierto, me he apuntado la marca porque me ha gustado mucho. A continuación, unifica el tono de la piel con una base de maquillaje y después resalta sus ojos. En este caso lo he hecho en tonos verdes ahumados, ¿te gusta?

—Mucho —afirmó Carol.

—Luego, traza un delicado delineado negro sobre las pestañas superiores, haciéndolo más grueso en la parte externa del ojo. Después aplica rímel para marcar su expresividad y, por último, pinta los labios en un tono que vaya bien con su piel y su indumentaria, ¿entendido?

Vera miró a su hermana emocionada, y Carol, sonriendo, declaró:

—Por tu propio bien, el día de la boda mejor que lo haga una experta, porque, si esperas que yo haga todo eso, la puedo liar.

Todas sonrieron por aquello, y Samantha dijo:

—¿Quieres que te maquille a ti mientras Vera termina de arreglarse?

Carol lo pensó. La idea no le apasionaba precisamente. Ya se maquillaba en exceso cuando salía al escenario, pero Vera terció:

—Sí. Sería genial.

Ella suspiró. Y, tras mirar a Lola, que sonreía, murmuró para contentar a su hermana:

—De acuerdo. Haz magia también conmigo.

Encantada, Samantha hizo aquello que tanto le gustaba.

Una vez acabado el maquillaje, y tras recibir elogios por parte de todas, cuando Carol abrió su armario, Lola se acercó a ella y le preguntó:

—¿Estás bien?

Carol entendió a la perfección su pregunta. Sin duda Vera les había contado el desafortunado incidente con su padre.

—Sí. Claro que sí —afirmó.

Lola asintió y, mirándola, añadió:

—Sé que no hace falta que te diga lo que voy a decir, pero lo que le ocurrió a Jane no tuvo nada que ver con tus cuidados. El Donante es un monstruo y sólo quiere hacerte daño.

Carol asintió. Ella también lo sabía, y, abrazando a su amiga, indicó:

—No hablemos más de ello. No merece la pena.

—¿Puedo hacerte alguna sugerencia? —preguntó entonces Lola mirando la ropa del armario.

Carol sonrió y su amiga, tras sopesar las distintas posibilidades, exclamó:

—¡Ése!

Carol, al ver el vestido que le señalaba, cuchicheó:

—Lolorolaaaaaaaaa...

—¡¿Qué?!

—¿En serio?

—Totalmente.

La joven miró la prenda. Era un minivestido con escote *halter* y la espalda abierta, todo él cubierto de diminutas lentejuelas plateadas, y Carol sonrió. Sabía el efecto que aquel vestido causaba en los hombres cada vez que se lo ponía. Era sexy, provocador, y Lola, al ver su sonrisa, afirmó:

—Póntelo. Lúcete y vuélvelos locos.

Divertida por aquello, Carol finalmente descolgó el vestido y, segura de sí misma, replicó:

—Tendrás que quitármelos de encima.

—Lo haré. Por eso no te preocupes.

Y, sin más, la joven se puso aquel minivestido que tan bien le sentaba. Luego, tras recogerse el pelo en un moño alto despeinado, ponerse unos pendientes grandes y los zapatos de tacón, miró a las demás e iba a preguntarles su opinión cuando Samantha declaró:

—Despampanante es poco.

Vera sonrió feliz y Lola, mirándola, indicó:

—Ésta es mi Carolola.

Cuando estuvieron listas, las cuatro mujeres volvieron a salir del apartamento y se dirigieron primero en taxi a casa de Samantha, que se quedó allí. Se uniría al grupo junto con Jack, en el restaurante, y las otras tres continuaron entonces hacia la casa de Lola.

Una hora más tarde, cuando ésta entró en el salón, donde Dennis esperaba junto a Carol y Vera, al verla aparecer se levantó y, caminando hacia ella, la agarró por la cintura y preguntó:

—Pero ¿tú adónde vas tan guapa?

Encantada, ella lo miró y respondió:

—De fiesta con un guapo brasileño.

Feliz, Dennis besó los labios de su mujer y, en un tono íntimo que le hizo saber a Lola que el fin de fiesta sería colosal, murmuró:

—Delícia...

Ambos sonrieron por aquello, y él, cogiendo de la mano a su mujer, comentó a continuación:

—Hace un rato he hablado por teléfono con Eric y Judith. Te mandan besos.

Lola sonrió. Recordar a aquellos buenos amigos siempre era agradable.

—Chicas —indicó entonces Dennis—, o nos vamos o llegaremos tarde.

Al oír eso, Carol sonrió y, con picardía, repuso:

—Tranquilos: venís conmigo y la impuntualidad es mi sello de distinción.

Y todos soltaron una carcajada.

Capítulo 40

Cuarenta y cinco minutos después, tras un buen atasco, llegaron entre risas al restaurante, donde, después de apearse, el aparcacoches se llevó el vehículo.

Aquel ambiente tan sofisticado era del todo nuevo para Vera y, asustada, entró en el lujoso local para cenar. Allí los esperaban Samantha y Jack, junto a Daryl y Can y dos mujeres que los acompañaban.

—Estoy nerviosa —musitó mirando a su hermana.

Carol, que ya había visto a Daryl y escaneaba a la mujer que estaba junto a él, respondió con seguridad:

—Tranquila. Estás entre amigos.

Por su parte, Daryl, que esperaba en la mesa, al ver entrar a su hermana y a su cuñado sonrió, pero, al fijar los ojos en Carol, se descolocó. Estaba preciosa, despampanante con aquel sensual vestido y su manera de caminar. Pensaba en ello cuando Can, al verla también, se acercó a su amigo y cuchicheó:

—Woooo... No digo más.

Daryl lo miró y, al ver que su amigo sonreía, gruñó:

—¿Quieres dejar de sonreír como un imbécil?

Can rio abiertamente e indicó:

—Lo haré cuando tú dejes de gruñir como un idiota.

Molesto, Daryl tomó aire. Sin duda la noche no iba a ser fácil.

Cuando el grupo llegó a la mesa, todos se levantaron para saludarse. Y, cuando le tocó el turno a Can, tras darle dos besos a Carol y presentarle a su acompañante, que se llamaba Luana, afirmó:

—Estás bellísima.

—Gracias. Tú también estás muy guapo.

Daryl, que estaba a su lado, tomó aire y, tras darle dos besos primero a Vera y luego a su hermana, dijo con caballerosidad:

—Vera, Carolina, os presento a Francesca.

Vera la saludó y, cuando le tocó el turno a Carol, ésta dijo con una amplia sonrisa:

—Encantada de conocerte, Francesca.

—Lo mismo digo. Por cierto, tu vestido es precioso —afirmó la mujer.

Carol sonrió con picardía y, bajando la voz, señaló:

—El tuyo tampoco está nada mal.

Todos se sentaron encantados y enseguida Luana y Francesca aclararon que ellas eran comandantes como Daryl y Can. Y Carol, que estaba sentada junto a Lola, cuchicheó dirigiéndose a su amiga:

—¿Crees que si les digo que son pilotos se enfadarán también?

—Carololaaaa..., ¡cállate! —repuso Lola divertida.

Ambas sonreían por aquello cuando el camarero comenzó a tomar nota de la comanda y oyeron a Francesca decir:

—Yo quiero salmón al horno con hierbas.

—Muy bien, señorita —apostilló aquél.

Y, cuando iba a preguntarle a Daryl, Francesca lo interrumpió:

—¿Qué hierbas le ponéis?

El camarero se apresuró a contestar:

—Hierbas provenzales.

La joven asintió y a continuación indicó:

—¡Estupendo! Dígale al chef que va a cocinar para la hija del cónsul de Noruega y soy muy exigente en lo que al salmón se refiere.

—Se lo diré —afirmó él sorprendido.

Atónita, Carol miró a Lola, y entonces aquella mujer insistió en un tono de voz autoritario:

—Recuérdele que la cocción del salmón no debe ser superior a diez o doce minutos y que, además, deseo que le añadan sal de ajo y sal normal. Y, por supuesto, que lo acompañen con una guarnición de verduritas de temporada y unas rodajas de limón.

El camarero asintió, y Carol, tras mirar a Daryl, que ni se inmutaba, susurró:

—*Mamma mia*..., ¡no digo más!

Al oírlo, Lola afirmó divertida:

—Ésta es peor que mi hermano. Dios los cría ¡y ellos se juntan!

—¡Ya te digo!

Con disimulo, ambas rieron por aquello, y Lola murmuró:

—¿Crees que hacen buena pareja?

Sin poder parar de reír, a pesar de la desazón que sentía cada vez que veía a aquella mujer pasear la mano por el cuello de Daryl, Carol indicó:

—Sin duda.

Su amiga asintió y, al ver cómo de nuevo su hermano miraba en su dirección, repuso:

—¿Y por qué tengo la sensación de que le atraes más tú?

Al oír eso, el cuerpo de Carol se revolucionó. No, Lola no podía haberse percatado de nada, y, sacando su lado payaso y su inventiva, rápidamente dijo:

—El vestido... Ya te he dicho que este vestido hace estragos.

Ambas rieron por aquello y siguieron charlando de otros temas.

El sitio era exquisito. El grupo, animado. La comida, espectacular. Y, cuando a la hora de los postres llegó el brindis, obligaron a Vera a hablar. La joven en un principio se negó. ¿Qué iba a decir ella? Pero, al ver que insistían, roja como un tomate, se puso en pie y, con la copa en la mano, murmuró:

—No... no sé qué decir.

—Vamos, Vera —la animó Lola—. Di lo que quieras. Lo que sientas.

Aquélla asintió. Dio un trago a su copa que hizo reír a todos y, una vez que terminó, musitó:

—Creí que lo que había ocurrido en España con mi vestido era imposible de solucionar. ¿Quién encuentra un vestido de novia que le quede bien a tan sólo cuatro días de la boda, y más teniendo un cuerpo como el mío? Pero está visto que, con una hermana como

Carol, que suele decir eso de que en ocasiones lo imposible puede ser posible, ahora mismo puedo decir: ¡tengo vestido de novia!

Todos aplaudieron, la jalearon, y Vera prosiguió:

—Sé que la mayoría de los que estáis aquí sentados habéis hecho posible que yo haya conseguido mi propósito y por eso os tengo que dar las gracias. Gracias por ayudarme. Gracias por no fallar y querer a mi hermana, y gracias por haberme organizado esta cena, que os aseguro que recordaré el resto de mi vida y atesoraré en mi corazón. Y, dicho esto —añadió mirando directamente a Carol—, quiero decirte a ti que eres increíble. Dices que la perfección son otras cosas —ambas sonrieron—, pero sin duda todas esas otras cosas las tienes tú. Eres maravillosa, buena, paciente, te olvidas de ti para ocuparte de la familia aun en los momentos difíciles, y... yo... yo... estoy muy orgullosa de ti.

Daryl, que escuchaba como los demás, se percató de cómo su hermana Lola cogía la mano de Carol en ese instante por debajo de la mesa y ambas se miraban. Sin duda sabían por qué la joven había dicho aquello, y se inquietó.

¿A qué se refería Vera?

—Estoy feliz de tener una hermana que dice eso de «Prohibido prohibir» a quien se lo merece sin amilanarse —prosiguió ella—. Estoy tan orgullosa de ti en tantos aspectos y tan feliz de tener la suerte de que seas mi hermana que... que creo que voy a llorar. —Todos rieron—. Para mí, y para quienes te queremos, eres pura magia, puro amor y pura luz. Y, por último, y esto es una apreciación personal mía, aunque sé que sola estás bien, espero que algún día aparezca en tu vida ese alguien especial que te ame y te cuide como te mereces. Te quiero, Carol.

Emocionada, ella se levantó y abrazó a Vera ante los aplausos de todos.

Las sentidas palabras de su hermana le habían llegado al corazón y, abrazada a ella, afirmó ignorando todo lo que las rodeaba:

—Te quiero, y yo sí que estoy orgullosa de ti.

Tras ese momento tan emotivo, todos brindaron por la felicidad de Vera y, cuando los ojos de Daryl y Carol coincidieron, ella, sin saber por qué, sonrió. Daryl lo hizo también.

Una vez que salieron del restaurante, se dirigieron en varios coches al local de copas y, allí, como era de esperar, Lola, Samantha y Carol, animando a Vera, rápidamente se lanzaron a bailar.

Desde donde estaban, Dennis, Can y Daryl, que hablaban con Francesca y Luana, disfrutaban de la velada. Era muy agradable estar allí. Pero Daryl no podía evitar seguir con la mirada a Carolina. Allá adonde se moviera, allá la seguía y, cada vez que veía que un tipo se acercaba a ella, y eran muchos, algo en su interior se aceleraba.

Ver cómo otros le entraban, le sonreían o intentaban ligar con ella lo estaba descomponiendo. Pero, intentando respetar lo que ella le había pedido, se mantuvo alejado sin más, aunque le costara la salud.

—Dos rones con Coca-Cola. ¡Uf, qué calor! —dijo Lola acercándose a ellos acalorada.

Daryl la miró y, después de ver que Carol hablaba con un tipo, comentó:

—Normal..., ¡no paras!

—Que tú tengas dos pies izquierdos y no coordines no significa que todos seamos igual —musitó Lola mirando a su hermano.

El grupo rio por aquello, incluido Daryl; entonces comenzó a sonar *Can't Stop the Feeling* de Justin Timberlake y oyeron un grito. Todos miraron en aquella dirección y vieron a Carol y a un tipo salir a la pista a bailar. Eso hizo reír a Lola, que explicó a los demás:

—Carol y Arnold hicieron la gira con Justin Timberlake bailando esta canción.

Mirando hacia la pista, Can murmuró entonces:

—Pero bueno..., cómo baila esa mujer.

Daryl asintió. Ver a Carol bailar era todo un espectáculo.

—¿Y a ti qué te pasa? —le preguntó Lola dándole un golpe en el brazo.

Sorprendido, puesto que creía estar disimulando a la perfección su incomodidad, él respondió:

—Nada. ¿Por qué?

Lola, que movía las caderas al compás de la música, añadió:
—¿No tienes nada que contarme?
Él parpadeó boquiabierto. Pero ¿de qué hablaba? Y ella añadió:
—Vale. No preguntaré más. Pero, ahora en serio, te noto un poco apagado.
Daryl sonrió. No le resultaba fácil ver a Carol pasarlo bien mientras él sentía que se desgarraba por dentro, pero señalando a Francesca matizó:
—Tranquila, me *encenderé* bien esta noche.
Lola asintió al entender su mensaje y, tras guiñarle el ojo, dio media vuelta y continuó bailando.
Una hora después, durante la cual Carol había continuado bailando, cuando se acercó al grupo, pidió mirando al camarero:
—Vodka con Coca-Cola.
—¿Qué vodka quieres? —le preguntó él.
Con una sonrisa, ella indicó:
—El que quieras, me da igual.
Y, dicho esto, se apoyó en la barra, y oyó a su lado:
—¿Te da igual el vodka que sea?
Sabía quién le hablaba, era Daryl, y, sin mirarlo, respondió:
—Pues sí. No soy nada *tiquismiquis*. Probar siempre es bueno.
Eso hizo sonreír al comandante, que insistió:
—Llevas tres. Cuidado con el alcohol.
Por fin, Carol lo miró. Estaba guapísimo con aquella carísima camisa celeste de seda, y, consciente de que los cubatitas que llevaba ya la tenían animada, respondió:
—¿Acaso te digo yo a ti lo que tienes que beber?
Él sonrió y, comprobando que nadie, a excepción de ella, pudiera oírlo, preguntó:
—¿Lo pasas bien?
Carol asintió. Había sido una suerte encontrarse con Arnold y algunos amigos más allí. Eso la hacía olvidarse en ciertos momentos de que Daryl estaba acompañado por aquella guapa comandante, pero, sin poder remediarlo, preguntó mirando a Francesca, que en ese instante bailaba en la pista:
—¿Y tú lo pasas bien?

Él siguió la dirección de su mirada y afirmó:

—Lo pasaré mejor cuando me vaya de aquí.

Su respuesta molestó a la joven. Y, mirándolo, iba a decirle algo cuando comenzó a sonar la canción *Vente pa' ca* de Ricky Martin y Maluma y alguien gritó su nombre.

Rápidamente, Carol y Daryl miraron hacia la pista y, al encontrarse con que Arnold bailaba con sensualidad mientras la señalaba, ella sonrió y lo imitó.

Incómodo al estar observando aquello, donde él era el tercero y sobraba, Daryl musitó:

—Seduciendo con la mirada...

Carol sonrió al oírlo.

—No, inglés..., eso es otra cosa. Ya deberías saber diferenciarlo.

Sentir la mirada de ella sobre la suya le gustó. Por fin lo estaba mirando sólo a él; entonces Carol, tan caliente como él por la rara nochecita que estaba pasando, preguntó:

—¿Necesitas que te seduzcan con la mirada?

Al comandante se le revolucionó el cuerpo. Ella. Deseaba que lo sedujera ella. Pero, consciente de la chulería con que aquélla lo observaba, respondió señalando:

—Estoy seducido por Francesca.

Carol asintió y miró a la aludida. Aquella mujer era muy guapa, y estaba pensando qué contestarle cuando él preguntó:

—¿Por qué nunca me contaste lo de Adam?

Ella parpadeó al oírlo.

—¿Y por qué se supone que tenía que contártelo?

Incómodo porque ella pensara que lo decía por otra cosa, iba a hablar cuando Carol añadió:

—¿Sabes, Daryl? Te conozco poco, pero si algo me ha quedado claro esta noche, después de verte con esa comandante, ¡es que sois tal para cual!

Y, dicho esto, se alejó sonriendo, dejándolo desconcertado y con cara de tonto.

Incapaz de no seguirla con la mirada, vio cómo ella se acercaba al grupo, pero de pronto comenzó a saltar feliz al ver entrar a su hermano Adam en el local.

De inmediato, Adam, Vera y Carol se juntaron para besuquearse y hacerse selfis. Hacía años que no estaban los tres juntos, y se sentían felices y encantados.

Desde donde se encontraba, Daryl la observaba con disimulo. Lo estaba pasando fatal. Parecía un padre cuidando a su hija de los posibles lobos. Pero ¿qué le ocurría? ¿Por qué esa mujer que lo rechazaba era la que lo atraía? ¿Por qué no podía centrarse en Francesca?

Y, cuando la vio salir de nuevo a bailar a la pista con aquellos chicos, algo en su interior se encogió y se puso celoso.

Se dio la vuelta, llamó al camarero y, tras pedirle una cerveza y éste ponerla frente a él, sin pedirle un vaso, bebió a morro y de pronto notó unas manos en la cintura y oyó:

—Eso se bebe en vaso.

Era Francesca.

Sonriendo, Daryl asintió e indicó con seguridad:

—Lo sé. Pero así sabe mejor.

Ella lo miró sorprendida. Daryl nunca había hecho algo parecido; pero, ignorándolo, preguntó:

—¿Qué marca es?

Él miró la botella.

—Bombardier.

—¿Por qué no has pedido una *mild ale*?

Al oírla, se la quedó mirando. Nunca antes de esa noche se había percatado de lo exclusivita que era Francesca para todo, y, entendiendo por qué en ocasiones Carol se había desesperado con él, respondió:

—Porque probar diferentes sabores siempre es bueno.

La joven se encogió de hombros y, mirando al camarero, pidió:

—Póngame una *mild ale* bien fresquita —y, cuando aquél abrió la cámara, insistió—: ¿No la tiene de barril?

—No. Sólo en botella —indicó el camarero.

Francesca resopló y al final dijo:

—De acuerdo..., pero póngame un vaso ¡limpio!

Luego ella volvió a acercarse a Daryl y preguntó con mimo:

—¿Cuándo nos vamos, amor?

La mirada de Francesca lo decía todo. Lo deseaba.

En otro momento, en otra situación, ya se habrían ido de allí, pero, incapaz de marcharse, él simplemente respondió:

—Pronto.

Ella asintió; por Daryl merecía la pena esperar. Luego, tras recibir su botella de cerveza y servirla en el vaso, se acercaron hasta el grupo.

Así pasó una hora. Daryl no se separaba de Francesca, y Carol disfrutaba bailando con todo el que se le antojaba.

Incapaz de dar ninguno de los dos su brazo a torcer, con disimulo se miraban como rivales, hasta que Adam, acercándose a su hermana, cuchicheó:

—Lo que daría yo porque una tía me mirase así.

Al entenderlo, Carol preguntó:

—¿Con cara de mala leche?

Adam sonrió y, bajando la voz, afirmó:

—Con cara de querer comerme... a besos.

Y, al ver que de nuevo Daryl miraba hacia donde ellos estaban, Adam insistió:

—Es agradable. Hoy he hablado con él un buen rato y me parece un tipo majo.

—¡Qué bien!

—¿Sabes? Creo que ese inglés y tú podríais funcionar juntos.

—Olvídalo.

—Carol... —insistió Adam—. Te gusta, no lo niegues.

—Adam..., déjame en paz.

Pero él no pensaba callar, e insistió:

—Piénsalo fríamente. Tú le podrías enseñar quién es Cardi B, Nicki Minaj o Drake y él te podrá enseñar el arte de ser ordenada.

La joven sonrió. La guasa que veía en el gesto de su hermano le nublaba su ya tocado sentido del humor y, mirándolo, preguntó:

—¿Quieres que te suelte mi frase lapidaria?

—¿En italiano o en español? —se mofó él.

Ambos rieron por aquello, y luego Adam preguntó:

—¿Por qué no lo dejáis estar de una vez?

—¡Y dale!

—Lo estáis pasando fatal los dos. Os gustáis y...

—Adam, ya te lo he dicho. No puede ser. Está Lola y...

—¿Lola? Pero, vamos a ver, hermana, que ya sois mayorcitas las dos. Que si tú tienes un rollo con su hermano, ¿a ella qué debe importarle?

—A ella, no sé, pero a mí sí me importa.

—Entonces no metas a Lola en esto, porque el problema lo tienes tú.

Carol maldijo, y entonces Vera, acercándose a ellos, dijo:

—Opino igual que Adam. Creo que Daryl y tú hacéis una parejita monísima.

Carol, sorprendida, miró a su hermano.

—Se lo tenía que contar a alguien. Entiéndelo —cuchicheó él—. Es información caliente y jugosa.

Sin dar crédito, la joven agarró a sus dos hermanos del brazo y, mirándolos, gruñó:

—Pero ¿cómo sois tan cotillas?

—Joder..., para uno que te gusta y lo sabemos, ¿cómo no comentarlo? —se mofó Adam.

Vera soltó una risotada y Carol, al ver cómo se miraban, insistió:

—Se acabó. No quiero una palabra más al respecto, ¿entendido?

—Pero...

—¡No hay peros que valgan! Se acabó el tema.

Adam y Vera por fin asintieron y se callaron.

Cuando la música bajó de intensidad y Carol vio a la comandante llevar a Daryl hasta la pista para bailar agarrados, se fue al baño a refrescarse. Estaba acalorada, y no precisamente de bailar.

Allí, tras echarse agua en la nuca, suspiró y, una vez que uno de los aseos quedó vacío, se metió en él para aislarse del mundo. Le estaba resultando una tortura estar en el mismo sitio que Daryl. Estaba llevando fatal ver cómo sonreía, bailaba y tonteaba con aquella mujer. Pero tenía que aguantar. Ella lo había querido así.

Tras unos minutos, cuando abrió la puerta del aseo, se encontró a Lola apoyada en la pared del baño con los brazos cruzados frente al pecho. Carol, al verla, salió del cubículo y, sonriendo, comentó:

—Hay papel y está limpito.

Su amiga asintió y, mientras aquélla se lavaba las manos, preguntó:

—¿Estás bien?

—Sí —contestó Carol—. Sudando un poco por tanto baile, pero bien.

Lola no se movió y, necesitando saber, preguntó:

—¿Cuándo y cómo sucedió?

Sin entender nada, Carol la miró.

—¿A qué te refieres?

—A lo de Daryl —soltó su amiga con tranquilidad.

Ella parpadeó al oír eso. Iba a matar a sus hermanos. Seguro que los había oído cuchichear, y entonces aquélla insistió:

—Joder, Carol, que tú y yo no tenemos secretos... ¿Cómo no me lo has contado?

El corazón de la joven se aceleró mientras sentía cómo las otras mujeres que estaban en el baño las escuchaban con curiosidad.

Aquello no debería estar pasando, e, incapaz de callar un segundo más, cogió a su amiga de la mano y, al quedar un aseo libre, entró con ella y cerró la puerta.

—Vale. Te lo oculté —soltó—. Te pido disculpas y...

—Pero ¿por qué? Es que no lo entiendo.

Con gesto incómodo, Carol maldijo y, retirándose el pelo de la cara, contestó mirando al suelo:

—Lola, te lo oculté porque temía tu reacción.

—De acuerdo —la cortó ella—. Comprendo que la noticia podía ser complicada para mí, pero ¿ocultármelo sabiendo que más pronto que tarde me iba a enterar? Por favor, Carol..., ¡qué decepción!

La aludida suspiró. Su amiga tenía razón y, sincerándose, musitó:

—Lo entiendo. De verdad que lo entiendo, y lo siento. Todo... todo comenzó de una forma tonta. Nos atraíamos y, cuando me metió en aquel vuelo a Venecia, yo se lo dije. Ya sabes que soy de decirlo todo, guste o no, y le confesé que me atraía. Entonces Daryl me dijo que él se sentía igual y..., bueno, pues eso..., nos besamos.

Y... y..., luego, tras el concierto de Bruselas, nos volvimos a ver, y lo admito, Lola..., ¡nos acostamos! Repetimos un día y otro y otro. Y, aunque hemos disfrutado del morbo y del sexo a tope, nos separan demasiadas cosas. Él es muy tiquismiquis, lo sabes, y yo... ¡Joder, Lola!, yo me asusté pensando qué podía pasar si tú te enterabas y...

—¿Has tenido un rollo con mi hermano?

Carol levantó la vista del suelo. La cara de sorpresa de aquélla era increíble, y entonces la oyó repetir:

—¿En serio Daryl y tú os habéis liado?

Boquiabierta y sin saber qué responder, Carol resopló, y su amiga, apoyándose en la puerta del aseo, murmuró:

—¡Madre míaaaaaaaaaaa!..., creo que me estoy mareando.

—Lola...

—Con razón notaba que Daryl te miraba a ti más que a la comandante —y, dándose aire con la mano, insistió—: Mi hermano y tú..., liados.

—A ver...

—Pero si sois como el yin y el yang.

—¡Pues ya ves!

—¡El tsunami! —recordó de pronto Lola.

Sin entender nada, Carol parpadeó.

—A ver, sé que lo que te acabo de contar te ha dejado sin palabras. Pero si no era eso a lo que te referías..., ¿qué era?

Procesando aún todo lo que había oído, Lola contestó:

—Mientras dormías hoy en casa, me ha llamado Rose, la mujer de mi padre, y me ha dicho que Daryl la había telefoneado para preguntarle cómo darle una medicación a un perro que había adoptado de tu refugio, que, si mal no recuerdo, se llama *Bombón*.

—¿Qué?

—¡Mi hermano, don Tiquismiquis, adoptando un perro...! ¡Inaudito!

—¡¿Qué?!

—Y yo he pensado que tú lo sabías y que ninguno de los dos me decía nada a causa de la muerte de mi perrillo... Pero... tú... y él, ¡eso sí que es sorprendente! Madre mía... ¡Me encanta! Con razón yo notaba algo raro en Daryl. ¡Y tú achacándolo al vestido! ¡Serás lianta!

Carol parpadeó sin dar crédito.

¿Daryl había adoptado a *Bombón*?

Sin saber en realidad qué decir o qué pensar, iba a hablar cuando Lola preguntó atropelladamente:

—A ver..., a ver..., a ver... ¿Dices que has disfrutado del sexo y del morbo con él?

—Sí.

Lola volvió a darse aire con la mano, y Carol, al entender en su mirada lo que pensaba, enseguida aclaró bajando la voz:

—Noooooooooo..., de esa forma no. Aunque..., bueno, él entró en mi juego, yo en el suyo, y en un par de ocasiones alguien nos observó y...

—¡Carololaaaaaaaaaaaaaa!

—¡¿Qué?!

—¿Lo dices en seriooooooooooo? —exclamó Lola atónita.

Acalorada por la conversación, pero con toda la confianza del mundo, Carol afirmó:

—Sí —y, al ver cómo aquélla se daba aire con la mano, añadió—: Digamos que ahora entiendo un poco más ese mundo del que me hablas. Y, oye..., reconozco que tiene su morbo y no me importaría probar más. Eso sí, ni contigo ni con Dennis, que te quede claro.

Boquiabierta, Lola parpadeó. Nunca se había imaginado con Carol, y, sonriendo, declaró:

—En cuanto al tema sexo, descuida, que yo contigo tampoco quiero nada, y me parece bien que lo disfrutéis como os venga en gana. Pero os voy a matar a los dos por ocultarme lo que pasaba.

—Lola...

—¡Ay, Dios! —la cortó emocionada—. Me gusta la idea... ¡Me gusta mucho! Por Dios, Carol, ¡que somos cuñadas! Woooo..., cuando se lo cuente a Dennis, ¡alucinará! Y Priscilla... —Rio al pensar en su hermana—. Madre mía cuando Priscilla se entere de que tú y Daryl... ¡Y la *abu*!... Wooooooooo, la *abuuuuuuuuuu*...

Pero Carol apenas la escuchaba. Saber que Daryl, con lo maniático y ordenado que era, había adoptado a *Bombón*, la había dejado totalmente descolocada. Entonces Lola, chasqueando los dedos para que la mirara, preguntó:

—Necesito saber más. Cuéntame, ¿qué tal con él?

Volviendo a la realidad, Carol indicó mirándola:

—A ver, Lola, no estamos juntos. Fue sólo...

—¿Qué? —la cortó y, poniendo los brazos en jarras, gruñó—: ¿Cómo que ya no estáis juntos? De eso nada. Esto se tiene que solucionar sí o sí. Me gusta la idea de vosotros dos como pareja y quiero que mi hermano se baje de su pedestal de platino y le metas caña.

Carol la miró y, cuando iba a responder, aquélla sentenció cambiando el gesto:

—¡Me cago en su padre..., que es también el mío...! No me digas más. Seguro que la ruptura ha sido culpa suya, ¿verdad? Si es que es un jodido tiquismiquis. ¡Oh, Dios! Tendrá poca vergüenza, por muy hermano mío que sea... Pues, ¿sabes lo que te digo?, ¡que le voy a cantar las cuarenta! Tú no eres cualquiera. Y mira que le advertí que no se le ocurriera acercarse a ti. ¡Pero nada! ¡Será sinvergüenza! Y encima tiene la cara de aparecer esta noche con esa comandante, hija de su padre, que, todo sea dicho, es más tonta que escupir para arriba.

Oír eso a Carol la hizo sonreír.

Lola, cuando se ponía, tenía mucha gracia y, al verla despotricar otra vez en contra de su hermano, la interrumpió:

—La culpa de que no estemos juntos es mía.

—¡¿Tuya?!

Carol asintió y, como necesitaba sincerarse totalmente con su mejor amiga, le contó lo acontecido punto por punto, y, en cuanto acabó, Lola gruñó mirándola:

—¿Has roto con él por tu familia, por los pelos de los perros y por mí?

—Entre otras cosas. Y prométeme que no le vas a contar nada de mí, ¡nada!

—¡Pero ¿tú cómo eres tan tonta?!

—¡Nada! —insistió Carol.

—Vale, ¡nada! —aseguró Lola—. Pero, si lo pasabais de lujo juntos y dices que el sexo entre vosotros era puro fuego, ¿cómo rompes con él? Vamos a ver, Carol...

—Lola, eran demasiadas cosas en contra.

—Carololaaaaaaaa...

—Tú eres importante para mí.

Su amiga resopló e, incómoda, indicó:

—Pues que sepas que ahora me siento fatal. ¡Me joroba ser parte del motivo de vuestra ruptura!

—A ver, no te sientas mal —dijo Carol intentando explicarse.

—Pues me siento. Lo siento, ¡pero me siento!

Carol suspiró y, con paciencia, indicó:

—Piénsalo. Ponte en mi lugar. Yo temía que, si lo nuestro acababa mal, tú y yo podríamos discutir, y lo último que quiero es que nuestra amistad se resienta.

Lola sonrió. Adoraba a su hermano, como adoraba a Carol, y, segura de lo que decía, indicó:

—Pues olvida eso, porque nunca ocurrirá, a no ser que te vuelvas una cabrona desorejada y le hagas la vida imposible a mi hermano. Sólo así te podría odiar.

—Somos como la noche y el día —murmuró Carol al oírla.

—Como el fuego y el agua...

—Como Epi y Blas...

Al oír eso, ambas rompieron a reír, y luego Lola apostilló:

—Dennis y yo somos así, pero ya sabes lo que dicen: ¡los polos opuestos se atraen!

Ambas suspiraron, y Lola, bajando la voz, añadió:

—Te voy a decir algo que quizá mi hermano no te haya contado. El día que celebré el cumpleaños de Elora y llegaste tarde, la *abu* le pidió a Daryl que cogiera tres cartas y le indicó que un enorme tsunami estaba a punto de entrar en su vida, y creo ¡que ese tsunami eres tú!

Eso hizo sonreír a Carol.

—Pregúntaselo a él y te lo dirá —insistió Lola y, emocionada, musitó—: De verdad, cielo, nada me haría más feliz que fueras mi cuñada.

—Pues lo siento, pero nos separan demasiadas cosas y se acabó.

Al oír eso, Lola se disponía a gruñir cuando desde fuera se oyó la voz de Adam, que decía:

—No la creas, Lola, no se acabó. Está loca por él, como él está loco por ella. Sólo hay que darle un empujoncito para que se lance.

Las dos amigas se miraron, y Carol, agarrando el pomo de la puerta, musitó:

—Lo voy a matar.

En cuanto abrió, se encontraron con Vera y con Adam, y este último dijo:

—Ni caso. Sigue colada por Daryl, aunque él no sepa quién es Cardi B.

—¡Muy colada! —enfatizó Vera.

—¡Pero ¿a vosotros quién os ha dado vela en este entierro?! —gruñó Carol.

Lola soltó una carcajada.

—Hermanita —repuso Adam—, déjate de velas y reconoce que lo que decimos es verdad.

—Perdona —dijo entonces una de las mujeres que había en el baño dirigiéndose a él—: Éste es el baño de las chicas. Te lo digo por si no te has dado cuenta...

Al oír eso, Adam sonrió encantado y, guiñándole el ojo a una descolocada Carol, replicó:

—Os pido disculpas a todas, pero la tonta de mi hermana está enamorada de un tipo que me cae muy bien y tenía que recordárselo para que dejara de hacer tonterías.

De inmediato, todas las mujeres coincidieron en soltar un esponjoso «¡ooohhhhhhhhh!», y entonces Adam salió del baño sonriendo del brazo de Vera y Lola preguntó:

—¿De verdad estás colada por Daryl?

Carol, acorralada no sólo por la mirada de su amiga, sino por todas las de las mujeres que estaban en el baño, resopló.

—Sí.

Eso hizo que todas sonrieran, y Lola, mirándola a los ojos, soltó:

—¿Y a qué narices esperas? Sal ahí y déjale claro a la comandante que mi hermano es para ti y sólo para ti.

Al oír eso, sonrió sin poder remediarlo. Lola la animaba. Las demás mujeres la animaban, y ella, dispuesta a darse una oportunidad con aquél, preguntó:

—¿Y si él ya no quiere nada conmigo?

Lola cogió entonces a su amiga de la mano, la acercó a ella y murmuró:

—Pues él se lo pierde.

Nerviosa y alterada, Carol salió del baño agarrada de Lola. Saber que ella ya conocía la verdad en cierto modo le daba tranquilidad y, cuando vio a Daryl con aquella piloto bailando en la pista, musitó:

—No sé si voy a poder.

—Uis, cielo..., claro que vas a poder —aseguró Lola.

—Pero Francesca es como él. Se complementan bien.

Lola resopló. Sin duda Carol tenía razón, y, mirándola, indicó:

—De eso nada. ¡Menudo peñazo de tía!

Sin embargo, Carol negó con la cabeza y, abortando la misión, insistió:

—Que no..., que no. Esto no es una buena idea. Lola, mi familia es como es, y no sé si tu hermano podrá...

—Carol —la cortó—. Mi familia tampoco es un dechado de virtudes. Pero ¿qué dices?

Desesperada, la joven miró a Daryl, que sonreía. Se lo veía tranquilo con aquella mujer, e insistió:

—Ella es la hija del cónsul de Noruega.

Lola asintió, su amiga tenía razón, pero respondió:

—Vamos a ver, ¿qué tiene que opinar Daryl de tu familia?

—Lola...

—En todo caso, podría opinar de ti, que es con quien tendría algo, pero ¿de tu familia?

Regresaron junto al grupo, donde Vera y Adam, al verla, sonrieron y se sentaron a charlar. Estaban alterados. Carol tenía que hacer algo para atraer la atención de Daryl, y, cuando vio que aquéllos dejaban de bailar y él se dirigía hacia la barra junto a su amigo Can mientras Francesca se quedaba hablando con la acompañante de aquél, dijo levantándose:

—Ahora vuelvo.
—¿Qué vas a hacer? —preguntó Vera.
Carol sonrió al oírla y, convencida, contestó:
—Seducirlo.
—¡A por él, Carolola! —la animó su amiga encantada.

Capítulo 41

Temblando, Carol se dirigió hacia donde estaba la persona que se ocupaba de la música. Durante unos instantes habló con él. Necesitaba de su complicidad, y, en cuanto terminó, fue hacia la barra con paso seguro y se sentó justo enfrente de donde Daryl y Can estaban.

No pasaron ni tres segundos cuando las miradas de ambos se engancharon. Estaba claro que se buscaban. Y, tras un gesto con la mano de Carol al encargado de la música, comenzó a sonar *Señorita* de Camila Cabello y Shawn Mendes, una canción que era muy especial para ellos.

—¡Joder! —protestó Daryl.

—¿Qué pasa? —preguntó Can al oírlo.

Daryl maldijo, aquella canción le traía muchos recuerdos, pero no contestó.

Divertida al ver cómo él fruncía el entrecejo, Carol comenzó a tararearla mientras gesticulaba y movía los hombros con gracia bajo la atenta mirada de Daryl.

Al percatarse de ello, Can sonrió.

—Pues a ella parece gustarle.

Momentos después, cuando en la canción mencionaron la palabra *señorita*, Carol se señaló a sí misma y Daryl inevitablemente sonrió. Qué graciosa era. Y en ese instante, dando un trago a su cerveza, Can añadió:

—Vale. Creo que a ti también te gusta.

Aquel juego que se llevaban era peligroso, muy peligroso, pero Carol estaba decidida a seducirlo. Odiaba verlo con aquella mujer. Le daba rabia imaginar dónde iban a terminar la noche si ella no intervenía, o por lo menos no lo intentaba, y, sacando todas sus armas, clavó la mirada en el comandante y se empeñó en hacerlo vibrar.

Daryl, que estaba al otro lado de la barra hablando con Can acerca de que al cabo de unos días volaría a Los Ángeles y que allí vería a su amigo Dylan Ferrasa y a su mujer, al sentir la intensidad de Carol tragó saliva con dificultad, y Can, al percatarse, preguntó divertido:

—¿Qué te ocurre, amigo?

—Nada.

—Pareces acalorado —se mofó.

—Una cerveza, por favor —pidió Daryl al camarero.

Este último se apresuró a poner frente a él una botella fresquita, y cuando Daryl le dio un trago, su amigo quiso saber:

—¿Desde cuándo bebes tú a morro?

Él no contestó, no podía, porque comenzaba a sentir un extraño calor que, sin esperarlo, le puso todo el vello de punta.

¿Qué le pasaba?

Carol, sin moverse de su sitio ni apartar la mirada de él, prosiguió con su seducción. El juego de miradas siempre se le había dado muy bien y, cuando Daryl, acalorado, fue a coger su cerveza y se le escurrió de las manos, Can comentó sin poder aguantarse la risa:

—¡Joder, pues sí que estás torpe!

Daryl maldijo. Se había empapado la camisa de cerveza, pero, incapaz de dejar de mirar a Carol, parpadeó al ver que ella, con gesto gracioso, se mordía el labio inferior. Al verla hacer eso, de pronto comprendió cuáles eran sus intenciones. Carol estaba tratando de seducirlo.

Sin moverse de su sitio, la joven dio un trago a su bebida y a continuación se acarició con delicadeza el cuello con las yemas de los dedos.

Can, que observaba la escena junto a su amigo, afirmó:

—A ti, no sé, pero a mí me está poniendo cardiaco...

Al oír eso, Daryl lo miró con gesto hosco, y Can, sonriendo, se levantó, cogió su cerveza y señaló:

—Me voy. Mejor os dejo solos para lo que sea que estéis haciendo.

Una vez que se alejó y el camarero puso otra cerveza frente a Daryl, él la cogió con fuerza y bebió. No pensaba dejarse seducir por aquélla. No pensaba entrar otra vez en su juego. No obstante, le resultó imposible, pues, al mirarla de nuevo, sintió cómo cada poro de su organismo se abría y, como decía la canción, sus manos se ajustaban a la perfección al cuerpo de ella.

No lo había tocado...

No lo había rozado...

Pero cada segundo que pasaba la deseaba más y más, y, sin poder creer el modo en que su cuerpo se rebelaba y despertaba ante la silenciosa seducción a distancia que le estaba haciendo Carol, tragó saliva acalorado.

¿En serio lo estaba consiguiendo?

Incapaz de quitarle los ojos de encima, disfrutó cada segundo, cada instante, cada nota de la canción, mientras se sentía absolutamente seducido y atraído por aquella mujer.

Un paso..., dos...

Ella se acercaba poco a poco.

Tres pasos..., cuatro...

Su sonrisa lo tenía atrapado por completo.

Carol era sexy... Carol era cautivadora... Carol era ardiente...

Aquella mujer que lo estaba volviendo loco, y que lo había rechazado, se había propuesto seducirlo esa noche, y él, como un tonto, se lo estaba permitiendo.

De pronto sintió que su entrepierna se tensaba.

«¿En serio?»

Su respiración se aceleró.

Aquello era algo totalmente nuevo para él. Él follaba, nunca seducía ni se dejaba seducir. Volvió a agarrar su cerveza y, de un trago, se la acabó. Iba a llamar al camarero para pedirle otra, pero estaba tan excitado que no podía ni hablar.

Boquiabierto, miró de nuevo a Carol y, al ver que ella sonreía, como un idiota, él también sonrió.

Intentando normalizar su respiración y controlar su cuerpo, dejó de mirarla. Ninguna mujer, ni siquiera las más experimentadas, había conseguido aquel nivel de excitación en él sin tocarlo, sin rozarlo, sólo con el poder de su mirada y una canción.

Asombrado por lo que estaba pensando, al levantar la vista la vio a escasos dos metros de él, sonriéndole.

Encendido y habiendo sucumbido en su provocación, se le ocurrió levantarse y besarla. Pero, cuando se disponía a hacerlo, apareció Francesca y se plantó junto a él.

—Amor, ¿nos vamos ya?

Daryl ni siquiera la miró. Sólo tenía ojos para Carol. La deseaba con todas sus fuerzas, pero entonces, acordándose de su rechazo, agarró a la comandante de la cintura y, tras darle un beso en los labios que a Carol la hizo montar en colera, afirmó:

—Sí. Ahora mismo nos vamos.

Al ver eso, la joven detuvo su avance.

Por un momento creyó que lo había conseguido. Por un momento sintió que Daryl entendía su mensaje, pero, visto lo visto, dio media vuelta y se alejó de él.

Can, que como Lola y el resto del grupo había observado lo ocurrido, se aproximó a su amigo y preguntó con disimulo para que Francesca no lo oyera:

—¿Qué haces?

Y Daryl, que realmente no sabía lo que hacía, replicó:

—¡Vámonos!

Sin entender por qué su amigo procedía así, cuando estaba más que claro que Carol había buscado un acercamiento, musitó:

—Oye, creo que...

—¡Vámonos! —insistió Daryl.

Y, sin acercarse al grupo, se despidió de su hermana y de su cuñado levantando la mano, y en ese momento Carol se acercó a Lola y murmuró:

—Ya lo has visto. Pasa de mí.

—¡Será bobo!
—Es inglés —se mofó Adam.
—Será imbécil el tío —gruñó Carol tecleando algo en su móvil.
—No lo entiendo. Conozco a mi hermano y su mirada decía todo lo contrario.
Samantha, que como todos había visto lo ocurrido, miró a sus amigas y preguntó:
—A ver, chicas, ¿qué me he perdido?
Ninguna le contestó. Y Carol, furiosa, siseó:
—Que se vaya con esa *comandante* hija de no sé qué cónsul...
—De Noruega —apostilló Vera.
—Eso es lo que le va a él, ¡el postureo! —sentenció Carol.
—Por el amor de Dios, ¿alguien me explica lo que pasa? —insistió Samantha.
Lola, para que aquélla dejara de gritar, rápidamente le explicó la situación, y entonces Adam gruñó:
—Ese inglés es tonto; ¡pero si te tenía en el bote!
Carol lo miró y Vera, viendo el gesto de su hermana, cuchicheó al verla teclear en su móvil:
—Mejor mantengamos las boquitas cerradas.

* * *

Una vez que Daryl salió del local, al notar que el teléfono le vibraba en el bolsillo, lo sacó y, viendo que tenía un wasap de Carol, leyó:

> A eso lo llamo yo seducir. Ahora folla hasta hartarte con la hija del cónsul de Noruega. Es lo que te va, puto clasista de mierda.

Leer eso cabreó a Daryl.
Tan pronto como él y los demás se marcharon del local, desoyendo los comentarios de Lola, Carol intentó seguir divirtiéndose.

No quería imaginar lo que aquél estaría haciendo en aquellos instantes con la comandante.

Pero ¿cómo era tan tonta?

* * *

Dos horas después, ya en su casa con sus hermanos, tras desmaquillarse, salió del baño y se encontró a Vera y a Adam dormidos como dos troncos sobre su cama, y, mirándolos, sonrió. Al menos, ellos lo habían pasado bien.

Dirigiéndose a la nevera, la abrió y, tras coger una botellita de agua, se sentó en una silla que tenía junto a la ventana y suspiró mirando al cielo.

¿Por qué había tenido que hacer lo que había hecho?

¿Por qué no había podido quedarse quietecita?

Su perrita *Baby* acudió a su lado demandando cariño. Enseguida Carol la cogió y, tras besarla en la cabeza, el animal se acurrucó sobre sus piernas y se durmió.

Maldiciendo, se regañó a sí misma. No estaba orgullosa de cómo había procedido. Si ella fuera Daryl, sin duda la odiaría. Tan pronto le decía «ven» como le decía «vete», e, incapaz de continuar con aquel sentimiento de culpabilidad, cogió su móvil y escribió:

Lo siento. Creo que me he pasado.

Tras leer el escueto mensaje mil veces, le dio a «Enviar». Seguramente Daryl lo vería por la mañana. Ahora estaría ocupado en otras cosas. A continuación, dejó el móvil y, acariciando la cabecita de *Baby*, volvió a mirar la luna.

* * *

Tras salir de Backs, y gracias a la ayuda de Can, Daryl se desmarcó de él y de las comandantes y, ante el desconcierto de Francesca, que no entendía nada, regresó a su casa, donde, al entrar,

Bombón le ofreció el mejor recibimiento del mundo y él sonrió recordando las palabras de Carol.

Horas después, e incapaz de dormir, Daryl observaba también la luna tumbado sobre el césped de su casa junto a *Bombón*, que estaba ya muy repuesta de su operación.

Estaba pensando en Carol cuando su móvil pitó. De inmediato, desbloqueó la pantalla, leyó aquel mensaje que no esperaba y, acariciando a su perra con mimo, sonrió.

Capítulo 42

El jueves por la mañana, Daryl dormía en su cama cuando oyó el timbre de la puerta.

Rápidamente se incorporó y, al ver a la perrilla tumbada junto a él, preguntó con gesto ceñudo:

—¿Cómo te has subido aquí?

Con cuidado, cogió al animal, lo dejó en el suelo, se quitó los posibles pelos que pudiera tener en la camiseta y fue hasta la puerta.

Cuando estaba llegando, de nuevo oyó el timbre y bramó:

—¡Ya voy!

Al abrir, se encontró con su hermana Lola, que, mirándolo, siseó mientras lo señalaba con el dedo:

—Tú y yo tenemos que hablar.

Daryl resopló, y entonces su hermana, cambiando su gesto, musitó:

—Ay, por favorrrrrrrrr..., pero qué cosa más bonitaaaaaaaaaa... ¿Ésta es *Bombón*?

Él miró abajo y vio a la perra algo más allá, y, cuando iba a responder, Lola añadió:

—Por Dios, hermano, cambia esa expresión. Parece que nos vas a comer.

Y, dicho esto, ella lo ignoró y entró en la casa. Con cuidado, se aproximó a la perra, que se había parado a unos metros, y murmuró sin tocarla:

—Pero ¿cómo eres tan bonita? Ay, Dios, ¡que me la como!

La perra no se le acercó. Ver gente nueva la espantaba, y, al observar que reculaba, Daryl dijo:

—La estás asustando.

Al oírlo, Lola levantó la cabeza y, divertida, indicó:

—Ya habló el especialista en perros.

Daryl maldijo. Recién levantado no estaba para bromas, y su hermana añadió:

—Deja de mirarme con esa cara de ogro y ¡dúchate! Ya me encargo yo de no asustar a la perrilla. Por cierto, no estará aquí la puñetera hija del cónsul, ¿verdad?, porque si está puede que me cague en su padre. ¡Qué tía tan maleducada!

Sin querer llevarle la contraria, él no respondió y, como necesitaba sus diez minutos de tranquilidad, ignorando a su hermana y a la perra, dio media vuelta y se dirigió a su habitación. Una vez que cerró la puerta, se desnudó y, acto seguido, fue a darse una ducha.

Veinte minutos después, Daryl fue directo a la cocina. Allí, se preparó un café y, cuando se lo estaba tomando, Lola entró con la perra en brazos y aseguró:

—Pero qué linda es, ¡y qué simpática!

Daryl, sorprendido, asintió. Y, con curiosidad, preguntó:

—¿Cómo te has hecho amiga suya tan pronto?

Lola besó con mimo a la perra en la cabecita y respondió:

—Haciéndole saber que no voy a hacerle daño y dándole cariño.

Estuvieron unos segundos en silencio, hasta que ella, dejando a la perra en el suelo, se preparó un café y dijo tras echarse azúcar:

—Aún no me lo creo. ¡Don Tiquismiquis con un animalito en casa...!

—Yo tampoco me lo creo —repuso él levantando las cejas.

Durante un rato, Lola y Daryl hablaron sobre el estado de la perrilla, hasta que ella, asiendo la mano de su hermano, pidió:

—Ven. Vamos al sofá a sentarnos. Tenemos que hablar.

Sin negarse, él se dejó guiar por ella y, una vez que ambos tomaron asiento, Lola preguntó mirándolo:

—¿En serio no me ibas a decir nada de lo de Carol?

Daryl maldijo. Aquel tema tan personal era algo suyo, y con sorna, preguntó a su vez:

—¿En serio tenía que contarte algo?

Lola resopló al tiempo que meneaba la cabeza.

—Chulerías conmigo las mínimas o te suelto un sopapo.

Esa frase, dicha de esa manera, hizo que él sonriera, y declaró:

—En vez de amigas, parecéis hermanas.

Ahora la que sonrió fue Lola y, cuando iba a hablar, Daryl empezó a decir:

—Mira, no sé qué sabes ni a qué...

—Pues sé lo que Carol me ha contado.

—¡¿Carol?! —preguntó sorprendido.

Ella asintió.

—Sí, Carol. Y, antes de que comiences a imaginar lo que no es, si me lo dijo fue porque yo le comenté que sabía algo y que no entendía por qué no me lo había contado. Ella no supo por dónde iba yo, e, imaginando que me había enterado de lo vuestro, me lo soltó... ¡Loca me quedé!

El que se había quedado loco ahora era él, que preguntó curioso:

—¿Y qué era lo que sabías tú?

—Lo de *Bombón*. Hablé con Rose, me comentó que la habías llamado para saber cómo se daba una medicación a un perro y...

—Vale. Ahora lo entiendo —afirmó Daryl.

Se miraron unos segundos en silencio, y luego Lola preguntó:

—Ella es el tsunami que predijo la *abu*, ¿verdad?

El comandante resopló y, sin ganas de mentir, afirmó:

—Al parecer, sí.

Lola sonrió interiormente. Nunca habría pensado que pudiera tratarse de su amiga Carol.

—¿Y qué vas a hacer? —insistió.

Daryl la miró. Estaba confundido. Jamás se había encontrado en una tesitura semejante, y respondió:

—¿Puedo preguntarte algo sobre ella?

Lola se envaró. El día anterior le había prometido a Carol que no le contaría nada de su vida.

—¿El qué? —repuso.

—Quiero saberlo todo —dijo Daryl con interés—. Quiero saber por qué soy incapaz de conseguir que me hable sobre ella o su familia. Siempre que le pregunto desvía el tema, y no entiendo por qué.

Lola negó con la cabeza. Si algo no iba a ser, era desleal, y replicó:

—Te quiero a ti y la quiero a ella. Pero, en lo que a su vida se refiere, todo lo que quieras saber ha de contártelo Carol.

—¿Por qué?

—Daryl...

—Pero ¿qué narices pasa? ¿Por qué tú me respondes como ella?

Entendiendo su frustración, Lola suspiró.

—Habla con ella. Sólo te diré que ella es maravillosa, y te aseguro que merece la pena. Carol merece mucho, pero mucho, mucho, la pena.

Molesto por no poder sacarle nada más, él protestó, y Lola, cogiendo a la perrilla, que dormía a sus pies, para intentar desviar el tema, musitó:

—Y ahora, háblame de *Bombón*.

Capítulo 43

Tras recoger el vestido de novia de Vera de la tienda y pasar por casa para despedirse de Adam, las dos hermanas se dirigieron al aeropuerto, donde cogieron un avión que las llevaría de regreso a España.

Durante el vuelo, Vera valoró hablar con su hermana. Estaba rara. Abstraída. No sabía cómo entrarle, hasta que finalmente Carol, con los ojos cerrados, dijo:

—¿Qué quieres preguntarme?

Vera vio su oportunidad y, roja como un tomate, contestó:

—No te entiendo.

Carol la miró, y entonces ella añadió:

—Te pasas media vida diciéndome que he de luchar por lo que quiero y ahora tú dejas de luchar por lo que quieres. ¿Qué ocurre? ¿Qué te pasa?

—¿Lo dices por Daryl? —repuso Carol.

—Claro. ¿Por quién lo voy a decir, si no?

Carol suspiró e, intentando explicar algo que ni ella misma entendía, respondió:

—Las cosas con él son complicadas.

—¿Por qué?

Se miró las manos. Pensó en su madre y en su abuela, y por último respondió:

—Porque somos muy diferentes y no creo que lo nuestro pudiera funcionar. Y, aunque entiendo que hay ciertas cosas que se pueden pulir por parte de ambos, hay otras que no dependen de mí y que nunca van a cambiar.

—¿Qué cosas?

—Cosas complicadas, Vera. Muy complicadas.

La aludida, al ver que aquélla no concretaba, decidió no seguir preguntando y, cogiéndole la mano, indicó:

—Quizá si os volvierais a ver y hablarais, todo podría cambiar.

Carol lo pensó.

Lo último que ella había hecho era vergonzoso. Se había comportado como una niña malcriada, y, ante la improbabilidad de ese reencuentro, repuso:

—Lo dudo...

* * *

Esa tarde, cuando llegaron a Málaga, Raúl fue a recogerlas al aeropuerto.

Con cierta envidia, Carol vio cómo su hermana y aquél se daban un cariñoso abrazo. Estaba claro que entre ellos el amor estaba tremendamente vivo, y sonrió.

Una vez que hubieron llevado a Carol al Rincón de la Victoria para que se quedara con su abuelo Konrad, cuando ellos se marcharon el hombre preparó algo de cena y, cuando se sentaron los dos a la mesa, al verla más pensativa de lo normal, él preguntó en alemán:

—¿Estás bien, linda?

Carol sonrió.

—Sí, aunque algo cansada de tanto viaje.

Konrad asintió. En las últimas cuarenta y ocho horas, su nieta había cogido más aviones que él en toda su vida.

—Come algo, duerme y te repondrás —contestó.

Carol asintió, cenó y, tras ver con aquél una película en la televisión, se fue a dormir.

* * *

El viernes, cuando Carol se despertó, estaba algo más despejada. Estaba remoloneando en la cama cuando oyó que su móvil pitaba. Lo cogió enseguida y leyó:

Deseando que llegues a la isla. Eduardo
ha comprado una tonelada de pipas y
helados para nuestro cotilleo nocturno.

Eso la hizo sonreír, Enrique y Eduardo eran unos amigos extraordinarios, y le contestó feliz.

Una vez que envió el wasap, oyó a su abuelo caminar por la casa y, recordando que tenían cita para arreglar unos papeles en Málaga, se levantó y, tras darse una ducha, su teléfono sonó mientras se vestía. Era Vera.

—Buenos días, Carol, ¿has descansado?

—Sí, ¿y tú?

Su hermana suspiró.

—No mucho. Estoy nerviosa por la boda.

—Normal, cielo. Normal. ¡Mañana es el gran día!

Ambas sonreían cuando Vera preguntó:

—¿Qué planes tienes para hoy?

—Acompañar al abuelo a arreglar unos papeles y después al dentista. ¿Y tú?

—Estoy trabajando en la peluquería —afirmó aquélla—. Luego, cuando salga, he quedado con Raúl para acercarnos a la iglesia. Queremos llevar las flores que hemos encargado y colocarlas para mañana.

—¿Necesitas que vaya con vosotros?

—No..., no te preocupes. Entre los dos lo haremos.

Carol asintió.

—¿Vendrás mañana a mi casa a ayudarme a vestirme? —preguntó Vera.

Saber que se refería a la casa de ella y de Raúl, y no a la del Donante, facilitaba mucho las cosas.

—Por supuesto, cielo —afirmó—. ¿A qué hora quieres que esté?

—Vente sobre las dos y así comemos juntas. Ya sabes que la boda es a las seis.

—Perfecto. ¡Allí estaré!

En cuanto se despidió de su hermana y colgó, Carol terminó de vestirse con una sonrisa en los labios. Veinte minutos más tarde, tras tomarse un café, salía con su abuelo por la puerta.

* * *

Después de pasar la mañana arreglando el tema de los papeles de Konrad, decidieron comer algo en un restaurante de un amigo de su abuelo que estaba en la playa de La Malagueta.

Cuando entraron, Pepe, que era como se llamaba aquél, al ver a Konrad tan bien acompañado, comentó divertido:

—Hay que ver, este feo y *chuchurrío* alemán qué bien acompañado viene siempre.

Konrad, al oírlo, le respondió en su particular español:

—¡Estás *majarón*!

Los tres rieron por aquella expresión tan malagueña, y Pepe se acercó con cariño a la joven y la abrazó.

—Carolina, ¡pero qué preciosa estás! —dijo.

La joven lo abrazó con cariño. Pepe era amigo de toda la vida de su familia.

—Tú sí que estás precioso —respondió divertida.

Entre risas, los tres se dirigieron hacia una terracita que el local tenía frente a la playa y, tras sentarse en una de las sillas, Carol murmuró:

—¡Qué maravilla de sol!

Konrad y Pepe se miraron. Sin duda el sol de Londres no se podía comparar con el de Málaga, y Pepe dijo:

—Chiquilla, vente *pa'* Málaga.

De nuevo rieron, y entonces ella preguntó:

—¿Y Julián? ¿Por dónde anda?

—En Mijas, con Encarna —contestó Pepe refiriéndose a su hijo y a su nuera—. Ellos llevan el otro restaurante que tenemos allí.

—Dales recuerdos de mi parte a los dos.

—¿Y por qué no se los das tú?

—Porque no sé si me va a dar tiempo a verlo —contestó Carol—. Mañana tengo la boda de Vera, el domingo quiero pasarlo con el abuelo y el lunes me voy para Tenerife.

—La niña nos salió viajera —indicó Pepe tocándose el tupé.

—Muy viajera —afirmó Konrad con orgullo.

Los dos hombres sonrieron y, cuando Carol sintió que iban a comenzar a hacerle un tercer grado sobre su vida, exclamó:

—¡Me muero de hambre!

—¡Qué raro! —se mofó Konrad—. ¿Qué tienes, Pepe?

El aludido rápidamente les entregó unas cartas y Carol, sin abrir la suya, dijo:

—Quiero porra antequerana, fritura malagueña y berenjenas fritas con miel de caña.

—Lo sabía. —Konrad rio al oírla.

Instantes después, cuando Pepe se alejó para preparar el pedido, Konrad iba a hablar cuando a Carol le sonó el teléfono. Era un mensaje de su hermana Annalisa:

No estoy dispuesta a que mamá siga
con su rollo con Luigi Sorrentino, y
cuando vengas para el cumpleaños de
la *nonna* esto se tiene que solucionar.

Al leer eso, la joven resopló y entonces su abuelo preguntó en alemán:

—¿Qué ocurre?

Dejando el teléfono sobre la mesa, ella se apresuró a aclarar:

—Annalisa y sus problemas con Luigi, el novio de la *mamma*.

Konrad asintió. Sabía quién era aquel muchacho y, sin inmutarse, musitó:

—Como dice tu madre, Annalisa debería hacer más el amor y no tanta guerra.

—¡Ya puedes decirlo, ya! —afirmó Carol.

Con tranquilidad, abuelo y nieta disfrutaron de una agradable comida, durante la cual Konrad, encantado, observó a su nieta comer con gusto, y, cuando los platos quedaron limpios, Carol se echó hacia atrás en su silla y murmuró:

—Voy a reventar.

Konrad sonrió; su nieta comía por tres.

—Siempre has sido muy glotona —repuso divertido.

Ella asintió divertida y a continuación preguntó:

—¿A qué hora has dicho que tenías el dentista?

—A las cuatro.

Carol se miró el reloj y dijo:

—Pues levanta el culo, abuelo, que son las tres y media.

—Linda..., no hay prisa.

—Sí, sí hay prisa —insistió ella.

Media hora después, una vez que llegaron al dentista y Konrad entró en la consulta, Carol se sentó a esperar y, deseosa de hablar con su madre, la llamó por teléfono.

Un timbrazo..., dos..., tres.

—Hola, mi sol —saludó Prisca al comprobar de quién se trataba.

—Hola, *mamma*. ¿Cómo estás?

Prisca, sentándose en una silla de la cocina, respondió:

—Bien, cariño. Acalorada pero bien.

—¿Y la *nonna*?

—Ha salido con sus amigos en moto.

Carol sonrió y, cruzando las piernas, contó:

—Yo estoy en el dentista con el abuelo.

—¡Por fin! —aplaudió Prisca al oírlo.

Durante un rato hablaron de Konrad. Después, de Adam y de lo bien que estaba en Londres, hasta que su madre preguntó:

—¿Qué te ocurre? Te noto sin energía.

Sorprendida por lo perceptiva que Prisca era siempre, aun sin verla, Carol sonrió.

—Nada, mamá. Nada.

Su madre suspiró. Conocía a su hija como nadie en el mundo, y rápidamente dijo:

—Te pasa algo. Lo sé. No puedo ver tu aura, pero estoy segura de que no me gustaría.

Carol, consciente de que no le podía mentir, repuso:

—A ver, mamá, no es nada importante. Es sólo que conocí a alguien y..., bueno..., no ha salido bien y...

—¿Conociste a alguien?
—Sí.
Prisca sonrió emocionada. Por primera vez en mucho tiempo, su hija admitía haber conocido a alguien, y preguntó:
—Tú has sido quien ha hecho que eso se termine, ¿verdad?
Carol resopló y al final admitió:
—Sí.
—¿Te asustaste?
—Es complicado.
Prisca asintió.
—Mi sol, eso no puede ser. Siempre te he dicho que nunca permitas que el miedo al fracaso te paralice y te evite seguir adelante.
—Lo sé, *mamma*..., lo sé...
—Carol, ¿cuándo vas a entender que tienes que equivocarte para aprender? ¿Que sólo así se vive la vida? Porque es tu vida, Carol, tu vida. No la mía, ni la de Adam, ni la de nadie. Vive tu vida. Arriésgate. Equivócate. Exprímela y llénala de momentos únicos y especiales para ser feliz.
—*Mammaaaaaaaa*...
Prisca guardó silencio al oírla. Igual que sabía cuándo podía hablar, también sabía cuándo debía callar, y Carol preguntó a continuación para cambiar de tema:
—¿Cómo están las cosas con Annalisa?
—Mira, hija, lo de Annalisa está comenzando a desesperarme. Está empeñada en que deje a Luigi y no lo va a conseguir. No hace más que decirme que no puede ser. Que dentro de un par de años me dejará por otra. Que... ¡Oh, por favor, cuánta negatividad! Y, mira lo que te digo, algo me dice que nos va a dar el cumpleaños de la abuela. La conozco y sé que algo trama.
Carol suspiró y, cuando iba a contestar, su madre indicó:
—Pero ¡basta ya de hablar de problemas! ¿Cómo está Vera? Mañana es su gran día.
—Vera está bien y mañana va a estar ¡espectacular!
Rápidamente le contó la odisea vivida para conseguir el vestido y, muerta de risa, Prisca afirmó:
—Mi sol, lo que tú no consigas ¡no lo consigue nadie!

Tras hablar un rato más, se despidieron, y cuando Carol colgó su sonrisa era amplia. Su madre y su positividad... siempre le alegraban el día.

* * *

Esa tarde, tras regresar con su abuelo al Rincón de la Victoria, a él le sonó el teléfono. Era una de sus amigas, y Carol enseguida lo animó a que se marchara. Ella daría un paseo por la playa.

En soledad, caminó durante más de dos horas por aquella playa de arenas finas y, cuando el sol comenzó a descender en el cielo, se sentó a admirar el impresionante atardecer.

Pensó en Daryl. No le había contestado a su mensaje. Imaginó que estaría enfadado, y suspiró.

¿Por qué no pensaba las cosas antes de hacerlas?

También pensó en la conversación con su madre y comprendió que ésta estaba en lo cierto. En el fondo tenía miedo a enfrentarse a algo que tarde o temprano la pudiera decepcionar. Por eso, en el tema hombres, nunca insistía. Siempre lo dejaba antes de empezar.

Estaba pensando en ello cuando oyó:

—¡Carolina *Patas de Alambre*...!

Al volverse, se encontró con Julián, el hijo de Pepe, el del restaurante de Málaga, que era amigo suyo de toda la vida, y, levantándose, preguntó feliz:

—Pero ¿qué haces tú aquí?

Julián se acercó a ella, la abrazó y respondió mirándola:

—Papá me ha llamado para contarme que habías venido, me he acercado a saludarte y tu abuelo me ha dicho que estabas dando un paseo por la playa.

—Ay, qué alegría, ¡qué alegría verte!

Julián sonrió y, divertido, afirmó:

—Oye..., sigo tu Instagram; ¿bien en la gira de Pink?

—¡Increíble!

Ambos rieron por aquello.

—¿Por qué estabas tan pensativa cuando he llegado? —preguntó él.

Carol sonrió y él insistió:

—¿Mal de amores?

Sin ganas de hablar de ello, negó con la cabeza e indicó:

—Mal de trabajo. ¡Voy a mil!

Él asintió y, agarrándola de la cintura, musitó:

—Vamos, olvida el trabajo y vente conmigo.

—¿Adónde?

—A mi casa. Encarna nos está preparando unos espetos.

Encantada y sin dudarlo, Carol montó en la moto con aquél.

Esa noche disfrutó con Julián y su mujer, Encarna, en la terracita de su casa. Estar con ellos era estar como en familia, y no había nada que le gustara más.

Capítulo 44

Cuando el despertador sonó a las diez de la mañana del sábado, Carol se hizo la remolona. Se había acostado a las seis.

A las once, por fin se levantó y, saliendo al comedor, vio a su abuelo, que leía tranquilamente el periódico en su soleada terraza, frente a una bandeja con café, leche y varias tazas. Acercándose a él, vio que, cómo no, se estaba fumando su porrito de marihuana, le dio un beso en la mejilla y dijo:

—Buenos días, abuelo.

—Buenos días, linda.

Una vez que se sentó junto a él, Konrad le sirvió con rapidez un café con leche y, dejando frente a ella una cajita, comentó:

—Donuts de azúcar, ¡sé cuánto te gustan!

Encantada, Carol aplaudió. Aquel hombre la mimaba mucho.

—Gracias, abuelo. Eres el mejor —afirmó divertida.

Con gusto, y ante la atenta mirada de él, enseguida sacó uno de los esponjosos donuts y, tras darle un mordisco que le supo a gloria, gesticuló. Su abuelo sonrió.

De inmediato Carol se interesó por las noticias que él leía en el periódico y se pusieron a comentarlas. Había cosas en las que estaban de acuerdo, en otras no, y al final Konrad matizó, tocándose su elaborado tupé:

—Hija, este maldito mundo va de mal en peor.

—Totalmente de acuerdo contigo en eso.

Tras una estupenda mañana de tranquilidad con él en la soleada terraza de la casa, a las dos Konrad acompañó a su nieta en moto hasta la casa de Vera y, cuando la dejó allí, indicó:

—Te veo esta noche en el salón.

—¿No irás a la iglesia?

Konrad sonrió y, guiñándole el ojo, musitó:

—Eso no es para mí, pero, si crees que debo acompañarte para sobarle el morro a cierto indeseable...

—Abuelo —lo cortó ella—. Tranquilo, te veré en el salón.

Tan pronto como él se marchó, llamó al portero automático de la casa de su hermana y subió cuando ella le abrió la puerta.

Sacó su vestido y lo colgó en una percha para que no se arrugara, y a continuación las dos solas comieron unos ricos sándwiches que les había preparado Raúl. Cuando terminaron, sonó el portero automático. Era la maquilladora y peluquera.

Disfrutando del momento, Carol acompañó a su hermana. Quería que se sintiera arropada, aunque su madre no estuviera allí. Estaba claro que el Donante se lo había prohibido, y Martha así lo había aceptado. La verían en la iglesia.

Una vez peinada y maquillada, cuando se quedaron de nuevo a solas, Carol la ayudó a vestirse y, en cuanto el vestido quedó ajustado al cuerpo de aquélla, afirmó mirándola con orgullo:

—Estás guapísima.

Nerviosa, Vera intentó sonreír, pero no podía, y preguntó cuando Carol acabó de vestirse también ella:

—¿No estoy muy mal?

—Estás espectacular —replicó su hermana al oírla.

—¿Le gustará a Raúl?

Carol asintió.

—Sin duda dirá «¡Uauuuuuuuuu!» cuando te vea.

Vera sonrió y ella, que necesitaba que su hermana se lo terminara de creer, añadió:

—Llamemos a la familia para que te vean.

Sin darle tiempo a pensar, Carol hizo una videollamada primero a Adam, luego a su *mamma* y a su *nonna*, y después a Annalisa. Todos ellos, al verla, coincidieron: Vera estaba preciosa.

Y, al comprobar que la sonrisa de su hermana, tras hablar con aquéllos a los que quería, se había afianzado, Carol dejó el teléfono a un lado y, terminando de colocarle el velo, indicó:

—No dejes de sonreír. Tienes una sonrisa preciosa.

Vera la abrazó emocionada. Los adoraba a todos, pero Carolina era especial. Ella estaba siempre ahí. Nunca fallaba. Y, cuando sonó de nuevo el portero de la casa, Carol salió corriendo a contestar y, mirándola, señaló:

—Es el coche. Vamos. Hemos de ir a la iglesia.

De los nervios, Vera cogió su ramo de novia y salió junto a su hermana de la casa. Los vecinos, que estaban al corriente de la boda, asomados a sus ventanas, gritaron aquello de «¡Viva la novia!... ¡Guapa y guapa!», y Carol lo agradeció. Su hermana necesitaba eso.

Una vez que llegaron a la parroquia Santiago Apóstol y el coche se detuvo, Carol vio a Martha, la madre de Vera. Rápidamente la mujer se dirigió hacia el vehículo y, después de que Carol bajara para ayudar a su hermana, la mujer comentó emocionada:

—Hija, estás preciosa.

Vera, muy sonriente, miró a su madre. Por desgracia, su padre la tenía anulada por completo. No hacía nada si él no daba el visto bueno y, tras sentir el abrazo de aquélla y su beso en la mejilla, murmuró:

—Gracias, mamá.

Poco después, Carol estaba colocándole el velo cuando oyó:

—Te dije que no vinieras.

Sin mirarlo, supo quién era el que hablaba, e, ignorándolo a pesar de que era el padrino de la boda, indicó dirigiéndose a su hermana:

—Cielo, estaré en el primer banco, al lado de la hermana de Raúl. Te quiero.

Y, dicho esto, entró en la iglesia, donde, tras saludar al novio, que la abrazó con cariño, se sentó junto a la hermana de éste.

Ver cómo Vera se unía a Raúl y sentir el amor que se profesaban estaba siendo muy emotivo para ella. Cuando la ceremonia acabó, los esperó en la puerta para lanzarles arroz encantada.

Mientras los novios recibían los besos y los abrazos de todo el mundo, Carol observaba con curiosidad cuando oyó:

—Vera está muy guapa.

Boquiabierta, al volverse se encontró con Daryl.

Más guapo no podía estar vestido con aquel elegante traje oscuro y su camisa blanca y reluciente. Parpadeó sorprendida. En el último sitio donde esperaba encontrarse con aquél era en la boda de su hermana.

—Estás preciosa con ese vestido..., *señorita* —comentó mirándola.

—Pero... ¿tú qué haces aquí? —consiguió decir finalmente Carol.

Daryl sonrió. Sabía que le preguntaría eso, y respondió:

—Antes de marcharse de Londres, Vera me llamó y me invitó.

—¿En serio? —preguntó ella sin dar crédito.

Daryl asintió y, sin inmutarse, indicó:

—En serio.

Ambos se miraban cuando él matizó:

—Estoy de vacaciones como tú.

Eso la hizo sonreír. Que él estuviera allí y de vacaciones era inaudito; entonces Carol, recordando algo, quiso saber:

—¿Y *Bombón*?

—Está con Lola. Cuidará de ella hasta que yo regrese.

Ella asintió embobada, y a continuación lo oyó decir:

—¿Qué tal si me das un abrazo o un beso o algo así?

Incapaz de resistirse a esa invitación, Carol dio un paso hacia él. Quedó a un palmo de su boca, y Daryl insistió:

—He venido hasta aquí a por ti.

Complacida al saber aquello, ella se aproximó otro paso y, echándole los brazos al cuello, acercó su cuerpo al de él y murmuró:

—Lo siento. Lamento ser tan...

No pudo decir más. Daryl la besó. Deseaba besarla, ansiaba estar con ella y olvidarse de lo ocurrido, y, una vez que sus bocas se separaron, afirmó con una sonrisa:

—Tranquila. Ya tendremos tiempo de hablar.

—De acuerdo —dijo ella hechizada.

Cinco minutos después, al ver que aquellos dos estaban juntos y cogidos de la mano, Vera se les acercó junto a Raúl y, mirando a Carol, aclaró:

—Tenía que hacerlo.

Ella sonrió. En esa ocasión había sido su hermana quien la había sorprendido a ella con su ayuda, y, abrazándola, murmuró:

—Hiciste lo correcto. Gracias. Te quiero, cariño.

Emocionada, Vera sonrió y, tras abrazar a Daryl y presentárselo a Raúl, todos se dirigieron hacia el salón de bodas.

Una vez allí, Carol se acercó con Daryl de la mano hasta Konrad, que hablaba con unos conocidos en la puerta, y, mirándolo, dijo:

—Abuelo, quiero presentarte a Daryl Michael Simmons. Daryl, él es Konrad, mi abuelo.

Los dos hombres se miraron con curiosidad.

Para Konrad, aquélla era la primera vez que su nieta le presentaba a un hombre tras lo sucedido con Bastian, y para Daryl, conocer a un familiar de aquélla era toda una novedad.

A continuación, tras escanearlo de arriba abajo, Konrad preguntó en alemán dirigiéndose a su nieta:

—¿Y este James Bond repeinado de dónde ha salido?

—¡Abuelo!

—Pero, linda, ¡es un guiri!

Boquiabierta, Carol lo miró.

—¿Y tú qué eres? —soltó.

Konrad sonrió. Lo que había dicho era una tontería, puesto que él era alemán.

—Yo ya soy malagueño y boquerón —matizó—. Sólo hay que verme.

—Abuelo... —Ella sonrió.

Sin comprender lo que decían, Daryl le tendió la mano al hombre y, en su particular español, declaró:

—Encantado de conocerlo, señor.

Sorprendido al oírlo, Konrad preguntó:

—¿Hablas español?

—Sí, abuelo —se apresuró a contestar Carol—. Pero tienes que hablarle despacio.

El hombre asintió y, mirándolo, dijo:

—Konrad. Llámame Konrad.

—Konrad. —Daryl sonrió.

El anciano, al entender por su acento de dónde era, preguntó:

—¿Inglés?

Daryl asintió y el abuelo, cogiéndole la mano, indicó en español:

—El placer es mío, Daryl.

Y, dicho eso, se volvió hacia su nieta y añadió hablando de nuevo en alemán:

—Pensé que te gustaban los tipos más como tú, no tan repeinados y tiesos. Por el amor de Dios, muchacha, este guiri inglés lleva los zapatos más relucientes que he visto en mi vida y luce el traje como si fuera el auténtico marqués de *Wenchenpunge*... ¿Lo han visto tu madre y tu abuela? Porque, linda, no pegáis ni con cola.

Eso hizo sonreír a Carol, sobre todo cuando Daryl preguntó:

—¿Qué ha dicho?

Divertida por ello, rápidamente contestó:

—Que está contento de haberte conocido.

Daryl asintió, y aunque dudó de su respuesta, no insistió.

* * *

La boda fue divertida.

Ver a Vera disfrutar junto a su flamante marido era lo que Carol necesitaba y, por suerte, el Donante no se le acercó durante la cena. Desde donde estaba, Daryl pudo saber quién era el padre de las muchachas. Sólo había que fijarse en su gesto de desagrado cuando miraba hacia la mesa donde estaban ellos, pero no dijo nada. Si Carol no quería hablar de ello, él no era nadie para mencionarlo.

Tras la cena, Raúl y Vera, roja como un tomate, abrieron el baile con un vals. A continuación, la gente, deseosa de pasarlo bien, se lanzó a la pista y Daryl murmuró resoplando:

—Ahora viene mi momento agobio.

Al oírlo, Carol soltó una risotada y preguntó:

—¿Por qué?

Pero no le dio tiempo a responder, pues uno de los amigos de Vera la agarró de la mano y se la llevó a la pista, donde comenzó a bailar.

Daryl estaba observándola cuando Konrad se acercó a él y, hablando despacio en español, comentó:

—Qué bien baila mi Carol, ¿verdad?

—Oh, sí. Muy bien —afirmó él.

—¿En qué trabajas?

Daryl sonrió. El hombre se interesaba por él, y respondió:

—Soy comandante en la misma compañía aérea en la que trabaja Carol.

Konrad asintió y, con ganas de saber, a continuación preguntó:

—¿Os conocéis desde hace mucho?

—Unos meses.

Entonces el anciano se acercó más a él y añadió:

—Mi nieta es mi orgullo y mi felicidad. Espero no tener que partirte la cara.

—Yo también lo espero... —replicó Daryl boquiabierto.

A su manera, aquellos dos se comunicaron. El anciano se dio cuenta de los esfuerzos que el inglés hacía, y se lo agradeció. Le gustó. Sentir el cariño que aquél le tenía a Carol era agradable, sobre todo viendo cómo el padre de ella la miraba con desprecio.

Durante la noche, Carol iba y venía. Bailaba y dejaba de bailar. Cuando había música, los pies se le iban solos, hasta que una de las veces en las que se acercaba a Daryl para abrazarlo, oyó:

—Vuelve a meterte con mi niña y te vas hoy mismo para el otro barrio, ¡tío mierda!

Rápidamente miró y, al ver a su abuelo frente al que decía ser su padre, corrió hasta ellos y preguntó, interponiéndose entre ambos:

—¿Qué narices pasa, abuelo?

Konrad la miró y suspiró.

—Lo de siempre, hija.

Al oír eso, Carol miró al Donante. Seguro que ya había soltado algo inapropiado, y cuando iba a replicarle Vera, se les acercó.

—¿Qué ocurre?

Carol miró a su hermana. No hacía falta decir nada, y aquélla gruñó:

—Papá, es mi boda y son mis invitados.

—¡Tú te callas, atontada!

Al decir eso, Konrad fue a defenderla, pero apareció Raúl y, plantándose frente a Manuel, soltó:

—Que sea la última vez que le hablas así a mi mujer, ¿entendido? Antes tenía que callarme muchas cosas porque ella seguía viviendo en tu casa. Pero ahora, ojito con cómo te diriges a ella o tendrás problemas conmigo.

Manuel, que ya iba con varias copas de más, ignorando las palabras de Raúl y de la gente que le indicaba que se comportara, siguió soltando por la boca todo lo que se le pasaba por la cabeza. Daryl, que no entendía nada, se aproximó a Carol y preguntó:

—¿Qué es lo que ocurre?

La joven lo miró con apuro. Traducir todo lo que el Donante decía no era fácil, pero entonces Manuel levantó el puño para estampárselo en el rostro a Raúl. Al ver eso, Daryl lo detuvo sin dudarlo y, mirándolo a los ojos, siseó en su particular español:

—Se acabó, amigo. *Game over*.

Cuando se echó hacia atrás, al ver que Carol lo agarraba, Manuel preguntó mirándola:

—¿Te estás tirando a este guiri?

—¡Papá! —gritó Vera.

—Eres como tu madre y como tu abuela, ¡un zorrón! —insistió él.

—Tú hoy duermes calentito —siseó Konrad remangándose la camisa.

De nuevo hubo un forcejeo entre ellos, y Carol, metiéndose por medio, los separó y espetó dirigiéndose furiosa a Manuel:

—Cierra esa bocaza que sólo abres para ofender a los demás y compórtate en la boda de Vera. En cuanto a lo que yo haga o deje de hacer con mi vida, a ti ni te va ni te viene.

Manuel sonrió y, con tranquilidad, a continuación masculló:

—Eso es..., préñate de nuevo y luego...

Sin poder remediarlo, Carol lo empujó. No quería oír el final de la frase.

Confuso, Daryl se quedó paralizado.

¿Por qué Carol lo había empujado?

Y rápidamente Manuel la empujó a ella. Konrad se metió por medio, Raúl también. Vera lloraba. La gente gritaba y se organizó un buen guirigay mientras Daryl, paralizado, no entendía nada de nada. Hablaban demasiado rápido para que él pudiera comprender.

Estaba claro que aquél había dicho algo que a Carol la había sacado de sus casillas y le había llenado los ojos de lágrimas. Por ello, cuando consiguió reaccionar, metiéndose en medio de todo el grupo, se puso ante Manuel y gritó con gesto agrio:

—*Stop!* —Todos lo miraron y, molesto por aquello, sin moverse, a continuación preguntó—: Carol, ¿estás bien?

Tragándose las lágrimas, ella asintió.

—Ahora tradúcele a este indeseable palabra por palabra lo que le voy a decir —dijo Daryl a continuación.

La aludida, acalorada por las maldades que le había dicho, asintió, y él comenzó:

—Dile que me llamo Daryl Simmons y que, si vuelve a hacerte llorar, a tocarte o a incomodar a alguien a quien tú quieras, se van a acabar las tonterías, porque se las va a tener que ver conmigo, y yo no me ando con chiquitas.

—Daryl...

—Díselo —insistió él con gesto de rabia.

Tras asentir, Carol tradujo palabra por palabra lo que él había dicho y, cuando terminó, espetó mirando a Manuel, que los observaba en silencio:

—Y ahora, esto te lo digo yo. A quien actúa con maldad como tú hay que desearle suerte, porque tarde o temprano la va a necesitar, y tú, no tardando mucho, te vas a quedar sin ella. Y, ¿sabes qué?, no me vas a dar ninguna pena.

Al oírla, Manuel siseó y, tras soltar cuatro maldades más, empujó a los hombres que lo sujetaban, entre ellos a Daryl, dio media vuelta y se marchó. La fiesta había acabado para él.

Una vez que se hubo ido, ninguno supo qué decir, hasta que Carol, reaccionando, exclamó:

—¡Esto es una fiesta y la vamos a disfrutar!

Instantes después, los invitados comenzaron de nuevo a bailar y, cuando Raúl sacó a Vera a la pista para tranquilizarla, Konrad miró a Daryl y le habló en español:

—Gracias, muchacho. Muchas gracias.

Tan pronto como el anciano se alejó con un amigo para pedirse una copa y relajarse, Daryl miró a Carol y dijo abriendo los brazos:

—Ven aquí, señorita.

Necesitando ese abrazo, ella se fundió con él, y cuando sintió que Daryl rodeaba todo su cuerpo para protegerla, murmuró:

—Lo odio. Lo odio con todas mis fuerzas.

Aunque desconocía el verdadero motivo de ese odio, él asintió, y, con ganas de que ella olvidara lo ocurrido, recordó algo y pidió:

—Cierra los ojos.

—¡¿Qué?!

—Cierra los ojos —repitió él.

Carol lo hizo y entonces él indicó:

—Ahora toma aire por la nariz y expúlsalo por la boca. Vamos, sé que lo necesitas para no reventar.

Que se acordara de ello la hizo sonreír.

Tras hacerlo varias veces, cuando Carol sintió que todo su cuerpo se relajaba, abrió los ojos de nuevo y él preguntó:

—¿Mejor?

Ella asintió y Daryl, encaminándose hacia la pista, dijo:

—Ahora vamos a bailar.

Sorprendida, ella parpadeó.

¿Él iba a bailar?

Sin dar crédito, llegó con él a la pista. Sonaba *Cómo vuelvo al pasado*, de Tutto Durán y, al ver que Daryl comenzaba a mover las caderas con cierto apuro, preguntó divertida:

—¿En serio estás bailando?

El comandante, no muy seguro de aquello, y sintiéndose totalmente ridículo, asintió e insistió, tratando de moverse al ritmo:

—Si eso te hace sonreír, por supuesto.

Encantada, Carol lo abrazó; aquello era más de lo que ella nunca habría esperado de él. Lo besó en la boca y murmuró, tirando de él para sacarlo de la pista:

—Mi querido Tiquismiquis, anda, vayamos a beber algo.

* * *

La fiesta continuaba a las tres de la madrugada, y Konrad, al ver que su nieta y el Guiri se abrazaban y se miraban a los ojos, se acercó a ella y preguntó:

—¿Dónde se aloja?

Daryl, que lo entendió, respondió:

—En el Gran Hotel Miramar Málaga.

Al oírlo, Konrad asintió y afirmó en alemán mirando a su nieta:

—Cinco estrellas... Al Guiri le gusta lo caro.

Carol sonrió y, viendo que Daryl los observaba, le aclaró:

—Dice que te gusta lo caro.

Eso hizo sonreír a Daryl, y Konrad añadió, tendiéndole las llaves a su nieta:

—Pasa por casa y recoge tus cosas. Déjame las llaves en la ventana. Yo las cogeré cuando regrese.

Sin entender por qué le decía eso, ella no se movió, y él insistió:

—Vete con el Guiri. Yo he quedado con Teresiña y ya sabes lo escandalosa que es.

—¡Abuelo! —Ella rio al verlo sonreír con picardía.

—Pero mañana por la noche —prosiguió aquél—, aunque el Guiri esté aquí, cenáis los dos conmigo, ¿entendido?

La joven miró al anciano. Había pensado pasar el domingo con él, pero Konrad dijo:

—Nos veremos en Venecia en el cumpleaños de tu abuela, cariño. No te preocupes y disfruta de la noche como la voy a disfrutar yo.

—Tendrás poca vergüenza —se mofó Carol al oírlo. Pero, al verlo sonreír, cogió las llaves que él le tendía y, abrazándolo, murmuró—: Te quiero, Playboy.

El hombre asintió con una sonrisa y Daryl, sin llegar a entender muy bien la situación, le tendió la mano y dijo:

—¡Gracias, Konrad!

El anciano se la estrechó y, tirando de él, repitió:

—De nada. Y, mi querido Guiri, no hagas que tenga que partirte la cara.

Una vez que aquél se marchó, Daryl preguntó mirando a Carol:

—*¡¿Guiri?!* ¿Qué significa *guiri*?

Ella meneó la cabeza y explicó:

—En España, a los extranjeros se los llama *guiris*.

Daryl asintió. Nunca había oído esa palabra, y, divertido, señaló:

—Pero ¿tu abuelo no es alemán?

Ambos rieron por aquello, y entre risas y arrumacos fueron hasta el Rincón de la Victoria a por las cosas de Carol en el cochazo que Daryl había alquilado, para después irse juntos al hotel, donde, durante horas, disfrutaron del placer de hacerse loca y apasionadamente el amor.

Capítulo 45

A la mañana siguiente, cuando Daryl se despertó, eran ya las doce del mediodía.

Abrió los ojos y se encontró con que Carol dormía a su lado con el pelo revuelto y, sin poder evitarlo, y sorprendiéndose él mismo, sonrió.

Estaba profundamente dormida junto a él, y eso le gustó. Sentir su cuerpo pegado al suyo, a pesar de que estaba a punto de caerse de la cama porque ella la ocupaba en su totalidad, le hizo gracia.

Durante un rato disfrutó de la quietud del momento, comprendiendo que aquel tsunami que había predicho su abuela y que había acabado llegando a su vida lo estaba descolocando por completo. Tanto que allí estaba, dispuesto a hacer lo que fuera por seguir conociéndola.

Estaba pensando qué podía haberle dicho aquel hombre en la boda para que Carol reaccionara con aquella agresividad cuando ella se movió y, estirándose, cuchicheó:

—Buenos días.

Encantado, enseguida respondió con una sonrisa:

—Buenos días.

Carol lo miró y, al ver su gesto, musitó:

—Qué miedo..., ¡estás sonriendo recién despertado!

Eso hizo reír a carcajadas a Daryl; el primer sorprendido era él. Ella, tras darle un beso en los labios, preguntó:

—¿Has dormido bien?

—¡Genial! ¿Y tú?

Daryl suspiró y, señalando que estaba al borde de la cama, afirmó:

—Bien..., a pesar de lo mucho que te mueves.

Carol sonrió divertida. Lo sabía, y, desplazándose hacia el centro del colchón para que él pudiera estar más cómodo, a continuación preguntó:

—¿Qué te apetece hacer?

Encantado con aquel maravilloso despertar, él se colocó entonces sobre ella y, tras mirarla con auténtica devoción, respondió enredando los dedos en su cabello:

—Primero, hacerte el amor...

—Mmmmm..., me gusta.

—Y después..., conocer Málaga.

—¡Qué buen plan! —afirmó encantada.

* * *

Unas horas más tarde, tras hacerse un par de veces el amor y ducharse, decidieron salir a comer algo. Estaban hambrientos. Sin dudarlo, Carol lo llevó al bar de Pepe, donde pidieron porra antequerana y arroz con bacalao. Y, una vez que terminaron de comer, se fueron a visitar Málaga.

Pasearon cogidos de la mano por la calle Larios, mientras Carol le explicaba que por allí pasaban las procesiones en Semana Santa y que era uno de los centros neurálgicos más importantes de la ciudad. En cuanto llegaron a la plaza de la Constitución, lo condujo al pasaje Chinitas, donde se sentaron a tomar algo en su famoso Café de Chinitas.

Cuando prosiguieron su paseo, de pronto Carol, al ver un estand de color rosa en medio de la calle, sonrió. Llevaba tiempo deseando encontrarlo, y, mirando a Daryl, preguntó:

—¿Te importa si nos paramos allí un ratito?

Daryl siguió la dirección de su mirada y preguntó:

—¿En aquella caseta rosa?

La joven asintió y él, observando sorprendido lo que hacían allí, iba a hablar cuando ella indicó:

—Llevo años dejándome crecer el pelo para donarlo.
—¡¿Qué?! —preguntó del todo descolocado.
Carol sonrió al verlo parpadear dos veces.
—Quiero donar mi cabello para que puedan hacer con él pelucas oncológicas y éstas lleguen a personas que lo necesitan —explicó.
Daryl no daba crédito. Lo que vivía continuamente con aquella mujer no le había ocurrido nunca con ninguna otra.
—Como imagino que sabes —añadió Carol—, cuando uno comienza un tratamiento oncológico, la caída del cabello suele ser inminente. Al ocurrir eso, la enfermedad deja de ser algo privado para convertirse en algo evidente para todo el mundo. Pues bien, en muchas ocasiones una peluca suele ayudar a que niñas y mujeres no pierdan su autoestima y sobrelleven mucho mejor todo el proceso. Por desgracia, no todo el mundo tiene recursos para poder comprarse una peluca, perooo, por suerte, hay maravillosas iniciativas solidarias como ésta que ayudan a que lo imposible en ocasiones pueda ser posible.
Daryl asintió. Sabía de lo que hablaba y, acercándose al estand con Carol, preguntó:
—¿En serio te vas a cortar el pelo?
—Sí.
—¿Aquí, en medio de la calle?
Ella sonrió. Nada le gustaba más que desconcertar a aquel inglés.
—Sí —afirmó—. ¿Y sabes qué es lo mejor? No voy a tardar más de cinco minutos.
Daryl sonrió, justo en el momento en que ella se acercaba a una de las chicas del estand. Tras hablar con ella e indicarle que quería donar treinta centímetros de su cabello, Carol se sentó entonces en una de las sillas que había frente a la caseta rosa. A continuación, ante la atenta y sorprendida mirada de Daryl y de otros viandantes, le midieron el cabello, lo sujetaron con una goma y procedieron a cortarlo por encima de la misma.
Sin dejar de sonreír, la joven cerró los ojos. En décimas de segundo había pasado de tener el pelo por la mitad de la espalda a

que apenas le llegara a la mitad del cuello. La chica del estand metió entonces el pelo de Carol en una bolsita y, enseñándosela, dijo:

—Aquí está tu donación. Muchísimas gracias.

Emocionada por haber hecho aquello, ella asintió y, tras proporcionarle unos datos a la chica, se acercó a Daryl y preguntó agitando su pelo corto:

—¿Qué tal estoy?

Hechizado y sorprendido por completo por aquella mujer, el comandante le tocó el pelo y, tras sonreír, la acercó a su cuerpo y afirmó antes de besarla:

—Señorita, está usted muchísimo más bonita que antes.

Después de aquello, y entre risas, al atardecer Carol lo llevó al mirador del castillo de Gibralfaro, donde Daryl escuchó cómo le contaba la historia de aquel lugar totalmente cautivado. Le gustaba escucharla. Le encantaba sentir su pasión al explicarle todo aquello, pero más deseaba saber de ella, de su familia, de su entorno. No obstante, calló una vez más y esperó a que ella decidiera contárselo.

Cuando bajaron del castillo, pasearon por las calles de Málaga con tranquilidad. No tenían prisa y, al pasar frente a un establecimiento, Carol dijo:

—Ven, no puedes marcharte de Málaga sin haber tapeado aquí.

Encantados, se sentaron en un precioso lugar llamado El Pimpi, y enseguida Carol le explicó que aquel sitio de tapeo era uno de los más típicos de la ciudad. Luego, tras pedirse unos vinitos, comenzaron a tapear su rico jamoncito y su tortillita.

Entre tapa y tapa hablaban de mil cosas, mientras se tentaban con la mirada. Seducirse se había convertido en un juego morboso y caliente del que ambos disfrutaban. Pero su deseo crecía con cada mirada, con cada sonrisa, con cada beso, y al final decidieron regresar cuanto antes al hotel.

Nada más cerrar la puerta de la habitación, Carol cogió a Daryl de la mano, lo empujó contra la pared, y, buscando en el móvil su lista de Spotify, puso música de Bruno Mars. Acto seguido, tiró el móvil sobre la cama e iba a hablar cuando él comentó:

—Bruno Mars..., ¡estupendo!

Encantada al oír aquella matización por parte de él, la joven asintió y, mirándolo, dijo:

—Me excita que lo reconozcas.

Daryl sonrió. Sin duda todo lo que a ella le gustaba empezaba a llamar su atención, y murmuró:

—Cariño, prometo aprender más.

Que la llamara *cariño* le gustó mucho. Y murmuró:

—Ni te imaginas las ganas que tengo de ti.

Encantado con su efusividad, Daryl repuso:

—Todo tuyo...

Un beso...

Dos...

Un lametón...

Dos...

El calor, la necesidad y el deseo fueron aumentando segundo a segundo entre ellos, mientras Carol, sintiéndose la dueña y señora del momento, le hacía saber cuánto lo deseaba.

Sin apartar su boca de la de él, le desabrochó los botones del pantalón vaquero, lo que hizo que a Daryl se le pusiera todo el vello de punta. Y, cuando las manos de ella se introdujeron en su calzoncillo y lo sintió duro y preparado, afirmó con gusto:

—Eso es, piloto..., justo como yo quería.

—*Comandante*...

—*Piloto*... —insistió ella acercando su boca a la de él.

Encantado, él sonrió y, tras aceptar aquel caliente y morboso beso, afirmó:

—Llámame como quieras.

—¡Qué facilón eres! —se mofó Carol.

Daryl asintió divertido.

—Contigo..., siempre...

Excitado y deseoso de ella, sin moverse, permitió que la joven jugara con él. Lo tocó. Lo tentó. Lo sedujo con la mirada, con las palabras, con los roces. Lo volvió loco de excitación y, cuando ya no podía más y sentía que iba a explotar de calor, ella, sonriendo, lo llevó hasta la cama y, tras quitarle los pantalones y los calzoncillos, lo hizo sentarse sobre ella y, levantándose el vestido veraniego que llevaba, se quitó las bragas ante la atenta mirada de él.

Nunca había sido tan descarada, tan desvergonzada, tan entregada con un hombre, pero con Daryl quería, podía y deseaba serlo. Por ello, tras tirar las bragas al aire, dijo sentándose a horcajadas sobre él:

—Y ahora... me voy a aprovechar de ti.

Complacido, él tragó saliva y sonrió. Y, cuando notó que ella agarraba su duro pene y lo colocaba en la entrada de su caliente humedad, se inquietó. ¡La necesitaba ya!

Sin embargo, ella parecía saberlo...

Ella estaba juguetona...

E, introduciéndose lenta, muy lentamente el duro miembro de aquél en su interior, murmuró al notarlo inquieto:

—Chissss..., no hables.

—Dios..., Carol...

—Carol, no..., cariño...

Daryl se estremeció. Sin duda ella sabía cómo tratarlo y, mirándola, declaró:

—Cariño..., me vuelves loco.

Ella sonrió gustosa y, al sentirlo vibrar de nuevo, insistió:

—Ahora mírame. Déjame a mí. Tú sólo disfruta.

Que aquélla tomara el mando de la situación en un momento así redobló su excitación.

Carol conseguía de él lo que ninguna otra había conseguido. Daryl estaba acostumbrado a dirigir, ordenar, propiciar el instante morboso. Pero sus calientes palabras eran órdenes para él y, cuando ella, sonriendo, movió las caderas con suavidad, un jadeo salió de su boca y oyó:

—Eso es..., siénteme. Déjate seducir por mi superpoder.

Encendido y alterado, Daryl cerró los ojos mientras echaba la cabeza hacia atrás gozoso. Carol, encantada, llevó su boca hacia aquel cuello tan tentador y, tras chupárselo y después mordérselo con placer, aceleró el ritmo suave de sus caderas e indicó:

—Sí..., así..., ¡Dios, cómo me gusta hacerte mío!

Oír esas palabras encendió más aún si cabía a Daryl. Que ella dijera que lo estaba haciendo suyo le encantó. Lo aguijoneó de tal manera que todo su cuerpo tembló y el placer que sintió fue increíble.

Jadeos...

Besos...

Miradas seductoras...

Movimientos cómplices y calientes.

Todo. Lo tenían todo, y, conscientes de ello, lo disfrutaban.

Con mimo, Carol paseó el dedo índice por la comisura de los calientes labios de aquél. Daryl, al sentirlo, abrió la boca y, encantado, lo lamió, lo saboreó. Cuando acabó, mientras ella continuaba con su ondulante movimiento de caderas sobre él, mirándola a los ojos le susurró cuánto le gustaba y lo loco que lo estaba volviendo.

Cada roce era apasionante...

Cada fricción era espectacular...

El mundo dejó de existir a su alrededor mientras la lujuria los poseía y se decían, no sólo con la mirada, cuánto disfrutaban el momento, y sus movimientos profundizaban más y más hasta que inevitablemente Daryl, tras un gutural jadeo, explotó de placer y Carol, encantada con lo que había conseguido, al notarlo vibrar en su interior, contrajo los músculos vaginales hasta que un brutal orgasmo la asoló.

Tras el caliente y vivo momento, quedaron exhaustos, unidos, mojados y agotados. Se miraron, ardientes y sudorosos, y Daryl, hundiendo los dedos en el corto pelo de ella, la acercó a su boca y, tras besarla en los labios, musitó:

—Tu superpoder me vuelve loco.

Ambos rieron por aquello, y él preguntó:

—¿Te gusta que te llame *cariño*?

Al oír eso, la joven sonrió y, sin querer mentir, afirmó:

—Sí. Reconozco que me gusta.

Daryl sonrió a su vez. Nunca había utilizado aquel apelativo con ninguna mujer, pero, divertido, afirmó poniéndose encima de ella:

—¡Pues llamémonos *cariño*!

—Por favor..., ¡menuda horterada! —Carol rio a carcajadas.

Capítulo 46

Esa noche, tras hacer nuevamente el amor y darse una ducha que los refrescó, una vez que pidieron algo de beber al servicio de habitaciones, ambos salieron a la terracita de la habitación, que daba al mar, y se sentaron en unos bonitos sillones blancos con sus bebidas.

—Todavía se me hace raro verte con el pelo así, pero estás muy guapa.

Ella se tocó el pelo encantada. Las puntas apenas le rozaban la mitad del cuello, y contestó:

—Gracias, hombre.

Se quedaron unos segundos en silencio, y luego Carol, volviendo a mirarlo, indicó:

—Creo que te debo más de una explicación.

—Yo también lo creo —convino él.

—Te mereces que te cuente por qué me he comportado como una idiota contigo.

Ambos sonrieron por aquello, y ella añadió:

—Tanto tú como yo sabemos que si hay dos personas diferentes en el mundo ésos somos nosotros, y...

De pronto, Daryl posó el dedo en la boca de ella para que callara y preguntó:

—¿Sabes que eres mi tsunami particular?

Al oír eso, Carol sonrió. Lola le había hablado de aquello.

—La abuela me dijo que un tsunami asolaría mi vida y mi corazón —comentó él—, y, aunque yo siempre he sido bastante escéptico con esos temas, reconozco que en esta ocasión estaba en lo cierto. Desde que apareciste, has dado un giro a mi vida y a mi manera de ver muchas cosas, y aunque en ocasiones no te entienda por lo hermética que eres en todo lo referente a ti y a tu familia, reconozco que, cuando haces cosas como lo del pelo de hoy, deseo seguir conociéndote.

Ambos se miraban...

Ambos se tentaban...

Estaba claro que algo muy fuerte existía entre ellos, y Carol dijo:

—Quiero enseñarte algo.

Daryl la vio sacar su móvil y buscar algo en él. Y, cuando comenzó a sonar una melodía, la joven indicó mirándolo:

—Se llama *What a Difference a Day Makes*, es mi canción favorita y la interpreta Dinah Washington. Pero eso ya lo sabes tú, ¿verdad? Porque es el tipo de música que escuchas, además de la clásica.

Sorprendido por aquella revelación, el comandante asintió.

—Desde luego que ni en mil años lo habría acertado.

Ambos sonrieron por aquello, y Daryl, levantándose, le tendió la mano y, recordando algo que Bastian Dumont le había dicho en Las Vegas, preguntó:

—¿Te apetece bailar a la luz de la luna?

Hechizada, Carol se puso rápidamente en pie y, abrazándose a él bajo la luz de la preciosa luna de Málaga en aquella bonita terraza frente al mar, bailó aquella canción tan especial para ella entre los brazos de aquel hombre que estaba derribando todas sus barreras.

Tan embelesado como ella, Daryl la abrazó. Saber aquello, por tonto que pareciera, para él era importante, y bailó con gusto aquella única y romántica canción, y cuando ésta acabó y la besó con mimo y deleite, una vez que sus labios se separaron, Carol murmuró:

—Que sepas que no bailas nada mal.

Él rio.

—Eso es porque no tengo que moverme mucho.

Ambos rieron de nuevo, y, volviendo a sentarse en las butacas blancas, él comentó:

—Preciosa canción.

Carol asintió y levantó la mirada hacia la luna.

—Adoro la música, ya lo sabes. Y en la intimidad me gusta escuchar jazz, blues y en especial voces de mujeres como Dinah Washington, Billie Holiday, Sarah Vaughan, Ella Fitzgerald o Etta James. Cuando vi la colección de música que tienes en tu casa, me sorprendí tanto que no supe ni qué decir.

Daryl asintió encantado. Que a ambos les gustara aquel estilo de música los acercaba más de lo que en un principio había imaginado; entonces ella, mirándolo, preguntó:

—¿Recuerdas el día que estaba tan cabreada que te dije que eras un polvo?

Él sonrió.

—Como para olvidarlo.

Carol asintió al oírlo y, tomando aire, soltó:

—Estaba furiosa porque ese día habría sido el octavo cumpleaños de mi hija, y aunque creo que ya he superado su muerte, cuando llega esa fecha..., no sé, pero no estoy bien.

Al oír eso, Daryl dejó de sonreír.

¿Hija?

¿Carol había tenido una hija?

—Tuve una preciosa bebita con Bastian, el boxeador que conociste en Las Vegas. Se llamaba Jane, pero desgraciadamente murió mientras dormía en su cuna siendo un bebé —y, tocándose el tatuaje en forma de flor de su hombro derecho, añadió—: Éste me lo hice por ella.

Daryl asintió, y ella prosiguió:

—La inesperada muerte de Jane me hundió. Me volvió loca y originó que Bastian y yo nos separáramos como pareja, aunque sigamos teniendo una bonita y sana amistad. Si te dije que no me llamaras *itañola* fue...

—No tienes que decir nada, ahora lo entiendo —finalizó él.

Carol suspiró y, sonriendo, agregó:

—En mi peor momento, tu hermana Lola acudió a mi rescate y..., bueno, siempre se lo agradeceré.

Boquiabierto, él asintió.

Había leído el nombre de Jane en el peluche que Carol llevaba siempre encima, y, sin saber qué decir, la miraba cuando ella añadió:

—El conejito naranja que llevo en mi mochila, por el que me preguntaste, era de Jane. Es lo único que me queda de ella y, sin lugar a dudas, es mi mayor posesión.

Se miraron unos segundos en silencio y luego él, cogiéndola de la mano, la hizo levantarse, la acomodó sobre sus piernas y, retirándole el corto pelo de la cara, preguntó con interés:

—¿De qué murió tu hija?

—SMSL —y al ver que no lo entendía explicó—. Síndrome de muerte súbita del lactante, algo que ocurre en ocasiones, pero los médicos no saben por qué, lo cual es una lástima.

—Lo siento muchísimo, Carol —declaró él apenado.

Ella asintió, sabía que lo decía de corazón.

—Y, dicho esto, ahora tengo que hablarte de mi familia —indicó.

Conmovido por lo oído, Daryl musitó:

—No hace falta.

—Sí. Créeme que hace falta. —Ella sonrió con cierta tristeza y, tomando aire, comenzó—: Una vez me preguntaste si mis tatuajes significaban algo, ¿lo recuerdas?

Daryl asintió y ella prosiguió, tocándose el hombro:

—Esta flor me la hice por Jane y significa que para mí nunca morirá. La frase de «Prohibido prohibir» que llevo en las costillas es por mi madre. Por la fuerza que me ha transmitido siempre y por lo respetuosa que es con los demás. Y el tribal que llevo bajo la nuca, al inicio de mi espalda, es por mi familia y me recuerda que yo, en cierto modo, soy su columna vertebral.

Intentando entender lo que decía, Daryl no habló. Sólo la escuchó.

—Desde niña nunca conecté con el Donante por su chulería y su maldad. Le dio a mi madre muy mala vida. Annalisa se escondía. Adam era muy pequeño y yo era quien llamaba a la policía cada vez que ocurría algo en casa. Eso él nunca me lo perdonó. Por suerte, mi madre reaccionó a tiempo, se divorció de él y regresamos con la *nonna* a Venecia.

—Lo siento...

—Ese hombre, entre otras muchas cosas, es un estafador que estuvo en la cárcel...

—¿En la cárcel? —preguntó Daryl sorprendido.

—Sí —afirmó Carol con rotundidad—, en la cárcel. Tres años. Ese sinvergüenza es la peor persona que he conocido en mi vida y, aunque te suene cruel lo que te voy a decir, sé que está enfermo, que le queda poco tiempo de vida, pero no siento ninguna pena por él. Es más, el día que muera, creo que hasta me voy a sentir aliviada de saber que nunca más mi hermana Vera y su madre tendrán que soportarlo, ni yo que verlo.

—Es duro lo que dices.

—Más duro es llegar a ese convencimiento. Y, mira, lo que le ocurre mi madre lo llama *karma*, pero yo lo llamo *justicia divina*. Y sin duda la justicia está llegando.

Daryl asintió, Carol lo besó y, a continuación, indicó:

—Si nunca quise hablarte de mi familia es porque es complicada, diferente. Como te dije cierto día, ni buscándola en Google la encontrarías.

Daryl sonrió por aquello y señaló:

—No existe la familia perfecta.

—Ya, ya lo sé. En todas, como diría mi abuela, ¡cuecen habas! Pero la mía, aunque no la cambiaría por nada del mundo, soy consciente de que para alguien de fuera puede ser difícil de gestionar.

—¿Por qué dices eso?

Carol cogió su copa, que estaba en la mesita, dio un trago y a continuación preguntó:

—¿Recuerdas a aquellos amigos míos que conociste en Londres que fumaban marihuana?

—Sí.

—¿Recuerdas que dijiste que no querías relacionarte con personas que tuvieran algo que ver con la marihuana u otras drogas?

—Sí.

—Pues mi familia tiene que ver...

Él parpadeó y, pasados unos segundos, preguntó:

—¿Son narcotraficantes?

Eso hizo reír a Carol y, tras darle un dulce beso en los labios, repuso:

—No. Pero mi *nonna*, mi madre, mi abuelo y mi hermano fuman marihuana; con responsabilidad, pero la fuman.

Daryl tragó saliva al oírlo y, sorprendido, preguntó:

—¿Has dicho tu *nonna*? ¿Tu abuela?

Carol asintió. Entendía su sorpresa. El mundo en el que Daryl se movía y el suyo eran del todo dispares, pero, sin nada que ocultar, explicó:

—La *nonna* es una roquera que cultiva sus propias plantas de marihuana en casa para su consumo y que dice que eso de los bordados y el punto de cruz es para viejas aburridas. Pertenece al grupo motorista de Venecia llamado Los Calaveras del Infierno, es una amante de la música heavy metal, en especial de Scorpions y Black Sabbath.

—¡¿Qué?!

—Espera, que continúo —afirmó aquélla—. Mi madre es terapeuta sexual. Es bastante hippie, respetuosa con los demás, y siempre hace lo que le da la gana. Su novio actual tiene la mitad de su edad, algo que a mí particularmente no me importa, pero que a mi hermana la trae por la calle de la amargura, y, como te he dicho, su filosofía de vida es ¡prohibido prohibir!

Daryl asintió y aquélla prosiguió:

—Mi abuelo, al que conociste ayer, es el antiguo bajista de un grupo heavy alemán. En la familia lo llamamos cariñosamente *Playboy* porque si algo le gusta son las mujeres. Él y mi *nonna* tienen una relación abierta y...

—¡¿Cómo?! —preguntó él en un hilo de voz.

—Lo que oyes. Siguen casados, se quieren a su manera, pero cada uno hace su vida en Venecia y en España sin pedirle explicaciones al otro. ¡Son más modernos que tú y yo juntos!

Ambos sonrieron, y Carol prosiguió:

—Se ven cada tres o cuatro meses durante una semana y, como diría Maluma, «y si con otro pasas el rato, vamos a ser felices los cuatro».

—¿Y Maluma quién es? —preguntó él, pensando que también formaba parte de la familia.

Al oírlo, Carol sonrió.

—Cariño, eso te lo explico otro día —indicó.

Daryl, que estaba cada vez más pálido por lo que escuchaba, asintió, y ella continuó:

—Después está mi hermano Adam. Nació en un cuerpo equivocado, de mujer, siempre lo dijo. Siempre lo supo. Y quienes lo queremos lo respetamos y lo ayudamos en su cambio, aunque no te voy a ocultar que pasó por una mala época en la que se prostituyó para sacar dinero, pero bueno..., eso ya quedó atrás.

—Joder...

—Annalisa, mi hermana mayor, a ojos de todo el mundo es la centrada de la familia. Se divorció del santo de Pascuale de la noche a la mañana y hoy por hoy es una bruja reprochona y reprimida que nos suele amargar la existencia a toda la familia. A Vera ya la conoces.

—Sí.

—Es un encanto. Pero, por culpa del Donante y de su manera despectiva de tratarla, es una persona con la autoestima baja que suele deprimirse mucho y, bueno, ahora que por fin se ha casado con Raúl, espero que eso comience a cambiar. Y finalmente estoy yo, que, según el Donante, soy la zorra de la familia, que vive bailando, viajando y acostándose con todo aquel que se cruza en mi camino. Pero lo que él piense no importa. Lo que en realidad me importa es que mi familia sabe que estoy ahí siempre al cien por cien con ellos, esté donde esté, y que siempre voy a estarlo.

Sin palabras, e incapaz de procesar toda la información que aquélla le había dado en tan poco tiempo, el comandante asintió, y Carol, sonriendo, indicó:

—Lo sé. Es durito de gestionar.

Daryl asintió. En su vida se habría imaginado una familia tan peculiar, y ella añadió:

—Sé que tu familia tiene sus particularidades, lo sé porque Lola me lo contó hace mucho tiempo, pero, tras lo que te he contado de la mía, como comprenderás, la tuya para mí es pura normalidad. Y luego estás tú, un comandante guaperas y bien visto por todo el mundo, al que le gustan los hoteles caros, la ropa de marca, los restaurantes con mil estrellas, y que sólo sale con preciosas hijas de familias adineradas y blablablá..., blablablá... Y luego estoy yo, que soy una tía normal, azafata y bailarina, a la que le encantan los mercadillos, la ropa cómoda, los animales, los baretos de comida rápida y que tiene una familia que es de todo menos adinerada. Y, una vez dicho esto, y sabiendo cómo eres tú y cómo te enfrentas a la vida, ¿cómo crees que podía contártelo sin esperar que te horrorizaras?

Desconcertado por todo aquello, Daryl no respondió. No podía.

En la vida se habría imaginado algo así.

En la vida había conocido a nadie con una familia tan heterogénea.

Durante unos segundos ambos permanecieron en silencio, hasta que por último él tomó aire y dijo con sinceridad:

—Tienes razón en algo, y es que gestionar a tu familia, por mucho que me lo proponga, no me va a resultar fácil.

—Nada fácil —convino Carol.

De nuevo, el silencio.

Las cartas estaban por fin sobre la mesa, y Daryl, viendo cómo ella lo miraba, afirmó:

—Pocas veces hablo del futuro. Más bien siempre pienso en el presente. En el aquí y el ahora, en el momento en el que vivo. Tengo treinta y siete años, nunca le he dicho a una mujer que no fuera mi madre, mis hermanas o mi sobrina la palabra tabú, y...

—¿Cuál es la palabra tabú?

Algo incómodo por la pregunta, Daryl finalmente respondió:

—Te quiero.

Carol, al oírlo y ver su apuro, asintió y se apresuró a aclarar:

—Tranquilo. Tampoco entra en mi vocabulario.

Ambos sonrieron por aquello, y él continuó:

—Veo a Lola y a Dennis o a otras parejas de amigos y siento que encontraron a ese alguien especial a quien decirle la palabra tabú. Pero no te voy a mentir, Carol. Soy un hombre independiente, maniático en ciertos aspectos de la vida, y no sé si alguna vez estaré preparado para tener una relación. No sé si tú eres ese alguien especial en mi vida o yo lo soy para ti. Pero me gustas. Me gustas mucho. Y, aunque estoy hecho un mar de dudas, me encantaría seguir conociéndote, siempre que ambos tengamos claro que...

—... lo nuestro es algo sin compromiso —lo cortó ella.

Ambos se miraron, y Daryl, entendiendo cómo podía sonar aquello, matizó:

—Yo no quería decir eso.

La joven sonrió. Demasiado era que él no hubiera echado a correr tras lo que le había contado, e indicó:

—Lo sé, Daryl. Lo sé. Pero también sé que lo piensas tanto como yo. —Él sonrió—. Dices que vives el presente. Yo también. Pero, a diferencia de ti, yo llevo una mochila que soy incapaz de soltar. Mi familia es mi vida y ellos me necesitan porque...

—Carol —la cortó—. Por lo que cuentas, en tu familia todos se han dado segundas o terceras oportunidades. Y ahora mi pregunta es: ¿te has dado tú esa oportunidad? —Ella no respondió, y él afirmó—: Te la mereces. La necesitas, y ten por seguro que, si te la das, tu familia lo entenderá y lo respetará.

Ella lo miró y, sin querer entrar en ese tema, dijo:

—Me gustas y, aunque me asusta decepcionar y decepcionarme, quiero seguir conociéndote, a pesar de que en el fondo de mi ser algo me dice que tú y yo somos dos trenes que se dirigen a diferente estación.

A buen entendedor pocas palabras bastaban y, pasados unos segundos, en los que ambos guardaron silencio, él miró hacia el interior de la habitación.

—Creo que podría vivir con un poco de desorden —declaró.

Ella sonrió al oírlo y, mirándolo, musitó:

—Y yo creo que podría vivir sin que supieras quiénes son Drake o Jay-Z.

Ambos rieron, estaba claro lo que deseaban, y Daryl preguntó:

—¿Crees que tú y yo, llegado el momento, seríamos capaces de hablarlo y decirnos adiós sin descarrilar?

Carol asintió despacio e, intentando no pensar en ello, afirmó:

—Yo sí. Tú, no sé. Los ingleses sois muy raros.

Daryl sonrió. Sus estilos de vida y sus familias nada tenían que ver, pero, sintiendo que la necesitaba, musitó:

—Entonces, si lo tenemos tan claro, ¿crees que podemos ser buenos amigos, pasar las vacaciones juntos y ver qué ocurre?

—No sé...

—Si tú quieres, puedo ir contigo a Tenerife y posteriormente a Venecia y...

—No, a Venecia no.

—¿Por qué?

Carol sonrió.

—Porque ya te he dicho cómo es mi familia.

Daryl, consciente de que quería conocerlos, insistió:

—Cariño... —Ella sonrió—. Ya me has contado lo que hay y creo que conocer a tu familia puede despejar muchas dudas entre nosotros, ¿no te parece?

—No sé... —repuso ella.

—Carol, ¿de qué tienes miedo? Lo que tenga que ser será. Disfrutemos estos días juntos.

La joven sonrió e, incapaz de callar, insistió:

—Mi vida y mi familia no son tan glamurosas como las de las mujeres con las que sueles salir. No soy hija de un cónsul ni de...

—Ni falta que hace. Y, antes de que lo menciones, pase lo que pase, mi hermana Lola respetará vuestra amistad, a no ser que me mates...

Carol rio. Ella ya sabía aquello.

—Vayamos a Venecia —reiteró Daryl—. Disfrutemos el momento y seamos buenos amigos, dure un mes, una semana o diez años.

Carol suspiró. Aquello era un sueño. Daryl era un sueño, pero preguntó:

—¿Estás seguro de que, aun sabiendo todo lo que te he contado de mi familia o de mí, sigues queriendo conocerme y venir a Venecia?

—Sí.

—¡Estás loco!

—Nadie es perfecto.

—Tú... casi lo rozas —aseguró ella riendo.

Daryl sonrió y Carol, sin saber si aquello era buena idea o no, afirmó:

—Pues entonces ya no hay más que hablar. Después de Tenerife iremos a Venecia.

Capítulo 47

Llegar al Aeropuerto de Tenerife Norte junto a Daryl como dos turistas más, sin esconderse de nada ni de nadie, a Carol le resultó curioso y divertido.

Y a ambos les gustó ver cómo otras azafatas de otras compañías que reconocían al comandante los observaban mientras ellos se hacían carantoñas ante el mundo sin importarles nada ni nadie.

Mientras esperaban a que salieran las maletas por la línea 5, Carol, emocionada, miró su móvil y leyó:

Muchacha, te estamos
esperando fuera.

Al leer eso, de pronto fue consciente de que no había avisado a sus amigos de que iba acompañada. Sus días con Daryl habían sido tan plenos que ni tiempo había tenido de decírselo, y rápidamente, lo miró y dijo:

—Voy al baño.

Él asintió, y Carol, una vez que se alejó, llamó por teléfono a Eduardo y, al oír su voz, dijo:

—No me matéis, pero vengo acompañada por un tío increíble que me encanta, me vuelve loca y me quita todo el sentido.

Enrique y Eduardo, que la esperaban fuera, al oírla se miraron y, divertido, el primero cuchicheó:

—¡Serás zorrón!

Eso hizo sonreír a Carol, sobre todo cuando oyó a Eduardo decir:

—Mi niña, si el tipo lo merece, hasta te haremos la ola.

Complacida al oírlos, y semiescondida para que Daryl no la viera, repuso:

—Pues me vais a hacer la ola, la reola y la superola —y, conociendo los gustos de Daryl, añadió—: Chicos, no puedo quedarme en vuestra casa con él. Por favor..., por favor..., por favor..., no os lo toméis a mal, pero necesito una bonita habitación para tres noches con una cama grande en un buen hotel con *spa* y...

—Oído cocina —la cortó Enrique—. Llamaré a Leo. Él conoce al director de un hotel de cinco estrellas que creo que te gustará.

Carol suspiró y, aliviada, murmuró:

—Gracias, Enrique. Te quiero.

—Y nosotros a ti —afirmó Eduardo cogiendo el teléfono que su marido le entregaba—. Por cierto, ¿cómo se llama el que te quita el sentido?

—Daryl Michael Simmons. Y es inglés.

—¡¿Inglés?!

—Sí.

—Pero, niña, ¡con lo sosos que son! —se mofó Eduardo.

Carol miró al techo y replicó:

—Éste tiene de soso lo mismo que tú de portugués.

—Uis, nena..., qué interesante —soltó él riendo al oírla.

—Carol —dijo de pronto Enrique acercándose al teléfono—, he hablado con Leo y te está haciendo las gestiones. Me llama en cuanto te consiga habitación.

—¡Genial!

De pronto, la joven vio a Daryl cargando con las dos maletas y, escondiéndose en el baño, anunció:

—Dentro de dos segundos salimos.

—De acuerdo, preciosa.

Enrique, una vez que Eduardo colgó, miró a su marido y protestó:

—Pues mi inglés no es muy bueno. No voy a poder comunicarme con él.

—No te apures, cariño. Así sólo me hablas a mí —se mofó Eduardo.

Pocos minutos después, la puerta de salida del aeropuerto se abrió y Carol vio a sus dos buenos amigos. Rápidamente corrió hacia donde estaban y los abrazó. Estar con ellos siempre era un momento único y especial, y antes de que Daryl se les acercara, comentó:

—Lo siento. Siento haber desbaratado todos nuestros planes.

Aquéllos asintieron, y Eduardo, viendo al tipo que se dirigía hacia ellos, cuchicheó:

—¡Qué barbaridad!

—*¡Barbaritísima!* —convino Enrique.

Carol sonrió al ver la cara de sus amigos, y entonces Eduardo musitó:

—Mi niña..., no te sientas culpable. Yo también los desbarataría.

Instantes después, Daryl llegó junto a ellos y Carol, cogiéndolo del brazo, dijo despacio:

—Daryl, ellos son mis amigos Eduardo y Enrique. Eduardo es de Las Palmas y trabaja de TAPUC, técnico de atención a pasajeros, usuarios y clientes, en el aeropuerto de aquí. Se conocieron a través de un amigo, se enamoraron, en menos de un año se casaron y ahora viven los dos en Tenerife.

Encantado, Daryl les tendió la mano y dijo en español:

—Un placer conoceros.

Sorprendidos, aquéllos se miraron, y Enrique preguntó:

—¿Hablas español?

—Un poco —afirmó él con modestia—. Pero tienes que hablarlo lento si quieres que te entienda.

—¡Perfecto! —dijo aquél encantado, y, con curiosidad, a continuación preguntó—: ¿Sois amigos, pareja, conocidos, vecinos...?

Carol y Daryl se miraron divertidos, y ella, al ver la mirada de aquél, se apresuró a responder:

—¡Dejémoslo en amigos!

En ese instante, le sonó el móvil a Enrique y, al ver que era un mensaje de su amigo Leo, lo leyó y dijo guiñándole el ojo a Carol:

—Vamos. Os llevaremos al hotel.

Feliz porque aquello se hubiera solucionado rápido y bien, bajaron al parking del aeropuerto y se dirigieron al hotel.

En el camino, los cuatro fueron hablando de todo lo que se les ocurría, y Daryl preguntó si por allí había alguna playa donde se hiciera surf. Sorprendida, Carol lo miró.

—¿Te gusta el surf?

Él asintió.

—Sí. Aprendí durante el tiempo en que viví en Oahu. Siempre que puedo, me gusta practicarlo.

Enrique rápidamente les habló de una playa cercana donde se practicaba aquel deporte, y quedaron en acercarse al día siguiente, algo que a Daryl le encantó.

Algunos kilómetros después, cuando pasaron por delante de un parque acuático de inspiración tailandesa llamado Siam Park, Enrique, Eduardo y Carol le hablaron entre carcajadas de la última y única vez que lo habían visitado y lo bien que lo pasaron.

Riendo llegaron al municipio de Adeje, un precioso lugar ubicado al suroeste de la isla de Tenerife. Allí, se desviaron y decidieron pasar por el pueblo para tomarse un café en una de sus terrazas.

Daryl, con curiosidad, preguntó por los edificios antiguos que veía y Enrique le fue explicando. Le habló de la iglesia de Santa Úrsula y del convento de Nuestra Señora de Guadalupe y San Pablo, en cuyo museo de arte sacro le indicó que había piezas que databan de entre los siglos XIV y XIX. Después le habló de la Casa Fuerte, una antigua fortaleza del siglo XVI que quedaron en visitar.

Cuando se terminaron el café, prosiguieron su viaje hasta Playa Paraíso, donde estaba ubicado el hotel.

Al llegar, Carol miró el bonito e impresionante edificio que se erguía frente a ellos. Se llamaba Roca Nivaria Gran Hotel, y mientras Eduardo y Daryl sacaban las maletas del coche para llevarlas a recepción, Enrique, que la conocía muy bien, le susurró:

—Tranquila. Leo es amigo del director y os hará un buen precio.

Carol asintió. Si él lo decía, así sería, y por último sonrió, sobre todo cuando oyó:

—Y, bueno, ¿cómo es que estás con semejante tiarrón y no nos habías dicho nada?

Ella suspiró y, mirándolo, cuchicheó:

—Ha pasado sin más. Nos conocimos, nos gustamos y...

—Amigos... ¿Ahora se llama así a las relaciones de pareja?

La joven negó con la cabeza. Su relación era difícil de explicar, y repuso:

—Sólo somos amigos con derecho a roce. Estamos bien juntos, pero poco más.

Sorprendido, Enrique levantó las cejas y, cuando iba a hablar, Daryl y Eduardo regresaron y Carol los apremió:

—Venga, entremos en el hotel.

Tras asignarles habitación y darles en recepción un plano del establecimiento con los horarios y la localización de su cuarto y el *spa*, Eduardo y Enrique se marcharon, prometiendo regresar al cabo de dos días para pasar tiempo juntos.

Carol los besuqueó agradecida por su comprensión y, cuando Daryl y ella se quedaron solos, ésta dijo:

—Venga, veamos cómo es la habitación.

Sonriendo y cogidos de la mano, acompañados del botones llegaron a su habitación. La estancia era bonita y espaciosa, tenía una enorme cama y, lo mejor, una estupenda terraza que daba directamente al mar. Una vez que el botones se marchó, Daryl, encantado, comentó abrazando a Carol por detrás:

—Me gustan tus amigos.

La joven asintió y, mirándolo, aseguró:

—Intento rodearme de los mejores.

Capítulo 48

Tras una noche en la que hicieron varias veces el amor, a la mañana siguiente, después de desayunar en el espacioso restaurante del hotel, salieron de la mano en dirección a la enorme piscina. Allí, rápidamente recogieron unas toallas y, después, fueron hasta las tumbonas.

Una vez que se hubieron acomodado los dos, Carol se estaba dando crema cuando, al ver a una mujer que los observaba, comentó:

—Una de dos, o ésa es una descarada o te conoce.

Al oírla, Daryl levantó la cabeza y sonrió mirando a la mujer. Se trataba de una amiga suya y, levantándose, señaló:

—Son Josephine y Daylon.

—Como si me dices que son Pepe y Pepa... —se mofó ella.

Divertido por su contestación, tras saludar con la mano a la mujer, que enseguida echó a andar hacia ellos junto a su marido, Daryl comentó:

—Mi amigo Dylan Ferrasa me los presentó en Los Ángeles.

Al oír ese nombre, Carol lo miró y preguntó:

—¿Ferrasa?

—Sí.

—¿Dylan Ferrasa? —preguntó sorprendida.

—Sí.

—¿El que está casado con Yanira, la cantante?

Él asintió sonriendo, y Carol musitó:

—Ay, Dios... ¡Yanira me encanta!

Sin entender su efusividad, Daryl murmuró:

—Pues si vamos a Los Ángeles, te los presentaré. Mira, creo que justo ahora Can está allí con ellos. Volaba a Los Ángeles, y me dijo que los iba a ver.

—¡Qué pasada!

Divertido al verla gesticular por aquello, Daryl matizó:

—Yanira es encantadora, y, conociéndote a ti, seguro que os caéis muy bien.

Carol asintió emocionada y entonces los dos desconocidos llegaron hasta ellos y saludaron a Daryl.

Éste se los presentó de inmediato y ella, encantada, se añadió a la conversación.

Durante un rato charlaron y pronto se enteraron de que ellos estaban de vacaciones en Tenerife porque habían organizado para esa noche una fiesta *swinger* privada en una casa que habían alquilado para la ocasión. Al saberlo, Carol se sorprendió. Nunca imaginó que una pareja como aquellos dos, que parecían no haber roto nunca un plato, estuvieran metidos en el mundo *swinger*. Sin dudarlo, Daylon los invitó a la fiesta, pero Daryl no le contestó. No habían ido allí para eso.

Tras la copa, que se alargó, llegó la hora del almuerzo y los cuatro decidieron comer juntos. En la mesa se tocaron temas en ocasiones complicados para Carol, que decidió morderse la lengua. Aquellos adinerados, a los que la vida se lo había dado todo, parecían no entender el agobio de no llegar a fin de mes o de comer una semana seguida macarrones.

Después de la comida, cuando se despidieron de ellos, Carol gruñó:

—No me jorobes, lo que hay que oír a veces...

Daryl la miró y ella insistió:

—Mira, cuando ha contado que fue a comprar a una joyería un reloj que costaba sesenta mil euros y que, como lo tenían en tres colores, tuvo que comprarse los tres porque no se decidía, te juro que...

—Así es su vida, Carol —la cortó él.

La joven asintió, pero, mirándolo, replicó:

—Pues su vida es una mierda. Sólo hablan de compras, marcas carísimas y lo que tienen o dejan de tener. ¿En serio se puede ser feliz así sabiendo el hambre y la necesidad que hay en el mundo?

Sonriendo, Daryl la miró. Comprendía lo que le decía, pero, sin querer seguir hablando de ello, musitó:

—Señorita, ¡nadie es perfecto!

Cuando regresaron a sus tumbonas, Carol ya sonreía y, curiosa, preguntó:

—¿Dylan y Yanira también pertenecen al mundo *swinger*?

Daryl asintió y ella sonrió.

—Vaya...

Divertido por el modo en que todo aquello sorprendía a la joven, se quitó las gafas de sol y dijo mientras la cogía de la mano:

—Venga, vamos al agua.

Durante un buen rato, se refrescaron el cuerpo. El día era caluroso y su cercanía hacía que aún lo fuera más.

Una vez que volvieron a las tumbonas, entre risas se acomodaron en ellas y Carol, curiosa, preguntó:

—¿Te apetece ir a esa fiesta privada?

Daryl la miró.

—La respuesta la tienes tú —contestó con seguridad.

Saber aquello en cierto modo la inquietó. Nunca había asistido a un local *swinger* y menos aún ido a una de sus fiestas. Lola le había hablado infinidad de veces sobre ello, sobre aquel morboso y raro mundo, y, retirándose el pelo del rostro, musitó:

—Se notaría mucho que es mi primera fiesta.

Daryl soltó una risotada y, meneando la cabeza, respondió:

—No tiene por qué. Todo depende de ti.

Carol lo pensó y, viendo que él se ponía en pie, iba a hablar cuando él preguntó:

—¿Te apetece beber algo?

Sedienta, asintió y, tras pedirle una Coca-Cola con hielo, él se alejó.

Desde la tumbona, Carol lo siguió con la mirada. Verlo caminar con su bañador gris y negro era como poco perturbador. Tenía la piel morena, a pesar de ser inglés, y un cuerpo espléndido. Nada de tatuajes. Nada de grasa. Nada le sobraba, y se notaba que se cuidaba.

Con curiosidad, se fijó en cómo las mujeres se rompían el cuello a su paso. Estaba claro que aquél tenía un magnetismo especial y, aunque no se lo propusiera, era visible y embriagador. Divertida, y obviando los celos que comenzaba a sentir, no le quitó el ojo de encima, y su sonrisa se amplió más todavía cuando él, al llegar a la barra del bar, se quitó las gafas de sol al estilo de «¡Qué guapo soy y qué tipo tengo!».

¡Increíble!

Daryl la miró. En sus ojos, Carol pudo ver el deseo y eso la acaloró.

¿Debían ir a esa fiesta privada? ¿Sí? ¿No?

La respuesta, como él le había dejado bien claro, sólo la tenía ella.

Incapaz de retirar la mirada de él, cuando Daryl regresó con las dos bebidas en la mano, al entregarle la suya, ésta susurró:

—Comandante..., estás buenísimo.

Satisfecho, él se inclinó entonces hacia delante, la besó y afirmó:

—Señorita..., tú sí que estás buenísima.

La joven, a cada segundo más acalorada, suspiró, y, cuando él se sentó a su lado y comenzó a beber de su cerveza, ella dijo:

—¿Qué te parece si vamos a esa fiesta?

Daryl la miró y ella añadió:

—Quizá nos vayamos nada más entrar porque me asuste o me parezca que allí estoy fuera de lugar, pero..., no sé, me llama la atención.

Él asintió y, echándose en la tumbona para tomar el sol, afirmó sin darle mayor importancia:

—De acuerdo. Luego le escribiré a Daylon.

Y, tras oír eso, Carol bebió y sonrió. ¿Estaría haciendo bien?

* * *

Tras un estupendo día solos en el hotel, en el que disfrutaron de su piscina, su gastronomía y su maravilloso *spa*, cuando por la noche terminaron de cenar, al ver que ella lo miraba al ir hacia la puerta del establecimiento, Daryl preguntó:

—¡¿Qué?!

Divertida, ella sonrió, y él dijo:

—¿Ves ese coche azul? —Carol lo miró—. Pues ha venido a buscarnos para llevarnos a la fiesta.

Al oír eso, Carol le apretó la mano con fuerza, y él añadió:

—Pero, si no quieres ir, no hay ninguna necesidad, ¿entendido?

La joven afirmó con la cabeza. Él en ningún momento había vuelto a hablar del tema. Pero Carol, que necesitaba ver aquel mundo que a él tanto lo atraía, repitió:

—Quiero ir.

Y, tras recorrerla con la mirada, Daryl asintió.

Capítulo 49

Por primera vez en su vida, la idea de ir a una fiesta privada tenía nervioso a Daryl. Sabía que no era por él, sino por Carol. Siempre que había asistido a fiestas como aquélla, solo o acompañado, acudía dispuesto a disfrutar del sexo al cien por cien. Para eso iba. Pero en esa ocasión Carol estaba con él. Eso era nuevo, y un extraño sentimiento de posesión lo inquietó.

¿Qué le ocurría?

En cuanto montaron en la parte de atrás del coche y saludaron al conductor, el vehículo se puso en movimiento. No preguntaron dónde era. No hacía falta. El chófer sabía adónde debía llevarlos.

Cogidos de la mano, veinte minutos después llegaron frente a un precioso chalet muy bien iluminado. Se notaba que allí se celebraba una gran fiesta, y Daryl, mirándola, preguntó cuando bajaron del coche:

—¿Estás segura de que quieres entrar?

Ella asintió. Lo tenía más que claro.

Sin soltarse de la mano, se encaminaron hacia la puerta y, al entrar, el comandante saludó a varios conocidos. Rápidamente las mujeres, al verlo, se revolucionaron y él, al ser consciente de ello y de cómo Carol las observaba, musitó:

—Tú y yo. Estamos juntos. Recuérdalo.

Carol asintió, y, de la mano, ambos se dirigieron hacia una mesa donde había unas urnas de cristal. La joven las miró. En el interior había pulseras de colores.

—Estas pulseras indican hasta dónde está uno dispuesto a llegar —explicó Daryl, y, señalando las amarillas, añadió—: Parejas *soft*: se puede mirar, tocar o tener sexo oral si uno da el visto bueno, pero nunca practicar sexo con penetración. —Después señaló las verdes—. Parejas *switch*: uno elige, junto con su pareja, si aceptar o no la penetración, entre otros juegos. Pulseras negras: sado. Pulseras rojas: intercambio total con penetración. —Carol, que sentía el rostro rojo, asintió, y él, divertido al ver su expresión, terminó—: Y las pulseras azules son para las personas que vienen solas, sin pareja.

La joven, acalorada por lo que él le explicaba, volvió a asentir cuando Daryl preguntó mirando las pulseras:

—¿Cuál crees que deberíamos coger nosotros?

Hecha un manojo de nervios, Carol examinó las urnas y al final murmuró:

—Creo que la amarilla.

Sin dudarlo, Daryl cogió dos pulseras de ese color y, tras colocarle una a ella en la muñeca derecha y a continuación ponerse la suya, indicó:

—Ven, vayamos a tomar algo.

Sedienta, Carol lo siguió, mientras inconscientemente se fijaba en las muñecas de los asistentes y leía sus apetencias.

Una vez que llegaron a la barra y Daryl pidió dos copas de champán, éste siguió hablando:

—Te voy a indicar las principales reglas del mundo *swinger* que no debes olvidar por nada del mundo. La primera es: no es no. La segunda: es muy importante la comunicación con tu pareja. Después le siguen el respeto, la higiene, la educación y la seguridad. Nunca debe olvidarse el uso del preservativo en caso de penetración con un tercero.

—De acuerdo.

—En el mundo *swinger* nada se hace de manera forzada. Todo lo que hagas has de hacerlo porque lo deseas, sin sentirte obligada a nada porque alguien te lo pida. A nada en absoluto, ¿entendido?

—Vale.

—Debemos buscar una palabra o una frase clave. Algo sólo

nuestro que, cuando lo digamos, nos haga entender que el otro no está cómodo y que hay que parar.

Carol asintió y de inmediato repuso:

—«Salsa de tomate».

Daryl rio. Nunca había utilizado una frase parecida con ninguna mujer, pero afirmó:

—De acuerdo: «salsa de tomate».

Dicho eso, ambos sonrieron y Carol comentó:

—Estoy nerviosa.

Daryl la entendió y, acercándola a su cuerpo para besarla, susurró:

—Tranquila, cariño. No haremos nada que alguno de nosotros no quiera.

Instantes después, mientras hablaban de aquello, de pronto oyeron a su espalda:

—Daryl, querido, pero ¡qué alegría verte por aquí!

Al volverse, Carol se encontró con la mujer que conoció la primera noche que cenó con él. Enseguida se percató de que llevaba una pulsera roja en la muñeca. Allí estaba aquella imbécil de cutis terso y labios rojos, con un vestido negro de transparencias muy sugerente, y, sin poderlo remediar, musitó en español:

—Vaya..., la gilipollas.

Al oírla Daryl la miró, y aquélla, que estaba apoyada en un taburete, dijo:

—Cuando te he visto, ¡no me lo podía creer! Daryl Simmons...

—Emilia, qué casualidad encontrarte aquí —saludó él.

La mujer, que estaba encantada de verlo al descubrir su pulsera amarilla no dijo nada al respecto, y respondió:

—Sí..., tremenda casualidad, querido. Por cierto, esa camisa negra de Tom Ford que llevas te sienta muy bien. Estás muy atractivo. Pero bueno, en realidad si preguntáramos a las mujeres que hay en la fiesta, ¿cuándo no estás tú atractivo, querido?

Sin abandonar la sonrisa, Carol la miró, mientras por su cabeza pasaban infinidad de cosas, y Daryl, que le leía la mente, indicó con una sonrisa:

—Emilia, ella es Carolina. Carolina, Emilia.

Por su expresión, era evidente que la mujer no la había reconocido, y preguntó tocándose el cuello:

—¿Amigos o pareja?

—¿Eso importa? —repuso Carol.

Emilia la miró y, bajando la voz, reconoció:

—Querida, cada vez que Daryl viene acompañado de una desconocida, nos inquietamos. Deseamos tanto que siga siendo un hombre libre y soltero que no queremos recibir ese disgusto.

Daryl iba a contestar cuando Carol, adelantándose, respondió:

—Amigos. Somos simplemente amigos.

Saber aquello a Emilia le gustó y musitó muy contenta:

—Entonces, un placer, Carolina.

—Lo mismo digo, Emilia —afirmó ella sin abandonar su sonrisa.

Incómodo por la conversación, Daryl preguntó entonces dirigiéndose a la mujer:

—¿Y Buster?

Al oír el nombre de su marido, aquélla indicó sonriendo:

—Jugando dentro..., ya sabes. El juego le pierde.

—A ti también —matizó Daryl.

Emilia sonrió y, guiñándole el ojo, cuchicheó al tiempo que se tocaba el pecho:

—Cómo lo sabes..., querido.

Los tres sonreían por aquello cuando de pronto el taburete donde Emilia estaba apoyada se movió, y, antes de que pudiera evitarlo, aquélla terminó con su bonito trasero en el suelo.

—Uisss, ¡qué golpe! —musitó Carol.

Daryl la miró sorprendido y ella añadió:

—Pobre...

De inmediato, él y los invitados que había a su alrededor la ayudaron a levantarse, y, tan pronto como la sentaron de nuevo en el taburete y vieron que se encontraba bien, Carol musitó mirándola:

—Ay, *querida*, ¡cuánto lo siento!

Recuperando la compostura, Emilia sonrió y, pasados unos segundos, se levantó.

—Os dejo... —dijo—. Acabo de ver entrar a unos amigos.

Una vez que aquélla se marchó, Carol rio tocándose con disimulo el trasero, y, mientras miraba a Daryl, que no le quitaba ojo, preguntó:

—¡¿Qué?!

Él no sonreía. Si era cierto lo que imaginaba que había hecho, había estado totalmente fuera de lugar.

—¿No habrás sido capaz? —preguntó.

Carol, que en efecto había sido la artífice de que aquélla hubiera terminado con sus glamurosas posaderas en el suelo, se tocó el cuello y siseó:

—Por favor..., qué cosas dices —y, recordando algo, musitó—: «Salsa de tomate».

Al oír eso y sentir su picardía, Daryl acabó sonriendo y musitó, consciente de la realidad:

—Señorita..., señorita...

Estaban riendo por aquello cuando una pareja se acercó a ellos. Eran Jennifer y Sebastian. Enseguida, Daryl se los presentó y, juntos, entraron en la zona de los juegos. Allí, la gente, desnuda o vestida, disfrutaba sobre unas camas con dosel o sillones de tríos, orgías o duetos.

Ver todo aquello a Carol la acaloró. Nunca había estado en un sitio así y, sintiendo cómo algo en su interior parecía deshacerse, observó a su alrededor sin soltar la mano de Daryl.

Minutos después entraron en la sala otros amigos de él. De nuevo Daryl la presentó. Y, cuando se percató de cómo en especial los hombres la desnudaban con la mirada, algo en su interior se rebeló.

Los celos, aquella parte de él que no conocía, de pronto despertaban como un enorme tsunami. Pero ¿por qué? ¿Acaso no había quedado claro entre ellos que eran amigos y no pareja?

Estaba luchando contra sus propios pensamientos cuando Carol, al verlo tan serio, preguntó:

—¿Qué te ocurre?

Daryl, incapaz de callar algo así, repuso mirándola:

—Llevo años en el mundo *swinger*. Disfrutando de los intercambios de pareja y de los juegos más rocambolescos que te puedas imaginar, y de pronto, veo cómo las personas con las que he jugado otras veces te miran con deseo y me pongo enfermo.

Carol lo miró boquiabierta.

—Cariño, eso, en cualquier idioma, se llaman... *celos* —cuchicheó.

Él no dijo nada, no daba crédito, y ella musitó:

—Vale, no te agobies. Si te hace sentir mejor, te diré que yo también estoy algo celosita por cómo te miran las mujeres.

A continuación guardaron silencio unos instantes, hasta que él murmuró:

—Eso es lo último que se ha de sentir para estar aquí. Los celos no tienen cabida en el mundo *swinger*, porque la complicidad, la alianza y el respeto son lo que ha de primar para poder disfrutarlo.

Carol asintió y, consciente de que aquello que decía era lo más lógico, iba a hablar cuando un hombre que se disponía a acercarse a ella fue detenido por Daryl. Sorprendida, vio cómo aquél finalmente le decía algo a Daryl y, cuando se marchó, ella preguntó:

—¿Qué quería?

El comandante la miró incómodo.

—Venía a proponerte un trío. Él, tú y otro hombre. Al parecer, todo el mundo ya sabe que somos amigos y no pareja.

—Madre mía, pero qué pandilla de porteras.

Oírla lo hizo sonreír, y por último indicó:

—Para que te dejen en paz, he dicho que somos pareja, ¿te parece bien?

—¡Perfecto! —afirmó ella mirando a su alrededor.

De la mano se dirigieron entonces hacia otra de las salas. Allí, los juegos calientes y morbosos seguían, y otro tipo se dirigió esta vez a Daryl y le habló al oído. Instantes después, el extraño se marchó, y ella preguntó:

—¿Y ahora qué ocurre?

—Ese hombre me ha propuesto un trío contigo. Él, tú y yo.

Carol tragó saliva y él sonrió.

—Tranquila. Le he dicho que no.

La joven se dio aire con la mano y a continuación Daryl propuso:

—Ven. Vamos a tomar una copa.

Una vez que llegaron a una improvisada barra situada a un lado de la sala, Daryl, sintiéndose raro, tras pedir unas copas de champán, la miró.

—¿Por qué le has dicho a Emilia que somos amigos? —preguntó.

—¿Acaso no lo somos?

—Sí. Pero aquí somos pareja.

—Si tú lo dices... —se mofó ella.

Daryl suspiró.

—Siempre que he tenido sexo con otras parejas, he pensado: «¿Cómo sería si yo viera las manos de otro sobre la mía?».

Se miraron en silencio, y Carol soltó:

—¿Y si somos nosotros quienes elegimos?

Al él le sorprendió oír eso, y preguntó:

—¿Quieres jugar?

Exaltada, Carol lo miró. Estar allí viendo todo aquello era como poco provocador y excitante, por lo que susurró:

—Sé que quiero jugar contigo.

Daryl la besó.

No tenía ganas de que ella hiciera nada de lo que luego pudiera arrepentirse, pero ésta insistió:

—Estoy caliente y deseosa de jugar contigo, amiguito. No sé si me apetece que otros nos toquen, pero sí quiero entrar en uno de esos reservados, que me arranques las bragas y...

Daryl la besó.

Oírla decir eso era lo que necesitaba y, seguro de adónde iban, la agarró de la mano y se la llevó. Entraron en una de las habitaciones y, una vez que Daryl cerró la puerta, soltó la copa que llevaba en las manos, la cogió en brazos y, enardecido, la volvió a besar. La deseaba con todas sus fuerzas y, cuando el beso acabó, ella musitó con una sonrisa:

—Tú y yo..., el resto... ya se verá.

Comenzaron a quitarse la ropa con ganas y, cuando estuvieron totalmente desnudos, Carol vio una cesta sobre la mesa. Con curiosidad, se acercó a mirar. Allí había varios carteles que identificó de inmediato. Y, cogiendo uno, en el que había dibujado el símbolo masculino con un ojo, preguntó enseñándoselo:

—¿Qué te parece si nos miran?

—¿Quieres?

—Las veces que lo hicimos nos gustó —afirmó ella.

Encantado con la propuesta, Daryl le cogió el cartel de las manos, caminó hacia la puerta, la abrió, lo colgó en el pomo y volvió a cerrar.

Cuando todavía no habían pasado ni tres segundos sonaron unos golpes en la puerta. Instantes después, ésta se abrió, un hombre asomó la cabeza y, sin dudarlo, Daryl asintió en su dirección.

A continuación, el hombre entró, cerró la puerta y dijo apoyándose en ella:

—Soy Jacob.

A cada segundo más caliente, y después de ver que aquél llevaba una pulserita azul, Carol caminó hasta Daryl y lo besó. Saber que un tercero los observaba la excitaba y, olvidándose por un momento de él, se colgó del cuello del hombre que de verdad le interesaba y disfrutó.

Entregados a sus deseos, se tumbaron en la cama, y en ese momento él, bajando por su cuerpo, murmuró:

—Disfrutémoslo..., cariño.

Su modo de decir esas palabras volvió loca a Carol y, abriendo las piernas sin ningún pudor, se entregó a él.

Daryl, encantado, hundió la cabeza entre sus muslos. Degustó sus fluidos mientras se endurecía segundo a segundo y, cuando su lengua topó con el hinchado clítoris, ella gritó de placer.

Aquel chillido de satisfacción embruteció a Daryl. Sentirla tranquila y relajada en un momento tan morboso lo volvía loco, y prosiguió con su caliente juego. Conforme los minutos pasaban, el olor a sexo inundaba el reservado, y de pronto ella, agarrándolo de la cabeza, hizo que la mirara y musitó:

—¿Quieres saber lo que se siente al ver las manos de otro sobre mí?

Duro como una piedra, Daryl no supo qué responder. La mente

se le había quedado en blanco, pero, viendo el deseo, el morbo y la decisión en los ojos de ella, consiguió susurrar:

—Sólo si es lo que tú deseas.

Arrebatada por lo que sentía en ese instante, la joven miró al hombre que los observaba desde la puerta y pidió:

—Jacob, desnúdate. Ven y juega con nosotros.

Sin dudarlo, aquél se acercó. Se deshizo a toda prisa de su ropa y, tras subirse a la cama y ver sus pulseras amarillas, llevó directamente la boca hasta los pezones de Carol. Los besó con mimo, los acarició, mientras Daryl observaba la situación incapaz de moverse.

Durante unos segundos, tanto él como Carol contemplaron lo que aquél hacía. Cómo la acariciaba, cómo le mordía los pezones, cómo la tocaba, hasta que sus miradas volvieron a encontrarse y ella susurró:

—Estoy entregada a ti. Sólo a ti.

Hechizado por lo que sintió en ese instante al oírla, Daryl llevó de nuevo la boca a la zona entre sus muslos y se volvió a centrar en el atrayente y mojado clítoris, eso sí, sin dejar de mirar cómo aquel hombre lamía y mordía los pezones de Carol, que disfrutaba del momento con los ojos cerrados.

Aquellas sensaciones eran nuevas para ella. En la vida se había imaginado haciendo algo así, pero, gustosa por estar ahí, temblando, disfrutó del morbo del momento.

Como loco por sentirla tan entregada, Daryl reptó por su cuerpo y, cuando Jacob comenzó a lamerle las costillas, acercó su boca a la de Carol y preguntó:

—¿Lo pasas bien?

Abriendo los ojos para mirarlo, ella asintió, justo en el momento en que la mano de Jacob alcanzaba su vagina. Estaba húmeda, mojada. Y Daryl, al ver su expresión y saber lo que ocurría, sonrió. Todo ello unido hizo que Carol jadeara y él, consciente de su disfrute, preguntó:

—¿Seguimos con el juego?

—Sí... —contestó ella, incapaz de pararlo.

—¿Recuerdas la frase para detenerlo?

—«Salsa de tomate.»

Daryl asintió. Y, tras besarla, y seguro de lo que ambos querían, exigió:

—Jacob, mastúrbala.

Al oír eso, los ojos de Carol se abrieron más aún. Daryl le sostuvo la mirada. Esperó a que ella dijera algo, pero, al no hacerlo, sonrió y, paseando su boca por la de aquélla, susurró:

—Eso es..., no cierres las piernas, cariño.

Instantes después, los dedos de Jacob entraron en su húmeda cavidad del tirón y Carol, al sentirlos, se arqueó y jadeó. Daryl sonrió. Ambos habían entrado totalmente en el juego. Y, tras pasear la lengua por su boca, susurró:

—¿Te gusta?

—Sí...

—¿Te excita que sea yo el que mire?

Carol, entregada por completo al placer, le apretó el brazo y soltó un chillido. No podía responder. No podía hablar. Sólo podía disfrutar de aquella extraña pero placentera situación.

Excitado al verla así, Daryl la observó. La sensación rara que en un principio había experimentado había desaparecido por completo. La conexión que había entre ellos se había redoblado, y musitó:

—Bésame, cariño.

Sentir que Daryl la besaba al tiempo que otro hombre, desnudo como ellos, la masturbaba sobre la cama hizo que la joven de nuevo se arqueara. El rostro de Daryl estaba ahora relajado. La tensión que antes había en sus ojos había desaparecido para dejar paso a una mirada destinada a seducirla, a volverla loca, a la vez que decía a escasos milímetros de su boca:

—Disfruta mientras te corres.

Su rostro y los movimientos de ella reflejaban el puro placer que sentía, y Daryl, sin separarse de ella, decía:

—Vas a tener un orgasmo inquieto, abrasador, loco. Y, antes de que tu cuerpo deje de estremecerse, me tendrás dentro de ti para que yo lo continúe, para que yo te folle, para que yo te haga mía una y mil veces.

—Daryl... —jadeó ella enloquecida.

—A partir de ahora, cada vez que recuerdes este momento, sólo podrás pensar en ti y en mí. En nuestras miradas y en nuestra conexión, porque esto y este momento siempre será algo tuyo y mío. Recuérdalo: tuyo y mío.

El cuerpo de Carol se estremeció de placer por aquellas palabras mientras un orgasmo loco, inquieto y abrasador, como él había predicho, la asaltaba. Aún temblaba cuando abrió los ojos. Tenía la boca seca, su cuerpo aún vibraba por lo ocurrido; entonces el tercero en discordia, consciente del juego, se apartó y Daryl indicó levantándose de la cama:

—Jacob, ofrécemela.

Rápidamente, como si no pesara nada, aquél cogió a Carol entre sus brazos. Sorprendida, ella lo miró y luego él dijo mientras se sentaba en la cama:

—Siéntate sobre mí, dándome la espalda.

Al ver que Daryl esperaba, Carol hizo lo que aquél le pedía, y, cuando se sentó y sintió que Jacob pasaba los brazos por debajo de sus rodillas para abrirle las piernas del todo, jadeó, justo en el momento en que Daryl se colocaba entre ellas y la penetraba.

—Te he dicho que me tendrías dentro de ti antes de que tu cuerpo dejara de estremecerse —dijo Daryl—. Y aquí estoy, cariño..., aquí estoy.

Carol gritó extasiada.

Por primera vez en su vida estaba desnuda entre dos hombres mientras uno le abría las piernas y el otro se metía con gusto en su interior. Aquello era increíble. Loca y maravillosamente increíble, y Daryl, borracho de placer, al notar cómo de nuevo vibraba, preguntó en voz baja:

—¿Te gusta sentirte poseída?

El morbo se instaló en ella. Lo que estaba haciendo la hacía disfrutar al máximo. Nunca imaginó que algo así pudiera ser tan morboso y sensual y, como pudo, afirmó:

—Sí..., sí...

Con diligencia, Daryl se introducía en su interior una y otra vez, despertándole increíbles oleadas de placer. Ver a Carol disfrutar de algo que ella en un principio, y contra todo pronóstico, había propuesto lo enloqueció, y cuando, pasados unos minutos, intuyó que el clímax estaba a punto de llegar, arrancó de las manos de Jacob a la que para él era su mujer, la llevó hasta un lateral de la habitación y, apoyándola contra la pared, dijo sin pensar:

—Te quiero.

Al oír eso, Carol parpadeó.

Y Daryl se encogió.

Pero ¿qué había dicho?

Desconcertados, ambos se miraron, y ella, cogiendo entre las manos el rostro de aquél, lo besó y a continuación declaró a su vez:

—Te quiero.

Era la primera vez que se decían una cosa así. Decir aquello tan prohibido, tan tabú, de pronto dio significado a todo, por lo que Daryl, hundiéndose en ella una y otra vez, henchido de pasión, le hizo sentir todo aquel amor, hasta que los dos, y al unísono, rozaron el cielo.

Agotados y sudorosos, quedaron inmóviles contra la pared. Sin necesidad de hablar, Jacob recogió su ropa y desapareció de la habitación, y, una vez a solas con Daryl, Carol murmuró:

—*Mamma mia*...

Eso hizo que él sonriera, y, cuando la miró, ella rápidamente preguntó:

—¿Estás bien?

Daryl asintió y, tras besarla en los labios, dijo:

—¿Tú estás bien?

—Sí.

Se miraron en silencio. Ambos habían dicho en un momento dado algo que no esperaban, y entonces Daryl murmuró:

—«Salsa de tomate».

Carol asintió. Era mejor no hablar de ello, y él, deseoso de cambiar de tema, preguntó:

—¿Cómo te has sentido con dos hombres dándote placer?

Acalorada por todo, ella sonrió y exclamó:

—¡Ha sido alucinante!

—Vaya..., no sé si ofenderme o sentirme feliz.

Ambos rieron, y ella prosiguió:

—Nunca... nunca imaginé que yo pudiera hacer algo así. ¡Madre mía! He estado desnuda con dos hombres en una cama practicando sexo y lo he disfrutado una barbaridad. Ay, por Dios, ¡qué descarada soy! Por favor..., si lo pienso, me avergüenzo de mí misma.

—¿Por qué dices eso?

La joven, tocándose el cuello, no supo qué responder.

—Carol —dijo él entonces—, lo que acabamos de hacer se llama disfrutar del sexo y el morbo. Y eso se goza así, dejándote llevar por el momento, olvidándote de los convencionalismos, de las vergüenzas y los tabúes.

Entre risas, los dos regresaron a la cama, donde Daryl la depositó con cuidado.

—Ha sido como debe ser... —añadió—. No pienses cosas raras y quédate con el momento vivido.

A continuación, mientras ambos permanecían tumbados mirando al techo sobre la cama, ella preguntó:

—¿Cómo te has sentido al ver a otro hombre jugando con nosotros?

Daryl lo pensó un momento.

—Bien.

Aquella respuesta tan escueta a Carol no le gustó, e insistió:

—Pero ¿«bien» de «ufff», o «bien» de «lo he pasado regulín» o «bien» de «superbién»?

Divertido por lo que decía y por su vivacidad, Daryl la miró, y, dispuesto a que aquélla supiera cuánto lo había hecho disfrutar, afirmó:

—Cariño, sólo diré: *¡megasuperbién!*

Capítulo 50

Después de una estupenda noche en la que, tras regresar de la fiesta, disfrutaron de su mutua compañía hablando de infinidad de cosas en el hotel, al día siguiente Enrique y Eduardo fueron a recogerlos y ellos no aparecieron.

Cuando sonó el teléfono de Carol, ésta, medio dormida, lo cogió y murmuró:

—¿Sí?

Enrique sonrió al oírla.

—Muchacha, ¿os habéis dormido?

De inmediato, Carol abrió los ojos y dijo:

—Dentro de diez minutos estamos abajo.

Al colgar, miró a Daryl, que dormía plácidamente a su lado, y tras darle un beso lo llamó:

—Daryl... Daryl...

Él abrió los ojos de inmediato, y Carol exclamó:

—¡Nos hemos dormido! Enrique y Eduardo nos esperan en recepción.

Daryl saltó de la cama sin poder creérselo. En su vida se había dormido.

—Anda, mira... —murmuró ella divertida—, si vas a llegar tarde... ¡Serás impuntual!

Al oír eso, Daryl, que entraba en el baño a lavarse los dientes y a ducharse, sonrió. Lo que no se le ocurriera a ella no se le ocurría a nadie.

Segura de que tenía unos minutos antes de que él saliera, Carol cogió su teléfono y tecleó:

Todo va bien. Ya te contaré.

Después se lo envió a Lola, que enseguida respondió:

Os quiero a los dos.

Veinte minutos después, tras bajar avergonzados y pedir perdón a sus amigos, ya en el coche, para que se despertaran, Enrique propuso ir a tomar un café a la playa de El Médano, un lugar de referencia en todo el mundo para la práctica del surf y donde se habían celebrado varios campeonatos mundiales.

Al saberlo, Daryl se alegró, y, una vez que hubieron llegado allí, animado por los otros tres, rápidamente alquiló una tabla y un traje de neopreno y se metió en el agua a coger olas. Eso le vendría muy bien.

Desde la terraza de la cafetería donde se tomaban algo con tranquilidad, Carol y sus amigos lo observaban mientras charlaban.

—No sé si me arrepentiré de llevarlo conmigo a Venecia —afirmó Carol, que estaba algo nerviosa.

—Tranquila. Todo irá bien allí —indicó Eduardo.

—Eso espero.

En silencio, observaron a Daryl mientras disfrutaba jugando con las olas, hasta que Enrique musitó:

—Muchacha..., pero ¿dónde has encontrado a semejante adonis?

Divertida, ella les contó parte de todo lo acontecido.

—Mi niña..., ese *amigo* te conviene —afirmó Eduardo.

Los tres rieron por aquello, y Carol, observando a Daryl en el agua, musitó:

—Somos polos opuestos. Demasiado.

Enrique y Eduardo se miraron, y el primero dijo:

—Pues si de verdad os gustáis y es importante vuestra relación, estoy convencido de que consideraréis fundir esos polos opuestos para que ambos paséis a formar parte de un mismo océano.

Al oír eso, Eduardo y Carol miraron a aquél, que, sonriendo, añadió:

—Por favor..., qué romántico y profundo me he puesto.

Una hora después, un emocionado Daryl llegó hasta ellos con el pelo húmedo. Le había encantado disfrutar de aquel ratito en el agua con la tabla, y tras dar un beso a Carol en los labios y tomarse un café, los cuatro retomaron su camino.

De allí se dirigieron a visitar otros lugares con encanto que había en la isla, y, sobre las dos de la tarde, fueron a comer a un guachinche al que ya habían llevado a Carol en ocasiones anteriores. Una vez allí, pidieron papas *arrugás* con mojo, berenjenas con queso y un exquisito pollo a la brasa.

Después de la comida, y ya en el coche, Enrique y Eduardo le fueron explicando a Daryl todas las curiosidades que éste preguntaba y decidieron dejar la subida al Teide para última hora. En toda aquella zona había mucho que ver.

A última hora de la tarde comenzaron el ascenso al Teide y optaron por parar en un municipio para comprar unos bocadillos. Sería bueno comerlos mientras observaban las estrellas.

Pensaron en detenerse en un precioso lugar lleno de encanto llamado Vilaflor de Chasna, un sitio con un paisaje sorprendente y rodeado de bosques de pino canario, donde Enrique, señalando un enorme árbol centenario, les indicó que lo llamaban *el Abuelo* por ser el más viejo de la isla.

Tras dejar el vehículo en una de sus calles, caminaron hasta la pequeña plaza del ayuntamiento, donde había un bar, y una vez allí se sentaron a una mesa, pidieron unos bocatas para llevar y algo de beber; estaban sedientos.

Tras dar un primer trago a la bebida que la simpática camarera les sirvió, Enrique preguntó:

—¿Sabéis por qué este lugar se llama Vilaflor?

Ninguno lo sabía, y él indicó:

—Cuenta la leyenda que un conquistador castellano de nombre Pedro Bracamonte se enamoró locamente durante la Reconquista de una joven guanche a la que, por su belleza, llamaban *la Flor de Chasna* y la hizo su prisionera. Sin embargo, ella no lo amaba y tras varios días de cautiverio consiguió escapar. Pues bien, al parecer, incapaz de soportar su pérdida, Bracamonte enloqueció de amor y sólo repetía: «¡Vi la flor del valle! ¡Vi la flor!». Tres meses después, el hombre murió, y este lugar se quedó con ese nombre: Vilaflor.

Todos sonrieron. Enrique era un erudito en todo lo referente a la isla. Les contaba cosas increíbles allá por donde iban, y, tras tomarse el refresco, cogieron sus bocadillos y regresaron al coche.

El camino de ascenso al Teide era estrecho y estaba lleno de curvas. El paisaje era increíble, y Enrique paró el coche en un mirador. Una vez que se apearon, este último señaló una roca y preguntó:

—¿No os recuerda a un zapato?

Sorprendidos, Daryl y Carol asintieron. Aquellas rocas volcánicas tenían la forma de un zapato de tacón femenino, y Enrique contó:

—Lo llamamos *la Zapatilla de la Reina* por la forma que tiene, y éste es su mirador.

Complacidos, se hicieron varios selfis. El sitio era precioso. Espectacular.

Prosiguiendo su camino llegaron hasta el Parque Nacional de las Cañadas del Teide, donde había un parador. Por suerte, los integrantes de las distintas excursiones ya se marchaban de la zona y sólo quedaban unas pocas personas. Estaba anocheciendo, y ver el cielo desde allí era todo un lujo.

Sentados en un banco de piedra, los cuatro charlaban de infinidad de cosas mientras comían los ricos bocadillos que habían comprado en Vilaflor y disfrutaban de un cielo oscuro plagado de preciosas y relucientes estrellas.

Una hora después, y tras varios besos apasionados por parte de Daryl, que le hacían entender cuánto la deseaba, Carol, impaciente por tener un ratito a solas con él, se levantó y propuso en confianza:

—Chicos, Daryl y yo nos vamos a dar un paseíto.

—¡Uis, qué zorrón! —se mofó Enrique al entenderla.

Pero no hizo falta decir más. Se dieron una hora de tiempo y cada uno desapareció por su lado.

De la mano, Daryl y Carol caminaban entre aquellas rocas volcánicas, bajo el cielo estrellado, cuando él murmuró:

—Nunca había visto un cielo tan bonito.

—Ni yo —afirmó la joven.

En silencio llegaron hasta una enorme roca volcánica y, atraídos como dos imanes, se besaron. Como siempre les ocurría, un beso llevó a otro, una caricia a otra, y cuando la excitación estaba por todo lo alto, sin dudarlo, él se desabrochó el pantalón, ella se quitó el suyo, y, cogiéndola entre sus brazos, la apoyó con delicadeza contra la roca y murmuró:

—Esto no es lo más correcto...

—¡Viva lo incorrecto! —lo animó ella.

Sonriendo, el comandante se dejó llevar por la locura.

Carol conseguía que hiciera cosas que nunca se había planteado hacer y, entre jadeos, besos y miradas ardientes, hicieron el amor contra aquella roca volcánica del Parque Nacional del Teide.

Capítulo 51

Cuando aterrizaron en el aeropuerto Marco Polo de Venecia, procedentes de Tenerife, llovía y Carol estaba nerviosa.

A diferencia del viaje a Tenerife, donde sabía que todo saldría bien, allí nunca se sabía. Su familia era imprevisible, y más aún si se celebraba el cumpleaños de su *nonna*.

Mientras esperaban a que sus maletas salieran, Daryl, al verla tan agobiada, preguntó:

—¿Qué te ocurre?

Ella lo miró. Por primera vez en mucho tiempo iba a su casa acompañada por un hombre, y él, al entender su gesto, rápidamente indicó:

—Tranquila. Todo irá bien.

Carol asintió. Quería creerlo. Lo necesitaba.

Tras recoger las maletas, una vez que salieron por la puerta, la joven enseguida vio a su hermano Adam y, sonriendo, le hizo un gesto con la mano.

Encantado, él se acercó a ellos y, tras saludar a Carol, miró al comandante y dijo chocando la mano con la suya:

—Eh, colega, me alegra verte por aquí.

—Lo mismo digo —respondió Daryl.

Ya en el parking, cuando Daryl vio el vehículo en el que iban a montar, preguntó:

—¿Todavía existen estos coches?

Carol y Adam se miraron boquiabiertos. El Citroën Mehari blanco desconchado era uno más de la familia, y Adam afirmó:

—Se llama *Apolo*.

—¿*Apolo*? —preguntó Daryl sorprendido.

—Pues sí, *Apolo* —repuso Carol, y añadió—: La *mamma* y la *nonna* lo utilizan todos los días para llevar las verduras que cultivan al mercado. Y, con él, hemos aprendido todos a conducir.

Daryl asintió y, observando el desastre de coche en el que tenía que montar, afirmó:

—Se ve. Sin duda, eso se ve.

Acelerada por los acontecimientos, mientras Adam conducía hasta la casa familiar, Carol comentó dirigiéndose a Daryl:

—Creo que lo mejor será que saludemos a mi familia y luego vayamos a un hotel. Te sentirás mejor así.

Incómodo por la incomodidad de ella, él asintió y, mirando el barrizal por el que tenían que meterse al abandonar la carretera, susurró:

—Sí. Creo que será lo mejor.

Tan pronto como llegaron frente a la casa de campo, cuando Adam detuvo el vehículo, rápidamente los ladridos de los perros comenzaron a oírse.

Daryl se fijó en los dos enormes mastines que los esperaban al otro lado de la verja con las patas mojadas y llenas de barro. ¿En serio tenían que entrar ahí?

Al ver su gesto de horror, Carol se apresuró a decirle a su hermano:

—Adam, sujeta a *Choco* y a *Coca* para que podamos entrar.

Sin hacer preguntas, él hizo lo que su hermana le indicaba y, una vez que los tuvo sujetos, iba a hablar cuando la puerta de la casa se abrió y apareció la *nonna*, que exclamó:

—¡Carol! ¡Mi bella *bambina* ya está aquí!

La aludida sonrió y, mirando a Daryl, que observaba boquiabierto a la mujer del pelo verde con la camiseta de AC/DC, señaló:

—¡Es mi *nonna*!

—Curiosa, tu *nonna*... —musitó él.

Carol abrió la portezuela de la finca, y Daryl y ella entraron en la misma. Mitra bajó a toda prisa los escalones de la entrada y, abrazando a su niña, murmuró en italiano:

—¡Qué alegría tenerte aquí! Pero qué guapa estás, mi vida... ¿Y tu pelo?, ¿qué le ha pasado a tu pelo?

—Lo doné, *nonna*. Ya te dije que lo tenía en mente.

La mujer asintió al recordarlo y, encantada, afirmó:

—Fue un gesto muy bonito, cariño. Muy bonito.

Daryl, que estaba detrás de ellas, se miraba los zapatos. La lluvia y el barro de la entrada se los estaban inundando.

—¿Éste es el Guiri? —preguntó entonces la *nonna*.

—*¡Nonna!*

—Tu abuelo nos lo contó. ¡¿Inglés?! Por Dios, hija, inglés, con lo sosos que son...

Carol, al ver que Daryl los observaba, lo asió de la mano y los presentó:

—Daryl, ella es Mitra, mi *nonna*. *Nonna*, él es mi amigo Daryl.

Aquellos dos se miraron y la mujer, sonriendo por la visita inesperada, saludó:

—Un placer conocerte.

Daryl, que no entendía nada de italiano, miró a Carol y ella tradujo:

—Dice que es un placer conocerte.

—Lo mismo digo, señora —afirmó él.

Estaban mirándose cuando apareció Prisca por la puerta y, bajando los escalones a toda prisa, abrazó a su hija.

—Mi sol, ya estás aquí.

—Hola, *mamma* —susurró feliz Carolina.

La mujer, cogiendo entonces su rostro entre las manos, musitó:

—Tienes un aura brillante y estupenda.

Instantes después, Prisca miró a Daryl y le preguntó en italiano a su hija:

—¿Él es el que te asustó?

Carol, al entenderla, asintió, y Prisca cuchicheó:

—Me gusta su aura azul.

—*Mammaaaaaa*, no empecemos.

Prisca sonrió. Por los años que había vivido en España, hablaba castellano, y mirando a aquél, dijo lentamente:

—¿Tú-eres-Daryl?

—Sí —respondió él alegrándose de entenderla.

—Yo-soy-Prisca, la-*mamma*-de-Carolina.

Daryl sonrió.

—*Mamma* —terció Carol—. Él te entiende sin necesidad de que hables como un indio.

La mujer sonrió tras dar un abrazo a aquel muchacho y, a continuación, repuso en italiano:

—Tu abuelo dijo que había que hablarle así al Guiri.

Carol resopló, y entonces Daryl dijo hablándole en inglés:

—Sólo he entendido la palabra *guiri*. ¿Aquí también soy un guiri?

La joven sonrió divertida, y su madre dijo:

—Vamos..., vamos..., entrad, que comienza a llover otra vez con fuerza.

Una vez dentro, se encontraron con Konrad, que estaba viendo la televisión. Daryl lo saludó contento al verlo, y él, bajando la voz para que no lo oyeran los demás, musitó:

—Muchacho, prepárate. Estas italianas están medio locas.

Eso lo hizo sonreír. Sin duda la convivencia en aquella casa iba a ser curiosa.

Tras intentar convencer a su *mamma* y a su *nonna* de que ella y Daryl estarían mejor en un hotel y aquéllas negarse en redondo, por último Carol se dio por vencida y ambos se instalaron en su habitación.

El resto de la tarde lo pasaron juntos en la casa familiar. Todos se desvivían por atender a Daryl, hasta que la *nonna* se sentó junto a él y comenzó a liarse un porrito de marihuana. Luego se les sumaron Prisca, el abuelo y Adam.

Carol miró a Daryl. Sabía cuánto lo incomodaba aquello, pero él aguantó y no dijo nada, a pesar de que el olor de los porros lo horrorizaba.

Tras una opípara cena que prepararon la *nonna* y la *mamma* con la ayuda de Adam, y a la que Luigi, el novio de la madre, no pudo asistir porque en la fábrica donde trabajaba tenía turno de noche, cuando finalmente Daryl y Carol entraron en su habitación, él exclamó quitándose la ropa a toda prisa:

—¡Por fin un poco de aire fresco!

Carol sonrió, y él, sentándose en la cama para descalzarse, preguntó:

—¿No les importa que durmamos juntos?

Eso hizo reír a la joven, que enseguida respondió:

—No, cielo. Para ellas, lo raro sería que no quisiéramos hacerlo. Recuerda: ¡prohibido prohibir!

Él asintió y, tirando los pantalones sobre la butaca, se tumbó en la cama y susurró mirando al techo:

—Creo que estoy algo mareado.

Divertida por ver cómo había dejado sus pantalones, Carol se tumbó junto a él y replicó:

—¡Lo que estás es algo colocado!

Daryl resopló y, sin ganas de reír, protestó:

—No sé dónde le ves la gracia, la verdad.

—Vale..., vale...

Se quedaron unos instantes en silencio, hasta que él preguntó:

—¿Cómo es que sabes hacer porros?

Carol, al recordar que su hermano le había pedido que le liara alguno, respondió:

—Porque sí.

—¿Has fumado alguna vez?

—Porros, no. Tabaco sí, aunque lo dejé.

Daryl se dio aire con la mano. No se sentía bien y, cuando Carol fue a abrazarlo, él le apartó la mano y susurró:

—No me agobies.

Ella lo miró preocupada, y él, consciente de lo que había dicho, insistió:

—Estoy revuelto. Nunca había estado en una habitación cerrada inhalando el humo de tanto porro.

Sintiéndose culpable, la joven murmuró:

—No te preocupes. Cierra los ojos y descansa. Se te pasará.

Daryl asintió. Se encontraba raro, pero, antes de lo que imaginaba, se durmió.

Carol, que no podía dormir, lo observaba preocupada cuando oyó su móvil vibrar. Al cogerlo, vio que era Lola.

¿Todo bien por ahí?

Acto seguido, se levantó, salió de la habitación y escribió:

¿Podemos hablar?

El timbre de su teléfono rápidamente sonó, y oyó:

—¿Qué pasa?

Carol salió al patio, se sentó junto a los mastines, *Choco* y *Coca*, y respondió:

—Creo que esto va a ser un desastre.

—¿Por qué?

—Porque tu hermano ahora mismo tiene un subidón de marihuana que ni él mismo se lo cree.

Lola comenzó a reír a carcajadas, y Carol, incapaz de aguantarse, rio también y dijo:

—No te rías, mala pécora.

—¿Mi hermano, colocado?

—Ya te digo.

—Grábalo, ¡quiero verlo!

—Lolorolaaaaaaaa...

Durante un buen rato las dos amigas hablaron, y cuando colgaron y Carol regresó a la habitación, miró a Daryl, que dormía, y suspiró. Tendría que vigilarlo de cerca.

Capítulo 52

Cuando Daryl despertó, la luz cegadora que entraba por la ventana le daba en toda la cara. Molesto por ello, resopló y, al mirar hacia el otro lado, se encontró con Carol, que dormía.

Durante unos segundos la observó, hasta que ella dijo desperezándose:

—*Buongiorno*, comandante.

—Buenos días —respondió él.

Acostumbrada a sus despertares, Carol sonrió y, dispuesta a que cambiara su gesto, se acercó a él y, tocándole el trasero con la mano, susurró:

—Pero qué bonita cara tienes hoy.

Aquel tipo de cosas, tan diferentes de las de las mujeres con las que anteriormente se había despertado, hacían sonreír a Daryl, y, consciente de que había conseguido su propósito, de forma loca y apasionada Carol le hizo el amor.

Una vez que se hubieron levantado y desayunado, ella se apresuró a sacar a Daryl de la casa; quería enseñarle Venecia.

Tras dejar el coche aparcado en el barrio de Dorsoduro, de la mano caminaron hasta llegar a la plaza de San Marcos. No era la primera vez que Daryl iba a Venecia, pero, en cambio, sí era la primera que estaba allí de turista.

Encantado y maravillado, observó todos los lugares por donde pasaban. Carol se conocía al dedillo la ciudad.

Cuando entraron en la basílica, la joven le señaló los mosaicos de la cúpula de la Ascensión, del siglo XIII. Le habló de los caballos de

San Marcos, del retablo de piedras preciosas que realizaron orfebres medievales o del saqueo de oro y plata de la cuarta cruzada, y Daryl la escuchó encantado.

Después subieron al campanario de la basílica. Era el edificio más alto de la ciudad y ofrecía unas vistas que Carol señaló que no se podía perder.

Cuando bajaron de allí, Daryl propuso dar un paseo en góndola. Eso le resultó gracioso a Carol. Hacer lo que hacían los turistas de pronto se convirtió en algo divertido y, tras negociar con un gondolero el precio para su paseo, se sentaron en una dispuestos a disfrutar.

Como dos enamorados, navegaban por los canales mientras Carol le explicaba por dónde pasaban, hasta que, al ver un puente, él comentó:

—Ése es el de los Suspiros, ¿verdad?

Carol asintió. Aquel puente era uno de los más conocidos. Y entonces el gondolero dijo algo. La joven sonrió al oírlo, y Daryl preguntó:

—¿Qué ha dicho?

—La tradición dice que al pasar por debajo del puente, si las parejas se dan un beso, tendrán felicidad y amor para siempre.

Daryl sonrió y, aunque no creía en esas cosas, afirmó:

—Si lo dice la tradición, hagámoslo. ¿Quiénes somos nosotros para ignorarla?

—Eh..., que somos amigos, no pareja.

Daryl suspiró con placer.

—Cariño, besémonos.

Y, dicho eso, cuando pasaron por debajo del puente, se besaron divertidos. ¿Por qué no?

En su recorrido en góndola, Carol hizo infinidad de selfis. La ocasión lo merecía. Y, cuando el bonito trayecto acabó, se dirigieron a comer. Estaban muertos de hambre.

Tras almorzar en una *trattoria* que ella conocía, prosiguieron con su recorrido por Venecia, hasta que, al pasar frente a una tienda, ella comentó:

—Vamos. Te voy a presentar a la bruja de mi hermana Annalisa.

Al abrir la puerta de la panadería, un rico y dulzón aroma a pan recién hecho les inundó las fosas nasales. Annalisa era una excelente repostera y, cuando entraron, Carol, preparada para el ataque, saludó:

—¡Hola, hermanita!

Annalisa, que estaba colocando unos pasteles, sonrió al verla. Rápidamente dejó la bandeja y salió de detrás del mostrador a toda prisa para abrazarla mientras musitaba:

—¡Qué alegría verte!

Boquiabierta, Carol parpadeó. ¿Su hermana estaba de buen humor?

Pero, no queriendo romper aquel momento único y extraño, cogió a Daryl de la mano y dijo:

—Annalisa, él es Daryl Michael Simmons.

La joven lo miró. Aquel tipo tenía una pinta excelente, y, tras darle varios besos en el rostro, saludó en italiano:

—Un placer conocerte, Daryl.

Carol lo tradujo al inglés y él respondió:

—Lo mismo digo.

La panadería-pastelería era un sitio curioso, y Annalisa, al ver cómo aquél lo miraba todo a su alrededor, con simpatía le explicó y le dio a probar varios de sus productos.

Boquiabierta, Carol fue traduciendo todo lo que ellos decían. Parecían haberse caído bien y, encantada, lo disfrutó. Ver a su hermana tan receptiva era inaudito.

En una de las ocasiones en las que Daryl observaba con detenimiento uno de los productos que allí había, Annalisa cuchicheó a su hermana:

—¿Te has vuelto loca?

—¿Por qué?

—¿Cómo traes a tu novio a casa?

—No es mi novio.

—¿No es tu novio?

—No. Daryl es mi amigo. Con derecho a roce, pero mi amigo.

—*Per favoreeeeeee*, Carol. No seas como la *mamma*.

Ella sonrió al oírla, y Annalisa insistió:

—Parece correcto y decente.

—Lo es.

—¿Y no se ha asustado con la familia?

Divertida, Carol la entendió y, sin entrar en detalles, simplemente contestó:

—Tranquila. Ya venía prevenido.

Durante varios minutos las dos hermanas hablaron y al final quedaron en verse en el cumpleaños de la abuela.

Tras salir de la panadería, Daryl susurró cogiendo la mano de aquélla:

—¿Ésa es la bruja de tu hermana?

Sin dar crédito, ella lo miró y respondió:

—Creo que es la primera vez en años que la veo tranquila y sonriendo. Sin duda algo le pasa o algo trama.

—¿Por sonreír?

Carol asintió y, recordando algo, afirmó:

—Créeme. Ya lo predijo mi madre, y ella nunca se equivoca.

Luego continuaron su camino, y sobre las siete de la tarde a Carol le sonó el teléfono. Era su hermano Adam, y quedaron con él en Cannaregio para cenar y tomar unas copas.

Cuando llegaron a aquel bonito y pintoresco barrio, Adam los esperaba. Encantados, entraron en un restaurante donde degustaron unas exquisitas pizzas y, cuando acabaron, Adam propuso ir a un local de moda a tomarse un *spritz*, un combinado muy popular en la zona.

Mientras bebían, Carol escuchaba divertida las bromas de Adam y Daryl. Desde el principio, aquellos dos habían congeniado muy bien.

Tras un primer *spritz* llegó otro, y en un momento dado Daryl, excusándose, se marchó al baño.

Mientras esperaban a que regresara, el gesto de Adam cambió. Carol enseguida se dio cuenta y preguntó:

—¿Qué ocurre?

Su hermano resopló y, señalando al fondo, explicó:

—Aquellos tipos fueron quienes me dieron la paliza.

Al oír eso, Carol se puso mala. Rápidamente se volvió para mirarlos y, al ver a unos imbéciles que a ella no le daban ningún miedo, musitó:

—Pasa de ellos. No creo que se les ocurra acercarse.

Adam asintió, su hermana tenía razón. Pero, tras unos segundos, uno de aquéllos, al pasar por su lado, se paró y, mirándolos, dijo:

—Pero ¿tú no eres... el *travelo*?

Carol suspiró y, cuando iba a saltar, Adam la paró, miró a aquel tipo y dijo:

—Oye, no quiero problemas. ¡Pírate!

Aquél, sonriendo, se alejó unos pasos, pero antes de que pudieran ni siquiera comentarlo, volvió a acercarse con otro tipo y, plantándose frente a ellos, comenzaron a increpar a Adam.

Éste miró a su hermana. Si su mecha era corta, la de Carol era más corta todavía, y cuando vio que aquélla se disponía a levantarse, la detuvo e indicó:

—No es buena idea.

Ella asintió, pero, incapaz de soportarlo, siseó:

—Lo sé. Pero tampoco es buena idea que continúen ellos.

Adam sonrió. Justo en el momento en que Daryl llegaba hasta ellos, aquellos imbéciles se alejaron. Sin entender qué ocurría, al ver las caras de Carol y de Adam, preguntó:

—¿Qué pasa?

Carol, a quien la sangre le bullía, respondió señalando a aquellos tipos, que seguían mofándose a distancia:

—Pues pasa que ésos fueron quienes pegaron a Adam, y les voy a partir la cara.

Sin dar crédito, él la miró y repuso:

—Ya puedes ir olvidándote de ellos. Pero ¿quién te crees que eres?, ¿Bruce Lee?

Eso hizo reír a los hermanos, y luego ella soltó:

—¡Me gusta más Lara Croft!

A Daryl no le gustó que se rieran de ese modo. Pero ¿es que tenían que cachondearse de todo?

Entonces Carol, para que él dejara de mirarla así, cogió su *spritz* e intentó tranquilizarse. Daryl no era persona de jaleos callejeros y ella lo respetaba.

Sin mirar a aquellos tipos, los tres continuaron charlando. Pero, a diferencia de Daryl, que no comprendía qué gritaban aquéllos, Adam y Carol sí los entendían, y, en cierto momento, Adam se hartó y siseó dando un manotazo sobre la mesa:

—Hasta aquí hemos llegado.

Poniéndose en pie, se encaminó hacia ellos, pero rápidamente Daryl lo paró.

—¿Qué narices vas a hacer?

Adam, enfadado por las barbaridades que aquéllos decían, iba a contestar cuando Daryl, sin soltarlo, bramó:

—¡Vámonos de aquí!

Carol asintió. Era la mejor idea. Pero, al oír de nuevo cómo uno de aquellos tipos se metía con su hermano, dio media vuelta y, sin pensarlo, llegó hasta él, lo empujó y comenzó a gritar en italiano todas las burradas que se le pasaban por la cabeza.

Daryl intentó pararla, pero Adam se metió entonces por medio y, antes de lo que imaginaba, allí se organizó una buena. Ver cómo se empujaban lo encolerizó y, al final, se metió también en la pelea.

Allí se formó una buena batalla campal, donde todos, absolutamente todos, se llevaron algún puñetazo. Y, cuando por fin Daryl y los dueños del local consiguieron parar aquello, mirando a Carol, que llevaba el pelo como una loca, y a Adam, que tenía sangre en la boca, siseó:

—Pero ¿os habéis vuelto locos?

Carol y Adam se miraron.

No era la primera vez que les ocurría algo así y ella, al ver que los dueños del local echaban a los tipos que habían comenzado a insultar, replicó:

—¿Y qué querías que hiciéramos?

Daryl, tocándose el pómulo, donde había recibido un buen golpe, y viendo su camisa rota, respondió:

—Pues llamar a la policía. No lanzarte como una salvaje a dar golpes.

—Anda ya... —protestó ella al oírlo.

—¡¿Anda ya? ¿Cómo que anda ya?! —gritó Daryl.

Carol frunció el entrecejo al oírlo y siseó:

—Eh..., cuidadito con tus modales porque a mí no me grita nadie.

Asombrado, él la miró entonces y preguntó:

—¿Acaso vas a golpearme a mí también?

Las miradas de ambos se enfrentaron.

Llegado el momento, eran como dos contrincantes en un ring, y Adam, al ver aquello, se limpió con una servilleta la sangre de la boca y dijo, intentando poner paz:

—Bueno, vale ya. Tranquilicémonos. Tampoco ha sido para tanto.

Ofuscado y enfadado, Daryl replicó:

—¿Que no ha sido para tanto?

—Sólo han sido empujones y puñetazos —indicó Adam quitándole importancia.

—¿Y te parece poco?

Carol resopló y, enfadada, dijo mirando a su hermano:

—Adam, no te esfuerces en hacerle entender. El señorito Daryl Michael Simmons está hecho de otra pasta.

Oír eso lo cabreó más aún.

—No se trata de estar hecho de otra pasta —sentenció—, sino de utilizar la cabeza. Si esos imbéciles se estaban pasando, la mejor opción no es liarse a guantazos, sino llamar a la policía, que para eso están, y salvaguardar vuestra integridad.

Adam y Carol se miraron, y Daryl, al ver que con disimulo se sonreían, añadió:

—Vámonos. No me apetece estar aquí.

En silencio, los tres se dirigieron hacia donde Carol y Daryl habían dejado el coche y se encaminaron a la casa.

Cuando llegaron, Daryl bajó del mismo dando un portazo, y Adam, mirando a su hermana, musitó:

—Vaya cabreo que tiene el Guiri.

Carol asintió y, entrando en la casa, dijo:

—Vete a la cama. Hasta mañana.

Una vez que Daryl y ella estuvieron a solas en la habitación, se desnudaron en silencio.

Él se examinó entonces el pómulo en el espejo y maldijo, seguro que le saldría un hematoma. Carol, al ser consciente de ello, preguntó mirándolo:

—¿Estás bien?

—Muy bien —siseó en tono despectivo.

A continuación, ella sacó una pomada de un cajón.

—Ven —indicó—. Te echaré esta pomada, te vendrá bien.

—No, gracias.

La joven asintió y, tras dejarla sobre la cómoda, susurró:

—Pues vale.

Ambos se metieron en la cama sin decir nada. Daryl se tumbó y, cuando ella iba a hablar, él replicó:

—Si no te importa, quiero descansar.

Pero, sin dar importancia a sus palabras, Carol susurró:

—Venga, Daryl..., lo ocurrido ha sido una tontería.

—¡¿Una tontería?!

Al ver cómo la miraba, ella asintió y él, incorporándose sobre el colchón, gruñó tratando de no levantar la voz:

—Mejor será que me calle. No estamos en el mejor sitio para hablar, pero sí te voy a decir que me has decepcionado esta noche. En vez de comportarte como una hermana responsable con Adam, te has comportado como una salvaje y...

—A mí no me hables así —lo cortó.

—Te hablaré como te mereces.

Carol resopló y, recordando algo, dijo:

—Me llamas *salvaje*, cuando sé que te liaste a puñetazos con Dennis la primera vez que lo viste con Lola. ¿Y la salvaje soy yo?

Al recordar aquel episodio, Daryl respondió:

—Eso fue diferente.

—Diferente..., ¡y una mierda! —gruñó ella—. Lo que pasa es que tú eres incapaz de entender las cosas. Eso sí..., ¡a ti todos te tenemos que entender! Al señorito comandante, ¡todos lo tenemos que escuchar!

Sin dar crédito, él la miró y siseó:

—Te estás pasando, ¿no te parece?

—Tú también —replicó ella.

Enojado, y consciente de que aquélla no iba a parar de replicarle, sin decir más, Daryl se tumbó y se dio la vuelta. Era mejor callarse.

Ofuscada y sin ganas de rozarse con él, Carol tiró entonces con fuerza de la única almohada que había en la cama, haciendo que la cabeza de aquél rebotara. Y, cuando Daryl la miró con gesto ceñudo, ella, sin amilanarse, puso la almohada entre los dos y sentenció:

—Buenas noches.

Él no respondió. Era lo mejor.

Capítulo 53

Al mediodía siguiente, todos excepto Annalisa se juntaron alrededor de la mesa para comer y el abuelo, al ver el labio de Adam, el pómulo hinchado de Daryl y los nudillos rojos de su nieta, se mofó:

—Veo que anoche tuvisteis fiesta.

Divertido, Adam sonrió.

—Mejor ni lo menciones.

La *nonna* dejó entonces la cazuela de estofado sobre la mesa.

—Podríais haber avisado... —rio—, la fiesta nos gusta a todos.

Daryl la miró asombrado. ¡Eso lo había entendido! ¿En serio había dicho eso la abuela?

Carol, al ver su expresión, evitó sonreír, pero su madre, que se había dado cuenta de aquello, regañó:

—*Mamma, per favoreeeeeee...*

A continuación, la abuela le guiñó un ojo a su marido, y Konrad, divertido, cuchicheó:

—Italiana..., nunca dejarás de ser esa jovencita follonera que me enamoró.

Tras la comida, durante la cual Daryl no abrió la boca, se levantó disculpándose y, cuando salió del salón, todos miraron a Carol y ella aclaró:

—Está enfadado por la pelea de anoche. Ya se le pasará.

Konrad cabeceó.

—Linda —dijo mirando a su nieta—, el Guiri me cae muy bien, pero es inglés... ¿Qué esperas?

—Demasiado fino para esta familia —afirmó la *nonna*.

—*Mammaaaaaaaa* —protestó Prisca.

Esos comentarios hicieron sonreír a Carol. Su familia tenía razón. Daryl y ellos no pegaban ni con cola e, intentando que todos dejaran de hablar de aquello, propuso:

—Adam, ¿qué tal si vamos a por unos helados a la heladería de Giovanna?

Encantado, él se levantó e, instantes después, ambos salieron por la puerta.

Prisca, que estaba preocupada por Daryl, tras preparar una taza de café, y mientras sus padres hablaban en el salón, se encaminó hacia la habitación. Llamó con los nudillos en la puerta y, cuando ésta se abrió y apareció Daryl, le dijo hablándole en español:

—Te he traído un café. ¿Puedo pasar?

Rápidamente él se echó hacia un lado y respondió:

—Por favor, Prisca, estás en tu casa.

Una vez que la mujer entró y dejó el café sobre la mesita, mirando a aquél, que había cerrado la puerta, empezó a decir:

—Siento si lo ocurrido anoche te incomodó. Adam y Carol son dos polvorillas que, en cuanto los calientan un poco, saltan sin pensar en nada más.

Daryl asintió y, suspirando, repuso:

—Sí, pude comprobarlo.

Prisca sonrió y, acercándose a la cómoda, cogió el bote de pomada y le pidió:

—Siéntate en la silla, por favor.

Incapaz de llevarle la contraria, Daryl se sentó y ella, destapando el bote, se echó pomada en el dedo y, tras posarlo sobre la mejilla de aquél, mientras lo extendía, susurró:

—Siento lo de tu pómulo y lo de tu camisa.

—Eso es lo que menos importa, Prisca, por favor.

Estuvieron unos segundos en silencio y, cuando ella terminó de extender la pomada, añadió:

—Sé cómo somos en esta casa y, apenas sin conocerte, puedo imaginarme cómo eres tú. Estoy convencida de que nuestra manera de vivir y de ver la vida nada tiene que ver contigo, pero quiero decirte que Carol se merece lo mejor, porque es la personita más buena, amable y cariñosa que conocerás en tu vida.

Daryl esbozó una sonrisa y aquélla preguntó:

—¿Ella te habló de Jane? —Él asintió con tristeza y ella continuó—: Mi hija siempre ha sido muy protectora con todos nosotros, pero cuando pasó lo de Jane, esa protección se redobló. Como madre suya que soy, le he dicho infinidad de veces que ha de vivir su vida, y aunque ella me dice que ya lo hace, sé que está más pendiente de nosotros y de nuestras necesidades que de las suyas propias. Con esto te quiero decir que, si anoche Carol actuó como lo hizo, fue para proteger a su hermano, porque lleva toda su vida haciéndolo.

—Prisca —musitó Daryl levantándose de la silla—. Ni ella ni nadie ha de reaccionar como lo hizo anoche. Y que conste que no lo digo porque el hecho en sí estuviera bien o mal, sino por su propia seguridad. Ayer, cuando la vi enfrentándose a esos tipos, que le sacaban una cabeza, me encoloricé. En ningún momento pensó que algo podría sucederle. No se paró a pensar que yo estaba allí para protegerla y...

—Daryl —lo interrumpió—. ¿Todavía no te has dado cuenta de que Carol lleva tanto tiempo protegiéndose sola que no sabe cómo dejarse proteger?

Aquellas palabras llamaron la atención del inglés, y Prisca continuó:

—Carol parece muy segura de sí misma y, aunque en ciertos temas lo es, tiene sus miedos y sus inseguridades. Miedo a decepcionar, a decepcionarse, a encariñarse. Y, lo peor, se culpa por todo.

Guardaron silencio unos segundos y luego ella continuó:

—Eres el primer hombre que Carol trae a casa desde que se separó de Bastian. Veo cómo te mira, cómo te sonríe, y siento que mi hija vuelve a tener ganas de vivir. Pero también siento que se culpa a sí misma cuando algo no sale bien. Mi hija es como un libro abierto y, si la observaras detenidamente, me darías la razón.

Daryl no contestó. Sabía que era verdad parte de lo que aquélla decía. En muchas ocasiones, sólo con mirarla sabía qué pensaba, cómo iba a reaccionar, y, sonriendo, musitó:

—Ten por seguro que la observo y la voy conociendo. Y, aunque anoche estaba muy enfadado con ella y con Adam por lo ocurrido, ya se me ha pasado. Sin embargo, mi forma de ser no me permite demostrarlo.

—Fríos e impersonales, siempre se ha dicho eso de los ingleses —se mofó la mujer.

Daryl asintió y, suspirando, declaró:

—Lo admito: soy un inglés lleno de barreras.

—En el amor no tiene que haber barreras. Y, si las hay, deberías saltarlas.

Ambos sonrieron por aquello y luego Prisca indicó, dejando de nuevo la pomada sobre la cómoda:

—Dicen que cuando recorres un camino sin barreras es probable que no te lleve a ningún sitio. —De nuevo ambos sonrieron, y la mujer añadió—: Salta las barreras que tú mismo te impones por vergüenza al qué dirán o pensarán y ve a por lo que quieres. ¿Por qué estar enfadado cuando lo que deseas es sonreír? ¿Por qué mirar por la ventana cuando lo que quieres es salir por la puerta? Piénsalo. Medítalo. Y verás cómo la vida es mucho más fácil para ti y para quienes te rodean si, en vez de luchar contra ella, te alías con ella.

Daryl asintió. La charla con aquella mujer le estaba gustando mucho, y, recordando algo, señaló:

—Prohibido prohibir.

—Exacto. —Ella sonrió. Y, tras darle dos besos en las mejillas, finalizó—: Ahora tómate el café y, cuando estés dispuesto, quítate los zapatos, cálzate las zapatillas de deporte y comienza a saltar barreras.

Una vez que Prisca salió de la habitación, Daryl se sentó en la cama, cogió el café que aquélla le había llevado y, tras removerlo con la cucharilla, con una sonrisa se lo bebió.

* * *

Pasada media hora, Adam y Carol ya estaban de regreso con el helado, y ésta, viendo que Daryl seguía en la habitación, se encaminó hacia allí.

Cuando entró, vio a Daryl mirando por la ventana, y preguntó:
—¿Podemos hablar?
Ya más tranquilo, él asintió.
—Tienes razón —dijo ella—. Soy una inconsciente y no debería haber actuado así. Pero esos tipos humillaron y pegaron a mi hermano simplemente porque les dio la gana. Y, por si eso fuera poco, ayer volvieron a hacerlo. Piénsalo: ¿cómo habrías reaccionado tú si eso les ocurriera a Lola o a Priscilla?
Daryl suspiró. Le gustara o no, las palabras de aquélla estaban cargadas de verdad. Él era protector con sus hermanas. Mataría a quien se le ocurriera hacerles daño, y al final respondió:
—Imagino que habría reaccionado como tú.
Carol sonrió. Al menos, parte del camino ya estaba allanado; entonces él, sorprendiéndola, abrió los brazos y pidió:
—Perdóname y ven aquí.
Sin dudarlo, ella se le acercó y, tras besarse, comenzaron a reír, mientras Daryl era consciente de lo fácil que en ocasiones era saltar una barrera.

Capítulo 54

Durante un par de horas se quedaron en la habitación. Necesitaban estar solos. Necesitaban tocarse, besarse, amarse, hasta que sonaron unos golpes en la puerta.

De inmediato, Carol se puso una camiseta y, levantándose de la cama, abrió y se encontró con su abuelo, que dijo dirigiéndose a ella en alemán:

—Necesito que Daryl se venga conmigo.

Sorprendida por su petición, apoyándose en la puerta, preguntó:

—¿Adónde?

El hombre suspiró, miró hacia los lados y contestó:

—Es algo personal.

Sin sorprenderse mucho, Carol respondió:

—Pues o me dices qué es o Daryl no se mueve de mi lado.

Konrad maldijo. Su nieta era tremenda, y, mirándola, cuchicheó:

—A ver, linda. ¿Cómo te lo digo? El caso es que se me han acabado ciertas pastillas y he de comprar más.

—¿Qué pastillas? —preguntó curiosa.

El hombre resopló y, finalmente, respondió:

—Las azules. La Viagra.

—¡Abuelo!

Konrad asintió y, susurrando, insistió:

—Linda, uno tiene ya una edad y tu abuela es una marchosa, ¡y yo sin mis pastillitas no soy nadie!

Boquiabierta, miró a Daryl, que se había levantado de la cama y los observaba desde un lateral, aunque no entendía nada. Las peripecias de sus atípicos abuelos le parecían divertidas, y preguntó:

—¿Y para qué quieres que Daryl vaya contigo?

—Para que entre él en la farmacia y las compre.

—¡Abuelo! —lo regañó.

—Hija..., ¿cómo voy a comprarlas yo? Aquí saben quién soy y perdería mi hombría.

Ella parpadeó atónita. No pensaba consentir que Daryl hiciera aquello, y, tomando aire, dijo:

—Dame cinco minutos. Yo te acompañaré a comprarlas.

—¡¿Tú?!

—Sí. Yo.

El hombre protestó y, una vez que la joven cerró la puerta, Daryl, que los había escuchado hablar, preguntó:

—¿Qué ocurre?

Carol lo miró; ella y su particular familia. Suspirando, explicó:

—A mi abuelo se le ha acabado la Viagra y pretendía que fueras tú a comprarla para que así él no perdiera su hombría ante las farmacéuticas.

Daryl parpadeó sin dar crédito. ¡¿Él comprando Viagra?!

Y, cuando iba a responder, ella rápidamente aclaró:

—Pero, tranquilo, iré yo con él. Conozco a la farmacéutica.

—Joder con tu abuelo —musitó Daryl.

—¡Por algo lo llamamos el *Playboy*!

Una vez que terminaron de vestirse, Carol y Daryl regresaron al salón, y ella, dirigiéndose a su hermano Adam, preguntó:

—¿Vas a salir a algún lado?

—No creo.

Carol asintió y, cogiendo su bolso y las llaves del coche de su madre, indicó:

—Salgo con el abuelo, espero estar aquí antes de una hora. Por favor, no lo dejes solo.

—Sin problema —repuso él mirando su móvil.

Después de que Carol le diera un beso a su chico y se marchara con su abuelo, de mejor humor, Daryl se sentó junto a Adam. Prisca se le acercó y preguntó:

—¿Un *limoncello*?

Aquel licor le gustaba, lo conocía, y enseguida dijo:

—¡Estupendo!

—Adam, ¿quieres tú?

—No, *mamma*.

Rauda y veloz, Prisca se dirigió a servir un licor de limón para Daryl y otro para ella, y entonces el teléfono de Adam sonó. Él se levantó de inmediato, habló con alguien y, cuando colgó, indicó mirando a Daryl:

—Es Patrizia. Me voy.

Aun sin saber quién era aquélla, Daryl asintió. Instantes después, se levantó, caminó hacia la chimenea y comenzó a fijarse en las fotos que allí había.

Divertido, vio fotos de Carol de niña. Su rostro era el mismo. Su sonrisa no había cambiado. Era una preciosidad.

Prisca se le aproximó entonces y dijo tendiéndole un vasito:

—Éste para ti, y éste para mí.

Él lo cogió encantado y, clavando la mirada en una fotografía que de pronto vio, preguntó:

—¿Ese bebé era Jane, la hija de Carol?

Prisca miró la foto.

—Sí. Era una bebita hermosa y regordeta que siempre sonreía, como su madre. Carol te contó lo que pasó, ¿verdad?

Daryl asintió y ella, mirándolo, dijo:

—Fue duro para mi hija. Muy duro. Pero, por suerte, ya está mejor.

Daryl miró de nuevo la foto, en la que Carol sonreía con aquella bebita en brazos.

—Brindemos por Jane —propuso Prisca—. Porque su alma limpia y pura viva eternamente.

Sorprendido, él chocó el vasito de *limoncello* con ella, y entonces la puerta de la calle se abrió y ante ellos apareció un joven tan alto como él que se los quedó mirando. Prisca, al verlo, sonrió e indicó:

—Luigi, *amore mio*, ven. Él es Daryl, el novio de Carol.

Al oír eso, el gesto de aquél cambió y, acercándose, dijo algo que el inglés no entendió y le dio un abrazo que lo dejó casi sin respiración. A continuación, Prisca sonrió gustosa y aclaró:

—Luigi es mi amor y se alegra de que estés aquí.

Daryl asintió. Creía que Carol exageraba en cuanto a la edad del novio de su madre, pero no, era cierto. Sin embargo, respetándolo, iba a hablar cuando el tal Luigi se acercó a Prisca y la besó de tal manera en la boca que Daryl sintió vergüenza.

Durante unos segundos esperó a que aquéllos dejaran de besarse y de meterse mano con tan poca discreción, hasta que Prisca, parándolo, miró a Daryl y explicó:

—Llevamos varios días sin vernos y somos muy efusivos.

Sin saber qué decir, él asintió y aquélla cuchicheó:

—Enseguida volvemos..., no te muevas de aquí.

Y, acto seguido, desaparecieron tras la puerta que llevaba a las habitaciones.

Boquiabierto, y con el vaso de *limoncello* entre las manos, Daryl se sentó en el sofá. Si su padre viera aquello, como poco se escandalizaría, y sonrió. Estaba bebiéndolo cuando la *nonna* se acercó a él y, dejando un plato de galletas y la botella fresquita de *limoncello* sobre la mesa, indicó en italiano:

—*Mangiare.*

Daryl pensó en aquella palabra. *Mangiare* era ¡«comer»!

Y, deseoso de hacerle entender que la había comprendido, cogió una de aquellas galletas y le dio un mordisco.

La *nonna* sonrió y, tras sentarse a su lado, cogió otra, que mordió también.

Tras acabar aquella galleta, Daryl sonrió y, con ganas de que lo entendiera, afirmó:

—Muy buenas.

—*I miei biscotti sono molto buoni* —repuso la abuela feliz.

Se miraron sonriendo, y entonces se oyó un gemido procedente de detrás de la puerta.

Daryl miró hacia allí boquiabierto. ¿En serio era lo que estaba pensando?

La *nonna*, al percatarse, sonrió y rápidamente le dio otra galleta. Daryl la cogió y, sin dudarlo, le dio un mordisco.

De nuevo otro gemido, esta vez acompañado de un golpe seco contra la pared, y a continuación la *nonna* aclaró con total naturalidad:

—*La mia figlia è molto appassionata.*

Asombrado por lo que había oído, Daryl asintió y, sin saber qué hacer, cogió otra galleta más, que se comió enseguida. Aunque para aquélla oír los jadeos de su hija fuera lo más normal del mundo, a él lo incomodaba, y mucho.

La *nonna*, consciente de que él lo estaba pasando mal, se levantó del sofá y, acercándose al equipo de música, puso un CD a toda mecha. A Daryl le atronaron los oídos. Y la mujer, mirándolo, gritó:

—*Ti piace?!*

Daryl no supo qué contestar. No la entendía.

Odiaba aquella música ratonera, pero, a diferencia de otras ocasiones, le dio por reír y, cogiendo otra galleta, afirmó repanchigándose en el sofá:

—*Bueni... Molto bueni.*

Capítulo 55

En la farmacia, una vez que Carol hubo comprado las pastillitas azules para su abuelo tras hacer una larga cola, cuando salió de nuevo a la calle y se acercó a él indicó tendiéndoselas:

—Ya está. Toma.

—No habrás dicho que eran para mí, ¿no?

Carol lo miró y él añadió, guardándoselas en el bolsillo de su cazadora de cuero:

—Uno tiene que salvaguardar su reputación.

Carol suspiró y justo cuando iba a contestarle, Konrad vio a un amigo suyo y fue a saludarlo. Carol resopló. Tenía prisa. Daryl estaba esperándola, pero, con paciencia, aguardó.

Se apoyó en el coche, pero de pronto vio pasar a su hermano de la mano de una chica y, corriendo hacia él, preguntó:

—¿Qué haces aquí?

Adam la miró y, consciente de su incomodidad, dijo:

—Carol, te presento a Patrizia. Patrizia, ella es mi hermana Carol, con la que vivo en Londres.

Carolina miró a la muchacha. Era una joven de unos veinte años, menudita y nada exuberante, y, consciente de que aquélla debía de ser la chica de la que su hermano le hablaba siempre, dulcificó el gesto.

—Encantada de conocerte, Patrizia —saludó.

La niña sonrió gustosa, y Carol preguntó dirigiéndose a su hermano:

—¿Podemos hablar un segundo?

En cuanto se separaron de aquélla, la joven gruñó:
—Pero, vamos a ver, ¡¿yo no te he dejado con Daryl?!
Adam asintió y, con seguridad, replicó:
—Sí. Pero me ha llamado Patrizia y, como comprenderás, entre hacer de niñera de tu novio y poder ver a la chica que me gusta, he elegido lo último.
Carol maldijo y, mirando a Konrad, gritó:
—¡Abuelo, vamos!
El anciano asintió, y Adam, al ver su inquietud, musitó:
—Por Dios, Carol, que Daryl está con la *mamma* y la *nonna*, no con unas asesinas en serie.
La joven se movió nerviosa y, sonriendo, repuso:
—Lo sé, tonto. Pero me intranquilizo por él. Ya sabes..., el idioma y tal.
Instantes después, tan pronto como se despidió de su hermano y de su chica, se acercó a Konrad.
—Lo siento, abuelo, pero tengo que regresar.
—Un segundo, linda..., un segundo.
Pero el tiempo pasaba y, media hora más tarde, tras avisarlo cuatro veces más, volvió a acercarse a él e insistió con gesto de enfado:
—¿Te quedas o te vienes?
Konrad finalmente se despidió de su amigo y, cuando se montó en el coche, gruñó:
—¡Qué prisas!
Carol no respondió.
Poco después, al ver lo rápido que aquélla conducía, Konrad preguntó:
—¿Nos sigue la policía o algo por el estilo?
Carol negó con la cabeza. Habían pasado dos horas y media desde que había dejado a Daryl en su casa.
—Tengo prisa —contestó.
Una vez que llegaron a la casa, al bajar del coche y oír la música heavy metal a todo trapo, se horrorizó. Pobre Daryl.
—Iron Maiden, *Speed of Light*, ¡menudo temazo! —exclamó su abuelo.

A toda mecha, Carol subió los escalones. Tenía que rescatar a Daryl de aquello, pero, cuando abrió la puerta y se encontró a aquél junto a su abuela haciendo ambos como que tocaban la guitarra, él sin camisa, sólo con los pantalones y un mechón verde en la cabeza, se quedó parada en el umbral, y su abuelo, que iba detrás, musitó:

—Mira el Guiri, qué bien se lleva con mi italiana...

Sin dar crédito, Carol los miró.

Que Daryl se estuviera comportando de aquella forma no era normal en él, y, acercándose al equipo, paró la música de golpe.

—*Bambina*... —protestó de inmediato la abuela—, pero ¿qué haces?

En cambio, Daryl continuaba como abstraído, tocando la guitarra con los ojos cerrados. Carol rápidamente se dirigió a su abuela:

—¿Por qué lleva un mechón verde?

La *nonna* sonrió y, mirándolo, afirmó:

—Ha dicho que le gustaba mi pelo.

Desesperada, la joven maldijo.

—*Nonna*, ¿qué le has dado? —insistió.

La mujer, sonriendo, se retiró el pelo verde de los ojos.

—Nada —respondió.

—¿Nada? ¿Y por qué sigue tocando la guitarra?

—Hija..., le gustará.

Carol negó con la cabeza y, al ver una botella vacía sobre la mesa, se acercó y preguntó:

—¿*Limoncello?*

—Sí.

Y, viendo el plato que estaba junto a la botella, cerró los ojos.

—*Nonna*, ¿qué había en este plato? —quiso saber.

La mujer, tras sonreírle a su marido, que le había enseñado la caja de pastillas que habían ido a comprar, respondió:

—Galletitas. Muy ricas, por cierto.

Daryl seguía tocando la guitarra como poseído, y Carol insistió:

—*Nonna*..., ¿las galletas eran de marihuana?

La mujer asintió.

—Al Guiri le han encantado.

—*Nonnaaaaaaaa...*

Horrorizada, Carol no sabía qué hacer. Cuando Daryl fuera consciente del colocón que llevaba por el efecto de la marihuana de las galletas no se lo iba a perdonar; se acercó a él y lo paró.

—Cariño..., cariño..., ¿me ves? —dijo.

Daryl, que no había probado las drogas en su vida, sonrió y contestó:

—Carollllllllll... Holaaaaaaaaaaaaa...

—Ay, Diosssssssssss...

—Carol..., me encuentro muy raro..., mucho..., mucho..., mucho... —añadió él sin dejar de sonreír.

Konrad, al ver aquello, miró a su mujer y preguntó:

—¿No quedan más galletitas de ésas?

La *nonna* sonrió y, cogiendo a aquél de la mano, musitó saliendo en dirección a la calle:

—Se las ha comido todas el Guiri. Mañana para la fiesta haré más.

A continuación, Prisca y Luigi aparecieron por la puerta del salón, y Carol, mirándola, exclamó:

—*Mammaaaaaaaaa*..., las galletas de marihuana.

Ella, al ver el gesto de horror de su hija y los movimientos de Daryl, rápidamente se soltó de Luigi y dijo:

—Café. Agua. Ducha.

—Ay, Dios..., esto no me lo va a perdonar.

Al oírla, Prisca la miró.

—Él no tiene que perdonarte nada. Pero ¿qué dices, hija?

Pero Carol no respondió, estaba agobiadísima.

—Le vendrá bien masticar granos de pimienta —indicó entonces su madre—, ¡vamos!

Prisca y Carol, con la ayuda de Luigi, sentaron a Daryl en una silla. Después la mujer fue a la cocina, cogió una jarra, un vaso y un tarro con algo dentro.

Rápidamente le hizo beber agua a Daryl mientras decía:

—Beber agua es bueno. Ayuda a combatir la sequedad de la boca y estará hidratado.

Carol asintió mientras su madre, abriendo un bote, cogía varios granos y se los metía a aquél en la boca. Daryl enseguida los escupió, y Carol preguntó:

—Pero ¿qué es eso?

Prisca, mirando a su hija, dijo tendiéndole el bote:

—La pimienta negra es un estupendo remedio para los subidones de marihuana. Métesela en la boca y que la mastique.

Con paciencia, Carol lo intentó mil veces. Daryl se negaba a masticar aquello, pero, según pasaban los minutos, todos podían ver que estaba más centrado y mejor.

Una hora después, cuando el tema parecía estar ya controlado, Carol lo llevó a la habitación y lo acostó.

—Sólo he comido galletas y he bebido *limoncello*... —dijo Daryl mirándola.

—Lo sé..., lo sé...

—¿Qué pasa? ¿Por qué todo me da vueltas y lo veo verde?

Retirándole el mechón de pelo verde que le caía sobre los ojos, e incapaz de mentirle, Carol tomó aire y explicó:

—Las galletas que hace mi *nonna* son de marihuana. Se me olvidó comentártelo.

Daryl, al que todo aún le daba vueltas, murmuró:

—Joder..., joder..., joder...

—Y... y tienes un mechón de pelo verde.

—Noooo..., joder, nooooo —se quejó aquél sin poder moverse.

Consciente de que lo que quedaba de tarde y noche ya estaba perdido para él, tras besarlo en la frente Carol murmuró, mirando su pómulo hinchado y su mechón verde:

—Duerme, cariño. Mañana te sentirás mejor.

Daryl asintió. Estaba colocadísimo, y rápidamente se quedó dormido.

Capítulo 56

Y llegó el día del cumpleaños de la *nonna*.

Desde primera hora de la mañana, no paraban de llegar flores para Mitra. Todos la querían. Eran muchos quienes la adoraban, y ella, encantada, lo disfrutó.

Cuando Daryl se levantó, la abuela rápidamente fue a pedirle disculpas por la confusión del día anterior, mientras Carol se lo traducía. Ella creyó que él sabía de qué eran las galletitas que le ofrecía, e incluso entendió, en su euforia, que quería teñirse un mechón de pelo de color verde. Y, aunque lo hizo con cierta reticencia, Daryl aceptó sus disculpas. No le quedaba otra.

Tras llegar unos amigos de Prisca y llevarse a los cachorrillos que tenía allí en adopción para que estuvieran tranquilos en otra casa durante la fiesta, comenzaron a darle los regalos a la *nonna*.

El primero en dárselo fue Daryl. En el aeropuerto de Tenerife le había comprado un enorme estuche de Christian Dior, y la *nonna*, al verlo, preguntó:

—Viniendo del Guiri, es un regalo caro, ¿verdad?

—Carísimo —afirmó Adam.

—Muchas gracias, Inglés. Muy bonito —dijo mirándolo.

Carol se lo tradujo enseguida y Daryl sonrió, pero entonces la joven oyó a su abuela decirle a su hermano:

—¿Cuánto dinero nos darían por esto si lo vendemos en eBay?

—*Nonnaaaaa!* —protestó al oírla.

Instantes después, le dieron la cazadora de cuero negra.

La mujer gritó de alegría, se la probó, y Daryl, al ver la calavera con unas letras en la espalda, preguntó sorprendido:

—¿En serio eso es un regalo para una señora de su edad?

Carol, sonriendo por ver a su abuela tan feliz, replicó:

—Para mi *nonna*, ¡sí!

A la hora de la comida, todos esperaban alrededor de la mesa y, con buen humor, se metían con el mechón y el pómulo de Daryl mientras él reía sin entender lo que decían. No le quedaba otra.

Cuando todos se fueron a sentar para comer, de pronto la puerta se abrió y ante ellos se plantó Annalisa.

—Hola a todos —saludó.

—Buenooooo..., ya estamos todos —se mofó Adam.

Mitra sonrió al ver a su nieta y, acercándose a ella, la besó.

—Llegas a tiempo para comer.

—Felicidades, *nonna* —dijo entregándole unas flores.

—Gracias, mi vida.

De pronto, Annalisa se fijó en Daryl y, mirando a su hermana, preguntó:

—Por el amor de Dios, Carol, ¿qué le ha ocurrido? ¿Por qué tiene el pómulo hinchado y el pelo verde?

Sin poder responder, ella se echó a reír. A grandes rasgos, Daryl creyó entender lo que aquélla preguntaba. Sólo había que ver su cara de horror para comprender que hablaban sobre él. De pronto la puerta volvió a abrirse y entró un hombre de unos sesenta años.

Las risas cesaron de inmediato, y Luigi, levantándose, preguntó:

—Papá, ¿qué haces tú aquí?

Al ver aquello, Adam sonrió y, cuchicheando, dijo a Daryl y a Carol:

—Preparaos, porque puede que en breve dé comienzo la tercera guerra mundial.

—¿Qué pasa? —preguntó Carol. Él no contestó y, al ver cómo Daryl la miraba, musitó—: ¿Recuerdas que te dije que mi hermana tramaba algo? Pues esto era.

Con una sonrisa, Prisca se acercó a los recién llegados y, tras besar a su hija, que no se había movido de donde estaba, saludó al padre de su novio y preguntó dirigiéndose a Luigi:

—¿Invitaste a tu padre a la fiesta?

Él negó con la cabeza, y Annalisa, que hasta el momento no había abierto la boca, respondió:

—No. Lo he invitado yo.

Sin entender nada, Prisca miró a su madre, y ésta, encogiéndose de hombros, indicó:

—Donde caben cuarenta entran cuarenta y uno. Que se siente a la mesa a comer.

El grupo, ya sentado, comenzó a hacer sitio, y entonces Annalisa, para sorpresa de todos, soltó:

—Familia, estoy embarazada.

En cuanto dijo eso, un extraño silencio se originó en el salón. No se oía ni una mosca, y cuando Daryl, que no se enteraba de nada, iba a preguntar, Carol se acercó a su hermana, la abrazó rápidamente y exclamó:

—¡Enhorabuena! ¡Voy a ser tía!

Annalisa asintió. En sus años de casada con Pascuale nunca se había dado la posibilidad, y emocionada musitó:

—Estoy de dos meses y medio, ¿te lo puedes creer?

Carol sonrió e, instantes después, Adam la felicitó, al igual que sus abuelos y su madre; todos estaban felices y enloquecidos con la llegada de un nuevo miembro a la familia. De pronto Annalisa, separándose de ellos, declaró:

—El padre es Nicola Sorrentino. Tu padre —dijo mirando a Luigi—. Y nos vamos a casar.

Carol se quedó tan sorprendida como todos los demás al oírlo y, mientras Luigi le decía algo a su padre, ésta miró a Adam y preguntó:

—¿Tú lo sabías?

Él negó con la cabeza.

—Yo sabía que estaban liados, pero no que estaba embarazada ni que fueran a casarse. ¡Joder con Annalisa! —le dijo casi en sus susurros.

Daryl, que seguía sin entender por qué tan pronto se abrazaban como se quedaban callados, acercándose a Carol quiso saber:

—Pero ¿se puede saber qué ocurre?

Rápidamente ella se lo explicó.

—Joder... —murmuró él.

Prisca, que estaba feliz por el embarazo de su hija, pero sorprendida como todos por quién era el padre, preguntó entonces:

—¿Cuándo os vais a casar?

—Pronto, *mamma*. Por eso llevo tiempo diciéndote que tienes que dejar tu relación con Luigi. Me voy a casar con su padre y lo vuestro no puede ser.

Prisca sonrió al oír eso y, a continuación, señaló con mucha tranquilidad:

—¿Y por qué lo mío no puede ser y lo tuyo sí?

—*Mamma, per favoreeeeeeeee* —gruñó Annalisa señalándose la barriga.

Prisca miró entonces al padre de su novio y preguntó:

—Si no es mucha indiscreción, ¿cuántos años tienes, Nicola? El hombre se apresuró a responder:

—Sesenta y cinco.

Prisca asintió y, mirando a su hija, dijo:

—O sea que me pides que rompa con Luigi porque nos llevamos veinticinco años, y tú, que te llevas veintiocho con él...

—*Mamma*..., no es lo mismo.

Como era de esperar, los gritos a la italiana no tardaron en llegar. Konrad se sentó, y Adam, aburrido, ofreció mirándolo:

—Abuelo, ¿un *limoncello*?

Después le preguntó a Daryl, que rápidamente negó con la cabeza, y Carol, viendo cómo él observaba la escena, musitó:

—Tranquilo. La sangre no llegará al río.

Pero Annalisa chillaba y chillaba, y Daryl, con los oídos ya doloridos, preguntó:

—¿Por qué grita así?

Carol, que intentaba poner paz entre aquéllas, no lo oyó, y Adam respondió:

—¡Porque es una histérica!

Mitra, tras oír a su hija y a su nieta discutir, cansada siempre del mismo tema, y aun feliz por la noticia del embarazo, dijo metiéndose en la conversación:

—Annalisa, en esta casa te hemos enseñado que el amor es para disfrutarlo y que la edad es un simple número. ¿Por qué te empeñas en ignorarlo?

La aludida resopló y, tras tomar aire, dijo mirando a su madre:

—Me voy a casar con el padre de Luigi y voy a tener un hijo con él. Por tanto, según la ley, seré la madrastra del novio de mi madre, y mi hijo será el hermano del novio de mi madre. Así que tu nieto será tu cuñado... ¿Tú ves eso normal?

Carol enseguida le explicó a Daryl lo que aquélla decía y, cuando acabó, él musitó:

—Lo de tu familia no es normal.

—No, no lo es —convino Carol convencida.

Tras varias palabras, unas más subidas de tono que otras, al final Prisca, convencida, afirmó:

—Annalisa, mi vida, recuerda: ¡prohibido prohibir! Si tú eres feliz con Nicola, ¡adelante! Pero permite que yo siga siendo feliz con Luigi sin importarme el qué dirán. Porque, decir, la gente siempre dirá infinidad de cosas. Criticarán tu diferencia de edad con Nicola como criticarán la mía con Luigi, ¡pero ¿qué más da, si nosotras somos felices?! Respeta y te respetarán. La vida es así, hija mía. ¿Cuándo te vas a dar cuenta?

Annalisa, a la que el embarazo parecía haberle suavizado el carácter, tras mirar al hombre del que se había enamorado y éste sonreírle, asintió. Siempre había deseado ser madre. La oportunidad había llegado junto a un hombre que la quería, y musitó:

—Ya veremos, *mamma*...

Todos aplaudieron por aquello, y Carol, mirando a Daryl, murmuró:

—Veamos cuánto dura la paz.

A continuación, todos se sentaron alrededor de la mesa a comer. Tenían mucho que celebrar.

* * *

A las cinco de la tarde comenzó a sonar a todo trapo la música heavy que la *nonna* puso en el equipo, que habían sacado al patio trasero.

Cuando Daryl salió de la habitación exquisitamente vestido con su traje, su camisa blanca, la corbata y los zapatos relucientes, Mitra preguntó mirando a su nieta:

—¿Adónde va el Guiri así vestido?

Carol sonrió. Le había explicado a Daryl que aquella fiesta era informal, pero él, fiel a sus ideas, a pesar de su mechón verde, había insistido en vestirse con su traje. Era el cumpleaños de una señora que cumplía setenta y siete años y, según él, había que tenerle un respeto. Por ello, mirando a su abuela, Carol respondió:

—Es inglés, *nonna*. No busques más explicación.

Media hora después, el patio trasero de la casa estaba repleto de roqueros de todas las edades con ganas de pasarlo bien. La primera, ¡la *nonna*!

A modo de sorpresa, Konrad había reunido a su antigua banda. Todos estaban jubilados y llenos de achaques, pero, para deleite de la cumpleañera, en el escenario que habían montado para la ocasión tocaron varios temas heavy metal que hicieron las delicias de todos. De todos, excepto de Daryl.

Sin dar crédito, él miraba a su alrededor.

Si le hubieran dicho que estaría alguna vez en un lugar como aquél, rodeado de barbudos macarras y tatuados que no paraban de fumarse enormes trompetas de marihuana, no lo habría creído, y, cuando Carol se acercó a él, preguntó:

—¿Cómo lo estás pasando?

Daryl odiaba estar allí. No entendía a nadie. Pero, incapaz de confesar la verdad, respondió:

—Bien. Menuda marcha tiene esta gente.

Complacida, Carol asintió y, bajando la voz, dijo:

—La *nonna* ha hecho galletas y *brownies* de marihuana. Ni se te ocurra probarlos...

—Prometido —afirmó él horrorizado.

En ese instante, Prisca llamó a su hija y ésta dijo:

—Ahora vuelvo. La *mamma* me llama.

Daryl asintió y, una vez que se quedó solo, se dirigió al tipo de la improvisada barra y pidió mientras se aflojaba el nudo de la corbata:

—Otro ron blanco con Coca-Cola.

Una hora después, cuando Carol volvió a ver a Daryl, éste estaba riendo a carcajadas con su hermano Adam y su abuelo. Verlo reír y pasarlo bien la tranquilizó, y, divertida, salió a bailar con uno de los amigos de su abuela.

Las horas pasaban y Daryl cada vez estaba más desinhibido. Se lo veía tan animado que en cierto momento Carol le preguntó:

—No habrás comido galletas o *brownies* de la *nonna*, ¿verdad?

Daryl, que ya se había quitado la corbata, la chaqueta, e iba remangado, rápidamente la miró e indicó tocándose el mechón verde:

—Ni se me ocurriría.

Encantada, Carol lo besó, y entonces llegó hasta ella su hermana Annalisa y preguntó:

—¿Me llevas a casa?

—¡¿Ahora?!

Annalisa asintió, e insistió:

—Carol, Nicola se ha ido hace horas.

Con cariño, ella suspiró y miró a Daryl, que estaba con su hermano.

—Ahora vuelvo —le señaló a éste.

Él asintió y Carol se marchó.

Llevar a Annalisa a su casa le supuso media hora para ir y otra media para regresar y, cuando lo hizo, vio que Adam salía de la casa llamándola:

—¡Carol!

Con una sonrisa en los labios, ella lo miró, pero éste dijo:

—Ven rápido.

—¿Qué pasa?

—Ven.

Sin entender aquellas prisas, Carol lo siguió y, cuando entró en la casa y vio a Daryl sin camisa, sentado en una silla mientras le hacían un tatuaje en el brazo, gritó:

—¡Noooooooooooooo!

Horrorizada, llegó hasta él y, mirándolo, soltó:

—Pero ¿qué haces?

Él, despeinado y sonriente, respondió:

—Un tatuaje. Mira..., me he hecho un avión porque es mi pasión y unos corazones en la cola por ti, que eres mi otra pasión. ¿Qué te parece?

Carol parpadeó, no sabía qué decir, y aquél insistió:

—*Cadiño*..., soy el único de la fiesta que no tiene un puñetero tatuaje, ¡hasta tú tienes varios!, y quería solucionarlo.

Los moteros amigos de su abuela no entendían nada de lo que aquél decía, pero lo aplaudían. Aquel inglés estaba siendo muy enrollado.

Totalmente desconcertada, Carol murmuró entonces mirando a Adam:

—Pero si él odia los tatuajes.

Su hermano, sorprendido, se encogió de hombros.

—Pues me ha hecho que le explicara a Piero el tatuaje que quería...

—¡Adam! —gruñó ella. Y, viendo que el avión y los corazones ya estaban dibujados en la piel de aquél para el resto de su vida y que sólo faltaba rellenar el diseño por dentro, pidió mirando al tatuador—: Piero, ¡para, por favor!

El hombre obedeció y ella, mirando a Daryl, preguntó:

—¿Has comido galletas o *brownies* de la abuela?

—Noooooooooooo.

—¿Te has fumado algún porrito?

—No, cariño.

—¿Y qué has bebido?

Daryl, enseñándole el vaso de tubo que tenía a su lado, respondió:

—Ron..., ron..., ron... ¿Por qué?

—¿Cuántos te has tomado?

Daryl lo pensó y, encogiéndose de hombros, indicó:

—No sé. Cinco, seis, siete... Está muy *güenoooo*. ¡Joder, cómo entra este ron!

Entonces Piero, al ver el vaso, lo cogió, lo olisqueó y, sonriendo, exclamó:

—¡El ron blanco de marihuana que hace Domenico es la bomba!

Al oír eso, a Carol el alma se le cayó a los pies y, cuando iba a hablar, Daryl, que lo había entendido, preguntó:

—¿Ron blanco de marihuana?

—Joderrrrrrr —murmuró Adam.

Carol, sin saber qué decir, lo miraba cuando Daryl, comenzando a reír sin sentido, preguntó:

—*Pedo* ¿es que aquí todo tiene que ser de marihuana?

Sin poder evitarlo, Adam también empezó a reír.

Aquello era surrealista, y entonces Daryl, levantándose de la silla, indicó:

—Creo... creo que estoy algo *madeado.*

Rápidamente Carol lo agarró, Adam también y, sin pensarlo, se lo llevaron al patio.

Una vez fuera, a Daryl de pronto todo le daba vueltas y, mirando a los mastines, con los que ya había confraternizado esos días, dijo:

—*Chocooooooooooo*... *Cocaaaaaaaaaa*... Holaaaaaaaaaaaaa.

—Menudo cebollazo que lleva el amigo —se mofó Adam.

—*Cadiño*... ¿Y los *cadochos*? Los *batochos*... *Pedo* ¿qué me *pacha* en *da* boca? —preguntó Daryl inquieto mirando a su alrededor.

—Tranquilo, colega..., tranquilo... —Adam sonrió.

—¡No sé de qué te ríes! —protestó Carol.

Adam miró a su hermana y replicó:

—De lo mismo que te reirías tú si no se tratase de él.

Adam y Carol lo sacaron de la parcela para que le diera el aire. Lo necesitaba. Estaba pálido. Cuando minutos después comenzó a vomitar, Carol murmuró culpabilizándose:

—Dios..., esto no debería estar pasando.

—Pues lo está —afirmó Adam.

—Me da todo *vuerrrrtas* y *vuerrrrtas* y *vuerrrtasssssss* —se quejó aquél.

Preocupada, ella miró a su hermano, que indicó:

—Cierra los ojos. Estarás mejor.

Un buen rato después, estaban dándole aire cuando la *nonna* se acercó a ellos.

—Me han dicho que el Guiri se ha cogido un buen cebollazo —señaló.

Al oírla, Carol preguntó molesta:

—*Nonna*, ¿por qué no me dijiste que algunas botellas eran de fabricación propia?

—¿Y por qué te lo iba a decir? —y, mirando los carísimos zapatos de Daryl, espetó—: ¿No me digas que se te está pegando la pijotería de las marcas como al Guiri?

—*Nonna*, pero ¿qué dices? —gruñó Adam.

La mujer, sin entender a qué se referían, insistió:

—¿Acaso las botellas hechas en casa no son igualmente bebidas?

Carol se desesperó.

—¿Ron blanco de marihuana?

—Muy bueno..., *¡zí, zeñorrr!* —afirmó Daryl con voz gangosa.

—Abuela, deberías habernos dicho que, además del ron que conocemos, ¡habría otro de marihuana!

—Hija, pensé que lo sabías —musitó la mujer mirándola.

Y, tapándose la cara, Carol murmuró al ver a Daryl de nuevo vomitar:

—Dios... ¡Qué desastre!

—Uisss, *bambina*. Pero si está buenísimo ese ron, ¿lo has probado?

—Yo no..., pero él sí.

La mujer sonrió al ver a Daryl.

—Jodido guiri blandengue... ¡Inglés tenía que ser! —musitó.

—*Nonna!* —gruñó la joven.

A continuación, la cumpleañera miró a su nieta.

—Llevadlo a la cama y que duerma la mona —indicó—. Eso es lo que necesita. Para él la fiesta se ha acabado.

Y, dicho esto, los tres entraron en la casa. Adam y Carol llevaron a Daryl a la habitación. Aquél había pasado de la euforia más absoluta a estar totalmente adormilado.

Cuando, minutos después, Adam se marchó del cuarto, Carol, mirando a Daryl, que estaba dormido, le tocó el rostro con cariño, después miró el tatuaje del avión y los corazones que se había hecho en el brazo y, tras echarle un poco de pomada para evitar la hinchazón, murmuró:

—Comandante..., me encanta tu tatuaje, pero creo que, cuando te despiertes, a ti te va a horrorizar.

Capítulo 57

Como bien había predicho Carol, el despertar de Daryl fue borrascoso, turbulento. Si sus despertares ya solían ser complicaditos de por sí, ese día, cuando abrió los ojos y fue consciente del tatuaje y de todo lo ocurrido con el ron de marihuana, los cimientos de la ciudad de Venecia temblaron.

Carol intentó apaciguarlo, Prisca también. Todos hablaron con él, pero fue imposible. Estaba muy cabreado y sólo deseaba marcharse de allí. Necesitaba salir de aquella casa.

En la habitación, en silencio, Daryl recogía sus cosas, y Carol, mirándolo, musitó:

—¿Te importa si regreso contigo?

—Ni hablar.

—¿Por qué?

—Porque no —y, mirándola, añadió—: Mi vuelo sale dentro de dos horas y sólo he cogido un pasaje para mí.

Boquiabierta al saber aquello, ella iba a hablar cuando él continuó:

—Apenas llevamos aquí cinco días y ya me parece una eternidad.

—No exageres.

Al oír eso, Daryl gruñó furioso:

—Tengo el pómulo hinchado por meterme en una pelea. El pelo verde por... por... ¡por yo qué sé!... En el brazo llevo un absurdo y ridículo tatuaje. Y, por si eso fuera poco, lo único que recuerdo de mi estancia en esta casa es... ¡nada! ¿Y por qué? Pues porque, gracias a todos vosotros, me he pasado los días colgado por culpa de la puta marihuana. No hemos tenido intimidad. No hemos podido estar solos. Apenas si hemos podido hacer el amor. Y, aun así, ¡me dices que no exagere! ¿Cómo eres capaz de decir eso?

Carol no respondió. Visto así, era terrible.

Se quedaron en silencio hasta que oyeron unas voces procedentes del salón, y Daryl siseó señalándola:

—Y haz el favor de recordar a tu familia que mi nombre es Daryl. Daryl Michael Simmons, ¡no *Guiri* ni *Inglés*!

Verlo tan enfadado, y con razón, hizo que Carol se encogiera y asintiera, y musitó:

—Daryl, oye, yo...

Él entonces se detuvo y, clavando la mirada en ella, exclamó:

—Carolina, ¡basta! Dejémoslo aquí. Continúa con tus vacaciones en compañía de tu familia. Yo... yo necesito irme. No sé qué hago aquí. No sé ni por qué vine.

—Viniste por mí.

—Sin duda, una decisión errónea —replicó él molesto.

Ella lo miró con tristeza. Deseaba hablarle, comunicarse con él, pero, incapaz de hacerlo, finalmente dijo:

—Lo siento. Siento no haber sabido que había ron blanco de marihuana y...

—Carol —la cortó—. No sólo es por el ron..., ¡es... por todo! ¡Por todo! —Y, conteniendo la rabia que sentía y que no lograba comprender, le pidió—. Por favor, sal de aquí y déjame solo. No me apetece hablar con nadie.

La joven asintió al oír eso, pero, cogiendo un bote de pomada de encima de la mesilla, insistió:

—Lávate el tatuaje con agua tibia y jabón neutro al menos dos veces al día y, luego, no olvides aplicarte esta crema, ¿de acuerdo?

Daryl resopló al oírla y, agarrando la pomada de malos modos, asintió. Ella por último dio media vuelta y salió de la habitación.

En el salón estaba toda su familia, que, al verla, la miró con tristeza, y ella, intentando disimular lo mal que se sentía, dijo:

—Se va.

Los demás intercambiaron una mirada, y Prisca preguntó:

—¿Cómo que se va?

—Ay, Dios..., el Guiri, qué mal se ha tomado el cebollazo que se cogió.

—*Nonna* —murmuró Adam.

—Realmente tenía el aura muy oscura esta mañana..., mucho.

—Qué raros son los ingleses..., qué raros —musitó el abuelo.

Carol los oía hablar. Decían cosas. Se reían. Parecía que lo ocurrido les hacía muchísima gracia, y, cuando ya no pudo más, dijo mirándolos:

—Nunca os he pedido nada para mí, pero hoy lo voy a hacer. Por favor..., por favor..., cuando Daryl salga de la habitación y se despida de vosotros, os suplico que contengáis los comentarios mordaces que queráis hacer porque no está de humor. Y su nombre es Daryl Michael Simmons, no *Guiri*, ni *Inglés*; ¿podríais, por favor, recordarlo?

Los demás se miraron y, tras asentir uno a uno, Carol susurró tratando de sonreír:

—Gracias.

Annalisa, apenada por ver así a su incombustible hermana, cuando vio que se dirigía a la cocina, la siguió y, una vez a solas, preguntó:

—¿Por qué no te vas con él?

Incapaz de decirle que la había rechazado, que no quería ni verla, la joven, encogiéndose de hombros, respondió:

—Porque mis vacaciones no han terminado.

—Pero él...

—Annalisa —la cortó—, él es mi amigo, nada más. Te lo dije.

Su hermana asintió y, abrazándola, murmuró:

—De acuerdo. No preguntaré más.

* * *

Media hora después, la puerta de la habitación se abrió. Al salir Daryl, toda la familia lo estaba esperando en el salón y, mirándolos, declaró con seriedad:

—Muchas gracias por la invitación. Ha sido un placer conocerlos.

Todos se levantaron y, uno a uno, sin decir nada, lo abrazaron. Sorprendido por aquella despedida silenciosa, Daryl los miró y Carol indicó:

—Sienten que te vayas.

Cinco minutos después, en el exterior de la casa, tras despedirse de *Choco* y *Coca*, Daryl metía su maleta en el viejo vehículo, cuando Konrad empezó a decir acercándose a él:

—Muchacho..., siento...

—Konrad —lo cortó—. Mejor no hablemos de ello, ¿entendido?

El aludido asintió y, al ver que su nieta estaba hablando con su madre y no podía oírlos, añadió:

—Te lo diré muy despacio para que me entiendas. —Daryl lo miró y él continuó—: No la culpes de nada de lo que ha pasado aquí, porque te equivocarás. Y ya sabemos que te llamas Daryl Michael Simmons, pero, de un modo cariñoso, te bautizamos como *el Guiri* o *el Inglés*. Y, dicho esto, no tengo más que decirte.

Después de escucharlo, Daryl prefirió callar. Estaba demasiado enfadado para contestar.

Una vez que Konrad se alejó, Adam y Carol se acercaron al coche y, al ver cómo Daryl miraba a su abuelo, la joven dijo:

—Sea lo que sea lo que te haya dicho, no se lo tengas en cuenta.

Él no contestó.

Adam se puso entonces al volante y, cuando Carol iba a subir al coche, Daryl preguntó:

—¿Qué haces?

Ella se detuvo y lo miró.

—Acompañarte al aeropuerto.

Pero él negó con la cabeza. No quería alargar aquella despedida, y, mirándola, replicó:

—Adam puede llevarme.

—Pero...

—Oye, Carol. Mira, siento que necesito espacio y...

De inmediato la joven se llevó un dedo a los labios para que callara. Con su rechazo estaba todo dicho y, tragando el nudo de emociones que en su interior pugnaba por salir, musitó:

—Salsa de tomate.

Oír aquella clave tan única y especial para ellos en ese momento conmovió a Daryl.

Pero ¿qué estaba haciendo?

Y ella, intentando sonreír a pesar de las ganas que sentía de llorar, finalmente dijo:

—No dejemos que los trenes descarrilen, ¿vale?

Daryl, sintiéndose mal y sumergido en un bucle de emociones que le impedían saltar barreras, asintió incapaz de contestar. Entonces Carol, que entendía aquello como el final, se empinó bajo la atenta mirada del resto de su familia, que los observaban desde la puerta, le dio un sentido beso en los labios y dijo:

—Adiós, piloto.

Él la miró y ella, guiñándole un ojo y parapetándose tras una de sus mejores sonrisas, añadió:

—Vale..., *comandante*.

Dicho esto, dio media vuelta y, conteniendo las lágrimas ante el gesto triste de su familia, entró en la casa. Adam aprovechó ese momento para musitar dirigiéndose a Daryl:

—Vamos. Te llevaré al aeropuerto.

Una vez que él montó en el vehículo y Adam arrancó, recorrieron los primeros metros en silencio, y, cuando desaparecieron de la vista de todos, el muchacho frenó en seco, consiguiendo que el inglés se diera contra el parabrisas.

—Mira —empezó a decir—, por respeto a mi hermana y a lo que siente hacia ti, no arrojo tu puta maleta y te dejo tirado en medio de la carretera porque sé que ella no me lo va a perdonar. Pero a mí no me dirijas la palabra siquiera. Te estás comportando injustamente con ella cuando no lo merece. Así que limitémonos a ir al aeropuerto, te bajas y luego me voy.

—De acuerdo —afirmó Daryl tocándose la frente.

Capítulo 58

El regreso a Londres de Daryl no fue todo lo tranquilizador que había imaginado.

Nada más entrar en su cálido, ordenado y glamuroso hogar, el silencio y la soledad lo consumieron, y decidió escribirle a su amigo Can para decirle que había vuelto.

Tras ducharse, se encaminó hacia la nevera, de la que sacó una cerveza, y estaba bebiéndosela cuando recibió la respuesta de Can:

Estoy en Moscú. Llegaré
a Londres de madrugada.

Saber eso lo hizo maldecir. Necesitaba hablar con él, pero entonces oyó unos golpes en la puerta.

Al abrir, se encontró con su hermana Lola, que musitó con gesto de sorpresa:

—Vaya..., es cierto..., tienes un mechón verde.

—Lola..., Lola... —replicó él.

La joven asintió sonriendo, pero, como necesitaba hablar con él, preguntó:

—¿Y ahora qué ha pasado? ¿Me puedes explicar qué narices ha ocurrido para que tú estés aquí y Carol se haya quedado con su familia en Venecia? Porque, mira, ella puede tener sus cosas, pero tú, hermanito, ¡mira que llegas a ser cabezón!

Daryl levantó la vista al techo y, tomando aire, replicó:

—Lola..., te quiero, intuyo que has hablado con Carol, pero mi vida privada, como su nombre indica, es privada, y no pienso contarte nada a no ser que yo quiera hacerlo, ¿entendido?

Ella asintió ofuscada y, tendiéndole una bolsa y también a la perra, de la que había cuidado durante el tiempo que él había estado fuera, indicó:

—Ahí está la medicación. En cuanto a *Bombón*, todo ha ido bien.

—Lola...

Enfadada, ella se retiró entonces su oscuro pelo del rostro y siseó:

—Ni Lola ni Lele. Ahora la que no quiere hablar contigo soy yo. Adiós.

Y, dicho esto, dio media vuelta y se marchó.

Daryl la observó alejarse hacia su coche apoyado en el quicio de la puerta y, cuando arrancó y se marchó, miró a la perra, que tenía en los brazos; ésta le chupó la nariz, y él, sonriendo, susurró:

—Gracias, *Bombón*. Yo también me alegro de verte.

* * *

Los minutos para Daryl se convirtieron en horas. El tiempo parecía no pasar.

Sentado en el salón de su casa intentaba leer, con la perra instalada a su lado, pero no conseguía concentrarse.

¿Qué estaría haciendo Carol?

Cogió el móvil infinidad de veces por si le había llegado un mensaje y no lo había oído. Pero nada. El mensaje que esperaba no llegaba.

Mientras miraba el teléfono, pensó en enviarle un wasap. Intentó escribirlo, pero no le salían las palabras apropiadas, y finalmente tiró el móvil con frustración sobre el sofá.

* * *

Esa noche, tras cenar en silencio y meter el plato en el lavavajillas, cuando fue a servirse una copa y abrió el congelador, vio en él una tarrina de helado de chocolate belga.

Incapaz de resistirse, sonrió al pensar en ella y, tras coger un par de cubitos y echarlos en un fino vaso de cristal, se sirvió un whisky y regresó al salón, donde la perra dormía sobre el sofá. Sus ojos detectaron de inmediato los pelos que aquélla soltaba, y murmuró:

—*Bombón*, bájate del sofá.

La perra, al oír su nombre, lo miró, y él insistió:

—Bájate del sofá.

Pero el animal no se movió, por lo que, finalmente, suspirando, Daryl musitó:

—De acuerdo. No bajes.

Luego cogió el mando de la televisión y la encendió. Comenzó a pasar canales, pero nada llamaba su atención, hasta que, al llegar a un canal de música, reconoció una canción de Bruno Mars y se quedó escuchándola.

A Carol le gustaba aquel tema, lo sabía. Pero entonces cambió a otro canal. No le convenía martirizarse.

A cada segundo más desesperado por la soledad que sentía, se encaminó hacia el equipo de música y, sin querer, cogió el CD que sabía que a ella le gustaba. Lo sacó de su caja, lo puso y pinchó *What a Difference a Day Makes* de Dinah Washington.

Pensando en ella, en que era su canción favorita, el comandante sonrió. Imágenes de Carol comenzaron a pasar por su cabeza. En todas sonreía. En todas lo hacía sonreír a él, y cuando la música acabó y él sintió todo el vello del cuerpo erizado, se sentó y, desconcertado, murmuró:

—Sin duda, acabo de *respirar* una canción...

* * *

Una hora después, cuando ya hubo anochecido, solo, aburrido y sin saber qué hacer, salió al jardín, donde se tumbó sobre el césped, y *Bombón* rápidamente se echó a su lado.

En silencio, Daryl observó las estrellas y se preguntó cómo debían de verse en Venecia.

Capítulo 59

Carol miraba el cielo sentada en el patio de su casa acompañada de los mastines *Coca* y *Choco*, mientras los cachorros dormían plácidamente a sus pies.

Estaba pensando en sus cosas cuando Annalisa salió y le preguntó:

—¿Estás bien?

Carol sonrió y, cuando su hermana se sentó a su lado, la miró.

—Un sobrinito —susurró—. No sabes lo feliz que me has hecho.

Annalisa sonrió. Por primera vez en mucho tiempo, estaba feliz.

—¿Puedo pedirte un favor? —añadió Carol. Su hermana asintió y ella indicó—: Sé feliz con la persona que has elegido, pero, por favor, permite que la *mamma* lo sea también. Para ella es importante que aceptes a Luigi...

—Carol..., cuando me case con su padre, ¡Luigi será mi hijastro!

—¡¿Y...?!

Annalisa suspiró, y ella insistió:

—Los que están en guerra con los demás nunca están en paz consigo mismos, Annalisa.

La embarazada miró a su hermana.

—Si se te ocurre hablarme del karma a ti también —siseó—, te juro que...

Carol sonrió y eso hizo sonreír también a Annalisa. Ambas se carcajearon, y la última, suspirando, dijo:

—Tranquila; la *mamma*, Nicola, Luigi y yo hemos hablado y

hemos decidido respetarnos. Como dice la *nonna*, el amor no tiene edad y...

—¿Qué haces fumando porros en tu estado? —bromeó Carol.

Annalisa rio y continuó:

—Hemos pensado casarnos cuando nazca el bebé. Ahora no me encuentro con fuerzas para organizar una boda y me niego a casarme por el qué dirán. ¿Qué te parece?

—Pues muy bien, ¡¿qué me va a parecer?! Y en cuanto a lo de la *mamma* y Luigi, me alegra saberlo. Sin duda, eso nos traerá algo de paz a todos. Especialmente a ti y a tu bebé.

—Y tanto —afirmó Annalisa, que miró a su hermana y dijo—: En cuanto a ti y a Daryl, quería decirte que lo siento. Lo conocí poco, pero me pareció un hombre responsable y cabal. Nada que ver contigo ni con esta familia, hermanita.

De nuevo ambas volvieron a reír, y entonces la puerta se abrió y apareció Mitra, que las miró.

—¿Puedo sentarme con vosotras? —preguntó.

—Claro, *nonna*..., por supuesto —contestó Carol.

Se quedaron unos minutos en silencio, hasta que la mujer declaró:

—Me sabe mal que Daryl Michael Simmons se haya marchado de ese modo, pero peor me sabe verte así.

Al oír eso, Carol sonrió.

—¿Por qué lo llamas así?

—Dijiste que se llamaba así, *bambina* —respondió la mujer—. Y no pienso llevarte la contraria.

—*Nonna!*

Ella la miró y, cuando iba a hablar, aparecieron Prisca, Luigi y su padre.

Prisca, al ver a su madre y a sus hijas sentadas, se sentó junto a ellas y, cuando su novio y su padre hicieron lo propio, le preguntó a Carolina:

—¿Estás bien, cariño?

Ella asintió. Instantes después se les unieron el abuelo y Adam, y al ver cómo todos la miraban, indicó:

—Estoy bien. Dejad de preocuparos.

—Linda, no podemos.

—Abuelo..., pues tenéis que poder.

—Nos sentimos mal —dijo Luigi—. Tenemos la sensación de que, si nos hubiéramos comportado de otra manera, si hubiéramos estado más pendientes de él, quizá las cosas no habrían terminado así.

—Eso por supuesto.

—Annalisa... —la regañó su futuro marido.

—Insisto: deberíamos hablar de Daryl Michael Simmons.

Carol suspiró, volvió a mirar a su abuelo e indicó:

—No quiero hablar con nadie de él.

—Linda, nosotros no somos nadie..., ¡somos tu familia! —insistió el anciano.

Carol sonrió entonces mirándolos a todos. Por primera vez estaban todos juntos intentando ayudarla a ella, y no al revés. ¡Aquello era inaudito!

—A ver, familia —musitó—, estoy bien. Daryl era sólo un amigo. Un amigo especial, pero nada más.

Los demás se miraron sin creerla, y Carol, que había tomado una decisión, añadió:

—Ahora que os tengo a todos reunidos, quería deciros algo.

—Miedito me das —musitó la *nonna*.

Carol suspiró.

—Ahora que siento que todas vuestras vidas están encarriladas, creo que ha llegado el momento de que haga algo por mí.

—¡Muy bien! —afirmó Adam.

—Y he pensado que, cuando regrese a Londres, voy a pedir seis meses de excedencia en High Drogo y me voy a ir a conocer Hawái y otros lugares como he deseado hacer siempre.

Ninguno dijo nada. Todos se miraron, y Konrad gruñó:

—Debería haberle sobado el morro a ese Daryl Michael Simmons.

—¡Abuelo! —protestó Carol.

Todos hablaban, todos opinaban, pero entonces Annalisa exclamó levantando la voz:

—¡Ni hablar! Yo estoy embarazada. Me voy a casar, voy a tener un bebé y te necesito... ¿Cómo te vas a ir a Hawái? Imposible, ¡olvídalo! ¡Tú no te vas!

—¡Ya estamos! —protestó la *nonna.*

—Annalisa, prohibido prohibir —recordó Prisca.

Sonriendo por aquello, Carol miró a su hermana.

—Prometo regresar antes de que tu bebé nazca —aseguró.

—Pero...

—Annalisa..., me acabas de decir que la boda será tras el nacimiento del bebé. Además, todos los demás están aquí para cuidarte, y yo, por muy lejos que esté, te prometo que también te cuidaré. Si me necesitas, sólo tienes que llamarme, y sabes que acudiré lo más pronto que pueda.

—Cuidado con lo que dices, linda... —se mofó el abuelo.

Carol asintió y, tras ver cómo todos la miraban, preguntó:

—¿Qué os parece lo que he dicho?

Prisca sonrió y rápidamente afirmó:

—Si es lo que tú quieres y eso te hace feliz, a nosotros también.

Carol sonrió, y su madre, que necesitaba hablar con ella a solas, ordenó:

—Vamos..., fuera todos de aquí. Mi hija y yo tenemos que hablar.

Protestando, los demás se levantaron y, una vez que se quedaron madre e hija solas, Prisca empezó:

—Nada me hace más feliz que saber que te vas a ocupar de ti. Que te vayas a Hawái o a Kuala Lumpur me es indiferente, siempre y cuando tú lo quieras así.

Carol sonreía cuando aquélla preguntó:

—Hablando de Daryl Michael Simmons...

—Por favor, ¿queréis dejar de llamarlo así?

Prisca sonrió y, asintiendo, insistió:

—El miedo te paralizó, ¿verdad, mi sol?

Carol, incapaz de no hablar con la mujer que mejor la entendía, respondió:

—*Mamma*, él quería irse..., ¿quién soy yo para impedírselo? ¿Quién soy yo para obligarlo a soportar mi compañía hasta el aeropuerto si no me quería a su lado?

—Eres la persona que lo ama..., porque lo amas, ¿verdad?

Carol cerró los ojos. Su madre estaba en lo cierto.

—Sí, lo quiero —afirmó—. Pero él no me quiere a mí.

—Te equivocas, hija.

—A ver, *mamma*..., no dudo que lo atraiga, que le guste, pero de ahí a lo que tú dices creo que va un mundo. Daryl no es así. Lo nuestro es imposible. Se ha comprobado en apenas cinco días, y no hay que darle más vueltas.

Prisca suspiró. Lo que ella veía no era eso, e indicó:

—Cariño, no hay amores imposibles, sólo hay personas cobardes incapaces de luchar por ello.

Carol la miró y su madre insistió:

—¿Y si, en vez de haberte quedado callada, le hubieras dicho que lo quieres? ¿Y si, en vez de permitir que se marchara, le hubieras gritado que se quedara aunque no quisiera escucharte...? ¿Se lo dijiste?

—No.

—¿Por qué?

Carol no respondió, y Prisca indicó:

—No se lo dijiste porque tuviste miedo... Miedo al rechazo, y pánico a la decepción.

—No... No se lo dije porque... porque...

—¿Por qué?

Carol resopló y finalmente admitió:

—Tienes razón. Tuve miedo de mostrarme vulnerable ante él. No podría haber soportado que me rechazara. Con su marcha, ya sentí ese rechazo. Pero si, encima, le hubiera hablado de amor y él me... Yo... yo no sé si lo superaría.

Prisca suspiró. A pesar de las cosas por las que había pasado, su hija era fuerte, mucho más de lo que ella pensaba.

—Mi sol, la presión no hunde —indicó—. La presión te enseña a saber quién eres. Ya deberías saberlo.

—*Mamma*..., tengo que olvidarlo.

—Cariño, nunca se olv...

De pronto, la puerta de la casa se abrió con brusquedad. Annalisa apareció y gritó:

—¡*Mamma*, la *nonna* le está ofreciendo galletas de marihuana a Nicola! Por favor, entra y dile algo, porque como se lo diga yo, ¡la vamos a tener!

Carol sonrió. Su madre también y, levantándose, dijo:

—Esa mujer... es incorregible.

Una vez que se quedó a solas en el patio con *Choco*, *Coca* y los cachorrillos, Carol volvió a mirar las estrellas y musitó:

—Nunca se olvida a la persona que quieres, simplemente se aprende a vivir sin ella. Eso era lo que ibas a decir, ¿verdad, *mamma*?

Capítulo 60

Tras una noche sin apenas dormir por la añoranza que sentía por las patadas y los movimientos de Carol en la cama, y de haber escuchado canciones que le recordaban a ella, Daryl se miraba en el espejo. Estaba horrible con el mechón verde y la barba de tres días que llevaba.

Se desnudó y pensó que había llegado el momento de ducharse y afeitarse. Abrió el grifo para meterse en la ducha y entonces el timbre de la puerta empezó a sonar insistentemente.

Maldijo. Cerró el agua, se puso una toalla alrededor de la cintura y gritó:

—¡Ya voy!

Seguido por la perra, llegó a la puerta y, al abrir, se encontró con su amigo Can, que exclamó al verlo con aquellas pintas:

—¡Joderrrrrrrr!

Daryl gruñó y, cuando iba a dar media vuelta, Can murmuró divertido:

—La próxima vez, llévame a esa fiesta.

—Eso..., tú cabréame más.

Sin poder evitarlo, su amigo soltó una carcajada; de pronto, Daryl iba a dar media vuelta y él, deteniéndolo, dio un paso hacia atrás y exclamó:

—No me jodas... Pero ¿qué es ese horror?

Consciente de que se refería al tatuaje en su brazo, Daryl replicó:

—Dame unos minutos para que me vista y te lo explico.

Una vez que entró de nuevo en su espacioso cuarto de baño y cerró la puerta, suspiró. Y, tras darse una ducha rápida, pero sin afeitarse, se puso unos vaqueros y una camiseta y salió.

Mientras iba hacia el salón, oyó ruidos en la cocina. Sin duda Can estaba allí y, dirigiéndose hacia ella, vio que éste sacaba una sartén y unos huevos.

—¿Has desayunado? —preguntó Can mirándolo.

—No.

—¿Quieres huevos revueltos y jamón?

Daryl asintió.

En silencio, observó cocinar a su amigo mientras él ponía unos cubiertos sobre la mesa. A Can no se le daba nada mal, y, en cuanto acabó y apagó la vitrocerámica, éste gritó para hacerlo reír:

—Linterna Verde, ¡a desayunar!

Tras sentarse a la mesa de la cocina, Daryl le preguntó por el vuelo. Durante un buen rato estuvieron hablando sobre aquello, hasta que Can, mirando de nuevo su tatuaje, pidió:

—Cuéntame..., me muero por saber.

Daryl, consciente de que hablaba con su mejor amigo y confidente, se sinceró con él y comenzó a hablarle de su reencuentro en Málaga con Carol y su posterior viaje a Tenerife, donde incluyó la fiesta privada.

Boquiabierto, Can lo escuchó, y aquél, levantándose, sacó dos cervezas del frigorífico y, tras abrirlas, indicó:

—Vayamos al salón. Estaremos más cómodos.

Una vez allí, cuando se sentaron y *Bombón* se subió al sofá, Can musitó divertido:

—¿En serio?

Daryl miró a la perrilla, que parecía sonreír, y afirmó:

—Sí.

Su amigo soltó una carcajada. No se podía creer lo que veía y, mirándole el brazo, cuchicheó entre risas:

—Lo de la perra tiene un pase, pero tu pelo y ese tatuaje horrible...

Can llevaba varios tatuajes, a él le gustaban. Y Daryl, tras dar un trago a morro de su cerveza, se miró el bíceps e indicó:

—Un avioncito con corazones..., ¿puede ser más hortera?

Incapaz de aguantarse la risa, Can repuso:

—Visto así... Sin acabar, la verdad es que es muy hortera.

Desesperado, Daryl se levantó, se tocó el pelo y gruñó:

—No me gustan los tatuajes, lo sabes. Y ahora tendré que cargar el resto de mi vida con uno que encima es un horror.

Él asintió y, dando un trago a su cerveza, apostilló:

—Un verdadero horror.

—¿Qué hago...? ¿Qué narices hago con esto?

—Fácil. O te lo quitas con láser de última generación o vamos a mi tatuador a que te lo arregle y tal vez de algo hortera pueda salir algo fantástico.

—¿Algo fantástico?

Can lo miró.

—Confía en mí. Si lo acabas y le das un sentido, puede que te guste.

—Lo dicho..., un horror —protestó Daryl.

A continuación volvió a retomar su historia. Le habló de su llegada a Venecia, de la familia de Carol, y Can, a cada instante más sorprendido, preguntó:

—¿Ron blanco de marihuana?

—Y galletas y *brownies* de marihuana. En esa casa la marihuana es como en esta casa el té o el azúcar. Algo normal.

Sin poder dejar de hablar, Daryl le contó todo lo que había descubierto de la familia de aquélla mientras Can lo escuchaba sin dar crédito. Conocía mil tipos de familias diferentes, la suya tampoco era perfecta, pero nunca había conocido a una así.

—Y la hermana —añadió Daryl— se va a casar con el padre del novio de la madre de Carol, y, por cierto, está embarazada...

—¿La madre está embarazada?

—No..., la hermana.

—Pero ¿de quién está embarazada?

—Del padre del novio de la madre de Carol.

—¡Joder!

—Y cuando se case —prosiguió Daryl—, será la madrastra del novio de su madre.

—¡Nooooo!

—Y el bebé que tenga será el hermano del novio de la madre de Carol, y a su vez será el cuñado de...

—Calla..., calla... ¡Joder!, pero ¡qué lío de familia!

—No lo sabes tú bien —afirmó Daryl.

Estuvieron unos segundos en silencio hasta que este último, mirando a su amigo, comentó mientras acariciaba a la perra:

—La echo de menos. Mucho..., mucho..., mucho.

Can sonrió. Sólo había que ver las pintas que llevaba para darse cuenta de que lo que decía era verdad.

—Es la persona más buena y generosa que he conocido en mi vida —insistió Daryl—. Y, sí, reconozco que en ocasiones hace cosas que, bueno, me sacan de mis casillas, pero es fantástica. Es maravillosa.

Sin dar crédito, Can escuchó con atención sus palabras y, consciente de que su amigo estaba enamorado hasta las trancas y de que tenía que intentar ayudarlo, indicó:

—No sé qué decirte. Nunca he sentido algo así por una mujer y...

—Es una sensación maravillosa y aterradora a la vez.

—Paso..., vivo muy bien sin sentirla —replicó Can. Pero, al ver a Daryl tan cabizbajo, aseguró—: Es la primera vez desde que te conozco que te veo así por una mujer. Es más, es la primera vez que veo tu lado humano.

—¿A qué te refieres?

—A la forma en que hablas de Carol sin importarte revelar tus sentimientos. A la manera en que le acaricias la cabeza a *Bombón* sin importarte que esté en el sofá y lo llene de pelos, y a verte bebiendo cerveza directamente de la botella y no de un limpio y reluciente vaso. A eso me refiero.

Daryl sonrió.

—Lo creas o no, esas simples cosas cotidianas te aportan humanidad, y eso se lo debes a Carol. —añadió Can. Daryl levantó una ceja—. Somos amigos desde niños y nos hemos respetado desde entonces. Pero siempre has sido un tipo frío e...

—Inglés —matizó él—. Soy un jodido y frío inglés..., lo sé.

—Tú lo has dicho, no yo.

Ambos rieron por aquello, y Can prosiguió:

—En lo referente a las mujeres, siempre has sido muy impersonal, pero con Carol ha sido distinto desde el principio.

—Muy distinto...

—¿Por qué? ¿Qué tiene ella que no tenga cualquier otra mujer?

Daryl lo miró. Pensó un momento en lo que le preguntaba y al final respondió:

—Tiene un superpoder que me vuelve loco...

Esa contestación hizo reír a carcajadas a Can.

—Daryl —dijo a continuación—, llevas hablándome de ella y de su desconcertante familia cerca de dos horas. Has enumerado infinidad de virtudes de esa mujer y me acabas de decir que la echas de menos.

—Mucho.

Asombrado por cómo estaba su amigo, Can musitó:

—¿Sabes por qué la echas de menos? —Daryl lo miró—. Porque ella, siendo tan sólo ella, sin ser la más guapa, la mejor vestida, la mujer más deseada, ha sabido demostrarte que la vida puede ser algo más de lo que tú siempre has creído.

Daryl asintió. Su amigo tenía razón.

Se quedaron en silencio unos segundos, y luego Can, tras dar un trago a su cerveza, preguntó:

—¡¿«Salsa de tomate»?!

Eso hizo sonreír al serio inglés.

Carol, la chica que no había parado de sorprenderlo y darle a su manera lecciones de vida, era única y especial, tremendamente especial. Por ello, miró a su amigo y preguntó:

—Estoy confuso. ¿Qué debería hacer?

—Nadie mejor que tú para decidirlo.

—¿Y si no funciona?

—Eso no lo sabrás hasta que lo intentes.

Daryl se levantó del sofá y caminó hacia la ventana. Haber hablado del modo en que se sentía con alguien como Can, tan parecido a él, y haber expresado con libertad sus sentimientos le había revelado la verdad, pero insistió:

—Si estuvieras en mi lugar, ¿saltarías las barreras?

—Amigo —dijo aquél levantándose—, si yo hubiera conocido a una mujer tan especial como ella, te aseguro que ni la barrera más alta del mundo existiría para mí.

Daryl sonrió y Can, leyéndole el pensamiento, agregó:

—No sé qué haces aquí con esa pinta de punki guarrindongo hablando conmigo, cuando deberías estar corriendo hacia Venecia. Porque ella sigue allí, ¿verdad?

El gesto de Daryl cambió. No lo sabía, y repuso:

—Lola. Ella podrá decírmelo.

Rápidamente cogió su teléfono y la llamó.

Un timbrazo. Dos. Tres. Cuatro, cinco, seis, siete, ocho, nueve... Y la comunicación se cortó.

De nuevo volvió a llamar. Uno, dos, tres...

—Esta cabezota no quiere cogerme el teléfono —siseó Daryl mirando a su amigo con gesto ceñudo.

La llamada se cortó de nuevo. A continuación, marcó el número de Dennis, y al segundo timbrazo oyó:

—Aun a riesgo de que me maten: ¡hola!

Oír eso le hizo saber a Daryl que su hermana estaba con él, y dijo:

—Pásame con Lola.

Dennis miró a su mujer, que estaba a un metro de distancia, y cuando le tendió el teléfono, ella se negó.

—Lo siento, Daryl —resopló Dennis—, pero no quiere ponerse.

—¡Dile que se ponga! —insistió él.

Lola oyó el bramido que soltó su hermano, y gritó:

—¡Vete a la mierda! O mejor: *vaffanculo!*

—Joder... —protestó Daryl.

Durante un buen rato estuvo hablando con su cuñado para tratar de convencer a Lola y al final, sin saber cómo, consiguió que se pusiera al teléfono.

—¡¿Qué?!

La voz de enfado de su hermana no lo detuvo, y preguntó:

—¿Carol sigue en Venecia?

—A ti te lo voy a decir... —replicó ella.

—Lola, por favor...

—Mira, guapo, me quedó muy claro lo que me dijiste el otro día. Y ahora espero que a ti te quede claro esto: ¡no pienso darte información sobre Carol! ¿Me has entendido?

Desesperado, él miró a Can, e, intentando saltar esas barreras que nunca se había permitido, cerró los ojos y murmuró:

—La quiero, Lola..., la quiero.

—¡¿Qué?!

—No puedo ni quiero vivir sin ella. Y necesito saber dónde está para hablar con ella, decirle lo idiota que he sido y...

Boquiabierta, Lola parpadeó. En su vida habría imaginado a su frío hermano hablando así.

—Pero ¿qué dices...? —murmuró.

—¡Que la quiero! —repitió él más seguro—. Que Carol es lo mejor que me va a pasar en la vida, tú la conoces muy bien y... y necesito que me ayudes. Necesito que...

—Dentro de veinte minutos estoy en tu casa para trazar un plan.

—¡¿Un plan?!

—Pero ¿tú no quieres reconquistarla?

—Sí —afirmó Daryl.

Al ver lo bloqueado que estaba su hermano, Lola soltó una carcajada, y aquél, nervioso, insistió:

—Pero ¿sigue en Venecia?

—Sí.

—¡Bien!

—Regresa mañana, en el vuelo de las ocho de la tarde.

Daryl sonrió y, tras colgar, sintiéndose un hombre nuevo, miró a su amigo y preguntó:

—¿Tu tatuador visita a domicilio?

Capítulo 61

Carol preparaba su maleta para regresar a Londres con cierta tristeza y añoranza cuando su madre entró en la habitación.

—Mira, compré este vaquero en el mercadillo, pero cuando me lo probé no me gustaba cómo me quedaba. ¿Quieres llevártelo tú?

La joven miró el pantalón que le enseñaba. Su madre y ella llevaban la misma talla y, tras valorarlo, dijo:

—Genial. Alguna utilidad le daré.

A continuación, Prisca dejó el pantalón sobre la cama y se marchó. Como siempre que Carol regresaba a su casa después de haber estado en Venecia, su maleta iba a reventar. Y, cuando creía que había conseguido colocarlo y cerrarla, la puerta de la habitación se abrió y su *nonna* exclamó:

—*Bambina, la scamorza!*

Al ver la bolsa que le mostraba, repleta de bolas de aquel queso tan rico y tan típico de la cocina italiana, Carol resopló.

—Pues habrá que recolocarlo todo de nuevo...

Sin embargo, le resultó imposible meter la *scamorza* que le había comprado su abuela con el resto de las cosas, y finalmente, entrando en la habitación de su hermano Adam, que también preparaba su maleta, le preguntó:

—¿Te queda algún hueco libre?

—¿Para...?

Carol le enseñó la cazadora vaquera que le había regalado su abuela y unas camisetas que se había comprado, y él, sonriendo, declaró:

—Vale, siempre y cuando compartamos la cazadora una vez en Londres.

—¡Hecho! —Carol sonrió.

Feliz, regresó entonces a su cuarto para cerrar la maleta.

Poco después, se dirigió al salón y sonrió. Allí estaba toda su familia, incluido el futuro marido de su hermana Annalisa, sentados alrededor de la mesa hablando con tranquilidad. Ver aquello era alentador y, sentándose con ellos preguntó:

—¿De qué habláis?

Todos la miraron y enseguida su madre dijo:

—Tu abuelo, que dice que quiere que vayamos todos a Málaga.

Konrad asintió.

—Allí hay camas para todos y, si no, se ponen unos colchones en el suelo ¡y arreglado!

Carol afirmó divertida:

—¡Me apunto!

Durante un buen rato todos continuaron hablando, hasta que Annalisa preguntó dirigiéndose a su hermana:

—¿Vas a ir así vestida en el avión?

—¿Y cómo quieres que vaya? —se mofó Carol.

Como siempre, iba de sport. En este caso, con unos cómodos vaqueros deshilachados, una camiseta negra de manga corta del club de motos de su abuela y unas zapatillas de deporte.

Adam, al oír a su hermana mayor, rápidamente gruñó:

—Que vamos de viaje, ¡no de boda!

Carol soltó una carcajada al oírlo y todos la siguieron, pero Annalisa insistió:

—¿Por qué no te pones un vestidito?

Sin dar crédito, ella volvió a mirarla.

—Sí —se mofó—. Y, ya de paso, unas perlas y un moño alto a lo Audrey Hepburn. Venga ya, hermanita, que voy de viaje y me gusta ir cómoda.

—Annalisa, tienes unas cosas, hija mía... —susurró Prisca mirándola.

De nuevo retomaron la conversación y, poco más tarde, Prisca comentó al ver la hora:

—Vamos. Os llevaré al aeropuerto.

La *nonna* hizo un puchero. Siempre que Carol se marchaba se emocionaba y, abrazándola, susurró:

—*La mia bella ragazza.*

Carol la abrazó con auténtico amor y, tras darle un cariñoso beso en la mejilla, dijo:

—*Nonna*, no llores. La semana que viene regresaré para despedirme antes de marcharme a Hawái.

La mujer asintió y, soltándose de aquélla, apenada musitó:

—De acuerdo, *bambina*.

—Ay, qué lejos, linda. ¿Y no te vale Málaga?

—Abuelo —dijo abrazándolo—, ¿y si te vienes a Hawái conmigo? Estoy segura de que te encantaría.

El anciano sonrió y, moviendo las manos, afirmó:

—Bailaríamos el hula-hula...

Todos sonrieron, y Carol, en cuanto se soltó de aquél, se despidió de Luigi y de su padre, y al ver a su hermana llorar como una descosida, preguntó:

—Pero ¿a ti qué te pasa?

Annalisa, a quien las lágrimas le corrían por el rostro sin control, respondió:

—Deben de ser las hormonas.

Carol asintió y también la abrazó.

—No te angusties. La semana que viene nos vemos. Y cuídate, ¿vale?

—Vale —asintió aquélla.

Tras sacar las maletas y subirlas al destartalado coche, Carol se despidió de *Choco*, *Coca* y los cachorrillos, y cuando ella, su madre y su hermano se montaron en el vehículo, al ver cómo los miraba su particular familia desde la puerta, indicó:

—Familia, ¡nos vemos!

Dicho esto, Prisca arrancó el vehículo para llevar a sus hijos al aeropuerto.

Una vez allí, tras facturar las dos maletas, Carol, que iba de la mano de su madre, señaló:

—Te llamaremos en cuanto aterricemos en Londres.

—Sí, por favor —asintió aquélla.

Y, cuando llegaron a la puerta, la joven vio que Prisca rompía a llorar.

—Pero bueno, ¿tú también vas a llorar?

—*Mamma, per favoreeeeeeeee* —protestó Adam.

Prisca, emocionada, abrazó a su niña y, tras besuquearla, dijo:

—Es que te quiero mucho, mi sol. Mucho.

—¿Y a mí no? —preguntó Adam divertido.

Prisca miró entonces a su hijo, le dio una colleja y soltó:

—Tú eres un sinvergüenza.

Todos rieron por aquello, y entonces Carol abrazó a su madre y, con todo el cariño del mundo, musitó:

—Te quiero, *mamma*. Y, tranquila, estoy bien, ¿vale?

La mujer asintió y, tras abrazar con amor a Adam y guiñarle el ojo, se marchó; en ese momento Carol murmuró dirigiéndose a su hermano:

—Pues sí que están lloronas.

—Mujeres —se mofó Adam, haciéndola reír.

Cogidos de la mano fueron hasta un puesto de prensa, donde compraron unos periódicos. Después comprobaron su vuelo en los paneles y, al ver que todavía no habían colocado la puerta de embarque, se dispusieron a tomar un café. Tan pronto como se lo sirvieron, Carol le dio un trago y musitó:

—Mmmm..., qué bueno. Por cierto, ¿qué ha pasado con Patrizia?

Adam, al pensar en ella, se encogió de hombros y respondió:

—Está saliendo con Sergio.

—Nooooooo.

—Sí.

—Ay, Dios..., lo siento. He estado tan ocupada con..., que no me he dado cuenta...

—Carol —la cortó—. Tranquila. De ésta no me muero. Es más, he visto que en Londres hay chicas preciosas.

Ambos sonrieron por aquello, y luego él preguntó:

—¿Tú estás bien?

—Sí.

Él asintió, pero añadió:

—¿Te vas a Hawái para no verlo?

Carol se encogió de hombros.

—Digamos que me voy porque necesito despejarme, porque necesito aire fresco, y sí, ¿por qué no?, también para no verlo. Trabajando los dos en la misma compañía, dudo que dejemos de encontrarnos o incluso de coincidir en algún vuelo. Y, oye, para evitar incomodidades por ambas partes, es lo mejor que puedo hacer.

Durante un rato hablaron de ellos y de otras cosas hasta que Adam, tras mirar el panel y ver que embarcaban por la puerta 22, propuso:

—¿Vamos al baño antes de subir al avión?

—Sí —afirmó aquélla.

Cuando llegaron a los aseos, Carol entró en el de mujeres y él en el de hombres, y cuando cerró la puerta, se apoyó en ella y resopló. Saber que tenía que regresar a su casa en Londres, un lugar repleto de recuerdos con él, no le resultaba fácil.

Al terminar de hacer pipí, se subió los vaqueros y, tras tirar de la cadena, asió el pomo de la puerta, pero ésta no se abría. De inmediato, repitió el movimiento y estuvo forcejeando durante un buen rato con ella, pero nada, no había manera.

—No me jorobes... —murmuró—. Ahora no.

Capítulo 62

Se sacó el móvil del bolsillo trasero del pantalón, escribió un wasap e, instantes después, oyó:

—¿En cuál estás?

Era su hermano Adam.

—Creo que en el cuarto comenzando por la izquierda.

Él se dirigió hacia allí y comentó:

—Por cierto, acaban de cambiar la puerta de embarque. Embarcamos por la 4.

—Vale.

Adam dio entonces un golpe a la puerta.

—¿Estás en éste?

—Sí.

Desde fuera del aseo, él intentó abrir, pero la puerta no se movía. Desesperada al ver que el tiempo pasaba, Carol sugirió en busca de una solución:

—¿Y si le das una patada?

—¿Quieres que me detengan los *carabinieri*?

—No..., pero algo tendremos que hacer.

Divertido, Adam, que era en realidad quien la había atrancado desde fuera, le dio una patada. Sabía que, por mucho que la pateara, hasta que quitara el dispositivo de bloqueo que había instalado previamente, ésta no se abriría.

—Pero ¿de qué están hechas estas puertas? —musitó.

Carol miró el reloj de su móvil. El embarque del avión había comenzado hacía ya cinco minutos y, alterada, dijo:

—Adam, ve al mostrador y avisa de lo que nos pasa. Quizá alguien nos pueda ayudar.

—¡Voy!

Con calma, el joven salió del baño, se apoyó en la pared exterior y sonrió.

Cinco minutos después, tras recibir un wasap, entró de nuevo en el aseo y exclamó:

—¡Joder, Carol..., que sólo faltamos nosotros por embarcar!

—¡No me jorobes! —gritó ella alterada.

Adam comenzó entonces a golpear repetidamente la puerta con fuerza, hasta que al fin ésta se abrió y él, cogiendo a su acalorada hermana de la mano, la apremió:

—Vamos.

Como dos locos, Carol y Adam corrían por el aeropuerto en busca de la puerta de embarque, mientras él, riendo, decía:

—En tu línea, hermanita, ¡tan impuntual como siempre!

Eso la hizo reír, y divertida afirmó:

—Esta vez sí que no ha sido culpa mía.

—Allí —exclamó entonces Adam—. La número 4 está allí... ¡Esperen! —gritó levantando los brazos al ver que ya iban a cerrar.

Las dos chicas que había en la puerta, al verlos los miraron y esperaron, y Carol, sin aliento, les entregó los dos billetes junto con sus identificaciones. Acalorados, los dos hermanos rompieron a reír, y él, mirando a su hermana, la besó y murmuró:

—Tranquila. Lo cogemos.

—Por los pelos —se mofó ella.

Una vez que les devolvieron la documentación, caminaron raudos por el pasillo que los llevaba al avión y, al doblar la esquina, Carol sonrió al reconocer a las TCP que los esperaban en la puerta del mismo:

—¡Kelly! ¡Engel!

Sus compañeras sonrieron al verla, y Kelly dijo:

—Pero ¿es que tú no puedes llegar nunca a tu hora?

Carol, dándose aire con la mano, afirmó antes de abrazarla:

—Te juro que esta vez no ha sido culpa mía.

Kelly asintió y Engel, tras dejar pasar a Adam, e interponiéndose en su camino, abrió la cabina y dijo:

—Comandante, la tardona ya está aquí.

Con curiosidad, y el corazón encogido, Carol miró dentro de la cabina y, al ver a Can sentado allí, suspiró aliviada y saludó:

—¡Can, qué alegría verte!

Él se levantó divertido. De momento todo estaba saliendo a pedir de boca, y, tras darle dos besos, comentó:

—Cuando me han dicho que eras tú la que faltaba, no me lo podía creer.

Ambos sonrieron por aquello; entonces él le tocó el pelo y ella dijo:

—Cambio de *look*. Renovarse o morir, ¡ya sabes!

Aquello hizo reír a Can, que, tras abrazarla, indicó:

—Estás preciosa. Venga, ve a sentarte, espero que tengas un buen vuelo.

La joven sonrió y, cuando dio media vuelta, de pronto oyó:

—¡¡¡Sorpresa!!!

Sobresaltada y sorprendida a partes iguales, la joven parpadeó al ver allí a toda su familia, junto a Muskeva con la niña y Raúl y su hermana Vera.

—Hermanita..., te quiero —dijo la última besándola.

Sin entender nada, miró a su *nonna*, que sonreía, y cuando iba a preguntar, Muskeva indicó enseñándole su móvil:

—Mira.

Cuando lo hizo, vio a Fred en la pantalla, que gritó:

—¡Chocolatitoooooooooo Blancoooooooooo, holaaaaaaa!

Carol saludó a Fred con la mano. No entendía nada.

—¡Carololaaaaaaaaaa!

Al oír ese grito, levantó la vista y vio a su amiga Lola con Dennis y la pequeña Elora. Tras ellos estaba la otra hermana de Daryl con su marido y su hijo y, junto a ellos, el padre, la mujer de éste y la abuela con Samantha y Jack.

—Pero ¿qué...?

Unos ladridos conocidos llamaron de pronto su atención y, al mirar, se encontró con Corwin y Muriel, que en sus brazos tenían a *Baby*, *Limón* y *Bombón*.

A cada segundo más desconcertada, y sin saber qué pensar, de pronto oyó:

—Oye, muchacha..., que nosotros también estamos aquí.

Eran Enrique y Eduardo. Ambos le sonreían, y este último susurró:

—Te queremos.

Tocándose la cabeza, Carol trató de entender qué era todo aquello, y entonces su amiga Lola, acercándose a ella, le dio un beso y, enseñándole su móvil, indicó:

—Ellos tampoco podían faltar.

Al mirar la pantalla, Carol vio las caras de Bastian y Carmela. Ambos sonreían sujetando al pequeño Lorenzo, y Bastian dijo:

—Eh, *itañola*..., ¡ahora la que parpadea dos veces eres tú!

Con el corazón a mil, Carol miró a su alrededor. En aquel avión había única y exclusivamente personas que ella quería, y, tras intercambiar una mirada con Can, que sonreía como si no hubiera roto nunca un plato, miró a su madre y preguntó en un hilo de voz:

—Pero ¿qué pasa? ¿Qué hacéis todos aquí?

Emocionada, Prisca le dio un beso y, señalando hacia un asiento, repuso:

—Pregúntaselo a él.

Al mirar hacia donde aquélla señalaba, sus ojos se encontraron con los de Daryl.

El hombre que días antes se había marchado sin apenas mirarla estaba ahora sonriendo a escasos cuatro pasos de ella, más guapo que en toda su vida y con un bonito ramo de flores blancas en las manos.

A Carol se le escurrió la mochila al suelo y, rápidamente, la abuela de aquél la cogió e indicó:

—No, cielo. El bolso en el suelo nunca, que baja la economía.

Carol cada vez entendía menos. No esperaba ver allí a nadie y mucho menos a Daryl, y a diferencia de otras veces, no supo qué decir, hasta que oyó que su abuelo comentaba:

—Vamos, linda. El Guiri te espera, no te quedes ahí parada.

Daryl se levantó de su asiento con el ramo entre las manos. Iba vestido de sport, con un vaquero y una camiseta, nada más. Y, acercándose a ella con el ramo, murmuró:

—Cariño, espero no haberme olvidado de nadie que tú quieras, y, si así ha sido..., perdóname.

Boquiabierta, Carol lo miró y él, al observar el desconcierto en su mirada, poniéndose nervioso, prosiguió:

—Sé que es probable que estés enfadada conmigo. No me comporté bien contigo y te eché la culpa de cosas sin sentido. Sin embargo, sólo espero que me perdones, porque te quiero.

—¡Oooohhhhhhhhhhhh! —exclamaron todos los presentes a coro.

Daryl los miró. Todos se callaron de golpe, y él continuó:

—He aprendido una gran cosa contigo, y es que lo mejor y más grande de la vida no es lo que tenemos, sino a quién tenemos a nuestro lado. Y yo sólo deseo tenerte a ti. Únicamente a ti. Mi abuela lo predijo. Me aseguró que un tsunami imparable iba a poner mi vida patas arriba, y ese tsunami que me ha enseñado, entre muchas otras cosas, a saber quién es Bruno Mars y a respirar una canción, sin duda, eres tú.

Carol no respondió. No podía.

Y Daryl, agobiándose al verla tan callada, tras mirar a su hermana y ésta hacerle una seña con la mano para que siguiera hablando, continuó:

—Te... te quiero como nunca he querido a nadie, porque tú me has enseñado a ver el mundo con otros ojos y, sobre todo, me has enseñado a valorar el tiempo y la vida.

Y, caminando hacia ella, ante la atenta y emocionada mirada de todos, añadió:

—Nadie me seduce como tú con la mirada. Nadie me hace sonreír como un tonto por las mañanas y nadie tiene tu sonrisa. Gracias a ti, *Bombón* llegó a mi vida. Gracias a ti, sé que hay que probar diferentes marcas para descubrir nuevos sabores y que la cerveza directamente de la botella sabe muchísimo mejor.

Al oír eso, Carol sonrió emocionada; entonces él susurró entregándole el ramo de flores:

—Dejaste de creer en los cuentos de hadas hace mucho tiempo

para convertirte en una mujer práctica. Eso está muy bien, cariño. Pero, escucha, yo quiero protegerte y hacerte vivir de nuevo en ese cuento, y por eso he organizado todo esto. Algo diferente y único que espero que nunca puedas olvidar y te haga ver que este tiquismiquis inglés es capaz de hacer por ti cualquier cosa.

Carol asintió. Luego parpadeó y musitó:

—Vale.

Al oír eso, Daryl preguntó:

—¿Ese «vale» significa «vale, pesado, cállate ya», o es un «vale, te quiero», o quizá un «vale, pero déjame en paz»?

De nuevo, ella sonrió, y él, feliz, añadió:

—Pensaba prometerte que te haría sonreír así todos los días, pero no lo haré. Como tú sueles decir, soy un jodido inglés tiquismiquis con infinidad de cosas que te molestan, pero créeme cuando te digo que estoy dispuesto a hacer todo lo posible para suavizarlas o cambiarlas y saltar todas las barreras.

Adam, que iba traduciendo a su familia todo lo que aquél decía, una vez que dijo eso, Prisca, emocionada, afirmó en italiano:

—Muy bien, muchacho.

Daryl, cogiendo entonces una bolsa que había sobre un asiento, continuó:

—Aquí tengo sales de rosa del Himalaya y un tarro de helado de chocolate belga. Cariño, estoy dispuesto a bailar contigo bajo la luz de la luna mientras nos dejamos sin aliento el uno al otro y nos decimos... te quiero.

—Ay, Dios..., qué romántico —Priscilla se emocionó.

—Tú, y sólo tú, con ese superpoder que tienes, eres la mujer que hace bello mi mundo, y yo te necesito en ese mundo, tanto como espero que tú me necesites a mí.

—Yo me como a mi hermanito —comentó Lola entusiasmada.

Otro «¡Ooohhhhhhh!» general resonó de nuevo en el aparato; a continuación Can, tras una seña de Daryl, le dio a un botón y de pronto comenzó a sonar por los altavoces la canción *What a Difference a Day Makes.*

Emocionada al oírla, Carol sonrió.

Y Daryl, entregándole la bolsa que llevaba en las manos a Muskeva, que como todos estaba llorosa por lo que presenciaba, se acercó con seguridad a Carol y, pasándole las manos por la cintura, la miró a los ojos y le preguntó:

—¿Bailas conmigo?

Incapaz de negarse, ella se sumergió en sus brazos, aspiró su perfume y bailó.

Aquello que le estaba ocurriendo era la cosa más romántica que jamás podría haber imaginado.

Daryl. Ella. Esa canción.

Mientras pensaba en ello y bailaba, sus ojos repararon en el brazo de aquél. Y, al ver el tatuaje, parpadeó, cuando él dijo:

—Aún lo tengo medio dormido y reconozco que siento cierto dolor. Anoche lo terminé porque quería tenerlo listo para ti, pero no me lo roces, porque veo las estrellas.

—Daryl... —murmuró sorprendida.

Aquel tatuaje era una maravilla. No tenía nada que ver con el sencillo diseño anterior; ahora se había transformado en una preciosa bola del mundo en cuyo centro se encontraba el avión seguido de los corazones.

—Mis dos pasiones: tú y pilotar. Quiero que juntos recorramos y conozcamos el mundo. No sólo como comandante y TCP, sino como algo más.

Y, separándose de ella, dio un paso atrás y, sacándose del bolsillo del pantalón una cajita negra de terciopelo, la abrió y dijo:

—Este anillo era de Elora, mi madre, y con él quiero pedirte algo.

—Muy bien, hijo, ¡al grano! —apostilló Colin, que aún no entendía el porqué de aquel mechón verde.

—Ay, Dios... —murmuró Carol, a quien de pronto el corazón se le puso a mil.

Daryl clavó entonces la rodilla en el suelo y, ante ella, musitó:

—Señorita Carolina, ¿me harías el honor de casarte conmigo?

—¡Toma ya, el Guiri..., es todo un *gentleman*! —Konrad rio.

—¡Oooohhhhhhhhhhhhh! —exclamó de nuevo todo el mundo.

—¡Ay, mi niña! —aplaudió Eduardo.

Daryl sonrió.

Carol miró aquel anillo y, sin saber por qué, a continuación miró a su hermana Annalisa, que soltó:

—¿Entiendes ahora por qué te he dicho que te pusieras el vestidito?

Al oír eso, Carol sonrió.

Que Daryl estuviera haciendo aquello delante de todo el mundo, con lo frío e inglés que era, resultaba como poco inaudito, y, mirándolo a él de nuevo, susurró:

—¡Salsa de tomate!

Al oír eso, la sonrisa de Daryl se desvaneció; entonces Adam, que traducía, susurró:

—Pero ¿qué dice ésta ahora?

Daryl, con el corazón ralentizado, se levantó del suelo. Esa frase lo paraba todo. Había algo que a ella no le había gustado y, mirándola a los ojos, iba a hablar, cuando Carol preguntó:

—¿Has comido alguna galleta de la *nonna*?

—No, cariño.

—¿Un *brownie*?

—No.

—¿Y tomado ron blanco de marihuana?

—No.

—¿Seguro?

Daryl asintió y al ver su sonrisa supo que todo estaba bien. La conocía. Por eso, arrodillándose de nuevo ante ella, volvió a enseñarle el anillo e insistió:

—Y ahora que ya has comprobado que estoy en plenas facultades, ¿quieres casarte conmigo?

Carol sonrió, no podía parar de hacerlo, y oyó a Can decir:

—Si no te casas tú con él, te juro que lo hago yo.

Eso hizo carcajearse a Daryl, que, mirándolo, afirmó:

—Amigo, cuando el amor llegue a tu vida, te aseguro que el que se reirá de ti seré yo.

Can rio, y Daryl, mirando a la mujer que lo tenía en un sinvivir, insistió:

—Vamos, cariño, ¡tampoco pido tanto!

Adoraba a aquel hombre. Lo amaba.

Como siempre había dicho su madre, la vida era una aventura que cada persona tenía el privilegio de poder disfrutar. Y, sí, Carol pensaba disfrutar y vivir su aventura con aquel hombre que, tras decir y hacer todo aquello, le estaba demostrando que, si se quería, se podía.

—Sí, comandante. Claro que quiero casarme contigo —respondió al fin.

Todos aplaudieron.

Todos gritaron emocionados mientras se abrazaban; y Daryl, que sólo tenía ojos para ella, se levantó del suelo y, acercándola a su cuerpo, la besó al tiempo que Can cambiaba la música y en el avión comenzaba a sonar la canción *Señorita*, que al parecer era muy especial para la pareja.

Daryl sentía que por fin se había quitado los rígidos zapatos que solía llevar y, calzando las zapatillas, había saltado todas aquellas barreras que nunca había imaginado; pero de pronto se oyó:

—Esto se merece que lo celebremos con un fiestón, ron y unos porritos.

Daryl y Carol intercambiaron una mirada.

Y, tras echar un vistazo al padre de él, que sonreía ataviado con su impecable traje, miraron a la *nonna* y, entre risas, exclamaron:

—¡¡¡Nooooooooooooooo!!!

Referencias a las canciones

It's a Man's, Man's, Man's World, Warner Records Inc., interpretada por Seal.

If You Don't Know Me by Now, Warner Records Inc., interpretada por Seal.

Paranoid, Sanctuary Records, interpretada por Black Sabbath.

Please Me, WEA International Inc., interpretada por Cardi B y Bruno Mars.

Just the Way You Are, UMG Recordings Inc., interpretada por Barry White.

Take My Breath Away, Sony Music Entertainment, interpretada por Berlin.

Con altura, Columbia Records, interpretada por Rosalía, J. Balvin y El Guincho.

Me and Mrs. Jones, Reprise Records, interpretada por Michael Bublé.

Señorita, Island Records, interpretada por Shawn Mendes y Camila Cabello.

Valió la pena, Sony Music Entertainment Inc., interpretada por Marc Anthony.

Electricity, Columbia Records, interpretada por Silk City, Dua Lipa, Diplo y Mark Ronson.

Acércate más, The Verve Music Group, a Division of UMG Recordings, Inc., interpretada por Natalie Cole y Nat King Cole.

Hotline Bling, Young Money Entertainment / Cash Money Records, interpretada por Drake.

Can't Stop the Feeling, RCA Records / DreamWorks Animation LLC, interpretada por Justin Timberlake.

Vente pa' ca, Sony Music Entertainment US Latin LLC, interpretada por Ricky Martin y Maluma.

Cómo vuelvo al pasado, Universal Music Spain, S. L., interpretada por Tutto Durán.

What a Difference a Day Makes, V&H Holdings Pty Ltd., interpretada por Dinah Washington.

Felices los 4, Sony Music Entertainment US Latin LLC, interpretada por Maluma.

Speed of Light, Iron Maiden LLP under exclusive license to Parlophone Records Ltd., a Warner Music Group Company, interpretada por Iron Maiden.

Otros títulos de la autora en Booket:

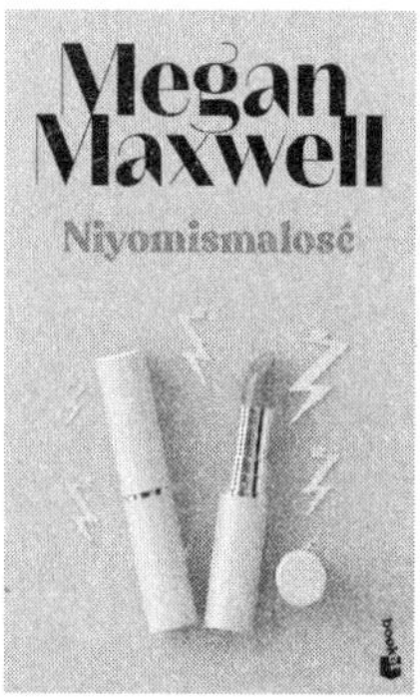